재일디아스포라와 글로컬리즘 4

문학

동국대학교 일본학연구소 연구총서

재일디아스포라와 글로컬리즘 4
문학

동국대학교 일본학연구소 편

머리말

연구팀의 아젠다인 '재일디아스포라의 생태학적 문화지형과 글로컬리티'는 재일코리안 관련 자료를 총체적으로 조사·발굴·수집하고 이를 생태학적 관점에서 분석해 체계화된 문화지형을 구축하고, 이를 통해 '탈경계적이면서도 다중심적인' 글로컬리티의 관점에서 재일디아스포라의 삶과 사회적 기반활동을 규명하고자 한 학제 간 연구이다. 재일디아스포라에 관한 통합적인 연구는 오늘날 빠르게 다민족·다문화 사회로 재편되고 있는 한국과 일본 사회에 문화적 소수자와의 공존에 필요한 실천적 이론 모델을 제시했다는 점에서 의의가 있다.

연구총서 『재일디아스포라와 글로컬리즘 4 문학』은 그간 재일디아스포라 연구의 중심이었던 문학 분야에서의 논의들을 시대와 주제별로 분류하여 구성하였고, 그간 상대적으로 주목받지 못했던 재일디아스포라 가인·하이진 등과 관련된 연구를 함께 수록하였다.

제1장 '형성과 전개: 전후 재일디아스포라 문학의 형성과 전개'에서는 전후 재일디아스포라 문학이 어떻게 입지를 구축하며 전개되어 왔는가를 논의한 글들을 모았다. 「김석범·『화산도』·〈제주4.3〉-『화산도』의 역사적/문학사적 의미-」(김환기)는 역사문화적 관점에서 김석범의 대하소설 『화산도』와 제주4.3사건을 연계시켜 해석하고 문학사적 의의를 고찰한 글이다. 「포스트1945, 오키나와문학과 재일조선인문학」(곽형덕)은 전후·해방 직후 오키나와문학과 재일조선인문학을 통

해 전후의 폭력에 맞서는 마이너리티의 기억과 투쟁이 지니는 의미를 짚어본 글이다. 「재일문학과 단카 - 한무부(韓武夫)를 중심으로 -」(다카야나기 도시오)는 재일조선인 가인, 하이진 등 재일디아스포라가 창작한 단카, 하이쿠에 주목한 글이다.

제2장 '정착과 혼종: 정치의 시대 재일디아스포라 문학의 동요와 분화'에서는 남·북한과 일본의 정치적 격변 속에서 분기(分岐)해온 재일디아스포라 문학의 동향을 다룬 글을 수록했다. 「김석범 문학이 재현하는 사건의 교차성」(조수일)은 제주4.3사건, 5.18광주민주화운동, 고마쓰가와(小松川) 사건을 테마로 한 김석범 문학을 검토한 글이다. 「'반쪽발이들'의 성장 서사」(박광현)는 양정명 사건을 제재로 삼은 이회성의 『반쪽발이』에서 재일 2세의 아이덴티티를 둘러싼 '곤란과 위기'를 해소하는 스테레오타입에 주목한 글이다. 「1980년대 이회성의 활동과 소설 「협죽도」 연구」(신재민)는 '문학적 공백기'로 알려진 1980년대 이회성의 작품활동에 주목하여 이회성의 전/후기를 잇는 가교의 사례로서 「협죽도」에 주목한 글이다. 「재일조선인 문학과 일본문학의 관계성 재정립 - 김학영(金鶴泳)의 「끌(鑿)」을 중심으로 -」(이영호)는 김학영의 문학이 가진 재일조선인 문학과 일본 문학의 공유지점에 주목한 글이다.

제3장 '길항과 재현 - 메이저리티를 비추는 창, 재일디아스포라 문학'에서는 일본 사회와의 갈등과 교류 속에 입지를 구축한 재일디아스포라 문학의 사례를 살핀 글을 모았다. 「재편되는 디아스포라 세계와 재일코리안 문학 - 현월(玄月) 「그늘의 집(蔭の棲みか)」을 중심으로 -」(이영호)는 현월의 소설 「그늘의 집」을 디아스포라의 관점에서 해석한 글이다. 「부조리한 세계를 향한 외침 - 유미리의 『도쿄 우에노 스테이션』 -」(이승진)은 개인의 실존과 일본 사회의 뒤틀림을 아울러 조망한 유미

리의 최근작을 검토한 글이다. 「찢어진 이름-'김희로 사건'을 둘러싼 명명의 정치와 '65년 체제'에서의 재일조선인-」(조은애)은 1960~1970년대 한일 양국에서 '재일조선인 문제'를 둘러싼 관심과 논쟁을 촉발한 '김희로 사건'과 관련된 텍스트를 검토하면서 '서명'과 '증언'의 효과에 주목한 글이다.

제4장 '공생과 평화: 글로컬 시대 재일디아스포라 문학의 가치와 전망'에서는 글로컬 시대를 맞이한 재일디아스포라 문학의 전망과 가치를 고찰한 글을 모았다. 「'독자'로서의 편집자와 김석범 문학, 재일조선인문학의 네트워크」(조수일)는 '독자'로서의 편집자에 초점을 맞추어 '독자'로서의 일본인 편집자와 재일조선인문학의 네트워크를 추적한 글이다. 「재일조선인 문학 속 민족교육과 다문화공생-최실(崔実)의 「지니의 퍼즐(ジニのパズル)」을 중심으로-」(이영호)는 2016년 발표된 재일조선인 작가의 최근작을 민족교육과 다문화공생이라는 맥락에서 검토한 글이다. 「경계를 넘나드는 재일서사-이민진 『파친코(PACHINKO)』-」(이승진)는 작품 『파친코』를 재일문학사의 지평에서 고찰한 글이다. 「재일조선인 2세 작가 고사명의 문학표현과 정신사-생명에 대한 관점의 전환을 중심으로-」(신승모)는 재일2세인 작가 고사명의 저술활동에서 인문학적 치유의 가능성을 타진한 글이다. 「일본전통시가 단카(短歌) 속 재일조선인의 삶-박정화의 가집 『신세타령(身世打鈴)』(1998)을 중심으로-」(김보현)는 재일조선인 사회의 문화현상으로 자리 잡은 '신세타령'이 단카에서는 어떻게 표현되고 수용되는지에 대해 주목한 글이다.

이번 연구총서의 발간은 동국대학교 일본학연구소의 그간의 연구활동의 결실이자 재일디아스포라의 총체를 이해하기 위한 초석이 될 것이다. 이번 연구총서 발간에 도움을 주신 故이시가미 젠노(石上善応) 교수님, 故이희건 회장님, 김종태 사장님, 왕청일 이사장님께 감사의

말씀을 드린다. 그리고 이번 연구총서 발간에 함께 해주신 모든 선생님
들께 깊은 감사를 드린다.

2023년 겨울
재일디아스포라의 생태학적 문화지형과 글로컬리티
연구팀을 대표하여
김환기 씀

차례

제2장 _ 정착과 혼종
: 정치의 시대 재일디아스포라 문학의 동요와 분화

제4장 _ 공생과 평화

: 글로컬 시대 재일디아스포라 문학의 가치와 전망

제1장

형성과 전개

: 전후 재일디아스포라 문학의 형성과 전개

김석범 · 『화산도』 · 〈제주4.3〉

『화산도』의 역사적/문학사적 의미

김환기

1. 들어가는 말

〈광복 70주년, 한일국교정상화 50주년〉을 맞아 국내외적으로 떠들썩한 2015년, 재일디아스포라 작가인 김석범의 『화산도』(김환기·김학동 번역, 『보고사』)가 우리말로 완역되어 출간되었다. 1965년 『화산도』가 문예동(재일조선문학예술가동맹)의 기관지인 『문학예술』에 발표되기 시작한 지 정확히 반세기만의 쾌거다. 그동안 소설은 『해소(海嘯)』에서 『화산도』로, 한글소설에서 일본어소설로, 조총련 문예지 『문학예술』에서 일본의 문예지 『文學界』로 소설 제목과 사용언어, 발표 매체를 바꿔가며 변신을 거듭했고, 최종적으로 일본어판 『火山島』(文藝春秋)를 거쳐 이번 한국어판 『火山島』가 간행되기까지 그야말로 간고한 디아스포라(Diaspora)의 여정을 걸어야 했다.

주지하다시피 소설 『火山島』의 서사구조는 해방정국에 휘몰아친 당대의 정치이념, 역사문화, 사회 현장을 망라한다. 범박하게 그 내용을 짚어보면, 시대적으로는 1948년 전후 해방정국의 격동기를 배경으로 삼고, 공간적으로는 제주도−목포−광주−대전−서울−부산의 육로와 해로, 일본의 홋카이도(北海道)−도쿄(東京)−교토(京都)−오사카(大阪)−

고베(神戶)를 잇는 한반도 바깥의 육로와 해로를 아우른다. 또한, 정치이념적으로는 한반도(특히 제주도)에서 반목했던 남북한 좌우익의 갈등/대립과 함께, 〈제주4.3사건〉을 둘러싼 군경-미군-무장대-제주도민 사이의 사상/무력충돌을 전면화하면서도, 유엔의 단독선거 결정과 남북분단, 이승만 정권의 등장과 함께 일제강점기 친일파 세력이 재기하는 사회현실만이 아니라 여수순천반란사건 등의 극한적 대립양상도 형상화된다. 뿐만 아니라 작품에서는 역사문화적으로 당대 한반도에 존속해온 봉건적인 가부장제, 해외유학, 신세대의 결혼관/자유연애, 제주도의 생태학적 문화지리를 읽어내고 있다. 『화산도』는 해방정국의 정치경제의 현실을 부조(浮彫)해내는 차원을 넘어 사회역사, 민속종교, 통신교통, 의식주와 교육에 이르는, 당대의 정치역사성, 사회문화적 지점을 총체적으로 형상화한 걸작인 셈이다.

그런 까닭에 『火山島』의 역사적/문학사적 의미는 한두 마디로 축약될 만큼 단순하지가 않다. 역사학적 관점에서 이루어진 실증적 비평이나, 남북한/좌우익으로 반목했던 정치이데올로기의 평가, 지역적 특수성을 고려한 생태학적 접근에 이르기까지 텍스트 읽기는 시좌에 따라 다양하게 전개될 수밖에 없다. 본고에서는 특히 한국문학/한국어문학계에 최초로 완역되어 소개된 『火山島』를 역사문화사적 관점에서 어떤 의미로 해석될 수 있는지, 문학사적 의미는 무엇인지 등에 대해 고찰해 보고자 한다.

2. 김석범 문학의 고향 - 제주도, 그리고 『화산도』

제주도는 재일디아스포라 소설가 김석범의 '고향의식'과 "자아형성의 핵"으로서 작가로서의 운명을 결정짓는 공간이었다. 김석범은 해방을 전후해 '고향 제주도', '관음사에서 한글 익히기', '제주에서의 징병검사', '제주4.3사건' 등을 직간접적으로 경험하면서 견고한 민족주의적 시좌를 구축하였고, 재일소설가로서 제주도를 문학적 '고향'이자 작가로서의 정신적 발원지로 인식하게 된다. 김석범은 『말의 주박(言葉の呪縛)』에서 제주도(〈제주4.3사건〉)에 대해 이렇게 밝힌 바 있다.

> 조선을 본 적도 없는 내 앞에 그 험준하고도 아름다운 한라산과 풍요로운 감 푸른(紺碧) 바다가 펼쳐지는 웅장한 자연의 자태와 박눌한 인간의 모습으로 나타난 제주도는 나를 완전히 압도해 버렸다. 그것은 지금까지의 '황국'소년이었던 나의 내부세계를 부셔버리고 나를 근원적으로 바꿔버리는 계기가 될 정도의 힘을 가진 것이었다. 반년 정도 체류하고 일본으로 돌아온 나는 어느새 작은 민족주의자로서 눈떠가며 몇 차례 더 조선을 왕래하게 되지만, 그러한 나에게 '제주도'는 '조선인'의 자아형성의 핵을 이루는 것으로서 존재했다. 제주도는 그러한 의미에서 진정 나의 고향이며 조선 그 자체였다. (중략) 내가 그 고향을 한층 더 생각하게 되는 것은 전후 그 섬을 습격한 참극 때문이다. 섬 전체가 학살된 인간의 시체를 쪼아먹는 까마귀 떼가 날뛰는 곳이 되어 버렸다는 이유 때문이었다.[1]

일제강점기인 1925년 10월에 오사카에서 태어나 1939년(14세) 처음

---

1) 金石範, 『言葉の呪縛』, 筑摩書房, 1972, pp.248~251.

조국을 찾고 점차 반일사상과 조선독립을 생각하는 "작은 민족주의자"로 성장한 김석범은 1943년 제주도 숙모의 집과 관음사에서 한글을 익힌다. 1945년 제주도에서 징병검사를 거쳐 서울 선학원에서 장용석 등과 조선독립에 관한 대화를 나누었고, 해방 직후에는 일본생활을 청산함과 동시에 새로운 조국건설에 동참할 계획도 가지고 있었다. 결국 작가는 1946년 국학전문학교 국문과에 장용석 등과 입학한 뒤 1개월 예정으로 일본으로 밀항한 후 44년간 조국을 찾지 못했지만, 해방을 전후해 몇 차례 오간 조국(제주도)은 그야말로 재일소설가로서의 '고향의식'과 '자아의식의 핵'을 구축하는 공간으로 자리매김 한다.

김석범은 1957년 8월 「간수 박서방」(『文芸首都』)과 12월 「까마귀의 죽음」(『文芸首都』)을 발표하면서 작가로서의 존재성을 알리게 된다. 그 후 「만덕유령기담」, 「장화」, 「밤」, 「사기꾼」, 「1945년 여름」, 「남겨진 기억」, 「왕생이문」, 『司祭없는 祭典』, 「유명의 초상」, 「가위 눌린 세월」, 『바다 속에서 땅 속에서』, 『만월』, 「허몽담」, 「도상」, 「유방 없는 여자」, 「작렬하는 어둠」, 「출발」, 「방황」, 「고향」 등을 발표하면서 재일소설가로서의 입지를 굳힌다. 특히 장편서사 『火山島』는 김석범 문학이 제주도(〈제주4.3사건〉)와 운명적으로 함께 하고 있음을 총체적으로 보여준 걸작이라고 할 수 있다.

『화산도』는 조총련(재일본조선인총연합회)의 문예동(재일조선문학예술가동맹)의 기관지 『문학예술』(1965년부터 1967년까지 9회, 제13호-제21호)에 한국어로 발표된 것이 처음이었다. 『문학예술』에 한국어로 발표된 『화산도』는 총3장이었고, 제1장은 1절부터 3절까지, 제2장은 1절부터 4절까지, 제3장은 1절부터 4절까지로 구성되었다. 그 내용은 게릴라인 장용석과 그의 여동생 장명순, 장용석의 옛 친구이자 신문사에 근무하는 김동진, 성내 조직책임자이자 국민학교 교사인 양성규, 미군정청

통역을 맡고 있는 비밀당원 정기준, 서북청년회 출신 경찰지서장인 황균위, 자본가 이병희와 그의 아들 이상근을 중심으로 1948년 〈제주 4.3사건〉을 전후한 정치이데올로기 상황(주민대량학살의 예상, 미군정청의 부조리, 5.10선거, 친일파 문제 등)이 형상화 된다. 내용적인 면에서 1950년대 발표된 『까마귀의 죽음』과 닮은 점이 적지 않은데[2], 초창기 김석범 소설의 대부분이 제주도(〈제주4.3사건〉)를 적극적으로 서사화했음을 확인할 수 있다.

그리고 『火山島』는 『해소(海嘯)』라는 제목으로 1976년 문예지 『文學界』 2월호부터 1981년 8월까지 약 5년 반 동안 일본어로 연재된다. 1983년 『문예춘추(文藝春秋)』에서 간행된 『火山島』(전3권)는 『해소』의 내용을 엮은 것으로 일본문학계는 물론 한국문학계에서도 큰 관심을 끌었고, 1988년 한국의 민주화투쟁이 정점을 찍은 직후 일본어판 『火山島』가 한국어로 번역 소개되기에 이른다.[3] 그러나 『火山島』는 김석범 자신이 "언젠가는 이 소설에 대응하는 형태로 속편에 해당하는 작품을 써야겠다."[4]고 예고했던 만큼, 그것으로 끝나지 않았다. 1981년 문예지 『文學界』에 『해소』의 연재를 마치고 5년이 지난 1986년, 작가는

---

2) 나카무라 후쿠지(中村福治)는 김석범의 1950년대 작품 『까마귀의 죽음』과 1960년대 미완의 장편소설 『화산도』의 공통점과 차이점을 등장인물 중심으로 구체적으로 지적한 바 있다.(나카무라 후쿠지, 『김석범 『화산도』 읽기』, 삼인, 2001, pp.53~55. 참조)

3) 1988년 김석범의 『火山島』는 실천문학사에서 김석희·이호철의 번역으로 전5권으로 번역되었고 당시 한국사회에 큰 반향을 일으켰다. 하지만 김석범이 "내용상(당시 일본에 있는 저자와 출판사 측의 연락이 자유롭지 못했던 탓) 불충분한 것들"이 있었고 "번역본이 원작과는 달리 일기체 형식으로 꾸며졌고, 작중의 중요한 대목들이 군데군데 생략되면서, 그 후에 완결된 『화산도』 제2부의 이야기가 이어지는데 지장을 주게된다."고 지적한 것처럼 불충분한 점이 있었다.(김석범, 「한국어판 『화산도』 출간에 즈음하여」, 『화산도』(김환기·김학동 옮김), 보고사, 2015, pp.5~6.)

4) 김석범, 「후기」, 『火山島5』(김석희·이호철 옮김), 실천문학사, 1988, p.315.

그 속편을 『文學界』 6월호에 연재하기 시작해 1996년 9월호까지 게재
했고, 1997년 9월 『文藝春秋』에서 『火山島』(전7권 완간)를 출간함으로
서 마침내 20여 년간 계속되었던 서사장편은 막을 내린다. 그리고 그로
부터 18여년이 지난 2015년 10월, 마침내 일본어판 『火山島』(전7권)가
한국어로 완역(김환기·김학동 옮김)되어 〈보고사〉에서 『화산도』(전12권)
로 출간되기에 이른다. 말하자면 1965년 처음으로 『火山島』가 문예동
의 『문학예술』에 소개되기 시작해서 2015년 한국어판 『화산도』(전12
권)가 출간되기까지 정확히 50년이라는 세월이 걸린 셈이다.[5]

　여기서 『화산도』의 전체내용을 구체적으로 언급한다는 것은 사실상
불가능하다. 지극히 개략적일 수밖에 없지만 『화산도』에서 형상화한
주요 주제들을 짚어보면, 먼저 제주도를 중심으로 한 해방정국의 정치
이데올로기(좌우익/남북이데올로기의 반목과 대립)를 비롯해서 권력기관
의 움직임(미군·경찰·군인·서북청년회에 대한 협력/비협력, 배제/포섭), 미
군정과 인민위원회의 움직임, 일제강점기의 친일파 문제('조선인'의 친
일, 정부수립과 반민법/반민특위, 김구암살, 이승만정권의 부조리 등), 제주도
와 제주도민(역사·민속, 경제·지리, 사회·문화 전반), 〈제주4.3사건〉(3.1
절기념 행사, 4.3사건 발발, 4.28평화협상의 성립과 협상파괴, 토벌대와 무장대
간의 격심한 반목과 대립, 토벌대/무장대의 민간인 학살, 초토화 작전과 제9연
대의 움직임, 오라리 방화사건, 5.3기습사건과 5.5수뇌회담, 김익렬 경질과 박

---

5) 『火山島』의 역사를 짚어보면, 1965년 조총련 기관지 문예동의 『문학예술』에 한국어로
　　『화산도』 게재(1965부터 1967년까지)→일본어판 『해소』를 문예지 『文學界』에 게재
　　(1976부터 1981년까지)→1983년 일본어판 『火山島』(전3권)을 『문예춘추』에서 간행→
　　1987년 『문예춘추』에서 간행된 『火山島』(전3권)를 한국어로 번역하여 『火山島』(전5
　　권)로 간행→제2부 『火山島』를 문예지 『文學界』에 연재(1986년부터 1996년까지)→
　　1997년 『火山島』(전7권, 文藝春秋) 출간→2015년 『文藝春秋』에서 출간된 『火山島』(전
　　7권)이 한국어로 완역되어 『화산도』(전12권, 보고사)를 발간하게 된다.

경진 암살사건, 본격화된 토벌작전, 〈여수순천반란사건〉 등), 유엔의 단독선거결정과 남북분단, 소련–북한–남로당의 움직임, 5.10총선거를 둘러싼 비리/부조리 등이 구체적으로 서사화 된다는 점을 지적할 수 있다. 그리고 무엇보다도 『화산도』에는 1945년 해방정국에서 제주도를 중심으로 한 역사성, 지역성, 정치성으로 표상되는 타자화된 제주도/제주도민의 정서(상실감, 황폐함, 울분과 한), 제주도와 재일'조선인'의 연계성, 제주도와 육지의 연계성, 봉건적인 가부장제와 가족제도(유산상속, 종손과 친족회의, 제사와 양자, 중매와 결혼, 세대 간의 갈등과 화해, 일본유학 등), 자유연애와 결혼관에 이르기까지 다양한 관점에서 문학적 천착이 이루어진다는 점에서 주목할 필요가 있다.

이러한 소설적 주제/문제의식을 보여준 김석범의 『화산도』에 대한 지금까지의 연구는 국적을 초월해서 여러 형태로 전개되어 왔는데, 개략적으로 그 연구 성과를 살펴보면 다음과 같다. 먼저 일본에서는 나카무라 후쿠지(中村福治) 『金石範と「火山島」』(同時代社, 2001), 다케다 세이지(竹田青嗣) 『〈在日〉という根拠-李恢成·金石範·金鶴泳』(国文社, 1983), 쓰부라야 신고(圓谷真護) 『光の鏡-金石範の世界』(論創社, 2005), 오노 데이지로(小野悌次郎) 『存在の原基, 金石範文学』(新幹社, 1998), 『金石範文学』(新幹社, 1998) 등의 단행본을 확인할 수 있고, 논문·비평으로는 오은영(吳恩英) 『在日朝鮮人文学における「朝鮮的なもの」-金石範の作品を中心に-』(名古屋大学院博士学位論文, 2012), 오토베 무네노리(乙部宗德) 「在日朝鮮人文学が突きつけるもの-金石範·李恢成の文学に即して」(『時代の転換点と文学』, 日本民主主義文学会編, 2004), 오노 데이지로(小野悌次郎) 「金石範文学へのアプローチー「鴉の死から」」(『新日本文学』, 1977.10), 쓰부라야 신고(圓谷真護) 『荒野に立って神を呼ばす-金石範『火山島』について」(『アジアの中の日本文学』(千年紀文学の会, 1998), 김

시종(金時鐘) 「金石範の長編小説『火山島』の完結に寄せて」(『毎日新聞』 1997.12.11.), 아베 아키라·우에다 미요지·와다 요시에(阿部昭·上田三四 二·和田芳惠) 「讀書鼎談 水上勉『寺泊』, 金石範『遺された記憶』」(『文芸』, 河出書房新社, 1977.4), 이즈미 세이이치(泉靖一) 「金石範著「鴉の死」」(『世 界』, 1968.4), 고토 메이세이(後藤明生) 「日本語との戦いということ金石 範『万德幽靈奇譚』」(『文芸』, 1972.2), 나미키 유(並木友) 「四·三事件と小 説「火山島(上)」(『現代コリア』, 1990.11), 후루이 요시키치·사카가미 히로 시(古井由吉·坂上弘) 「対談時評-青木八束「蛇いちごの周囲」, 김석범(金 石範) 「李訓長」, 다카하시 다카코(高橋たかこ) 「失われた絵」(『文学界』, 文 藝春秋社, 1973.7) 등을 확인할 수 있다.

한국에서는 연구 단행본으로서 나카무라 후쿠지의 『김석범『화산 도』읽기』(삼인, 2001), 오은영 『조선적인 것-김석범 문학을 중심으로』 (선인, 2015) 등이 있고, 연구 논문으로는 김학동 『민족문학으로서의 재일조선인문학-김사량·김달수·김석범을 중심으로』(충남대대학원 박 사학위논문), 김환기 「김석범 문학과 〈제주4.3사건〉」(『문학과 의식』 73, 세계한민족 작가연합, 2008 여름), 「재일 4.3문학의 문학사적 위치와 의 의」(『日本學報』 69, 한국일본학회, 2006), 정대성 「작가 김석범의 인생역 정, 작품세계, 사상과 행동」(『한일민족문제연구』 9, 한일민족문제학회, 2005) 「김석범 문학을 읽는 다양한 시각-그 역사적 단계와 사회적 배 경-」(『日本學報』 66, 한국일본학회, 2006), 박미선 「김석범 문학의 4.3대 응방법연구-단편소설의 인물형상화를 중심으로-」(『비교문화연구』 5, 비교문화연구소, 2001), 김은아 「金石範의 「까마귀의 죽음」과 현기영의 「순이삼촌」에 나타난 '4.3'기억의 재현과 비교」(『국제한인문학연구』 3, 국제한인문학회, 2006), 오은영 「김석범 문학과 그 정치적 배경」(『일본문 화학보』 43, 일본문화학회, 2009), 나카무라 후쿠지 「재일조선인 문학에 있어서 김석범 문학의 위치」(『龍鳳論叢』, 전남대인문과학연구소, 2000) 등을 확인할 수 있다.

이들 연구 현황을 살펴보면, 김석범 문학에 관한 실질적인 연구는 부분적으로 이루어지긴 했지만, 결코 광범위한 시점에서 전개된 것이 아님을 알 수 있다. 굳이 언급하자면 일본문학/비평계의 집중적인 관심에 비해 한국에서의 관심은 매우 부족했다고 해도 과언이 아니다. 그러나 최근에도 일본 나고야(名古屋)대학 대학원, 도쿄(東京)대학 대학원, 히토쓰바시(一橋)대학 대학원 등에서 신진연구자들이 끊임없이 김석범 문학을 연구하고 있으며, 재일코리안 학자/비평가들의 관심도 늘고 있음을 주목할 만하다. 한편 『火山島』에 대한 지금까지의 평가는 "정치적·교조적인 해석이 대부분"[6]이었고 더욱이 일본의 사소설과의 연계 속에서 해석하는 경향이 있었는데, 실은 "해방정국의 정치경제의 현실만 담아냈다는 선입견을 정정할"[7] 필요가 있다. 예컨대 정치이념적으로는 "한반도(특히 제주도)에서 반목했던 남북한/좌우익의 갈등/대립과 함께, 〈제주4.3사건〉을 둘러싼 군경-미군-무장대-제주도민 사이의 사상/무력충돌을 전면화하면서도, 유엔의 단독선거 결정과 남북분단, 이승만 정권의 등장과 함께 일제강점기 친일파 세력이 재기하는 사회현실만이 아니라 여수순천반란사건 등의 극한적 대립양상"[8]을 형상화 하면서도, 역사문화적으로 "당대 한반도에 존속해온 봉건적인 가부장제, 경제자본, 해외유학, 신세대의 결혼관/자유연애 등등, 해방직후 제주도의 생태학적 문화지리를 깊이 있게 부조해 내고"[9] 있다는

---

6) 김석범, 「한국어판 『화산도』 출간에 즈음하여」, 김환기·김학동 옮김, 『화산도』 1, 보고사, 2015, p.6.
7) 김환기, 「평화를 위한 진혼곡」, 김석범, 『화산도』 12, 2015, p.373.
8) 김환기, 위의 글, p.373.

점에서 그러하다.

아무튼 최근 한국문학/비평계에서 코리안 디아스포라문학에 대한 관심이 확대되고 특히 재일코리안 문학에 대한 관심이 적지 않음에도 불구하고, 여전히 김석범 문학에 대한 조명이 활발하지 못한 것은 사실이다. 여기에는 여러 가지 이유가 있겠지만, 필자는 무엇보다도 일본어판『火山島』가 한국어로 완역되어 소개되지 않았다는 점을 가장 큰 원인이라고 생각한다. 엄청난 분량의『火山島』를 한국어로 번역출간하기 위해서는 번역자/출판사의 각고의 희생은 물론이고 수준 높은 사회문화적 풍토가 뒷받침되어야 할 터인데, 오늘날 경제와 시장성을 중시하는 출판문화 풍토에서 창작이든 번역이든 대작을 기대하기란 쉽지 않기 때문이다. 비록 늦은 감이 없지 않지만, 최근 한국의 서점가에 일본작가의 소설이 베스트셀러를 차지하고, 한쪽에선 표절시비로 어수선한 가운데, 재일디아스포라 작가의 놀랄만한 대하소설『火山島』(전12권)가 완역 소개되는 것은 획기적이라 하지 않을 수 없다.

3.『화산도』의 역사문화/문학사적 위치와 의의

김석범의『火山島』가 한국에서 갖는 역사문화사적/문학사적 의미는 어떻게 자리매김 할 수 있을까. 이런 질문을 던져놓고 고민해보면 다양한 역사/사회/문화/문학적 의미들을 상정하게 된다. 특히 한국근현대사와 불가분의 문학과 정치, 문학과 역사, 문학과 기억이라는 관점에서 '기억의 역사'의 존재양식, 디아스포라의 '축제성'으로 표상되는 역동

---

9) 김환기, 위의 글, p.373.

성, 글로컬리즘(Glocalism)의 창의성과 연계된 아이덴티티 등이 거론되기 마련이다. 그러한 의미에서 김석범의 『火山島』는 한국에서의 역사문화/ 문학사적 의미를 다음과 같은 점에서 접근할 수 있을 것이다.

먼저 『火山島』가 한국현대문학사에서 격동기 해방정국을 형상화한 장편서사로서 한국현대문학사의 공백을 채워주는 텍스트라는 점이다. 한국의 현대문학은 일제강점기와 조국해방, 한국전쟁과 근대화과정을 거치면서 제국과 포스트콜로니얼, 냉전과 탈냉전, 근대와 탈근대라는 관점에서 다양한 작품들을 생산해왔다. 이와 관련된 대표적인 대하소설만 거명해 보아도 식민지 시기에는 이광수의 『무정』에서 발원하여 염상섭의 『삼대』와 채만식의 『탁류』, 홍명희의 『임꺽정』으로 이어졌고, 해방 이후에는 안수길의 『북간도』와 박경리의 『토지』, 황석영의 『장길산』, 홍성원의 『남과 북』, 이병주의 『지리산』, 이문열의 『변경』, 김원의 『불의 제전』, 조정래의 『태백산맥』·『아리랑』·『한강』 근현대사 3부작 등을 거론할 수 있다.[10] 이 빛나는 역사장편대하의 성좌에

---

10) 한국의 대표적인 장편소설을 거론해 보면 다음과 같다. 먼저 박태원(월북작가)의 『갑오농민전쟁』(전8권, 깊은샘, 1977~86)은 1977년 1부, 1980년 2부, 1986년 박태원 사후 3부가 발표된다. 내용은 갑오농민전쟁을 다루고 있다. 김주영의 『객주』(전9권, 문이당, 1979~82)는 1979년부터 1982년까지 서울신문에 연재된 소설로서 보부상들의 삶과 애환을 다룬 작품이다. 홍성원의 『남과 북』(전6권, 문학과 지성사, 1970~75)은 1970년부터 1975년까지 5년에 걸쳐 연재된 소설로서 1950년부터 1953년까지의 전쟁기를 다룬 대표적인 전쟁문학의 하나라고 할 수 있다. 이기영(월북작가)의 『두만강』(전7권, 풀빛, 1954~61)은 1954년 1부, 1957년 2부, 1961년 3부가 발표되었는데, 충청도 천안 부근의 농촌을 무대로 19세기 말부터 1930년대까지 의병운동, 민족해방운동 등을 다룬 작품이다. 홍명희의 『임꺽정』(전10권, 사계절, 1928~40)은 1928년부터 1940년까지 연재한 소설로서 민족적인 정서를 토대로 우리나라 풍속을 잘 그려냈다는 평가를 받고 있는 작품이다. 황석영의 『장길산』(전10권, 현암사, 1976~84)은 1974년부터 1984년까지 한국일보에 연재됐던 소설로서 17세기 숙종 광대출신 의적 장길산의 이야기를 다루고 있다. 이병주의 『지리산』(전7권, 한길사, 1972~85)은 1972부터 1977년까지 연재한 소설로서 1938년부터 1956년까지를 배경으로 한 대하역사소설이다. 조정래

김석범의 『화산도』 또한 마땅히 포함된다. 억압-배제-포섭으로 굴절된 사회문화적 지점을 장편/단편소설로 서사화 한 작품은 얼마든지 찾아낼 수 있다. 하지만 김석범의 대하소설 『화산도』는 이러한 소설적 성과 중에서도 특별한 의미를 지닌다. 서사화가 용이하지 않은 격동기 해방정국의 정치이데올로기 상황(미군정, 이승만 정권, 남북분단 등)과 굴절된 제주도(〈제주4.3사건〉)의 사회문화 지점을 거대한 이야기의 세계로 담아냈다는 점에서 그러하다. 특히 속문주의를 넘어서 글로벌시대의 문학정신을 감안할 때 해방 직후 정치이데올로기 정국을 서사화해 낸 『화산도』의 역사적, 문학사적 의미는 한두 마디 헌사로 마감해서는 안된다.

다음으로 디아스포라 작가가 창작한 일본어소설 『화산도』는 정치·이념적 터부의 대상일 수 없고 우리들의 자화상이자 거울이라는 점이다. 앞서 언급했듯이 격동기 한국근현대사를 탈냉전과 포스트콜로니얼의 관점으로 재해석하고 탈 구축하려는 움직임은 꾸준히 있어왔고 그 성과 또한 적지 않다. 해방정국의 격심한 좌우익/남북이데올로기와 한국전쟁을 거치면서 공고해진 군사정권의 반공이데올로기가 1987년 민주화운동으로 일단락되기까지 한국현대문학은 그야말로 억압과 배제, 포장과 민낯이라는 이분법적 프레임에 갇혀 지난하게 부침해 왔다. 다양성/중층성으로 대변되는 글로벌 세계주의를 표방하면서도 한편으로는 역사적 사실(진실)을 외면하거나 왜곡하는 경우가 없지 않았다.

의 『태백산맥』(전10권, 해냄, 1986~89)은 1983년부터 1989년까지 『현대문학』과 『한국문학』에 연재한 소설이며 『아리랑』, 『한강』과 더불어 한국근현대사를 다룬 3부작 중의 하나이다. 박경리의 『토지』(전16권, 솔, 1993~94)는 1969년 1부가 연재되기 시작해 1994년까지 총5부로 완결된 대하역사소설로서 시대적 배경은 1897년부터 1945년 광복까지이며 한 가족사의 이야기를 다루고 있다.

김석범의 『火山島』는 그러한 국가와 민족중심의 역사성, 정치성, 사회성으로 표상되는 사회문화적 지점을 가장 적극적으로 구현해낸 소설적 성과라 할 수 있다.

특히 이 작품은 격동기 해방정국의 제주도(〈제주4.3사건〉)를 둘러싼 정치·이념적 상황을 민족주의의 관점에서 명확하게 적시하고 "혼돈스러운 패러다임적 교란의 생기(生氣)"[11]로 표현되는 디아스포라의 '축제성'을 보여주기 때문이다. 이런 맥락에서 『화산도』는 제주문학의 꽃이며 〈4.3문학〉의 정점에 해당한다고 해도 과언이 아니다.

잘 알려진 대로, 제주4.3문학은 제주도 출신 작가들을 중심으로 그동안 많은 성과를 거두었다. 문예잡지 『제주작가』와 제주문인들을 중심으로 다양한 형태의 시, 소설, 수필, 평론, 시조 등이 소개되었다. 대표적인 소설가로는 고시홍, 곽학송, 김관후, 김대현, 김석희, 김일우, 김종원, 김창집, 노순자, 박화성, 오성찬, 이석범, 이재홍, 전현규, 정순희, 한림화, 함승보, 현기영, 현길언, 허윤석, 황순원 등이 있다.[12] 이들 중에서도 "현기영은 「순이 삼촌」, 「거룩한 생애」, 「목마른 신들」, 「마지막 테우리」, 「지상의 숟가락 하나」 등을 통해 제주4.3문학을 본격화시킨 대표적인 작가이다. 현길언, 고시홍, 오성찬 또한 4.3사건의 진상을 고발하는 한편, 민중의 항쟁과 수난사를 문학화하며 4.3문학을 자리매김"[13]하는데 크게 기여한 작가들이다.

---

11) 황운헌, 「遍歷과 回歸」, 『열대문화』 7, 열대문화 동인회, 1990, p.56.

12) 〈제주4.3사건〉을 그려온 시인으로서는 강덕환, 강승한, 고정국, 김경훈, 김관후, 김광렬, 김대현, 김명식, 김석교, 김수열, 김순남, 김용해, 김종원, 나기철, 문무병, 문충성, 양영길, 이산하, 임학수, 홍성운 등이 있고, 희곡가로는 강용준, 김경훈, 문무병, 장윤식, 장일홍, 하상길, 함세덕 등을 거론할 수 있다. 그리고 평론가로는 김영화, 양영길, 김병택, 김동윤, 고명철, 김재용 등이 있다.

13) 김환기, 「재일4.3문학의 문학사적 위치와 의의」, 『日本學報』 69, 한국일본학회,

그러나 김석범의 소설은 국내외에 발표된 4.3문학 중에서도 높은
문학성을 자랑하며 독보적인 위치를 차지한다는 평가가 일반적이다.
우선 4.3문학 중에서 『화산도』는 유일한 장편 대하소설이고 내용상
〈제주4.3사건〉을 객관적으로 조명하면서 제주도를 중심으로 육지와
바닷길로 소통하는 동아시아적 시좌를 보여준다는 점에서 그러하다.
물론 김석범의 『화산도』는 '재일 4.3문학', 즉 재일코리안 작가들이
제주도(〈제주4.3사건〉)를 서사화한 작품들[14] 중에서도 그 중심에 놓인
다는 것은 말할 것도 없다.

　『화산도』가 해방정국에 팽배했던 한반도의 역사·민속, 정치·이념,
사회·문화적 지점을 제주도의 생태학적 자연·지리·생활을 잘 용해시
켜 구체적으로 그려낸다는 점도 지나쳐서는 안된다. 『화산도』는 격동
기 해방정국의 정치이데올로기와 함께 제주도 특유의 역사성(몽고 침
입, 일제의 잔재, 유배지, 성곽, 관덕정, 관음사 등), 전통과 민속(유교정신,
산천단, 삼성혈, 친족회의, 이어도, 삼다도, 돌하루방, 제주방언, 토속신앙, 전
통굿 등), 자연과 지리(한라산, 오름, 바다, 하천, 돌담, 바람, 까마귀, 감자,
메밀, 조 등), 일상생활(가옥구조, 예의범절, 유학, 오메기술, 새끼회, 자리돔,
젓갈, 해녀, 술집 등), 교통 통신(택시·버스, 배편, 밀항선, 밀수, 전화, 우편
등) 그 밖의 향토적 교육시설과 이웃관계에 이르기까지 다양한 지점들

pp.246~247.

14) 재일코리안 작가 김석범, 김창생, 김시종, 양석일, 원수일, 종추월, 현월 등은 제주도
　를 원향으로 삼고 있고 그들의 문학에는 다양한 형태로 제주도가 형상화 된다. 특히
　김석범, 김태생, 김길호, 김중명, 정장 등의 〈4.3사건〉 관련 작품에는 "굴절된 조국의
　근대사가 녹아 있고, 역사의 틈바구니에서 쫓고 쫓기던 민초들의 애환"과 "4.3사건으
　로 인한 혈육간의 이별과 만남, 이향의 슬픔과 고향에의 동경, 남북한 이데올로기,
　민족적 정체성, 현실적인 벽의 개념에 이르기까지 실로 독특하고도 다양한 재일의
　목소리"가 그려진다. (김환기, 위의 글, pp.253~257. 참조)

을 망라한 작품이다. 제주도의 구체적인 일상을 담고 있는 생태학적 문화지리는 『화산도』의 비평공간을 확장시킴과 동시에 문학적 보편성과 존재 가치를 담보하는 근간으로 작용한다. 그러나 『화산도』는 격동기 해방정국의 친일파 청산, 미군정, 이승만 정권, 좌우익/남북이데올로기의 측면에서 읽혀지고 평가되면서 생동감 있게 펼쳐지는 제주특유의 자연·역사·문화·생활에 대한 조명은 충분히 이루어지지 못했다. 경직된 이데올로기 중심의 관념/대립적인 서사구도를 상징적인 영산(靈山; 한라산)과 제주도의 생태학적 공간(장소)을 서로 맞물리게 함으로써 『화산도』의 서사구조는 생생한 현장성을 확보하기에 이른다.

거기에다 『화산도』는, 현실주의적인 관점에서 역사적 사실을 복원해내며 저항/고발문학의 성격을 띤다는 점도 반드시 짚어보아야 할 대목이다. 일제강점기의 식민논리와 사고는 지역적 특수성을 왜곡/배제/변형시킴으로써 제국 중심의 지배구조를 강제해 왔다. 그 과정에서 경험해야 했던 모순/부조리는 재론할 필요도 없겠지만, 그러한 강제된 형태의 왜곡/배제/변형의 역사·문화적 지점을 깊이 성찰하며 국가/민족의 정체성을 재구성하는 작업으로 확산되어야 하는 것은 너무도 당연하다. 일제강점기와 해방정국, 한국전쟁을 거쳐 오늘날까지 이어진 민족의 일그러진 자화상을 온전하게 복원하고 평가할 필요가 있다. 예컨대 해방정국의 친일파 문제나 좌우익/남북이데올로기에 대한 비판적 해석과 평가야말로 미래지향적인 세계를 열어갈 동력이 될 수 있다. 그러한 의미에서 『화산도』는 일차적으로 해방정국의 역사적 실체(친일파, 〈제주4.3사건〉 등)에 대한 명확한 기억(복원)의 고발문학의 성격을 지닌 서사담론이자 동시에 치유의 문학으로 읽기에 충분하다.

또한 『화산도』는 동북아시아의 국가중심주의를 넘어 월경과 평화주의에 입각한 보편적 글쓰기를 실천한 세계문학의 가능성을 연 작품이

라는 사실도 함께 기억할 필요가 있다. 『화산도』의 시간적 배경은 해방
정국을 축으로 일제강점기를 과거형으로 수렴하면서도 남북한 정권이
수립되던 1948년과 49년을 중심으로 삼고 있다. 공간적 배경은 제주도
(〈제주4.3사건〉)를 중심으로 남한-북한-일본, 일본의 홋카이도-도쿄-
교토-오사카-고베, 서울-대전-부산-광주-목포-제주, 육지-바다-
섬으로 이어지는 육로와 바닷길을 아우른다. 내용상 정치·이념적으로
좌편향으로 보는 견해도 있지만 결코 그렇지만은 않다. 전체적인 서사
구조는 해방정국의 제주도(〈제주4.3사건〉)를 둘러싼 극단적인 민족주
의, 좌우익/남북한 정치이데올로기, 친일파 청산 등을 모두 망라하고
있다. 말하자면 작가의 고뇌는 해방정국에 휘몰아친 총제적인 갈등국
면을 극복하며 통일조국으로 나아가야 했음에도 결과적으로는 분단조
국의 냉엄한 현실과 마주할 수밖에 없었던 상황을 초점화하고 있는
셈이다. 이렇게 보면 『화산도』는 일제강점기의 친일파와 남북한의 반
민족적 행위를 함께 비판하면서 디아스포라 특유의 월경주의와 글로컬
리즘을 통해 문학적 보편성을 확보한 드문 사례이다.

　『화산도』는 한국/한국인/한국사회에 팽배한 전통적 민족순혈주의
를 극복하고 글로벌 경쟁력을 확보하는 데 매우 교훈적인 문학텍스트이
다. 유엔 인종차별철폐위원회(CERD)에서 "다른 인종과 국가 출신에 대
한 차별을 근절하는 데 앞장서라"고 권장했을 만큼 한국사회의 민족순
혈주의는 뿌리가 깊다. 끊임없는 외세의 침탈을 경험한 입장에서 보면
강한 민족순혈주의가 국민통합에 긍정적으로 작용해 왔고 앞으로도
부분적으로는 유효할 것이다. 하지만 글로벌시대와 함께 전통의식과
민족 중심의 세계관보다는 다민족/다문화 사회로의 이행에 따른 '혼종
성'이 주목받고 있는 게 엄연한 현실이다. 예컨대 '탈'민족과 글로컬리
즘의 관점에서 구축했던 코리안 디아스포라, 즉 구소련권의 고려인,

중국의 조선족, 북·중남미대륙의 한인들, 그리고 재일코리안이 처한 문화혼종의 지점은 현재 한국사회가 직면한 문제들을 해결하는 데 필요한 시사점과 교훈을 제공받을 수 있는 텍스트이다. 특히 재일디아스포라의 '경계', '혼종' 지점은 한국사회에도 시사하는 바가 적지 않지만, 일본/일본인/일본사회의 국가/자기중심적 논리에 비판적 시각을 제공하는 안티테제(Antithese)로 기능할 수 있다는 점은 주목할 대목이다.

뿐만 아니라『화산도』는 재일코리안의 자기/민족적 정체성, 세계관의 변용, 실존적 고뇌 등 인간문제의 근원적인 명제까지도 질문을 던지고 있다. 특히 정치이데올로기와 고도(孤島)의 정서를 내면적으로 소화하는 하녀 부엌이, 고네 할망, 부스럼영감, 목탁영감, 오남주의 어머니, 술집 여인들, 음식점 아주머니, 섬사람, 동네주민 등 다수 특정/불특정 민중들의 면면은 한 시대를 풍미하게 접하게 해주는 특별한 인물 창조의 의미를 제공한다. 거기에다 경계성을 살린 과거(일제강점기)와 현재(해방정국) 시제의 적절한 혼용, 공간과 인물에 따라 1인칭 시점과 3인칭 시점의 혼용, 중앙과 주변, 육지와 섬을 넘나드는 서사적 월경은 소설의 다채로운 맥락을 강화하는 장치들이다. 문학계에서는 이미『화산도』를 "일본어문학의 금자탑"[15]으로 극찬한 바 있고 문학적 보편성을 획득한 세계문학으로서 평가하기를 주저하지 않는다. 2015년 11월 일본출판계를 대표하는 이와나미서점(岩波書店)에서『화산도』가 재출간되고, 대학원 석·박사학위 논문주제, 문예잡지의 문학비평까지 문

---

[15] 岡本厚(岩波書店社長)는 한국어판『火山島』간행을 축하하는 자리에서 김석범의『화산도』를 "일본어문학의 금자탑"이라고 평가하면서, 특히 "적(敵)의 언어이며 사용하는 자체가 굴욕적인" 일본어로 제주4.3사건"을 집필한 것은 "일본의 전후문학뿐만 아니라 세계문학사에서도 유례없는 존재"라고 언급하였다.(岡本厚,「축사」,『재일디아스포라 문학의 글로컬리즘과 문화정치학-김석범『화산도』-」, 동국대학교문화학술원 일본학연구소, 2015. 참조)

학계의 지속적인 관심은 식지 않고 있다.

4. 나오는 말

본고의 연구 목적은 한국문학/한국어문학계에 최초로 완역되어 소개된 『火山島』가 역사문화사적 관점에서 어떻게 해석될 수 있으며, 또 그 문학사적 의미가 무엇인지 등에 대해 고찰해 보는 것이었다. 주지하다시피, 재일디아스포라 작가 김석범에게 제주도(제주4.3사건)는 심상공간으로서의 고향이면서 〈4.3〉으로 표상되는 "한국현대사의 맹점, 맹점인 동시에 분단조국의 집중적인 모순"[16]을 직시할 수 있는 공간이었다. 그리고 김석범의 대하소설 『화산도』는 고향인 제주도(제주4.3사건)에 횡행했던 해방정국의 모순/부조리를 문학적으로 형상화한 작품이다. 그동안 『화산도』는 소설 제목과 사용언어, 발표 매체를 바꿔가면서 변신을 거듭하였고, 이번에 한국어판 『화산도』가 간행되기까지, 그야말로 간고한 디아스포라의 여정을 보여주었다. 필자는 이번 한국어판 『화산도』의 발간은 역사문화적으로도 그렇지만 문학사적 의미가 적지 않다고 본다. 먼저 『火山島』가 한국현대문학사에서 격동기 해방정국을 형상화한 장편서사로서 한국현대문학사의 공백을 채워주는 텍스트라는 점, 정치·이념적으로 터부의 대상일 수 없고 우리들의 자화상이자 거울이라는 점, 제주문학의 꽃이며 〈4.3문학〉의 정점에 해당한다는 점을 거론하였다. 그리고 『화산도』가 해방정국에 팽배했던 한반도의 역사·민속, 정치·이념, 사회·문화적 지점을 제주도의 생

---

16) 김석범, 「한국어판 『화산도』 출간에 즈음하여」, 『火山島』 1, 보고사, 2015, p.5.

태학적 자연·지리·생활을 잘 용해시켜 구체적으로 그려낸다는 점, 현실주의적인 관점에서 역사적 사실을 복원해내며 저항/고발문학의 성격을 띤다는 점, 동북아시아의 국가중심주의를 넘어 월경과 평화주의에 입각한 보편적 글쓰기를 실천한 세계문학의 가능성을 연 작품이라는 점을 짚었다. 또한『화산도』가 한국/한국인/한국사회에 팽배한 전통적 민족순혈주의를 극복하고 글로벌 경쟁력을 확보하는 데 매우 교훈적인 문학텍스트라는 점, 재일코리안의 자기/민족적 정체성, 세계관의 변용, 실존적 고뇌 등 인간문제의 근원적인 명제까지 질문을 던지고 있다는 점을 주목했다. 이렇게 볼 때 김석범의 대하소설『화산도』는 월경적(국가와 민족) 차원에서 디아스포라의 세계관, 보편성, 세계문학과 관련이 깊은 문학텍스트로서 좀 더 넓은 형태(시각)의 연구가 요구된다고 하겠다.

이 글은 동국대학교 일본학연구소의『日本學』제41집에 실린 논문
「김석범·『화산도』·〈제주4·3〉
- [화산도]의 역사적/문학사적 의미 - 」를 수정·보완한 것임.

참고문헌

金石範,『言葉の呪縛』, 筑摩書房, 1972.
김석범, 김석희·이호철 옮김,『火山島1』, 실천문학사, 1988.
김석범, 김환기·김학동 옮김,『火山島1-12』, 보고사, 2015.
김환기,「재일4.3문학의 문학사적 위치와 의의」,『日本學報』69, 한국일본학회, 2006.
나카무라 후쿠지,『김석범『화산도』읽기』, 삼인, 2001.
황운헌,「遍歷과 回歸」,『열대문화』7, 열대문화 동인회, 1990.

포스트1945, 오키나와문학과 재일조선인문학

곽형덕

1. 두 마이너리티의 '전후'

2차 세계대전의 종결은 일본 제국의 구(舊) 식민지였던 조선과 오키나와에 일대 변화를 불러왔다. 두 지역은 일본 제국의 식민지라는 공통점이 있었지만, 일본이 패전하면서 각기 다른 '해방'을 맞이했다. 일본이 패전하면서 식민지 조선이 일시적으로 '해방'의 기쁨을 누렸던 것과 달리, 오키나와는 "일본과 미국 최후의 격전장"[1]으로 일본군('우군')의 핍박을 받고 미군에 점령되면서 고통이 배가됐다. 다시 말하자면 일본이 패전한 것은 일본 제국의 다른 식민지에서는 '해방'을 의미했지만, 오키나와에서는 잠시도 '해방'으로 불릴 수 없는 또 다른 점령 상태가 지속됐다. 오카모토 게토쿠(岡本惠德)는 오키나와 전(戰)에서 일어난 비극은 "일본 국민이 되려는 노력과 고향인 오키나와를 지켜야 한다는 결의"[2] 속에서 발생했다고 설명하고 있는데, 이는 일본의 패전 이후 우치난추(오키나와인/오키나와민족)가 직면했던 아이덴티티의 굴절과 모

---

1) 손지연, 『전후 오키나와문학을 사유하는 방법 - 젠더, 에스닉, 그리고 내셔널아이덴티티』, 소명출판, 2020, p.24.

2) 손지연, 위의 책, p.30에서 재인용. 원문은 谷川健 編, 『沖縄の思想』, 木耳社, 1970. 수록, 岡本惠德, 「水平軸の発想」이다.

색의 일단을 설명하는 데도 유효하다. 전근대 시기부터 양속체제에
속해 확고한 아이덴티티를 확립할 수 없었던 우치난추는 명/청과 에도
막부 사이에서 위태로운 줄타기를 해나갔지만, 폐번치현(1879) 이후에
는 일본의 그 어떤 식민지보다도 동화(同化)와 황민화(皇民化)의 길로
나아갔다. 그런 만큼 일본의 패전 이후 해방이나 독립의 길이 아니라,
일본 제국보다 더욱 강대한 미국에 의해 강행된 점령/식민지화는 1615
년 이후 300년 넘게 지속된 예속 상태라는 트라우마를 우치난추에게
각인시키는 것이기도 했다.

일본이 패전한 이후 오키나와문학과 재일조선인문학은 각기 다른
역사적 상황 속에서 과거의 '유산' 및 현재의 '과제'와 마주할 수밖에
없었다. 재일조선인이 일본의 패전과 함께 '해방'을 맞이하는 순간에도
오키나와는 오키나와전의 상흔과 미군의 점령으로 더욱더 엄혹한 상황
에 처해 있었다. 오키나와의 문학자들은 근대 이후 이민족의 점령이
거듭되는 가운데 자신의 아이덴티티를 정립해야 하는 난제(難題)와 직
면했다. 다시 말하자면, 일본 제국주의로의 자발적/비자발적 동화가
일본의 패전과 함께 끝났지만, 더욱 강대한 미국의 지배를 받게 되면서
오키나와인의 아이덴티티를 다시 확립하는 것은 긴박한 과제일 수밖에
없었다. 재일조선인 또한 일본의 패전 이후 잠시 해방을 누렸을 뿐,
미소냉전이 격화됨에 따라 미군과 일본 정부에 의해 탄압을 받았고,
한국전쟁을 거치며 냉전의 한복판에서 동족 간의 극단적인 이념대립을
겪었다.[3] 재일조선인은 이 시기에 조선인의 아이덴티티를 규명하려

---

3) 이와 관련해서는 다음 두 권의 역사서를 참조했다.
   문경수, 고경순 이상희 옮김, 『재일조선인 문제의 기원』, 도서출판 문, 2016.; 미즈노
   나오키·문경수, 한승동 옮김, 『재일조선인 - 역사, 그 너머의 역사』, 삼천리, 2016.

했다기보다는 일본 내에서 민족교육을 강화하고 한반도의 새로운 민족 국가를 건설하는 등의 현실 투쟁에 더 촉각을 곤두세우고 있었다. 1945 년에서 1960년까지를 시야에 넣으면, 재일조선인은 한국전쟁과 남북 분단이 고착화되는 과정 속에서 존재 규정보다는 현실과의 투쟁 쪽에 초점이 맞춰질 수밖에 없었다.

물론 이는 1945~1960년 사이를 기준으로 해서 오키나와문학은 아이 덴티티에, 재일조선인은 현실 투쟁에 모든 역량을 집중했다는 식의 이항대립 구도를 설정하기 위한 것은 아니다. 그보다는 해방 직후 두 문학이 각기 다른 조건 속에서 어떻게 전후의 평화담론과 냉전체제 사이에서 격투했는지를 보다 구체적으로 살펴보고자 한다. 이를 위해 이 글은 일본이 2차 세계대전에서 패배 후부터 약 15년 동안 '일본어'로 창작된 오키나와문학과 재일조선인문학의 대표작을 비교 검토함으로 써 마이너리티의 기억과 투쟁을 구체적으로 검토할 것이다. 다만 이 시기에 나온 방대한 문학 작품의 계보를 정리하고 추적하는 방식이 아니라, '전후'의 국가폭력에 맞서는 마이너리티의 기억과 투쟁을 몇몇 작가의 텍스트에 초점을 맞추려 한다. 특히 일본의 '전후' 평화 담론이 힘을 얻어가고 미소 냉전이 격화돼 가는 가운데 씌어진 오키나와문학 과 재일조선인 문학의 '포스트1945'의 구체적인 양상에 집중하려 한다.

2. 이중의식으로 보는 오키나와문학

미군 점령기의 오키나와문학은 흔히 '미민정부(米民政府) 시기의 문 학'[4]으로 불리며 세 시기로 분류돼 왔다. 1945년 패전으로부터 1951년 까지를 제1기, 1952년부터 1961년까지를 제2기, 1962년부터 1972년까

지를 제3기로 흔히 나눈다. 제1기에는 오키나와전 이후 주민들이 수용
소에서 생활했던 시기부터 시작됐다. 오키나와문학은 1945년 7월 『우
루마신보(ウルマ新報)』가, 1949년 2월 『월간타임스(月刊タイムス)』가 창
간되면서 활기를 띄기 시작했다. 제2기에는 1953년 7월 류큐대학 학생
에 의해 『류다이문학(琉大文学)』이 창간된 것을 기점으로 하며 1956년
4월 아라카와 아키라(新川明), 가와미쓰 신이치(川満信一)에 의해 '오키
나와문학의 모임'이 결성됐으며 6월에는 잡지 『오키나와문학(沖縄文
学)』창간됐다. 제3기는 1966년 4월 『신오키나와문학(新沖縄文学)』(오
키나와타임스사) 창간된 후부터 오키나와의 '일본 복귀'(1972.5.15.)까지
로 설정한다.[5] 오키나와 전후문학은 일본 제국주의나 군국주의로부터
벗어나 "일본문학을 추수했던 전전과는 다른 새로운 문학 공간이 출현
할 조짐"[6] 속에서 전개됐다. 이는 전전의 오키나와문학이 폐번치현 이
후, "자기부정(自己否定)의 심연을 헤매는 우치난추(오키나와 사람/민족)
의 비극과 그로부터의 부상(浮上)"[7]을 담고 있었던 것과는 변별된다.

---

4) 미민정부라는 용어는 약간의 설명을 필요로 한다. 오키나와전 이후 오키나와에 들어선
최초의 민정부는 1946년 4월에 만들어진 오키나와민정부(沖縄民政府)이다. 오키나와
민정부는 명목뿐으로 오키나와전과 함께 1945년 4월 1일에 만들어진 류큐열도미국군
정부(琉球列島米国軍政府)의 지배하에 있었다. 오키나와민정부와 류큐열도미국군정
부는 류큐열도미국민정부(琉球列島米国民政府, USCAR)가 1950년 12월에 만들어지면
서 사라졌다. 류큐열도미국민정부는 오키나와가 일본으로 복귀한 1972년 5월에 막을
내렸다. 미민정부 시기라는 분류는 류큐열도미국군정부 시기부터 류큐열도미국민정
부 시기를 포함한 것이라고 볼 수 있다.
5) 시기 구분은 메도루마 슌(目取真俊)이 기술한 다음 책의 내용을 요약 정리한 것이다.
메도루마는 오카모토 게도쿠(岡本恵徳)의 시기 구분을 참조했다.
岡本恵徳・目取真俊・与那覇恵子, 『岩波講座 日本文学史 第15巻・琉球文学, 沖縄の文
学』, 岩波書店, 1996, pp.192~203.
6) 武山梅乗, 加藤宏, 『戦後・小説・沖縄-文学が語る「島」の現実』, 鼎書房, 2010, p.263,
7) 곽형덕 편역, 『오키나와문학 선집』, 소명출판, 2020, p.4.

일본 제국주의 하에서 멸망과 애수의 상징으로 낙인찍혔던 우치난추의 전통과 역사는 미군 점령기가 되자 일본과는 변별되는 독자성의 상징으로 자리매김했다.

이와 함께 일본 제국주의 하에서 무비판적으로 일본인에 동화됐던 과거와 우치난추의 전쟁 책임 문제 또한 패전 이후 오키나와문학의 중요한 이슈로 부상됐다. 이번 장에서 중심적으로 살펴볼 오타 료하쿠(太田良博)와 오시로 다쓰히로(大城立裕)는 1기가 거의 끝나는 시점에 신인으로 등장해 2기 이후부터는 전후 오키나와문학을 대표하는 작가가 됐다. 특히 오타 료하쿠의 「흑다이아몬드」(『月刊タイムス』 1949.3)와 오시로 다쓰히로의 「2세」(『沖繩文学』 1957.11)는 '미민정부 시기' 문학의 흐름을 상징적으로 보여주는 첨예한 내용을 담고 있다. 이 두 작품은 '전후=평화[8]'라는 일본인들의 인식에 감춰진 수많은 균열을 드러내는 것만이 아니라, 오키나와가 일본 본토로부터 분리된 이후 우치난추가 직면했던 아이덴티티의 위기를 선명히 보여준다.

오타 료하쿠의 「흑다이아몬드」(『月刊タイムス』 1949.3)[9]는 전후 오키나와문학의 시작을 알린 작품이다. 이 소설은 오타 료하쿠가 인도네시아에서 병사로 지냈던 약 4년간의 실제 체험을 담고 있다. 오타는 "황폐한 전후 오키나와의 상황 속에서 무르데카(독립)의 열기에 소용돌이치

---

8) 山本昭宏, 『教養としての戰後〈平和論〉』, イースト・プレス, 2016.8. 참조.

9) 「흑다이아몬드」의 간략한 스토리는 다음과 같다. 이 단편 소설은 일본군의 일원으로 참가한 우치난추 병사인 '나'를 시점화자로 해서 전개된다. '나'는 파니만이라고 하는 의용군 지원자와 친해진다. 파니만은 일본군이 인도네시아를 점령한 상황에서 일본군을 도와 치안을 담당하는 '원주민 방위의용군'의 일원으로 활동한다. 이후 일본이 2차 세계대전에서 패배하고 인도네시아에는 독립의 기운이 무르익는다. 파니만 또한 인도네시아 해방군의 일원으로 참가한다. '나'는 그런 파니만을 길에서 우연히 만나고 그들이 부르는 노래 소리를 들으며 애상에 잠긴다.

고 있는 인도네시아를 동경하는 마음이 집필 당시 내 마음속에 있었던 것만은 부정할 수 없다"[10]고 썼다. 그는 오키나와가 미군정 하에서 고통받고 있음을 인도네시아의 '무르데카' 열기와 대비시키며, 무드데카를 향한 열망을 간접적으로 담아낸다.

> 아시아가 선다. 우리가 일어선다.
> 우리의 향토는 우리 손으로 지켜야 한다.
> 나아가라. 나아가!
> 방위의 전사. 아시아의 전사.
> 인도네시아의 전사.
> 한 무리의 병사들이 부르는 그 행진곡에 침통함과 애상함을 느끼면서……
> 나는 아연히 그 자리에 내내 서 있었다.
> 그로부터 사 년이라는 세월이 흘렀다……[11]

1945년 인도네시아가 외세의 침략을 떨쳐내고 독립으로 향해가는 과정을 지켜보는 주인공 '나'(우치난추 일본군 병사)의 시선을 1949년이라는 시점과 겹쳐 읽으면, 숨어 있는 작가의 의도를 파악할 수 있다. 나카호도 마사노리는 "오키나와의 상황과 인도네시아의 상황을 직접 비교하는 것은 불가능하지만, 오키나와에 사는 사람이 미국의 점령을 기분 좋게 받아들였다고 보기는 힘들다. 특히 인도네시아사의 독립운동을 눈앞에서 본 사람에게는 '고양이'가 허용하는 범위에서만 놀아야 하는 '쥐'와 같은 상태는 참기 어려웠을 것임이 틀림없다"[12]고 쓰고 있

---

10) 곽형덕 편역, 『오키나와문학선집』, 소명출판, 2020, pp.107~108.

11) 곽형덕 편역, 위의 책, pp.140~105.

12) 仲程昌徳, 「ソロの驟雨」と「黒ダイヤ」をめぐって:インドネシアへの進駐·再訪·居住」, 『日本東洋文化論集』18, 琉球大学法文学部紀要, 2012, p.37. 여기서 고양이는 '미국'이

다. 오타는 이처럼 답답한 오키나와의 현실을 일제 말 인도네시아의 격동하는 현장을 기록하면서 조금이나마 해소해보려 했던 것은 아니었을까.

하지만 당시 오키나와 문학계는 「흑다이아몬드」를 침략자인 일본군의 일원으로서의 '나'에 초점을 맞춰 호되게 비판했다. 아라카와 아키라는 「흑다이아몬드」를 비교적 잘 짜인 단편소설이라고 인정하면서도 인도네시아 민족해방운동을 좁은 시야에서 포착하고 있는 것과, 주인공이 "(본질적으로는) 침략자였던 일본군의 편에 서서 인도네시아 해방군을 '적'으로 의식"[13]하는 상태에서 쓰고 있음을 비판했다. 아라카와는 이 작품의 한계를 다음과 평가한다.

> 그들 인도네시아 청년과 민족해방을 위해 싸우는 고뇌는 그대로 우리의 고뇌이며, 우리가 느끼는 동일한 괴로움을 인도네시아 소년 파니만에게 적용해서, 행동과 실천을 하는 청년의 한 전형으로 그려야 했던 것이 아니었을까. 물론 파니만에게 그런 모습이 전혀 보이지 않는다는 것은 아니다.[14]

아라카와는 민족해방을 위해 싸웠던 인도네시아 청년들의 고뇌를 1950년 전후 오키나와 청년들의 고뇌와 겹쳐 읽는다. 이는 오키나와가 종속적인 상황에 처해 있으며 민족해방운동을 위해 나아가야 한다고 주장하고 있음과 같다. 그런 의미에서 아라카와는 소설 자체를 비평했

고 쥐는 '오키나와'를 말한다. 제임스 왓킨스(James Watkins) 소령은 1946년에 "쥐는 고양이가 허용하는 범위에서만 놀아야 한다"며 오키나와의 종속성을 강조했다.

13) 新川明, 「戰後沖繩文学批評ノート−新世代の希うもの−」, 『琉大文學』 7, 1954, p.32.

14) 위의 글, p.33.

다기보다는, 소설을 메타로 전후 오키나와 사회의 답답한 현실을 토로하고 있었던 것은 아니었을까. 작가인 오타나 비평가인 아라카와 모두 「흑다이아몬드」를 매개로 해서 '가해자로서의 오키나와'만이 아니라 미국에 종속된 오키나와의 답답한 현실을 호소하고 있었던 셈이다.

한편 오시로 다쓰히로의 「2세」(『오키나와문학』 1957.11)는 오키나와전에 참전한 하와이 출신 일계(日系) '2세'를 주인공으로 내세운 중편 분량의 소설이다. 마이너리티의 이중의식(double consciousness)과 아이덴티티라는 첨예한 문제를 '패전'으로부터 불과 12년이 지난 시점에서 날카롭게 형상화한 작품으로 전후 오키나와문학이 배출한 수작 중 한 편이다. 시점 인물은 '헨리 도마 세이치'로, 그는 우치난추지만 하와이에서 자란 일계 미국인 2세로 2차 세계대전에 '자원' 입대했다.[15] 나카호도 마사노리(仲程昌德)가 예리하게 포착하고 있는 것처럼 헨리는 "미군 병사이면서 오키나와인이며, 승자에 편에 속하면서, 패자의 편에"[16] 서

---

15) 「2」세의 간략한 줄거리는 다음과 같다. 헨리 도마 세이치는 2세 병사로 미군에 자원해 오키나와전에 참전한다. 그는 오키나와에 와서 전쟁에 신음하는 '동포'를 향한 연민과 그들을 죽음으로 몰아넣은 일본에 대한 원망 속에서 흔들린다. 물론 2세 병사 모두가 헨리와 같이 정체성의 위기를 겪은 것은 아니다. 같은 2세 병사인 존 야마시로도 우치난추로 하와이에서 나고 자란 '2세'지만, 그는 일본인/우치난추로서의 아이텐티티를 극렬히 거부하고 미국인으로서의 자화상을 확고히 정립한 인물이다. 헨리는 양쪽 언어를 다 할 줄 알기에 동굴 등에 숨어 있는 우치난추를 찾아서 투항하게 하는 임무를 받는다. 그는 내심 전쟁 중에 소식을 듣지 못 한 친동생 도마 세이지를 구할 수 있을 것이라고 생각한다. 아라사키 겐지는 현지의 기후나 지리에 익숙하지 않은 헨리를 도와 함께 다닌다. 둘은 길가에서 심하게 다쳐 얼굴을 알아볼 수조차 없는 오키나와인 청년을 구해 병원에 입원시킨다. 아라사키는 다친 청년의 명찰을 보고 그가 헨리의 동생임을 알린다. 의식을 회복한 도마 세이지는 친형이 자신을 찾아오자 그를 강하게 거부한다. 실의에 빠진 헨리는 차를 몰고 가다 오키나와 여성의 비명 소리를 듣는다. 오키나와 여성이 미군에게 강간을 당하기 직전에 그녀를 구해준다. 하지만 여성은 헨리를 보자 기겁을 하고 도망친다.

16) 仲程昌德, 『アメリカのある風景 – 沖縄文学の一領域』, ニライ社, 2008, p.41.

있어야만 하는 고뇌를 안고 있다. 더구나 헨리는 미군에 자원입대한 일본인(야마토민족) 2세 병사보다 더욱 복잡한 상황에 놓여 있다. 일본 대 미국의 전쟁이 오키나와를 전쟁터로 해서 벌어지면서 우치난추 출신의 2세 미군 병사인 헨리의 심정은 한층 복잡할 수밖에 없었다. 헨리의 분열된 의식은 「2세」 텍스트 곳곳에 드러난다.

> 오키나와전쟁은 1945년 6월 23일에 종식됐다. 며칠 후 오후였다. 섬 중앙부 R지구에 있는 수용소 언덕 위에 있는 소장실에서 육군보병 하사, 헨리 도마 세이치ヘンリー・当間盛一는 직립부동 자세로 여름 더위를 견디고 있었다. (중략) "그럼 좋아. 합중국의 양심이 자네들 2세 병사들에게 거는 기대는 대단히 크네. 국제적 이해의 발판 역할을 해야 할 사명은 자네들이 짊어질 영광스러운 짐이네. 하지만 그 사명은 자네들이 합중국 군인으로서의 자각에 근거해 행동할 때에만 달성될 수 있네. 그걸 오늘 하루 잘 생각해 보도록."[17]

미군 안에서 헨리 도마 세이치는 신뢰받는 존재가 아니다. 2차 세계대전 당시 미군에 자원입대한 일본계 미국인 2세 병사의 수는 "대략 3만 3,000명"[18]으로 알려져 있다. 다카하시 후지타니의 연구에 따르면 일본의 진주만 공습 이후 일본계 미국인들은 수용소로 보내져 그곳에서 조사를 받았다. 자원입대한 일본계 미국인 청년들은 수용소에서 미국에 충성을 서약하는 앙케트 조사를 통과한 후에야 입대 자격이 주어졌다.[19] 이들은 미합중국의 시민으로서의 자격을 의심받는 상황에

---

17) 곽형덕 편역, 『오키나와문학 선집』, pp.169~170. 이하 「2세」의 인용은 쪽수만 인용문 뒤에 표시한다.
18) 다카하시 후지타니, 이경훈 옮김, 『총력전 제국의 인종주의-제2차 세계대전기 식민지 조선인과 일본계 미국인』, 푸른역사, 2018, p.60.

서 자원입대를 "충성을 증명할 극적인 기회"[20]로 생각했지만, 미국은 이들에게서 의심의 눈을 거두지 않았다. 그렇기에 2세 병사의 충성은 '조건부 충성'일 수밖에 없었다.[21] 다시 말하자면, 일본계 미국인 병사는 양쪽(일본과 미국)에 속해 있어서 어느 쪽에서도 신뢰받지 못하는 존재였다. 경계에 서 있는 것은 양쪽을 넘나들 수 있는 가능성만이 아니라, 양쪽 모두에게 의심받고 버려질 수 있는 위험성도 내포하고 있다.

「2세」와 비교할 수 있는 작품은 비슷한 시기에 나온 아가와 히로유키(阿川弘之)의 「2세 병사(二世の兵士)」(『別冊 文藝春秋』 42, 1954.10)다. 이 작품에도 일본군에 속한 미국계 일본인이 등장한다.[22] 이들 2세 병사는 소설에는 명확히 나와 있지 않으나 시대 상황으로 보면 진주만공습 이후 미국에서 일본으로 귀국해 징병됐을 것이다. 소설의 시점 화자인 '나'는 중국 양자강 연안의 어느 마을에 주둔중인 해군 근거지에서 2세 병사들에게 일어난 일을 패전 후 9년이 지난 1954년 시점에서 회상한다. 이들 2세는 "항공기나 기지 사이의 무선 전화에 의한 영어 회화를 감청하고 번역해 기록"(초출, p.188)하는 일을 했지만, 부대 내에서는 미국이 승리하길 내심 바라는 게 아니냐는 식의 비아냥에 시달려야 했다. 그런 반응 속에서 2세 병사는 "미국에서는 일본계라고 주눅이 들고, 가까스로 일본에 돌아오자 이번에는 미국계라고 하니 저희도

---

19) 다카하시 후지타니, 위의 책, 2부 「'미국인'으로서의 일본인」.

20) 다카하시 후지타니, 위의 책, p.316.

21) 다카하시 후지타니, 위의 책, 2부 「'미국인'으로서의 일본인」.

22) 오오카 쇼헤이의 『포로기』에도 미군의 일원으로 참전해 일본군 포로를 취조하는 일본계 미국인 병사가 등장한다. 『포로기』에서는 포로가 된 일본 병사들이 그런 2세 병사를 보며 패배를 더욱 절감하게 된다.

그리 좋지는 않습니다"(초출, p.190)라고 말한다. 일본군 내의 2세 병사들도 미군의 스파이일지도 모른다는 의심을 받으며 생활한다. 더욱 충격적인 사실은 이 소설에 '(일본)육군의 2세 말살계획'이 등장한다는 점이다. 일본이 패전한 후, 육군은 2세를 믿을 수 없는 존재로 보고 이들을 말살할 계획을 세우지만, 해군의 반대로 무산된다. 사실 여부를 떠나서 이러한 설정은 2세 병사가 어느 쪽에서도 완전히 신뢰받지 못했음을 보여준다.

2세 병사는 이처럼 일본군 내에서도 미군 내에서도 이중 삼중으로 구속됐고 이중 삼중으로 부정당하는 존재였다. 「2세」의 헨리는 일본인, 미군, 우치난추 사이를 오가지만 그가 속한 미군에서도, 같은 민족 집단인 우치난추에게도, 그리고 그의 가족의 국가인 일본 제국 어디에서도 신뢰받는 존재가 아니다. 헨리의 분열된 의식은 같은 민족을 향한 의식의 분열로 이어진다.

> 식량은 자급해서 먹는 고구마 외에 군대 전투식량이나 통조림이 배급됐다. 한 집안의 주부나 딸이 맡은 중요한 임무 중 하나는 소장실 옆 언덕에 세운 배급소에 종이상자나 빈 깡통을 안고서 목장에서 사육되는 가축처럼 떼를 지어 모여 있는 것이었다. (pp.170~171)

> 나는 미국에서 진실한 신의 무릎 아래에서 생활했으니 지금부터 거짓 신을 위해 뒤틀린 오키나와에서 사자로서 봉사하는 것이라고 호기를 부렸다.
> 그는 수용소에서 본 오키나와 민중의 무질서, 비非 문명을 혐오했지만 그것은 그의 오키나와를 향한 사랑과 공존했다. 동생과 적이 돼 싸우는 비극도 그에게는 이미 '동생과 만나면……'이라는 로맨틱한 연극으로 바뀌어 있었다. (p.197)

2세인 헨리는 동족인 오키나와 민중을 혐오하면서도 사랑하는데, 이는 형제와 가축이라는 낙차가 큰 비유로 표현된다. 이러한 낙차는 우치난추가 헨리를 동족의 적으로 인식하고, 미군이 헨리의 충성심을 끊임없이 의심하는 것의 반작용이기도 하다. 헨리의 모순된 인식은 '이중적 분열감'에서 비롯된 것이다. '이중적 분열감'이나 '이중의식'은 듀보이스가 아프리카계 미국인이 백인들의 인종차별에 의해 직면한 의식의 분열과 고통을 표현한 용어이다. 듀보이스는 아프리카계 미국인이 "자신을 타인의 눈으로 응시"하며 "이중적 분열감(two-ness)을 느낀다. 검은 몸뚱이에 미국인과 흑인, 두 가지 정신과 사상, 양쪽에 속해 있다는 느낌을 지니고 살며, 조화되지 않는 갈등, 이상(ideals)은 격투 중이며 강인한 힘만이 몸이 갈기갈기 찢기는 것을 막아주고 있다"[23]고 쓰며 아프리카계 미국인의 찢겨진 아이덴티티를 표현했다. 「2세」의 헨리는 어쩌면 이보다 더하다 할 수 있는 '삼중적 분열감'(일본-우치난추-미국) 속에서 '타인(미국인과 일본인, 심지어는 동족)'의 눈으로 자신을 응시한다.

> 동생을 미워하고 싶었다. 나는 정말로 사랑을 쏟으려 노력했다고 그는 자신했다. 그것을 무참히도 거부한 것은 동생이다. 할머니를 살해한 것이 나라니? 근거도 없는 말이다. 누가 잘 못 쏜 탄환이 할머니를 쓰러뜨렸는지 어떻게 안단 말인가. (중략) 나는 일본 군벌이 장악한 나라를 증오했지만, 거짓 신에게 지배된 오키나와 민중을 증오할 수는 없었다. 그들을 해방시키려 왔다. 그 민중 가운데 동생도 할머니도 속

---

23) W. E. B. Du Bois *The Souls of Black Folk*, A. C. McClurg & Co., Chicago, 1903. 이 책은 The Project Gutenberg EBook에서 인용해 페이지 번호가 없다. 번역은 인용자가 한 것이다.

해 있다. 아라사키가 말했던 것처럼 나는 실로 동생을 위해서 오키나와
에 왔던 것인데. 내가 오키나와 민중을 사랑하고 그들을 위해 바삐
일한다는 것도 동생을 위해서였는데.
　'조국을 위해서이기도 하다!'(pp.229~230)

　헨리는 병상에서 의식을 찾은 동생에게 강하게 거부당한 후, 2세
병사로서의 사명과 아이덴티티의 극심한 혼란에 빠진다. "그들을 해방
시키려 왔다"는 헨리의 사명은 수용소에서 거듭된 앙케트 조사와 충성
선언을 하며 쌓아올린 명분이기도 하다. 그에 반해 오키나와 민중을
향한 사랑은 같은 민족을 향한 뿌리 깊은 울림으로 그가 완전히 거부할
수 없는 존재의 근원이기도 하다. 헨리의 '이중적 분열'은 미국과 일본,
미국과 오키나와 사이에서 타인의 눈으로 자신을 응시하는 가운데 비
롯된 것이다. 전술한 것처럼 동포와 가축으로서 동족을 응시하는 모순
이 상존할 수 있는 이유다. 하지만 그렇다 하더라도 헨리의 무의식은
미국인보다는 일견 '일본인' 쪽에 더 닿아 있는 것처럼 보인다.

　　눈이 캄캄해질 정도의 타격을 얼굴에 느끼고 이어서 땅으로 뻗어
　있는 나무뿌리에 세게 엉덩방아를 찧고 의식을 잃을 정도로 녹초가
　됐다. 하지만 그의 귓가에 날아든 말이 의식을 흔들어 깨웠다.
　　"God dem jap!(젠장할, 재프 놈)"
　　헨리는 힘껏 눈을 뜨고 초점을 맞췄다. 상대방 미군 둘이 그를 증오
　스럽다는 듯 내려다보고 있었다.
　　"Yah, I'm a Japanese!(그래 난 일본인이다) And you are……(그리
　고 너희들은…)"(p.233)

　헨리는 오키나와인 여성을 강간하려는 미군 병사를 제지하려 그들과
몸싸움을 벌인다. 그러자 미군 병사는 헨리를 멸칭인 'jap'으로 부르고,

헨리는 자신을 'Japanese'로 규정한다. 헨리는 여성을 구한 후 그녀의 얼굴에서 "할머니 얼굴이 이런 모습이 아니었을까" 하고 떠올린다. 이는 헨리가 자신의 아이덴티티의 근거를 "궁극적으로는 일본, 더 나아가 일본 본토와 구별되는 '오키나와'에 두고"[24] 싶다는 해석으로 이어질 수 있지만, 그의 기대는 소설의 끝부분에서 무참히 부서진다. 그가 미군 병사로부터 구해준 동족 여성은 그가 아무리 불러도 미군인 그로부터 계속 도망갈 뿐이다. 소설에서 이 여성은 헨리의 동생과 겹쳐지지만, 오키나와―우치난추라는 민족적 정체성으로 치환해서 읽을 수 있다. 헨리는 미군인 동시에 우치난추라는 이중적 분열감 속에서 아이덴티티를 동족과 오키나와에서 찾으려 했지만 이미 그는 외부인이며 전승국인 미군의 일원일 뿐이다. 헨리가 사명감을 품고 구하려 한 일본/우치난추의 상징인 친동생으로부터 거부를 당한 것은, 그가 미국과 일본, 미국과 오키나와 그 어디에도 온전히 소속될 수 없는 존재임을 명확히 드러낸다. 헨리는 경계에 선 자로서 그 어느 쪽으로부터(심지어는 형제로부터도) 온전히 받아들여질 수 없는 존재다.

3. '해방' 이후의 재일조선인문학

해방 직후 재일조선인문학은 아이덴티티 문제에 천착했던 일제 말 식민지 조선문학과는 달리 긴박한 동아시아 정세와 한반도 문제를 사

---

24) 손지연, 『전후 오키나와문학을 사유하는 방법-젠더, 에스닉, 그리고 내셔널아이덴티티』, p.129. 손지연은 이 장면에서 헨리가 그의 정체성을 '오키나와'에 두고 있음을 충분히 짐작할 수 있다고 해석하고 있다. 하지만 이는 헨리의 무의식의 향방으로, 그의 희망은 소설의 끝부분에서 무참히 거부당한다.

고의 축으로 삼아 전개됐다.[25] 이는 일제 말 조선인이 일제의 동화/황
민화 정책으로 아이덴티티의 위기를 겪었던 것과는 전혀 다른 상황이
해방 후에 펼쳐졌음을 의미한다. 해방 후 재일조선인은 일제 말과는
달리 동화/황민화 할 대상이 아니라 일본 사회의 안전을 해치는 '외국
인'으로 분류됐다. 해방 후 재일조선인은 일제 말에 비하면 조선어를
비교적 '자유'롭게 쓸 수 있는 자유는 생겼지만, 일본 국적을 박탈당함
으로써 불안정한 신분으로 일본에서 남북분단의 비극을 견디며 살아갈
수밖에 없었다. 이 시기 재일조선인문학의 핵심적인 주제가 해방 이후
재일조선인의 삶과 한반도 정세일 수밖에 없는 이유다.

　해방 이후 재일조선인문학은 다른 국민국가의 문학사처럼 자명한
것으로 기술될 수 없었다. 송혜원이 예리하게 지적하고 있는 것처럼
"내셔널적 권위와 친근성"[26]을 지닌 문학사에서 재일조선인문학은 비
켜나 있으며 그렇기에 "통사적이며 망라된 문학사"[27]는 성립되기 어려
웠다. 재일조선인문학을 여러 기준을 세워 문학사로서 정립하려 했던
시도는 한일 양쪽에서 있었지만, 한국문학사나 일본문학사처럼 정설
로 내세울 수 있는 문학사는 정립되지 못했다. 이는 재일조선인문학이
주류로 확립된 국민국가의 문학사를 보충하는 소재로 취급됐기 때문이
라기보다, 언어와 작가의 국적 등을 둘러싸고 재일조선인문학 그 자체
가 하나로 통칭될 수 없는 분열 속에 놓여 있었기 때문이다. 또한 재일
조선인문학은 남과 북(한국과 조선민주주의인민공화국) 사이에서, 혹은

----

25) 일제 말, 창씨개명과 일본인으로의 동화/황민화 정책은 조선인 작가들에게 아이덴티
　티와 관련된 심도 깊은 고민을 안겨줬다.
26) 송혜원, 『'재일조선인 문학사'를 위하여-소리 없는 목소리의 폴리포니』, 소명출판,
　2019, p.15.
27) 송혜원, 위의 책, p.16.

남과 북을 모두 인정하지 않으며 전개됐기에 창작언어(조선어-한국어-일본어) 또한 정치적 선택일 수밖에 없었다. 재일조선인문학사 또한 어느 쪽에서 문학사를 기술하느냐에 따라서 조선어 작품을, 혹은 일본어 작품을 넣거나 배제하는 식으로 기술됐다.

그런 만큼 전후 재일조선인문학은 시기 구분도 문제적이다. 재일조선인문학은 오키나와문학처럼 한 지역만을 대상으로 한 것이 아니기에 오키나와전에서부터 1972년 일본복귀까지라는 식으로 분류하는 것은 어렵다. 다만 해방과 남북분단, 조선총련의 창립, 한일기본조약 등 재일조선인을 둘러싼 역사적 상황의 변화를 염두에 둔다면, 해방에서부터 조선총련 창립까지를 제1기, 조선총련 창립부터 한일기본조약 체결까지를 제2기, 한일기본조약 체결에서부터 1970년대까지를 제3기로 볼 수 있을 것이다.[28] 이번 장에서는 제1기에 창작된 김석범의 「1949년 무렵의 일지에서-「죽음의 산」의 한 구절에서-」[29]과 김시종이 서클지 『진달래』를 결성하고 첫 시집 『지평선』(大阪朝鮮詩人集団刊、ヂンダレ発行所, 1955.12)을 간행하기까지를 중심으로 재일조선인문학[30]이 냉전과 분단에 대응해 간 양상을 구체적으로 살펴보려 한다.

남과 북이 분단되는 과정에서 일어난 '제주4.3'과 학살의 비극은 재일조선인문학에 큰 영향을 끼쳤다. 김석범과 김시종에게 이 항쟁과 학살

---

28) 이 분류는 문학사적인 합의를 이룬 것이라기보다, 전후 오키나와문학과 재일조선인문학을 비교하기 위해 필자가 임의로 설정한 것이다. 다만 조선총련의 창립과 한일기본조약의 체결 등은 재일조선인 사회를 뒤흔든 사건이었다는 점에서 근거가 전혀 없는 분류는 아니라 하겠다.

29) 초출은 『朝鮮評論』(창간호, 1951년 12월호). 박경식 편, 『在日朝鮮人関係資料集成〈戦後編〉 제9권』, 不二出版, 2001 수록.

30) 이 논문에서 말하는 재일조선인문학은 전후 일본에서 조선어와 일본어로 창작을 한 모든 작가의 문학을 말한다.

의 비극은 그들의 존재 근거를 평생 되묻는 준거로 남아 있었다고 해도 과언이 아니다.[31] 김석범과 김시종이 '조선적(朝鮮籍)'을 유지하며 남과 북 어느 쪽에도 온전히 속할 수 없는 망명 상태에서 작품 활동(=정치적 투쟁, 상상된 통일을 위한)을 지속한 것은 제주4.3을 빼면 설명하기 힘들다.[32] 이는 '이중적 분열감'이나 '이중의식' 등의 개념만으로는 설명할 수 없는 도래할 미래를 향한 줄기찬 투쟁에 다름 아니었다. 시기를 해방 직후로만 한정한다면 재일조선인은 '이중적 분열감'이나 '이중의식'을 야기한 민족차별에 절망했다기보다는 역사적 사명감 속에서 도래할 민족국가 건설에 들떠 있었다. 물론 남과 북에 각각의 정부가 만들어지면서 분단과 냉전이 격화돼 갔지만, 그렇다고 하더라도 적어도 1950년대에는 아이덴티티의 위기보다는 남과 북 어느 한편에 서거나, 도래할 통일을 위해 지난한 투쟁을 해나간 과정이었다. 한국전쟁(6.25)으로 재일조선인 사회의 갈등은 극에 달했으며, 1965년 한일기본조약이 체결되면서 '국적'을 둘러싼 충돌도 곳곳에서 빚어졌다.

김석범의 첫 소설인 「1949년 무렵의 일지에서 - 「죽음의 산」의 한 구절에서」(이하, 「죽음의 산」으로 약칭한다)[33]은 제주4.3과 학살의 비극을 놀랍도록 이른 시기에 형상화한 작품이다. 이 소설은 『화산도』[34]등

---

31) 이와 관련된 기록으로는 김석범과 김시종의 대담을 묶은 김석범, 김시종 저, 문경수 편, 이경은·오정은 옮김, 『왜 계속 써왔는가 왜 침묵해 왔는가』, 제주대학교 출판부, 2007이 대표적이다.

32) 김시종은 2003년에 한국 국적을 취득했다. 조선적이 지닌 상징성과 사상으로서의 가치와 관련해서는 나카무라 일성, 정기문 옮김, 『사상으로서의 조선적』, 보고사, 2020에 자세하다.

33) 신양근이 김석범이라는 필명을 사용하기 전에 박통(朴樋)이라는 필명으로 27살에 쓴 첫 소설이다.

34) 김석범의 장편소설 『火山島』는 「一九四九年頃の日誌より - 「死の山」の一節より」, 『朝鮮評論』 創刊号, 1951.12.과 「鴉の死」, 『文芸首都』 1957.12.에서부터 그 원형을 찾아볼

과는 달리 재일조선인 '나'를 주인공으로 내우고 "방관자적 시점에서 제주도에서의 학살을 담담하게"[35] 그린다.

> 이것은 그지없이 소극적인 '나'라는 인간의 눈을 통해 볼 수 있었던 사소한 하나의 현실입니다. 제주도 사건의 한 단면……. 「죽음의 산」에서 한 구절을 떼어내 앞뒤 맥락이 뒤죽박죽이라는 느낌을 지울 수 없어 우선 '1949년 무렵의 일지에서'라는 가제를 붙였습니다. 이것은 일기도 아니고 기행문도 아닌, 그저 작문 정도의 글입니다.[36]

「죽음의 산」의 모두(冒頭)다. 김석범이 26살에 쓴 첫 소설인 만큼 미숙함이 느껴지지만, 터부로 여겨진 제주4.3을 정면에서 응시하려 했다는 점에서 그 의의는 아무리 강조해도 지나치지 않다. 「죽음의 산」은 김석범 일생의 대작인 『화산도』로 이어지는 문제의식의 발단이며 촉매였다고도 할 수 있다. 다만 이 소설이 1951년에 발표됐다는 것을 염두에 둔다면 당시 소설을 읽은 독자가 과연 얼마나 실체적으로 제주4.3을 이해했을지는 의문이다. 김석범이 "사소한 하나의 현실",

---

수 있다. 이후 조선총련 조직의 문학잡지 『문학예술』에 조선어로 발표된 「화산도」(1965.5~1967.8, 총9회[중단])를 거쳐, 일본어로 『文學界』에 1976년부터 1997년까지 20년에 걸쳐 연재됐다. 연재 도중인 1983년 6월부터 문예춘추사에서 단행본으로 간행해서 1997년 9월에 전7권으로 완간됐다. 이미 알려진 것처럼 단행본으로 출간될 때 부분 개작이 이뤄졌다. 이와나미서점에서 주문 제작 방식으로 2015년 10월 『火山島』(1~7)를 다시 출간했다. 또한 김석범의 많은 작품이 『火山島』와 직간접적으로 이어져 있다. 김석범의 『화산도』에 관해서는 이미 두 편의 논문에 다뤘던 바, 이 글에서는 「죽음의 산」에 집중한다.

35) 宋惠媛, 「「一九四九年頃の日誌より-「死の山」の一節より」について-」, 『金石範作品集〈1〉』, 平凡社, 2005, p.561.

36) 김석범, 조수일·고은경 옮김, 『만덕유령기담』, 보고사, 2022, p.161. (이하 작품 인용은 쪽수만 표시한다.)

"그저 작문 정도의 글"이라고 하며 시작되는 「죽음의 산」은 해방된 국가에서 벌어진 일이라고 믿을 수 없는 비극적인 학살의 기록으로 가득하다.

> 어딜 가든 소곤소곤하는 목소리가 멎지 않았다. 곁눈으로 힐끗 혹은 흘끔, 배뚜로 주고받는 시선에 사람의 숨을 읽는 예민한 훈련이 깃들어 있었다. …… 어제는 아무개가 죽임을 당했다. 농학교에서 서른 명이 처형을 당했다. 오늘도, 아직 늦지 않았을 테다. 오늘은 몇 명 정도일까. 쉰 명일까, 내일은 ……. 어제도, 오늘도, 내일도 숨을 거둔다. 죽으면 더 이상 걱정을 할 일도 없겠네만. 이렇게 말하며 서로 얼굴을 마주본다. 이런 얘기가 끊이지 않았다. (p.166)

김석범은 주인공 재일조선인 '나'를 '제주4.3' 학살 현장에 세워두고 해방공간에서 벌어진 믿을 수 없는 동족 학살을 형상화했다. 「죽음의 산」을 쓰며 김석범은 자신이 체험하지 않은 비극의 현장을 바다 건너 일본에서 일본어로 일본어 독자를 향해 오사카조선인문화협회 기관지인 『조선평론』에 썼다. 더구나 한국전쟁이 한창일 때 '제주4.3'을 쓰는 것으로 부채의식을 조금이라도 떨쳐내려 했다. 「죽음의 산」에서 김석범이 전경화 한 것은 민족 내부의 분열과 비극이었다.

> 자기들 형제가, 부자가, 혹은 젊은 모녀가 모여 있는 한라산의 궁핍함, 식민지를 침략하듯 속속 증원되어 바다를 건너오는 이승만의 군대, 포학무도한 '서북청군백골부대'의 광기. 조용한 긴장 속에서, 하지만 부드럽게 이런 얘기들을 나눴다. 죽음을 맞이하는 것 외에 이 지옥의 종언을 보는 것은 불가능한 것일까, 우리의 빨치산은 섬처럼 고립무원의 상태인 것일까, 우리 내부의 자들이 조국의 자유와 통일을 이토록 방해하고 박멸하려고 하는 것은 이제 슬픈 웃음에 가깝다. 이승에서

일어날 수 있는 일이 아니다. (pp.167~168)

김석범은 "내부의 자들이 조국의 자유와 통일"을 방해하는 아이러니를 "슬픈 웃음"이라 표현한다. 이러한 문제의식은 『화산도』에서 해방 직후부터 제주4.3까지를 시야에 넣고 "조선 근현대사에 농락된 조선인"[37]들을 세밀하게 그리는 것으로 나타나 있다. 다만 "역사의 아이러니"[38]는 동족 간의 살육에 의해 돈좌된 통일된 민족국가 수립의 실패만을 의미하는 것이 아니라, 남과 북 어느 편을 들지 않고 "사상으로서의 조선적"을 관철했기에 「죽음의 산」으로부터 『화산도』를 쓸 수 있었던 것을 나타내기도 한다. 그런 의미에서 「죽음의 산」은 '망명 작가' 김석범 문학의 시작을 알린 작품이기도 하다. 김석범의 망명은 직접 참여하지 못 한 실패한 혁명을 이국땅에서 계속 살아가는 것이었다. 그런 의미에서 김석범의 삶과 문학은 동서냉전의 격화 속에서 벌어진 분단체제(남북의 극단적 대치와 갈등)는 물론이고, 냉전을 비가시화한 전후 일본의 평화담론에 끊임없이 균열을 일으켰다고 평가할 수 있다.

한편 제주4.3 당시 남로당 당원으로 활동하다 목숨을 구하기 위해 밀항해 오사카 이쿠노로 갔던 김시종 문학의 출발점은 김석범과는 결이 달랐다. 김석범이 해방 이후 한반도 역사의 최대 비극이라 할 수 있는 제주4.3에 집중했다고 한다면, 김시종의 문학은 패배한 혁명을 뒤로 하고 분단과 냉전의 새로운 지평을 '재일'의 조건 속에서 탐색해나갔다. 물론 1950년대 초 무렵 한국전쟁의 소용돌이 속에서 김석범과 김시종은 대한민국이 아니라 조선민주주의인민공화국(이하 공화국으로

---

37) 송혜원, 『'재일조선인 문학사'를 위하여-소리 없는 목소리의 폴리포니』, p.415.

38) 김석범, 김환기·김학동 옮김, 「한국어판 『화산도』 출간에 즈음하여」, 『火山島』1, 보고사, 2015, p.7.

약칭한다) 쪽에 몸이 훨씬 더 기울어져 있었다.[39] 김시종이 오사카조선
시인집단 진달래를 조직하고 서클지 『진달래』를 발행했던 것도 일본공
산당과의 직접적인 관련은 있겠으나 공화국을 민족의 희망으로 보았던
당시 좌파 지식인들의 시대 인식을 빼놓고는 설명하기 힘들다.

해방 후 재일조선인 운동에서는 좌파가 압도적으로 우세했습니다.
그리고 조선인공산주의자는 코민테른 시대의 일국 일당주의 원칙을
답습해서 일본 공산당에 입당해 그 지도를 받았습니다. 일본공산당
내에는 조선인 당원을 지도하는 민족대책부(약칭 민대)라는 조선인 당
원으로 구성된 섹션이 있었다. (중략) 민대 중앙에서 내려온 지령은
"문화 서클을 만들어서 정치에 무관심한 청년을 조직화하라", "서클잡
지를 발행해서 조선전쟁에서 공화국의 정당성과 우월성을 선전하라"
라는 내용이었을 겁니다. 『진달래』가 민대 중앙으로부터의 톱다운 지
령으로 창간된 서클잡지였다는 것은 사실 관계로서 파악해둘 필요가
있습니다.[40]

『진달래』는 형식적으로는 일본공산당 민대의 지령을 받고 창간됐지
만, 어디까지나 공화국과의 관련이 더욱 깊은 서클지였다. 인용문에서
확인할 수 있듯이 일국일당의 원칙에 따라 김시종 시인도 이 당시는
일본공산당의 당원이었기에 그 지령을 따랐던 것이지만, 그것은 형식

---

39) 널리 알려진 바대로 1955년 조선총련이 창립된 이후 재일조선인작가와 조직에 대한
   평양의 직접적인 통제가 강화되면서 '진달래'를 이끌던 김시종은 공화국의 탄압을 받고
   그로부터 멀어졌다. 이는 김시종이 밀항해 일본에 간 목적이 공화국으로 들어가려고
   했던 것과, 공화국이야말로 그 당시 김시종이 사는 목적이었던 것을 생각해본다면,
   그의 삶을 뒤흔드는 일대 사건이었다.
40) ヂンダレ研究会 編, 『「在日」と50年代文化運動−幻の詩誌『ヂンダレ』『カリオン』を読む』,
   人文書院, 2010, pp.18~19. 인용 부분은 우노다 쇼야(宇野田尚哉)의 발언이다.

상일 뿐 실제로는 민전(在日朝鮮統一民主戰線) 소속으로 공화국과 더 밀접하게 연관돼 있었다고 봐야 할 것이다. 이는 「창간의 말」(『진달래』 창간호, 1953년 2월)에서도 확인할 수 있다.

> 우리가 쓰는 시가 아니라면 그것도 좋다. 백년이나 채찍 아래 살아온 우리다. 울부짖는 소리는 반드시 시 이상의 진실을 전할 수 있을 테니! 우리는 더 이상 어둠에서 떨고 있는 밤의 아이가 아니다. 슬프기 때문에 아리랑을 부리지 않을 테다. 눈물이 흐르기에 도라지를 부르짖지 않을 테다. (중략) 자 친구여 전진하자! 어깨동무를 하고 드높이 계속 노래하자. 우리 가슴 속의 진달래를 계속 피우자. / 조선시인집단 만세!
> 1953년 2월 7일 빛나는 건군절을 앞두고[41]

『진달래』 동인들은 창간호에 공화국의 건군절을 기념하며 '혁명을 위한 문학'의 기치를 내걸고 있다. 『진달래』 창간호에 실린 김시종의 일본어 시 「아침 영상-2월 8일을 찬양하다-」는 그가 한 때 열렬한 공화국의 지지자였음 보여준다. 김시종은 "우리 인민 군사는 일어섰다. // 인민을 위해서 / 오로지 인민을 위해서 / 평화로운 조국을 지키기 위해 // 젊은 피를 끓어 올려 / 새벽녘 언덕에서 / 큰 발자취로 우뚝 / 서 있다.[42]라고 쓰면서 공화국을 향한 굳은 믿음을 보여준다. 하지만 그의 공화국을 향한 믿음은 조선총련이 창립(1955년 5월)된 후부터 시작된 『진달래』 탄압으로 크게 흔들렸고 이후 산산이 부서졌다. 그렇게 본다면 김시종이 공화국을 향한 믿음을 지녔던 무렵에 썼던

41) 재일에스닉잡지연구회 옮김, 『오사카 재일 조선인 시지 진달래 가리온』, 지식과 교양, 2016, pp.12~13. 원문을 참조해 가며 번역문을 조금 더 자연스럽게 고쳤음을 밝혀둔다.
42) 재일에스닉잡지연구회 옮김, 위의 책, p.23. '/=줄 바꿈', '//=연 바꿈'을 뜻한다.

시는 시기적으로는 첫 시집인 『지평선』(1955.12)까지였다고 봐야 할 것
이다. 하지만 『지평선』에 공화국을 노골적으로 찬양하는 시가 빠져
있는 것을 감안하다면, 『지평선』 간행 이전부터 공화국을 향한 믿음에
균열이 왔음을 추정할 수 있다.

오세종이 비평하고 있는 것처럼 『지평선』은 조선총련이 결성된 직
후에 간행돼서 "재일조선인 조직의 변천 과정에 민감하게 반응"[43]하며
출판됐다. 하지만 『지평선』 출간 전부터 조선총련이 "조선어 사용, 그
리고 '조국' 북한을 찬양하는 내용을 쓰라는 요구"[44]를 『진달래』에 해오
면서 김시종은 공화국의 문화정책에 이의를 제기하고 조선총련과 극심
하게 대립하기 시작했다. 이는 첫시집 『지평선』이 이미 증명하고 있는
것처럼 김시종의 시세계가 냉전과 분단에 맞서 재일(在日)을 살아가는
'유민(流民)'의 존재론적 자각을 바탕으로 하고 있었음을 보여주는 것이
기도 하다.[45] 그렇기에 조선총련이 창립된 이후 주체성과 자율성을 압
박해 들어오자 김시종은 "누가 뭐라 해도 아닌 것은 아니"[46]라고 단호
히 거부했다. 서클지 『진달래』, 『지평선』에서 김시종은 샌프란시스코
강화조약과 한국전쟁 이후 더욱 심화하는 냉전과 분단만이 아니라,
반전반핵과 미군의 오키나와 점령을 시야에 넣음으로써 냉전의 폭력에
저항하고 제3세계적 지평을 새겨놓았다. 이는 실로 '전후'의 폭력에

---

43) 오세종, 「해설: 위기의 지평」, 김시종 저, 곽형덕 옮김, 『지평선』, 소명출판, 2010,
　　p.217.
44) 오세종, 위의 글, pp.216~217.
45) 김시종의 『지평선』에 관해서는 이미 다음 비평에서 자세히 논했으므로 여기서는 핵심
　　만을 다뤘다. 곽형덕, 「김시종과 끝나지 않은 혁명」, 『김시종, 재일의 중력과 지평의
　　사상』, 보고사, 2020.
46) 재일에스닉잡지연구회 옮김, 『「在日」と50年代文化運動 - 幻の詩誌『ヂンダレ』『カリオ
　　ン』を読む』, p.77.

맞서는 마이너리티의 기억과 투쟁에 다름 아니었다.

4. 마치며 – 상흔을 넘어서

이 글은 '전후'의 폭력에 맞서는 마이너리티의 기억과 투쟁을 전후/
해방 직후 오키나와문학과 재일조선인문학을 중심에 놓고 살펴봤다.
일본이 2차 세계대전에서 패배 후부터 약 15년 사이에 활동한 오키나와
문학과 재일조선인문학 작가의 문학 활동을 비교 검토함으로써 마이너
리티의 기억과 투쟁이 지니는 의미를 분석했다.

2장에서 살펴본 오타 료하쿠의 「흑다이아몬드」와 오시로 다쓰히로
의 「2세」는 오키나와문학이 전쟁 직후부터 강대국의 폭력적 지배에
맞서 오키나와인의 아이덴티티를 궁구하며 '과거'에 대한 성찰을 시작
했음을 보여준다. 「흑다이아몬드」는 오키나와가 미군의 압도적인 힘
앞에서 신음하던 1949년에 일제 말 인도네시아의 독립운동을 호출한
다. 이 소설의 '나'는 비록 인도네시아를 침략한 일본군의 일원이지만
인도네시아가 독립을 향해 나아가는 과정을 애수에 찬 시선으로 응시
한다. 비록 이 소설이 직접적으로 오키나와의 독립을 외친 것은 아니라
하더라도 인도네시아 독립을 향해 '나'가 보여준 연대의 감정은 강대국
의 국가폭력에 신음하는 오키나와의 답답한 현실을 향한 작은 외침이
라고 평가할 수 있을 것이다. 이와 비교해 「2세」는 미군의 일원으로
오키나와전에 참전한 2세 병사를 주인공으로 내세워 '이중적 분열' 속
에서 오키나와인은 누구인가라는 문제를 예리하게 물었다. 이는 단순
히 오키나와전과 전쟁 이후의 2세 병사의 비극만을 드러낸 것이 아니
라, 전근대 시기 이후 강대국에 의해 이중구속과 이중부정의 늪에 빠져

있는 오키나와의 역사와 전쟁 이후 오키나와의 현실을 날카롭게 비평한 것이라고 해석할 수 있다.

3장에서는 재일조선인문학 작가 김석범과 김시종의 삶과 문학을 해방 직후부터 1955년까지에 초점을 맞춰서 살펴봤다. 같은 시기 오키나와문학이 해방 없는 점령이 지속되는 가운데 오키나와인의 아이덴티티 규명에 집중했다고 한다면, 재일조선인문학은 긴박하게 전개되는 한반도 정세에 반응해 현실 투쟁 쪽에 추가 더 기울어져 있었다. 특히 '제주4.3'에서 한국전쟁, 그리고 그 이후의 상황은 냉전이 심화되고 남북분단이 고착화돼 가면서 재일조선인에게 어느 편에 설 것인지를 끊임없이 요구했다. 김석범과 김시종의 삶과 문학은 그 한복판에서 한때는 공화국의 체제를 선이라 믿었지만 차차 그로부터 이탈해 남과 북의 냉전과 분단을 거부해나갔다. 김석범의 「죽음의 산」은 제주4.3과 학살의 비극을 한국전쟁이 채 끝나기도 전에 "내부의 자들이 조국의 자유와 통일"을 방해하는 아이러니를 아로새겨 놓았다. 그것은 대작 『화산도』로 이어지는 김석범 문학의 출발점인 동시에, 해방 후 일본어로 창작된 재일조선인문학이 일본문학에서 비가시화돼 갔던 냉전과 분단을 가시화해 갔음을 보여주는 것이기도 하다. 한편 제주4.3의 생존자이며 밀항자인 김시종은 1953년에 오사카조선시인집단 진달래를 결성하고 냉전 문화정치의 한복판에 뛰어들었다. 하지만 조선총련이 『진달래』의 발행에 개입하기 시작하자 김시종은 공화국의 문화정책에 이의를 제기하고 조선총련과 극심하게 대립하기 시작했다. 『지평선』이 남북분단만이 아니라, 반전반핵과 미군의 오키나와 점령을 형상화한 것은 냉전의 고착화에 맞서는 김시종이 보여준 불굴의 의지였다고 평가할 수 있을 것이다.

이처럼 오키나와문학과 재일조선인문학은 다른 양상으로 전개됐음을 알 수 있지만, 전후의 평화담론과 냉전의 고착화에 투쟁해 나갔다는 점에서는 공통점을 찾을 수 있다. 이는 일본 제국의 식민지였다는 체험과, 그로부터의 탈식민화라는 공동의 목표가 있었기에 나타난 현상이었다. 물론 전후 오키나와문학이 오키나와의 자립과 독립을 추구했던 것과 달리, 재일조선인문학은 남과 북이 분단되면서 보다 복잡한 양상으로 전개될 수밖에 없었다는 차이는 여전하다. 이는 해방 이후 제주 4.3에서 한국전쟁, 그리고 그 이후에 이어진 냉전의 심화와 분단체제의 고착화가 재일조선인문학에 남긴 상흔이다.

이 글은 한국일본학회의 『일본학보』 제126집에 실린 논문 「'전후'의 폭력에 맞서는 마이너리티의 기억과 투쟁 ─ 오키나와문학과 재일조선인문학을 중심으로 ─」를 수정·보완한 것임.

참고문헌

곽형덕 편역, 『오키나와문학 선집』, 소명출판, 2020.

김석범, 김환기·김학동 옮김, 「한국어판 『화산도』 출간에 즈음하여」, 『火山島1』, 보고사, 2010.

김석범, 조수일·고은경 옮김, 『만덕유령기담』, 보고사, 2022.

다카하시 후지타니, 이경훈 옮김, 『총력전 제국의 인종주의』, 푸른역사, 2018.

손지연, 『전후 오키나와문학을 사유하는 방법 ─ 젠더, 에스닉, 그리고 내셔널아이덴티티』, 소명출판, 2020.

송혜원, 『'재일조선인 문학사'를 위하여 ─ 소리 없는 목소리의 폴리포니 ─』, 소명출판, 2019.

재일에스닉잡지연구회 옮김, 『오사카 재일 조선인 시지 진달래 가리온』, 지식과 교양, 2016.

ヂンダレ研究会 編, 『「在日」と50年代文化運動 ─ 幻の詩誌『ヂンダレ』『カリオン』を読む』, 人文書院, 2010.

久保田淳ら, 『岩波講座 日本文学史 第15巻・琉球文学、沖縄の文学』, 岩波書店, 1996.

金石範, 『金石範作品集〈1〉』, 平凡社, 2005.

武山梅乗, 加藤宏, 『戦後・小説・沖縄－文学が語る「島」の現実』, 鼎書房, 2010.

新川明, 「戦後沖縄文学批評ノート－新世代の希うもの－」, 『琉大文學』7, 1954.

仲程昌徳, 「ソロの驟雨」と「黒ダイヤ」をめぐって:インドネシアへの進駐・再訪・居住」, 『日本東洋文化論集』, 琉球大学法文学部紀要 18, 2012.

仲程昌徳, 『アメリカのある風景－沖縄文学の一領域』, ニライ社, 2008.

W. E. B. Du Bois, *The Souls of Black Folk*, A. C. McClurg & Co., Chicago(The Project Gutenberg EBook), 1903.

재일문학과 단카

한무부(韓武夫)를 중심으로

다카야나기 도시오

1. 시작하며

사람은 인생을 살면서 다양한 사건에 직면하여 정신적인 체험을 한
다. 때로는 놀라고, 기뻐하면서 또 때로는 슬퍼하고, 고민하면서 매일
의 삶을 살고 있다. 그 희로애락의 감정이 언어로서 분출된 것이 문학
이라고 한다면, 시가(詩歌)는 인간에 있어서 가장 원초적인 문학형태라
고 할 수 있을 것이다.

일본의 시가를 생각할 때 시와 마찬가지로 혹은 그 이상으로 단시(短
詩)형 문학인 단가(短歌)나 하이쿠(俳句)가 차지해온 큰 위치를 무시할
수는 없다. 직업적인 가진(歌人)·하이진(俳人)의 숫자는 적을지 몰라도,
각종 신문·잡지에 마련된 독자 투고란이 상징하듯이, 단카·하이쿠의
애호가는 방대한 숫자를 이루며, 광대한 저변을 이루고 있다. 자비 출
판된 가집(歌集)·구집(句集)도 매년 그 숫자를 헤아릴 수 없을 정도이다.
일찍이 『쇼와만요슈(昭和萬葉集)』(講談社, 1979~80, 全20卷+別卷)가 시도
했듯이, 이러한 작품들을 통해서 이 격동의 시대를 헤쳐 나온 서민들의
다양한 경험과 심경을 읽을 수 있을 것이다.

그것은 재일조선인(총칭)의 경우에도 일정 정도 해당된다고 생각된

다. 특히 일본어를 모어로 하여 자라난 재일조선인 2세 이후의 세대에 있어서는 매일의 생활 속의 잡념이나 자신이 놓인 부조리한 입장, 착종하는 생각들을 문학으로 엮으려고 할 때 제일 가까운 곳에 단카나 하이쿠가 존재했다.

그러나 재일조선인 문학에 있어서 단시형 문학의 흐름은 아직도 제대로 체계화된 것은 없는 것으로 생각된다. 분명히 재일조선인 문학을 총괄적으로 파악하려고 시도한 가와무라 미나토(川村湊)『태어난 곳이 고향(生まれたらそこがふるさと)』(平凡社, 1999)에서도 바로 이 표제가 이정자(李正子)의 노래에서 취한 것이 나타내듯이 단시형(短詩型)문학을 다룬 장이 있기는 하다(第Ⅲ部三章「『この国』の抒情-尹德祚から李正子まで」). 단, 여기에서는 천황제와 침략전쟁을 칭송하는 전전 전중의 가집에 이어 소개된 것은 1984년 이정자『봉선화의 노래(鳳仙花のうた)』(雁書館)였다. 만약 「주(註)」에서 간단히 언급된 가진까지 포함한다고 해도 적어도 1970년대 이후의 김하일(金夏日)과 가와노 준(川野順; 兪順凡)정도이고, 중간에 큰 시간적 결여가 있다.

그 인식은 금세기에 들어 간행된 이소가이 지로(磯貝治良)·구로코 가즈오(黒古一夫) 편『〈재일〉문학전집(在日文学全集)』(勉誠出版, 2006)에서도 다르지 않다. 전 18권 중 제17권에 「시가집(詩歌集)Ⅰ」이 있고 단가도 수록되어 있지만, 여기에서도 등장하는 것은 역시 김하일과 이정자 두 명뿐이고 하이진은 한 명도 수록되어 있지 않다. 한편 제17권 「시가집(詩歌集)Ⅰ」과 제18권 「시가집(詩歌集)Ⅱ」에 수록된 시인은 합계 17명에 달한다.

소론은 1950년대부터 읊어져 온 노래를 1960년대에 가집『양의 노래(羊のうた)』(桜桃書林, 1969)에 정리한 한무부라는 알려지지 않은 일개 가진의 발자취를 따라가면서 이와 더불어 1960년대 이후『인간기록(人

間記録)』(白玉書房, 1960), 『고일본가(告日本歌)』(白玉書房, 1978) 등의 가집을 세상에 내놓은 리카 기요시(リカ·キヨシ)도 언급하면서 전후의 이른 시기에 재일조선인의 작가(作歌)활동이나 노래에 표현된 정신의 궤적을 추적하려고 한 시도이다.

2005년에 간행된 모리타 스스무(森田進)·사가와 아키(佐川亜紀) 편 『재일코리안 시선집(在日コリアン詩選集)』(土曜美術社出版販売)은 전전 이래 재일조선인의 시를 통람하고, 거기에서 재일조선인 시인들의 자기 표현과 일본 사회를 향한 메시지를 읽으려고 한 의욕적인 작품이지만, 단시형 문학에서도 장래 동일한 것을 편찬할 필요가 있을 것이다. 이 글은 머지않아 그러한 것이 실현되기를 바라며, 그것을 향한 사소한 문제 제기이기도 하다.

2. 한무부의 성장과정

전게 가집 『양의 노래』의 「후기」와 『만(蛮: van)』(飯田明子를 編集発行人とする短歌同人誌) 18(1975.3.)에 게재한 「설환기(雪幻記)」라고 하는 두 개의 자전적 문장에서 한무부의 성장과정을 보려고 한다.

한무부는 1931년 재일조선인 2세로서 오사카 이카이노(猪飼野)의 나가야(長屋)에서 태어났다. 어머니와는 사별하고 아버지와는 생이별하여 오직 할머니 손에 자랐다. 할머니는 나중에 1960년 북한 귀국 사업 개시 직후에 숙부와 함께 북한으로 건너가고 8년 후 타계했지만, 그것을 알았을 때에 읊은 일련의 노래, 예를 들어 「할머니는 저 세상으로 떠나시고 눅눅해진 고향의 편지 우리를 울린다(祖母(おほはは)は みまかり給ふ 湿りもつ 故国の手紙 われを泣かしむ)」 등을 봐도 엄마 없는 아이가

얼마나 할머니를 그리워했는지를 엿볼 수 있다.

1937년 동급생의 3분의 1이 조선인이라고 하는 쓰루하시 진조 소학교(鶴橋尋常小学校, 후의 御幸森小学校)에 입학했지만 호적에 자기 이름이 올라가 있지 않았기 때문에 입학식 종료 후에 자신만 반 배정을 받지 못하고 어쩔 수 없이 계속 교정에 서 있게 되었다. "나의 긴 인생의 슬픔과 열등의식을 결정지은 긴 긴 하루"였다고 한다.

1945년 봄 이카이노 고등소학교를 학도동원인 채로 졸업. 재학 중에는 다른 아이들과 달리 엄마가 없는 외로움과 노트도 살 수 없을 정도의 빈곤으로 인해 고통을 맛본다. 황민화 교육의 영향으로 소년병으로 지원하여 합격했으나, 다행히 바로 8.15를 맞이했다. 할아버지는 그 직후 남조선으로 귀국했다.

전후에는 교토로 이사하여 리쓰메이칸 고교에 입학하지만, 재일본조선인 연맹(약칭: 조련)의 특권에 의해 무료로 영화만 본 탓에 결국 수업료 체납으로 퇴학. 아버지가 이바라키현에 있는 것을 알게 되어 아버지 곁으로 가서 양돈·밀조주 만들기 등의 일을 돕는다. 그러나 아버지가, 그리고 그 이상으로 성스러운 어머니의 이미지를 산산조각 내는 양어머니가 아무래도 좋아지지 않아서 아버지가 지역의 재일본대한민국거류민단(약칭: 민단) 지부장에 취임한 것을 계기로 따로 살게 된다. 쓰쿠바산 기슭의 풍요로운 자연환경 속에서의 생활은 사춘기의 다감한 청년의 감수성을 크게 자극했을 것이다.

당시에는 조선전쟁(한국전쟁)에 돌입해 가는 시대로 조련·민단 양 진영 모두 격렬한 투쟁과 항쟁을 전개해간다. 그 가운데 한무부는 과격한 민족운동에 따라가지 못하고 "독자적인 존재 이유를 찾고자" 정치보다 문학의 길을 구했다. 시가 나오야(志賀直哉)부터 고전까지 일본 문학을 다양하게 섭렵하는 가운데, 이시카와 다쿠보쿠(石川啄木)가 일찍이

한국병합에 즈음하여 읊은 「지도 위 조선국에 까맣게 먹칠하면서 가을 바람을 듣다(地図の上 朝鮮国に くろぐろと 墨をぬりつつ 秋風を聴く)」의 한 수에 깊이 감동하고, 이것을 계기로 자신도 노래를 만들었다고 한다.

이때 척수에 병을 얻어 1년 정도 요양생활을 보낸다. 나중에 사회 복귀 후 아버지의 파친코를 도우면서 노래를 만들어 신문잡지에 투고한다. 『아사히신문 이바라키판(朝日新聞·茨城版)』의 단가란의 심사위원이었던 인연으로 오노 노부오(大野誠夫)의 「砂廊」에 입회하여 노래를 본격적으로 공부한다.

일본인 여성과 결혼하고 1956년 오사카로 돌아와 화학공장 노동자가 된다. 이 무렵, 「단가 연구 신인상」 가작, 제3회 「가도카와상」 후보에 오르는 등 작가 실력도 향상되어 그 재능을 인정받기에 이르렀다. 그러나 장남의 탄생(후 실명)이 있었고 또 아내의 병과 자신의 극심한 육체노동 때문에 점차 작가(作歌)를 쉬기 일쑤였다고 한다.

1959년부터 시작된 북한 귀국 사업의 열기 속에서 잡지 「단가」(角川書店)의 1960년 12월호가 특집 「조국을 노래하다」를 기획했고, 작품 의뢰가 있었던 것을 계기로 1963년 봄에 「작풍(作風)」(「砂廊」의 후신)에 복귀해 다시 노래를 만들기 시작했다고 한다. 이 특집 「조국을 노래하다」에 대해서는 나중에 또 언급하기로 한다.

이처럼 간격을 두고 이어지던 노래들을 한 권으로 묶은 것이 한무부의 유일한 가집 『양의 노래』이다. 이 가집은 1969년 오노 노부오를 발행자로 하는 사이타마현 이루마시(入間市)의 오토서림(桜桃書林)에서 「작풍총서 제16편(作風叢書第十六篇)」으로 출간됐다. 800엔의 정가가 붙어 있지만, 가집이나 구집 대부분이 그렇듯 실질적으로 자비 출판으로 보인다. 제목은 "일본 나라에 양띠 해에 태어나 양처럼 방황하고 양처럼 소극적으로 살았던 한 조선인의 가난한 영탄(詠嘆)으로부터"라고 붙였다고 한다.

이후 제2가집은 나오지 않았으나 어느 시기까지는 『蛮』, 『短歌』 등 잡지나 합동가집 등에서 작가 활동을 했음을 확인할 수 있다. 앞서 언급한 『쇼와만엽집(昭和萬葉集)』에도 한무부의 노래가 모두 아홉수 담겨있는데, 그 중 4수가 『양의 노래』 간행 이후의 작품이다.

1992년 가을 뇌병으로 쓰러져 투병 생활 끝에 1998년 타계. 향년 67세였다. 그리고 본명 외에 시기에 따라 「니시하라 다케오(西原武夫)」 나 「고이즈미 다케오(小泉武夫)」 등의 일본 이름도 사용하였다.

3. 한무부의 단가를 둘러싸고

그렇다면 이상의 약력과 같은 인생에서 단속적으로 불려져 온 한무부의 노래는 어떤 것일까. 또 재일조선인인 그에게 단가를 만든다는 것은 어떤 의미였을까.

한무부 본인은 가집 『양의 노래』 「후기」의 첫머리에서 노래는 "마음속에 뿌리를 내리고 나락으로라도 빠져드는 듯한 나를 내면으로부터 강하게 지탱해 주었다. 노래는 나의 영혼이자 나의 사상이며 강한 민족의식을 지향하게 해준 내 이데올로기이기도 했다"고 적고 있다. 그것은 이후 1997년 구집 「신세타령(身世打鈴)」(石風社)을 세상에 내보낸 하이 진 강기동(姜琪東)이 자주 쓰는 "있는 힘껏 항거(精いっぱいの抗い)", "가장 날카로운 단도(最も切りっ先の鋭い短刀)"로서의 작구(作句) 활동과 겹치는 부분이 있을 것이다.

다만 여기에만 주목하면 조선인으로서 민족적 자기주장에 강하게 채색된 내용인 것처럼 받아들여지지만 그렇지 않다. 내가 볼 때 가집

『양의 노래』에 조선인으로서의 마음을 직접적으로 읊은 노래가 차지하는 비중은 그리 크지 않고, 또 그러한 노래들도 민족이나 조국을 직정적(直情的)으로 읊어 올리는 류가 아니라 굴절된 심정이나 속에 간직한 의지를 담은 것이 많다. 음영 속에 애감(哀感)이 감돌지만 그렇다고 통속적인 센티멘털리즘에 안주하지는 않는다.

시대적으로 보면 1956년부터 60년까지의 노래를 시대순으로 제2부 「일본의 봄(日本の春)」에 수록하고, 제1부 「양의 노래」에서는 1963년부터 68년까지의 노래를 역시대순으로 수록하고 있다. 따라서 이들 중에는 북한귀국사업, 4.19혁명, 한일조약, 베트남전쟁, 김희로 사건 등을 시대 배경으로 읊은 노래도 있다.

또한 형식적으로는 스승 오노 노부오가 〈서〉에 쓴 것처럼 "전통시의 정통을 바탕으로 역사적인 가나 표기법(かなづかい)을 사용하고 일본 고어의 아름다움을 사랑하며 상당히 클래식하다"고 말할 수 있을지도 모른다.

그러면 구체적으로 몇 수 정도를 들어보자.

-일본인스럽게 가장하는 민족의 애틋함으로 나는 살아가고
　日本人 らしく擬装する 民族の 哀しみもちて 吾は生き来し

-조선인인 나에게 시집온 아내를 상처입히고 팡팡[1]이라는 말을 극도로 싫어한다
　鮮人吾に 嫁ぐゆゑ妻を 傷つけし パンパンという語を 最も憎む

-나이기 때문에 조선인스럽게 맑아질때까지 치장하는 아내의 정절

---

1) 팡팡이라는 것은 재일미국병사들을 상대로 한 창부를 가리키는 말이다.

　　　　われゆゑに　朝鮮人らしく　清きまで　装い凝らす　妻の貞節

　　　－격정에 빠질 염려를 경계하며 허리 굽혀 앉는 이방인인 나는
　　　　激情に　堕ちむおそれを　いましめて　腰ひくく構ふ　異邦者の吾は

　　　－갈 곳 없는 분노에 미쳐 아내를 때리고 갑자기 더러워진 나의 조선어
　　　　やり場なき　怒りに狂い　妻を打つ　不意にきたなき　吾が朝鮮語

　모두 초기의 작품이다.

　일본 사회의 조선인에 대한 편견이 강한 시대에 손가락질 받지 않도록 저자세로 끊임없이 일본인 행세를 하며 살아갈 수밖에 없었던 작가의 고충이 묻어난다. 그래도 때로는 갈 곳 없는 분노를 아내에게 돌리며 「이년」 같은 조선말 욕설이 입에 붙었을 것이다. 이런 종류의 복종의 노래를 접할 때 비슷한 심정을 읊었던 강기동의 구집 『신세타령(身世打鈴)』이 다시 떠오른다.

　이러한 일련의 노래로 보자면,

　　　－하얀 포장 도로를 지나가려고 하는 영구차 소리도 없이 나의 그늘을
　　　　달려간다
　　　　白き舗道　よぎらむとする　霊柩車　音もなく吾が　翳かげを轢き行く
　　　－뙤약볕이 드는 포장도로를 쇠사슬 소리내며 가는 유조차도 나도 화로
　　　　이글거린다
　　　　炎天の　舗道を鎖　鳴らしゆく　油槽車も吾も　禍もてり

라는 노래도 자구의 이면에 깊은 의미가 깃들어 있는 것을 알 수 있을 것이다.

　필자로서는 이러한 노래 이외에,

　－고추 붉게 경작지의 전위에 있어 포와 같이 하늘로 쏘고 있다.
　　唐辛子 赫あかく耕地の 前衛に あり砲のごと 天を射しゐつ

　－수억 개의 열매를 맺는 보리 총으로 삼아 하늘을 찌르자 비가 쏟아지고
　　幾億の 実を結ぶ麦 銃にして 天を刺すなり 雨に打たれつつ

등의 노래에서 깊은 인상을 받았다. 피망과는 달리 고추는 위를 향해서 하늘을 찌르는 듯이 열매 맺는다. 색도 녹색에서 이윽고 선홍색으로 변하고, 잎사귀의 녹색과의 대조가 선명하다. 단순한 농촌 풍경을 읊은 듯하면서 숨겨진 저항의 의지를 느끼게 하는 수작이라고 생각한다. 열매를 맺을수록 고개를 숙이는 벼 이삭과는 다른 보리의 결실을 읊은 후자에서도 마찬가지의 강한 저항적 자세를 읽을 수 있다.

　그리고 아내의 호적에 넣었기 때문에 국적을 달리하는 아이와 그 아이와의 갈등을 노래한 노래도 내 일인 듯싶다.

　－부정하기 어려운 피의 연결이여 호적없는 자식의 환영에 뚜렷해지는 검은 꽃
　　否み難き 血のつながりよ 戸籍なき 子のまぼろしに 顕たつ黒き花

　－자라나는 아이의 슬픔을 안에 간직하고 유리창에 비친 검은 해를 바라본다
　　育ちゆく 子のかなしみを 内に秘め 硝子に欠けし 黝き日をみつ

　－아버지에게 향할 분노는 겨울의 유리창으로 향하고 조각조각 부서진 유리에서는 빛이 새어들어온다
　　父へ向くる 吾子の怒りや 冬の玻璃 微塵に毀け 光こぼるる

모두 한무부의 노래의 경향과 그 비범한 표현력이 발휘되고 있다고 생각한다.

이 가집『양의 노래』에 대한 가장 본격적인 평론은 필자가 알기로는 다이 아즈미((田井安曇(我妻泰 / わがつま・とおる))가 단가 잡지 『미래』 1976년 4월호부터 이듬해 1월호까지 단속적으로 6회 연재한『양의 노래 한무부 사주(私注)』이다. 이 논고는 후에 다이 아즈미『현대단가고』 (不植書院, 1980)에 수록되었고, 나아가『다이 아즈미 저작집』제2권(不識書院, 1998)에도 수록되었다. 여기서 다이는 한무부를 "재일조선인 중 첫째로 꼽아야 하는 가진"이라고 쓴 뒤 "아니 정확히 말하면 한정 없이 가진으로서 뛰어나다"고 고쳐 말해 매우 높은 평가를 하고 있다.

4. 재일조선인 문학 속의 단가

이런 한무부는 재일조선인 문학사 속에서 어떻게 자리매김해야 할까. 애초 재일조선인 가운데 일본의 전통적 문학 형식인 단가에 매료되어, 단가로 자신을 표현해 온 사람이 얼마나 될까.

앞서 언급한『단가』1960년 12월호 특집 '조국을 노래하다'에는 허남기(許南麒)와 이승옥(李丞玉)의 평론 외에 리카 기요시, 하의경, 니시하라 다케오(즉 한무부), 스기하라 무네사부로(杉原宗三郎, 한센병 요양소 「多磨全生園」입거), 가나야마 미쓰오(金山光雄, 전술한 김하일의 일본명), 근년도 활약하는 김충구 등 6인의 재일조선인이 15수 내지 30수의 노래를 기고하고 있다.

이 중 특히 활동이 눈에 띄고 크게 다뤄지고 있는 것이 리카 기요시이다. 이승원이라는 조선 이름을 가진 리카 기요시(호적명은 李家清一(리노

이에 세이이치))는 1923년 한반도 진주에서 태어나, 1930년 일본으로 건너온 재일조선인이다. 비록 1세라고는 하지만 어린 시절의 도일이기 때문에 조선어는 할 수 없었다. 제1가집 『인간기록』이 나왔을 때 잡지 『단가』 1960년 10월호는 그에게 지면을 제공했고, 이 책의 50수가 자천으로 게재되었다. 작풍으로는 한무부보다 직절(直截)적인 현실주의적인 노래가 많다고 할까. 이전의 다이 아즈미도 한무부와 마찬가지로 이 리카 기요시에 대해서도 일찍부터 주목해 논평을 더하고 있다.

이 두 명을 포함한 6명 중 5명까지가 단가의 결사에 소속되어 있다. 또 이들 6명 이외에도 『쇼와만요집』 별권의 색인을 보면, 재일조선인으로 추정되는 이름이 여럿 있다 (본고 말미의 「자료1」 참조). 그러고 보면 재일조선인 중 단가 인구는 지금 일반적으로 인식되고 있는 것보다는 상당히 많았을지도 모른다 (마찬가지로 「자료2」도 참조).

그러나 앞서 검토했듯이 「재일조선인과 단가」라고 하면 보통 떠오르는 것은 김하일이나 이정자쯤부터이며 그때까지의 가진의 행적은 재일조선인을 둘러싼 세계에서 완전히 망각되어 있다. 그 이유는 아마도 초기 재일가진의 가집이 대기업 출판세계와는 인연이 먼 곳에서 소소하게 나오기도 했지만, 그 이상으로 바로 이 특집호에 허남기가 실은 「사이비·단가론」(『양의 노래』의 '후기'에 일부 인용)에서 말한 것처럼 '조선인이라면 조선어로 창작활동을 해야지, 일본어로 게다가 왜 하필 단가인가?'(요지)라는 의심일 것이다.

잡지 『단가』가 1960년에 재일조선인 가진 특집 「조국을 노래하다」를 기획한 것은, 전술한 바와 같이 전년 말부터 시작된 재일조선인의 북한으로의 귀국 사업에 호응하기 위해서였다. 그럼에도 불구하고 허남기의 이 문장에서는 이들 재일 가진이 단가로 그 환영이나 흥분의 마음을 나타내는 것이 "비극" "비장한 출발" "기묘한 느낌"과 같은 부정적인 말로 표현되고 있다. 자신들의 문학을 '어떤 언어로 쓸 것인가?'라는 용어논쟁은 전후 극히 초기부터 있어 일본어로 창작된 재일조선인 문학을 기형처럼 여기는 견해가 일부에서 뿌리 깊게 존재해 왔는데, 여기서는 사용언어와 함께 표현형식이 문제시되어 민족적으로 '옳다'는 입장에서 단죄가 가해지고 있다. 이러한 풍조 속에서 일본적인 것을 상징하는 문학 형식으로 자기 표현해 온 읊조리는 사람들의 창작활동은 한정된 범위 내의 은밀한 영위가 될 수밖에 없었던 것으로 생각된다.

허남기의 주장에는 분명 재일조선인의 '조국관'이나 '민족의식'을 둘러싼 어느 시대정신이 각인돼 있다. 식민지 시대에 강요된 일본문화, 특히 그 전형으로 여겨지는 단가에 대한 반발심이 작용하고 있는 점은 이해할 필요가 있을 것이다. 그러나 현재에 이르러서는 그러한 관점보다는 비록 '이국'의 언어와 문학 형식일지라도 그들의 가까이 있었던 것은 그 수단일 뿐이며, 이를 통해 자기표현을 해 온 재일조선인, 특히 직업적 작가나 소위 문단·논단 지식인과는 다른 서민의 내면세계와 작품세계를 허심탄회하게 들여다보는 것이 중요하지 않을까.

예를 들어 대만에는 전후에도 식민지 시대에 배운 단가로 자기표현을 해 온 대만인이 다수 존재하고, 이들에 의해 타이베이 가단이 조직되어 개인에 의한 가집은 물론 합동창작된 『대만만요슈』 등도 일본에 소개되어 왔다. 그와 같은 눈으로 바라보면 재일조선인의 경우에도 기존에 알려지지 않은 단시형 문학의 작가(詠み手)나 간과되어 온 귀중한 작가(作歌)·작구(作句) 활동들이 숨겨진 역사 곳곳에서 발견될 수 있을 것이다.

'민족적'인가 아닌가를 평가의 가장 중요한 지표로 삼아서는 안 된다는 지적은 재일조선인 문학 일반이나 영화나 연극 등 문화 활동 전반에 있어서도 말할 수 있을 것이다. 이 소소한 소론을 마무리함에 있어서,

한무부를 비롯한 알려지지 않은 재일 가진들의 삶과 정신의 궤적 및 작가 활동을 재일조선인사에서 제대로 자리매김해 나가는 동시에 최근의 '국적'이나 '민족'에 대한 인식 변화에 즉응하여, 재일조선인의 자기표현의 역사 전반을 보다 넓은 시각에서 재검토해 볼 필요성을 강조하고자 한다. 이하에 열거하는 「자료1」, 「자료2」도 그러한 의도 하에 하나의 소재를 제공하는 시도이다.

[자료1] 『쇼와만요슈』에 수록된 재일 가진

※고단샤 『쇼와만요슈』(전20권, 별권 1권)에서 한국·조선계 가진을 모아보았다. 이름으로 판단했기 때문에 특히 일본식 성명을 가진 사람들 중에서 누락이 있을 것으로 생각된다.

■ 한무부(韓武夫)
- 제11권에 가집 『양의 노래』에서 2수
- 제13권에 가집 『양의 노래』에서 1수
- 제14권에 가집 『양의 노래』에서 2수
- 제16권 합동가집 『곤충제』(1972)에서 2수, 『단가』 1971년 11월호에서 2수

■ 리카 기요시
- 제7권에 가집 『인간기록』에서 2수
- 제9권에 가집 『인간기록』에서 6수
- 제11권에 『신일본가진』 1955년 2월호부터 4수
- 제12권에 가집 『인간기록』에서 1수

- 제13권에 『단가』 1963년 3월호부터 1수, 『단가』 1962년 9월호부터 1수, 총 2수
- 제18권에 가집 『고일본가』에서 2수

■ 가와노 준(川野順 / 兪順凡)
- 제5권에 『아라라기』 1941년 12월호에서 1수
- 제11권에 『미래』 1956년 6월호에서 2수
- 제12권에 『미래』 1957년 3월호에서 2수, 1957년 9월호에서 1수, 총 3수
- 제13권에 『미래』 1960년 3월호에서 1수, 1962년 1월호에서 1수, 총 2수
- 제19권에 『미래』 1974년 8월호에서 1곡

■ 김하일(金夏日)
- 제11권에 합동가집 『육지 속의 섬』(1956: 여기서 이름은 「카네야마 미쓰오(金山光男)」)에서 1수
- 제12권에 합동가집 『맹도령』(1957)에서 2수
- 제17권에 『아라라기』 1972년 5월호에서 1수
- 제18권에 『아라라기』 1973년 6월호에서 1수, 『고원』 1973년 7월호에서 1수, 『아라라기』 1973년 9월호부터 4수, 총 6수
- 제20권에 『아라라기』 1975년 5월호에서 1수

■ 하희경(河義京)
- 제13호에 『단가』 1963년 5월호에서 1수

■ 김충구(金忠亀)
• 제13권에『단가』1963년 12월호에서 2수

■ 윤정태(尹政泰)
• 제17권에『단가』1972년 6월호에서 4수
• 제18권에『미래』1973년 12월호에서 2수

■ 이정자(李正子)
• 제18권에『아사히신문』1973.11.25에서 1수
• 제19권에『아사히신문』1974.3.23, 1974.7.7에서 각 1수, 총 2수
• 제20권에『아사히신문』1975.4.27, 1975.6.8에서 각 1수, 총 2수

■ 박정화(朴貞花)
• 제19권에『아사히신문』1974.4.6에서 1수, 1974.1.26에서 2수, 총 3수
• 제20권에『아사히신문』1975.7.4.에서 1수

■ 손춘임(孫春任)
• 제19권에『아사히신문』1974.3.16.에서 1수

■ 박순경(朴順慶)
• 제19권에『아사히신문』1974.3.2에서 1수
• 제20권에『아사히신문』1975.5.11.에서 1수

■ 손호연(孫戶姸)

• 제9권에 가집 『무궁화』(1958)에서 5수

※ 손호연은 김소운의 소개로 일본에서도 알려진 최훈숙과 함께 전후에도 한국에서 단가를 계속 만든 몇 안 되는 가진 중 한 명으로 재일조선인은 아니지만 이곳에서는 굳이 넣어 둔다.

[자료2] 전후 재일조선인 개인 가집 리스트 (발행연대순)

※ 가집은 자비 출판물로 나와 관계자에게 배포하는 것만으로 끝나는 경우가 많기 때문에 입수나 확인이 어렵다. 이 목록도 불완전한 것에 불과하지만 향후 연구의 진전을 고려해 여기에 실었다. 관심 있는 분들의 협력을 얻어 순차적으로 보충해 나갈 것이다. 또한 접할 기회가 드문 것을 중심으로 간단한 발췌나 해설을 추가해 두었다. 단가 애호자가 지방에도 많다는 것을 나타내는 의미에서 거주지가 명확한 사람에 대해서는 그것도 기재했다.

• **리카 기요시 『인간기록』**(白玉書房, 1960)

도요하시(豊橋)시 거주. 소속은 '핵구루프 동인(核ぐるーぷ同人), 신일본가진 회원' 등이며, 이 책도 '핵구루프 총서 no.1'로 출판되었다. 전후 재일교포들이 엮은 가집 가운데 가장 빠른 시기에 속한다고 할 수 있다. 마지막 페이지에는 한 권씩 번호가 찍혀 있다. 리카 기요시는 1943년 20세 가을 사이토 류(斎藤瀏)의 『만엽명가감상(万葉名歌鑑賞)』을 읽고 촉발되어 단가를 만들기 시작했다. 그때 이후 4,000여 수 가운데 383수를 자체 선정해 거의 제작 순으로 수록했다고 한다. 권말에 수록된 「나의 본모습」을 통해 이 알려지지 않은 가진의 성장과정을 알 수 있다.

자신이 운영하는 헌책방 가게 앞에서 찍은 사진도 한 장 삽입돼 있다.

• 한무부 『양의 노래』(桜桃書林, 1969)

오사카시(大阪市) 이쿠노구(生野区) 이카이노(猪飼野) 거주. 이 가집에
는 스승인 오노 노부오(大野誠夫)가 「서」를 쓰고, 「작풍총서제16편」이
라고 명명되어 있다. 23면에 걸친 후기가 가진의 경력을 알려줄 뿐만
아니라 전전 전후의 격동기를 살아온 한 재일교포의 정신사로서도 귀
중하다. 단가라는 문학 형태에 대해서는 "이방인인 내가 만들어 보니
조금도 이상하게 느껴지지 않고 오히려 전통의 뿌리와 신선함에 감탄
한다. 일본 문학에서 소설이 망하는 한이 있더라도 단가는 결코 멸망하
지 않을 것이라고 확신한다"는 견해가 적혀 있다.

• 김하일(金夏日) 『무궁화(無窮花)』(光風社, 1971)

저자는 군마현(群馬県) 아가쓰마군(吾妻郡) 구사쓰초(草津町)에 있는
국립한센병요양소 '구리우라쿠센엔(栗生楽泉園)'에 거주. 1926년 경상
북도에서 태어나 1939년 도일. 1941년 한센병이 발병하여, 도쿄의 다
마전생원(多磨全生園)을 거쳐 전후 「구리우라쿠센엔」에 입원. 1949년
두 눈을 잃었음에도 불구하고 단가를 배우기 시작해 가고시마(鹿児島)
주조(寿蔵) 주재의 '조석회(潮汐会)'에 입회, 기독교에도 입신했다. 위의
『자료 1』에 나와 있듯이 김하일은 지금까지도 합동가집 등에 노래가
실린 적이 있었는데, 개인으로서는 이것이 첫 번째 가집이다. 「조석총
서제58편(潮汐叢書第五十八篇)」이라고 명명된 이 책에는 작가를 시작한
1949년 이래의 노래가 연대순으로 수록되어 있다. 자신의 병세, 점자
설독(舌読)과 조선어 학습의 어려움, 가족의 동정(動静)을 노래한 것 외
에도 한국전쟁과 북한 귀환·한일회담 등 조선을 둘러싼 그때그때의

정세를 담은 노래도 많다. 스승 가고시마 주조(鹿児島寿蔵)가 '서가'를, 아라가키(荒垣外也)가 해설을 썼다. '후기'에서 이 가집 출간을 계기로 기존에 사용해 온 일본명 가네야마 미쓰오(金山光雄)를 버리고 본명 김하일을 쓸 것을 밝히고 있다.

또한 김하일은 이에 이어 제2가집 『황토』(短歌新聞社, 1986), 제3가집 『야요히(やよひ)』(短歌新聞社, 1993), 제4가집 『베틀 짜는 소리(機を織る音)』(晧星社, 2003), 제5가집 『일족의 무덤(一族の墓)』(影書房, 2009) 등을 출간하였는데, 꼼꼼하게 연대순으로 배열하거나 노래에 사회 정세를 많이 담아낸 점 등에서 제1가집의 특징이 기본적으로 계승되고 있다.

• 가와노 준(川野順) 『형(荊) – 나의 반생기와 그때그때의 노래』(자비출판, 1972)

저자는 가고시마현(鹿児島県) 가노야시(鹿屋市)에 있는 국립 한센병 요양소 '호시즈카 게이아이원(星塚敬愛園)'에 거주. 1915년 경상북도에서 태어나 1933년 도일. 1937년 한센병이 발병했고 이후 평생 각지의 한센병 요양소에서 생활해야 했다. 1940년 '아라라기 단가회(アララギ短歌会)' 가입, 기독교에도 입신해 세례를 받는 등 위에 게재한 김하일과 공통점을 찾을 수 있다. 한국 이름은 유순범(兪順凡)이지만 이곳에서는 숨기고 있다. 통칭 일본 이름으로 한 이유를, 본서 「후기」에서는 "오랜 세월 사용해 온 이 이름에 나 자신 일종의 애착감 같은 것을 가지고 있는 것은 말할 필요도 없지만, 이제 한센병도 의학적으로는 불치병은 아니게 되더라도 후유증을 가진 균 음성자에게는 뿌리 깊은 세간의 편견을 의식하지 않을 수 없기 때문에 굳이 본명을 숨기기로 했다"라고 설명하고 있다. 일본의 한센병 요양소에는 재일조선인이 차지하는 비중이 높지만 재일조선인 차별 외에 한센병에 대한 사회의 편견을 의식

해 본명 이외의 일본명·조선명으로 살고 있는 경우가 적지 않다. 부제에 쓰여진 대로 전반 4분의 3이 자신의 삶을 적은 인생 기록이고 후반의 약 4분의 1분량은 생활 속에서 만들어진 단가에 할애하고 있다.

나중에 가진의 사후, 본서의 내용과 가와노 준의 그 후의 노래·에세이 등을 수록한 대책 『미친 자석판(狂いたる磁石版)』(新幹社, 1993)을 출간했다. 거기에 담긴 시마 히로시(島比呂志)의 글과 고메이지 미노루(古明地実)의 해설에 의하면, 이 『형』은 요양자가 이른바 손수 만든 책임에도 불구하고, 제5판까지 판을 거듭해 잘 팔렸다고 한다. 또 자서전 부분이 KLM(韓国救癩協会) 회장 신정하(辛定夏)에 의해 번역돼 한국어판 『형극의 반생기(荊棘の半生記)』(三一閣)로 출간됐다.

• 윤정태 『쓸 수 없는 의지』(短歌新聞社, 1976)

히로시마현(広島県) 후쿠야마시(福山市) 거주. 권말의 「후기」에 해당하는 「뒤늦게 쓰는 말」은 "물러서지 않는 피지배의 후손의 결의로서의 『쓸 수 없는 의지』는 많은 독자에게 오히려 묵살로서 받아들여진 것이야말로 매우 희망했던 것이다. 그것이 나의, 우리 재일조선인의 20대를 장식하는 가장 어울리는 청춘일 것이다"라는 굴절된 말로 끝나고 있다. 노래 자체에도 젊은 영혼의 발로라고도 할 수 있는 과격하고 난해한 표현이 돋보인다. 식민자 2세로 조선에서 태어나 자란 경력을 갖고 재일 가진의 활약을 뒷받침해 온 가진 곤도 요시미(近藤芳美)가 '서'를 썼다. 거기에는 "조선인인 윤군이 그 자기표현의 언어로서 이국이자 과거 억압자였던 일본의 언어를 이용해 시형을 택해야 했던 사실"에 대해 무거운 심정이 담겨있다.

• **리카 기요시 『고일본가(告日本歌)』(白玉書房, 1978)**

「'니레'그룹 총서(『楡』ぐるーぷ叢書) no.1이라는 제목의 리카 기요시의 제2가집. 제1가집 상재 이후 18년간 만든 약 2,200여 수 중 450수를 선정, 거의 제작년월 순으로 배열되어 있다. 권말에 자전적 문장이 3편 실려 있고 전작과 마찬가지로 저자의 스냅사진이 1장 담겨있다.

• **이정자(李正子) 『봉선화의 노래(鳳仙花のうた)』(雁書館, 1984; 影書房에서 2003년 재간)**

저자는 미에현(三重県) 우에노시(上野市) 거주 재일교포2세로 단가결사 「미래(未来)」 소속이다. 중학교 시절 단가와 만나 스무 살 때 자신에게 있어서의 민족을 모색하는 과정에서 작가를 시작했다고 한다. 이 제1가집 『봉선화의 노래』는 재일여성 가집으로는 가장 빠른 부류에 속한다고 할 것이다. 재일조선인을 둘러싼 소외감과 부조리를 타개하여, 빼앗긴 민족의 이름과 문화를 회복하려는 지향성이 노래의 기조를 이루고 있다. 「아사히 가단(朝日歌壇)」의 심사자이며, 이정자를 발굴해내어 가집 출간을 권유한 곤도 요시미가 서를 썼고, 또 그녀의 성장과 노래와의 만남을 담은 「곤도 선생님께 드리는 편지」가 별쇄 리플릿 형태로 이 책에 곁들여져 있다.

제2가집 『나그네타령』(河出書房新社, 1991)은 재일교포 가집이 자비 출판이나 작은 출판사로부터가 아니라 대형 출판사의 출판물로 나온 효시였다. 여기서 채취한 3수의 노래가 삼성당 발행 고교 1학년용 국어 교과서에 재록된 것과 더불어 그야말로 획기적인 사건이었다고 하겠다. 이 일로 이정자는 재일 가진의 대표격 취급을 받게 되었다.

이정자는 그 밖에도 제3가집 『엽벚꽃』(河出書房新社, 1997), 제4가집 『맞바람의 언덕』(作品社, 2004), 제5가집 『沙果(サグァ)、林檎そして』(影

書房, 2010), 제6가집『彷徨夢幻』(影書房, 2017)을 내는 등 지방에 있으면서도 정력적인 작가 활동을 이어가고 있다.

• 정상달(鄭上達)『わき道より道しぐれ道』(자비출판, 1986)

도쿄도(東京都) 기타구(北区)에 거주. 책 속표지나 마지막 페이지 등에는 '히라야마 기요코(平山淸子)'라는 일본명도 병기되어 있다. 남편 신현무의 7주기에 즈음하여 읊은 516수를 묶어 추선의 표시로 삼으려고 한다는 의도에서 간행되었다. '후기'에는 "한국에서 자라 결혼과 동시에 가본 적도 없던 일본으로 이주해 산 지 40여 년, (중략) 돌아가신 남편을 그리워하며 조국 한국을 그리워하고, 그리고 이 일본을 사랑하면서 목숨이 남아있는 한 단가를 계속 만들어나갈 생각"이라고 적혀 있다. 원래 재일조선인이 아니라 결혼을 위해 일본에 온 한국인들의 가집으로 흥미롭다. 사실, 이것은 정상달의 제3가집으로 그 이전에 『무궁화』,『오후의 투명』두 편이 있었고, 그 후에도『吾れもお遍路』(1988)의 간행을 확인할 수 있지만, 필자는 아직 보지 못했다.

• 모토무라 히로시(本村弘)『지카타비의 노래(地下足袋のうた)』(オーム出版社, 1990)

저자는 1931년 홋카이도(北海道) 이와미자와시(岩見沢市)에서 '최'씨 성을 가진 아버지와 '모토무라'라는 성을 가진 어머니 사이에서 태어났다. 일상적으로는 사용하지 않지만 최병복(崔炳福)이라는 조선명을 가진 이른바 일·조 더블로서, "두 개의 조국"을 가진 미묘한 입장을 노래로 하고 있다. 「신일본가진」에 소속되어 있으며, 이 책도 신일본가진총서의 한 권으로 출판되었다.

• 김리박(金里博) 『堤上』(まろうど社, 1991)

교토시 거주. 1942년 경상남도에서 태어나, 2년 후에 어머니에게 업혀 도일. 조선대학교 졸업생. 김리박의 이름은 조선인에게 가장 많은 성씨인 '김', '이', '박'을 조합하여 만든 필명이라고 한다. 이 책 '후기'에서 일상회화를 본국인과 같은 수준으로 구사하지 못하는 자는 어떤 변명을 하든 한국인이라고 할 수 없다는 것이 나의 신조라고 호언했듯이 김리박은 조선의 전통적 단시형 문학인 시조에도 소양이 있어 『한길』(海風社, 1987)이라는 제1시조집을 냈다. 또 한글로 시를 만드는 작업도 지속적으로 진행하고 있으며, 본서 권말의 「경력」에는 조선어로의 시작에 평생 집착해온 "고·강순의 문하생"이라고 기록하고 있다. 『신분 아카하타』 등에 단가 작품을 발표하고 있는 김충구(상게 자료1 참조)가 후기를 썼다.

• 박정화(朴貞花) 『신세타령』(砂子屋書房, 1998)

도쿄도(東京都) 마치다시(町田市) 거주. 1973년, 첫 단가를 「아사히가단」에 투고한 이래의 노래가 정리되어 있다. 감정을 직설적으로 말로 한 노래가 많고, 또 조선총련색이 매우 짙다. 여기서도 또한 「아사히가단」에서 박정화를 찾아 여러모로 지탱해 온 곤도 요시미가 「서문」을 쓰고 있다. 곤도는 그녀의 노래가 기교적으로는 능숙하다고 할 수 없지만, 우리는 솟구치는 육성의 외침을 들어야 한다고 말하고 있다. 2022년에는 나고야 대학 명예교수이자 시민운동가인 야스카와 주노스케(安川壽之輔)와의 공저 형태로 제2가집 『무궁화의 동산(無窮花の園)』(花伝社)을 간행. 부제목에 「재일가진·박정화가 고발·규탄하는 일본 근현대사」라는 것이 그의 노래와 이 책의 성격을 여실히 보여 준다.

• 박옥지(朴玉枝)『신세타령』(자비출판, 2000)

1937년 효고현(兵庫県) 출생으로 에히메현(愛媛県) 거주 재일조선인 2세. 1999년 NHK 주최 전국단가대회에서 그 작품 '동생이 형에게 주는 신장 하나 내 자식 두 명이 실려 간다(弟が 兄に与へむ 腎一つ 吾子の二人が 運ばれていく)'가 최우수상을 수상하기도 했다. 작가를 시작한 지 약 10년간의 노래가 정리되어 있다. 사쓰마야키(薩摩焼) 14대 심수관(沈壽官)이 서문을 썼다. 사진이 들어간 인터뷰 기사가 민단신문 2000년 7월 12일자에 있다.

• 김에이코 영자『사랑』(文學の森, 2005)

후쿠오카현(福岡県) 이즈카시(飯塚市) 거주. 1960년생 재일조선인 2세. 본명은 김영자이지만 가진으로서는 부모가 주신 '에이코(英子)'라는 이름을 남기고 싶다는 생각에 '김에이코 영자'라고 한다. 중학교 교과서에 실려 있던 와카야마 보쿠수이(若山牧水)의 노래에 마음이 끌려서 단가를 부르게 되었다고 한다. 표제인 '사랑'이라는 단어대로 이 가집에는 이성에 대한 사랑과 연정, 그리고 자식에 대한 부모의 사랑 등이 일상생활 풍경 속에서 담겨있다. 또한 일본 사회에 대한 위화감과 동시에 재일의 입장에서 본 조국에 대한 위화감 또한 솔직하게 표현되고 있다. 사진이 들어간 인터뷰 기사가『민단신문』2005년 6월 8일자에 있다. 이후 단가연구사로부터 2012년『백년의 제사(百年の祭祀(チェサ))』도 상재되었다.

• 조규통(曺奎通)『재일교포 노래 모르는 고국 뭔가 그리워』(中井書店, 2012)

오사카시(大阪市) 이쿠노구(生野区) 거주. 원래 1940년에 조선 경상북도에서 태어나 전시 하인 1943년에 도일. 지금은 일본 국적을 취득했으며 본명은 마쓰다 게이고(松田圭悟)라고 한다. 신일본 가진 소속. 저자는 역사탐방도 취미로 삼고 있으며, 자신과 주변지역의 한국·조선과 관련된 다양한 사건들이 단가와 에세이로 엮여 있다.

(번역 : 권연이)

이 글은 2006년 6월에 규슈대학 한국연구센터와 한국 전북대학교 인문학연구소 주최로 열린 국제심포지엄 「재일조선인문학의 세계」의 발표, 일본사회문학회의 『사회문학』 제26집에 실린 논문 「在日文学と短歌 - 韓武夫を手がかりとして (재일문학과 단카 한무부(韓武夫)를 중심으로)」를 수정·보완한 것임.

참고문헌

川村湊, 『生まれたらそこがふるさと: 在日朝鮮人文学論』, 平凡社, 1999.
キム·フナ, 「在日女性歌人李正子論」, 『専修国文』 74, 専修大学国語国文学会, 2004.1.
金貴粉, 「在日朝鮮人ハンセン病患者·回復者の生と歴史: 歌人·金夏日の短歌作品を中心に」, 『詩と思想』, 2023.8.(のちに若干加筆して、金壎我, 『在日朝鮮人女性文学論』(作品社, 2004)に収録。)

제2장

정착과 혼종

: 정치의 시대 재일디아스포라 문학의 동요와 분화

김석범 문학이 재현하는 사건의 교차성

조수일

1. 들어가며

김석범(金石範, 1925~)은 『문예수도(文藝首都)』[1] 1957년 8월호에 「간수 박 서방(看守朴書房)」을 발표한 이래 글쓰기에 생(生)을 걸어온 재일조선인작가이다.

1925년, 임신한 모친이 제주도에서 일본으로 건너갔고, 김석범은 그 3, 4개월 후인 10월 2일(음력 8월 15일)에 오사카(大阪) 히가시나리(東成) 이카이노(猪飼野)에서 태어났다. 몰락계급 출신의 파락호로 전답 등 가재(家財)를 탕진한 그의 부친은 1927년 36세의 젊은 나이에 병사하였다. 김석범의 모친은 한복 봉제와 하숙 일로 생계를 꾸렸고, 김석범은 일제강점기에 몇 차례 오사카와 제주도를 오가며 천자문과 동몽선습 등을

---

1) 1933년 1월 창간하여 1969년 12월 종간(1970년 1월 '문예수도 종간기념호' 발행)된 월간 문예동인지이다. 야스타카 도쿠조(保高德藏, 1889~1971)가 주재한 이 잡지는 장혁주와 김사량 등 식민지 작가들이 일본인 작가들과 함께 활발하게 활동한 공론장이었다. 이 잡지에 대한 구체적인 연구는 김계자의 「1930년대 조선 문학자의 일본어 글쓰기와 잡지 『문예수도』」(『일본문화연구』 38, 동아시아일본학회, 2011.4.)와 다카하시 아즈사(高橋梓)의 「김사량의 일본어 문학, 그 형성 장소로서의 『문예수도』-'제국'의 미디어를 통한 식민지 출신 작가의 교류」(『인문논총』 76(1), 서울대학교 인문학연구원, 2019.2.)를 참조할 것.

통해 우리말을 습득하며 조선인으로서의 의식을 키워나갔다. 일본에서 조국의 해방을 맞이한 그는 '신생조국건설'이라는 청운의 꿈을 안고 서울에 건너왔지만, 1946년 여름에 한 달 예정으로 오사카로 건너간 후 1988년에 42년 만의 한국행을 이루기까지 고국땅을 밟지 못했다.[2]

이러한 김석범에게 일생의 충격을 안긴 것이 바로 제주4.3사건(이하, '4.3'으로 약기)이다. 학살의 섬이 되어 버린 제주도에서 많은 이들이 살아남기 위해 옛 종주국인 일본으로 밀항해 갔는데, 김석범은 그들과의 만남을 통해 4.3을 추체험한다. 김석범에게는 그것이 일생의 과제가 되었으며, 김석범은 그 소수의 증언을 소설의 표현을 통해 형상화하였다.

다소 긴 인용이 되겠지만, 우선 「연보」를 통해 김석범이 오사카에서 도쿄(東京)로 생활의 거점을 옮긴 시기의 삶의 궤적을 살펴보겠다.

> **1958년, 33세**
> 8월, 고마쓰가와(小松川) 사건[3]이 발생한다. 두 명의 여성을 강간 살해한 혐의로 체포된 이진우(李珍宇)는 이듬해 12월 사형판결을 받고, 1962년 11월 사형이 집행된다. […]
> **1959년, 34세**

---

2) 平塚毅 編, 「詳細年譜」, 金石範, 『金石範作品集Ⅱ』, 平凡社, 2005, pp.604~606, p.613 참조.

3) 이 사건에 대해서는 서경식, 이규수·임성모 옮김, 『난민과 국민 사이』, 돌베개, 2006.; 鈴木道彦, 『越境の時 一九六〇年代と在日』, 集英社新書, 2007.; 조경희, 「'조선인 사형수'를 둘러싼 전유의 구도 : 고마쓰가와 사건(小松川事件)과 일본/'조선'」, 『동방학지』 158, 연세대학교 국학연구원, 2012.가 사건의 개요 및 재판 과정, 의미 등을 상세히 다루고 있다. 김석범은 사건 발생 22년 후인 1981년에 이 사건을 모티브로 「제사 없는 제의(祭司なき祭り)」라는 작품을 발표한 바 있다. 이 글에서는 4절에서 이 작품에 대해 다룬다.

12월, 조선민주주의인민공화국으로의 귀국운동이 시작되었고, 제1차 귀국선이 니가타(新潟)를 출항. 오사카 쓰루하시역(鶴橋) 근처에서 닭 꼬치 포장마차를 운영. […] 손님들에게 다양한 이야기를 들을 수 있었는데, 「똥과 자유(糞と自由と)」는 포장마차에서 들은 이야기의 소산이다. 그 이야기를 들려준 손님은 나중에 조선민주주의인민공화국으로 귀국했다.

1960년, 35세

3월, 포장마차를 그만둔다. […] 「똥과 자유」를 『문예수도』 4월호에 발표한다.

1961년, 36세

10월, 9월에 일간화된 『조선신보(朝鮮新報)』의 편집국으로 자리를 옮긴다. 도쿄로 이사.

1962년, 37세

「관덕정(観徳亭)」을 『문화평론(文化評論)』[4] 5월호에 발표.

1964년, 39세

가을, 재일본조선문학예술가동맹(문예동)으로 자리를 옮겨, 기관지인 『문학예술』(조선어 잡지)의 편집을 담당한다. 조선어로 몇 편의 단편을 집필하면서, 장편 「화산도(火山島)」를 『문학예술』에 연재하다가, 1967년에 중단. […] 이듬해, 김달수와의 대담 「문학과 정치」[5]가 『아사히저널(朝日ジャーナル)』 10월 10일호에 게재.

---

4) 일본공산당 중앙위원회 사상문화지.

5) 김석범과 김달수는 이 대담에서 한일기본조약과 한일청구권협정, 한일청구권협정조치법, 한일법적지위협정은 "조국의 통일을 방해하는 본질적인 문제"로 "38도선을 고정해 버리는" 문제가 있다고 비판한다. 김석범은 "조선인의 경우에 일본인 이상으로 정치에 얽매여 있"기 때문에 "조선인 작가가 조선인을 그릴 때 결국 정치를 그리지 않을 수 없다"라고 말하고, 김달수는 "식민지를 경험해 왔기 때문에 정치가 생활 감각으로 있는 것"이며, "자기 문학의 자립은 민족의 독립 없이는 불가능하다는 것을 과거의 경험을 통해 알고 있는 것"이라고 말한다. 金達寿·金石範, 「文学と政治」, 『朝日ジャーナル』, 朝日新聞社, 1965年 10月 10日号, pp.39~41.

1967년, 42세

9월, 「까마귀의 죽음(鴉の死)」, 「간수 박 서방」, 「관덕정」, 「똥과 자유」 네 편을 담은 작품집 『까마귀의 죽음』을 신코쇼보(新興書房)에서 간행. 장롱 구석에서 10년이라는 세월 동안 잠들어 있던 원고를 꺼내 조금 손을 보았다. 『까마귀의 죽음』을 간행하기 위해서는 조직의 비준이 필요하여 사전에 상담을 하였으나 승인을 얻지 못하였다. 결국, 비준을 받지 않은 채 간행을 강행하였다. 10월, 위암 수술로 요요기(代々木) 병원에 연말까지 3개월간 입원. […]

1968년, 43세

[…] 2월, 김희로 사건이 발생. 「라이플총 사건에 대한 단상(ライフル銃事件に思う)」[6]을 『교토신문(京都新聞)』 2월 26일자에 집필. 여름, 재일본조선인총연합회(조총련)를 떠남.

1969년, 44세

「한 재일조선인의 독백(一在日朝鮮人の独白)」을 『아사히저널』에 2월 16일호부터 3월 16일호까지 5회에 걸쳐 연재. 「허몽담(虚夢譚)」을 『세계(世界)』 8월호에 발표. 이것은 7년 만에 일본어로 쓴 소설. 다시, 일본어로 쓰는 것에 대하여 고뇌.

1970년, 45세

[…] 12월, 「만덕유령기담(万徳幽霊奇譚)」을 『인간으로서(人間として)』 제4호에 발표. 「만덕유령기담」은 이듬해 상반기 제65회 아쿠타가와상

---

6) 김석범은 김희로 사건에 대한 단상을 적은 이 기고문을 다음과 같이 마무리하고 있다. "이 사건은 재일조선인뿐만 아니라 일본인도 생각하게 하는 큰 문제였다. 그것은 일본인과 재일조선인의 민족적 관계에서 일어난 사건이기 때문이다. 이런 종류의 사건이 벌어질 때마다 지금까지 일본인의 조선인에 대한 생각이 요즘 정치적 상황과 결부되어 더 심해지는 것인지, 아니면 이런 불행한 문제로 인하여 오는 근본에 다가서려는 자세가 한걸음 더 내딛게 되는 것인지, 나는 깊은 발생의 근거를 가지고 있는 이 사건은 일본뿐만 아니라 우리도 후자의 길을 선택하는 것을, 앞으로의 문제를 해결하는 방향으로서 요구하고 있다고 생각한다."(김석범, 오은영 옮김, 「라이플총 사건을 회상하다」, 『언어의 굴레』, 보고사, 2022, p.238; 金石範, 「ライフル銃事件に思う」, 『ことばの呪縛』, 筑摩書房, 1972, p.247.)

(芥川賞) 후보작으로 선정.

이 「연보」를 통해 3, 40대에 간고한 곡절을 겪으며 오뇌하였을 김석범의 심정을 엿볼 수 있는데, 김석범의 작가 인생에 있어 분기점이 된 일은 조총련의 비준을 얻지 않은 채 작품집 『까마귀의 죽음』을 출판한 것이었다. 그 간행을 둘러싸고 조총련 조직과 대립하던 김석범은 그 정치적 압력에 굴하지 않았고, 자신의 문학적 자유를 관철하며 첫 작품집을 세상에 내놓았다. 그 작품집이 이와나미쇼텐(岩波書店)의 편집자이자 장정가인 다무라 요시야(田村義也, 1923~2003)의 눈에 띄었고, 그의 강력한 권유로 김석범은 「관덕정」 발표 후 7년 만인 1969년에 일본어소설 「허몽담」을 창작하였다. 이로부터 정확히 반세기가 되는 2019년, 『세계』 2016년 10월호부터 시작된 『화산도』의 두 번째 속편인 「바다 밑에서(海の底から)」의 연재가 4월호로 완결되었다. 김석범과 잡지 『세계』의 순환고리를 확인할 수 있는 지점이다. 참고로 『화산도』의 속편은 2006년에 슈에이샤(集英社)에서 간행된 『땅속의 태양(地底の太陽)』이다.

한편, 김석범 문학을 대표하는 테마는 바로 4.3이다. 4.3은 제2차 세계대전 후의 동아시아에 대한 미국의 전략, 장기간 이어진 한국의 군사독재정권의 존재 이유, 그 정권이 4.3을 금기시하며 그 기억을 은폐·말살하고자 했던 이유 등과도 깊이 관련되어 있다. 다시 말해, 김석범 문학을 논하기 위해서는 냉전 체제의 구조와 한국 사회의 민주화운동, 그리고 일본의 사회운동과 재일조선인사회의 변용까지 시야에 넣어야 한다는 것이다. 또, 일본어라는 언어수단을 선택하여 4.3의 시공간을 그리는 김석범 문학을 연구하는 것은 '전후' 동아시아의 시공간을 되짚는 작업으로도 연결된다는 점을 인식해야 한다. 나아가, 김석범이 본격적으로 창작활동을 시작하는 1950년대 이후를 시야에 넣고 본다면, 동아시아의 국제정세뿐만 아니라, 냉전 체제하에서 발생한 알제리 독립전쟁과 베트남 전쟁 등 탈영토화/재영토화하며 현전된, 4.3의 이미지를 환기하는 사건들이 연쇄적으로 일어나고 있었다는 점도 염두에 둘 필요가 있다.

이처럼 김석범 문학은 냉전 체제가 만들어낸 이데올로기의 충돌이 반복되는 상황 속 사유를 통해 생성된 산물이라고 할 수 있다. 이 글에서는 복잡다단하게 뒤얽힌 냉전 체제하의 사건들, 특히 김석범 문학이 4.3과 5.18광주민주화운동, 그리고 고마쓰가와 사건을 어떻게 재현하는지 그 양상을 검토함으로써, 김석범 문학에 있어 '사건'이란 무엇인지에 대해 살펴보고자 한다.

2. 교차하는 제주와 오키나와

김석범 문학의 특징 중 하나로 '반복'을 들 수 있다. 김시종 역시 시를 통해 4.3, 우키시마호(浮島丸) 사건, 한국전쟁, 스이타(吹田)·히라카타(枚方) 사건, 귀국사업, 5.18 등의 역사적 시공간이 중층적으로 뒤엉키는 사건의 상황과 목소리, 증언, 날짜 등을 반복하여 제시한다. 반면, 김석범은 제주도에서 발생한 4.3(1947년 3월 1일의 3.1절 발포사건, 동년 3월 10일의 섬 전체 총파업, 본토의 경찰과 서북청년단의 제주도 파견, 1948년 4월 3일의 무장봉기, 예비검속과 학살 등)의 가해와 수난에 천착하여 4.3의 시공간 속 인간군상을 반복하여 형상화하였다. 공적 역사로 서술되지 못한 사건이 무엇인지 상상하고, 각종 자료와 증언 등을 반복하여 참조하며 자문자답하기도 하고, 자작 소설과의 대화를 반복하기도

한다. 또 소설로서의 재현을 반복하고, 그 언어화와 문자화 과정에서
언어의 월경과 애도를 반복한다. 독자에게도 이러한 사유와 대화의
반복이 요구되는데 이것이 바로 김석범이라는 표현자가 창출하는 문학
의 힘과 가치라 할 수 있다.

그렇다면 김석범에게 있어 4.3이란 무엇이었을까. 김석범은 4.3 무
장봉기가 일어나는 1948년 4월 교토대학 문학부에 입학하여 미학미술
사를 전공하는데, 그 이듬해 초봄에 쓰시마(対馬, 대마도)에 가서 제주도
에서 밀항해온 '유방이 없는 여자'를 만났다고 밝힌 바가 있다[7]. 하지만
2019년에 자신이 대마도에 갔던 것은 졸업논문(「芸術とイデオロギー(예
술과 이데올로기)」)을 제출한 1951년이었다고 기억을 정정하는데, 대마
도에서 만난 두 명의 여성은 한국전쟁 발발 후 예비검속으로부터 도망
친 사람들이었다.[8] 그녀들의 증언이 바로 김석범으로 하여금 소설을
쓰게 하는, 닿지 않는 원동력으로 작용했다고 할 수 있다. 증언의 청취
자가 된 김석범은 그 응답 책임을 바로 그해에 수행한다. 그것이 바로
박통(朴樋)[9]이라는 이름으로 발표한 「1949년 무렵의 일지에서 - 「죽음
의 산」의 한 구절에서」이다. 1951년 12월에 창간한 오사카조선인문화

---

7) 平塚毅 編, 「詳細年譜」, p.606.

8) 趙秀一·細見和之, 「解題」, 姜信子 編, 『金石範評論集Ⅰ』, 明石書店, 2019, p.398. 이
책에 김석범의 교토대학 졸업논문이 전문(全文) 게재되어 있다.

9) 김석범은 자신의 작품 중 처음으로 활자화된 이 작품에 '박통'이라는 필명을 사용하였
는데, '배불리 먹고 별 쓸모도 없다'라는 '밥통'이라는 의미를 담았다고 한다(宋惠媛,
「「一九四九年頃の日誌より - 「死の山」の一節より -」について」, 金石範, 『金石範作品
集Ⅰ』, 平凡社, 2005, p.560). 김석범이 이 필명을 사용한 것은 이 작품이 처음이자
마지막이었고, 그 이후에는 줄곧 '김석범(金石範)'이라는 필명으로 활동하고 있다. 참
고로 그의 본명은 신양근(愼洋根)이며, 1951년에 제출한 교토대학 졸업논문에 기재되
어 있는 이름 '金錫範(김석범)'은 일본의 주민표에 등재되어 있는 통칭(통명)이다(趙秀
一·細見和之, 「解題」, 姜信子 編, 위의 책, p.398).

협회의 기관지 『조선평론(朝鮮評論)』에 발표된 이 단편소설은 "『화산
도』로 이어지는 문제의식의 발단이며 촉매"[10]이자, "「까마귀의 죽음」
이나 『화산도』와 같은 다른 그의 작품 속에 나타나는 주인공들의 유형
이 엿보이고 당시 한반도의 정세와 4.3사건에 대한 그의 현실 인식과
4.3사건의 기록에 대한 사명감 등의 관점이 확연히 드러나고 있다"[11]라
는 평가를 받는다.

"이것은 그지없이 소극적인 '나'라는 인간의 눈을 통해 볼 수 있었던
하나의 사소한 현실입니다. 제주도 사건의 한 단면……. 「죽음의 산」에
서 한 구절을 떼어내 앞뒤 맥락이 뒤죽박죽이라는 느낌을 지울 수 없어
우선 '1949년 무렵의 일지에서'라는 가제를 붙였습니다. 이것은 일기도
아니고 기행문도 아닌, 그저 작문 정도의 글입니다."[12]라고 시작하는
이 작품에 다음과 같은 구절이 있다.

> 지금, 외면하려 하는 것도 감상(感傷)이고, 인내하며 응시하는 것도
> 감상이다. 나는 선창으로 돌아가고 싶었지만, 발길이 떨어지지 않았
> 다. 이윽고 모두 다 선창으로 돌아간 듯하다. 이미 알고 있었지만, 그들
> 과 얼굴을 마주하는 것이 왠지 무척 어색할 것 같았다. 조타실을 들여
> 다보니 여전히 사람이 키를 잡고 있다. 나는 피스톤이 만들어내는 단조
> 로운 꿍음에다가 복잡다단한 감정들을 죄다 내던졌다. 앞에는 한 개의

10) 곽형덕, 「'전후'의 폭력에 맞서는 마이너리티의 기억과 투쟁」, 『일본학보』 126, 한국일
   본학회, 2021.2, pp.94~95.
11) 이한창, 「김석범의 「1949년의 일지에서」에 관한 고찰」, 『日本語文學』 54, 한국일본어
   문학회, 2012.9, pp.289~290.
12) 김석범, 조수일·고은경 옮김, 「1949년 무렵의 일지에서 - 「죽음의 산」의 한 구절에서」,
   『만덕유령기담』, 보고사, 2022, p.161. 이하, 이 작품에서의 인용에 대해서는 본문에
   쪽수만 표기한다. 이 작품의 번역은 朴樋, 「一九四九年頃の日誌より - 「死の山」の一節
   より - 」, 『金石範作品集Ⅰ』, 平凡社, 2005를 저본(底本)으로 하고 있다.

'비극'이 있다. 나는 칠흑 같은 어둠의 바닷속을 향해 직선으로 곤두박
질치는 듯한 절망을 느꼈다. 감상이란 인간의 마음속 깊숙이 자리를
차지하고 있는 샘물로, 의지의 틈새를 엿보고 내솟는 것일지도 모른다.
온갖 것에 관심을 잃은 혼이란 무엇일까. 무관심이 적어도 현실을 방어
하는 하나의 방법일지 모른다. 그에게 그것이 '보호색'이 되면 좋을
것이다. (163)

고향 제주의 항구로 들어서는 밤바다 위에서, 마을이 불타오르고
있는 모습을 갑판 위 사람들과 지켜보던 '나'의 '의식의 흐름'이 동시적
으로 서술되고 있다. "지금" 목격하고 있는 사건의 광경에서 시선을
돌리든 지켜보든 몸에는 "감상(感傷)"이라고 하는 아픔이 남는다. 하나
의 사건 혹은 현상을 목격한 이들의 아픔과 소회는 다층적일 것이다.
불길을 목격하고는 이미 "선창으로 돌아간" 이들이 어떤 목소리를 발화
했는지 묘사되어 있지 않지만, 그들과의 대면이 "왠지 무척 어색할 것
같았다"라고 생각하는 '나'의 발화되지 않은 목소리와는 그 '감상'의
내실이 달랐으리라 상상할 수 있다. '나'는 불길의 인과와 불길 속 아비
규환을 상상하고, 이러한 광경이 펼쳐지는데도 불구하고 "키를 잡고
있"는 조타수의 '감상'은 어떠한 것일지 상상하며, 교착(交錯)하는 "감
정"을 해소하고자 한다. "칠흑 같은 어둠"이 펼쳐진 밤바다에 떠오른
불길을, "앞에는 한 개의 '비극'이 있다"라는 한 문장으로 축약하여 서
술할 수 있을 것이다. 하지만 그 순간 '나'는 추락하는 죽음에 가까운
"절망을 느"낀다. 가슴이 철렁 내려앉는 감각은 자신이 인지하는 '한
개' 혹은 '한 단면'만으로는 4.3이라는 사건이 가시화되지 않는다는 깨
달음에서 나오는 것이다. '비극'의 조각들을 모아내야 한다는 각성으로
도 읽을 수 있다.

위의 인용문은 '나'의 '의식의 흐름'만을 온전히 서술하고 있지 않다.

마지막 네 문장은 작가의 목소리로도 읽을 수 있기 때문이다. 인적 관계망과 위치에 따라 어떤 사건을 대하는 자세는 다층적인 양상을 보일 것이다. 하지만 작가는 어떤 사건을 "외면"하든 "응시"하든 몸에는 '감상'이라는 것이 생성된다고 말한다. 그 "마음속 깊숙이 자리를 차지하고 있는 샘물"로서의 '감상'은 언제 "의지"의 형태로 발현될지 모른다. 또, 때로는 "무관심"을 가장한 채 '지금' 눈앞에서 폭발하는 현실을 '외면'할지라도, "틈새"가 열리는 시점까지 살아내야 사건의 전체상을 조감할 수 있고, 단면 하나하나에 이웃하여 응시할 수 있다는 '의지'를 표명한다.

항구에 내려 마을로 이동한 '나'는 사람들이 조용히 "자기들 형제가, 부자가, 혹은 젊은 모녀가 모여 있는 한라산의 궁핍함, 식민지를 침략하듯 속속 증원되어 바다를 건너오는 이승만의 군대, 포학무도한 '서북청군백골부대'의 광기"(251)에 관해 이야기하는 것을 듣는다. 이는 김석범이 4.3 발발 후 살아남기 위해 옛 종주국으로 밀항해 온 이들로부터 전해들은 극소수 증언의 흔적이라 할 수 있다. 해방을 맞이하며 독립을 성취했어야 할 조국의 영토는 냉전 체제하에서 38도선을 기준으로 분단되고, 1948년에는 대한민국과 조선민주주의인민공화국으로 분단이 확정된다. 더불어 이승만 정권은 무장봉기 세력을 진압하기 위해 제주에 군대 병력과 서북청년단을 파견한다. 김석범은 이를 같은 국민국가 체제 안에서 행해진, '식민지를 침략하듯' 이뤄진 일종의 '광기'로 파악한다. 이러한 김석범의 1951년 시점에 있어서의 상황 분석은 2015년의 발언과 교차한다.

다음은 2015년 11월 8일에 열린 〈김석범『화산도』복간기념 심포지움〉[13] 강연에서 나온 김석범의 발언이다.

사나흘 전, 밤 10시경이었는데 말이죠, 가볍게 한 잔 걸치고 있었습
니다. […] 그래서 텔레비전을 틀었지요. 텔레비전을 켰더니, 뭔가 엄청
난, 이렇게 밀치락달치락 하는 겁니다. 헤노코(辺野古)였던 거예요.
헤노코에서, 앞에서 경찰하고 충돌하고, 사람들이 체포돼 끌려가는데,
마침 제가 봤을 땐, 할머니가, 이런 식으로 누워서 말이죠, 다리가 불편
한 할머니인 것 같았습니다. 그때 아나운서가 말이죠, 이건 도쿄 경시
청에서 파견된 경찰이라고 하는 겁니다. […] 음, 뭐라고? 이런 생각이
들었습니다. 경시청이라 함은 도쿄에서 왔다는 말이잖습니까. 경관이
요. […] 이건 매우 이상한 상태라는 생각이 들어, 술을 마시면서, 여러
가지 일을……, 머리에 떠오르는 겁니다. 섬 경찰만으로는 부족해서
외부에서 경찰을 부른다. 저는, 이런 오키나와(沖縄)에 대한 일본정부
의 처사는 국내식민지(침략까지는 아니더라도) 정책이라 생각합니다.
잘 모르겠지만, 적어도 일본국민이라는 하나의 공동체 안에서, 오키나
와 사람을 국민이라 여기는지 아닌지는 모르겠지만, 일단 국민이 되었
고, 같은 국민이라 한다면 말이죠, 오키나와에 대한 일본의 처사는,
이게 과연 뭐란 말인가. 이런 걸 보면 제주도의 상황과도 겹쳐 보게
됩니다.[14]

---

13) 〈김석범『화산도』복간기념 심포지움 : 전후 일본어문학과 김석범『화산도』〉는 「『화산
도』복간기념 심포지움 실행위원회'(오에 겐자부로, 김시종, 양석일 등 총 59명)가
주최하고, 이와나미쇼텐이 공동 주최로 참여, 세이케이(成蹊)대학 아시아태평양연구
센터가 후원한 행사이다. 제1부 복간기념 심포지움(세이케이대학 6호관 301교실,
14:00~17:30)은 우카이 사토시(鵜飼哲)의 사회, 김환기(동국대 일본학연구소 소장)와
김석범의 인사, 노자키 로쿠스케(野崎六助, 작가, 평론가)·다카자와 슈지(高澤秀次,
평론가)·사토 이즈미(佐藤泉, 아오야마학원대학 교수)·오세종(呉世宗, 류큐대학 교
수)의 발제로 진행되었다. 심포지움 후 제2부 복간축하파티(세이케이대학 10호관 12층
홀, 18:00~20:00)가 이와나미쇼텐의 사장 오카모토 아쓰시(岡本厚)의 사회로 진행되
었다.

14) 申知瑛,「「変化なし」というダイナミズム : 復刊記念シンポジウム「戦後日本語文学と金
石範『火山島』」に参加して(上)」,『CAPS Newsletter』129, 成蹊大学アジア太平洋研究
センター, 2016, p.2. https://www.seikei.ac.jp/university/caps/assets/docs/news
letter/no129.pdf.

김석범은 작가로서의 라이프워크인 『화산도』복간을 축하하는 공식 석상에서 수일 전 "텔레비전"에 비친, 오키나와 헤노코에서 "경찰"과 "체포자" 등이 "충돌"하는 "이상한 상태"를 보았다고 발언한다. 김석범 이 뉴스에서 보고 들은 "도쿄 경시청에서 파견된 경찰"에 관해서는 이 미 2015년 11월 1일자 『아사히신문(朝日新聞)』에 "미군 후텐마(普天間) 비행장(오키나와현 기노완(宜野湾)시)의 이전지로서 공사가 시작된 나고 (名護)시 헤노코 연안부에, 경시청이 11월 초순 백 수십 명의 기동대를 파견한다는 사실이 경찰관계자 취재를 통해 알 수 있었다. 지역 주민과 시민단체의 항의활동이 장기화될 가능성이 있어, 혼란을 방지하기 위 해 오키니와 현경이 경시청에 요청했다고 한다"[15]는 것이었다.

그렇다면, 왜 김석범은 이 오키나와 문제를 언급했던 것일까. 오키 나와의 액츄얼리티가 "여러 가지 일"이 되어 교차적·중층적으로 "머리 에 떠올랐"기 때문이다. "이런 오키나와(沖繩)에 대한 일본정부의 처사 는 국내식민지(침략까지는 아니더라도) 정책이라 생각합니다"라든가, "이런 걸 보면 제주도의 상황과도 겹쳐 보게 됩니다"라고 감정을 억누 른 채 완곡하게 표현한다. 하지만, 길 위에 누울 수밖에 없었던 다리가 불편한 할머니[16]와, 하나의 공동체에서 행해지는 "침략" 수준의 폭력적 광경을 목격하며 느꼈을 슬픔과 분노가 전해져 온다. 수일 전, '텔레비 전'에 비친 오키나와의 수난은 김석범이라는 표현자의 내부에서 '여러

---

15) 無署名, 「警視庁から辺野古派遣」, 『朝日新聞』東京 / 朝刊, 2015.11.1, p.2.
16) '헤노코의 후미코 할머니'라 불리는 시마부쿠로 후미코(島袋文子) 할머니는 오키나와 전쟁 때의 체험을 기점으로 삼아 '기지건설 절대반대'를 표명하며 매일 휠체어를 타고 캠프 슈와브(Camp Schwab) 게이트 앞에서 항의 행동을 이어왔는데, 그 현장에 오키나 와현 '외부'에서 파견된 경찰이 출동하여 주민들과 직접 대치한 것은 이날이 처음이었 다. 佐藤泉, 「翻訳と連帯」, 『일본학보』 126, 한국일본학회, 2021, p.29 참조.

가지 일'과 중첩된다.[17]

그 '여러 가지 일'에는 제주도에서 일어난 '여러 가지 일'(4.3과 관련된 일련의 사건들, 예를 들어 1947년 3월 1일의 3.1절 발포사건, 동년 3월 10일의 섬 전체 총파업, 본토의 경찰과 서북청년단의 제주도 파견, 1948년 4월 3일의 무장봉기, 예비검속과 학살 등)뿐만 아니라, 일본이라는 옛 종주국에서 만난 제주도로부터의 밀항자와 그들의 증언, 그것을 형상화하며 소설을 쓰던 일들, 강정마을에서의 기지건설이 구체화된 2007년 이래 반대 운동을 이어오는 도민과 운동가들이 체포되는 광경, 세계 곳곳에서 일어났고/일어나고 있는 전쟁과 학살 등이 포함되어 있을 것이다. 그 러한 '여러 가지 일'들에 생각이 미쳤을 터인데, 개별적으로 거론하지 못한 채 "여러 가지 일을⋯⋯"이라고밖에 표현하지 못하는 것에는 중첩되는 억압과 배제, 폭력의 반복에 대한 먹먹함이 담겨 있다. 또 김석범은, 오키나와와 오키나와인은 일본이라는 국민국가의 '하나의 공동체'/'같은 국민'이 아닌, 차별과 배제의 대상으로 여겨지는, 다시 말해 오키나와는 '국내식민지'라는 것을 '텔레비전' 화면 너머로 보면서 '여

---

17) 김동현은 "국가가 국민이라는 정체성을 만들어 나간 과정은 내부에 비국민이라는 또 다른 외부를 상상하는 일"이라고 규정하며, "제주는 반공국가 대한민국의 외부였고, 야만의 존재"로 "휘발유를 뿌려서라도 섬멸해야 한다고 소리 높일 수 있었던 것도 바로 이러한 식민지적 국가전략의 일환이었다"라고 시사적인 지적을 한다. 나아가 "제주는 반공국가의 일원이 되기 위해서는 '공산주의 독균'에 감염된 자들은 박멸되고 격리되어야 했"고, "해방기와 한국전쟁기로 이어진 섬멸의 시대에 제주인들은 당연히 '우리'라고 생각했던 공동체가 자신들을 죽음으로 내모는 아이러니를 온 몸으로 경험했다"라고 하며, "제주는 대한민국인가" 또 "제주사람들은 과연 대한민국 국민인가"라는 물음을 던진다. "식민주의적 내면화를 벗어나기 위해"서는 "차별과 착취를 은폐"하는 "'국민'이라는 단일한 호명"과 "호명의 언어" 속에 은폐되는 "은폐의 주체와 대상"의 내실은 무엇인지 물어야 한다는 것이다. 이러한 문제의식과 물음은 오키나와를 사유하는 방법과도 교차한다. 김동현, 「'제주'라는 내부 식민지」, 『제주, 우리 안의 식민지』, 글누림, 2016, pp.261~279.

러 가지 일'을 겹쳐 보고 있었다고 할 수 있다. 참고로 김석범은 5.18
역시 텔레비전 화면을 통해 목격하였고, 잡지 『세계』의 지면에 활자화
된 보고(報告)에 4.3을 교차시키며 그 사유를 「유방이 없는 여자」라는
소설로 형상화한 바 있다.

김석범은 이와사키 미노루와의 2009년 인터뷰 중에 구체적으로 오키
나와 문제를 파고들지 않았지만, 패전 후 일본은 "과거의 전쟁책임"을
둘러싼 "모럴 투쟁"이 없었던 것에 대한 문제를 제기한다. 나아가, 제2차
세계대전 후 미국은 한국과 오키나와를, 냉전 구조 유지를 위한 방어선으
로, 또 베트남전쟁을 수행하기 위한 인적/물적 풀로 이용하였고, 한국과
일본은 공동체의 구성원과 지역을 희생시켜 왔다고 언급하며, 한국에서
지역을 희생시킨 국가폭력을 상징하는 것이 바로 4.3과 5.18인데, 거기
에 대해서는 어느 정도의 '모럴 투쟁'이 있었다고 말한다.[18]

'과거의 전쟁책임'을 포함한 '모럴 투쟁'은 기억의 문제이기도 한 바,
김석범은 "기억을 파고드는 일은 이른바 자기비판"이며, "일단 자기부
정을 해야만 한다"라고, 고바야시 다카키치와의 2006년 인터뷰에서
발언하였다. 특히 "인간을 되찾"기 위한 '모럴 투쟁'은 사회에 있어서의
"큰 흐름"이라는 외적 요청도 필요하지만, 개개인 내부의 자발적인 고
투가 전제되어야 한다고 말한다. 그리고 "그런 일에 가장 예민하게 반
응해야 하는 것이 바로 문학자들"이고, "침묵의 목소리, 지워진 기억의
목소리를 듣는 일은 역시 문학, 작가의 임무"라고 강조한다.[19]

4.3은 대한민국이라는 국민국가의 역사 서술에 대항하며 자기의 자

18) 金石範, 聞き手=岩崎稔, 「[インタビュー] 四·三事件と文学的想像力」, 岩崎稔·上野千
鶴子ほか 編, 『戦後日本スタディーズ①······40·50年代』, 紀伊國屋書店, 2009, p.277.
19) 金石範, 聞き手=小林孝吉, 「[インタビュー] 文学における記憶と自由 - 歴史と社会に向
き合うこと-」, 『社会文学』 23, 日本社会文学会, 2006, p.8.

리를 찾아가는 도중에 있다고 할 수 있다. 4.3은 7년 7개월이라는 장기
간에 걸친 사건이었기 때문에, 그 전체상을 파악하고 정의하는 일은
쉽지 않은 작업이다. 특히 가해와 피해라는 단순한 이분법으로 양분할
수 없는, 복잡하게 뒤얽힌 가해와 피해의 중층성 때문에 더욱 그러하
다. 김석범이 문학적 재현을 통해, 4.3을 반복하여 그리는 것은 복잡다
단한 가해와 피해의 지형도를 입체적으로 파악하기 위함이다. 또, 4.3
을 기억하려는 자/망각하려는 자/망각시키려는 자, 외세에 의한 민족
의 수난사 혹은 내부(이승만 정부)와 외부(배후에 있던 미국)의 침공에 대
한 방어항쟁으로서 기억하는 자[20]/공산주의 폭동으로 기억하는 자, 연
좌제로부터의 탈피를 위해 망각하는 자/가해의식으로부터의 해방을
위해 망각하는 자 등 기억과 망각을 둘러싼 냉전에서, 동아시아의 냉전
과 학살의 책임 주체를 되묻기 위한 김석범의 '모럴 투쟁'의 중심축에
있는 것이 바로 문학적 상상력을 통한 일생의 글쓰기이다.

3. 글쓰기의 원점을 환기하는 '목소리'[21]

1981년 11월, 『문학적 입장(文学的立場)』[22](제3차 제5호)에 발표된 「유

---

20) 金石範, 「続・韓国行(上)」, 『世界』, 岩波書店, 2017.12, 2017, p.286.

21) 이 절은 졸저 『金石範の文学-死者と生者の声を紡ぐ-』(岩波書店, 2022) 제9장 일부
를 수정·보완한 것임.

22) 『문학적 입장』은 전전(戦前)의 프롤레타리아문학과 전후(戦後)의 민주주의문학을 비
롯한 일본근대문학의 역사, 일본의 전쟁 책임과 전향 문제에 천착한 평론가 오다기리
히데오(小田切秀雄, 1916~2000)가 이즈미 아키(和泉あき, 1928~), 오다기리 스스무
(小田切進, 1924~1992), 구리하라 유키오(栗原幸夫, 1927~), 니시다 마사루(西田勝,
1928~)와 같은 후배 평론가들과 일본근대문학연구소를 만들어 1965년에 창간한 계간
동인지로, 1967년까지 총 12호(제1차), 1970년부터 1973년까지 총 8호(제2차), 1980년

방이 없는 여자」는 재일조선인작가인 '나'가 1981년이라는 시점에서 2년 전부터 이어지는 한국의 참담한 상황, 특히 5.18이라고 하는 일련의 국가폭력이 행사되고 있는 '지금'이 도화선이 되어, 4.3의 당사자에게 들었던 예전의 증언과 그에 대한 자신의 반응/단정을 성찰하는 내용의 작품이다.

소설은 현재 시점의 '나'가 'S'와 보낸 약 10년 전의 시간, 30여 년 전에 밀항해 온 'S 어머니'와 'K녀'라는 두 명의 여성과 보낸 대마도에서의 하룻밤을 상기한 후, 2년 전부터 이어지는 한국의 상황을 회상하던 중 생성되는 의문에 대한 응답을, 옛 증언자들의 목소리로부터 얻게 되는 내용으로 스토리가 전개된다.

다카하시 도시오는 이 소설의 "배후에 부상하는 일본, 한국 그리고 미국의 국가적 폭력의 연속성"과 "폭력의 조직적 은폐의 연속성"에 주목해야 한다고 지적한다.[23] 다카하시의 지적처럼, '나'의 시선은 늘 '국가적 폭력'이라는 위협 앞에 놓인 타자를 향해 있으며, '나'는 끊임없이 타자의 목소리, 그중에서도 '조직적 은폐'에 의해 묻히는 목소리를 부상시켜 문자화하는 영위를 이어가는 인물이다. 특히 '나'는 김석범이 실제로 발표한 소설인 「간수 박 서방」과 「남겨진 기억(遺された記憶)」(『문예(文藝)』 1975.9)의 작가로 등장하기 때문에 '나'와 김석범을 별개의 인물로 깨끗하게 떼어놓고 논할 수 없다. 오히려 김석범은 자신과 작중 인물 '나'를 등호로 묶어 읽도록 독자에게 요구하고 있다고 볼 수도 있다.

부터 1983년까지 총 8호(제3차)가 발간되었다.

23) 高橋敏夫, 「解説」, 大岡昇平ほか, 『コレクション 戦争と文学 12 戦争の深淵』, 集英社, 2013, p.713.

이 작품은 3장으로 구성된 단편소설이지만, 작중인물들의 내력에 다양한 사건의 흔적이 아로새겨져 있다. 8.15해방 후 가족을 데리고 오사카에서 고향 제주로 귀국한 'S 아버지'는 4.3봉기에 가담했다는 용의로 체포되어 고문을 당한다. 'S 어머니'는 재산을 처분하여 어렵사리 남편을 빼내고, 'S 아버지'는 홀로 밀항선에 오른다. 'S 어머니'는 그 이듬해 'K녀'와 밀항하고, 몇 년 후 'S'는 밀항에 실패하여 오무라(大村) 수용소에 수용되지만 '나'가 탄원서를 쓰는 등 온갖 수단을 동원하여 석방의 길로 이끈다. 이로써 한 가족이 다시 오사카 땅에 모여 살게 되었지만, 'S 아버지'는 고문 후유증에 시달리다가 소설 내 현재로부터 10여 년 전에 삶의 마침표를 찍는다. 그 후 1971, 2년경에 'S'는 어머니와 처자식을 데리고 조선민주주의인민공화국을 향해 니가타에서 '귀국선'에 오른다. '나'는 'K녀' 역시 '귀국'했다는 이야기를 전해 듣는다. 이들 작중인물들의 삶의 궤적은 일제강점기부터 해방 이후의 냉전 체제 속 법적/정치외교적 길항, 귀국운동에 이르기까지 역사 서술의 도마 위에 오른/오르지 못한 조선인 관련 사건들과 복잡하게 교차한다.

이 글에서는, 이 작품에서 이러한 작중인물들의 삶의 궤적과 증언, 그리고 그에 대한 '나'의 반응과 단정을 상기하고 재정위(再定位)하는 도화선이 된 5.18에 이르는 대한민국의 정황이 어떻게 다뤄지는지, 또 그 표현의 심층에는 어떠한 작가의식이 담겨 있는지에 검토하고자 한다.

> 재작년 10월 15일에 부산과 마산에서 300명의 사망자가 발생했다는 시민봉기가 일어났고, 그로부터 10여 일 후인 26일에 박정희와 대통령 경호실장 차지철이 KCIA 부장 김재규의 손에 사살당했다.[24]

---

24) 김석범, 조수일·고은경 옮김, 「유방이 없는 여자」, 『만덕유령기담』, 보고사, 2022,

2년 전의 "시민봉기"는 부마민주항쟁이고, "KCIA 부장"에 의한 "사살"은 1979년 10월 26일에 일어난 박정희 대통령 암살 사건이다. 여기서 소설 내 현재는 1981년이라는 것을 알 수 있다. 또, 화자는 박정희 대통령 암살 사건의 약 반년 전, 광주에서 발생한 '국가적 폭력'을 언급하는데, 그것은 「5.18광주사태 [시민봉기] 백서」(204, 이하 「백서」로 약기)에서의 인용이라는 점이 명기된다. 더불어, 위의 인용문에 이어지는, "부산과 마산의 봉기에 이어 서울에서 10월 29일에 시민봉기가 계획되어 있었지만, 그것을 알아차린 차지철이 봉기 시에는 10만 명 정도는 죽여도 상관없다는 결의를 했었다고 T·K생의 「한국으로부터의 통신」이 전한 바 있다"(203)라는 서술에도 주목할 필요가 있다.

> 제주도 4.3사건 당시의 학살은 세계가 몰랐다. 하지만 1980년대의 광주는 다르다. 세계라는 태양이 비추는 백주의 햇살 아래서 적도공략(敵都攻略) 못지않은 학살이 자행되었다. 그리고 나는 그 한 단면을 텔레비전을 통해 보고 있었을 뿐이다. (205)

'나'는 조국에서 "자행"되는 "학살"의 "한 단면"을 일본의 "텔레비전을 통해 보고 있었"다. 화면에 흐르는 1980년대 광주 사건의 광경은 "세계가 몰랐"던 "제주도 4.3사건 당시의 학살"과는 달리 세계의 눈과 귀로 전달된다. 중요한 것은 "그 한 단면을 텔레비전을 통해 보고 있었을 뿐이다"라는 감정을 배제한 표현에서 작가의 울분과 분노를 느낄 수 있다는 점이다. 이는 앞에서 언급한 바와 같이 김석범이 2015년에

---

p.203. 이하, 이 작품에서의 인용에 대해서는 본문에 쪽수만 표기한다. 이 작품의 번역은 金石範, 「乳房のない女」, 『金石範作品集Ⅱ』, 平凡社, 2005를 저본(底本)으로 하고 있다.

텔레비전 화면을 통해 일본 정부가 오키나와를 마치 국내식민지인 양
경찰을 파견하여 데모대를 진압하는 모습을 언급한 장면, 그리고 1951
년에 4.3 증언자들의 목소리를 통해 알게 된 제주에 대한 대한민국
정부의 처사에 대해 "식민지를 침략하듯 속속 증원되어 바다를 건너오
는 이승만의 군대"라 표현한 것과 교차된다.

한편 '나'는 그저 텔레비전만을 보고 있었던 것이 아니었다. 앞서
언급한 바와 같이, 'T·K생'의 「한국으로부터의 통신」과 「백서」를 읽기
도 했다. 인용된 「백서」는 잡지 『세계』 1981년 9월호에 실려 있으며,
"작년 5월 광주사태 때 무기를 쥐고 한국군에 저항하다가, 지금은 지하
에 있는 그룹에 의해 작성된" 이 「백서」에는 "광주사태와 관련된 가장
상세한 보고임과 동시에, 한국민주화투쟁에 참가하고 있는 젊은이들
의 동향 중 하나를 보여주는 것이라 할 수 있다"라는 편집부의 주석이
달려 있다[25]. 또, 이 소설에서 언급된 「한국으로부터의 통신」은 『세계』
1980년 4월호의 「김재규 씨 항소심」이다. "박정희 독재와의 투쟁사이
자, 박정희 이후에도 이어진 잔당 군부에 대한 민주 헌정을 위한 고난
사"[26]라고 평가받는 「한국으로부터의 통신」은 『세계』 1973년 5월호부
터 1988년 3월호까지 지명관이 'T·K생'이라는 필명으로 집필한 것이
다. 지명관은 "익명을 사용한 것은, 우선은 감시의 눈을 피하고, 무엇보
다도 한국에 남아 있는 나의 가족을 지키기 위한 것"으로, 집필의 재료
는 "한 달에 몇 번인가 비밀리에 한국에 파견되는, 일본인을 비롯한
많은 외국인이 가져온 자료에 의거하고 있으며, 개중에는 공표가 금지
된 성명서와 그와 관련된 수많은 슬픈 서사가 포함되어 있었다"라고

---

25) 無署名, 「五·一八光州事態(市民蜂起)白書」, 『世界』, 岩波書店, 1981.9, p.167.

26) 堀真清, 『一亡命者の記録-池明観のこと-』, 早稲田大学出版部, 2010, p.92.

회상한다.[27]

이처럼 5.18은 한국 사회만의 사건이 아니었다. 한국 사회에서 발화되지 못한 목소리는 '일본인을 비롯한 많은 외국인'이라는 수맥을 통해 월경하였고, 그들의 목소리는 'T·K생'을 비롯한 비가시화를 자처한 익명의 대리자들의 번역과 활자화를 위한 진력으로 일본어 공론장에서 가청화(可聽化)한다.

> 광주학살의 양상에 대해서는 내가 설명할 것도 없다. 독자 여러분들이 각자 떠올려보길 바란다. 무엇인가에 취한 공수병들이 임산부를 찔러 죽이고, 여자아이의 젖가슴을 도려낸 일, 학생들이 총검에 찔려 죽는 일 등…… 의 살육에 동원된 무수한 방법들. 아마도 믿기 힘든 이런 사태를, 목격자인 광주시민이 아니면 믿을 수 없는 사태를, 아니, 그것은 사실이다, 이 나라에서는 사실이라고, 30여 년 전 대마도의 움막에서 만난 K녀와 S 어머니, 그리고 돌아가신 S 아버지가 지금 내게 증언하고 있다. (204)

'나'는 광주에서 발생한 과잉폭력의 "양상"을 환기하고, 과거의 여러 시점 속 '나'를 소환하여 각각의 기억을 재정위하면서, 새롭게 "K녀와 S 어머니, 그리고 돌아가신 S 아버지"의 "증언"에 조우한다. 학살의 시공간에서 살아남은 "목격자"가 아니면 "사실"로서 확신하는 것이 불가능에 가까운 상황에 대해, '나'는 원점이 된 기억과 자신이 재현한 소설의 기억을 재규정하는 고투 속에서, 이를 갈면서 내뱉었을 터인 그들의 증언은 다름 아닌 "이 나라"에서 발생한 "광주학살"의 "목격자인 광주시민"의 증언이라는 것을 통감하는 데 이른다.

---

27) 池明観, 『T·K生の時代と「いま」－東アジアの平和と共存への道』, 一葉社, 2004, p.81.

'나'는 "신생 조선의 재건에 희망을 품"으며 "독립한 조국"에 귀국했지만, "해방 이듬해 여름, 서울에서 다시 일본으로 되돌아온" 인물이었다(186). 그 후 새롭게 태어났을 터인 조국은 남북분단과 한국전쟁을 거치며, 더욱 중첩된 폭력을 흡수한 냉전 상태를 이어갔고, 1965년 6월 22일에 대한민국과 일본 양자만의 교섭으로 한일기본조약이 조인되었다. 일본에 되돌아온 '나'는 소설 내 현재의 'S'의 가족과 'K녀'와 같은 증언자들의 아픔을 가슴에 품고 '지금'까지 대한민국과 조선민주주의인민공화국으로 분단된 조국을 계속 응시해 왔기 때문에 "이 나라에서는"이라고, 시공을 초월한 표현으로 조국을 가리킬 수 있었다고 볼 수 있다.

지금까지 3장으로 구성된 소설 「유방이 없는 여자」 중 3장의 서사를 중심으로 논의를 진행하였는데, 이 소설의 3장은 "소설의 형식을 의도적으로 방기한 것처럼 보인다".[28] 이 3장 부분만 떼어놓고 읽으면 기고문에 가까운 글인데, 이 소설이 "온전히 소설의 형식을 유지한 채 끝맺을 수 없었"던 것은 "정치적인 것이 문학을 압도"했기 때문이라고 볼 수도 있을 것이다.[29] 하지만 한편으로는 김석범이 허구와 실재의 경계, 작중인물의 목소리와 자기 목소리의 경계, 즉 소설의 경계 안팎을 넘나드는 글쓰기를 하는 것은 4.3과 5.18을 탈영역화하여 전체로서 파악함으로써 정치적인 것에 '압도'되지 않고 끝까지 대항하겠다고 하는 의지를 드러내기 위함이라고도 볼 수 있다. 이렇듯, 김석범에게 있어 5.18은 소설쓰기의 원점을 환기하는 사건이자, 4.3을 비롯한 비가시화/비가청화된

---

28) 장인수, 「어둠 속의 목소리, 김석범 소설의 방법론으로서 발화 충동 -〈관덕정〉과 〈유방 없는 여자〉를 중심으로-」, 『비교어문연구』 56, 비교어문학회, 2020, p.357.
29) 위의 글, p.358.

존재의 양상을 가시화/가청화하기 위한 교차적 동력이었다고 할 수 있다. 또, 1980년이라는 시점은 여전히 4.3에 대해 목소리를 내는 것조차 금기시되었고 4.3이 공적 역사의 공간에서 배제되고 있었다는 점에 있어서, 세계의 눈을 의식하지 않고 자행된 5.18의 국가폭력은 김석범에게 있어 4.3의 '한 단면'을 보여주는 축도였다고 볼 수 있다.

4. '고마쓰가와 사건' 재현에 담은 가치

한편, 김석범 문학이 형상화한 사건 중에 '고마쓰가와 사건'이라는 것이 있다. 1958년 9월 1일, 공장 노동자이자 도립고마쓰가와고교(都立小松川高校)의 정시제 1학년으로 에도가와쿠 시노자키마치(江戸川区篠崎町)에 사는 18세의 조선인 소년 이진우(李珍宇=가네코 시즈오[金子鎮宇])가 같은 학교 2학년인 16세 소녀(8월 21일 시신 발견)를 살해한 혐의로 체포되어 당일 범행을 자백하였다. 더불어 공장식당에서 근무하던 24세 여성 살인 사건에 대해서도 범행을 인정하며 일본 사회에 충격을 안겼다. 이진우는 1959년 2월 27일 도쿄지방재판소에서 열린 제1심 판결에서 미성년자임에도 불구하고 사형을 선고받았고, 같은 해 12월 28일 항소심이 열린 도쿄고등재판소에서도 사형을 선고받았다. 상고 후 1962년 8월 17일에 상고심 판결공판에서 사형이 확정된 후 미야기(宮城) 구치소로 이송되었고, 11월 16일 오전 사형이 집행되었다. 2심 판결 후 하타다 다카시(旗田巍)와 오오카 쇼헤이(大岡昇平), 기노시타 준지(木下順二) 등이 '이진우 소년을 살리는 모임(李少年をたすける会)'을 만들어 구명 운동을 전개하기도 하였다.

이 '고마쓰가와 사건'은 범인이 수사당국에 사체를 유기한 장소를

전화로 알리기도 하고, 자신은 완전범죄를 했다고 호언장담하며 피해자의 빚을 피해자의 아버지에게 보내고, 사진과 손거울 등을 수사과장 앞으로 보내기도 하며 세간의 이목을 집중시켰다. 수사당국은『요미우리신문(読売新聞)』에 전화를 걸어 자신의 완전범죄를 과시한 이진우의 목소리를 녹음하여 도립고마쓰가와고교의 학생들에게 들려주며 제보를 받았고, 유력한 용의자로 지목된 이진우가 이전에 절도를 하다가 고이와(小岩) 경찰서에 체포된 적이 있는바 사진이 남아 있어, 공중전화에서 전화를 거는 범인을 본 목격자에게 확인하는 등의 과정을 거쳐 진범을 단정하였다. 이러한 범인과 경찰의 대결이 미디어에 대대적으로 보도되며 대중의 이목을 끌었고, 이진우가 살인을 제재로 한 「나쁜 놈(悪い奴)」이라는 소설을『요미우리신문』의 소설현상공모에 응모한 사실이 알려지며 이진우라는 살인범이 하나의 캐릭터로서 부상하게 된다.

1961년 2월 이후, 재일조선인 잡지『새로운 세대(新しい世代)』편집부의 박수남(朴壽男)은 이진우와 서간을 교환하기 시작하였고, 사형집행 후에 그 왕복서간을『죄와 죽음과 사랑(罪と死と愛と)』(三一書房, 1963)이라는 단행본으로 출간하며 일본/재일조선인 사회에 고마쓰가와 사건의 의미를 물었다. 하지만, 박수남이 소속되어 있던 조총련은 재일조선인의 이미지가 훼손되어 귀환운동에 방해가 될 것을 우려했기 때문에 1971년 이후 1984년에 신판이 나올 때까지 이 왕복서간집은 절판 상태가 지속되었다.[30] 이러한 와중에 박수남은 1979년에 서간집 완전판『이진우전서간집(李珍宇全書簡集)』(新人物往来社)을 내기도 하였다. 이 고마쓰

---

30) 石坂浩一, 「小松川事件」, 国際高麗学会日本支部, 『在日コリアン辞典』編集委員会偏, 『在日コリアン辞典』, 明石書店, 2010, p.157.

가와 사건은 박수남의 서간집뿐만 아니라 오에 겐자부로(大江健三郞)의
『절규(叫び声)』(1963), 오오카 쇼헤이의 『사건(事件)』(1977), 오시마 나기
사(大島渚)의 영화 〈교사형(絞死刑)〉(1968) 등의 모티브가 되기도 하였다.

"이진우는 한반도 남과 북의 체제 바깥에 태어난 '비정통적' 존재이
자, 당시 재일조선인들이 내걸었던 대문자 '민족'에 의해 부인된 존재"
이며, "극빈 가정에서 자란 하층 조선인으로 일본사회에 노출된 이진우
에게서 우리는 자본주의와 식민주의라는 이중적 소외의 흔적을 찾을
수 있다"라는 조경희의 지적[31]처럼, 고마쓰가와 사건과 살인범 이진우
를 둘러싼 전유의 구도에 주목함으로써 냉전 체제하에서 배제와 소외,
억압의 대상이 되어 어둠 속으로 미끄러진 존재의 의미를 반복하여
곱씹어볼 필요가 있다.

김석범은 18세 '조선인' 소년에 의한 살인 사건 발생 후 22년이 흐른
1981년, 잡지 『스바루(すばる)』 1월호에 소설 「제사 없는 제의」를 발표한
다. 재일조선인작가로서는 처음으로 고마쓰가와 사건을 문학적으로
형상화했다는 점에 있어 우선 의미가 있다고 할 수 있다.

이 작품의 주인공 김붕남(金朋男=가나자와 도모오[金沢朋男])은 절도 전
과 3범에 알코올 중독자인 일용직 노동자 아버지(奉吉), 사람은 돈을
벌어야 한다고 입버릇처럼 말하는 병약한 어머니(淳南)와 함께 도쿄
외곽의 조선인부락에 사는 18세 소년이다. 4년 전 겨울, 11살이었던
여동생(純子)은 감기를 심하게 앓다가 충분한 치료도 받지 못한 채 급성
폐렴으로 세상을 떠났다. 소설 내 현재의 김붕남은 3개월 전 근무하던
금속회사를 그만두고, 친척의 소개로 조선인이 경영하는 오사카 이쿠

31) 조경희, 「'조선인 사형수'를 둘러싼 전유의 구도 : 고마쓰가와 사건(小松川事件)과 일
본/조선」, 『동방학지』 158, 연세대학교 국학연구원, 2012, pp.380~381.

노(生野)의 작은 공장에 들어가 일을 하고 있었지만, 어머니의 천식이 심해졌다는 아버지의 편지를 받고 밤기차에 몸을 실어 도쿄에 돌아온다. 김붕남은 『어느 때(ある時)』라는 가제(仮題)의 소설을 쓰고 있는데, 빵과 여자, 철학이 고픈 주인공은 여자와 현실의 모든 것을 완전히 정복해낼 수 있다는 것을 자신에게 증명하기 위해 여자를 살해하지만, 신기하게도 여자가 죽은 것을 확인한 순간 눈앞에서 시체가 수증기처럼 사라져 버린다. 그리고 그 꿈과 같은 허구성을 실재화하기 위해 발버둥 친다. 노트에 집필과 수정을 반복하는 김붕남의 글쓰기는 그의 강간살인에 대한 상상을 실재화하기 위한 자기 이론화의 과정이자, 자기가 존재한다는 현실을 증명하기 위한 되새김의 작업이었다. 결국, 김붕남이 추구했던 우연한 강간살인을 통한 자기 증명은 목적과 수단에 있어서 상반되는 선악의 윤리적 대립이 기저에 깔려 있기 때문에 비극에 이를 수밖에 없다.

이 작품은 피해자 여성에 대한 문제보다는 이진우라는 살인자의 두 차례에 걸친 '동기 없는 살인'에 어떠한 동기가 있었는지를 풀어내기 위해 김붕남이라는 인물을 형상화하여 그의 심리와 생리, 그리고 그를 둘러싼 사회 구조 파악에 천착한다. 특히 살인이라는 주제는 『화산도』 제1부 연재(『文學界』 1976.2~1981.8)가 마무리되어 가는 시점에서, 주인공 이방근(李芳根)의 미래와 연결되기 때문에, 김석범에게 있어 고마쓰가와 사건의 '동기 없는 살인'의 문제는 자신이 형상화한 이방근의 살의(殺意)를 어떻게 해소시켜야 할지 고민하는 데 있어 교차적 사유의 대상이자 사건으로서 가장 심도 있게 파고 싶었던 주제였을 것이다.

"김석범은 이 소설을 통해 소설의 안팎, 실재와 허구, 일본 사회와 자이니치 사회 사이의 경계를 교란"함으로써 "일본 사회의 일상적 실재에서는 보이지 않던 잠재적인 의미를 가시적인 것으로 떠오르게 한다"

라고 분석하는 장인수는 "이 소설이 '김붕남'의 소설을 그 내부에 품고 있는 것은 그와 같은 맥락에서 주의가 필요하"며, 결국 "김석범에게는 '소설=허구'라는 제의를 통해 이진우의 '사건=사실'을 하나의 '진실'로 승화할 필요가 있었다"라는 매우 시사적인 지적을 하고 있다.[32]

이 글에서는 작가의 목소리로도 읽을 수 있는 우메하라(梅原)의 발화에 주목함으로써 김석범이 이 작품을 통해 말하고자 하는 바를 고찰하고자 한다. 우메하라는 김붕남이 오사카에서 일하던 공장 주인의 친구로, 소설을 좋아하는 서른 살의 인물이다. 노점상의 우두머리인 그는 김붕남이 여고생을 교살하고 미디어/경찰과 자기 증명을 위한 대결을 펼치고 있는 상황 속에 도쿄에 등장한다. 김붕남을 만난 우메하라는 그의 『어느 때』와 세간을 떠들썩하게 하는 여고생 교살 사건에 대해 다음과 같이 말한다.

> "[…] 오늘 아침 신문을 봤더니, 범인이 얘길 재밌게 하더군. 사람을 죽일 필요가 있었다고 하면서 말이지. 게다가 모르는 사람이니까 우연히 죽일 수 있었다는 말이 일문일답에 나오는데, 이 범인은 그다지 죄의식이란 게 없구나 생각했네. 도둑도 아니고, 강간도 아니야, 그러니까 죽일 필요는 있는데, 죽이는 목적이 없다는 성가신 존재니까 죄라는 의식을 가질 수 없는 거지. 목적이 없으니까, 동기도 확실치 않은 걸세. 마치 꿈속에서, 꿈의 명령에 따라 사람을 죽인, 그런 셈이니까, 그런 건 감당이 안 돼. 불쌍한 건 죽은 여자아이지. 앞으로 더 살고 싶었을 텐데 말이야. 그 범인은 대수롭지 않은 악마라네, 나쁜 놈이야, 음, 뭔가 악마 자체의 존재 가치 같은 걸 갖고 있어."[33]

32) 장인수, 「실재와 환영, 혹은 제의로서의 소설 쓰기 - 고마쓰가와 사건의 문학적 재현-」, 『한국학논집』 72, 계명대학교 한국학연구원, 2018, p.201.
33) 金石範, 『祭司なき祭り』, 集英社, 1981, p.239. 이하, 이 작품에서의 인용에 대해서는

고마쓰가와 사건에 대한 작가의 인식은 위의 우메하라의 발화를 통해 엿볼 수 있다. 이진우의 "목적"도 "동기"도 없는 교살은 결코 옹호할수 없는 살인행위라는 것이다. 거기에 자기 증명의 "필요"라는 동기를부여하더라도 "모르는 사람이니까 우연히 죽일 수 있었다"라는 이유로생명을 앗아버리는 살인자는 그저 "대수롭지 않은 악마"로밖에 볼 수없다. 결코 미화하거나 두둔할 수 없다는 입장인 것이다. 그럼에도 불구하고 이러한 "나쁜 놈"에게도 "악마 자체의 존재 가치"를 도출할 필요가 있다고 말한다. 이는 김석범이 사건으로부터 22년이 지난 시점에서에세이나 기고문이 아닌 소설이라는 표현수단을 통해 고마쓰가와 사건을 재조명했는지에 대한 '목적'이자 '동기'라 할 수 있다. 김붕남과 그의소설 속 주인공은 "죄의식이란 게 없"을 뿐만 아니라, 꿈과 현실의 틈새에서 자신의 행위를 확인할 수 없기 때문에 자신의 행위 그 자체를확인하기 위해 행위를 영원히 반복한다.

더불어 작가는 왜 일본 사회 속에서 김붕남이라는 '악마'가 탄생했는지에 대해 고민한다. 김붕남이 재일조선인을 대표한다고 할 수도 없거니와, 또 그가 재일조선인의 가정과 사회에서 성장했기 때문에 목적과동기, 죄의식 없이 살인을 반복했다고도 할 수 없다. 하지만, 작가는그러한 인물이 탄생한 시대의 '한 단면'이라도 들여다봄으로써 지금현재 독자 개개인을 둘러싸고 있는 사회 시스템 하에서 소외되고 배제되는 생명이나 존재는 없는지, 독자 자신이 속한 사회를 교차적인 관점에서 되짚게 하는 서사를 구성한다.

다이쇼(大正, 1912~1926) 시대 말기에 철도원 모집 광고를 보고 현해탄을 넘어 일본에 건너온 김붕남의 아버지 봉길은 규슈(九州)의 해저

본문에 쪽수만 표기한다.

탄광에 끌려가 2년 동안 죽을 만큼 일하다가 그 섬을 도망쳤다고 말한다. 그 후 봉길은 막노동을 하며 정처 없이 떠돌다가, 도쿄의 노무자 합숙소 식당에서 일하던 이순남이라는 여성을 만나 결혼한다. (48)

소설 속에서 순남의 내력에 관한 정보를 찾아볼 수 없으나, 그녀는 결혼 후 남편의 폭력에 시달리면서도 생계를 유지하기 위해 집에서 부업을 해왔고, 현재는 천식이 심해 그마저도 여의치 않은 상황이라는 것은 파악할 수 있다. 4년 전에는 딸이 "치료도 충분히 받지 못한 채 급성폐렴"(35)으로 세상을 떠났다. 1952년의 샌프란시스코 강화 조약 발효 후 구식민지 출신자는 일본국적을 상실하지만, 당시 국민건강보험법에는 국적 요건이 없었고, 지자체가 특별히 조례를 만들지 않는 이상 국민건강보험법의 적용을 받을 수 있었기 때문에, 의료에서 완전히 소외되었다고는 할 수 없지만, 극빈의 생활 속에서 최소한의 치료비를 마련하는 것조차 어려웠을 것이다. 소설 내 현재로 볼 수 있는 1958년에는 새로운 국민건강보험법이 시행되며 외국 국적자들이 배제되기 시작하였고,[34] 김붕남은 "일본 국적이 아니라는 이유로"(115) 번번이 취업을 거부당한다. 일제강점기부터 1958년 현재에 이르기까지 이들 가족이 영위해온 삶은 착취와 빈곤, 배제와 소외와 같은 공통의 억압이 교차하는 험로였다고 할 수 있다. 이러한 비인간화의 억압 속에서 김붕남은 자기 안에 내부와 외부를 흡수하여 스스로 현실세계와 자기를 분리하는 성채를 쌓게 되었던 것이 아닐까.

---

34) 1965년 〈대한민국과 일본국 간의 일본에 거주하는 대한민국 국민의 법적지위와 대우에 관한 협정〉 체결 후 한국 국적자에게 협정영주권이 주어졌고, 1967년 협정영주자에게 국민건강보험이 적용되기 시작하였다. 그리고 국민건강보험에서 국적 조항이 폐지되는 것은 1986년의 일이다.

[…] 자위의 묘미는 즉제즉효(即製即効)다. 그저 본인만의 뜨거워진
철 페니스가 자기 육체 전체가 되어 자기를 위해 온 힘을 쏟는다. 자위도
그렇고 화장실도 그렇고 원래 폐쇄적인 것이다. 냄새가 구려도 괜찮다.
페니스에 하찮은 냄새를 맡을 콧구멍은 없다. 페니스 앞에는 화장실
벽도 사라지고, 저녁놀에 물든 만주대륙의 광야도 펼쳐질 수 있다. (19)

　김붕남은 허구로서의 '현실세계'를 창조하여 자기 안에 내부와 외부
를 병존시키며 실재의 현실세계와 자기를 분리하고 있는 인물이다.
생리적으로도 "즉제즉효"를 가능케 하는 자웅동체 식의 "폐쇄적" 성채
를 만들어 "자위"한다. 자신이 쓰고 있는 소설이 "심오한 사상성이 있는
작품이 되리라"(74)고 생각하는 것과 같다. '자위'를 통한 초월로만 자
신이 쌓아 올린 성채에서 벗어날 수 있는 인간이 되어 버렸던 것이다.
이러한 생리적 폐쇄성/허구성은 김붕남의 심리에서도 엿볼 수 있다.

　　늘 꿈에 나오는 부락의 이미지가 있었다. 그것은 어렸을 적 살았던
곳이기도 했지만, 역의 철교 반대쪽은 상점가와 주택가이고, 이쪽은
개와 고양이, 쥐 따위의 시체도 뒤섞인 쓰레기장으로, 늘 축축한 악취
가 나는 자연의 격리지구였다. 거기는 쫓기는 들개와 들고양이들의
싸움터이기도 하다. 철교 반대쪽 인간은 예쁜 옷을 입힌 자기 아이들에
게, 철교 건너편 저쪽엔 조센진이라는 인간이 사니까 가서 놀면 안
된다고 하면서, 뒤에 숨어 손가락을 가리키며 마치 진귀하고 위험한
동물이라도 사는 것처럼 말하곤 했다. 조센진이라는 인간, 그 조센진이
라는 이름의 어린 짐승이 어두운 변소 같은 곳에서 홀로 절규한다.
그리고 변소의 깊은 구멍에 빠져 지구의 깊은 곳까지 빨려 들어가는
듯한 느낌이 들게 하는 꿈. 조센진이라는 인간이 사는 쓰레기장은 요새
안의 부락. 어릴 적 꿈에 나온 숲속 부락, 숲으로 덮인 요새의 부락.
개와 고양이 시체가 꽃이 되어 핀다. 그것은 가여운 개꽃, 고양이꽃,

요새를 덮은 숲속의 무수한 꽃들……. 언젠가 요새 밖으로 나가자. 숲속
에서 벌벌 떨지 말고 밖으로, 요새 밖으로 나가자. 숲의 가장 높은 나무
꼭대기에서, 짐승이 날개를 돋으며 새가 되어 요새를 넘어 날아갔다.
날아가면 마을 한쪽 밭에는 반드시 사냥감이 있는데, 그것은 네 발
달린 인간, 아니 벌거벗은 아기다. 새가 그것을 노리기 전에 새를 노리
는 놈들이 꼭 있어, 새가 된 짐승인 나는 마을 상공에서 격추된다. 총을
맞고 일억 개의 벌건 입을 벌리고 있는 지상에 떨어진다. 새는 다시
숲 위를 날아오른다. 날아올라 다시 격추된다. 새는 난다. 나는 요새를
넘는 '조센진 새'인 것이다. 나는 사냥감을 노리는 날카로운 손톱을
가진 새다. 꿈……변소의 깊은 구멍에 빠져 지구의 깊은 곳까지 빨려
들어가는 듯한 느낌이 들게끔 하는 꿈. (24-25)

조선인부락과 자기에 대한 김붕남의 사유는 시사하는 바가 크다.
"철교 반대쪽" 인간들은 "상점가와 주택가" 인근의 "쓰레기장"으로서의
조선인부락을 "위험한 동물"의 "격리지구"로 인식한다. 김붕남 역시 자
신을 비인간화하며 스스로 자기의 성채를 만들어 고립을 강화한 채
"어두운 변소 같은 곳에서 홀로 절규한다."

"조센진이라는 인간"의 동물화는 일본의 전후 문학의 과제와도 연결
되는데, 무라카미 가쓰나오는, 일본의 전후 문학은 이중의 동물화라는
폭력과 마주하는 지점에서 출발했다고 지적한다. 하나는, 인종주의에
바탕을 둔 적에 대한 동물화로, 예를 들어 연합국이 일본인을 '노란
원숭이'라 불렀고, 일본은 영국인과 미국인을 '귀축미영(鬼畜米英)'이라
부르며 증오를 부채질했다. 또 하나는 자국 병사의 동물화로, 일본군의
상관은 부하에게 '너희들 목숨은 총·말 이하의 가치밖에 없다'라고 하
는 교육을 반복했다는 점을 든다.[35] 여기에 피식민자에 대한 동물화라
는 관점도 생각해 볼 수 있다. 조선인부락의 '조센진이라는 인간'은

일제강점기부터 구조화된 동물화 담론에 다름 아니다. "일억 개의 벌건
입"이 만들어낸 차별적 담론이 가리키는 대상이 바로 김붕남인 것이다.
하지만 그는 구조화된 동물화라는 차별적 담론을 전유하여 "요새를
넘는 '조센진 새'"를 꿈꾼다. 즉, 현실세계의 조감을 희구한다고 환언할
수 있다. 고마쓰가와 사건을 제재로 하여 김붕남의 내면 묘사에 천착함
으로써 김석범이 도출할 수 있었던 가치는 바로 이 점이었다.

제주에서 4.3을 조감했던 까마귀처럼 '조센진 새'가 되어 자기를 둘
러싼 현실세계 전체를 조감할 수 있는 상상력이 김석범에게는 필요했
던 것이다. 일본은 패전 직전, 일본 본토 사수를 위해 대미 결전의 마지
막 보루로써 제주도를 선정하여 섬 전체를 요쇄화하였다. 이른바 '결7
호 작전'이다. 오키나와 역시 본토 결전을 위한 옥쇄작전의 희생양이
된 바 있다. 또, 비키니 섬과 크리스마스 섬을 비롯하여 폴리네시아
군도 등지는 "자연의 격리지구"가 되었고, 그곳에서 핵실험이 자행되
었다. 이렇게 인위적으로 격리/폐쇄된 지역에서 빼앗긴 생명을 상징하
는 것이 "개와 고양이, 그리고 쥐 따위의 시체"이다. 숨을 거둔 생명체
를 품은 땅은 "가여운 개꽃, 고양이꽃, 요새를 덮은 숲속의 무수한 꽃
들"을 피운다. 「까마귀의 죽음」의 "인간의 피를 먹은 밭은 곡식이 잘
자란답니다. 농사꾼들은 그래서 좋아하고 있지요"[36]라는 대목을 환기
하기도 한다.

이처럼 이 작품 속에는 식민지 근대의 폭력성, 민족적·인종적·계층
적·젠더적 차별과 혐오, 전쟁, 학살 등의 비인간적 폭력이 낳은 다층적
아픔을 교차적으로 응시하는 김석범의 '눈'이 각인되어 있다.

---

35) 村上克尚, 『動物の声、他者の声－日本戦後文学の倫理』, 新曜社, 2017, pp.24~25.
36) 김석범, 김석희 옮김, 『까마귀의 죽음』, 각, 2015, p.144.

5. 마치며

알랭 바디우는 파비앵 타르비와의 대담에서 "나에게 사건이란 비가 시적이었던 것 또는 사유 불가능하기까지 했던 것의 가능성을 나타나게 하는 어떤 것"이며, "어떤 가능성의 창조이고, 어떤 가능성을 열어젖"히는 "사건은 우리에게 무언가를 제안"하는데, "모든 것은 사건을 통해 제안된 이 가능성이 세계 안에서 포착되고 검토되며, 통합되고 펼쳐지는 방식에 달려 있을 것"이라고 말한 바 있다.[37] 또, 헨미 요는 "사건은 사람들의 상상력을 넘어서서 이젠 생시와 악몽, 제정신과 광기의 경계도 없어져버린 것처럼 보인다"라고 지적하며, "세계가 통합되고 글로벌화하고 등질화하면 할수록, 그와는 정반대로 세계는 세분화되고 민족·종교·공동체 간의 항쟁이 도처에서 벌어지고 있는 것은 무엇 때문일까"라는 질문을 던진다.[38] 한 사건을 사유함으로써 '어떤 가능성'을 '포착'하고 '통합'하여 가시화할 수 있을까. 세계가 글로벌화/디지털화/탈영토화하는 반면, 파악하기 어려운 이질적 요소와 인과, 경계를 알 수 없는 사건이 다발하고 있다. 이러한 사건들은 예사로운 상상력으로는 납득 가능한 설명이 어렵다. 그렇다고 해서 '사유 불가능'의 영역으로 치부하고 망각해서는 안 될 것이다. 예측 불가능한 '어떤 가능성'을 열어두고 가치를 제안하기 위한 사유의 반복이 필요하다. 이러한 측면에서 사건을 대하는 김석범 문학의 자세는 무엇이었는지, 김석범 문학 읽기를 통해 도출할 수 있는 문학적 지표를 제시함으로써 결론을 대신하고자 한다.

---

37) 알랭 바디우·파비앵 타르비, 서용순 옮김, 『철학과 사건』, 오월의 봄, 2015, p.25.
38) 헨미 요(辺見庸), 한승동 옮김, 『1★9★3★7』, 서커스출판상회, 2020, pp.11~12.

첫째, 김석범 문학에 있어 '사건'이란, 죽은 자의 목소리와 산 자의 목소리를 교차시키는 것이다. 김석범 문학은 주체가 되어 비가시화/비가청화된 존재의 목소리를 가시화/가청화함으로써 상상과 사유의 가능성, 새로운 역사의 연속성을 연다.

둘째, 김석범 문학에 있어 '사건'이란, 사건과 사건을 교차시키는 것이다. 김석범 문학은 한 사건에 대해 시공간을 달리하는 사건과 '겹쳐보기'를 하며 역사의 반복성을 확인하고, 또 동시에 자기 성찰과 그 언어화를 통해 과거 청산을 촉구한다.

셋째, 김석범 문학에 있어 '사건'이란, 개별성과 보편성을 교차시키는 것이다. 김석범 문학은 개별적이고 특수한 사건을 문학적으로 재현함으로써 '들여다보기'의 다양한 가능성을 제안하는데, 개별적이고 특수한 것에서 전체와 보편을 지향하고, 또 개별적이고 특수한 것으로 회귀하여 사유하는 것이 바로 문학이 갖는 순환의 힘이 아닐까 생각한다.

김석범 문학에 있어서의 '사건'의 중심에 4.3이 자리한다는 것은 두말할 필요가 없다. 하지만 아무리 반복해도 개별 당사자들의 모든 기억을 가시화/가청화할 수 없으며, 사건의 전체적인 양상 역시 까마귀의 눈을 빌린들 완벽하게 조망할 수 없다. 그럼에도 불구하고, 망각하려는 자와 망각시키려는 자, 왜곡하려는 자와의 '냉전'을 벌이며 주체적으로 '사건'의 '한 단면'이라도 전승하고자 하는 '제의'로서의 글쓰기를 반복하는 것이 바로 김석범 문학이라 할 수 있다.

이 글은 국제한국문학문화학회의 『사이間SAI』 제30집에 실린 논문 「김석범 문학이 재현하는 사건의 교차성」을 수정·보완한 것임.

참고문헌

곽형덕, 「'전후'의 폭력에 맞서는 마이너리티의 기억과 투쟁」, 『일본학보』 126, 한국일본학회, 2021.

김계자, 「1930년대 조선 문학자의 일본어 글쓰기와 잡지 『문예수도』」, 『일본문화연구』 38, 동아시아일본학회, 2011.

김석범 지음, 김석희 옮김, 『까마귀의 죽음』, 각, 2015.

_____ 지음, 오은영 옮김, 『언어의 굴레』, 보고사, 2022.

_____ 지음, 조수일·고은경 옮김, 『만덕유령기담』, 보고사, 2022.

다카하시 아즈사(高橋梓), 「김사량의 일본어 문학, 그 형성 장소로서의 『문예수도』 – '제국'의 미디어를 통한 식민지 출신 작가의 교류–」, 『인문논총』 76(1), 서울대학교 인문학연구원, 2019.

서경식 지음, 이규수·임성모 옮김, 『난민과 국민 사이』, 돌베개, 2006.

알랭 바디우·파비앵 타르비 지음, 서용순 옮김, 『철학과 사건』, 오월의 봄, 2015.

이한창, 「김석범의 「1949년의 일지에서」에 관한 고찰」, 『日本語文學』 54, 한국일본어문학회, 2012.

장인수, 「실재와 환영, 혹은 제의로서의 소설 쓰기 – 고마쓰가와 사건의 문학적 재현」, 『한국학논집』 72, 계명대학교 한국학연구원, 2018.

조경희, 「'조선인 사형수'를 둘러싼 전유의 구도 : 고마쓰가와 사건(小松川事件)과 일본/조선」, 『동방학지』 158, 연세대학교 국학연구원, 2012.

헨미 요 지음, 한승동 옮김, 『1★9★3★7』, 서커스출판상회, 2020.

姜信子編, 『金石範評論集 I』, 明石書店, 2019.

国際高麗学会日本支部, 『在日コリアン辞典』, 編集委員会 偏, 『在日コリアン辞典』, 明石書店, 2010.

堀真清, 『一亡命者の記録 – 池明観のこと–』, 早稲田大学出版部, 2010.

金達寿·金石範, 「文学と政治」, 『朝日ジャーナル』, 朝日新聞社, 1965.10.

金石範, 「続·韓国行(上)」, 『世界』, 岩波書店, 2017.12.

_____, 『ことばの呪縛』, 筑摩書房, 1972.

_____, 『金石範作品集 I』, 平凡社, 2005.

_____, 『祭司なき祭り』, 集英社, 1981.

_____, 聞き手(小林孝吉), 「[インタビュー] 文学における記憶と自由 – 歴史と社会に向き合うこと–」, 『社会文学』 23, 日本社会文学会, 2006.

大岡昇平ほか, 『コレクション 戦争と文学 12 戦争の深淵』, 集英社, 2013.

鈴木道彦, 『越境の時 一九六〇年代と在日』, 集英社新書, 2007.

無署名,「警視庁から辺野古派遣」,『朝日新聞』, 東京/朝刊, 2015.11.

申知瑛,「「変化なし」というダイナミズム : 復刊記念シンポジウム「戦後日本語文学と
　　　金石範『火山島』に参加して(上)」,『CAPS Newsletter』No.129, 成蹊大学ア
　　　ジア太平洋研究センター, 2016.

岩崎稔・上野千鶴子ほか 編,『戦後日本スタディーズ①……40・50年代』, 紀伊國屋書店,
　　　2009.

佐藤泉,「翻訳と連帯」,『일본학보』126, 한국일본학회, 2021.

池明観,『T・K生の時代と「いま」-東アジアの平和と共存への道』, 一葉社, 2004.

村上克尚,『動物の声、他者の声-日本戦後文学の倫理』, 新曜社, 2017.

'반쪽발이들'의 성장 서사

박광현

1. 양정명늑야마무라 마사아키(山村政明)의 분신자살 사건

1970년 10월 6일 미명, 도쿄(東京) 와세다(早稲田)대학 근처에 있는 아나하치만구(穴八幡宮) 신사 경내에서 분신자살 사건이 발생했다. 자살한 이는 와세다대학 제이(二)문학부의 학생인 야마무라 마사아키(山村政明)로 밝혀졌다. 그날 아침 일간지는 25세인 그의 사진을 실고 "안주할 장소는 어디에/와대생, 항의의 분신/조선계 2세 학원분쟁과 인종차별"이라는 표제로 사건을 알렸다. 그 기사에 따르면, 야마무라는 주변의 친구들에게 몇 통의 유서 외에 "특히 와세다대학 이문학 당국 및 모든 이문학부 동료들에게 호소한다"는 내용의 '항의·탄원서'를 남기는데, 구(舊)식민지민의 후예로서 꿈틀거리며 살아온 자신의 행위는 현대 일본 사회를 향한 작은 저항이라고 주장했다. 그러면서 당시 학생운동의 섹터주의적 갈등, 즉 요요기(代々木, 민청동)파와 반(反)요요기(가쿠마루, 革マル)파 사이의 갈등과 더불어 "가쿠마루의 세력지배와 대학 당국의 냉담한 조치"를 비판하고 있다. 그리고 '가쿠마루'의 린치 당하는 등으로 인해 등교할 수 없었던 경험을 덧붙이고 있다.[1]

---

[1] 〈朝日新聞〉(조간 12판), 1970.10.7., p.23./〈每日新聞〉(조간 14판), 1970.10.7., p.19.

당일 신문의 표제가 '학원분쟁과 인종차별'이었던 것처럼 이 사건에 대한 일본 사회의 반응은 두 가지 점에 초점이 맞춰져 이야기되었다. 당연히 재일조선인 사회에서는 후자에 초점을 맞출 것이고, 일본 사회에서는 심각한 사회문제로 여겨졌던 학원 분규의 과격성을 부각시켰을 것이다. 이 사건 당일 석간에 이미 "분신, 헛되이 하지 마라/와대 폭력에 대한 분노의 집회" 등의 기사가 나오기도 했다. 이 기사에서는 와세다대에서는 총장 선거를 둘러싼 두 섹터 간의 분쟁과 특히 '가쿠마루'파의 과격성에 대한 대학 당국의 방치를 문제 삼았다.[2]

야마무라 마사아키(이하, 양정명)의 죽음이 재일조선인 사회의 문제로 관심이 크게 쏠리게 되는 계기는 역시 사건 1년 후에 출판된 그의 유고집 『목숨이 다하더라도(いのち燃えつきるとも)』(大和書房, 1971)의 출판 과정과 그 결과물에 따른 반응이라고 할 수 있겠다. 유고집에는 일기, 편지, 감상문, 논문, 소설을 비롯해 앞서 언급한 유서가 담겨 있다. 1969년의 수기들을 모은 프롤로그를 시작으로, 1장의 고교시절과 동양공업시절의 노트 및 서간, 2장의 미완의 에세이와 시, 3장의 수기 및 소설, 마지막의 에필로그에 유서 등을 담고 있다. 그중 와세다대 선배이기도 한 재일조선인 2세 작가 이회성이 기고한 서문 「두 개의 조국소유자의 절규(二つの祖国所有者の叫び)」가 실려 있다. 이 글에서 이회성은 야마무라 자살의 근원적인 문제를 '민족문제'로 파악하고 있다.

요요기파는 일본공산당 집행부 관련조직인 일본민주청년동맹을 지칭하며 이 명칭은 당본부가 요요기역 가까이에 있기 때문에 경찰이나 미디어가 사용한 것이다. 또한 혁마루(革マル)派는 일본혁명적공산주의자동맹 혁명적마르크스주의파의 약칭이며, '반제·반스탈린주의 세계혁명'을 표방한 신좌파 과격 단체이다. 특히 '가쿠마루'파는 오랜 기간에 걸쳐 와세다대를 중심적인 거점으로 삼아왔다. 따라서 당시 와세다생이었던 양정명의 분신사건의 배경 중 하나에 이 두 그룹의 갈등이 있었다고 할 수 있다.

2) 〈読売新聞〉(석간 4판), 1970.10.7., p.11.

'귀화'를 부정적으로 파악하고, "민족적 차별이나 편견이 있는 한, 귀화에 의해서 자유를 얻는 것은 지난하며, 오히려 귀화자인 까닭에 고뇌가 끊이지 않는 것이 실정"이며, 귀화는 '두 개로 자신의 몸을 절단하는 고통뿐'이라고 주장했다.[3]

이 사건보다 10여 년 앞서 발생했던 이진우(李珍宇)의 고마쓰가와(小松川)여학생 살인사건(1958년 8월)도 일본인 사회에 그 잔혹함이 선정적으로 보도되다, 재일조선인 사회에 대한 차별의 문제로 동정의 시선이 만들어지기 시작하고 '소년' 이진우라는 존재가 부각되면서 재일2세 '들'이 또 다른 자기를 발견하는 계기가 되었던 것처럼, 야마무로 마사아키(이하, 양정명)의 분신자살 사건도 그렇게 전이되어갔다.[4] "[이진우는] 우리들의 현상 직시에 하나의 리얼리티를 부여했다(金石萬, 〈日本読売新聞〉, 1967년 12월 4일)", "사건 당시 많은 조선인이 받은 복잡한 감정과 함께, 이진우의 생애와 그 '사상'은 아직 우리들 특히 젊은 조선인에게 중대한 관심사인 것이다(許泰容, 〈統一朝鮮新聞〉, 1968년 3월 27일)", "[이진우를-인용자]우리들의 분신으로서 이해하게 되었다(金總領, 〈統一朝鮮新聞〉, 1972년 5월 13일) 등과 같이[5] 사건 발생 후 10년이 지나도 재일2세들에게는 자기'들'과의 동일시를 증폭시켜갔다.[6]

---

3) 李恢成, 「序文 二つの祖国所有者の叫び」, 山村政明, 『いのち燃えつきるとも』, 大和書房, 1971. p.6.
4) 이진우사건은 재판과정을 둘러싸고 한국 미디어에서도 크게 관심을 가졌지만, 양정명 사건은 귀화라는 부정성 때문인지 한국 미디어에서는 전혀 반응을 보이지 않았다. 이진우사건의 경우도 그가 사형을 언도받고 나서야 '꽃씨회'라는 여학생 모임 등의 구명운동과 함께 '무죄'를 주장하는 보도까지 포함해서 크게 화제가 되기 시작했다.
5) 여기에 인용한 문장은 이순애가 재일조선인 2세론이 1960년대 전반에 시작되었음을 지적하기 위해 인용한 것이다. 그는 당시 인구 구성상 2, 3세의 비율이 과반을 넘은 환경 변화와 더불어 이진우사건이 2세론 등장의 중요한 계기가 되었음을 지적하고 있다.(李順愛, 『二世の起源と「前後思想」』, 平凡社, 2000. pp.43~45.)

"나와 야마무라 마사아키의 공통점, 그것은 자신의 출신에 관한 명확한 자각의 결여가 아니었을까. 거기에는 결정적으로 역사나 민족, 조국, 모국어 즉 자신의 출신에 관한 기본적인 자각이 결여되어 있던 것은 아닐까."[7]라며 양정명과 동세대인 윤건차처럼 자신'들'이 재일조선인 2세로서 고뇌하던 시간을 되돌아보는 계기로 양정명 사건을 소환하는 일은 흔했다. "나, 또한, 그와 마찬가지로 '자아찾기'에 몹시 지쳐 있었으니까. 다만 나는 죽음을 선택하지 않았을 뿐이다"는 강상중이나 윤건차처럼 서경식도 마찬가지였다.[8]

이진우, 김희로(金嬉老)[9], 양정명이라는 사건으로서의 재일조선인 2세'들', 그 이름의 건너편에는 '반일본인', '반조선인'이라는 존재로부터 민족적 주체성을 확립해 '진정한 조선인'이 되어야 한다는 당위론이 존재해 왔다. 한편, 그 중에서도 양정명 '사건'은 '과거(OB) 조선인' 즉 귀화자로서 민족문제를 고뇌한 사건이 '반쪽발이'로서의 부끄러운 자기상을 들춰내는 동시에 귀화하는 '사건'들에 대한 부정성을 한층 더 강조하는 계기가 되었던 것이다.

---

6) 고국에서 간첩단 사건에 연루되어 사형선고를 받았던 서승도 최후변론에서 1968년 2월에 발생한 김희로 사건과 함께 이진우사건을 언급하며 그 원인으로 재일조선인의 열악한 생활조건과 자기 민족에 대한 자부심의 결여를 지적하였다.

7) 尹建次, 「「在日」の精神史2」, 岩波書店, 2015, pp.221~223.

8) 강상중, 고정애 옮김, 『재일 姜尚中』, 2004, 삶과 꿈, p.86.; 서경식, 이목 옮김, 『사라지지 않는 사람들 : 20세기를 온몸으로 살아간 49인의 초상』, 돌베개, 2007.

9) 김희로는 1968년 2월 20일에 시즈오카(静岡)현의 환락가에 있는 클럽에서 폭력단 두 명을 살해한 후 도망, 그 후 스마타쿄(寸又峽)온천의 한 여관에서 숙박인 등을 감금하고 일본 경찰의 민족 차별에 대한 사죄를 요구하며 농성에 들어간 사건을 일으켰다. 개명 후의 이름인 권희로가 일으킨 이 사건은 감금농성사건이나 스마타쿄사건이라고 불리다가 민족문제로 전이되어가면서 김희로사건이라 명명되어갔다. 무기징역으로 복역 중이다가, 그는 1999년에 가석방되어 부산을 통해 귀국했다. 한국에서는 그 사건이 『김의 전쟁』(1992)이라는 제목으로 영화화되기도 했다.

사실 일본에서 재일조선인의 귀화 문제가 대두된 계기 또한 양정명 사건으로부터 시작되었다 해도 과언이 아니다. 아래는 한국적과 조선적의 구분 없이 1952년부터 1971년까지의 귀화자 추이[10]를 정리한 것이다.

연도	1952	1953	1954	1955	1956	1957	1958	1959	1960	1961
귀화수	232	1326	2435	2434	2290	2737	2246	2737	3763	2710
연도	1962	1963	1964	1965	1966	1967	1968	1969	1970	1971
귀화수	3222	3558	4632	3438	3816	3391	3194	1889	4646	2874

현재 일본에서 생활하는 외국인 일반의 법적·사회적 지위를 규정하는 법제도는 크게 3개가 있다. 그 중 하나는 1950년에 제정된 '국적법'이다. 이는 일본국민과 외국인을 구별하며 선천적 또는 후천적 일본국적자의 조건을 정하고 있다. 두 번째는 1951년에 제정된 '출입국관리 및 난민인정법'이다. 이는 재류자격을 규정한 법규이다. 마지막은 1952년에 제정된 '외국인등록법'이다. 재일조선인은 외국인등록법에 따라 국적의 선택을 강요받았던 것이다. 그 결과가 1952년의 귀화자 232명이라는 숫자이다. 1952년 4월 28일 샌프란시스코강화조약의 발효와 동시에 한국 국적을 취득하지 않은 조선적의 사람들은 국적상실자가 되었다. 그런 상황에서 1954년에 귀화한 2435명 중에 양정명의 가족이 포함되었다. 그후 1961년까지 2천 명대의 숫자가 유지되었고, 1962년 이후 3천 명대의 숫자가 귀화했으며 그 중 4천 명대의 숫자가 귀화한 1964년은 국교정상화가 있던 한 해 전이었다.[11] '일본국적의

10) 김영달이 大森和人의 「国籍事務の推移と今後の動向」(『民事月報』, 1969.10월호)에 출전으로 인용한 자료 중에 조선인 통계만을 정리한 것이다(金英達, 『在日朝鮮人の帰化』, 明石書店, 1990, p.6.).

취득=한국·조선적의 상실=민족성의 상실'이라는 재일 1세들의 고정
관념이 지배하는 가운데 그 귀화자의 수는 꾸준했으며, 일면 이미 드러
난 비밀처럼 여겨져왔다.[12] 양정명 '사건'은 조선인의 귀화를 일본사회
에서 진정 사건화하는 동시에 재일 2세'들'이 안고 있던 '반쪽발이'라는
리얼리티를 스스로 말하기 시작한 계기가 되었던 것이다. 거기에는
회의와 번민, 좌절과 극복의 서사가 다양하게 존재하기도 했다. 또한
거기에는 자신'들'에게 민족이라는 것 즉 민족에의 동일화는 후천적으
로 훈련하며 익혀야 하는 것임에 대한 깨달음의 반복이 존재하기도
했다.

 앞서 언급했듯이 양정명 사건이 일어난 이듬해 발행된 그의 유고집
에 이회성은 「두 개의 조국소유자의 절규」라는 서문을 썼다. 그리고
1971년 11월에 잡지 『문예(文藝)』에 중편 「반쪽발이(半チョッパリ)」를 발
표했다. 잘 알려져 있듯이 이 작품은 양정명의 사건을 모티브로 한
소설이다. 서문을 발표하고, 곧이어 그 사건을 모티브로 '사소설' 형식
의 「반쪽발이」를 쓴 것이다. 유고집 『목숨이 다하더라도』의 출판 도
양정명의 죽음을 재일조선인 사회에 대한 차별 문제로 관심이 쏠리게
만드는 계기가 되었던 점을 생각하면, 이 「반쪽발이」도 그런 경향을

---

11) 大森和人는 1964년 조선인의 귀화가 급증한 이유에 대해서 이렇게 적고 있다. "수차례
   에 걸친 한일회담이 드디어 결단의 단계를 마주하며 재일조선인의 법적 지위의 문제가
   초점으로 성황리에 논의되었지만, 한일조약까지는 법적 지위의 상세한 내용이 공개되
   지 않았기 때문에, 그 법적 지위에 불안을 느낀 조선인도 적지 않았고, 그들은 영주권을
   취득하기보다도 오히려 귀화함으로써 법적 지위의 불안을 해소하려고 귀화를 서두른
   것이 아닐까 생각한다."(김영달, p.18. 재인용)
12) 1996년부터 2018년까지의 귀화자 통계에 따르면 한국·조선적은 180,794명이 귀화하
   였다. 그런 현실의 변화에도 불구하고 '일본국적의 취득=한국·조선적의 상실=민족성
   의 상실'이라는 담론을 둘러싼 논쟁은 계속 이어지고 있다.(https://ja.wikipedia.org/
   wiki/%E5%B8%B0%E5%8C%96, 검색일: 2020.4.12.)

유지시키는 중요한 역할을 한 작품이라고 할만하다.

그래서인지 소설은 양정명의 삶과 사건을 충실히 반영하면서 재구성하고 있을 뿐 아니라, 그 사건을 '나' 혹은 '나'의 가족의 귀화 이야기와 중첩시켜가는 과정 속에서 재일 2세'들'의 문제로 확장시키고 있는 작품이다. 이런 '사소설의 사회화'라는 전략 속에서 이 소설은 재일 2세 '들'의 자기서사에 중요한 전형성을 제시하는 역할을 해내고 있다. 결국 두 귀화 서사의 차이를 통해 양정명의 극단적 선택을 극복하는 방식의 모델로서 스테레오타입을 보여주고 있는 것이다. 이 글에서는 「반쪽발이」에 대한 그 동안의 평가를 덧붙이면서 소설 속에서 중요한 '나'의 행위 중 하나로 그려진 '나'의 상습적 도벽과 이동(mobility)이 어떤 알레고리적 의미를 지니는지를 중심으로 살필 것이다. 다음 장에서는 상습적 도벽의 두 가지 의미를 모아서 다루고, 그리고 3장에서는 세 번째 의미를 중심으로 논할 것이다. 그러면서 이회성의 「반쪽발이」가 재일 2, 3세들의 자기 서사에서 조국을 아이덴티티의 장소로 설정하는 스테레오타입을 만들어내는 기원적 위치에 있는 작품임을 밝혀가 보도록 하겠다.

2. '도벽'과 '독서'의 의미

소설은 이렇게 시작한다.

> 오오키 마사히코(大木真彦)의 일로 나는 굉장히 우울해 있었다. 그 사건을 일으킴으로써, 그는 영원히 나의 기억 세계에 들어앉아버린 셈이 된 것이다.[13](강조점-인용자)(109)

오오키 마사히코는 자살한 '나'의 대학 동료이다. '오오키 마사히코의 일'이란 그의 분신자살을 가리킨다. 이 첫 구절에서처럼, '그 사건'과 '나의 기억 세계'의 관계는 이 소설 구조의 전반을 지배한다. 즉 사소설 형식의 이 소설은 재일조선인 2세(이하, 재일 2세)인 오오키가 귀화자의 고민을 이겨내지 못하고 자살한 사건을 마주하는 또 다른 재일 2세'들'을 대표하는 인물인 '나'의 이야기이다. 이 소설은 집필 1년 전에 일어난 '양정명 분신자살 사건'이 패전 후 일본 사회에서 성장기를 보낸 그'들'의 삶과 '기억 세계', 곧 아이덴티티의 구성을 지배하고 있음을 보여준다. 그러면서 성장소설적 형식을 띠면서 그것은 소설 속에서 '나'의 이동(mobility)에 주목을 요하게 만든다.

'나'가 '오오키 마사히코의 일'과 마주한 곳은 도쿄 자취방이었다. 소설 속 이야기의 시작은 이렇다. '나'는 늘 있는 비행과 낙하의 꿈을 꾸다 한 기자의 방문을 통해 오오키 마사히코의 분신자살 소식을 듣는다. 기자는 오오키가 '나'에게 남긴 유서가 발견되어 찾아왔다는 것이다. 그 유서는 오오키의 자살이 의미하는 것이 무엇인지를 풀어내는 단서가 된다. 물론 그것은 귀화자 오오키만의 문제가 아닌, '나'와 같은 재일 2세'들'이 지금-여기의 세계와 갈등이 빚어낸 결과이기도 하다. '나'는 이 사건을 마주하는 일본 사회의 반응을 살핀다. 양정명이 실제 분신자살한 곳은 와세다대 근처의 신사이지만 소설에서는 국회의사당 정문으로 바뀐다. 일본으로 귀화한 조선인 2세가 일본의 국회의사당 정문 앞에서 분신자살했다는 충격적인 사건. 이 사건을 대하는 일본

13) 이회성, 「반쪽발이」, 이호철 옮김, 『다듬이질하는 여인』, 정음사, 1972, p.109.(이하 본문 인용은 쪽수만 표기할 것이다. 단, 1972년의 번역본에서는 오오키 마사히코를 大木眞彦로, 한자 표기하거나 원문의 조선을 한국, 혹은 조선인을 한국인으로 표기하고 있는데 이 점 등은 수정하여 인용한다).

언론의 슬픈(pathetic) 논조를 읽어내며 '나'는 오오키 마사히코의 자살
을 어느 시인의 말을 인용하여 '조센징' 차별에 대한 복수로까지 정의하
고 있다. 이처럼 국회의사당으로 자살의 장소가 바뀐 것은 이회성이
이 사건을 국민국가적 상상력의 회로 안에서 해석하고자 했던 결과이
기도 하다. 이 회로란 국민과 비국민이라는 이분법으로 특정한 정치사
회적 사고와 행위를 사회 구성원의 정신 속에 자발적 혹은 자동적으로
유발시키는 장치라고 할 수 있다.

　'나'를 찾아온 기자는 자신을 노려보는 '나'에게 "아니, 나는 겨우
이런 때만 당신들 한국인의 일을 취재할 수밖에 없는 우리들 자신을
부끄럽게 생각하고 있어요"(p.116)라고 말한다. '우리들'과 '당신들'이
라는 이분법의 상상력. 일본 사회(국가)의 동정은 바로 이 이분법의 상
상력에 근거하기에 '나'로서는 그다지 달갑지 않다. 오히려 "한국인이
목숨을 걸고 일으키는 불길한 사건이 점점 불어나고 있었고, 그것도
가만히 돌이켜 보면 사건의 주기가 점점 좁혀져 온 듯이 느껴지"기까지
한다.(p.120) 이때 연상되는 사건 속 인물들이 바로 앞서 언급한 이진
우, 김희로 등이다. 재일조선인이 일으키는 극단적 사건의 반복과 그에
대한 일본 사회의 동정 여론의 반복, 그 주기가 좁혀지는 것에 대한
불길함을 '나'는 느끼고 있다. 하지만 오오키의 사건은 또 다른 측면을
지니고 있다. 그것은 오오키가 귀화인이라기 때문에 조선인들로부터
도 동정의 대상이 된 것이다. '나'는 '거의 형식 논리의 트릭'으로 오오
키의 불행한 죽음을 말하는 것에 위화감을 느낀다. 그래서 '나'는 귀화
인 오오키는 "완전히 패배한 것"(p.124)으로 여긴다.

　소설은 오오키의 죽음 이후 집회파와 무장파의 갈등(앞서 언급한 신문
보도에 따르면 요요기파와 가쿠마루파의 갈등)이 슈프레히콜 같은 장면을
만들어내는 대학의 추도식 풍경을 묘사하다가, "일본인도 아니고 한국

인도 아닌 귀화한 자의 괴로움을 고백하기 위"(p.131)해 '나'를 찾아오곤
하던 오오키를 회상한다. 비상과 추락을 반복하는 꿈에서 깨어나 자취
방에서 한 일본인 기자를 통해 사건 소식을 접한 후 대학으로 나와
그를 회상하게 된 것이다. '민족의 배반자'라느니, '조국상실자'라느니
하는 자기 조소를 늘어놓던 오오키, 자신과 같은 귀화자를 둘러싸고
있는 저주스러운 굴레야말로 "근대 일본과 한국의 음침한 역사의 자
국"(p.132)임을 말한다. 이런 국민국가적 상상력의 회로로부터 내몰린
그의 조소 가득한 자의식이야말로 '완전한 패배'를 불러온 것이다.

대학에 들어오니 내년 봄 졸업을 앞둔 '나'는 재일조선인이고, 그로
인해 취업이 난망함을 깨닫고 일상처럼 생협 서점에 들러 책을 훔친다.
어느 날, 오오키가 자취방을 들렀을 때 책장에 꽂힌 많은 책들을 보고
부러워했다. 아르바이트를 해야만 하는 고학생이던 오오키는 부모의
송금으로 통학하는, 게다가 책을 살 여유가 있는 '나'를 그만큼 부러워
한다. 하지만 '나'는 그 책들은 모두 생협 서점에서 훔친 것이라고 아무
렇지도 않게 고백한다. 이런 '나'의 상습적 도벽은 상징적이다. 도벽의
대상이 된 책들은 대개 조선 관련 서적이었다. 재일 2세에게 조국은
1세들과 달리 생득적인 것이 아니다. 조선어, 조선의 역사와 지리에
대한 학습을 통해 후천적으로 얻어지는 것이다. 그렇다고 '진정한 조선
인'이 될 수는 없다. 이러한 설정은 재일 2세 작가'들'의 사소설에서는
흔한 설정이기도 하다. 김학영의 「착미(錯迷)」[14]에서 요시모토(吉本)라
는 성으로 일본학교를 다니던 여동생 아키코가 귀국을 앞두고 조선어
와 조선의 역사지리를 학습하면서 성격이 밝아지지만 정작 니가타(新
潟)항에서 가족과 헤어질 때는 "오카상(어머니를 뜻하는 일본어)"이라고

---

14) 金鶴泳, 磯貝治泳·黒古一夫 編, 「錯迷」, 『〈在日〉文学全集6 金鶴泳』, 勉誠出版, 2006.

절규하는 장면도 그 중 하나이다. 또한 일본으로 귀화한 작가 후카자와
가이(深沢夏衣)의 『밤의 아이(夜の子供)』[15]에서도 비슷한 설정이 존재한
다. 이 소설은 1992년의 발표 시점에서 1970년대를 살아간 재일 2세'들'
의 군상을 그려내는 가운데 귀화한 '나'의 고뇌를 그린 작품이다. 그
중 나카야마 준코(中山順子)라는 일본명을 버리고 살기를 결심한 순자
라는 인물이 조선인이 되기 위해 1킬로그램의 김치를 사서 먹는 행위
또한 그러하다. '나'의 조선 관련 책의 독서도 이런 스테레오타입적인
설정과 다르지 않아 "지식으로서의 조선 역사"(p.189)일 뿐이다. 실제
조국과의 직접 대면하는 순간 발각되고 마는 가정(假定)의 조선성인
것이다. 다만, 다른 것이 있다면, 그것은 불법·탈법의 도둑질을 통한
학습으로 취득한 조선 역사, 즉 조선인성이라는 사실이다. 이 점이 상
습적 도벽의 첫 번째 상징적인 지점이다.

> 이 인생에 즐거움은 없다. 있는 것은, 차별과 편견뿐이다. 그것을
> 넘어서기에는 나는 너무나 저주를 받았다. 너처럼 악(惡)을 지니고서
> 까지 살아낼 자신(自信)은 없다. 이제는 다만 너의 성공을 빌 뿐이
> 다.(p.118.)

"근대 일본과 한국의 음침한 역사의 자국"(p.132)이라는 귀화자인 오
오키가 '나'에게 남긴 유서 속 일부이다. 오오키의 저주와 '나'의 악(惡)
이 내재함, 그것은 재일 2세'들'이 살아가는 모습이다. 빈정거림이지만
역설적으로 들리는 '나'의 성공을 빈다는 오오키의 말처럼, 악과 성공
의 역설이 이 소설의 종국을 알리는 바이기도 하다.

---

15) 深沢夏衣, 磯貝治泳·黒古一夫 編, 「夜の子供」, 『〈在日〉文学全集14 福沢夏衣 金真須美
鷺沢萌』, 勉誠出版, 2006.

'나'는 여름 방학에 고향으로 간다. 자취방에서 도쿄의 대학 사회로, 그리고 고향 시골집 K현 S정으로 향하는 이동의 경로는 '그 사건'과 '나의 기억 세계'의 관계를 심화시키는 과정인 동시에 오오키의 일을 '나'를 비롯한 가족 안으로 끌어들이는 과정이기도 하다.

'나'의 가족은 이미 조선어를 사용하지 않으며, 요리에 고추를 사용하지 않은지 오래다. '나'가 선물로 사간 인삼주가 지금 집안에서는 유일하게 한국인 냄새가 나는 것이다. 인삼주를 마시는 아버지는 뜬금없이 "제 자신이 그런 연줄의 운동이라도 하기 시작한 것이 아닌가"(p.156)하는 의심으로 반복해 묻는다. 그리곤 다음 날 전혀 예상하지 못한 일본으로 귀화하려 한다는 얘기를 꺼낸다. 한국전쟁이 끝날 무렵 분단이 고착화하는 상황에서 민족에 대한 환멸까지 느꼈고, 그리고 동포에게 크게 사기를 당한 일이 그런 결정을 하는 데 일조를 한다. 오오키의 자살사건과 아버지의 일본으로의 귀화 결심, 이 우연의 일치가 앞으로 살아가는 근본문제와 관련이 있을 것이라고 생각한다.

아버지는 귀화에 저촉될 만한 행동을 해서는 안 된다는 뜻으로 '나'에게 "너 역시 학생운동은 하고 있지 않겠지?"(p.169)라고 재차 묻는다. 샌프란시스코 강화조약 이후, 5만 명에 가까운 귀화가 있었고, 그 중 한 명이 바로 오오키였다. 그는 9살의 어린 나이에 "타자의 의지로써, 자기상실자가 되었"(pp.170~171)던 것이다. '나'는 신문기사에서 읽었던 이런 귀화자 통계를 상기하며 오오키의 말을 떠올린다.

> 자네 경우는 현재진행형이니까 역시 부러운데. 최소한, 그때 세 살이나 네 살만 더 나이가 많았더라도 말야. 나는 아버지와 싸워서라도 귀화는 시키지 않았을 것인데. 자네 아버지는 어떤 사람이지? 우리 아버지라는 이는 광포하고 전제군주여서 말야. 한국의 아버지라는 사

람들은 대개 스파르타 교육을 좋아해서 그런지는 몰라도, 아무튼 나는 자주 매를 맞았어.(p.173)

대저 자기란 무엇일까. 새삼 생각해 보면, 이 의문은 단지 오오키 마사히코뿐만 아니라, 나 자신의 근원적인 물음일 터였다.(p.174.)

전자는 오오키와 나눈 대화 중 일부이며, 후자는 그 대화와 아버지의 귀화 의지를 듣고 난 후 든 '나'의 생각이다. 이 장면은 '오오키 마사히코의 일'과 '나의 기억 세계'를 영원히 지배하며, 또 그것은 '나'라는 존재에 대한 근본적인 물음이 되는 양상을 보여준다. 조선인도 채 못 되고 그렇다고 일본인도 채 못 되는 인간, 즉 '반쪽발이'로서의 '나'라는 존재의 확인으로부터 조선인이라는 '원점'에 이르기를 꿈꾸며, 오히려 귀화를 생각하는 아버지는 완전한 조선인이라 할 수 없는 '유맹(流氓)'이 흔히 가는 방식을 쫓고 있을 뿐이라고 판단한다. '원점'으로서 또는 '완전한' 조선인이라는 말 자체는 이미 국민국가적 상상력의 회로 안에 갇히고 만 것이다. 국민국가를 전제하지 않고 가질 수 없는 물음이기 때문이다.[16]

아버지가 거듭 '나'에게 운동을 하고 있느냐는 질문의 이유는 그렇게 되면 귀화가 어려워지기 때문이었다. "선량한 일본인"(p.198)이어야 하기 때문이다.[17] 하지만 '나'는 인삼주에 취해 이미 자신은 '전문적인

---

16) '나'의 궁극적 욕망이 "국가를 초월한 인간 존재의 추구"로 보고, 그것을 성취하고 난 다음에 '나'가 "비로소 일본인도 아니고 한국인도 아닌 '반쪽발이'를 소리 높여 외칠 수 있었다"는 분석도 있다.(장사선·김겸향, 「이회성 초기 소설에 나타난 원형적 욕망의 향상」, 『한국현대문학연구』 20, 한국현대문학회, 2006.12., p.566.) 하지만 이 작품이 '반쪽발이'의 성장서사로 읽어야 한다는 점에서 보면 국민국가적 상상력이 더 크게 작동하고 있다고 판단하는 것이 옳다고 여겨진다.

17) 국적법 제4조의 귀화조건을 보면 이렇게 나열되어 있다. 1) 5년 이상 일본에 주소를

책도둑'인 범죄자임을 고백한다. 이 범죄를 통해 '악착같이' 귀화를 방해할 것이라고 앓는 소리로 가족을 향해 내뱉는다. 여기에 '나'의 도벽이 지니는 두 번째 상징의 지점이 있다.

'나'가 오오키에게 생협 서점에서 책을 훔친 사실을 이야기하자, 그는 농담처럼 듣다가 잠시 후 정색을 하며 "그건 범죄 아냐"라며 부끄러움을 알라고 질타한다. "범죄라고?"라고 반문하는 '나'는 전혀 죄악감이 들지 않는다. "그 책을 훔침으로써, 나는 동시에 자기 자신을 높일 수가 있었고, 범죄 일반으로부터 격리되어, 비호(庇護) 당하는 자기를 느끼고 있었다. 또 혹은, 인생에 절망하여 자살하고 싶다는 유혹에서도 벗어날 수가 있었다. 게다가 그 독서로써, 이 사회의 차별이나 편견의 원인을 알아내고, 다시 조선 역사나 현실도 머리에 넣을 수가 있었다. 그뿐인가. 그 책에서 얻은 지식으로써. 나는 세상에다 선(善)을 베푸는 일도 가능하지 않겠는가."(p.190)라고 궤변을 늘어놓았다. 이렇게 '나'가 오오키의 태도에 화가 났던 것은 사실 고지식한 그의 성격 때문이 아니라 스스로를 자살로까지 몰아간 그의 '지나친 성실성' 때문이었다. 즉 '나'의 도벽은 오오키의 '고지식함'과 아버지의 '선량한 일본인'이라는 말에 대한 대응이 되었던 것이다.

계속 가지고 있을 것, 2)20 이상으로 본국적에 따라 능력을 가지고 있을 것, 3) 소행이 선량할 것, 4)독립 생계를 꾸리기에 충분한 자산 또는 기능이 있을 것, 5)국적을 소유하지 않거나 또는 일본의 국적 취득에 따라 그 국적을 상실하여야 할 것, 6)일본국헌법 실행의 날 이후에 있어서 일본 국헌법 또는 그 아래 성립한 정부를 폭력으로 파괴하는 것을 꾀하거나 주장하고, 또는 이것을 꾀하거나 주장하는 정부 그 외의 단체를 결성하고 이에 가입했던 적이 없을 것(金英達, 『在日朝鮮人の歸化』, pp.67~68, 강조점 인용자).

3. 자기동일성(Identity)의 장소로서 조국

이 소설의 서사 갈등은 자취방에서 도쿄 와세다대학으로, 다시 시골 집으로 이동하면서 확대, 심화되는 구조를 이룬다. 그 갈등의 내용은 오오키의 자살사건으로 인한 '나'의 내적 혼란, 일본 사회의 그 사건에 대한 동정 거부, 회상을 통한 오오키와 '나'의 갈등, 귀화를 둘러싼 가족 간의 갈등, 그리고 '나'의 아이덴티티 문제로 이어진다. 그리고 마지막 장에서 다시금 자취방으로 돌아와 그 동안 도둑질해온 책들을 처분하고 조국으로 직접 가서 실제 조국과 대면하면서 아이덴티티를 둘러싼 갈등의 고조와 해소를 겪는 내용으로 귀결된다.

여기에서의 갈등 해소 방식은 재일 2세의 자기서사 안에서 흔히 나타나는 스테레오타입이라는 점에 주목할 필요가 있다. 그러한 해소 방식에 '나'의 상습적 도벽이 갖는 세 번째의 상징이 존재한다.

아버지와의 귀화를 둘러싼 갈등을 겪고 '나'는 다시금 자취방으로 돌아온다. 그리곤 3년 반 동안 훔친 책을 주섬주섬 묶어 헌책방에 내다 판다. 10만원이 넘는 돈이 수중에 생겼다. 자신의 책 도둑질을 가족에게 털어놓는 순간 아버지는 처음으로 자신에게 폭력을 행사했다. 어머니는 일상에서 쓰지 않는 한국어 원어인 '아이고오!'하고 내뱉는다. 눈물을 머금고 자기 방으로 들어가버리는 고3 누이동생의 반응이 가장 가슴 아팠다. 그녀가 졸업을 앞두고 귀속장소를 찾아 심한 봉황 중이기 더욱 그렇다.[18] 아무튼 그것들은 '나'를 향한 가족의 믿음과 기대에 대

---

18) 번역본 속에서 누이동생의 이름을 '연숙'과 '숙자'라고 썩어 쓰고 있는데, 한국명 연숙과 일본명 '기요코(淑子)'로 번역해야 의미가 분명해진다. 일본 학교를 다니는 누이동생은 그 두 이름 사이에서 방황하고 있는 시간들을 보내고 있다.

한 배신이었으며 원초적인 반응들이었다. 하지만 다른 사람은 몰라도 누이동생에게만은 책도둑질의 유래와 세목(細目)에 관해서 설명하고 싶었다. 그 이유는 분명하다. '나'나 누이동생과 같은 재일 2세'들'이 귀속장소를 찾아 방황하고 있고, 그런 가운데 자신'들'의 조국에 대해 묻지 않을 수 없는 질문들이 가득했기 때문이다. '나'에게 상습적 도벽은 그 답을 찾기 위한 행동 중 하나로 유래와 세목 속에 그 사실이 담겨 있다고 믿고 있는 것이다.

'나'는 시위 현장을 지나갈 때면 '나' 자신이 가장 안전한 학생 중 하나임을 자각한다. 이유는 "어느 파에도 속하지 않는 논·섹트"(p.137)이기 때문이다. 민족허무주의자라는 비난까지 들어가며 정치 시대로부터 벗어나 있었다. 시위 현장을 마주치면 '나'는 주위의 서점으로 들어간다. 그리곤 책을 훔치는 행위를 반복한다.

강상중은 자신이 대학을 다니던 1960·70년대를 '정치 시대'라 불렀다. 하지만 '나'는 정치 시대를 외면하려 한다. '나'에게 그런 상실에서 나타나는 결락을 메워준 대체물이 바로 '독서'였다.[19] 이 소설을 이미 교양소설로 분석한 다케다 세이지(竹田靑嗣)는 교양소설 표현 수준의 문제점을 지적한다. 그는 교양소설이 만들어내는 리얼리티는 주인공이 체험하는 다양한 '곤란과 위기'의 의미가 그의 성공한 인생의 위치에서 잇달아 두루마리 그림을 펼치듯이 개시되는 곳에서 나타난다고 지적한다.[20] 그래서 '나'는 오오키 마사히코라는 인물을 '반면교사'로 삼

---

19) 木村直惠, 『靑年の誕生』, 新曜社, 1998, 서장 참조. 기무라는 메이지(明治)기의 청년의 탄생에 대해 논하면서 "그러나 보다 정확하게 말하자면 그러한 상실에서 일어나는 것은, 어떤 하나의 '정치적인 것'의 존재 대신 또 다른 '정치적인 것'의 존재로 이행하는 것이고, 동시에 전자에 상응하는 다른 '문학적인 것'의 존재로 이행한다."고 보았다. 하지만 「반쪽발이」에서는 또 다른 '정치적인 것'으로의 이행이 생략되는 측면이 있다. 책도둑질과 독서의 행위가 '나'에게는 그 '정치적인 것'에 위치하는 것이다.

아, '위기'를 비껴간다는 느낌을 부여하고, '나'는 사건에 휘말리기보다 이를테면 그 앞을 한숨을 쉬면서 통과하는 것이며, '위기'는 타인의 모습을 빌려 외부에서 그를 위협하는 것에 불과하다는 지적이다.[21] 다케다의 견해에 덧붙이자면, '곤란과 위기'의 순간을 남의 눈을 피해 책을 훔치는 행위나 독서와 같은 행위를 통해 내면화하여 넘기면서도, '성숙'의 기회를 스스로가 뒤로 미루는 '나'의 모습을 그려내고 있는 것이다.

결국 이 소설에서 성숙의 기회를 맞이하는 것은 대단원의 장에서 조국을 방문하는 장면을 통해서이다. 훔친 책을 모두 팔고 10만 엔이 넘는 현금을 소지한 '나'는 다음날 조국으로 향한다. '정치 시대'를 애써 외면했던 '나'가 자취방에서 대학(사회)으로, 대학(사회)에서 시골집으로, 그리고 시골집에서 자취방으로 이동하는 과정에서도 오오키의 분실자살과 그에 대한 기억이 '영원히 나의 기억의 세계'를 지배하듯 반복적으로 에피소드로 등장한다. 오오키의 분실자살과 그에 대한 기억에 대한 반복적 기술은 귀화라는 극단의 선택으로 내몰린 '나'의 가족 이야기처럼 구(舊)제국 안에서 귀속장소를 찾아 헤매는 재일 2세 청년'들'의 삶의 방식에 대한 제시로 이어진다. 그것이 바로 조국으로 향하는 사건인 것이다. 이는 재일 2세로서 끊임없이 그 '실재성'이 지니는 리얼리티의 불안에 노출되면 될수록 조국이라는 실재를 지향하게 만드는 수순인 것이다.

다케다는 이회성의 초기 소설에서 '일본인→반조선인→조선인'이라

는 '자기변혁' 과정에 재일 2, 3세 세대의 '삶의 방식'의 새로운 모델을
제시하고 싶어 하는 모티브를 발견한다. 그리고 이미 '청년기'의 문제
로 다루었지만, '역경'을 힘차게 극복함으로써 '재일'은 진정한 민족적
주체로 자기를 바꿀 수 있다고 하는 작가의 메시지가 담겨져 있다고
말한다. 이 과정은 '동화'나 '풍화'에 대한 유일한 제동이고, 그것을 완
성하는 것이 '남쪽의 민주화 과제를 자기 것으로 삼고 살아간다'고 하는
아이덴티티의 바람직한 모습이다.[22] 그 모색이 바로 「반쪽발이」에서
이뤄진 것이다. 실제 아쿠타가와(芥川)상을 수상한 후 이회성의 방한은
이 소설을 발표한 이듬해였다.[23]

　"결코 보기 흉하게 조국 앞에 무릎을 꿇지는 말자. 이쪽의 품위도
잃지 말고 조국에 대해 물어보자"(p.211)는 결심으로 떠난 서울에 도착
한 첫 방면의 묘사가 이렇다. "서울의 하늘 밑, 한 사람의 반쪽발이가
걸어가고 있다"(p.206) '나'는 서울에서 낯선 풍경과 경험을 반복한다.
리어카를 끌고 가는 엿장사의 화 난 듯한 목소리, 산양 같은 턱수염을
기른 노인과 필담을 나누다 '나'가 동포라는 사실을 알고는 화를 낼
때 느낀 당혹과 공포, 해괴한 일본말을 구사하는 청년이 '나'를 향해
내뱉는 '왜놈!' 하는 욕설, 빌딩 간판의 낯선 한글, 숲속의 바람소리
같은 사람들의 의미 모를 말들, 고독감에 투명인간이 된 듯한 '나'. 이
낯선 풍경들로 조국으로부터 '낯선 이질적 존재'로의, 또 이방인으로서
의 아이덴티티는 부각된다. 하지만 그 낯선 풍경에 '향수' 비슷한 느낌
이 전혀 없는 것도 아니었다. 그러면서도 '나'가 헤매며 찾아가는 것은

---

22) 다케다 세이지, 위의 책, p.79.
23) 이회성의 아쿠타가와상 수상을 둘러싼 한국 사회의 반응과, 그 반응에 대해서 이회성
　　자신은 어떻게 대응했는지에 대해서는 박광현, 「재일문학의 2세대론을 넘어서」, 『日
　　語日文學硏究』 53집, 한국일어일문학회, 2005.5., pp.314~315. 참조.

파고다공원이다. "민족의 정기를 용솟음치게 했던 독립만세사건의 첫 발상지"(p.203)라는 유서 깊은 곳이니 만큼, 이는 낯선 조국과 자신 사이의 이질적 거리감을 극복하는 동일화의 기대이기도 하다. 다시 말해 실제의 차이를 반일 혹은 저항의 역사적 동일성으로 메우는 상상력인 것이다.

'귀속장소'를 찾아 헤매는 재일 2·3세'들'의 자기서사 중에서 조국으로 떠나면서 아이덴티티를 확인하는 과정을 거치는 스테레오타입의 기원적인 위치에 바로 「반쪽발이」가 있다. 이기승의 『잃어버린 도시(ゼロハン)』(1985)에서 50CC 오토바이를 타고 폭주하다가 외국인등록증을 소지않은 이유로 경찰 단속에서 달아나다, 사고로 친구를 잃은 주인공이 결국 자신'들'의 삶을 구속하고 있는 조국이란 존재를 직접 눈으로 확인하기 위해 조국으로 떠나는 설정도 그 범주에 속한다. 게다가 그런 조국과 2시간 비행을 통해 쉽게 대면할 수 없기에 애써 시모노세키(下関)까지 가서 페리를 타고 부산을 거쳐 서울로 향한다.[24] 이미 앞서 언급했던 후카자와 가이(深沢夏衣)의 「밤의 아이」에 등장하는 귀화인 순자가 관념적이고 이념적인 말로는 조국과 나, 나의 아이덴티티, 조선인으로서의 삶, 귀속장소를 찾을 수 없기에 재일조선인의 집주지인 이카이노(猪飼野)라는 상징의 장소로 가서 그곳 재일 1세들에게 글을 가르치는 일에서 처음으로 삶의 보람을 느꼈다는 설정도 조금은 변주된 형식이기는 하지만 동일한 발상이다. 이런 교양소설적인 서사에서 비슷한 양식은 최근까지도 이어지고 있다. 자전적 서사 안에서도 李青若(Lee Seijaku)의 『재일한국인 3세의 흉금(在日韓国人三世の胸のうち)』

---

24) 李起昇, 磯貝治泳・黒古一夫 編, 「ゼロハン」, 『〈在日〉文学全集12 李起昇 朴重鎬 元秀一」, 勉誠出版, 2006.

(草思社, 1997)이나 岩本光央(李仁植)의 『일본인이 되고 싶은 재일한국인 (日本人になりたい在日韓国人)』(朝日ソノラマ, 2000) 등과 같은 것들이 대표 적이다. 영화에서도 구수연 영화 『우연히도 최악의 소년(偶然にも最惡な 少年)』(2003)[25]이 그런 예에 속하는 작품이다. 재일 3세인 주인공 가네 시로(金城)는 한국인이라는 이유로 왕따를 당하며 학창시절을 보낸다. 부모의 이혼으로 별거한 채 지내던 누이가 자살하는데, 병원에 안치되 어 있던 누이의 시신을 유괴하여 시모노세키까지 가서 시신을 조국으 로 밀항시킨다는 무모한 설정의 영화이다. 한국인이라서 왕따를 당하 며 살아야 했던 두 남매에게 한국은 할머니로부터만 전해 듣던 곳일 뿐이다. 그런 원한의 장소로서 한국은 영화의 서사를 지배한다. 이 영 화는 시신인 채라도 밀항을 통해서 가야할 장소로 한국을 그려낸 무모 한 청춘들의 이야기인 것이다.

이런 아이덴티티의 장소로서 조국을 설정한 서사의 스테레오타입을 만들어낸 기원적 위치에 있는 이 「반쪽발이」는 그 조국행의 설정이 한층 의미심장하다. 이제까지 「반쪽발이」에서 책도둑질, 즉 '나'의 상 징적 도벽이 지닌 상징에 대해 주목해온 바에 좀 더 깊이 생각해볼 필요가 있다. 책을 훔친다는 행위와 그 책들을 통해 '지식으로서의 조 국'을 획득한다는 설정, 이는 지적 완결의 장소로서 조국을 의미화하는 절차에 속한다. 여기서 독서 행위는 주체를 생산하는 장치와 주체에 대한 정의를 자기화하는 제도로서, 또한 그 장치와 제도를 통해 생산되 는 상징의 체계와 언술의 형식이 작동하는 장인 것이다.[26] 하지만 「반

---

25) 이 영화의 원작은 감독 具秀然의 소설 『偶然にも最惡な少年』(ハルキ文庫, 2002)이지 만 영화가 더 많이 알려져 있다.

26) 김현주, 『이광수와 문화의 기획』, 태학사, 2005, 서론 참조.

쪽발이」에서는 재일 2세로서 '나'가 그 '실재성'이 지니는 리얼리티의
불안에 끊임없이 노출되고 마는 상황에 놓인다. 그때 훔친 책을 파는
행위는 이제까지 주체를 생산하고 주체에 대한 정의를 자기화하는 제
도의 포기를 의미한다, 그것을 통해 생산되는 또 다른 상징의 체계와
언술의 형식을 필요로 하는 것이다. 그것이 바로 조국이라는 실재를
지향하는 선택을 하게 만든 것이라고 할 수 있다. 감정과 감성으로
대하는 조국이라는 새로운 상징의 체계와 언술의 형식이 이 대단원에
서 이뤄지고 있는 것이다. 풍경, 소리, 냄새, 감촉 등의 오감에 의해
새롭게 조국을 감각화되면서 '나'는 "조국이란 무엇인가?", "조국 없이
〈희망〉이 있을까?"라고 물으면서 조국을 의식하고, 그 실체를 알 필요
를 느낀다.(p.212) 그럼으로써 실체로서 또는 아이덴티티의 장소로서
새롭게 조국을 알아버리는 것이다. "그 녀석(오오키-인용자)은 조국을
모르고 죽었다"(p.218)는 탄식과 동정을 일으키면서 오히려 '반쪽발이'
의 아이덴티티를 새롭게 의미화한다.

그리고 앞서 언급한 다케다의 지적처럼 2, 3세 세대의 '삶의 방식'의
새로운 모델을 제시하고, 그것을 완성하는 것이 '남쪽의 민주화 과제를
자기 것으로 삼고 살아간다'고 하는 아이덴티티의 바람직한 모습을 찾
고 있다.

"조국이여, 조국이여! 통일 조국이여!"란 부르짖으며, "지금 나는 죽
는 일도 사는 일도 자유다"라고 '반쪽발이의 자격'으로 조국에 대해
부르짖을 수 있는 자유를 통해 아이덴티티를 확정하고 있는 것이다.[27]

---

27) 송하춘은 「반쪽발이」를 언급하며 "이회성의 민족주의는 자기 정체성의 탐구정
신"(p.134)이라며, '반쪽발이'의 귀화문제가 결국 서울로 건너오는 것으로 귀결되는
것은 작가의 민족주의가 자기 정체성의 확인이라는 데에 초점을 맞추고 있음을 의미한
다(p.135.)고 분석하고 있다.(송하춘, 「역사가 남긴 상처와 민족의식: 이회성론(1)」,

4. 마치며

야마무라 마사히로(양정명)의 분신자살 사건, 그 사건을 계기로 1952
년 이후 일본사회에서 일정 수가 유지되던 조선인의 일본 귀화가 사건
화되기 시작했다. 그 과정 중에 재일조선인에 대한 차별 문제가 제기되
고 그에 따른 동정과 관심도 더욱 고조되었다. 이 사건의 발생 후 1년
뒤에 출간된 유고집 『목숨이 다하더라도』도 그 흐름과 무관치 않은
결과물이었다. 그 유고집에 서문 「두 조국 소유자의 절규」를 쓴 재일
2세 작가 이회성은 그 같은 해에 이 사건을 허구화하여 「반쪽발이」라는
중편을 발표한다. '그 사건'이 '영원히 나의 기억 세계'에 내재할 것이라
는 이 소설은 재일 2세 청년'들'의 귀속 장소 찾기나 자아 찾기의 문제를
제기하고 있다. 그러면서 재일 2세로서 끊임없이 그 '실재성'이 지니는
리얼리티의 불안에 노출되면서 조국이라는 실재를 지향하는 작품군의
스테레오타입에 있어 기원작이 되기도 했다. 즉, 이 소설도 성장서사
(교양소설) 안에서 아이덴티티를 둘러싼 주인공의 '곤란과 위기'를 해소
하는 장소로서 조국을 소환하는 모델적인 서사였던 것이다. 그때 조국
은 아이덴티티의 장소나 다름없다.

한편, 이 소설은 '나'가 조국으로 이르는 과정 속에 '정치 시대'의
외면, 귀화의 뜻을 전해주는 아버지와 갈등, 실재로서의 조국을 알지
못하는 오오키 마사히코와 '나'=재일 2·3세'들', 그래서 부모들이 선택
한 귀화에 대한 원망 등으로 인한 갈등의 시간이 존재했다. 그런데

고려대학교 한국학연구소, 『한국학연구』 11, 1999.12.) 하지만 이 소설이 『금단의 땅』
(미래사, 1988, 『禁じられた土地 – 見果てぬ夢』, 講談社, 1977~1979)과 같이 교포유학
생 간첩단 사건에 연루되어 옥고를 치르는 조남식이라는 인물을 만들어내는 '도중'의
작품이라는 점에도 주목할 필요가 있다.

이 갈등 혹은 '곤란과 위기'에 '나'가 선택한 상습적인 책도둑질이 모두 연관되어 있다는 점에 대해서는 이미 앞서 장에서 살펴보았다. '정치 시대'를 외면할 방도로서의 독서와 독서를 위한 도둑질의 감동, 지식으로서 취득한 조국(조선인성), 아버지의 귀화를 악착 같이 막을 불법·탈법, 훔친 지식(조국 관련 책)을 내다 팔고서야 얻은 여행비 등과 같은 상징으로 읽힌다.

> 조국은, 나에게 있어서, 책도둑질의 감동과도 또 다른 감동을 주게 될 신천지일는지도 모르는 것이다. 만일 이 기대가 배반당한다면, 한 사람의 무국적자가, 탄생될 뿐이다. 그 때에는 오오키 마사히코처럼 귀화하든가, 죽든가, 두 길밖에 안 남아 있다.(p.213.)

책도둑질을 마다하고, 그 대신 조국을 찾아 상습적 도벽에 빠진 '더러운 손'을 씻고, '반쪽발이'인 '나'는 이로써 어떤 선택의 기로에 서 있는 것이다.

이 글은 동국대학교 일본학연구소의 『日本學』 제50집에 실린 논문 「'반쪽발이들'의 성장 서사」를 수정·보완한 것임.

참고문헌

강상중, 고정애 옮김, 『재일 姜尙中』, 삶과 꿈, 2004.
김현주, 『이광수와 문화의 기획』, 태학사, 2005.
다케다 세이지, 『'재일'이라는 근거』, 재일조선인문화연구회 옮김, 소명출판, 2016.
박광현, 「재일문학의 2세대론을 넘어서」, 『日語日文學研究』 53집, 한국일어일문학회,

2005.5.

서경식, 이목 옮김, 『사라지지 않는 사람들 : 20세기를 온몸으로 살아간 49인의 초상』, 돌베개, 2007.

송하춘, 「역사가 남긴 상처와 민족의식:이회성론⑴」, 고려대학교 한국학연구소, 『한국학연구』11. 1999, 12.

이회성, 『다듬이질 하는 여인』, 이호철 옮김, 정음사, 1972.

장사선·김겸향, 「이회성 초기 소설에 나타난 원형적 욕망의 향상」, 『한국현대문학연구』, 한국현대문학회, 20, 2006.12.

허병식, 『교양의 시대–한국근대소설과 교양의 형성』, 역락, 2016.

具秀然, 『偶然にも最惡な少年』, ハルキ文庫, 2002.

金鶴泳, 「錯迷」, 『〈在日〉文学全集6 金鶴泳』, 磯貝治泳·黒古一夫編, 勉誠出版, 2006.

李起昇, 「ゼロハン」, 『〈在日〉文学全集12 李起昇 朴重鎬 元秀一』, 磯貝治泳·黒古一夫編, 勉誠出版, 2006.

李順愛, 『二世の起源と「前後思想」』, 平凡社, 2000.

李靑若(Lee Seijaku), 『在日韓国人三世の胸のうち』, 草思社, 1997.

木村直惠, 『青年の誕生』, 新曜社, 1998.

山村政明, 『いのち燃えつきるとも』, 大和書房, 1971.

深沢夏衣, 「夜の子供」, 『〈在日〉文学全集14 福沢夏衣 金真須美 鷺沢萌』, 磯貝治泳·黒古一夫編, 勉誠出版, 2006.

岩本光央(李仁植), 『日本人になりたい在日韓国人』, 朝日ソノラマ, 2000.

尹建次, 『「在日」の精神史2』, 岩波書店, 2015.

佐々木てる, 「ネーションという語り–山村政明の遺稿集を手掛かりに」, 『社会学ジャーナル』, 筑波大学社会学研究室, 33, 2008.

https://ja.wikipedia.org/wiki/%E5%B8%B0%E5%8C%96: 검색일 2020.4.12.

具秀然 감독, 영화〈偶然にも最惡な少年〉, 2003.

1980년대 이회성의 활동과 소설 「협죽도」 연구

신재민

1. 들어가며

1980년 발표된 작품 『유민전(流民伝)』을 끝으로, 1992년 『유역(流域 へ)』이 발표되기까지 약 12년의 기간 동안 이회성에게는 문학작품은, 정확히 말하자면 출판된 매체로서의 문학작품은 존재하지 않았다. 이 시기에 간행된 것은 1981년의 수필집 『청춘과 조국(青春と祖国)』, 1982 년의 『바람이여 바다를 건너라 이회성 10년의 토론(風よ海をわたれ 李恢 成十年の対論)』과 같은 토론집, 1983년의 기행문 『사할린 여행(サハリン への旅)』 등이다. 그러나 전술한 출판물들은 엄밀히 말하면 그가 본래의 적을 두고 있는 소설 장르에 해당되지 않는 저작집인 만큼, 이 시기는 이회성에게 일종의 문학적 공백기, 혹은 전환기라고 칭해져 온 것이 사실이다. 그러나 다수의 선행연구에서 이미 밝혀진 바와 같이, 이회성 의 전기와 후기 사이에 존재하는 약 12년의 간극, 즉 1980년대를 기점 으로 이회성의 문학세계가 변화했다는 사실은 명확하다.

그러나 한편으로, 이러한 일종의 '기점'으로서의 1980년대에 대한 고찰은 전기 작품과 후기 작품에 대한 집중적인 고찰 속에서 대부분 지나치고 있는 듯한 양상을 보인다. 현재까지 이회성의 문학세계를 중점적으로 다룬 다수의 연구에서는 작가의 연보를 중심으로 1980년대의 이회성의 행적을 단편적으로 조명하는 것에 그치고 있거나[1], 당시의 활동 자체에 크게 주목하지 않는 경향[2]을 보이고 있다. 이러한 흐름은 나아가 1970년대와 1990년대로 이회성 문학세계에 대한 조명을 양분화하는 결과[3]로 이어지게 되는데, 결과적으로 이러한 인식 속에서 현재까지 대부분의 연구에서 1980년대의 이회성의 행보는 여전히 막연히 그것이 1990년대의 이회성의 문학세계에 영향을 미쳤을 것이라는 주장에 그치게 되는 것이다. 그러나 전술한 바와 같이 1990년대의 이회성의 문학과 1970년대의 이회성의 문학 사이에 분명한 변화가

1) 송하춘,「역사가 남긴 상처와 민족의식-이회성론 (1)」,『한국학연구』10, 고려대학교 한국학연구소, 1998, pp.113~145.; 송하춘,「역사가 남긴 상처와 민족의식-이회성론 (2)」,『한국학연구』11, 고려대학교 한국학연구소, 1999, pp.75~103.; 이한창,「이회성의 전기 작품 활동과 문학세계」,『日本語文學』72, 한국일본어문학회, 2017, pp.335~356.; 박정이,「이회성 문학의 특징-시대별 특징을 중심으로」,『일본어교육』32, 한국일본어교육학회, 2005, pp.187~206.

2) 김환기,「재일코리안의 정체성과 초(超)국가주의-재일 코리언 문학과 디아스포라-이회성의『유역(流域)』을 중심으로」,『일본학』32, 동국대학교 일본학연구소, 2011, pp.137~160.; 송하춘,「재일 한인소설의 민족 정체성에 관한 연구-이회성의 소설을 중심으로」,『한민족어문학』38, 한민족어문학회, 2001, pp.77~97.

3) 양명심·박종명,「재일조선인의 '조국' 체험과 '서울'의생산-이회성의『이루지 못한 꿈』과 이양지의『유희』를 중심으로-」,『일본어문학』83, 한국일본어문학회, 2019, pp.199~217.; 유승창,「이회성의『증인이 없는 광경(証人のいない光景)』론-재일조선인의 민족정체성과 기억 속의 타자-」,『일본어문학』1(53), 한국일본어문학회, 2012, pp.119~138.; 이영호,「1970년대 재일조선인 문학 장르 형성 연구-1971년 이회성(李恢成)의 〈아쿠타가와상〉(芥川賞) 수상을 중심으로」,『한림일본학』27, 한림대학교 일본학연구소, 2015, pp.265~290.; 박정이,「이회성『백년동안의 나그네』일고찰」,『일본어교육』21, 한국일본어교육학회, 2002, pp.195~229.; 신인섭·김동현,「디아스포라 서사의 소통전략-이회성의『유역으로』를 중심으로」,『일본어문학』60, 한국일본어문학회, 2014, pp.327~345.; 김병구,「이산과 '재일'적 삶의 기원에 대한 탐색-이회성의『백년 동안의 나그네(百年の旅人たち)』를 중심으로」,『한국문학이론과 비평』43, 한국문학이론과 비평학회, 2009, pp.339~364.; 김계자,「사할린에서 귀환한 재일문학-이회성의 초기작을 중심으로-」,『일본학』49, 동국대학교 일본학연구소, 2019, pp.87~105.

존재한다면, 이회성의 1980년대가 그의 문학세계에 있어 뚜렷한 전환
점으로 존재했을 것임을 유추하는 것은 사실 어렵지 않다. 따라서, 이
에 대해 고찰하는 과정은 곧 이회성의 전기와 후기를 잇는 문학세계의
가교로서 기능할 것으로 판단되며, 동시에 조국과 민족, 디아스포라,
그리고 문학에 대한 이회성의 의식과 실천의 변화를 명확하게 드러내
는 작업이 될 것이다.

본 연구는 이러한 지점에 주목하여 이회성의 1980년대의 활동과 미
완의 작품「협죽도(夾竹桃)」를 살펴보고자 한다. 그리고 이를 통해서
1970년대의 이회성의 문학세계와 1990년대의 이회성의 문학세계 사이
에 존재하는 변화에 대해 고찰해 나갈 것이다. 이를 위해 먼저 전기
이회성의 작품세계에 대해 고찰하고 '전환기'로서의 1980년대와 그의
활동에 주목해볼 것이다.

2. 1970년대와 이회성 – 전기 작품과 1980년대에 대한 고찰

재일조선인 작가 이회성은 정치적 인물이다. 이는 그가 특정 이데올
로기를 지지했음을 의미하는 것이 아니라, 그가 언제나 재일조선인,
나아가 조국, 그리고 코리안 디아스포라에 이르는 '민족의 문제'에 대
한 정치적 자장 속에서 작품을 창작해 나갔기 때문이다. 따라서 그의
전기 작품은 이회성의 성장과정에서 전개된, 혹은 당대에 제기된 재일
조선인의 역사적, 현실적 문제에 대한 작가의 의식을 집약적으로 드러
내는 작품이 주를 이루고 있다. 이는 처녀작인『또다시 이 길을(またふた
たびの道)』를 비롯하여『우리 청춘의 길목에서(われら青春の途上にて)』,
『가야코를 위하여(伽倻子のために)』,『청구의 집(青丘の宿)』,『증인이 없

는 광경(証人のいない光景)』 등의 작품에서 동일하게 전개되는 양상이
다. 전술한 바와 같이 이 시기의 작품의 특징은 이회성의 유년기에서
청년기에 걸쳐 재일조선인으로서 살아가는 모순과 차별, 그리고 이러
한 굴절 속에서 형성된 경계인으로서의 아이덴티티와 관련된 문제를
주로 다루고 있다는 점이다. 특히 사할린에서 조선인으로 태어나 황국
신민 교육을 받고 일본인으로 성장했던 이회성이 일본사회에서 '재일
조선인'으로서 겪는 모순과 차별, 그리고 세대갈등은 필연적으로 아이
덴티티의 혼란으로 이어지게 된다. 그리고 이러한 혼란은 곧 재일조선
인이라는 자각과 더불어 재일이 지닌 근원적 모순에 필연적으로 닿게
된다.

그렇다면 재일의 근원적 모순이라는 것은 무엇인가. 재일조선인은
조국을 상실하고, 이국인 일본에서 정착해 무국적자로 살아갈 수밖에
없었던 존재이다. 그리고 이들의 조국상실과 이국에서 소수자, 무국적
자로 살아가야 한다는 현실은 한국전쟁 이후 분열이 고착화된 남북
조국의 사이에서 여전히 현재진행 중인 문제로 자리매김할 수밖에 없
게 된다. 그리고 이것이 바로 재일조선인이 지닌 '근원적 모순'으로
자리매김하게 된다. 결과적으로 재일조선인의 이러한 모순은 필연적
으로 재일조선인의 삶에 균열을 불러일으킨다. 그리고 재일조선인의
이러한 모순 속에서 개인의 정체성의 문제와 더불어 세대갈등과 취직,
사랑 등에 이르는 실질적 생활의 영역에서 전개되는 차별의 문제에
이르기까지, 다종다양한 문제 속에서 언제나 불안한 위치에 놓여있게
되는 것이다. 재일조선인이 겪는 현실적 문제의 근원에는 분단된 조국
이 있다. 비교적 단순한 도식에 불과하지만, 적어도 이러한 도식이 이
회성의 전기 문학의 근간에 존재했음은 명확한 사실이다. 당시의 이회
성에게 있어 재일조선인은 조국에 귀속되는 존재이며, 나아가 이들이

지닌 모순은 조국통일과 동시에 자연스럽게 해결될 문제이기도 했다. 그리고 이러한 인식 속에서 필연적으로 이회성의 문학세계는 분단된 조국과 민족의 문제에 맞닿게 되는 것이다. 1970년대의 이회성은 통일 조국의 선결과제로서 남한의 민주화에 직접적인 관심을 드러내기 시작 한다. 당시의 이회성의 남한에 대한 관심은 시대적 상황과 작가 개인의 행보와 결부하여 판단해봤을 때, 일견 당연한 수순이었다고 할 수 있 다. 송혜원이 밝히고 있는 바와 같이, 당시의 재일조선인 사회는 남한 에서 출간된 신문이나 잡지, 가족과 친지에게서 온 편지와 방문자들을 통해 남한과 다양한 접점을 형성하고 있었다. 그리고 이러한 접점 속에 서 한정된 영역에 지나지 않았으나, 독재정권에 고통받고 이에 저항하 는 민중의 모습을 형상화한 작품이 등장하기 시작했다[4]. 반면 북한의 경우 국가 자체가 지닌 폐쇄성에 더해 당시의 재일조선인 사회에서 조총련이 가진 영향력을 토대로 파악해봤을 때, 직접적인 접근과 비판 이 쉽지 않았음은 어렵지 않게 유추할 수 있다. 나아가, 이회성이 「한국 국적취득수기(韓国国籍取得の記)」에서 밝히고 있는 바와 같이, 당시 이 회성 자신이 사회주의 사상에 경도되어 있었으며, 조총련의 문제를 북한의 체제에서 비롯된 것이 아니라 조총련 내부 문제라고 파악하고 있었다는 사실[5] 또한, 이에 영향을 미쳤던 것으로 판단된다.

결과적으로 1970년에 비공식적으로 이루어진 첫 번째 방한을 통해 남한의 현실을 목도한 이후, 이회성은 박정희 정부라는 '적'과 대면하 기 위해 한국방문을 위해 힘쓰게 된다. 1971년 발표된 작품 「다듬이질

4) 송혜원, 『재일조선인 문학사를 위하여-소리 없는 목소리의 폴리포니-』, 소명출판, 2019, p.255.

5) 李恢成, 「韓国国籍取得の記」, 『可能性としての「在日」』, 講談社, 2002, pp.70~115.

하는 여인(砧をうつ女)」은 이러한 지점에서 이회성의 전략적 행보를 보여주는 상징적인 작품이라 할 수 있다. 다음은 아쿠타가와상 수상과 관련한 이회성의 에세이 중 일부이다.

> 나는 아쿠타가와상에 어떤 기대를 품고 있었다. 그것은 이 상이 계기가 되어 한번 더 남쪽의 조국인 한국에 갈 수 있는 찬스가 생길지도 모를 것이기 때문이었다. 솔직히 말하자면, 나는 그것을 위해서 아쿠타가와상을 받을 생각이었다.
>
> (私は芥川賞にある期待をかけていた。それはこの賞が誘い水になって、ふたたび南の祖国である韓国に入るチャンスが生じるかもしれなかったからだ。素直にいえば、私はそのために芥川賞をとるつもりであった。)[6]

이상의 인용문을 통해서 파악할 수 있듯이, 「다듬이질 하는 여인」과 아쿠타가와상 수상은 이회성에게 있어 조국 남한에 직접 접할 수 있는 하나의 열쇠로 작용했음을 알 수 있다. 이에 대해 이영호는 이 작품이 기존의 작품과는 달리 일본인에게 전형으로 인식되는 조선을 재현하는 방식으로 창작된 '전략적 선택' 속에서 이루어진 작품이라고 주장[7]하고 있는데, 이는 당시의 이회성이 보여온 조국에 대한 관심을 고려하면 타당한 흐름이라고 생각할 수 있을 것이다.

이회성의 전기 작품이 변화에는 바로 아쿠타가와상 수상과 그 이후에 전개된 한국방문의 영향이 분명히 존재한다고 할 수 있다. 특히

---

6) 李恢成, 「歷史の中の芥川賞」, 『文学界』 43, 文藝春秋社, 1989, p.595.
7) 이영호, 「1970년대 재일조선인 문학 장르 형성 연구: 1971년 이회성(李恢成)의 아쿠타가와상(芥川賞) 수상을 중심으로」, pp.265~290.

작가의 이러한 변화는 작품 「반쪽발이(半チョッパリ)」에서 두드러지게
나타난다. 다음은 작품의 일부이다.

> 그러자 나에게는, 마치 번데기가 부화(孵化)하듯이 껍질을 빠져나
> 가는 또 하나의 내가 그 숲의 웅성거림을 취재하고 있는 모습이 보였
> 다. (중략) 〈여러분, 여기에 한 사람의 반쪽발이가 있습니다. 아무쪼록
> 여러분, 이 나를 잊지 말아 주십시오……〉
> 무언가 괴면(愧面)스러운 기분이 격렬하게 나를 엄습하고 있었다.
> 반쪽발이의 자랑을 되찾아야지 하고 생각했다. (중략)
> 조국이여, 조국이여! 통일 조국이여! 나는 진심으로 부르짖었다. 지
> 금 나는 죽는 일도 사는 일도 자유이다. 그리고, 반쪽발이의 자격으로
> 조국에 대해 이렇게 부르짖는 것도 자유임에는 틀림없다.[8]

작품 말미에 등장하는 이 부분은 귀속될 장소를 찾아 방황하던 '나'가
3.1운동의 발상지인 파고다 공원에서 느끼는 감회이다. 흥미로운 점
은, 조국의 민중의 격동에 공감하며 통일조국을 부르짖는 '나'의 위치
이다. '나'는 조국의 민중에 감화되면서도 이들과의 거리를 유지한 채
'취재'하고 있으며, 나아가 여전히 반쪽발이로 존재하고 있는데, 이러
한 거리, 그리고 이 지점에서 확보되는 반쪽발이의 자유는 1970년대
이회성 문학을 관통하는 하나의 키워드로 자리매김하게 된다. 다케다
는 이 작품에 대해 작가가 조국의 민중과 함께 "통일"을 향하고 있다는
일체감을 확인하고, '재일' 또한 '재일'의 지점에서 그 과제로 향할 수
있다고 주장하고 있다고 역설[9]한 바 있다. 그러나 동시에, 다케다는

---

8) 李恢成, 이호철 옮김, 「半쪽발이」, 『다듬이질하는 女人』, 정음사, 1972, pp.219~221.
9) 다케다 세이지, 재일조선인문학연구회 옮김, 『'재일'이라는 근거』, 소명출판, 2016,
   p.51.

이회성의 이러한 스탠스가 조국 민중과의 현실적인 연결을 보류하고, 심정적인 연대의식으로 재생함으로써 '재일'의 아이덴티티를 유지하려 한다고 지적[10]하고 있다. 당시의 이회성에게 조국의 통일과 재일조선인의 모순의 극복이 이상주의적 관점에서 연결되어 있었던 것은 분명한 사실이다. 그러나 동시에, 이회성에게 있어 주요한 테제가 '재일'로서의 주체성의 확보였음에는 의문의 여지가 없다. 조국에 대한 거리감과 이에서 비롯되는 자유는 재일의 주체적 공간을 확보하고자 하는 명확한 의식을 그려내고 있기 때문이다. 그리고 민족을 넘어선 민중이라는 인식은, 1980년대 이후의 이회성 문학에서 전개된 '세계관의 확장'을 파악할 수 있는 하나의 편린을 뚜렷하게 드러내고 있는 것이라 판단할 수 있을 것이다.

주지하는 바와 같이, 이회성의 의도대로, 1971년의 아쿠타가와상 수상 이후 그는 1972년 한국일보사의 초청으로 정식으로 한국을 방문하게 된다. 그리고 이러한 지점에서 「반쪽발이」에서 다케다가 지적한 심정적 연대의식에 불과했던 이회성의 주장은 점차 실체를 갖추기 시작한다. 위정자들과 악수하기 위해서가 아니라 조국의 3천 3백만 동포들과 호흡하기 위해 바다를 건넌[11] 그는 방한기간 동안 일체의 정계인사와의 접촉을 거부하고, 문학자와 학생들을 중심으로 교류를 이어나갔다. 이렇듯 당시 이회성의 방한은 단순히 조국에 방문하고자 했던 작가 일개인의 '향수'에서 비롯된 것이 아니라, 조국통일과 민족에 관한 자신의 이념을 표명하고 이들과 연대하고자 했던 실천적 행보에서 비롯된 것이었다고 할 수 있다.

---

10) 다케다 세이지, 위의 책, pp.71~72.
11) 李恢成, 「北であれ南であれ わが祖国」, 『可能性としての在日』, 講談社, 2002, p.15.

그리고 이회성은 이를 통해 조국의 민주화와 통일운동에 직접 발을 딛게 되고, 남한의 민주화에 대한 직접적인 관심을 표출하기에 이른다. 방한 이후 이회성은 김대중 납치사건의 문제에서부터 김지하 등과 같은 민주화계열 문인들의 문제 등에 대한 에세이를 남기는 등의 활동을 본격적으로 전개한 바 있다. 또한, 1974년에는 민청학련 사건과 김지하 구속에 항의하여 오에 겐자부로(大江健三郎) 등과 단식투쟁을 벌이는 한편, 1975년에는 조국통일과 민족의 문제를 다룬 에세이집 『북이나 남이나 나의 조국(北であれ南であれわが祖国)』를 발표하였다. 4년 뒤인 1979년에는 김지하의 시집 『불귀』를 번역하여 출판하였다.

그의 관심이 비단 문학외적으로만 이루어진 것은 아니다. 당시의 남한의 민주화와 통일에 대한 관심은 작품에서도 이어지는 경향을 보이는데, 이를 대표하는 것이 이회성의 전기를 대표하는 장편소설인 『이루지 못한 꿈(見果てぬ夢)』이다. 그는 이 작품을 1976년에서 1979년까지 3년간 『군상』지에 연재하였다. 이 작품은 1988년 미래사에서 시리즈 1편의 제목인 『금단의 땅』으로 번역하여 한국에서도 출판되었다. 소설 『이루지 못한 꿈』은 당시의 남북의 정치적 대립과 7.4남북공동성명으로 상징되는 표면적 유화관계의 형성 속에서 남한의 정치사건을 정면으로 다루고 있는 작품이다. 따라서 소설 속에서는 유신체제에 의해 자행된 학원간첩단 사건이나 김대중 납치, 민청학련, 인혁단 사건 등과 같은 민주화 탄압 사건 등이 현실적으로 그려지고 있다. 나아가, 이 작품은 또한, 당시의 이러한 역사적, 정치적 전개 속에서 민족해방을 추구하는 자생적 사회주의의 탄생과 성숙을 그려냄으로써 통일조국의 달성을 위한 이념적 지향 또한 뚜렷하게 드러내고 있는 작품이기도 하다. 이렇듯, 당시의 이회성에게 중요한 지향으로 자리잡았던 것이 통일조국의 달성과 그 전제로서의 민주화에 대한 열망이라면, 그것은

전술한 바와 같이 어디까지나 '재일'의 주체적 역할에 대한 고뇌 속에서 형성된 것이었다. 1970년대에 발표된 작품『이루지 못한 꿈』,『약속의 땅(約束の土地)』(1973)과 「유민전(流民伝)(流離譚)」(1980)에서 드러나는 일종의 중립자적, 양가적 비판은 이렇듯 '망명자'로서 분단 조국의 정치적, 민족적 현실을 비판하고자 했던 작가 이회성의 '재일'의 의식을 명확하게 드러내고 있는 것이다.

1980년대에 들어와 이회성의 조국과 민족, 문학에 대한 의식은 변화하기 시작한다. 그리고 이는, 분단조국과 재일조선인 사회의 현실 속에서 필연적인 흐름으로 드러날 것이기도 했다. 물론 1980년대에 들어와서 이회성의 가치관이 급변했다고 보기는 어렵다. 오히려 짧은 서울의 봄 이후 전개된 광주민주화 운동과 전두환 정권에 의해 자행된 학살이라는 일대의 사건은 이회성에게 문학자보다는 정치적 지식인으로서의 역할에 주력하게 했다. 이 일을 계기로 이회성은 1980년 예정되었던 호세이 대학에서의 문학강연을 광주민주화 운동을 어떻게 보는가로 변경하여 3개월간 집중강의를 전개하였다. 뿐만 아니라 당시로서는 흔치 않은, 민족단체의 성향과 국적을 막론한 재일조선인 사회 전체 규모의 광주시민 학살에 대한 추도회를 개최[12]하기도 했다.

그러나 이러한 급격한 시대의 변화는 자신의 경험을 중심으로 자전적 문학세계를 구축해왔던 이회성에게 있어서는 분명한 악재였다. 전두환 정권하에서 남한의 지식인과의 교류는 급격히 어려워졌고, 1980년대 중반의 유화국면 속에서도 이회성의 방한은 '조선'이라는 국적과 '좌경학생을 고무했다는' 반공법 위반사례 때문에 불가능했다. 특히 당시의 작품세계에 있어 '재일'의 지점은 당시의 이회성에게 있어서는

---

12) 李恢成, 「韓国国籍取得の記」, p.78.

강점이자 동시에 약점이었다. 『이루지 못한 꿈』은 분명히 '자체검열에
묶인 불구의 한국 문단을 강타하는' 수작이었지만, 그 객관적 거리두기
의 과정에는 언제나 현장성의 문제가 수반되는 것이었다. 임헌영은
1988년 이 작품에 대해 다음과 같이 평가하고 있다.

> 이 작품이 토착적 변혁세력의 시선으로는 성에 차지 않는 점이 상당
> 히 많음을 부인할 수 없다. 뭔가 고통이 현장성을 벗어난 교포의 시각
> 으로 관찰되어진 느낌이라든가, 변혁주체 세력들로 명망가 중심의 문
> 학예술인을 너무 내세운 점 등은 다분히 일본적 지식인·언론풍토를
> 그대로 반영한 것임을 직감케 한다.[13]

상기한 인용문에서 파악할 수 있듯이, 이회성의 재일의 지점에서
형성되는 문학세계는 민중의 실재, 현장성의 문제에 도전받고 있었던
것이다. 그리고 이러한 현장성의 문제는 급격히 변화는 남한의 정세
속에서 극복할 수 없는 문제로 대두되게 된다. 결과적으로 1980년대라
는 시대적 상황은 이회성에게 있어 그 정치적 지향과는 별개로 문학적
실천의 영역에서 분명한 노선수정을 요구하고 있었다고 할 수 있다.
이에 더해, 당시는 재일조선인 사회가 세대교체와 일본의 동화정책의
심화 등으로 인해 재일조선인의 정체성의 근간이 위협받는 상황이 지
속되었다. 특히 재일조선인 3, 4세대가 재일조선인 사회의 전면에 등
장하고 귀화자가 늘어남에 따라 재일의 정체성이 다양화되었고, 이로
인해 분단조국과 민주화의 문제가 재일조선인의 '실질적 체감'의 영역
에서 빠르게 멀어져 갔다. 결과적으로 1980년대의 재일조선인의 정체

---

13) 임헌영, 「분단현실을 보는 재일작가의 시각−李恢成의 「禁斷의 땅」을 읽고」, 『출판저
    널』 25, 대한출판문화협회, 1988, p.8.

성의 문제는 '조국'을 넘는 새로운 구심점을 필요로 하게 되는 것이다.

3. 1980년대와 이회성의 변화 - 당시의 활동을 중심으로

전술한 바와 같이, 1980년대의 이회성에게는 일종의 '문학적 공백'이 존재한다. 이에 대한 이유를 이회성이 직접적으로 밝히고 있지는 않으나, 적어도 1980년대의 기간 동안 이회성의 문학관과 정치관, 이념과 사상 전반에 변화가 있었다는 사실 자체는 분명하다. 에세이집 『시대와 인간의 운명(時代と人間の運命)』에서 이회성은 자신의 1980년대에 대해 다음과 같이 서술하고 있다.

> 1980년대, 나는 소설을 쓰지 않았다. 그 기간 동안 무엇을 했는지 묻게되겠지만, 이 에세이집에 그 시기의 내가 존재하고 있었다는 것은 의심할 여지가 없다. (중략)
> 1980대는 세계사에 있어서 커다란 전환기였다. 그 시대의 파도에 씻겨나가면서 나는 나름대로 생각해왔다. 민족에 대한 견해라든가 인간을 보는 방식이 이 시기 꽤나 크게 변화해 갔다고 생각한다. 그렇게 스스로를 되돌아보듯이 하면서 1990년대의 일에 임해갔다.
> 八〇年代、僕は小説を書かなかった。その間、何をしていたかが問われるところだが、このエッセー集の中にその時期の自分が存在していることは疑いない。(中略)
> 八〇年代は世界史的にいって、大きな転換期だった。その時代の波に洗われながら、僕は自分なりに考えてきていた。民族にたいする見方や人間を見る眼がこの時期にだいぶ変って行ったように思う。そういうおのれを見つめ直すようにして九〇年代の仕事へと向かっていた。[14]

인용문에서 드러난 바와 같이, 1980년대의 이회성에게 있어 가장 큰 변화는 민족과 인간을 보는 관점, 시선의 변화였다. 그리고 이는 당시의 이회성의 발언과 행보 등을 통해서도 유추해볼 수 있는 것이기도 하다. 따라서 본 절에서는 1980년대의 작가 이회성의 행보와 발언 등을 중심으로 그의 변화에 대해 고찰해보고, 이러한 변화가 그의 후기 문학세계에 미친 영향에 대해 살펴볼 것이다.

1980년대 이회성은 정치적 인간에서 문화적 인간으로의 변화에 대해 주목한다. 이는 기존의 재일조선인 사회와 조국이 지닌 배타적, 이분법적 대립의 정치성을 극복해야 한다는 의미라 할 수 있다. 이는 당시의 시대적 상황을 살펴보면 더욱 명징해지는데, 널리 알려진 바와 같이 1980년대는 재일조선인 사회에 대한 남북한 정부의 정치적 개입이 심화되던 시기였다. 이로 인해 재일조선인 사회의 민족단체는 남북 조국의 정치적 이념 선전의 장으로 활용되기 시작했고, 재일조선인들 역시 이러한 상황에 영향을 받아 민족단체 간의 대립구도를 형성하고 있었다. 특히, 남한에서는 재일조선인 사회의 경제적 투자를 유치하기 위해 힘쓰면서도, 동시에 1970년대부터 이어진 간첩조작사건을 여전히 정치적 공작에 활용하기 시작했다. 당시의 이러한 정치적 흐름은 재일조선인에 대한 차별과 편견의 시선을 고착화하는 결과를 낳았고, 이에 자유로운 왕래가 불가능했던 당시의 시대적 상황이 더해져 이는 실질적인 문제로 대두하게 된다.

「한국국적취득수기」에서 이회성이 직접 밝히고 있는 바와 같이, 당시에는 재일한국·조선인의 지식인·문화인 사이에서도 서로 신뢰하지 못하고 중상비방을 하는 사태가 만연해 있었고, 이로 인해 민족기피현

---

14) 李恢成, 「あとがき」, 『時代と人間の運命』, 同時代社, 1996, p.301.

상까지 벌어지고 있었다[15]. 이회성은 당시의 현실에 대해 지나치게 정
치화된 시대의 후유증이라고 밝히고 있는데, 이는 당시의 시대적 상황
을 상징적으로 드러내고 있는 말이라 할 수 있을 것이다. 다음은 1985
년 발표된 김학영의 추도 에세이 「정치적인 죽음」의 일부이다.

> 체제적 사고가 우선하는 정치적 틀의 안에서는 소박한 가수가 되어
> 버릴 위험성도 있고, 이 주박이 문학자에게 있어서는 바람직하지 않다
> 고 하는 점에서 나는 조심스레 우려하고 있었다. (중략)
> 어떤 체제에도 속하지 않는 입장에서 자유롭게 기탄없는 생각을 말
> 해주었으면 좋겠다고 생각했다. (중략)
> 결국 너무 무거운 짐을 짊어진 채로, 정치적 대변자로서의 존재와
> 자아 사이의 간극에서 고통받는 순간이 있는 것은 아닌가하고 걱정했다.
> 体制的思考が優先すつ政治的枠組みの中では、素朴な唄歌いとなっ
> てしまう危険性もあり、この呪縛は文学者にとっては好ましいもので
> はないと僕はひそかに懸念していた。(中略)
> どの体制にも属さぬ立場から、自由に、忌憚ない考えをのべてほし
> いものだと。(中略)
> その揚句、荷の重いものを背負ってしまい、政治的代弁者としての
> 存在と自我との隙間に苦しむときがあるのではないかと危惧した。[16]

상기한 인용문에서 드러난 바와 같이, 체제 속에서 재일조선인은
결코 자유롭지 못했다. 김학영의 죽음 속에서 이회성은 그의 죽음을
정치적인 죽음이라고 주장한다. 분단조국의 이념대립이 김학영의 자
유를 박탈했고, 정치적 대변인으로서의 존재와 진정한 자아 사이의

---

15) 李恢成, 「韓国国籍取得の記」, 『在日としての可能性』, 講談社, 2002, pp.94~96.
16) 李恢成, 「政治的な死 - 金鶴泳のこと」, 『在日としての可能性』, 講談社, 2002, pp.187~
188.

갈등이 그를 자살로 내몰았다는 것이다. 물론, 이는 비단 뚜렷한 정치적 행보를 보였던 김학영에 국한된 이야기만은 아니다. 당시의 시대적 상황이 재일조선인에게 정치적 선택을 강요했음은 분명하다. 전술한 바와 같이 조총련과 민단의 세력구도가 변화하고 이들이 정치적 어용 단체로서의 성격이 두드러짐에 따라 재일조선인 사회 역시 분단조국의 정치적 영향을 직접적으로 받기 시작했다. 이로 인해 재일조선인 사회 내부에서도 자성의 목소리가 출현하기 시작했고, 이를 극복하기 위한 움직임 역시 이어졌다. 이는 재일조선인 사회가 '중립적 망명자'의 위치에서 '주체적 역할'을 수행할 것을 강조했던 이회성의 입장에서도 마찬가지였다. 결과적으로 당시의 이회성에게 있어 이러한 '정치성'의 극복은 1980년대의 주된 화두로 자리 잡게 되며, 당시의 '문화'에 대한 주목은 이러한 흐름에서도 또한 전개된 것이라 할 수 있다.

한편, 이회성이 본인의 에세이에서 밝히고 있는 바와 같이, 1980년대는 1970년대까지 조국, 특히 남한과 민주화에 직접적인 관심을 쏟고 있었던 이회성의 행보에 뚜렷한 변화가 드러난 시기이기도 했다. 다음은 1980년대의 이회성의 행보를 연보에 의거해 표로 정리한 것이다.

〈표1〉 1980년대 이회성의 활동[17]

연도	월	활동내용	비고
1980년 (45세)	1월	중편 「流離譚」 발표(文藝)	
	1월	단편 「馬山まで」 발표(群像)	
	5~7월	호세이 대학(法政大学)에서 광주사건 집중강의	
	8월	작품집 『流民伝』 간행(河出書房)	「流離譚」에서 「流民伝」 개칭

---

17) 李恢成, 『在日としての可能性』, 講談社, 2002, pp.379~381.

연도	월	내용	비고
1981년 (46세)	1월	「日韓問題と文学者の立場」강연 「李恢成講演会・その後の会」발족	
	6월	『青春と祖国』간행(筑摩書房)	
	10월	소련작가동맹의 초대로 사할린 방문	
1982년 (47세)	1월	기행문「サハリンへの旅」연재(群像)	
	4월	극단「民芸」와 각본 「朝を見ることなく」공동집필	동명의 추도문집『朝を見ることなく』에서 각색
	6월	「국제문학자회의82」참가 (서독 쾰른)	
1983년 (48세)	3월	「人さし指の思想」강연	「指紋押捺制度完全撤廃を求める三.ー全国共同関東大会」
	3월	재독한국학술연구원(KOFO)의 초대로 프랑크푸르트 방문	
	5월	『サハリンへの旅』간행(講談社)	
	6월	「黄金律はどこにあるのか」발언	「パレスチナ人とユダ人の共存の可能性を研究する国際シンポジウム」
1984년 (49세)	5월	「国際ペン東京大会」에서 시인 고은 등에 대한 군사재판 비판	
	7월	서독, 프랑스, 스페인 여행	
	11월	「伽耶子のために」영화화	
1985년 (50세)	3월	김학영 추도에세이「政治的な死」발표 (文学界)	
1986년 (51세)	2~4월	황석영과 마당굿「통일굿」상연운동	도쿄, 오사카에서 6회 공연
	5월	「日独文学者シンポジウム」참가	
1987년 (52세)	2월	「在日朝鮮人文学者有志の会」의 발전적 해체및『민도』창간준비	
	8월	님 웨일즈 방문 인터뷰를 위한 방미	
	11월	『민도』창간	
1988년 (53세)	7월	『이루지 못한 꿈』이 한국에서 『금단의 땅』으로 번역 출판(미래사)	
	8월	피스보트를 통해 사할린 재방문	
1989년 (54세)	2월	『민도』6호에「夾竹桃」연재개시	
	8월	소련작가동맹의 초대로 카자흐스탄, 우즈베키스탄의 고려인 문학자와 교류, 중앙아시	

		아 지역 순회	
1990년 (55세)	3월	『민도』 10호 간행, 제 1기 발행 종료	
	12월	『サハリンからのレポート』 간행 (お茶の水書房)	
1991년 (56세)	5월	『アリランの歌』간행(岩波書店)	
	12월	「韓国在日文化芸術人フォーラム」 기조보고	「한국민족문학작가회의」 와 공동개최

상기한 표에서 확인할 수 있는 바와 같이, 1980년대 이회성의 행보에
서 가장 두드러지는 것은, 그가 재일조선인 사회와 분단조국, 그리고
일본을 넘어 세계로 활동영역을 넓히기 시작했다는 지점이다. 1981년
사할린 방문을 시작으로, 이회성은 1982년과 1983년 독일, 1984년 서
유럽, 1987년 미국, 1988년 사할린, 1989년 중앙아시아 고려인 거주구
역 등 세계 각국을 방문하는 한편, 문학자들과 교류한 바 있다. 당시의
이회성의 해외활동은 그에게 있어 민족에 대한 인식의 외연을 확장하
는 하나의 계기로 작용했던 것으로 판단된다. 특히, 1981년의 사할린
방문과 재방, 서독, 그리고 중앙아시아의 고려인 방문은 코리안 디아스
포라, 분단 조국의 밖에 존재하는 민족의 실재에 대해 인식하게 했다.
그리고 이들의 실재는 이회성에게 있어 민족에 대한 인식의 확장을
촉구하는 한편, 동시에 '민족'으로서의 연결고리를 어떻게 형성할 것인
가에 대한 질문으로 이어졌던 것으로 보인다. 1970년대 전기의 이회성
이 조국통일과 재일조선인의 근원적 모순의 해결을 등치시키고 있었다
면, 1980년대의 논의 속에서 이는 분명하게 변화하고 있었다. 다음은
이회성의 강연 중 일부이다.

재일조선인인 김시종이 일찍이 식견있는 발언을 했습니다. 그의 생
각에 의하면, 우리들 '재일'동포는 무턱대고 '민족'이라든가 '국가'라는
것을 말하는 것이 아니라 자신들의 기반을 확실히 바라보고, '재일'이

라고 하는 그야말로 남북 사이의 장벽이 존재하지 않는 이 일본에서
동포들이 공통의 정신을 서로 나누고, 동시에 일본인과의 공생을 추구
해가지 않으면 안된다라고 하는 것입니다.

在日の金時鐘が早くに識見のある発言をしております。彼の考えに
よれば、わが「在日」同胞はただむやみに「民族」とか「国家」と言うので
はなく、自分たちの足許をしっかり見つめ、「在日」というまさに南北
の垣根のないこの日本で同胞たちが共通の精神を分ち合い、同時に日
本人との共生を図って行かねばならないというのです。[18]

저는 이 '이주'라고 하는 것이 한민족에 부여하고 있는 의미를 본국
에서 살고 있는 사람들이 좀 더 이해해주지 않으면 안되는 것이 아닌가
하고 생각하고 있습니다. 재일조선인과 본국의 사람들에게는 확실히
차이가 있습니다. (중략) 본국의 사람들은 단일민족이라고 하는 것을
늘상 강조 합니다만, 저는 그 주장에는 꽤나 위화감을 느낍니다.

ぼくはこの「移住」ということが朝鮮民族にあたえている意味を本国
に住むひとびとに、もっとよく理解してもらわなくてはならないのでは
ないかと考えているんです。在日と本国のひとびとには、確実に差異が
あるんです。(中略) 本国のひとびとが単一民族だということを、しきり
に強調しますが、ぼくはかなりその主張には違和感を感じますね。[19]

상기한 인용문에서 드러난 바와 같이, 1980년대는 일본에서 민족의
식으로 대표되는 '공통의 정신'을 가지고 정주해야 한다는 인식이 하나
의 시민권을 획득하던 시기였다. 이러한 관점은 시대의 흐름 속에서
확산되는 재일조선인의 '다양성'을 인정하는 차원에서 성립하는 것이

---

18) 李恢成, 「「韓国文学」の明日と「在日文学」の希望」, 『時代と人間の運命』, 同時代社, 1996,
   p.294.
19) 李恢成, 「流域への旅から」, 『時代と人間の運命』, 同時代社, 1996, pp.255~256.

며, 나아가 조국과 일본의 민족과 동등한 위치에 존재하는 재일조선인의 자기선언이기도 하다. 이렇듯, 당시의 이회성의 재일조선인 의식이 정주의 관점과 '다양성'을 인정하는 '동등한' 위치로서의 민족의식에 기반하고 있었다면, 그것은 사할린을 위시한 중앙아시아, 독일의 코리안 디아스포라에게도 동일하게 적용되는 것이었다.

코리안 디아스포라의 실재는 다양하다. 그리고 이들의 실재가 그 다양성을 더해가는 과정은 종래의 상징적인 의미에서의 조국에 대한 지향이 더이상 이들을 하나의 민족으로 지탱하는 근간으로 존재하지 못하게 됨을 의미한다. 이에 더해, 기존의 종속적 구조를 벗어나 동등한 층위에 조국과 일본(또는 소련과 중앙아시아), 코리안 디아스포라를 위치시킨다면 이러한 새로운 층위의 '민족' 역시 필연적으로 새로운 연결고리를 필요로 하게 되는 것이다. 그렇다면, 이 연결고리는 무엇이며, 이러한 연결고리를 통해 민족은 어떻게 공통의 정신을 가지게 되는가.

적어도 여기서 주목해야할 것은, 어떤 방식으로든 새롭게 발현되는 '민족'의 개념이 정치적 배타성, 자민족 중심주의의 정치적인 것이 되어서는 안 된다는 점[20]이다. 앞선 인용문에서 주요하게 등장하는 개념이 다양성과 동등한 위치를 동반한 '공통의 정신'이라면, 동시에 그것은 어디까지나 '공생'을 지향하는 것이어야 한다. 그리고 이러한 지점에서 소환되는 것이 바로 문화였다고 할 수 있다. 이회성은 『민도』 1기 종간호인 10호에서 그간 재일조선인 사회가 정치적 인간을 지향했음을 지적하고, 배타적 민족주의(집단주의)로 상징되는 정치성을 벗어나 문화적 인간이 되어야함을 강조한 바 있다[21]. 당시 재일조선인 사회

---

20) 李恢成, 「サハリンでの少数民族との出会い」, 『在日としての可能性』, 講談社, 2002, pp.321~322.

에서 부흥한 민중문화 운동은 바로 이러한 지점에서 이회성과 조우하는 것이다. 당시의 민중문화 운동은 재일조선인 사회의 위기에 대응하기 위하여 민중의 기층문화를 토대로 공통의 문화적 토대를 마련하고자 하는 의식 속에서 행해졌다. 그리고 이러한 흐름은 그 기저에 있는 '민족'을 필연적으로 호출하는 것이었다. 그리고 이렇게 호출된 '민족'은 민중의 기층문화를 공유한다는 문화적 차원의 '공통의 정신'과 연결되게 되는 것이다.

그렇다면, 이렇게 형성된 '공통의 정신'으로 상징되는 민족의 문화적 연결이 어떻게 배타적 '정치성'의 영역에서 벗어날 수 있는가. 이것은 민중문화 운동이 민중의 보편적 고통의 공감대 속에서 형성된다는 지점에서 찾을 수 있다. 민중문화 운동의 주체는 언제나 피억압 상태의 고통받는 민중이다. 광의에서 이것은 서구 제국주의에 의해 실재적, 혹은 정신적으로 지배받고 있는 제 3세계의 민중들을 포괄하는 차원에서 성립하는 것이며, 협의로는 주류민족 혹은 주류집단, 즉 메이저리티에 의해 차별과 억압받는 마이너리티 전반을 의미하는 것이다. 따라서 민중문화 운동은 곧 민중의 고통 받는 현실을 문화를 통해 보편적 공감의 영역으로 끌어올리고자 하는 운동을 지향한다. 그리고 나아가 이러한 문화를 향유하는 과정은 민중으로 하여금 집단적 연대를 형성하고자 하는 의식을 발현하게 하는 것이다. 따라서 당시의 민중문화 운동은 적어도 그 지향에 있어서는 민족을 잇는, 나아가 제3세계를 넘어 전 세계의 민중까지 확장해나갈 수 있는 '가능성'을 지닌 것이었음은 분명하다. 그리고 후술하겠으나, 이러한 확장의 가능성이 1990년대의 이회성이 보이는 문학적 변화로 연결되게 되는 것이다.

21) 李恢成, 「九〇年代をわれらの手に」, 『民濤』 10号, 民濤社, 1990, pp.6~7.

한편, 당시의 이회성이 주장하는 민족과 문화운동, 또는 문화적 인간에 대한 인식이 확장의 가능성을 지닌 것이었다면, 그 시발점은 1981년의 사할린 방문에 있다. 1981년 일본사회당 참의원 가와무라 세이치(川村清一)의 주선으로 소련작가동맹의 초청을 받은 이회성은 고향 사할린에서 34년 전 귀환 당시 두고 온 외조모와 여동생을 만나게 된다. 그리고 이 과정에서 사할린 거주 코리안 디아스포라의 현실을 쓴 기행문『사할린으로의 여행(サハリンへの旅)』(1973) 출판하게 된다. 다음은 이와 관련하여 발표된 이회성의 에세이 중 일부이다.

> 그런 일도 있고 해서, 나는『사할린으로의 여행』을 써서 이 섬의 실상을 독자에게 보고한 것으로 일단 책임을 완수했다고 생각하고 있었던 것입니다.
>
> 그런데, 일본문학자 하타 고헤이 씨가 이 책을 읽고서 요약하자면 다음과 같은 편지를 써서 보내왔습니다. "좋은 책이다. 그런데 당신은 자민족의 일만 쓰고 있지는 않은가. 예를 들어 아이누 민족의 실상에 대해 쓰고 있지 않은 것은 좀 유감이다."
>
> 저는 깜짝 놀랐습니다. 그의 지적이 타당했기 때문입니다. (중략) 그때부터 제가 사할린을 보는 방식에 조금은 변화가 생겼다고 생각합니다.
>
> そんなこともあり、私は『サハリンへの旅』を書いてこの島の実情を読者に報告したことで一応責任を果たしたと思い込んだのです。
>
> ところが、日本人文学者の秦恒平さんが、この本を読んで、要約すれば、次のような手紙を書いてくれたのでした。「いい本だ。しかしあんたは自民族のことしか書いていないじゃないか。たとえば、アイヌ民族のことに触れていないのは残念です。」
>
> 私はびっくりしました。かれの指摘が正しかったからです。(中略)
>
> その時から私はサハリンを見る目が少しは変っていったように思います。[22]

상기한 인용문에서 파악할 수 있는 바와 같이, 1981년의 사할린 방문
은 이회성에게 사할린에 실재하는 코리안 디아스포라가 아닌 소수민족
즉, 마이너리티 전반에 대한 인식을 뚜렷하게 변화시키는 계기가 되었
음을 알 수 있다. 이회성의 이러한 의식의 변화는 그 이후에 이어진
그의 행보 속에서도 조명할 수 있다. 그는 1982년 서독 쾰른에서 반핵
과 제3세계를 테마로 개최된 문학자회의에 재일조선인 작가 대표로
참석하였다. 같은 해에는 「중동에 평화를 바라는 시민회의」에 참석하
여 「팔레스타인의 광주에 지원을」을 발표하기도 했다. 1984년에는 「팔
레스타인과 유대인의 공존의 가능성을 연구하는 국제 심포지엄」에 초
청받아 「황금률은 어디에 있는가」를 발표하였으며, 1985년에는 「한
팔레스타인 생각」을 북해도 신문에 게재하였다. 다음은 이 에세이의
일부이다.

> 내가 팔레스타인의 운명에 관심을 갖게 된 것은, 사할린이 있기 때문
> 이다. (중략)
> 우리 민족의 고통을 생각하려고 할 때, 그 슬픔의 감정은 국경을
> 점점 더 넘어간다. 사할린은 팔레스타인, 팔레스타인은 사할린이 되어
> 간다. (중략)
> 언젠가 우리들은 이러한 감정을 공유하는 날을 위해 사실은 살아가
> 고 있는 것이라고 믿고 싶다.
> 僕がパレスチナの運命に関心を抱くようになったのは、サハリンが
> あるからだ。(中略)
> 自民族の苦しみを考えようとするとき、その悲しみの感情は国境を
> どんどん超えていく。サハリンはパレスチナ、パレスチナはサハリンに

---

22) 李恢成, 「サハリンでの少数民族との出会い」, pp.307~308.

なっていく。(中略)
　いずれ僕らはこうした感情を共有する日のためにじつは生きているのだと信じたい。[23]

　상기한 인용문에서 드러나는 바와 같이, 이 시기의 이회성에게 팔레스타인의 문제는 민족에서 제3세계의 민중으로 이어지는 시야 확장의 주요한 요인이었다. 그리고 그 기저에는 이산과 망향이라는 역사적, 민족적인 공통점이 자리하고 있었음은 분명하다. 즉, 이회성에게 사할린 방문이 사할린에 존재하는 민족에 대한 인식의 시작이었다면, 팔레스타인 문제는 역사적 아픔을 공감하는 차원에서 제3세계와의 연대를 명확히 인식하는 계기가 되었다는 것이다. 주목해야할 것은, 이러한 과정이 '슬픈 감정'을 '공유'하는 차원에서 성립하고 있다는 것이다. 이회성은 사할린에서 팔레스타인을, 팔레스타인에서 광주를 떠올리는 일련의 과정 속에서 이들을 보편적 공감의 공동체로 묶어내려는 시도를 보이고 있다. 즉, 이들의 실재적 상황을 역사적 흐름에 비추어 고통받는 민중의 현실을 조명하고, 동시에 이에 대한 동정을 드러내는 것을 통해 '보편적 공감'을 확보하고자 하는 것이다. 이렇듯 조국에서 민족으로, 제3세계에서 피억압과 피차별 대상으로서의 '민중'의 현실에 대한 보편적 공감으로 확장되는 의식은 이회성의 후기 문학에 있어 주요한 테마로 이어지게 된다.

---

23) 李恢成, 「あるパレスチナ思い」, 『時代と人間の運命』, 同時代社, 1996, pp.114~116.

4. 1980년대의 재일조선인 사회와 작품 「협죽도」

1992년 『유역』을 출판하면서 이회성은 이 작품이 『사할린으로의 여행』이후 약 10여 년 만에 써낸 소설임을 강조한 바 있다. 1980년대의 10년간의 공백. 이회성의 문학적 공백의 이유에 대해서는 그가 문학외적인 일에 집중하는 과정에서 자연스레 멀어졌다고 단순한 평가를 내리는 것도 가능할 것이다. 실제로 1985년에 발표된 에세이 「휴업은 아닌 이야기 「休業」ではない話」[24)에서 이회성은 자신의 문학적 공백의 이유를 해외에서의 활동이 잦아진 탓과 서구의 사상 공부를 원인으로 삼고 있다. 앞선 절에서 서술한 바와 같이, 1980년대가 이회성에게 있어 문화, 인간, 민족을 보는 시선의 변화와 확장, 즉 이념적 성숙기였음은 명확하다. 이 시기 동안 이회성은 단순히 작가로서의 역할을 넘어 범민족주의자이자 배타적 민족, 집단주의로 상징되는 정치성을 뛰어넘고자 하는 비판적 지식인으로서의 자신의 역할에 충실하고자 했다. 그리고 이러한 인간적, 의식적 변화과정 속에서 그간 재일조선인의 아이덴티티와 조국의 민주화 문제에 집중하던 그의 작품세계에 역시 영향을 미쳤음은 분명하다.

이렇듯, 1980년대는 비단 작가 이회성뿐만 아니라 재일조선인 사회와 조국, 전 세계적인 격변 속에서 지식인에게 수많은 화두를 창출해낸 시기였다. 그리고 이회성에게 있어 이러한 현실적인 문제의 끊임없는 등장은 적어도 그의 문학적 공백을 정당화할 수 있는 근거라 할 수 있을 것이다. 그러나 그가 본인이 주장한 것처럼 문학적인 공백기를 보낸 것은 아니다. 1980년대의 이회성에게는 『민도』6, 7, 9, 10호에

---

24) 李恢成, 「「休業」ではない話」, 『時代と人間の運命』, 同時代社, 1996, pp.106~109.

게재된 미완의 작품 「협죽도(夾竹桃)」가 존재하기 때문이다. 다음은 4회가 게재된 10호의 작가의 말을 인용한 것이다.

> 작자의 말 : 이 소설은 언젠가 고쳐써서 발표할 예정입니다.
> 作者から この小説はいつか書き下しにして発表する予定です。[25]

상기한 인용문에서 파악할 수 있듯이, 이 작품은 작가 스스로도 인정한 대로 미완으로 끝난 작품이다. 그리고 이후에도 이 작품이 '새로 고쳐 써' 출판된 일은 물론, 수록된 일도 없었다. 이는 잡지 『민도』의 종간 2년 후에 작품 『유역』이, 그 3년 뒤에 『백년 동안의 나그네』가 출판되었기 때문이기도 하지만, 동시에 이 작품이 1980년대의 과도기의 이회성의 고민과 변화를 상징하는 작품이기도 했기 때문이다.

여타의 이회성의 작품과 동일하게, 작품 「협죽도」는 1980년대의 작가의 자전적 체험을 바탕으로 창작된 소설이다. 흥미로운 점은 기존의 이회성의 작품이 작가의 현실적 경험과 허구의 경계가 모호하게 조합되어 있는 양상을 보이는 것에 반해 이 작품은 1980년대의 이회성의 행보에 대한 자기회상에 가깝게 전개되고 있다는 점이다. 이 작품은 황석기와의 만남부터 민중문화 운동의 활성화를 위한 움직임에 이르는 큰 사건의 흐름을 그 틀로 하고 있다. 그리고 이러한 시간의 흐름 속에서 주로 회상의 형식으로 이회성 자신과 주변에서 벌어진 1980년대의 사건들과 인물들이 산발적으로 등장하는 형태를 보인다. 작중에 등장하는 것은 1970대의 이회성의 방한 당시의 일이나, 1984년의 독일 방문, 별거와 가정 내의 문제, 재일조선인 문인 사이의 대립의 문제 등이

---

25) 李恢成, 「夾竹桃」, 『民濤』 10号, 民濤社, 1990, p.154.

다. 물론 작품이 연재된 것이 잡지의 소설란이었던 만큼, 그 허구성에
대해서는 당연히 감안해야할 것이다. 그러나 그간 1980년대의 이회성
의 행보는 본인이 밝힌 연보와 소수의 에세이를 통해 개략적으로 파악
하는 것에 그치고 있었다는 점에는 주목할 필요가 있다. 실제로 1980년
대의 이회성이 비판적 지식인으로서 상당히 활발한 움직임을 보였음에
도, 당시 만난 인물들과 사건에 대한 작가의 의식과 그 변화과정에
대해서는 여전히 파악할 수 없는 부분이 상당수 남아있다. 따라서 이러
한 지점에서 작품 「협죽도」가 단순한 허구의 창작물을 넘어 이회성의
1980년대를 조망할 수 있게 하는 작품임에는 분명하다.

　작중에서 이미 한동안 소설을 쓰지 못하는 소설가인 작가 조문주는
황석기[26]라는 인물을 소개받게 된다. 그는 미국에서 교포들의 민중문
화 운동을 주도하던 인물로, 민주화와 민중문화 운동을 주도한 것을
이유로 남한 정부의 감시를 받고 있었다. 황석기는 조문주에게 재일조
선인 사회에서도 민중문화 운동을 할 것을 제안받는다. 다음은 작중
황석기의 대사 중 일부이다.

　　조선생님. 저는 세가지 목적을 가지고 일본에 왔습니다. 그것 때문
　에 상담을 하고 싶습니다만, 첫번째는 조직을 만들고 싶습니다. 이것은
　민중문화운동을 위한 모체가 되어야만할 것입니다. (중략) 이것은, 그
　렇지만 기성의 조직에 의존한다든지 종속된다든지 하는 일은 결코 없
　어야만 하겠죠.

---

26) 비록 황석기라는 가상인물로 설정되어 있으나, 이 인물이 황석영을 의미한다는 것은
　의심할 여지가 없다. 이는 작중에서 드러난 황석기의 행보에서는 물론, 그의 대표작이
　「임거전」, 「홍길산」(아마도 「임꺽정」과 「장길산」을 의미하는)으로 설정되어 있다는
　점, 그가 광주에 머물면서 5.18 광주사태 당시 르포르타주를 작성하여 발표했다는 점
　등에서도 쉽게 파악할 수 있는 부분이다.

왜냐하면 이 민중문화운동은 종래의 문화운동이 가지는 제도나 틀을 본질적으로 뛰어넘는 것이기 때문입니다. 그리고 이러한 민중문화 조직과 함께 두번째로 제가 생각하고 있는 것은 마당굿을 하고 싶다는 것입니다. (중략)

동포의 2세, 3세 젊은이들이 민족적 문제에 대해 여러가지로 고민하고 있다고 전해들었습니다. 그렇다고 한다면, 더욱이 마당굿은 의미 있는 것이 되겠죠. (후략)

趙先生。私は、三つの目的をもって日本にやってきました。そのことで相談したいのですが。一つは、組織をつくりたいのです。これは民衆文化運動のための母体になるべきものです。(中略) これは、しかし既成の組織に依存したりその下請けとなるようなことは断じて避けねばならないでしょう。

なぜならばこの民衆文化運動はそれら従来の文化運動がもつ制度や枠を本質的にこえたものですから。そしてこうした民衆文化組織とともに、二つ目に私が考えていることはマダングッをやりたいことです。(中略)

同胞の二世三世の若い人々が民族的問題でいろいろと悩んでいるとも聞きました。だとすれば尚のこと、まダングッは意味深いものです。(後略) [27]

조문주는 황석기의 의도를 알고 놀라게 된다. 조선적 재일조선인 작가인 자신과의 접촉은 1980년대에도 정부의 감시에 의해서는 물론, 조국의 지식인들 스스로도 터부시하는 일이었기 때문이다. 이러한 상황에도 불구하고 황석기는 자신이 어떻게 되더라도 상관이 없다는 '각오' 속에서 재일조선인 사회에 민중문화 운동을 보급하고자 하는 의지

27) 李恢成, 「夾竹桃」, 『民濤』 6号, 民濤社, 1989, pp.202~203.

를 보이고 있었다. 조문주에게는 마당굿을 포함하여 그가 지향하는 민중문화 운동에 대한 명확한 인식은 없었지만, 결국 이에 동참하기로 한다. 그러나 이러한 민중문화 운동은 결코 녹록한 일만은 아니었다. 이는 재일조선인 내부의 문제 때문이기도 하고, 동시에 조국의 지식인들로 인해 벌어진 문제 때문이기도 했다. 황석기의 의도와 지향과는 별개로, 재일조선인 사회 내부는 민족단체에 의한 이념적 대립이 지속되고 있었고, 문인과 지식인들 사이에서도 이는 예외가 아니었다. 황석기는 조문주에게 민중문화운동에 동참할 인물들로 재일조선인 지식인들을 소개하지만, 조문주는 이들의 이념적 편향과 이로 인한 대립의 문제를 걱정한다.

 1980년 광주민주화 운동 이후, 재일조선인 사회에서는 민족단체와 이념, 국적을 망라한 추도회가 개최된 일이 있었다. 그러나 민족적, 나아가 인간적 비극을 추도하기 위해 모인 그 자리에서 몇몇의 재일조선인 지식인과 문인들은 끝내 모습을 드러내지 않았다. 그 이유에 대한 언급은 작중에서 드러나고 있지 않으나, 적어도 그 기저에 정치와 이념이 존재하는 것은 분명했다. 이렇듯, 당시의 재일조선인 사회 내부에서는 정치적 대립이 지속되고, 한편으로는 이것을 극복하기 위한, 또는 이러한 흐름에 휩쓸리지 않기 위한 노력 또한 지속되고 있었다. 작중에서 이것이 상징적으로 드러나는 부분이 바로 「유지의 회(有志の会)」에 소속된 김파영[28]이라는 재일조선인 1세대 작가가 재일조선인 잡지 『강산』에서 주도하는 「청마」상을 수상한 일이었다. 비록 생활 상의 금전

---

28) 작중 등장하는 김파영은 제주도 출신의 재일조선인 1세대 작가로, 「골육(骨肉)」(아마도 『골편(骨片)』의 변형인)이라는 대표작을 가진 인물이며, 동시에 1983년 결성된 「재일조선인유지의회」에 속한 문인이다. 이러한 정보를 종합해서 판단해볼 때, 해당 인물은 재일조선인 1세대 작가 김태생을 모티브로 하고 있는 것으로 판단된다.

문제로 벌어진 일이기는 했으나, 이 일을 계기로 김파영은「유지의회」
에 직접 출석하여 사과의 뜻을 전하게 된다. 이 상은『강산』의 동인이
중심이 되어 재일조선인 사회에 기여한 이들에게 수여하는 재일조선인
사회의 자체적인 민간분야의 상이었다. 그러나 조문주는 상금이 30만
엔에 달하는 이 상을 일전에 거절한 일이 있었다. 다음은 작중의 일부
이다.

> 좀 전에『청마상』은 동포사회에 공헌한 사람들에게 준다라고 말씀
> 하셨지만, 선발을 하는 이들은『강산』의 동인들이겠죠. 이것은 문화분
> 야의 하나의 조류일 뿐 전체를 대변한다고는 할 수 없을 것입니다.
> (중략) 허남기씨라든가 강호씨라든가 민단계의 누군가가 포함되는 것
> 도 좋을 것 같네요.
> さっき、『青馬賞』は同胞社会に貢献した人々に与えると仰ったけ
> ど、選者は『江山』の同人ですね。これは文化分野の一つの潮流であっ
> て、全体の者とは言いがたいでしょう。(中略) 許東駿氏とか康浩氏と
> か。民団系の誰かが加わるのもいいでしょう。[29]

상기한 인용문에서 파악할 수 있는 바와 같이,「청마」상은 그 의의와
는 별개로 특정 동인에 의한 편향을 드러내고 있는 상이었다. 조문주가
이 상을 거부한 이유는 명확했다. 재일조선인 사회에 존재하는 배타적
집단주의를 경계하는 조문주의 입장에서 이러한 상을 수상한다는 것은
자칫 이들이 재일조선인 사회를 대표하는 존재임을 인정하는 태도로
비춰질 수 있기 때문이다. 그리고 이러한 일종의 중립적 의식은 1983년
히로시마에서 열린 아시아 문학자 회의가 계기가 되어 결성된「유지의

---

29) 李恢成,「夾竹桃」,『民濤』9号, pp.110~112.

회」에 소속된 문인과 지식인들 역시 마찬가지였다.

물론 이러한 일종의 정치적 대립의 상황이 재일조선인 사회 내부에
서만 존재했던 것은 아니다. 이는 조국의 지식인들 사이에서는 물론,
재일조선인과 조국의 지식인 사이에서도 존재하는 것이었다. 결과적
으로 이러한 정치적 대립의 상황은 재일조선인에 대한 편견이 더해져
조국의 지식인 사이에서는 물론, 조국의 지식인과 재일조선인 사이에
이르기까지 다각도의 대립구도를 형성하기에 이른다. 이는 작중에서
황석기와 함께 재일조선인 민중문화 운동을 추진하고자 하는 유학생
이관식의 행동에서 특히 두드러지게 나타난다.

1983년 한국대표로 방일하여 반핵과 통일문학에 대해 연설한 홍문대
에 대해 황석기와 함께한 술자리에서 이관식은 그의 문학적 지향이
다르다는 이유로 그 노인네는 낭만주의자에 지나지 않는다며 힐난한다.
그의 이러한 태도에 조문주는 어디든 레테르를 붙여야 하는 녀석이라고
경멸하지만, 이러한 이관식의 무례와 편견은 제주도 출신의 재일조선인
번역가 김학도와의 대립 속에서 더욱 고조되는 양상을 보인다. 술자리
가 고조되면서 김학도는 분위기를 환기시키기 위해 「봉선화(鳳仙花)」를
부른다. 그러나 이를 중간에서 제지한 이관식의 발언 이후 이들의 대립
은 급격한 양상을 보이기 시작한다. 다음은 작품의 일부이다.

> 그러자 부추김이라도 당한 것처럼 김학도가 갈라진 목소리로 "우리
> 들은 이 노래를 4.3사건 때 이렇게 불렀던 겁니다."라고 외쳤다. (중략)
> "우리들은 이렇게, 이 노래를 적의 일제사격을 받으면서도, 픽픽 쓰
> 러지면서도 불렀던 겁니다." 김학도는 절규하면서 "뭐가 안된다는 겁
> 니까!" 하고 다시 목소리를 쥐어짜냈다.
>
> すると、煽られたように金学道が声を涸らして、「われわれはこう
> やって四・三事件のときには歌ったんですよ」とわめいた。(中略)

「われわれは、こうやってこの歌を敵の一斉射撃をうけ、バタバタ仆
れながら歌ったんですよ」金学道は絶叫し、「何がいけないんですかっ」
とまた声を引きしぼった。[30]

조문주는 당시의 대화를 듣지 못했다. 그러나 작중에서 드러나 있지
는 않다고 하더라도, 이관식의 발언이 제주4.3사건을 체험한 재일조선
인을 향한 편견과 몰이해에서 비롯된 무례한 것이었음을 유추하는 것
은 어렵지 않다. 이 대화가 오간 이후 황석기는 격노하여 이관식에게
술잔을 집어던지고, 조문주의 중재 하에 갈등은 해결되지 못한 채 술자
리는 끝이 난다. 그러나 이것이 갈등의 근본적인 해결을 의미하는 것이
아님은 분명하다. 여전히 재일과 재일, 재일과 조국, 조국과 조국 사이
에는 배타주의로 상징되는 정치성의 대립이 실재하고 있었고, 이는
재일조선인 사회의 민중문화 운동을 활성화하려는 당시의 시도에 주요
한 걸림돌로 작용하고 있었다. 다음은 「협죽도」 연재분의 마지막 부분
이다.

"'재일', '재일'하고 반복하기만 하고, '재일'은 본국의 식민지가 아니
다."라고 하는 것이 그 논지의 중심인 것 같았다. "'통일', '통일'이라고
는 하지만 그것이 '재일'을 무시한 방식으로 이루어진다면 사양하겠다"
라고 그 30대 남자는 코멘소리로 억척스럽게 주장했다.
「「在日」「在日」と繰り返し、「在日」は本国の植民地じゃない」という
のがその論旨の中心らしかった。「『統一』『統一』というが『在日』を無
視たやりかたはもう真平御免だ」とその三十代の男は鼻のつまった声で
ごりごりと主張していた。[31]

---

30) 李恢成, 「夾竹桃」, 『民濤』 10号, p.151.

상기한 인용문에서 파악할 수 있듯이, 황석기가 지향하는 민중문화
운동의 이념과 실천이 어떤 것인가와는 별개로, 그의 주장이 재일조선
인에게 바로 받아들여지지 않았음은 분명하다. 작중에서 드러난 30대
남자의 주장처럼, 재일조선인의 실재를 이해하지 못한 채 재일조선인
사회를 정치적, 경제적 식민지로 이용하고자 했던 당시의 조국의 현실
에 이미 재일조선인은 분노하고 있었던 것이다. 결과적으로 이들을
설득하지 못한 채로 「협죽도」의 연재분은 끝을 맺고 있다. 특히 작품의
말미에서 황석기를 지지하고 있었던 민단계 번역가 설은식과의 통화를
통해 전해지는 남한 정부의 직접적인 '협박'은 당시의 정치적 상황을
축약적으로 드러내고 있다.

배타적 정치성으로 드러나는 갈등은 여전히 실재했고, 그것은 다각
도로 재일조선인 사회와 조국, 민족을 옭아매고 있었다. 재일조선인의
민중문화 운동은 이를 풀어내기 위한 하나의 방편이었지만, 그 실행은
적어도 당시의 시점에서는 요원한 것이었다. 그러나 이것이 곧 절망적
인 상황이 지속될 것임을 의미하지는 않는다. 작중에서 조문주는 현재
의 상황에서야말로 진정한 민족주의의 회복이 요구된다는 이우석의
주장에 동의하고 있다. 다음은 작중의 일부이다.

> 오늘날 우리 민족에게 있어서 필요한 것은 민주주의의 토대라고 생
> 각합니다만. 저는 무책임한 인간입니다만, 남과 북 그리고 해외의 동포
> 에게 있어 현재의 화두는 이러한 정신이라고 생각합니다. 민족을 사랑
> 한다라고 하는 마음이 지금 사라져 간다면, 영원히 민족은 분단되어
> 버리겠죠.

---

31) 李恢成, 「夾竹桃」, 『民濤』 10号, p.154.

今日のわが民族にとって必要なのは、民族主義の土台だと思うんで
すが。私はいい加減な人間ですが、南や北、それに海外の同胞に問わ
れているのはこの精神だと思いますね。この民族を愛するという心が
今失わされるようだと、永遠にわが民族は分断されちゃいますよ。[32]

상기한 인용문에서 드러난 바와 같이, 이우석이 주장하고 있는 민족
주의의 토대란 민족을 사랑하는 마음 그 자체에 있는 것이라고 할 수
있다. 그리고 이러한 의식은 정치적 이념대립을 초월한 차원에서 성립
하는 것이기도 하다. 조문주는 이러한 민족주의의 토양으로서의 문화
에 대해 생각한다. 김학도와 이관식, 이관식과 황석기의 충돌이 있었던
후, 조문주의 머리에서는 그날 오갔던 모국어 욕설이 떠나지 않는다.
이 욕설에 대한 기억은 그로 하여금 무례한 조국의 지식인들에 대한
분노로 표출됨과 동시에, 과거의 재일조선인 사회를 떠올리게 한다.
지금은 봉건적 유습을 타파한다는 이유로 사라져간 욕설, 그 자연스러
운 생생함 속에서 그는 아버지와 어머니의 모습을 떠올린다. 이윽고
조문주는 사라져간 욕설에 마냥 기뻐할 수 없는 기분이 되었다. 그리고
문득, 사라져간 것이 욕설만은 아니라는 것을 깨닫는다. 민중의 기층문
화는 욕설과 같은 맥락에서 재일조선인 사회에서 사라져갔다. 그러나
이렇듯 사라져간 욕설과 풍물놀이로 상징되는 민중문화는 기저에 존재
하는 근원으로서의 민중, 민족을 호출하게 하는 것이었다. 그리고 그것
은 진정한 민족주의를 회복할 수 있는 명확한 길을 제시하는 것이기도
했다.

이렇듯, 미완으로 끝난 작품 「협죽도」는 재일조선인 사회의 민중문

---

32) 李恢成, 「夾竹桃」, 『民濤』 7号, p.284.

화 운동의 활성화와 관련한 재일조선인과 조국 지식인들의 갈등과 고
뇌의 과정을 그려내고 있으며, 동시에 1980년대의 재일조선인 사회와
작가 이회성의 실재를 드러내고 있는 작품이기도 하다. 비록 완결된
형태의 작품은 아니지만, 이 작품은 배타적 정치성이 횡행하는 당대의
현실적 문제 속에서 재일조선인과 조국의 지식인들이 어떠한 의식으로
협력관계를 구축하게 되었고, 이러한 협력관계 속에서 형성된 민중문
화 운동이 어떤 가능성을 지니고 있는가에 대한 이회성의 당대적 의식
이 명확하게 드러나 있다. 그리고 이는 1980년대를 넘어 1990년대로
이어지는 작가 이회성의 의식변화와 그 과도기적 양상을 뚜렷하게 드
러내고 있는 것이기도 하다.

5. 맺음말

이상의 논의를 통해 이회성의 전환기이자 1970년대로 대표되는 전
기와 1990년대로 대표되는 후기 문학세계를 잇는 가교로서의 1980년
대를 당시의 이회성의 문학 내·외적 활동에 주목하여 고찰해 보았다.
앞선 절에서 서술한 바와 같이, 1980년대는 남북 조국의 체제 고착화와
이념대립이 격화되는 현실 속에서 재일조선인 사회도 이에 직접적인
영향을 받기 시작했다. 전기 문학세계에서 남한의 민주화에 적극적인
관심을 표명해온 이회성은 '좌경학생을 고무한다'는 이유로 남한의 민
주화에 적극적으로 관여할 수 없게 되었다. 나아가 1981년의 사할린
방문을 통해 이회성은 기존의 '분단조국의 땅 안에서 살고 있는 존재'로
서의 민족을 넘어 코리안 디아스포라로 상징되는 넓은 범위의 민족에
대해 인식하게 된다. 당시의 이회성에게 있어 정치성의 탈피와 코리안

디아스포라를 아우르는 민족의 재정의는 동시대적 화두로 자리매김했고, 이를 위해 전기 작품세계에서 보여온 '조국지향'을 넘어선 새로운 형태의 공통정신이 요구되게 된다. 1980년대의 이회성이 주목한 '문화'는 바로 이러한 지점에서 대두되게 되는 것이다.

당시 그가 주목한 '문화'는 민중의 기층문화를 중심으로 하는 민중문화와 맞닿으며 재일조선인 사회의 민중문화 운동으로, 나아가 제3세계 문화운동과 연결고리를 형성하면서 점차 '보편적 공감대'로서의 휴머니즘으로 확장되게 된다. 그리고 이는 분단 조국 밖에 실존하는 민족과 이들의 역사와 현실을 조명하는 과정에서 민족적 공감대를 형성하고자 했던 1990년대의 후기 작품세계로 이어지게 되는 것이다. 이러한 지점에서 1980년대의 이회성의 유일한 작품 「협죽도」는 1980년대의 이회성의 '과도기'를 명확하게 드러내는 작품이라 할 수 있을 것이다. 이 작품은 배타적 정치성과 재일조선인에 대한 편견으로 상징되는 당대의 현실적 문제 속에서 재일조선인과 조국의 지식인들이 어떠한 의식으로 협력관계를 구축해 나갔는지를 현실적으로 그려내고 있는 자전적 작품이다. 나아가 이 작품은 이러한 협력관계 속에서 '정치성'을 뛰어넘고자 하는 '문화'의 힘과 그 가능성에 주목하고자 하는, 점차 확장되어 가는 이회성의 문학세계의 편린을 읽어낼 수 있는 작품으로 또한 기능하고 있다.

이상으로 본 논문에서는 1980년대의 이회성의 활동과 문학세계를 전기와 후기를 잇는 '가교'로서의 의미에 주목하여 논의를 진행해 보았다. 추후의 연구는 본 논문에서 다루지 못한 반핵과 제3세계 문학이론, 그리고 일본인 지식인들과의 교류를 살펴보는 것을 통해, 이회성의 '협죽도의 정신'에 대해 고찰해볼 것이나. 나아가 이것이 1990년대의 이회성의 작품세계에 어떠한 영향을 미쳤는지를 이회성의 작품활동과 발언을 토대로 실증적으로 살펴볼 계획이다.

이 글은 한국일본학회의 『일본학보』 제135집에 실린 논문
「1980년대 이회성의 활동과 소설 「협죽도」 연구」를 수정·보완한 것임.

참고문헌

김계자, 「사할린에서 귀환한 재일문학 - 이회성의 초기작을 중심으로 - 」, 『일본학』 49,
　　동국대학교 일본학연구소, 2019.
김병구, 「이산과 '재일'적 삶의 기원에 대한 탐색 - 이회성의 『백년 동안의 나그네(百年
　　の旅人たち)』를 중심으로」, 『한국문학이론과 비평』 43, 한국문학이론과 비평
　　학회, 2009..
김환기, 「재일코리안의 정체성과 초(超)국가주의 - 재일 코리언 문학과 디아스포라 - 이
　　회성의 『유역(流域)』을 중심으로 - 」, 『일본학』 32, 동국대학교 일본학연구소,
　　2011.
다케다 세이지, 재일조선인문학연구회 옮김, 『'재일'이라는 근거』, 소명출판, 2016.
박정이, 「이회성 『백년 동안의 나그네』 일고찰」, 『일본어교육』 21, 한국일본어교육학
　　회, 2002.
＿＿＿, 「이회성 문학의 특징 - 시대별 특징을 중심으로 - 」, 『일본어교육』 32, 한국일본
　　어교육학회, 2005.
송하춘, 「역사가 남긴 상처와 민족의식 - 이회성론 (1)」, 『한국학연구』 10, 고려대학교
　　한국학연구소, 1998.
＿＿＿, 「역사가 남긴 상처와 민족의식 - 이회성론 (2)」, 『한국학연구』 11, 고려대학교
　　한국학연구소, 1999.
＿＿＿, 「재일 한인소설의 민족 정체성에 관한 연구 - 이회성의 소설을 중심으로 - 」,
　　『韓民族語文學』 38, 韓民族語文學會, 2001.
송혜원, 『재일조선인 문학사를 위하여 - 소리 없는 목소리의 폴리포니 - 』, 소명출판,
　　2019.
신인섭·김동현, 「디아스포라 서사의 소통전략 - 이회성의 『유역으로』를 중심으로 - 」,
　　『일본어문학』 60, 한국일본어문학회, 2014.

양명심·박종명, 「재일조선인의 '조국' 체험과 '서울'의생산-이회성의 『이루지 못한
　　꿈』과 이양지의 『유희』를 중심으로-」, 『일본어문학』 83, 한국일본어문학회,
　　2019.

유승창, 「이회성의 『증인이 없는 광경(証人のいない光景)』론-재일조선인의 민족정체
　　성과 기억 속의 타자-」, 『일본어문학』 1(53), 한국일본어문학회, 2012.

이영호, 「1970년대 재일조선인 문학 장르 형성 연구-1971년 이회성(李恢成)의 〈아쿠타
　　가와상〉(芥川賞) 수상을 중심으로-」, 『한림일본학』 27, 한림대학교 일본학연
　　구소, 2015.

이한창, 「이회성의 전기 작품 활동과 문학세계」, 『日本語文學』 72, 한국일본어문학회,
　　2017.

李恢成, 이호철 옮김, 『다듬이질하는 女人』, 정음사, 1972.

民濤社, 『民濤』 6-10号, 民濤社, 1988-1990.

李恢成, 『可能性としての在日』, 講談社, 2002.

李恢成, 『時代と人間の運命』, 同時代社, 1996.

재일조선인 문학과 일본문학의 관계성 재정립

김학영(金鶴泳)의 「끌(鑿)」을 중심으로

이영호

1. 시작하며

해방 이후 재일조선인[1] 문학은 재일본조선인연맹(在日本朝鮮人聯盟, 이하 조련)과 재일본조선인총연합회(在日本朝鮮人総聯合会, 이하 조총련)의 영향력 하에서 수행되었다. 1960년대까지 재일조선인 사회의 문학은 조선문학의 한 범주였으며 일본문학과 명확히 분리된 영역에 있었다. 이러한 상황에서 일본문단에 재일조선인 작가 김학영(金鶴泳, 1938~1985)이 등장한다. 김학영은 1966년 「얼어붙은 입(凍える口)」으로 〈문예상(文藝賞)〉을 수상하며 해방 이후 재일조선인 작가 최초로 일본문단에 등장한다. 2년 후인 1968년에 이회성(李恢成)이 일본문단에 등장하고 이후 고사명(高史明), 김창생(金蒼生), 정승박(鄭承博), 양석일(梁石日) 등 많은 재일조선인 작가들이 일본문단에서 활동하며 재일조선인 문학은 전환점을 맞이한다. 김학영은 해방 이후 재일조선인 문학

---

1) 본 글에서는 1970년대 당시 일본에서 재일교포들의 문학을 지칭했던 동시대 용어인 '재일조선인'이라는 용어를 사용한다. 해당 용어에는 어떠한 정치성도 개입되지 않았음을 밝혀둔다.

전환점의 선두였다고 할 수 있다.

김학영은 생전 총26편의 소설, 90여 편의 수필, 500여 편의 칼럼을 남긴다.[2] 김학영은 작품에서 주로 아버지, 말더듬이, 사회차별을 소재로 활용하며, 동시대 다른 재일조선인 작가들과 다소 상이한 모습을 보였다. 다른 재일조선인 작가들이 주로 사회차별, 취업 등 일본사회의 부조리를 전면화했던 반면 김학영은 실존에 대해 고민하며 본인 내부에 끝없이 질문을 던졌다.

일본문단은 김학영에게 주목했다. 그 결과 김학영은 총 네 번 〈아쿠타가와상〉 후보에 오른다. 1973년 10월, 『문예예술(季刊藝術)』 27호에 발표한 「돌의 길(石の道)」로 처음 〈아쿠타가와상〉 후보에 오른 김학영은 1974년 6월에 『문학계(文學界)』에 발표한 「여름의 균열」로 두 번째 후보에 오른다. 1976년 11월에는 『문예』에 발표한 「겨울 빛」으로 세 번째 후보에 오르고, 1978년 6월에 『문학계』에 발표한 「끌(鑿)」로 네 번째로 〈아쿠타가와상〉 최종후보에 오르지만 끝내 수상에 실패한다.

김학영의 마지막 〈아쿠타가와상〉 후보작 「끌」에서는 말더듬이, 아버지의 폭력, 개인 내면, 마이너리티 차별 등 김학영 문학의 전형성이 드러난다. 동시에 재일조선인 문학을 향한 일본문단의 요구와 〈아쿠타가와상〉 수상을 위한 김학영의 전략을 총체적으로 확인할 수 있다. 이에 따라 본 글에서는 김학영의 마지막 〈아쿠타가와상〉 후보작 「끌」을 분석하고 이를 토대로 재일조선인 문학과 일본문학의 관계를 새로운 관점에서 살펴보고자 한다. 이 과정을 통해 일본문단이 규정하고자

---

2) 수필은 상업문예지 등에 발표한 것이 20여편, 나머지는 재일한국인계 일본어 신문인 『통일일보』에 발표했다. 칼럼은 모두 『통일일보』에 발표했으며 한 편의 분량이 원고지 5장(200자) 정도의 짧은 글이다. (원덕희, 「金鶴泳文學硏究-作家의 經驗이 갖는 의미를 中心으로」, 중앙대학교 석사학위논문, 1994.)

했던 '재일조선인 문학 전형성'을 확인하고, 재일조선인 문학과 일본문단의 관계성을 새롭게 해석할 수 있을 것이다.

2. 「끌(鑿)」을 통해 극복되는 김학영 문학의 전형성

1) 전후 재일조선인 문학의 전개양상과 일본문단

일제강점기에 조선인의 일본 이주가 급격히 증가하며 해방 직전인 1945년에는 약 110만 명의 조선인이 일본에 거주한다.[3] 해방 이후 조선인들은 조국으로의 귀국을 선택했지만 약 60만 명의 조선인들은 일본에서의 거주를 선택한다. 당시 일본에 남은 재일조선인 상당수는 일본을 일시적 거류(去留)공간이라 생각했다. 재일조선인 문학은 재일본조선인연맹(在日本朝鮮人聯盟, 이하 조련)과 재일본조선인총연합회(在日本朝鮮人總聯合会, 이하 조총련) 등의 범주에서 수행되었으며 재일조선인 문학은 언젠가 조국에 귀속되어야 할 문학이라 생각했다. 그 결과 1960년대까지 재일조선인 문학은 일본문단과 별개의 영역에서 활동했으며 재일조선인 문학의 범주가 아닌 '조선문학'의 범주로 다루어졌다. 하지만 1960년대 중반 이후 조총련이 사상적으로 경직되고 (김일성) 주체사상의 강조, 검열, 조선어 창작활동을 강요하며 정치적 선동 도구로 문학과 역사학을 이용한다. 이에 반발한 재일조선인 문학자들 상당수가 조총련을 탈퇴하며 재일조선인 문학은 소강상태에 접어든다.

---

3) 출처는 재일본대한민국민단 홈페이지의 '재일동포 통계' 페이지 (https://www.mindan. org/kr/shokai07.php) 이하의 인구 현황은 '재일동포 통계' 페이지에 의한다. 출처에 의하면 재일조선인의 수가 1944년에는 1,936,843명, 1945년에는 1,115,594명에 달한다.

이와 같은 상황에서 1960년대 일본문단은 사소설(私小説)에 이어 '내향(内向)의 시대'를 맞이하며 문학계의 닫힌 감성을 보여준다.[4] 1970년을 전후하여 일본의 패전기에 소년기를 맞이했던 세대의 문학이 등장하고 다카하시 가즈미(高橋和巳)로 대표되는 『인간으로서(人間として)』(1970~72)파의 문학이 등장한다.[5] 이후 오다기리 히데오(小田切秀雄) 등 '내향의 세대(内向の世代)'[6]로 명명된 작가들이 문단에 등장한다. 내향의 세대 작가들은 이시하라 신타로(石原慎太郎), 오에 겐자부로(大江健三郎) 등 1930년대 출생하여 전쟁을 체험하고 전후 6·3제 교육제도(6·3制教育制度)에서 교육받고 1950년대 대학에 입학한 세대이다. 이들의 등장 이후 일본문단은 '내향의 세대' 작가들이 주를 이루며 개인의 내면과 자아에 천착하는 특성을 보인다.

반면 재일조선인 작가들은 '정치·사상·사회문제를 회피하지 않았던 전후 문학의 정통에서 일탈[7]했던 '내향의 세대' 작가들과 달리 『인간으로서』파의 문학처럼 사회적 관계를 중시한 문학을 이어간다. 즉, 일본인 작가들이 개인 내면에 치중하며 '내향의 시대'를 구축하는 상황에서 재일조선인 작가들은 정치·사상·사회문제를 전면화하며 대조를 이룬다.

이런 상황에서 전후 일본문단에 가장 먼저 등장한 김학영은 내향성

---

4) 박유하, 「〈재일문학〉의 장소와 교포 작가의 〈조선〉표상」, 『일본학』 22, 동국대학교 일본학연구소, 2003, pp.188~189.

5) 松原新一·礒田光一·秋山駿, 『戦後日本文学史年表』, 講談社, 1978, p.365.

6) 단에서는 정치적 현실 참여보다 개인의 내면, 자아의 문제에 몰두하는 젊은 작가들을 대상으로 내향의 세대로 명명했다. 대표적 작가는 이시하라 신타로, 오에 겐자부로 등이었지만 처음 내향의 세대로 규정된 것은 이들보다 앞선 세대의 작가 오다기리 히데오였다.

7) 前田愛, 『戦後日本の精神史 - その再検討』, 岩波書店, 2001, p.240.

에 치중하며 '전형적' 재일조선인 문학과는 상이한 작품을 발표하며 일본인 작가들과 유사한 모습을 보인다. 김학영은 1938년 9월 1일 일본 군마현 다노군 신마치(群馬県多野郡新町)에서 태어난 재일조선인 2세대 작가이다. 동시대 이회성을 비롯한 재일조선인 작가 상당수는 조총련 출신이었다. 이들은 작품에서 박정희 정권을 비판하고 일본의 차별, 사회문제를 전면화하며 투쟁적 성향을 보였다. 반면 김학영은 민단계에 가까웠으며 차별문제에 별다른 관심을 보이지 않았다. 김학영 스스로도 자신은 재일조선인이라는 이유로 차별당하고 무시당한 적이 전혀 없기에 차별문제에 별 관심이 없다[8]고 밝혔을 정도로 사회적 문제에 별다른 관심을 보이지 않았다. 오히려 말더듬이, 민족주의, 아버지라는 요소를 활용해 개인 내면을 다루는데 집중했다.

이처럼 재일조선인 작가들이 일본문단에서 활동한 이후 재일조선인 작가와 일본인 작가들의 작품은 정치성/내향성으로 구분되는 대비를 보였다. 반면 김학영은 내향성에 치중하며 동시대 재일조선인 작가들과 차이를 보였다. 김학영의 마지막 〈아쿠타가와상〉 후보작 「끝」 역시 이러한 특징이 나타난다.

2) 아버지의 폭력과 확산되는 공포

「끝」은 『문학계(文学界)』 1978년 6월호에 발표된 작품으로, 같은 해 하반기에 제79회 〈아쿠타가와상〉 최종후보로 선정된다.[9] 「끝」에서는

---

8) 김학영·하유상 옮김, 「자기 해방의 문학」, 『얼어붙는 입』, 화동출판사, 1992, p.206.
9) 「끝」과 함께 후보에 오른 것은 다카하시 미시스나(高橋三千綱)의 「9월의 하늘(九月の空)」, 다카하시 기이치로(高橋揆一郎)의 「노부요(伸予)」, 마스다 미즈코(増田みず子)의 「개인실의 열쇠(個室の鍵)」, 미쓰오카 아키라(光岡明)의 「풀과 풀의 거리(草と草との距離)」, 시게카네 요시코(重兼芳子)의 「베이비 푸드(ベビーフード)」, 나카노 고지(中

김학영 문학의 전형성이라 할 수 있는 말더듬이, 폭력적 아버지, 민족 문제가 종합적으로 드러난다.

주인공 재일조선인 2세 박경순(朴景淳)은 고등학생 3학년이며 심한 말더듬이이다. 경순의 가족은 아버지 박태우(朴泰宇, 통명 스기모토(杉本)), 어머니 정옥(貞玉), 4살 아래 중학교 2학년생 정혜(正惠), 8살 아래 초등학교 4학년 화혜(和惠), 유치원에 다니는 정순(政淳)까지 총 다섯 명이다. 어머니는 1937년, 당시 18세의 나이에 혼자 일본에 건너와 지금의 남편과 결혼했다. 아버지는 초등학교도 나오지 못한 문맹이며 육체노동으로 돈을 모아 현재는 불고기집을 운영하고 있다. 가게는 최근 확장공사를 했을 정도로 잘 운영되었기 때문에 이들 가족은 큰 경제적 문제 없이 지내왔다. 아버지는 가부장적이고 가족에게 잦은 폭력을 가하는 인물이지만 자식의 교육에는 지원을 아끼지 않는 양면적 인물이다.

가정에서는 아버지와 어머니의 불화가 발생한다. 작년 봄 아버지는 가게를 확장하고 2층에 찻집을 연다. 그 과정에서 직원으로 마쓰무라 준코(松村順子)를 채용한다. 마쓰무라 준코는 결혼 전 건축사무소에서 경리로 일했던 30대 후반 과부이며 개축 공사장의 목수가 아버지에게 소개시켜 준 인물이다. 마쓰무라 준코 채용 이후 가게는 원활히 운영되었고 아버지는 시내에 거처를 마련해준다. 그러나 약 1년 후, 마을에는 아버지와 마쓰무라 준코가 부적절한 관계라는 소문이 돈다. 어머니는 소문을 듣고도 문제 삼지 못한다. 그러던 7월 초 어느 날 어머니는 마쓰무라 준코와 크게 다투고 가게를 그만둘 것을 종용한다. 때마침 외출에서 돌아온 아버지는 그 장면을 목격하고 어머니를 공터로 끌고

가 폭력을 가한다. 주변 상인들이 아버지를 말려 상황은 종결되고 마쓰무라 준코는 가게를 그만둔다. 이후 아버지와 어머니의 사이는 악화되고 가족들은 긴장 속에서 하루하루를 보낸다.

경순은 초등학교 4학년 당시 과거를 회상한다. 아버지는 어머니의 친척 언니 남편의 제안으로 술 밀조를 시작한다. 술 밀조를 시작하고 약 2년여가 지난 어느 날 경찰이 집에 들이닥친다. 경찰들은 아버지를 연행하려하지만 어머니는 술 밀조를 한 것은 본인이며 남편은 죄가 없다고 소리친다. 어머니가 범인이 아니란 증거가 없었던 경찰은 어머니를 체포하고 다음 날 취조를 마친 어머니가 귀가한다. 재판이 시작되고 소환장이 올 때마다 경순은 어머니가 임신 중이기 때문에 재판에 참석할 수 없다는 사유서를 작성한다. 경순은 죄의식을 느끼고 자신의 상황에 비참함을 느낀다. 그러던 중 다시 소란스러운 소리가 들려온다. 아버지는 어머니에게 폭력을 가하기 시작한다. 경순은 서랍에 있던 끌을 주머니에 넣고 달려간다. 그 순간 울고 있는 아버지를 발견하고 아버지는 남에게 수모를 당하며 살아가는 삶의 비참함을 토로한다. 경순은 쥐고 있던 끌을 놓고 가족들 모두 흐느끼며 작품은 마무리된다.

이처럼 「끌」에서는 말더듬이, 아버지의 폭력, 마이너리티 문제를 종합적으로 다루고 있다. 또한 이들 요소는 독립된 요인이 아닌 인과관계로 얽혀있다. 경순은 자신이 말더듬이가 된 이유를 설명한다.

> 그가 자신이 말더듬이라는 것을 깨달은 것도 초등학교 3, 4학년 무렵 아버지에게 우편물 대독을 지시받은 이후이다. 아버지 앞에만 서면 이상하게 목소리가 막혔다. 아버지에 대한 공포감이 앞섰고 그 때문에 목이 조이는 것 같았다. 게다가 초등학생인 그에게 내용이 너무 어려운 우편물도 많았다.[10]

경순이 말더듬이라는 사실을 깨달은 것은 초등학교 3, 4학년 무렵이다. 문맹인 아버지는 경순에게 우편물을 읽도록 지시했고 아버지를 두려워하는 경순은 우편물을 읽다 말을 더듬기 시작하고 이후 고질병이 된다. 이처럼 경순이 말더듬이가 된 것은 아버지에 대한 공포 때문이다. 아버지의 폭력은 가족에게 옮겨 간다.

> 손바닥이 어머니의 얼굴로 날아왔다. 굉장한 소리가 울렸다. 어머니는 비틀거리며 뒤로 넘어질 뻔 했지만 벽을 잡고 버텼다. (중략) 아버지는 이번에는 어머니의 블라우스 목덜미를 잡고 얼굴을 치려했다. 경순은 달려가 아버지의 팔을 양손으로 눌렀다. 힘이 앞으로 쏠려있던 아버지의 몸은 갑자기 팔이 잡혀 약간 비틀거렸다. 다음 순간 아버지는 "이 새끼!"하고 신음하듯 말하며 어머니의 목덜미를 잡고 있던 손을 놓고 갑자기 경순의 얼굴을 쳤다. 철썩! 하고 경순의 뺨이 울렸다. 순간 그는 과거 몇 번 이번처럼 명확한 이유도 없는데 아버지한테 맞았던 일을 생각했다. 어떤 때에는 정혜와 장난치다 울렸다는 이유만으로. 어떤 때는 그의 역할인 자전거 청소를 게을리 했다는 이유로. 또 어떤 때에는 말을 더듬거린다는 이유만으로. —그 때마다 그는 새로운 두려움을 갖게 되었다.[11]

마쓰무라 준코 사건 이후 가족들은 긴장된 일상을 보낸다. 그러던 어느 날 가족들이 떡을 만들던 중 어머니가 부엌 문지방에 걸려 넘어져 떡이 바닥에 떨어진다. 분노한 아버지는 어머니를 때리기 시작한다. 경순은 아버지를 말리지만 아버지의 폭력은 경순에게 옮겨간다. 과거부터 납득할 수 없는 이유로 아버지의 폭력이 계속됐다. 마침내 경순은

10) 金鶴泳, 「鑿」, 『文学界』 32(6), 文藝春秋, 1978, p.181.
11) 金鶴泳, 위의 글, p.177.

아버지에게 달려든다.

> "언제까지 이런 일을 되풀이하는 거예요! 네? 도대체 언제까지 되풀
> 이할 건가요?" 그는 더듬거림도 잊고 부르짖었다. 증오한 나머지 목소
> 리가 떨렸다. 경순의 생각지도 않았던 행동을 미처 이해하지 못하고
> 있는 듯했던 아버지 얼굴에 차츰 흉폭한 분노가 넘쳤다. (중략) "이
> 녀석이!" 아버지는 거칠고 사나운 소리를 한 번 외치곤 강한 주먹을
> 경순의 얼굴에 내려 퍼부었다. 경순도 아버지에게 덤벼들었다. (중략)
> 경순의 주먹도 몇 번 아버지 얼굴에 명중했다. 둘은 잠시 서로 때렸다.
> 그러나 그것은 잠깐뿐이고 고등학교 3학년인 경순의 팔 힘으로는 오랜
> 육체노동으로 단련된 아버지와 비교할 수 없었다.[12]

억눌렸던 경순은 아버지에게 덤벼들어 주먹을 날린다. 하지만 육체
노동으로 단련된 아버지를 이기지 못한다. 이 대목에서 주목할 점은
경순이 아버지에게 덤벼드는 순간이다. 그 순간 경순은 '더듬거림도
잊고' 자신의 의사를 전달한다. 이 장면에서 경순의 말더듬이가 아버지
의 공포 때문에 유발된 것임을 재차 확인할 수 있다. 그러나 끝내 아버
지를 이기지 못하는 경순의 모습에서 끝내 공포를 극복하지 못했음을
알 수 있다. 아버지에 대한 공포가 커진 상태에서 경순은 다시 폭력을
가할지 모르는 아버지에게 대항하기 위해 끌을 준비한다. 끌은 아버지
에 대한 공포를 상징하는 도구이자 자신을 지키는 도구이다. 끌을 서랍
에 넣어두는 행위는 아버지에 대한 경순의 공포와 살의를 동시에 확인
할 수 있는 행위이다.

아버지는 가족 모두를 긴장시키고 집안의 활기를 없애는 인물이다.

---

12) 金鶴泳, 위의 글, p.178.

아버지가 집에 오기 전 활기찼던 집안은 아버지가 돌아오는 순간 적막
감에 휩싸인다. 집안은 갑자기 활기를 잃고 가족들은 뿔뿔이 흩어져
자신의 방으로 돌아간다. 아버지는 가족 모두에게 공포의 대상이자
여자문제까지 있는 인물이다. 이러한 아버지의 모습은 지금까지 김학
영 문학에서의 전형적 아버지상과 일치한다. 그러나 「끝」에서는 기존
과 다소 상이한 양상을 보인다.

> 4월 말, 졸업 이후의 문제를 부모의 의향을 확인할 필요가 있어 대학
> 진학에 대해 상의한 적이 있는데 그때 신기하게도 기분이 좋은 상태였
> 던 아버지는 "너의 희망대로 해라"하고 격려하듯 말했던 것이다. "가게
> 는 내가 어떻게든 할테니 너는 집 걱정은 하지 말고 자신이 생각하는
> 길을 가라."[13]

가족 모두에게 공포의 대상인 아버지이지만 자식교육에 있어서만큼
은 지원을 아끼지 않는다. 졸업 이후의 진로를 고민하는 경순에게 아버
지는 가게는 신경 쓰지 말고 대학에 진학할 것을 권한다. 아버지는
문맹이라는 이유로 항상 무시당했으며 가게 직원은 장부를 조작해 돈
을 횡령했다. 아버지는 자신이 이런 취급을 받는 이유가 자신의 무지
때문이라 생각한다. 아버지는 입버릇처럼 "내가 적어도 초등학교만 나
왔더라도"[14]라고 말하며 과거를 후회한다. 무시당하는 괴로움이 자식
들에게는 되풀이되지 않도록 교육에 적극적인 모습을 보인다. 이런
아버지의 모습은 가부장적이고 폭력 일변도였던 기존 김학영 작품의
아버지와 가장 큰 차이를 보이는 부분이자 「끝」만의 변별점이 드러나

---

13) 金鶴泳, 위의 글, p.191.
14) 俺がせめて尋常小学校ぐれえ出ることができていたら(위의 글, p.181.)

는 부분이다.

더 나아가 마이너리티 문제에 별다른 관심을 보이지 않았던 김학영은 차별과 마이너리티 문제를 작품에서 언급한다.

3) 차별과 재생산되는 마이너리티

아버지 때문에 발생한 경순의 말더듬이는 학교에서의 차별과 연결된다. 경순은 말더듬이라는 이유로 학교에서 선생님과 학생들에게 무시당한다.

> 히라오는 북채를 든 손을 멈추고 뒤를 돌아봤다. 거기에 경순이 서 있는 것을 비로소 깨달은 듯이 잠깐 경순을 바라보더니 이윽고 엷은 웃음을 보이며 말더듬이 흉내를 내며 "뭐, 뭐, 뭐야, 조, 조, 조센징. 너, 너, 넌 저기에 가, 가 있어." 그 순간 옆에서 누군가 소리 내 웃었다. 경순은 몸이 움츠려들었다. 지금까지 몇 번인가 '조센징'이라 무시 받은 적은 있지만 그것은 모두 같은 또래의 친구와 놀이도중 싸웠을 때이며 그것도 형세가 불리한 상대가 분해서 내뱉은 대사에 지나지 않았다.[15]

경순은 학교에서 동급생 히라오(平尾)와 마찰을 빚는다. 북을 치기 위해 학생들은 줄을 서지만 히라오는 새치기를 하고 할당 시간보다 오래 북을 친다. 경순은 히라오에게 양보를 요구하지만 히라오는 일부러 말을 더듬으며 경순을 흉내 내고 조롱하고 조선인이라 무시한다. 선생님들은 출석을 부를 때 경순의 이름을 부르지 않는다. 즉, 경순은 학교에서 말더듬이이자 재일조선인이라는 이중의 장애를 가진 인물로

---

15) 金鶴泳, 위의 글, p.183.

위치한다. 경순의 모습을 통해 재일조선인 차별이 대를 건너뛰고 계속
되고 있음을 보여준다. 차별은 사회문제로 확대된다.

> 3년 전, 주종일이란 동포청년이 길에서 동사한 사건을 그는 자주
> 떠올린다. (중략) 동포 중에서는 처음 대학생이었던 것만으로 많은 동
> 포들로부터 장래를 촉망받았지만 그 중에서는 "한국인이 일본 법률을
> 공부해서 뭐해? 재판관이나 변호사가 되는 것도 아니고 써먹을 데가
> 있어야지"하고 빈정대는 사람들도 있었다. 아니나 다를까 대학을 졸업
> 하고 주종일은 또 다시 그 도시로 돌아왔다. 역시 국적 때문에 취직자
> 리가 없어 하는 수 없이 돌아왔다는 소문이었다. (중략) 어느덧 술주정
> 뱅이가 되어 가끔 거리에서 볼 때마다 얼굴에 일종의 붕괴가 더욱 나타
> 나있었는데 3년 전의 겨울 어느 밤에 술에 취해 길 바닥에서 잠들어
> 그대로 얼어 죽고 말았다.[16]

재일조선인 청년 주종일(朱宗一)은 일본의 대학 법학과에 진학했을
정도로 마을에서 촉망받는 인재였다. 그러나 재일조선인이란 이유로
졸업 이후 어디에도 취직하지 못하고 고향으로 돌아온다. 낙담한 주종
일은 매일 술을 마셨고 어느 겨울밤 길에서 술에 취해 동사(凍死)한다.
이처럼 작품에서는 재일조선인이기 때문에 받는 차별과 자아의 붕괴를
종합적으로 다룬다. 아버지의 폭력 역시 근본 원인을 사회차별에서
찾는다.

> 일주일 전 밤, 아버지가 "그 녀석 내가 글자를 모른다 생각하고 깔보
> 고 있어"라고 했을 때, 문득 그때의 일을 생각했다. 아버지의 말이 "글

---

16) 金鶴泳, 위의 글, p.191.

자를 모르는 조센징이라 생각하고 깔보고 있어"라고 말하는 듯이 들렸기 때문일까. 문맹의 조센징, 말더듬이의 조센징, 그 비참한 부합에 경순은 아버지만이 아니고 자신과 자신의 집 전부가 미즈사와에게 깔보인 것과 같은 굴욕을 느낀 것이다.[17]

아버지는 사회에서 경험한 무시와 차별을 가정폭력으로 해소한다. 아버지는 문맹이라 무시당하고 조선인이라 멸시받는다. 문맹, 말더듬이, 조선인 모두 일본에서는 동일선상에 놓인 장애인 것이다. 사회에서의 재일조선인 차별은 아버지의 가정폭력으로 이어지고 아버지의 폭력은 경순의 말더듬으로 이어지며 일련의 인과관계를 갖는다. 이를 이해한 경순은 아버지를 이해하기 시작한다.

> "이제 그만둬요" 이런 일이 계속되는 한 모두가 헛된 짓이라는 기분이 들었다. 공부하는 것도 대학에 들어가는 것도 살아있는 것조차도 무의미하단 생각이 들었다. 분노인지, 슬픔인지 분간할 수 없는 생각을 골똘히 하며 그는 아버지를 노려보았다. 그를 마주보고 있는 아버지의 눈엔 술 때문인지, 노여움에 흥분되었기 때문인지 약간 붉었다. 그 눈이 이상하게 반짝반짝 빛나고 있어 팽팽히 긴장한 마음으로 아버지의 다음 반응에 대한 태세를 취하고 슬그머니 그 빛을 쳐다보고 있는데 문득 그것이 눈물 때문이란 것을 깨닫고 그는 움찔했다. 〈아버지가 울고 있다!〉 주머니 속에 끌을 굳게 쥐고 있던 손이 나도 모르게 풀렸다. (중략) 그 때 아버지가 입을 열었다. "너도 이젠 알겠지, 남에게 수모를 당하면서 살아가지 않으면 안 되는 기분이 어떤 것인지…"[18]

17) 金鶴泳, 위의 글, pp.183~184.
18) 金鶴泳, 위의 글, p.197.

집에 돌아온 아버지는 평소처럼 어머니에게 폭언을 퍼붓기 시작한다. 2층에서 상황을 살피던 경순은 주머니에 끌을 넣고 1층으로 달려온다. 아버지를 찌를 심산이었다. 아버지는 어머니에게 소리를 지르고 경순은 주머니 속 끌을 움켜쥔 채 아버지를 향해 그만두라 소리친다. 그 순간 경순은 울고 있는 아버지를 확인한다. 아버지는 경순에게 "너도 이젠 알겠지, 남에게 수모를 당하면서 살아가지 않으면 안 되는 기분이 어떤 것인지…"라 말하며 차별당하는 서러움을 말한다. 그 순간 경순은 쥐고 있던 끌을 놓는다. 아버지는 사회에서 무식하다고 무시당하고 재일조선인이라 차별받는 나약한 인간이었다. 공포의 대상인 아버지 역시 차별받는 존재이자 가족과 사회 어디서도 인정받지 못하는 나약한 인간이라는 것을 이해하는 것이다.

이처럼 「끌」에서는 아버지의 폭력, 말더듬이, 재일조선인 차별을 종합적으로 다룬다. 주인공의 말더듬이는 아버지의 폭력 때문에 유발됐으며 아버지의 폭력은 사회차별에서 기인했다. 더 나아가 학교에서 차별받는 경순의 모습을 통해 대를 이어서도 계속되는 차별을 보여준다. 이들 문제는 인과관계를 이루며 구조적으로 연결되어 있다.

「끌」의 구성과 문제의식은 김학영 문학의 전형성을 보여준다. 가장 주목할 분은 개인 내면묘사가 사회문제로 확장되는 점이다. 이러한 방식은 사회차별을 직접적으로 묘사하고 전면화했던 동시대 재일조선인 작가들과 가장 큰 차이를 나타내는 지점이자 전형적인 재일조선인 문학과의 차이를 확인할 수 있는 대목이다. 그렇다면 내향성에 기반한 김학영의 문학과 동시대 재일조선인 작품들과는 어떠한 차이점이 있을까? 더 나아가 재일조선인 문학, 일본문학의 관계성은 어떻게 정의할 수 있을까? 김학영의 문학을 통해 재일조선인 문학 / 일본문학의 이분법적 구도를 극복하고 새로운 관계성을 구축할 수 있다.

3. 김학영 문학을 통한 1970년대 일본문단의 재해석

1) 김학영 문학과 동시대 재일조선인 문학과의 차이

데뷔작 「얼어붙은 입」을 시작으로 김학영은 주로 말더듬이의 고뇌, 아버지의 폭력, 민족주의 의식 결핍을 다루었다.[19] 실제 김학영은 심한 말더듬이로 태어나 고통과 불우의식을 느꼈으며 아버지의 가부장적 폭력, 재일조선인이라는 콤플렉스, 귀국정책에 따라 북한으로 간 누이들, 계속되는 자살충동 등 가족사와 인생사가 고통의 연속이었다.[20] 이와 같은 개인사를 바탕으로 김학영의 작품은 개인 내면 탐구에 치중하는 내향적 특성을 보였으며 이는 김학영과 동시대 재일조선인 작가들과 가장 큰 차이를 보이는 지점이었다. 「끝」의 동시대평 역시 이점을 지적한다.

> 미야하라 : 이 작가의 입장이 다른 재일조선인 작가와 비교해 독특한 점은 어디까지나 조선인 2세로서 이른바 차별과 빈곤에서 비교적 아버지에 의해 지켜져 그렇게 빈곤하지 않고 그럭저럭 부유…… (중략) 정체성을 잃고 조국이라든가 차별이라든가 머릿속 지식으로 밖에 머무르지 않고 실감과 절실하게 몸에 스며든 것을 아무래도 정체성을 가질 수 없는 것이 재일조선인 작가로서 이 작자의 입장의 특이한 점이라 생각합니다.[21]

---

19) 竹田青嗣, 「金鶴泳」, 『〈在日〉という根拠 - 李恢成・金石範・金鶴泳』, 筑摩書房, 1995, pp.129~208.

20) 권성우, 「김학영의 『얼어붙은 입』에 대한 세 가지 해석과 논점」, 『한민족문화연구』 60, 한민족문화학회, 2017, p.72.

21) 宮原昭夫, 「対談時評 - 表現とモチーフ - 光岡明「草と草との距離」, 岡田睦「死神」, 金鶴泳「鑿(のみ)」」, 『文學界』 32(7), 文藝春秋, 1978, p.265.

미야하라 아키오(宮原昭夫)는 김학영이 다른 재일조선인 작가와 달리 빈곤, 조국, 차별문제 등을 다루지 않고 몸에 스며든 것을 다루는 특징이 있다고 평가한다. 단적으로 동시대 이회성의 작품과 비교하더라도 「다듬이질하는 여인」을 제외한 동시대 이회성 작품 대다수가 일본에서의 차별, 인권문제를 다룬 반면 김학영은 인간적 고뇌, 내면갈등 같은 내향적 요소를 다루었다. 이러한 특징에 대해 가와무라 미나토는 다음과 같이 말한다.

> 재일한국인[22]문학에 있어서의 '불우의식'을 가장 인상 깊은 모습으로 형상화한 사람은, 사실상 재일한국인문학의 본거지에서 외톨박이 모양 떨어져 나온듯한 이 김학영이었던 것이다. "[23]

가와무라 미나토는 김학영의 문학이 재일조선인 문학 본거지에서 "외톨박이 모양으로 떨어져 나온듯"하다 말하며 김학영의 문학이 동시대 재일조선인 문학과 상이하다는 평가를 한다. 이러한 평가는 〈문예상〉으로 등단했던 당시부터 들었던 평가이다. 당시 문예상 심사위원[24] 에토 준(江藤淳)은 심사평에서 김학영의 작품에 "가장 호감을 가졌다"고 말하며 "어딘가 소세키의 『마음』 중 「선생님의 유서」를 떠올리게 하는 필치"를 가졌다고 호평한다.[25] 김학영의 작품에서 소세키적 측면을 발

---

22) 원문에서 한국인으로 되어있기 때문에 한국인이라는 표현을 그대로 인용함. 이하 동일.

23) 川村湊, 「不遇性의 文學」, 『얼어붙은 입』, 한진출판사, 1985, p.265.

24) 심사위원은 에토 준(江藤淳), 고지마 노부오(小島信夫), 다케다 다이준(武田泰淳), 요시오카 준노스케였다.

25) 金鶴泳氏의「凍える口」に一番好感を覚えた。文体に文学臭の少いところがよく、ちょっと礎石の「こころ」の「先生の遺書」を思わせる筆致がかえって新鮮に感じられた(江藤淳, 「文藝賞選後評」, 『文芸』5(11), 河出書房新社, 1966, p.104.)

견했다는 대목은 이른바 '조선적'인 것과는 거리가 멀다는 것이다.[26)] 김학영 스스로도 민족차별에 대해 다음과 같이 말한다.

> 한국인에 대한 차별은 내게는 그다지 중요한 관심사는 아니다. 내 자신은 한국인이라고 하는 이유로 차별을 받거나 바보취급을 당했거나 학대를 받은 경험이 전혀 없다. 그런 탓인지 민족문제, 민족차별을 고 발한다는 사실에 대해 나는 별로 관심이 없다.[27)]

인용문에서 확인할 수 있는 것처럼 김학영은 재일조선인이라는 이유 로 차별과 무시를 당한 적이 없기 때문에 민족 및 차별문제에 별다른 관심이 없음을 밝히고 있다. 또한 개인적 행보 면에서도 동시대 재일조 선인 작가들 상당수가 조총련계였지만 김학영은 민단계에 가까웠다. 김학영은 좌파 지식인의 기회주의적 행보에 환멸을 느꼈으며 이러한 성향이 정치나 민족주의와 거리를 두는 계기가 된 것으로 보인다.[28)] 구체적 사례로 1969년 김학영은 이회성과 함께 재일조선인 작가 다치 하라 마사아키(立原正秋)를 만나러 간 적이 있다. 당시 일기에서 김학영 은 이회성을 비롯한 조총련의 인간들은 뻔뻔하고 비열하다 말하며 조 총련에 적대감을 보였다.[29)] 이처럼 김학영은 조총련과 거리를 두었으 며 동시대 재일조선인 작가들과 상반되는 행보를 보였다. 이러한 가치 관을 바탕으로 민족과 사회차별 문제와 거리를 두고 내향성에 집중했

---

26) 박유하, 「〈재일문학〉의 장소와 교포 작가의 〈조선〉표상」, 『일본학』 22, 동국대학교 일본학연구소, 2003, p.190.
27) 김학영·하유상 옮김, 「자기 해방의 문학」, 『얼어붙는 입』, p.206.
28) 권성우, 「김학영의 『얼어붙은 입』에 대한 세 가지 해석과 논점」, 『한민족문화연구』 60, 한민족문화학회, 2017, p.74.
29) 金鶴泳, 「日記(1969.10.19.)」, 『金鶴泳作品集 - 凍える口』, クレイン, 2004, p.521.

던 김학영의 문학은 동시대 재일조선인 문학의 전형성과 거리가 있음을 알 수 있다.

앞서 언급했던 것처럼 김학영 문학은 말더듬이의 고뇌, 아버지의 폭력, 민족주의 의식 결핍을 다루고 있다. 이들 소재는 자연스럽게 문제의식을 개인내부로 향하게 만들었고 내면을 치열하게 다루는 방식으로 전개되었다. 단적으로 이회성의 작품 「반 쪽발이(半チョッパリ)」에서 사회차별을 당한 주인공이 분신(焚身)하며 사회문제를 외부로 표출할 때, 김학영의 「얼어붙은 입」, 「눈초리의 벽(まなざしの壁)」에서는 한 인간의 고뇌를 보여주며 개인 내면탐구를 통해 문제를 해결하는 모습을 보였다. 이러한 김학영의 문학적 특성은 이회성과는 분명히 구분되는 것이었다. 일본문단은 이러한 특성에 주목했으며 그 결과 김학영은 〈아쿠타가와상〉 최종후보에 오른다.

2) 〈아쿠타가와상(芥川賞)〉 심사평과 요구되는 전형성

1974년 「여름의 균열(夏の亀裂)」로 71회 〈아쿠타가와상〉 후보에 올랐을 때 후나바시 세이이치(舟橋聖一)는 다음과 같이 말한다.

> 단조로운 부분도 있지만 진지함이 넘친다. 마지막 부분에서 나르시시즘과는 다른 자기 존경이라는 새로운 어휘가 나오는 것은 주목해도 좋다. (중략) 무언가 쓰고자 하는 주제가 느껴져 부족한 부분이 있어도 읽는 독자에게 호소하는 성실함과 박력이 있다.[30]

---

30) 舟橋聖一, 「芥川賞選評」, 『文藝春秋』 1974.06, 文藝春秋社, 1974, p.371.

후나바시 세이이치는 김학영의 작품에서 나르시시즘과는 다른 자기 존경(自己尊敬)이라는 새로운 어휘의 등장을 높이 평가한다. 이 대목을 통해 자기존경으로 대표되는 치밀한 개인내면 기술에 높은 점수를 주고 있음을 알 수 있다. 실제로 71회 심사평[31]에서 후나바시 세이이치를 제외하고는 아무도 찬성표를 던지지 않았으며 결국 수상에 실패했다. 하지만 당시 심사평에서 김학영 문학의 내향적 특성만큼은 높이 평가했었음을 확인할 수 있다.

보다 주목할 부분은 76회의 심사평이다. 1977년 「겨울 빛(冬の光)」으로 76회 〈아쿠타가와상〉 후보에 올랐을 당시 심사위원[32]들은 다양한 의견을 제시한다.

> 마지막 부분에서 아버지가 단지 울분의 짜증을 가졌을 때 이건 조선인의 아버지가 이국에서 사는 위화감의 울분이 폭발해 이상해진 것을 알고 나는 암담함을 느꼈다.[33]

다키 고사쿠(瀧井孝作)는 김학영 작품 속 아버지의 분노장면에서 조

---

31) 71회 심사위원은 오오카 쇼헤이(大岡昇平), 니와 후미오(丹羽文雄), 나카무라 미쓰오 (中村光夫), 이노우에 야스시(井上靖), 나가이 다쓰오(永井龍男), 요시유키 준노스케 (吉行淳之介), 후나바시 세이이치(舟橋聖一), 다키 고사쿠(瀧井孝作), 야스오카 쇼타 로(安岡章太郎) 9명 이었다. 이 중 찬성은 후나바시 세이이치뿐이었으며 이노우에 야스시, 나가이 다쓰오는 중립을, 요시유키 준노스케는 반대표를 던졌다. 그 외 심사위원은 코멘트나 평가가 없었다.

32) 76회 심사위원은 오에 겐자부로(大江健三郎), 니와 후미오(丹羽文雄), 야스오카 쇼타 로(安岡章太郎), 요시유키 준노스케(吉行淳之介), 나카무라 미쓰오(中村光夫), 엔도 슈사쿠(遠藤周作), 다키 고사쿠(瀧井孝作), 이노우에 야스시(井上靖), 나가이 다쓰오 (永井龍男)까지 총 9명이었다. 이 중 나카무라 미쓰오를 제외한 8명이 김학영의 작품에 대해 평가했다.

33) 瀧井孝作, 「芥川賞選評」, 『文藝春秋』 1977.3, 文藝春秋社, 1977, p.407.

선인 가정을 확인했다 말하며 '조선인 가정'에 관심을 보인다. 더 나아가 이국에 사는 조선인의 모습을 통해 암담함을 느끼게 만들고 조선인 문제를 생각하게 만든다. 엔도 슈사쿠(遠藤周作) 역시 다키 고사쿠와 일종의 유사한 태도를 보인다.

> 이 작품을 〈아쿠타가와상〉으로 권장할 자신도 없다. 그건 이 역작의 주인공의 묘사방법에는 조금 이래도인가, 이래도인가 하는 것 같은 가정적인 불행을 늘어놓고 그리고 그 결말을 '집 없는 아이'와 '나라없는 아이'로 가져가는 경향이 있어 그것이 아쉬웠다.[34]

엔도 슈사쿠는 김학영의 작품이 최종후보에 어울리지만 묘사방법, 결말의 아쉬움을 말하며 수상작으로는 부족하다 평가한다. 또한 작품 속 '재일조선인 가정'에 주목하며 포커스를 '재일조선인'에 맞춘다. 가장 주목할 부분은 오에 겐자부로(大江健三郎)의 심사평이다. 오에는 76회 〈아쿠타가와상〉 심사평에서 김학영에게 노골적으로 창작소재를 제시하며 전형적인 재일조선인 문학을 창작할 것을 요구한다.

> 매 장면마다 솔직한 담채의 그림으로 보이는 것들이 겹쳐지며 저항감 있는 타블로를 만들었다. 일본인 가정에는 없어진 짙은 혈육의 분위기를 제시하고 거기에 겹쳐지는 조선전쟁의 큰 그림자를 착실히 떠오르게 한다. (중략) 김 씨는 이런 수법으로 재일조선인 한 자제의 전후사를 장편으로 썼으면 한다.[35]

34) 遠藤周作, 「芥川賞選評」, 『文藝春秋』 1977.3, 文藝春秋社, 1977, p.406.
35) 大江健三郎, 「芥川賞選評」, 『文藝春秋』 1977.3, 文藝春秋社, 1977, p.404.

오에는 김학영의 작품이 일본인 가정에는 없어진 '짙은 혈육의 분위기'가 드러난다 말하며 재일조선인 가정의 특수성을 언급한다. 즉, 다키 고사쿠, 엔도 슈사쿠와 마찬가지로 '마이너리티 가정의 특수성'에 관심을 보이는 것이다. 그러나 가장 주목할 부분은 '재일조선인 전후사'를 주제로 '장편'을 쓸 것을 요구하는 대목이다. 이러한 요구는 79회 〈아쿠타가와상〉 후보작인 「끌」의 심사평에서도 계속된다.

> 김학영의 「끌」은 각각에 전작의 세계를 보다 깊이 있게 만들었다. 문장도 충분히 힘이 있고 전작의 수험생, 전후의 재일조선인 자제라는 주제를 짊어진 인물들도 그 사회, 시대와의 관계 모두 정성들여 표현하고 있다. 따라서 내가 이 두 작품에 적극적으로 표를 주지 않은 이유는 단지 그것이 독립된 단편보다 큰 장편 혹은 연작으로 되었을 때야 말로 힘을 발휘할 수 있다고 생각했기 때문에 그 외에는 없다. 즉 단편(혹은 중편)의 '형태'를 갖추고 있는 것을 선택한다는 기본적인 곳에 다시 나는 선다.[36]

오에 겐자부로는 76회의 심사평에 이어 79회 심사평에서도 김학영에게 장편을 쓸 것을 요구한다. 재일조선인 가정사를 장편 혹은 중편의 연작으로 쓸 것이라는 구체적 형태를 말하며 동시대 재일조선인 작가들과 유사한 작품을 쓸 것을 강요한다. 즉, 민족, 차별, 전후사 등 이회성, 김석범 문학과 유사한 전형적 재일조선인 문학 창작을 강요하는 것이다. 이러한 문단의 요구에 부합하지 못한 김학영은 끝내 〈아쿠타가와상〉을 수상에 실패한다.[37]

---

36) 大江健三郎,「芥川賞選評」,『文藝春秋』1978.9, 文藝春秋社, 1978, p.377.
37) 이후 김학영은『신초(新潮)』1983년 7월호에「향수는 끝나고, 그리고 우리들은……(鄕

이처럼 김학영의 문학은 일본문단이 전형적인 재일조선인 문학 창작을 요구했을 정도로 동시대 재일조선인 문학과 큰 차이를 보였다. 그렇다면 1970년대 일본문단과 재일조선인 문학은 어떤 관계성을 가졌으며 김학영의 문학을 통해 어떤 해석이 가능할까?

3) 재일조선인 문학과 일본문학과의 새로운 관계성

전후 일본사회는 단일민족의 신화를 기반으로 강한 보수성을 보였으며 이는 1960년대 각종 마이너리티 인권운동으로 이어진다. 일본 대중들은 기존에 미처 인식하지 못했던 사회에 내재된 마이너리티 문제를 인식한다. 1950년대 정치의 계절과 거대 담론의 시기를 거친 일본문단은 1960년대 사소설(私小説), 1970년대 내향의 시대를 맞이한다. 이러한 상황에서 재일조선인 작가들이 일본문단에 등장하기 시작하고 인권, 사회문제와 같은 마이너티리 문제를 전면화하며 일본인 작가들과 차별화된 문학을 창작한다. 전후 문단에서 버려야할 '구태'로 비난 받던 일본 사소설의 가능성이 재일조선인 문학과 같은 마이너리티문학이 사회성을 충족"[38]시킴으로써 1970년대 일본문단에는 상이한 두 문학이 공존하게 된 것이다. 김학영에게 재일조선인 문제를 창작하라는 〈아쿠타가와상〉 심사평 역시 당시 일본문단이 재일조선인 작가에게 기대하는 역할을 확인할 수 있는 대목이다.

愁は終り、そしてわれらは——)」을 발표한다. 본 작품은 「끌」이후 5년 만에 발표한 작품으로, 재일조선인의 조국문제와 북한의 정치공작, 스파이 문제를 소재로 다루고 있다. 김학영의 기존 작품과 달리 강한 정치성을 보인 장편소설이었다. 이 대목에서 〈아쿠타가와상〉 수상을 향한 김학영의 강한 의지를 확인할 수 있다.

38) 강우원용, 「일본 마이너리티문학의 양상과 가능성 - 오키나와문학과 재일한국인·조선인문학을 중심으로」, 『일본연구』 14, 고려대학교 글로벌일본연구원, 2010, p.220.

1970년대 재일조선인 문학은 일본문단이라는 새로운 토양에서 전성기를 맞이한다. 또한 일본인 작가들이 거대담론을 생략하고 개인내면을 그렸던 상황에서 재일조선인 작가들은 차별, 사회문제를 그리며 일본인 작가들과 대비를 이룬다. 이런 상황에서 김학영의 문학은 양측의 문학적 특성을 모두 보여준다. 실제로 김학영 작품은 사소설적 색채가 농후할 뿐 아니라, 주인공의 '내면'이 '아버지'와 밀접히 관계하며 형성해 간다는 점에서 일본문학과의 관계성을 주목받아 왔다.[39]

「끌」에서 확인할 수 있었던 것처럼 김학영은 아버지의 폭력과 말더듬이를 통해 내면적 고통을 그렸으며 더 나아가 재일조선인의 삶을 그려냈다. 개인 내면에서 출발한 문제의식이 민족으로 확장되는 것이다. 이러한 부분이 김학영이 동시대 재일조선인 작가들과 명확히 구분되는 지점이라 할 수 있다.

더 나아가 김학영은 재일조선인 문학의 전형적 아버지상을 구축한다. 김학영 작품 속 '폭력적이고 가부장적인 아버지' 표상은 재일조선인 문학의 전형적 아버지상과 부합한다. 이에 대해 서경식은 다음과 같이 말한다.

김학영은 일본 사회와 재일조선인인 자기 아버지 사이에 있는 갈등을 다뤘습니다. 물론 조선을 상대하고 하고 있는데 한국사회를 주제로 한 것은 아닙니다. 김학영의 경우 60년대 그 시점에는 아주 재능이 있는, 섬세한 작가였다고 생각해요. 그 시점에서 재일조선인의 모습을 있는 그대로 잘 그려 냈다고 생각합니다. 그런데 그것이 소비되는 양

---

39) 이승진, 「재일 한국인 문학과 일본 근대문학과의 영향관계 고찰 - 재일 한국인 2세대 작가 김학영(金鶴泳)을 중심으로」, 『아시아문화연구』 33, 가천대학교 아시아문화연구소, 2014, p.207.

상, 모습에 문제가 많습니다. 그 소설 속에 아주 폭력적인 아버지가
나오죠. 그러니까 '민족'이라는 것이 '폭력적인 아버지'라는 모습으로
상징되어 있습니다. 그런데 민족을 아버지로 상징해서 후진적으로 폭
력적으로 그려 내는 것이 과연 타당할까요?[40]

서경식은 김학영의 '폭력적인 아버지' 표상이 민족 전체의 아버지상
의 표상으로 구현되는 것을 우려한다. 위 발언에서 김학영의 작품 속
아버지가 조선민족의 아버지를 폭력적인 이미지로 정형화하는데 직접
적인 영향을 끼쳤음을 확인할 수 있다. 더 나아가 김학영은 아버지의
폭력을 민족과 마이너리티 문제로 확장한다. 김학영 스스로도 자신의
문학적 근원에 대해 다음과 같이 말한다.

아버지는 어째서 그렇게 처절한 폭력을 휘두르는 그런 인간이 된
것일까? 생각해 보면 아버지의 소년시절도 매우 불행했었다. 할머니가
33살 때 자살했는데, 그 당시 아버지는 15살이었다. 할아버지는 술만
마실 뿐 아무일도 하지 않는 인간으로 변해버렸고, 그 덕택에 소년의
몸임에도 불구하고, 자기가 먹을 것은 자신이 해결하지 않으면 안되어
서 고생스럽지만 자기가 나서서 돈을 벌어야 했다. 이와 같은 가혹한
상황이 폭력적인 인간을 만든 하나의 원인이 되었다고 생각한다.
이와 같이 따지다 보면 왜 한국인이면서 일본에 흘러들어와서 살게
되었나 하는 질문에 봉착하게 된다. 자신의 말더듬이 문제의 근원을
찾아서 생각해 가다보면 민족문제에 이르게 된다.[41]

김학영은 자신의 말더듬이를 유발했던 아버지의 폭력원인을 생각하

---

40) 서경식, 『고통과 기억의 연대는 가능한가?』, 철수와영희, 2009, p.131.
41) 김학영·하유상 옮김, 「자기 해방의 문학」, 『얼어붙는 입』, p.206.

다 왜 조선인이 일본에서 살게 되었는가라는 근본원인에 봉착하며 개인
문제에서 민족문제를 찾는다. 이 대목에서 김학영 문학이 전형적 재일
조선인 문학과 일본인 작가들의 내향적 문학의 접점에 있음을 확인할
수 있다. 김학영의 문학은 내향적 문학을 창작하는 일본인 작가들과
다른 출발점에서 시작했음에도 불구하고 같은 도달점에 닿으며 일본인
작가들의 특성과 유사한 모습을 보인다. 하지만 이에 그치지 않고 사회
문제, 마이너리티 문제를 복합적으로 구현하며 내향성과 사회문제를
함께 구현하는 것이다. 즉, 김학영 문학을 통해 내향성의 일본문학,
사회성의 재일조선인 문학이라는 기존 정의를 새롭게 정립할 수 있는
것이다.

그렇다면 김학영으로 대표되는 재일조선인 문학은 1970년대 일본문
단에 어떤 영향을 끼친 것일까? 1970년대 재일조선인 문학은 일본문단
의 동화정책과 마이너리티 포섭 정책에 의해 일본문단에서 고유한 위
치를 확보한다. 이런 상황에서 재일조선인 문학은 일본문학과 상반된
행보를 보이며 '내향의 시대'에 '사회성을 띤 재일조선인 문학의 등장은
일종의 신선미'[42)를 나타낸다.

그러나 재일조선인 문학의 전형성에서 벗어난 김학영은 내향성과
사회문제를 함께 다루며 일본문단과 조응하는 모습을 보인다. 두 요소
를 내포한 김학영 문학은 일본문학과 재일조선인 문학의 접점에서 완
충적 교두보 역할을 하며 일본문학의 외연을 확장한다. 동시에 재일조
선인 문학을 통해 일본문단은 다양한 주제를 포괄한 폭넓은 문학적
스펙트럼을 확보할 수 있는 것이다.

---

42) 林浩治, 「「在日朝鮮人文学」とは何か‐その史的展開から考える」, 『民主文学』 500, 日
本民主主義文学会, 2003.

4. 마치며

1966년 김학영의 등장 이후 재일조선인 문학은 일본문단이라는 새로운 생태계에서 전환점을 맞이한다. 1970년대 일본인 작가들은 개인 내면묘사에 치중하며 일본문단은 '내향의 시대'를 맞이한다. 반면 재일조선인 작가들은 정치·사상·사회문제를 전면화한 문학을 통해 일본인 작가들과 대비를 이룬다. 이 과정에서 일본인 작가들과 구분되는 재일조선인 문학의 '전형성'이 규정된다. 이러한 문학계의 상황에서 김학영은 말더듬이, 아버지, 민족문제를 소재로 내면과 사회문제를 함께 그려내며 동시대 재일조선인 작가들과 차별된 모습을 보인다.

1976년 발표한 「끝」에서는 김학영 문학의 전형성을 확인할 수 있다. 작품에서는 주인공 경순을 통해 아버지의 폭력, 말더듬이, 재일조선인 차별문제를 종합적으로 다룬다. 경순을 말더듬이로 만든 아버지의 폭력의 근본원인이 일본의 마이너리티 차별에 있다는 것을 보여주며 순환되는 구조를 보여준다. 개인내면의 문제가 민족차별, 사회문제로 확장되며 내향성과 사회문제를 동시에 다룬 것이다. 이러한 김학영의 문학은 재일조선인 문학의 전형성에서 벗어나 일본인 작가들과 유사한 양상을 보인다. 나아가 내향성을 통한 사회문제 구현으로 일본문학, 재일조선인 문학의 특징을 모두 드러냈다. 김학영 문학을 통해 재일조선인 문학이 내포했던 폭넓은 문학적 층위를 증명할 수 있으며 기존 일본문학의 정의를 반박해 일본문단과 재일조선인 문학의 새로운 관계성을 구축할 수 있다.

이 글은 한양대학교 일본학국제비교연구소의 『비교일본학』 제46집에 실린 논문 「재일조선인 문학과 일본문학의 관계성 재정립」을 수정·보완한 것임.

참고문헌

강우원용, 「일본 마이너리티문학의 양상과 가능성 - 오키나와문학과 재일한국인·조선 인문학을 중심으로 -」, 『일본연구』 14, 고려대학교 글로벌일본연구원, 2010.

권성우, 「김학영의 『얼어붙은 입』에 대한 세 가지 해석과 논점」, 『한민족문화연구』 60, 한민족문화학회, 2017.

김학영, 하유상 옮김, 「자기 해방의 문학」, 『얼어붙는 입』, 화동출판사, 1992.

박유하, 「〈재일문학〉의 장소와 교포 작가의 〈조선〉표상」, 『일본학』 22, 동국대학교 일본학연구소, 2003.

서경식, 『고통과 기억의 연대는 가능한가?』, 철수와영희, 2009.

이승진, 「재일 한국인 문학과 일본 근대문학과의 영향관계 고찰 - 재일 한국인 2세대 작가 김학영(金鶴泳)을 중심으로 -」, 『아시아문화연구』 33, 가천대학교 아시 아문화연구소, 2014.

이정희, 「김학영(金鶴泳)론 - 〈얼어붙는입(凍える口)〉〈끌(鑿)〉〈서곡(序曲)〉〈흙의 슬 픔(土の悲しみ)〉을 중심으로 -」, 세종대학교 석사학위논문, 2007.

川村湊, 「不遇性의 文學」, 『얼어붙은 입』, 한진출판사, 1985.

江藤淳, 「文藝賞選後評」, 『文芸』 5(11), 河出書房新社, 1996.

宮原昭夫, 「対談時評 - 表現とモチーフ - 光岡明「草と草との距離」, 岡田睦「死神」, 金 鶴泳「鑿(のみ)」」, 『文學界』 32(7), 文藝春秋, 1978.

金鶴泳, 「日記(1969.10.19.)」, 『金鶴泳作品集 - 凍える口』, クレイン, 2004.

金鶴泳, 「鑿」, 『文学界』 第32巻 第6号, 文藝春秋, 1978.

林浩治, 「「在日朝鮮人文学」とは何か - その史的展開から考える」, 『民主文学』 500, 日 本民主主義文学会, 2003.

松原新一・礒田光一・秋山駿, 『戦後日本文学史年表』, 講談社, 1978.

前田愛, 『戦後日本の精神史 - その再検討』, 岩波書店, 2001.

舟橋聖一 外, 「芥川賞選評」, 『文藝春秋』 1974.6, 文藝春秋社, 1974.

竹田青嗣, 「金鶴泳」, 『〈在日〉という根拠 - 李恢成・金石範・金鶴泳』, 筑摩書房, 1995.

川村湊, 「九章「父」の息子──金鶴泳と金湊生」, 『生まれたらそこがふるさと──在日朝鮮 人文学論』, 平凡社, 1999.

제3장

길항과 재현

: 메이저리티를 비추는 창, 재일디아스포라 문학

재편되는 디아스포라 세계와 재일코리안 문학

현월(玄月)의 「그늘의 집(陰の棲みか)」을 중심으로

이영호

1. 시작하며

디아스포라(Diaspora), 기원전 3세기에 번역된 70인역(Septuagint) 성서에 처음 등장한 용어이며 '흩뿌리다'는 뜻의 그리스어이다. 패전 후 알렉산드리아 유대인들이 고향을 떠나 각지에 흩어져 살면서 이산의 경험을 나타내기 위해 사용했으며 팔레스타인을 떠나 망명생활을 하던 유대인들을 지칭하던 용어였다.[1] 그러나 1990년대에 디아스포라의 개념이 확대되며 고국에서 추방당한 이들, 정치적 망명자, 무국적 거류민, 이민자 소수민족을 비롯하여 자발적으로 고국을 떠나 타지에 정착한 이민자 모두를 아우르는 포괄적 개념으로 사용되고 있다.[2] 재일코리안[3] 역시 고국을 떠나 일본에 정착한 디아스포라이다.

---

1) Khachig Tölölyan, "The Contemporary Discourse of Diaspora Studies", *Comparative Studies of South Asia, Africa and the Middle East 27(3)*, 2007, pp.648~655.

2) William Safran, "Diasporas in modern societies: myths of homeland and return", *Diaspora 1(1)*, 1991, p.83.

3) 본 글에서는 재외동포를 코리안(Korean)으로 지칭하고, 재일동포의 경우 일본에 거주하는 코리안이라는 의미에서 '재일코리안'이라고 지칭한다. 해당 용어는 국적과 무관하게 일본에 거주하는 우리 동포 전체를 지칭하는 용어이며 어떠한 정치성도 없음을

일제강점기인 1911년에 2,527명에 불과했던 조선인은 1930년대 국가총동원령, 국민동원계획 징용령 등으로 일본으로 대거 이주한다. 해방 직전인 1944년에는 약 200만 명[4]의 조선인이 일본에 거주하며 절정을 이룬다. 1945년 해방 이후 조선인 대다수가 조국으로 귀국하지만 약 60만 명[5]의 조선인은 일본에 남게 된다. 이들은 커뮤니티를 조직해 생활기반을 다지고 이국땅 일본에서 디아스포라 사회를 구축하고 삶의 활로를 모색했다. 특히 재일본조선인연맹(在日本朝鮮人聯盟)을 시작으로 재일본조선거류민단(在日本朝鮮居留民団), 재일본조선인총연합회(在日本朝鮮人総聯合会) 등 조직 중심의 생활권을 형성했다. 하지만 1960년대 북송사업의 실패, 2세대 중심의 세대교체 등 다양한 요인으로 인해 정주성향(定住性向)이 나타난다.

재일코리안 문학 역시 1960년대 전환기를 맞이한다. 1966년 김학영(金鶴泳)의 〈문예상(文藝賞)〉 수상을 시작으로 재일코리안 작가들은 일본 문단에서 활동을 시작한다. 이후 이회성(李恢成), 이양지(李良枝), 유미리(柳美里) 등이 〈아쿠타가와상(芥川賞)〉을 수상하며 문학적 성취를 거두었고 김시종(金時鐘), 김달수(金達寿), 김석범(金石範), 양석일(梁石日) 등의 활동을 바탕으로 재일코리안 문학은 전성기를 맞이한다. 그 중 현월(玄月)은 2000년 「그늘의 집(蔭の棲みか)」을 통해 제122회 〈아쿠타가와상〉을 수상하며 단숨에 이름을 알린다.

지금까지 현월은 많은 연구자들의 주목을 받았다. 반면 선행연구

사전에 밝혀둔다. 원문을 인용하거나 대상을 특정할 경우, 상이한 용어를 사용하기도 한다.

4) 정확한 수는 1,936,843명이며 이하 인구통계는 민단 홈페이지에서 인용함. (https://www.mindan.org/kr/syakai.php)

5) 정확한 수는 647,006명이다.

대부분은 텍스트 속 인물상과 폭력의 양상, 집단촌으로 확인되는 일본
의 전후 처리 문제 등이 주로 연구되었으며 디아스포라 관점에서의
접근은 상대적으로 부족했다. 이에 따라 본 글에서는 현월의 「그늘의
집」을 디아스포라 연구 관점으로 접근한다. 그 과정에서 각종 디아스
포라 요소를 확인하고 디아스포라 집단 간의 역학관계와 관계의 전도
등을 종합적으로 연구한다. 이를 통해 「그늘의 집」을 디아스포라 문학
의 관점으로 새롭게 해석할 것이다.

2. 현월의 등장과 「그늘의 집(蔭の棲みか)」 줄거리

현월(玄月)은 1969년 오사카시 이쿠노구 이카이노(大阪市生野区猪飼)
에서 태어난 2세대 재일코리안이며 본명은 현봉호(玄峰豪)이다. 필명
현월은 음력 9월의 별칭이자 진리를 의미한다. 제주도 출신 부모 사이
에서 3남 2녀 중 막내로 태어난 현월은 19살이었던 1984년, 조총련계
재일코리안이 경영하는 고리대금 회사에서 일을 시작한다. 이후 트럭
운전 등 다양한 일을 경험하며 문학과 관련 없는 삶을 살았지만 1992
년, 갑자기 쓰고 싶다는 충동을 느끼며 소설가의 꿈을 갖는다. 이후
1994년 오사카문학학교(大阪文学学校)를 다니며 습작기를 가졌으며,
1996년 동시집 『백아(白鴉)』를 발행하며 창작활동을 시작한다. 1998년
에는 『백아』 2호에 수록한 「무대 배우의 고독(舞台役者の孤独)」이 같은
해 12월 『문학계(文学界)』의 동인잡지평 우수작으로 선정되며 작가로
등단한다. 1998년 10월에는 『수림(樹林)』 406호에 「젖가슴(おっぱい)」
을 발표하고 제121회 〈아쿠타가와상(芥川賞)〉 최종후보에 오르며 이름
을 알리기 시작한다. 1999년 11월에는 『문학계』에 발표한 「그늘의 집」

으로 제122회 〈아쿠타가와상〉을 수상한다. 창작활동 시작 약 3년 만에 일본 최고 권위의 문학상을 수상한 것이다.

현월은 작품에서 역사와 거주지 같은 재일코리안 문제를 주로 다루었다. 그 중 「그늘의 집」에서는 75세 노인 서방(ソバン, 본명은 문서방(文書房))을 주인공으로 집단촌의 풍경을 그린다. 오사카시 동부에 위치한 집단촌은 70년 전에 습지대였던 약 2,500평의 대지에 200여 채의 바라크(임시건물)가 들어서며 형성된 공간이다. 이 곳은 주류사회 일본과 떨어져 있으며 재일코리안을 비롯해 일본에서 소외된 타자들이 모여드는 공간이다. 과거 집단촌에는 재일코리안 800명 정도가 살았지만 현재는 재일중국인을 비롯해 피부색이 다른 인종까지 모여 있다.

서방은 집단촌의 상징적 인물이자 '살아있는 화석'이다. 일제강점기 당시 전쟁에 차출되었던 서방은 전장에서 군수품을 빼돌리다 미군이 쏜 총에 맞아 오른팔 손목 아래를 잃는다. 해방 이후 서방은 집단촌에 정착하고 부인과 아들을 낳아 가정을 꾸린다. 하지만 아내는 집단촌 공장에서 일하던 중 재단기에 팔 하나가 완전히 절단되어 과다출혈로 사망하고 아들 고이치(光一)는 서방이 일본군으로 참전했던 사실을 안 뒤 서방을 비난하며 집을 나간다. 도쿄대학(東京大學)에 진학한 고이치는 전쟁반대를 외치며 각종 사회운동에 참여하지만 반년 뒤 집단린치를 당해 온몸이 타박상으로 뒤덮인 시체로 발견된다. 서방은 아내의 사망 보상금조로 주거와 식사, 월 2만 엔의 돈을 받으며 68년째 집단촌에서 살아간다.

서방이 집단촌을 상징하는 인물이라면 집단촌의 왕이자 지배자는 나가야마(永山)이다. 나가야마는 공장으로 대표되는 자본을 무기로 집단촌 사람들을 노예로 종속시키고 무소불위의 권력을 휘두른다. 나가야마가 있기에 집단촌은 유지되며, 나가야마는 집단촌에서 확보한 자본을 일본에 뇌물로 바쳐 권력과 기득권을 유지한다.

서방을 바깥세상과 이어주는 유일한 창구는 야구단 '매드·킬'이다. 매드·킬은 집단촌 출신 부모와 조부모의 자식들로 결성된 야구단이다. 서방은 매주 매드·킬의 시합을 관전하며 세상과 소통한다. 서방의 유일한 위안은 매주 독거노인 자원봉사를 위해 찾아오는 40대 일본인 여성 사에키(佐伯)이다. 서방은 사에키가 오는 날만을 손꼽아 기다리며 하루하루를 살아간다. 여느 때처럼 사에키가 자원봉사를 온 어느 날 서방은 사에키와 함께 매드·킬의 야구시합을 보러 간다. 야구장에서 나가야마는 불편한 눈으로 사에키를 쳐다본다. 이를 눈치 챈 사에키는 나가야마를 두려워하며 자리를 피한다. 사에키는 화장실을 다녀오던 중 우연히 숙자(スッチャ)를 만난다. 숙자는 허리가 굽어있고 재활용품을 주으며 살아간다. 숙자를 매개로 집단촌의 끔찍한 과거가 드러난다.

27년 전 집단촌의 계주였던 숙자는 곗돈 300만 엔과 다른 계의 800만 엔을 훔쳐 도망치다 잡힌다. 집단촌 사람들은 숙자에게 고드름 위에 무릎을 꿇리고 돌아가며 구타한다. 숙자는 집단촌의 룰에 의해 처벌받고 몸과 마음이 망가진 채 살아간다.

27년 동안 집단촌은 서서히 변해간다. 재일코리안이 중심이었던 집단촌은 어느새 재일중국인이 주를 이룬다. 사에키가 자원봉사를 온 어느 날 지하은행에서 돈을 훔친 세 명의 중국인이 잡힌다. 이 사실을 알게 된 나가야마는 문제가 커질 것을 염려해 대신 돈을 변상해 막으려 하지만 재일중국인들은 이를 거절한다. 이 일로 화가 난 나가야마는 사에키를 그 자리에서 끌고 가 성폭행한다. 서방은 뒤늦게 사에키를 발견하지만 일은 이미 벌어졌고 사에키는 차가운 눈길을 보내며 사라진다. 나가야마에 의해 서방과 사에키의 관계가 끝난 것이다. 사건 발생 후 얼마 지나지 않아 집단촌에 일본인 경찰이 찾아온다. 중국인 집단린치 사건을 누군가 신고한 것이다. 경찰은 집단촌을 없애기 위해 밀고 들어온다. 그 순간 서방은 집단촌의 해체를 막기 위해 경찰의 허벅지를 깨물며 저항하고 곤봉으로 얻어맞으며 마무리된다.

「그늘의 집」은 일본 속 타자들의 공간인 집단촌을 통해 주류사회 일본과 소수사회를 대비하여 보여준다. 나아가 새로운 디아스포라 커뮤니티의 형성, 세력관계 구축, 머조리티(Majority)와 마이너리티(Minority)의 관계성을 복합적으로 보여준다.

3. 디아스포라의 세계 집단촌과 새로운 디아스포라의 형성

오사카 동부에 위치한 집단촌은 재일코리안들이 척박한 땅을 개척해 일군 일본에서 살아갈 수 있는 터전이다. 다음 인용문에서는 집단촌의 형성 과정을 확인할 수 있다.

> 그 깊은 동굴 속에 이천오백 평의 대지가 펼쳐지고 튼튼하게 세운 기둥에 판자를 붙여 만든 바라크가 이백여 채나 된다는 것, 그리고 그 사이로 골목길이 혈관처럼 이어져 있다는 것은 상상조차 할 수 없다. 서방의 아버지 세대 사람들이 습지대였던 이곳에 처음 오두막집을 지은 것은 약 칠십 년 전, 거의 지금의 규모가 되고나서도 오십 년, 그 후로는 그 모습 그대로 민가가 빽빽이 들어선 오사카 시 동부 지역 한 자락에 폭 감싸 안기듯 조용히 존재하고 있다.[6]

집단촌은 갈대만 무성하고 방치되어 있던 이천오백 평 습지를 개척

---

6) 玄月, 「蔭の棲みか」, 『文学界』 1999.11, 文藝春秋, 1999, p.111.

해 만든 곳이다. 누울 수 있는 거처라고는 기둥에 판자를 붙여 허름하게 만든 바라크뿐이며 이런 바라크 이백여 채가 모인 곳에서 재일코리안들은 칠십 년을 넘게 살고 있다. 일본에서 방치한 습지와 허름한 바라크에서 살아가는 집단촌 주민들은 일본에서 마이너리티이자 타자인 재일코리안의 위치를 상징적으로 보여준다. 집단촌 주민 대부분은 선거권이 없으며 선거권이 없다는 것은 제도적으로 인정받지 못하는 타자임을 의미한다.[7] 그러나 이들은 "삼십여 년 동안의 가난, 돼지 껍질과 돼지 껍질을 우려낸 국물에 무 이파리를 띄운 멀건 국으로 하루를 보내"[8]면서도 이국땅 일본에서 삶을 개척하며 살아간다.

「그늘의 집」에서는 탈(脫)영토화와 재영토화 과정을 보여줌으로써 새롭게 구축된 디아스포라 세계의 모습을 보여준다. 집단촌은 거주국 일본에서 재현되는 본국 한반도이자 작은 고국이다. 다음은 집단촌의 풍경 중 일부이다.

> 서방의 아버지 세대 사람들은 광장 한쪽에 공동변소를 지을 때 바로 옆에다 울타리만 둘러쳐 돼지우리를 만들었다. 그것은 아버지들의 고향 제주도에서는 일반적인 방식이었다. 돼지들은 인분을 먹고 자란다. 물론 똥범벅이 되지만 비가 씻어내릴 때까지 그대로 둔다. 돼지 분뇨는 보릿짚과 섞어 발효시켜 비료를 만들어 이웃 동네 농가에서 약간의

---

7) 박정이는 작품의 제목 '蔭の棲みか'에서 사용된 '그늘(棲みか, sumika)'의 한자가 인간의 거주지가 아닌 게, 모기, 메뚜기, 잠자리, 오리, 원숭이 등의 서식지나 산적, 도깨비, 도둑의 소굴 같은 부정적 이미지를 나타나는데 주로 사용되는 한자이기 때문에 '바람직하지 않은 장소'를 표면적으로 의미한다고 설명한다. 하지만 표면적 이유를 넘어 내부인과 외부인의 긍정적, 부정적 인식과 일본사회의 부정적 시각에 대한 내부인의 반문이 함축되어 있다고 설명했다. (박정이, 「현월『그늘의 집(蔭の棲みか)』의 '그늘'의 실체」, 『일어일문학』 46, 대한일어일문학회, 2010, p.231.)
8) 玄月, 「蔭の棲みか」, p.118.

쌀이나 채소와 교환한다.[9]

초기 집단촌이 형성될 때 구성원 상당수는 제주도 출신이었으며 "제주도는 집단촌 사람 대부분의 고향"이었다.[10] 집단촌을 만든 부모 세대는 돈을 벌기 위해 집 옆에 돼지우리를 만들어 돼지를 키웠다. 돼지우리는 화장실 옆에 울타리를 친 형태였으며 돼지들은 사람의 인분을 먹고 자랐다. 한국에서 흔히 똥돼지라고 부르는 제주도 흑돼지의 사육 방식이 집단촌에서 재현된 것이다. 집단촌 사람들은 본국 한반도의 문화를 가져와 집단촌에서 구현한다. 하지만 이런 사육법이 일본에 알려지며 일본인들은 집단촌의 돼지를 사먹지 않게 된다.[11] 이 지점에서 본국을 이주할 때 문화적 자산도 함께 탈영토화되어 새로운 시공간에서 재영토화되는 디아스포라의 탈영토화/재영토화 현상과 본국과 거주국의 문화가 충돌하는 현상을 확인할 수 있다. 이밖에도 "여름에는 애들을 오십 명씩 대여섯 그룹으로 나눠 광장 우물가에 모이게 하고 차례차례 물을 뒤집어씌워 감자 씻듯이 씻겨주었다."[12]와 같은 대목에서 고국의 풍경이 집단촌에서 재현된 것을 확인할 수 있다. 이처럼 집단촌은 고국의 이식인 동시에 일본에서 구현된 디아스포라 세계이다.

집단촌 사람들은 문화를 매개로 유대를 형성한다. 집단촌에는 아마추어 야구단 '매드·킬'이 있다. 매드·킬은 집단촌 출신 부모나 조부모가 만들었으며 현재는 그 자손들이 야구단을 구성해 매주 시합에 나서고 있다. 서방 역시 매주 목요일 점심모임에 참석한다. 하지만 야구단

9) 玄月, 「蔭の棲みか」, p.118.
10) 玄月, 「蔭の棲みか」, p.140.
11) 玄月, 「蔭の棲みか」, p.118.
12) 玄月, 「蔭の棲みか」, p.121.

의 젊은 세대는 서방에게 말을 걸지 않으며 서방 역시 그들의 말을 이해할 거라 생각하지 않는다. 하지만 매드·킬 구성원들은 서방의 존재를 잊지 않으며 서방이 간혹 참석하지 않으면 걱정하며 바라크에 찾아온다. 살아가는 이유조차 모른 채 살고 있는 서방에게 매드·킬은 "그 다음 일주일을 살아가기 위한 삶의 동력"[13]이다. 매드·킬은 집단촌의 부모세대와 자식세대를 이어주는 연결고리이며 집단촌 출신들을 하나로 묶어주는 유대이다. 매드·킬을 통해 집단촌의 역사가 계승되며 "흩어져 있으면서도 네트워크를 유지"[14]할 수 있는 것이다.

이처럼 집단촌은 재일코리안이 일본에서 개척한 작은 고국이자 안식처이며 탈영토화와 재영토화를 통해 고국이 이식된 디아스포라 세계이다. 집단촌의 각 세대는 야구단 매드·킬을 매개로 연결되고 유대관계를 형성한다. 이와 같은 집단촌의 모습을 통해 "디아스포라의 존재는 사람과 더불어 문화가 '탈영토화'되었음을, 또한 한 사회 안에 원래 뿌리내렸던 문화가 아닌 이질적인 문화가 공존하고 있음을 보여주는 뚜렷한 증거"[15]를 확인할 수 있다. 그러나 시간이 흘러 집단촌의 주류였던 재일코리안들은 조금씩 집단촌을 떠나가고, 그 자리는 새로운 디아스포라 집단이 채워간다.

집단촌을 만든 재일코리안들은 나가야마의 공장에서 돈을 모으고 자식세대가 생기면서 집단촌을 떠나 머조리티의 세계 일본으로 편입되길 희망한다. 떠나간 재일코리안의 자리는 조선족, 재일중국인, 피부색이 다른 인종이 채워간다. 그 결과 집단촌은 재일코리안과 재일중국

---

13) 玄月, 「蔭の棲みか」, p.131.
14) 玄月, 「蔭の棲みか」, p.124.
15) 유영민, 「경계를 넘나드는 디아스포라 정체성과 음악 - 자이니치 코리안의 음악을 중심으로」, 『음악학』 19, 한국음악학학회, 2011, p.12.

인이 절반씩을 차지하며 구성원 비율 변화가 나타난다. 집단촌에 더 큰 디아스포라 집단이 생겨난 것이다. 이후 집단촌에서는 기존에 볼 수 없었던 풍경이 나타난다.

> 광장에 나온 서방은 눈앞의 광경에 몸서리를 쳤다. 비가 오는데 남자 둘이 지붕 높이에서 떼어내 홈통 아래 쭈그리고 앉아 비누 거품을 내며 몸을 씻고 있다. 그 뒤에서 웃음소리가 나서 보니 골목에 몇 사람이 줄을 서 있다. 옛날에는 아무리 가난해도 이런 짓을 하는 사람은 없었다. 서방은 들리지도 않는데 마치 옆에서 모르는 말을 주고받는 느낌이 들어 몸이 움츠러들었다.
> 이곳은 전혀 모르는 낯선 곳이다.[16]

비 오는 날 중국인들은 떨어지는 빗속에서 샤워를 한다. 사람들이 줄지어 순서를 기다리고 있다는 대목에서 이러한 풍경이 특수한 것이 아닌 집단문화임을 유추할 수 있다. 이는 기존 집단촌에서 볼 수 없던 풍경이며 이를 목격한 서방은 68년을 살아온 집단촌이 낯설어진다. 서방은 이들의 행위를 "옛날에는 아무리 가난해도 이런 짓을 하는 사람은 없었다."며 비판한다. 새로운 디아스포라 사회가 형성되면서 새로운 문화가 유입된 것이다. 이러한 양상은 집단촌을 처음 형성할 때 고국의 문화를 탈영토화하여 재영토화했던 재일코리안과 마찬가지로 재일중국인 역시 고국의 문화를 탈영토화/재영토화 했음을 확인할 수 있다. 이 지점에서 새로운 디아스포라 공동체의 형성과 거주국에 본국의 문화가 이식되는 현상을 확인할 수 있다. 나아가 기존의 다수 즉, 머조리티였던 재일코리안이 재일중국인에 의해 마이너리티가 된 것을

---

16) 玄月, 「蔭の棲みか」, p.122.

확인할 수 있다. 이를 통해 디아스포라 문화의 충돌과 머조리티와 마이
너리티 관계의 역전을 확인할 수 있다.

　재일코리안들이 일본에 집단촌을 만들고 문화를 이식했다면 재일중
국인들은 집단촌 내부에 새로운 집단촌을 형성한다. 일본(머조리티)과
집단촌(마이너리티)의 관계와 마찬가지로 집단촌 안에 새로운 디아스포
라 집단촌이 생겨 머조리티와 마이너리티의 경계가 형성된 것이다.
집단촌의 두 집단의 비교를 통해 디아스포라 집단과 문화의 형성, 머조
리티와 마이너리티 권력구도의 재편을 확인할 수 있다. 하지만 「그늘
의 집」은 디아스포라 집단의 형성과 차이를 보여주는데 그치지 않고
보다 본질적 차원의 문제를 다룬다.

4. 디아스포라 문학으로서의 재일코리안 문학과 가능성

1) 자본과 폭력, 확인되는 보편성

　집단촌은 일본의 제도권에서 호명 받지 못한 타자들의 공간이다.
그 중 서방은 집단촌의 역사적, 신체적으로의 상징이며 "오른팔이 부당
한 대접을 받기 때문에 자신은 지금까지 이 집단촌과 함께 존재할 수
있고 삶을 살아갈 수 있다"[17]는 대목에서 이러한 사실을 확인할 수 있
다.[18] 서방과 같이 제도권에 편입되지 못한 타자들은 계속 생겨나고

---

17) 玄月, 「蔭の棲みか」, p.150.
18) 오세종은 장애를 가진 서방의 신체 자체가 '그늘'의 '집'이라 비유적으로 말하며 장애를
　가진 서방 자체가 집단촌 자체를 상징한다고 설명한다. (呉世宗, 「玄月「蔭の棲みか」に
　ついての一試論 : 桐野夏生『ポリティコン』と比較して」, 『琉球アジア文化論集 : 琉球大
　学法文学部紀要』5, 琉球大学法文学部, 2019, p.57.)

이들은 생존을 위해 집단촌에 모여든다. 집단촌은 자본의 원리로 작동
하며 자본이 법 위에 있는 치외법권 지대이다. 다음 인용문에서는 집단
촌의 구성과 작동원리를 확인할 수 있다.

> 나가야마는 그때 이미 공장 세 개와 빠찡코 가게 두 개를 가지고
> 있었고 거기에는 불법 노동자라도 **안심하고** 일할 수 있는 부서가 몇
> 군데나 있었다. 나가야마는 돈을 벌기 위해 온 타국 사람들을 적극적으
> 로 받아 집단촌에 살도록 했다. 그리고 최근 십 년은 저임금으로 인해
> 한국 사람이 줄고 대신 중국 사람의 비율이 높아졌다. 그들 역시 모국
> 의 경제가 살아나면 오지 않게 될 것이고 그렇게 되면 다른 나라에서
> 뒤이어 찾아오겠지.[19]

해방 직후 집단촌을 만든 재일코리안들은 나가야마의 공장에서 일하
기 시작한다. 1970년대 접어들어 나가야마의 공장 임금이 일본의 평균
수준으로 오르고 노동자들은 자본을 축적하게 된다. 자본을 모은 자들
은 집단촌을 떠나 일본사회로 향한다. 이들은 집단촌 출신임을 숨기고
"부모는 집단촌을 떠나면 아이들이 가까이 오지 못하게 한다."[20] 이들
의 태도에서 집단촌을 바라보는 내부의 시선을 확인할 수 있다. 재일코
리안이 떠난 자리는 새로운 디아스포라 집단이 채워간다. 이들의 모습
은 과거 재일코리안의 모습과 닮아 있다.

> 여기저기 때가 묻은 거무칙칙한 얼굴들, 꾀죄죄한 러닝셔츠에서 밖
> 으로 내민 힘줄이 툭툭 불거진 앙상한 팔, 손가락은 울퉁불퉁 마디가

---

19) 玄月, 「蔭の棲みか」, p.119. (밑줄은 원문에서 강조된 부분이라 작성자에 의해 밑줄
　　표시)
20) 玄月, 「蔭の棲みか」, p.124.

굵고 엄지손가락 끝만 유난히 거칠다. 여자들은 모두 한결같이 수건으로 얼굴을 가리고 목에 땀을 흘리며 허리춤에 손을 갖다대고 배를 쑥 내밀고 있다. 사십 년 전, 나가야마의 공장에서 일을 시작했던 집단촌 사람들이 거기에 있었다.[21]

새로 유입된 재일중국인들은 돈을 벌기 위해 나가야마의 공장에서 일한다. 그들의 남루한 작업복과 거친 노동방식은 약 40년 전 나가야마의 공장에서 일하던 재일코리안과 닮아 있다. 일본사회로 흘러간 재일코리안의 자리를 채운 재일중국인의 모습에서 과거의 풍경이 재현되고 있는 것이다. 이러한 모습에서 시기와 민족이 바뀌어도 변하지 않는 보편성을 확인할 수 있다. 새로운 디아스포라 조직은 문화로 집단촌을 새로운 공간으로 변모시키지만 자본의 원리는 결코 변하지 않는다.

집단촌에서 문제가 발생했을 때의 문제해결 방식은 폭력이다. 27년 전 집단촌에서는 숙자에 의한 횡령사건이 발생한다. 다음은 범인의 처벌 장면 중 일부이다.

> 그때 집단촌 광장에는 아이들을 제외한 대부분의 주민들이 모여 있었다. 우물 옆에 늘어놓은 고드름 위에 무릎을 꿇고 앉은 숙자의 배 위에, 다카모토와 몇 명의 젊은이들이 부모들이 시키는 대로 20kg의 고드름을 밧줄로 동여매려 하자, 숙자는 뱃속에 있는 아기까지 죽을 셈이냐고 소리쳤다. (중략) 남자들은 숙자고 쓰러지려고 할 때마다 찬 우물물을 머리 위로 뒤집어씌우고, 여자들은 죽도로 등이나 어깨를 찌르고 때렸다. 사람들은 담담히 마치 떡을 찧듯 리듬을 살리며 되풀이했다. 광기가 개입할 여지는 없었고 사람들은 해야 할 일을 묵묵히

---

21) 玄月, 「蔭の棲みか」, p.143.

해내고 있을 뿐이었다. 모두 무표정했으며 일어서는 모습이나 눈가에서 피곤함을 엿볼 수는 있었지만 자기 차례가 왔을 때 빠지는 사람은 한 사람도 없었다.[22]

숙자는 27년 전 집단촌에서 약 1,100만 엔의 곗돈을 훔쳐 달아나다 잡히고, 집단촌 사람들은 숙자를 처벌한다. 처벌은 사법기관을 통한 적법한 방식이 아닌 집단촌의 자체 규칙인 '폭력'으로 진행된다. 집단촌 사람들은 숙자의 배에 20kg의 거대한 고드름을 찔러 넣고 구성원이 돌아가며 폭력을 가한다. 이들은 피곤함은 느낄지언정 한 사람을 반불구로 만드는 폭력행위에 아무런 죄책감을 느끼지 못한다. 숙자가 집단 린치를 당한 이유는 자본을 횡령하려 했기 때문이다. 제도권의 보호를 받지 못하는 집단촌에서 스스로를 지켜주는 것은 자본이며, 자본에 손을 댄다는 것은 생명을 위협하는 것을 의미한다. 구성원들은 자신들의 생명을 위협한 숙자에게 폭력으로 형을 집행한다. 폭력은 집단촌의 문제를 해결하는 궁극적인 수단인 것이다. 이 대목에서 자본에 의한 인간성의 파괴를 확인할 수 있으며 인간의 가치에 의문을 제기한다.

집단촌의 작동 원리에서 치외법권 지역으로서의 집단촌과 자본에 의한 비인간화 현상을 확인할 수 있다. 그렇다면 이러한 현상은 재일코리안이라는 인종적 특수성에 의해 발현되는 것일까? 이에 대한 해답은 다음 인용문을 통해 확인할 수 있다.

> 사람 벽 사이로 손발이 묶여 땅바닥에 엎어져 쓰러져 있는 세 남자의, 그 부분만 바지가 찢어져 드러난 엉덩이와 허벅지가 보였다. 입을

---

22) 玄月, 「蔭の棲みか」, pp.139~140.

꾹 다문 남자들이 번갈아가며 펜치로 살점을 비틀어 뜯어내고 있다. 입을 막은 테이프에서 새어나오는 신음 소리 외에 거의 아무런 소리도 나지 않는 걸 새삼 깨닫고는 무섭지 않은 것은 역시 소리가 나지 않기 때문이라는 걸 확인했다.[23]

집단촌 바닥에 세 명의 중국인이 쓰러져 있다. 이들은 지하은행이라고 부르는 중국인들의 계모임에서 돈을 훔치다 발각된다. 중국인들은 펜치를 들고 교대로 세 남자의 허벅지를 비틀어 생살을 뜯어낸다. 바닥에는 허벅지에서 떨어져 나간 살점이 어지럽게 흩어져 있다. 자본에 인한 집단폭력이 또 다시 발생한 것이다. 27년의 시차에도 불구하고 사건의 원인은 같고 이들에게 가해지는 형벌 역시 닮아있다. 폭력과 공포는 집단촌을 유지하는 수단인 것이다. 문제가 커질 것을 염려한 나가야마는 자신이 대신 빼돌린 돈 이백만 엔을 갚아주겠다고 제안한다. 하지만 중국인들은 "이 일은 돈만으로 해결될 문제가 아니에요. 신의의 문제죠. 이국땅에서 신의를 잃는다면 어떻게 되겠어요? 아무리 사장님이라 해도 이 일만은 못 말려요."[24]라고 말하며 거절한다. 자체적 규칙을 만들고 이를 어겼을 때는 폭력으로 처벌하는 것이 집단촌의 방식인 것이다.

재일중국인들에게 숙자 사건은 공유된 적이 없다. 재일코리안 사회에서는 숙자에게 마음 한 편의 불편함을 느끼고 사건은 금기시된다. 하지만 새로운 디아스포라 집단에 의해 사건이 재현되며 "27년 전 숙자가 뿌린 씨"[25]가 피어난다. 재일코리안과 재일중국인 두 상이한 디아스포라 집단에서 자본에 의한 범죄와 집단린치가 발생한다. 이 지점에서

---

23) 玄月, 「蔭の棲みか」, p.146.
24) 玄月, 「蔭の棲みか」, p.146.
25) 玄月, 「蔭の棲みか」, pp.146~147.

범죄와 폭력이 특정 인종, 국적, 시기로 인해 발생하는 것이 아닌 인간의 보편적 특성임을 확인할 수 있다.

그렇다면 인간의 본능은 어떻게 해석할 수 있을까? 이는 머조리티와 마이너리가 역전된 상황을 상정함으로써 확인할 수 있다.

2) 머조리티(Majority)와 마이너리티(Minority)의 역전과 보편성

「그늘의 집」에서는 다양한 인종집단이 등장한다. 집단촌 내부는 재일코리안, 재일중국인 집단으로 세분화되어있다. 머조리티 일본은 막강한 힘을 가지고 있다. 서방의 아들 고이치는 일본의 베트남 전쟁 파병 반대, 재일코리안 전후 보상 등의 슬로건을 외치며 사회운동에 참여한다. 하지만 얼마 후 고이치는 집단린치를 당해 온몸이 멍든 시체로 발견된다. 본문의 "'여기'라는 곳은 그림에 그린 떡을 먹는 방식이 다르다는 이유만으로 얼마든지 반동분자로 몰아 린치를 가하는 그런 놈들의 소굴이었다"[26]는 대목에서 마이너리티가 머조리티의 세계를 반하는 목소리를 냈을 때 발생하는 상황을 보여준다.

각 집단은 서로 근접한 곳에서 머조리티와 마이너리티 관계를 형성한다. 주목할 점은 마이너리티가 머조리티가 되었을 때 나타나는 모습이다. 일본에서 일본인은 주류이자 머조리티이며 소수인 재일코리안은 마이너리티이다. 하지만 집단촌에서는 재일코리안이 머조리티이며 일본인은 마이너리티가 되는 관계의 역전이 발생한다. 집단촌에서의 린치사건은 마이너리티가 머조리티가 되었을 때 즉, 타자가 주류가 되었을 때의 현상을 보여준다. 이 과정에서 기존 구도가 해체되며 절대

---

26) 玄月, 「蔭の棲みか」, p.116.

적 머조리티도 마이너리티도 존재할 수 없음을 보여주며 기존의 권력
관계가 전복된다. 이러한 현상은 일본인 사에키를 통해 증명된다.

사에키는 자원봉사를 위해 매주 집단촌을 방문한다. 사에키는 집단촌
에서는 보기 드문 일본인이며 집단촌 사람들과 함께 야구경기를 관전하
는 등 격 없는 관계를 형성한다. 평소와 다름없이 집단촌을 방문한
어느 날 집단촌에서는 재일중국인의 집단린치가 발생한다. 이에 크게
분노해있는 나가야마는 사에키를 발견하고 그 순간 사에키를 끌고 간다.

> 고개를 들어보니 나가야마에게 팔을 붙잡혀 질질 끌려가고 있는 사
> 에키 씨가 얼어붙은 표정 속에 유일하게 살아 있는 입을 크게 벌리고
> 무언가 외쳐대고 있었다. (중략) 사에키 씨는 표정도 얼굴도 알아볼
> 수 없을 만큼 멀어졌을 때 오른쪽 왼쪽 어디로 갔는지 갑자기 모습을
> 감추었다.[27]

나가야마는 집단촌에서 발생한 린치사건에 큰 분노를 느낀다. 자신
의 것이나 다름없는 집단촌에서 통제할 수 없는 일이 발생한 것은 물론
자신의 입김이 닿지 않는 사실에 나가야마는 크게 흥분한다. 그 순간
나가야마의 눈에는 일본인 사에키가 보였고 사에키를 그 자리에서 끌
고 가 성폭력을 가한다. 주목할 부분은 일본인 사에키가 재일코리안
나가야마에 의해 집단촌에서 성폭력을 당한 것이다. 주류사회 일본에
서 온 사에키 역시 재일코리안이 다수인 집단촌에서는 소수에 불과하
며 외부에서 통용되던 권력관계는 성립되지 않는다. 이 대목에서 머조
리티와 마이너리티 관계의 역전을 확인할 수 있다.

---

27) 玄月, 「蔭の棲みか」, p.145.

사건 이후 주류사회는 집단촌을 용인하지 않는다. 사에키가 돌아간
뒤 누군가의 신고로 경찰이 집단촌에 들이닥친다.

> "영감, 영감이 여기 일본에 사는 건 역사적으로도 이해할 수 있어.
> 하지만 내가 보는 앞에서 백 명이나 되는 불법 체류자들이 자기들끼리
> 커뮤니티를 만드는 건 절대 용서할 수 없다고. 이 지역은 신주쿠도
> 미나미도 아닌 그저 재일조선인들이 조금 많이 사는 정도의 보통 동네
> 란 말이야. 이제 외국인들은 필요가 없어. 이건 이 지역에 사는 사람
> 모두가 바라는 일이야. 알겠어? 오늘이라도 여길 부숴버리겠어.[28]

경찰은 공권력을 동원해 집단촌을 해체하려 한다. 신고자가 누구인
지 알 수는 없었지만 아마도 중국인 린치사건을 목격하고 나가야마에
게 성폭력을 당한 사에키였을지도 모른다.[29] 머조리티 사회에서는 자
신들의 기득권이 위협받는 것을 원하지 않는다. 집단촌에서 '백 명이나
되는 불법 체류자들이 자기들끼리 커뮤니티를 만드는 것은 절대 용서
할 수 없는'일이며 이들의 해체는 '이 지역에 사는 사람 모두가 바라는
일'이다. 이 대목에서 집단촌을 향한 일본의 부정적 시선과 집단촌이
해체되기를 바라는 욕망을 확인할 수 있다. 경찰이 온 것을 안 불법체
류자들은 도망치기 시작한다. 집단촌에서의 머조리티들은 일본의 공
권력 등장 이후 마이너리티로 전락한다. 집단촌은 경찰에 의해 해체되
기 시작하고 서방은 이를 막기 위해 경찰의 허벅지를 물어뜯는다. 법적
으로 보호받지 못하는 마이너리티들은 머조리티의 공권력에 의해 해체

---

28) 玄月,「蔭の棲みか」, p.157.
29) 실제로 일본의 동시대평에서는 신고자가 누구일지에 관한 논의를 이어가기도 했다.
　　(高井有一, 川村湊, 木崎さと子,「創作合評(288)「海の底から、地の底から」金石範、
　　「蔭の棲みか」玄月」,『群像』1999.12, 講談社, 1999, pp.363~378.)

된다. 집단촌의 해체를 위해 진입한 공권력은 표면적으로는 일본을 의미하지만 이는 보다 넓은 차원으로 확장된다. 마이너리티를 제어하고 억누르고자 하는 머조리티의 욕망은 소수에게 폭력을 가했던 집단촌의 모습에서도 확인할 수 있다. 이러한 현상은 일본만의 특성이 아닌 머조리티와 마이너리티의 역학관계로 인해 발생하는 보편적 현상이 되는 것이다.

그렇다면 이와 같은 구도의 재일코리안 문학을 통해 무엇을 확인할 수 있는 것일까? 「그늘의 집」에서는 머조리티와 마이너리티의 역전, 절대적 선과 악을 해체함으로써 그 안에 본질적으로 존재하는 것들을 보여준다. 역학구도를 역전시킴으로써 기존의 통념을 전복하고 그 속의 본질을 보여주는 것이다. 동시대평 역시 이러한 현상에 주목한다.

> 지금의 일본인 사회와는 조금 별개의 재일 혹은 뉴커머로서의 조선계의 중국인이라는 사람들의 혼돈한 에너지를 현재의 문제로서 잘 받아들이고 제대로 표현하고 있는 것은 아닌가 생각합니다.[30]

가와무라 미나토(川村湊)는 「그늘의 집」에서 구현된 세계를 언급하며 일본사회와 떨어진 장소에서 재일중국인들이 보여주는 모습에 주목한다. 나아가 재일코리안, 재일중국인 등 일본사회와 떨어져 있는 뉴커머의 세계 즉, 마이너리티의 세계를 구현함으로써 일본의 현재를 말한다고 평가한다. 이 대목에서 재일코리안 문학의 역할을 확인할 수 있다. 디아스포라로서의 재일코리안 문학은 기존 관념을 해체하고 재구

---

30) 川村湊, 「創作合評(288)「海の底から、地の底から」金石範、「蔭の棲みか」玄月」, 『群像』 1999.12, 講談社, 1999, p.374.

축하여 메시지를 전달한다. 재일코리안 문학이 "일본/일본인/일본사회의 국가/자기중심적 논리에 비판적 시각을 제공하는 안티테제 (Antithese)로 기능"[31]하고 "월경적 시좌와 초시대성"에 탈중심적이면서도 다중심적인 세계관[32]을 보여준다는 김환기의 발언에서도 재일코리안 문학의 역할을 확인할 수 있다.

「그늘의 집」은 디아스포라 세계인 집단촌을 구현하여 머조리티와 마이너리티의 역전을 보여준다. 이를 통해 기존에 구축된 통념과 세계를 해체하고 그 속에 남는 인간 본질과 보편성을 사회에 환기한다. 이와 같은 재일코리안 문학의 역할을 확인함으로써 디아스포라 시대 속 재일코리안 문학의 가치와 가능성을 확인할 수 있다.

5. 마치며

「그늘의 집」은 일본 오사카에 위치한 가상의 공간 집단촌과 서방을 통해 디아스포라의 생성과 쇠퇴, 폭력 등 다양한 층위의 문제를 보여준다. 해방 이후 재일코리안들은 집단촌을 형성하고 탈영토화/재영토화 과정으로 고국의 문화를 이식한다. 이후 집단촌에 유입된 재일중국인 역시 고국의 문화를 가져오며 집단촌에는 다양한 문화가 공존하고 충돌한다. 집단촌의 모습을 통해 집단의 형성과 문화의 탈영토화/재영토화 같은 디아스포라 요소를 확인할 수 있다.

---

31) 김환기, 「김석범·[화산도]·〈제주4.3〉-[화산도]의 역사적/문학사적 의미-」, 『日本學』 41, 동국대학교 일본학연구소, 2015, p.13.
32) 김환기, 「재일 디아스포라 문학의 경계의식과 '트랜스네이션'」, 『횡단인문학』 창간호, 숙명여자대학교 인문학연구소, 2018, pp.83~84.

새로운 디아스포라 집단의 형성 이후 집단촌의 권력구도는 재편된다. 재일중국인은 다수가 되고 재일코리안은 소수가 된다. 절대적 머조리티 일본인 역시 집단촌에서는 마이너리티로 전락하며 관계가 역전된다. 과거 자본으로 인해 발생했던 재일코리안의 집단폭력은 27년 후 재일중국인을 통해 재현된다. 시간의 경과와 주체의 변화에도 불구하고 집단촌에서의 폭력은 되풀이된다. 집단촌에서는 기존에 통용되던 힘의 역학관계가 성립되지 않으며 머조리티와 마이너리티가 사라진다. 이러한 집단촌의 모습을 통해 기존도식의 붕괴와 국가, 국민, 인종, 시기와 같은 기호의 해체를 확인할 수 있다.

현월로 대표되는 재일코리안 문학은 기존 관념을 해체하고 재구축함으로써 인간의 본질과 보편성을 보여준다. 나아가 다중심적이고 탈경계적 세계를 구현하여 디아스포라 시대 속 재일코리안 문학의 가치와 가능성을 증명한다.

이 글은 우리어문학회의 『우리어문연구』 제71집에 실린 논문 「재편되는 디아스포라 세계와 재일코리안 문학」을 수정·보완한 것임.

참고문헌

구재진, 「국가의 외부와 호모 사케르로서의 디아스포라 - 현월의 〈그늘의 집〉 연구 -」, 『비평문학』 32, 한국비평문학회, 2009.

김환기, 「김석범·[화산도]·〈제주4.3〉- [화산도]의 역사적/문학사적 의미 -」, 『日本學』 41, 동국대학교 일본학연구소, 2015.

_____, 「재일 디아스포라 문학의 경계의식과 '트랜스네이션'」, 『횡단인문학』 창간호, 숙명여자대학교 인문학연구소, 2018.

김환기, 「현월(玄月) 문학의 실존적 글쓰기」, 『일본학보』 61, 한국일본학회, 2004.

박정이, 「현월『그늘의 집(蔭の棲みか)』의 '그늘'의 실체」, 『일어일문학』 46, 대한일어
　　일문학회, 2010.

신기영, 「디아스포라론과 동아시아 속의 재일코리안」, 『일본비평』 14, 서울대학교 일
　　본연구소, 2016.

유영민, 「경계를 넘나드는 디아스포라 정체성과 음악 - 자이니치 코리안의 음악을 중심
　　으로」, 『음악학』 19, 한국음악학학회, 2011.

장안순, 「현월(玄月)의『그늘의 집(蔭の棲みか)』 - 집단촌(集村)의 소수자 - 」, 『日本學
　　研究』 32, 단국대학교 일본연구소, 2011.

현월, 『그늘의 집』, 문학동네, 2000.

황봉모, 「현월(玄月) 「그늘의 집(陰の棲みか)」 - '서방'이라는 인물 - 」, 『일본연구』 23,
　　한국외국어대학교 일본연구소, 2004.

＿＿＿, 「현월(玄月) 「그늘의 집(陰の棲みか)」 - 욕망과 폭력 - 」, 『일어일문학연구』 54,
　　한국일어일문학회, 2005.

ソニア·リャン, 山岡由美 訳, 「行き止まりのゲット一玄月の芥川賞受賞作『陰の棲み
　　か』にみる在日朝鮮人のアイデンティティ」, 『現代の理論』 2005.1., 『現代の理
　　論』編集委員会, 2005.

高井有一, 川村湊, 木崎さと子, 「創作合評(288)「海の底から、地の底から」金石範, 「蔭
　　の棲みか」玄月」, 『群像』 1999.12., 講談社, 1999.

呉世宗, 「玄月「蔭の棲みか」についての一試論：桐野夏生『ポリティコン』と比較して」,
　　『琉球アジア文化論集：琉球大学法文学部紀要』 5, 琉球大学法文学部, 2019.

玄月, 「蔭の棲みか」, 『文学界』 1999.11, 文藝春秋, 1999.

Khachig Tölölyan, "The Contemporary Discourse of Diaspora Studies", *Comparative
　　Studies of South Asia, Africa and the Middle East 27(3)*, 2007.

William Safran, "Diasporas in modern societies: myths of homeland and return",
　　Diaspora 1(1), 1991.

https://www.mindan.org/kr/syakai.php

부조리한 세계를 향한 외침

유미리의 『도쿄 우에노 스테이션』

이승진

1. 시작하며

2020년 11월 19일 일본문학계에 낭보가 날아든다. 전미도서협회가 주관하는 전미도서상(National Book Awards) 번역문학부문에 재일조선인작가[1] 유미리(柳美里, 1968~)의 『도쿄 우에노 스테이션(JR上野駅公園口: TOKYO UENO STATION)』[2]이 수상했다는 소식이었다. 미국을 대표하는 최고 권위의 문학상은 "원작에 대해 충분한 맛을 가미함으로써 세련된 번역"을 해낸 역자 모건 가일즈(Margan Giles)의 역량과, "수도의 입구이자 변동하는 시대의 복합적인 현관인 우에노 역이라는 공간

---

1) 이글에서는 정치적 맥락이나 의미를 배제하고, 한반도 출신자와 그 후손이라는 의미에서 '재일조선인작가'로 유미리를 지칭한다. 다만 여기에서 사용하는 '재일조선인'이라는 명칭은 재일작가 그리고 문학으로서 유미리와 그녀의 작품을 규정하기 위함이 아님을 밝혀 둔다. 이하 표기의 편의상 '재일조선인작가', '재일조선인문학', '재일조선인세대'를 각각 '재일작가', '재일문학', '재일세대'로 약칭하며, 인용부호는 생략한다.

2) 유미리의 『JR上野駅公園口』는 2015년에 『우에노 역 공원 출구』(김미형 역, 기파랑)라는 제목으로 한국에서 번역 출판된 바 있다. 이글에서 인용할 『도쿄 우에노 스테이션』(김방화 역, 소미미디어)는 전미도서상 수상을 계기로 2021년 9월 한국에서 새롭게 번역 출판된 책으로, 영문번역본의 번역자인 모건 가일즈가 붙인 제목을 그대로 따르고 있다.

에서, 죽음과 재생 사이의 상태에 놓인 화자'[3]의 시선을 좇은 원작 작가
의 섬세한 시선을 아울러 평가하며 수상의 이유로 밝히고 있다. 2018년
다와다 요코(多和田葉子, 1960~)가 역자인 마가렛 미쓰타니(Margaret
Mitsutani)와 함께 『헌등사(献灯使:The Emissary)』라는 작품으로 36년
만에 이 상을 거머쥔 지 불과 2년이 지나 찾아온 이 쾌거에, 일본의
미디어와 문단은 '전 세계를 감동시킨 한 남자의 이야기'라는 표현으로
극찬을 아끼지 않는다. 그리고 발행된 지 6년이 넘은 이 작품은, 서구권
에서의 인증을 계기로 발표 당시보다 훨씬 높은 대중들의 관심을 끌면
서 순식간에 일본의 문학 부문 출판 판매 조사에서 베스트셀러에 오르
고, 그 인기는 2021년 상반기 문고본 판매량에서 종합 1위를 차지할
만큼 긴 시간 유지된 바 있다[4].

이 작품의 수상 소식이 전해진 2020년 말의 일본사회는 정부의 연이
은 코로나 대응 실패로 대중의 피로감이 누적된 상태였다. 일본 정부를
향한 시민사회의 불신과 무기력함은 이듬해로 연기된 도쿄 올림픽 개
최 강행 기조와 맞물리면서 최고조에 달한다. 집단의 '권익'을 우선시
하는 사회 분위기는, 1964년 도쿄 올림픽이라는 국가 이벤트 개최 준비
에 근면하게 임하지만, 정작 그 영광에서는 소외되어 버린 『도쿄 우에
노 스테이션』 속 주인공의 일생과, 일본사회의 수많은 개인의 삶을
중첩시키는 요인으로 작용하면서 유의미한 파장을 불러일으킨다.
2011년 3월 11일 발생한 동일본대지진과 원전 사고 이후에도 계속되고
있는 시민들의 심리적 여진, 그리고 이를 집단의 '권익'이라는 명분으

---

3) 전미도서상 사이트 참조. (https://www.nationalbook.org/books/tokyo-ueno-
station/)
4) 『文化通信』 기사 자료 참조. (https://www.bunkanews.jp/article/234151/)

로 진정시켜온 일본의 뿌리 깊은 권력 구조에 대한 의문이, 전미도서상 수상이라는 화제성과 맞물리면서 작품 소비로 분출된 것이다. 유미리 는『도쿄 우에노 스테이션』을 발표한 2014년에, "수많은 사람들이 희망이 담긴 눈으로 6년 뒤에 열릴 도쿄 올림픽을 바라보고 있기에, 더욱이 저는 그런 시선 뒤로 아웃포커싱되는 것들을 보게 됩니다. '감동'과 '열광' 너머에 있는 것들을"[5]이라고 후기에서 밝힌 바 있다. 올림픽이라는 거대 이벤트의 영광 뒤편에서 탈락하고 배제되는 존재들의 비애에 공명하는 그녀의 태도는, 집단의 '권익'이라는 표현에 담긴 일본의 뒤틀린 현실을 필연적으로 가리킬 수밖에 없다는 점에서, 유미리 작품의 본격적인 변화를 의미했다.

이처럼 첨예한 문제의식을 담고 있는『도쿄 우에노 스테이션』에 대한 선행 연구는 한일 양국에서 매우 미흡하다. 재일문학을 바라보는 국가 내지는 국문학적 언설에 깔린 허위성에 착목한 야마사키 마사즈미(山崎正純)의 연구[6]와 작품 속 메시지를 사회성과 정치성의 양 측면에서 해석한 후지오카 히로미(藤岡寛己)의 연구[7]를 제외하면, 작품을 둘러싼 대다수의 평론은 내용 소개 중심의 서평 수준에 머물러 있는 것이 현실이다. 이글은 2000년대 이후 유미리 작품의 세계 인식 변화라는 관점에서『도쿄 우에노 스테이션』을 주목한다. 작가의 작품 군을 자의식에서 현실 세계로 이동하는 시선 축을 따라 부감하고, 개인의 실존과 일본사회의 음영을 아울러 조망한 작품의 내실을 구체적으로 살핌으로

5) 유미리, 강방화 옮김, 「작가의 말」,『도쿄 우에노 스테이션』, 소미미디어, 2021, p.189.
6) 山崎正純, 「天皇·ホームレス·浄土真宗 : 柳美里『上野駅公園口』試論」,『昭和文学研究』78, 昭和文学会, 2019.
7) 藤岡寛己, 「『JR上野駅公園口』を読む-震災後-社会派小説か政治小説か(上·下)」,『進歩と改革』833·835, 進歩と改革研究会, 2021.

써, 작품 해석에 깊이를 더하는 데 이글의 목적이 있다.

2. '자의식'의 공간에서 '세계'를 향한 시선으로

1968년에 일본에서 태어나 자란 유미리는 희곡 「물고기의 축제(魚の
祭)」(1993)로 창작의 길에 들어선 후, 소설 데뷔작 『돌에 헤엄치는 물고
기(石に泳ぐ魚)』(1994)와 수필 『가족의 표본(家族の標本)』(1995) 등의 작품
을 거쳐, 1997년 『가족시네마(家族シネマ)』로 제116회 아쿠타가와상을
수상한다. 문단과 대중사회의 관심을 아울러 획득하기 시작한 기점이
었다. 작가는 전미도서상 수상 이후 한 신문의 인터뷰에서 "데뷔 이래
'무엇을 위해 쓰는가'라는 질문을 받을 때마다 '머무를 장소를 잃어버린
사람들을 위해서'라고 대답해 왔다"[8]라고 언급한다. 작가의 초기 작품
들이 묘사한 주된 대상이 '가족'이고, 이 '가족'이 주인공을 보호하지
않고 오히려 그 실존을 끊임없이 위협하는 형태로 그려진다는 점에서,
유미리에게 '집'은 불안과 소외, 세계와의 소통 불능을 부조시키는 존
재이다.

그녀의 작가적 출발과 성숙 과정에서 집필된 작품들을 살펴보면 『돌
에서 헤엄치는 물고기』(1994), 『풀하우스』(1996), 『가족 시네마』
(1997), 『골드러쉬(ゴールドラッシュ)』(1998), 『여학생의 친구(女学生
の友)』(1999) 등 대다수가 '집(가족)'을 중심소재로 다루고 있고, 이
장소의 지근거리에서 작품의 이야기 대부분이 전개되고 있음을 알 수

---

8) 柳美里, 「震災10年あしたを語る」, 『河北新報』(河北新報, 2021.01.13.) https://kaho
ku.news/articles/20210113khn000033.html

있다. 특히 데뷔작인 『돌에서 헤엄치는 물고기』에서 제시된 부모의 불화와 역할 부재, 나아가 흩어진 가족 구성원의 갈등과 대립에서 발생하는 '소외'와 '고뇌'와 같은 문제들이 위의 작품들을 관통하는 기본적인 주제라고 할 수 있다.[9]

주지하다시피 전후[10] 재일문학사에서 유미리는 신세대 작가로 분류된다[11]. 이는 1990년대 이전까지 주인공의 심리를 민족, 국적, 이념과 같은 문제와 밀착해 그려온 재일문학의 범형에서 작가의 작품이 벗어난 점이 주요한 이유인데, 작가의 이 같은 새로움은 가족 공동체를 향해 품을 수밖에 없는 불신, 그리고 실재하는 절망을 향해 일직선으로 나아가는 태도로 나타난다. 예컨대 재일 2·3세대를 대표하는 이회성(李恢成, 1935~)과 이양지(李良枝, 1955~1992) 작품이 '가족'과의 이화(異化)와 그로부터 기인한 주인공의 청년기적 위기 상황을, 국적 또는 민족과 같은 외부 세계의 원리를 끌어와 응시했다면, 같은 프로세스를 거치면서도 자신을 둘러싼 불투명한 감촉에 집요하게 매달린 2세대 작가 김학영(金鶴泳, 1938~1985)에 유미리는 닮아있다. 다만 김학영이

---

9) 이승진, 「재일문학에 나타난 '집'이라는 장소」, 『재일조선인 자기서서의 문화지리 2』, 역락, 2018, pp.313~314.

10) 이글에서는 일본사회의 '전후' 인식에 대한 태도를 비판적으로 인식하면서 이 용어를 사용한다.

11) 재일문학사 기술에서 문학적인 세대 구분에 대한 논쟁은 현재 진행형이다. 일본에서는 이소가이 지로(磯貝治郎)와 구로코 가즈오(黒古一夫) 등의 연구자가, 한국에서는 이한창과 유숙자 등의 연구자가 재일문학사를 선구적으로 구성한 바 있다. 이들 연구는 주로 김석범, 김달수, 김시종을 1세대로, 김학영과 이회성, 고사명을 포함하여 1980년대 무렵까지 출현한 작가들을 다음 세대로, 그리고 1990년대 이후에 등장한 작가들을 새로운 세대로 구분한다는 점에서 유사한 입장을 취하고 있다. 이글은 기존 연구가 기술해온 문학사 구성 및 세대 구분 방식에 일정 부분 보완의 필요성이 있음을 인정하나, 글의 주요 논의 대상에서는 벗어난다는 판단에서 선행연구의 문학 세대 구분의 기준을 수용해 기술을 이어갈 것임을 밝혀 둔다.

등장인물의 심리적 갈등을 민족(뿌리)이라는 관념과 밀착해 이해하는 과정을 결국 배제하지 못한 반면, 유미리는 자신들 세대에서 이미 '해명 불가능'한 성격으로 변해버린 이 요소를 적극적으로 소거함으로써, 주인공 화자의 실존적 위기라는 문제에만 깊이 파고드는 데 성공한다. 그 결과 기존 재일문학의 문법에 치우치지 않은 내실을 만들어내면서, 작품이 발신하는 가족의 해체와 파편화된 개인, 그리고 여기에서 기인하는 소외와 불안이라는 주제에 일본 대중들이 별다른 편견 없이 다가설 수 있는 공간을 직조한다.

> 1960년대 이후 가속화되기 시작한 일본의 고도경제성장은 합리화·효율화를 중심적 가치 기준으로 하면서 경제 이익을 첫째로 하는 경제대국을 출현시킨다. 고도경제성장의 흐름이 맞춰 국민의식도 크게 변화하여 '중류의식'을 기반으로 한 새로운 대중사회가 출현한다. … (중략)… 민주주의와 자본주의적 가치 체계의 접합은 개인적 욕망의 발견과 충족의 과정을 부추겼으며, '가족'이나 '공동체'적 가치의 추구보다는 개인의 자아실현에 더욱 큰 비중을 두게 만들고, 이로 말미암은 개인의 소외와 차별적 억압의 양상을 주조하기도 하였다.[12]

잘 알려진 바와 같이 1964년 도쿄올림픽을 거치면서 가속화된 일본의 고도경제성장은 '중류의식'을 기반으로 한 새로운 대중사회의 출현을 가져왔다. 1973년 시작된 오일쇼크의 충격을 딛고 지속적인 성장가도를 달려온 일본 경제는, 그러나 1990년대를 전후해 버블경제가 붕괴하는 사태를 맞아 급격한 침체 국면에 들어선다. 잃어버린 30년의 시작이었다. 소비지향의 가치관을 증식하며 '가족' 내지는 '공동체'적

---

12) 윤송아, 『재일조선인 문학의 주체 서사 연구』, 인문사, 2012, pp.404~405.

원리와 거리를 두며 파편화되어온 일본의 젊은 세대들에게 사회 전반의 방향성 상실이라는 문제는 감당하기 어려운 짐이었다. 이 같은 상황은 중·장년층 세대 또한 다르지 않았다. 전후 일본사회의 복구와 경제 대국 건설을 위해 쉼 없이 달려온 이들 세대에게 90년대는 '평생직장'이라는 신화가 깨지고, "정규직 남편과 비정규직 아내라는 표준적인 가족 모델이 해체"[13]되기 시작한 전환기였다. 한편에서는 경제적 격차 확대에 따른 계층 분화가 각종 사회문제를 유발하고, 다른 한편에서는 전통적인 가족 질서가 붕괴되는 상황에서, "너의 실패는 다른 누구의 책임도 아닌 너로 인한 것이다. 사회와 공동체는 더 이상 울타리가 되지 못하고 오로지 나 혼자 스스로 생을 짊어지고 살아가야 한다"[14]는 냉혹한 현실이 사회 구성원 대다수를 엄습하기 시작한다. 세대를 가리지 않고 찾아온 이 무거운 변화 앞에서 극단적인 불안 의식이 사회 전반에 공유, 확산된다. 급격하게 요동치는 현실을 외면하려는 심리가 한쪽에서는 '끝나지 않는 일상(終りなき日常)'과 같은 무기력함으로 가시화되고, 젊은 세대를 중심으로 '자의식'이란 단어가 중요한 키워드로 떠오른 것도 1990년대였다.

> 1990년대를 전후하여 '원조교제'와 '리스트 컷(wrist cut)' 현상의 대유행에서 확인할 수 있듯이, 때마침 동일한 문제를 떠안고 있었던 일본 대중들은 철저하게 '자의식'의 위기에 초점을 맞춘 재일조선인이자 여성인, 다시 말해 일본사회 비주류의 최극단에 서 있는 작가가 발신하는 목소리에 공명했다고 할 수 있다.[15]

---

13) 中西新太郎, 「特集にあたって」, 『前夜』4, 影書房, 2005, p.28.
14) 김태경, 「분노사회 일본-2000년대 이후 일본사회·문화 분석-」, 『일본학연구』54, 단국대학교 일본연구소, 2018, p.155.

과연 1990년대 일본사회가 직면한 위기는 국가 공동체의 결함과 개개인의 취약함을 아울러 겨냥하며 찾아온 것이었다. 전자가 "55년 체제 이후 처음으로 야당에게 정권을 빼앗긴[16]" 정치 지형 차원의 변화로 표면화되었다면, 후자는 각종 '일탈'의 대유행과 같은 사회적 병리 현상으로 나타난다. 일본 대중들이 여성이자 재일조선인이라는 '비주류의 최극단'에 서 있는 작가를 발견할 수 있었던 요인은, 그녀가 집요하게 파고든 '가족 공동체'의 허위와 그로 인해 떠안게 된 불안이라는 주제가 바로 자신들이 당면하고 있는 문제이기도 했기 때문이다. 윤송아는 『돌에서 헤엄치는 물고기』, 『풀하우스』, 『가족 시네마』와 같은 유미리의 초기 작품들을 "작가의 자전적 경험에 기반한 '가족'의 허위성과 각 구성원들의 무의식적 욕망의 지점들을 천착"[17]한 것으로 분석한다. 하나 같이 일그러진 모습으로 묘사되는 가족 구성원의 모습이 동시기 '공동체 붕괴'에 직면해 있던 일본사회의 수많은 자화상과 맞닿아 있을 가능성을 뒷받침한 해석인데, 실제로 일본의 독자들은 재일문학으로서는 유례를 찾아보기 힘든 열광적인 작품 소비로 작가의 메시지에 반응한다.

그런데 "가족에 정신적 상처가 있는 사람은 근원적 불안을 갖는다. 개인은 가족의 영향을, 가족은 사회와 국가의 영향을 받는다. 결국 가족의 붕괴를 그리면 국가의 붕괴를 잘 설명할 수 있다"[18]라고 밝힌 『가

15) 이승진, 「혐한 현상 앞에 선 재일문학」, 『일본학』 51, 동국대학교일본학연구소, 2020, p.158.

16) 강기철, 「일본 혐한 현상에 대한 비판적 분석」, 『일본문화학보』 85, 한국일본문화학회, 2020, p.23.

17) 윤송아, 『재일조선인 문학의 주체 서사 연구』, 인문사, 2012, p.416.

18) 이동관, 「인터뷰-日 아쿠타가와문학상 수상 동포 유미리씨」, 『동아일보』, 1997.1.21.

족 시네마』의 아쿠타가와상 수상 기념 인터뷰에서 예감할 수 있듯이, 유미리의 시선은 결코 '자의식'이라는 미시적인 공간에 머물지 않는다. 그녀의 작품 중에서도 가장 사소설 성격이 짙은 『생명』 4부작[19]은 그 징후를 잘 드러내는 작품들로, 작가는 가족 구성원 간의 억압과 상처, 극복과 화해의 기억이 교착하는 모습을 그리면서도 작중 주인공의 심리 지형을 점차 외부 세계로 확장해간다.

> 『가족 시네마』 이후 『타일(タイル)』(1997), 『골드러쉬』, 『여학생의 친구』를 발표한 유미리는 현대 일본사회가 안고 있는 여러 문제들 이를 테면 스토커, 청소년 범죄나 폭력, 여학생 원조교제 등의 소재로도 관심의 폭을 넓혔다. 극히 개인적인 지점에서 출발하면서도 현대 사회와 현대인인 직면한 다양한 문제로 확장시켜 나가는 시도는 재일 한인문학의 새로운 지형뿐만이 아니라 현재적 위상을 묻는 계기를 마련하고 있다.[20]

고도경제성장 사회가 저물면서 일본에 찾아온 국가 내지는 사회적 결함은 '신자유주의'의 세계적 유행이라는 대의 속에서 희석된다. 일본은 이 시기부터 급격하게 정치 지형의 우경화가 진행되고, 그 과정에서 계급과 노동 문제 같은 사회적 치부에 천착해온 시민사회의 목소리는

---

19) 『생명(命)』(2000)은 2000년 1월 태어난 장남의 실제 출산 경위를 소재로 한 작품으로, 작가의 실제 생활을 그린 사소설 경향의 작품이라는 사실이 발표 때부터 화제를 끌며 베스트셀러 소설이 된다. 이후 유미리는 임신과 동시에 아이 아버지의 암 선고를 알게 된 주인공과 가족의 삶을 소재로, 『혼(魂)』(2001), 『삶(生)』(2001), 『목소리(声)』(2002)를 연이어 발표하는데, 일본에서는 이들 연작을 가리켜 『생명』 4부작이라 부르기도 한다.

20) 김환기 외, 『해외 한인문학 창작현황 자료집 2』, 한국문학번역원·소명출판, 2020, p.110.

지속적으로 약화된다. 정치, 문화, 사회 전반에 걸친 승자 독식 프레임은, 공동체가 직면한 위기의 원인을 '실패한' 개인의 책임으로 전가하는 문화를 조성한다. 정치권과 제도권은 자신들에게 향할 마땅한 비판을 막기 위해 국민국가 재편성의 흐름을 가속화시키고[21], 사회적 약자에 대한 멸시의 시선이 '혐한'과 같은 인종차별주의를 부르는 것 또한 당연한 현상이었다. 실제로 1990년대 일본인납치사건의 의제화와 대포동미사일 발사를 계기로 일본사회에서 가속화된 '북한때리기(北朝鮮バッシング)'는, 2002년 한일월드컵을 거치면서 '혐한'의 대유행으로 퍼져간다. 일본사회 전반에 걸친 열화(劣化)의 진행이었다.

더욱이 1995년 옴진리교의 지하철 사린가스 테러와 2001년 미국에서 일어난 9.11 참사는 일본 문화 전반에 충격을 주며 '자의식'의 시대 소멸을 재촉하고 있었다. 이는 대중에게 호소 가능한 이야기를 발신하기 위해 유미리 또한 변화를 서둘러야 했음을 말해준다. 가령 2002년 아사히(朝日)신문과 한국의 동아일보에 동시에 연재하기 시작한 『8월의 저편(8月の果て)』(2004년 출판)은 그녀의 이력에서 볼 때 이례적인 작품으로, 일제 강점기부터 한국전쟁 이후까지 4대에 걸친 가족사를 그린 "지극히 개인적인 기억이라도 사회적 지평으로 바라보면 집합기억"[22]이라는 메시지를 담은 이야기였다. 이는 유미리가 재일조선인의

21) 高橋哲哉는 2004년의 대담(「對談 哲学は抵抗たりうるか?」, 『前夜』 1, 影書房, 2004, p.33.)에서, "계층 분화가 진행되면 될수록 '패자'의 반란을 예방하기 위한 국민 통합 강화의 필요성이 높아진다. 일본 보수층에게 국민 통합에 이용할 수 있는 내셔널 심볼은, 구제국의 기억을 상기시킬 수 있는 히노마루(日の丸)와 기미가요(君が代), 그리고 천황제인데, 이것들이 새롭게 리사이클 되어, '승자'와 '패자' 사이의 분열과 계층화의 모순을 감출 도구로 기능하기 시작하고 있다"라고 언급한다.

22) 변화영, 「記憶의 徐事敎育的 含意 - 유미리의 『8월의 저편』을 중심으로 -」, 『한일민족문제연구』 11, 한일민족문제학회, 2006, p.6.

집단적인 '한'과 그 배후에 작동하는 역사적인 부조리함을 정면에서 직시하기 시작했음을 의미하는데, 이 무렵부터 작가의 문제의식은 명확하게 개인의 내면에서 현실 세계의 부조리함으로 옮겨가게 된다. 주의할 점은 유미리의 이 같은 시선이 결코 국가 내지는 민족과 같은 관념에 유착한 '뿌리 찾기'를 통한 정체성 확립과 같은 재일문학의 범형으로 나아가지 않는다는 사실이다. 이를 잘 드러내는 것이 2003년 단편으로 출발한 야마노테선(山手線)연작으로, 세계를 향한 그녀만의 독자적인 시선이 곧장 향한 곳은 인생의 벼랑 끝에 선 일본사회의 다양한 인간 군상이었기 때문이다.

3. '머무를 장소'를 잃어버린 이들의 이야기

2021년 2월 8일 『JR시나가와역 다카나와출구(JR品川駅高輪口)』가 새롭게 발매된다. 문고본으로 나온 이 책은 2012년에 발행된 『자살의 나라(自殺の国)』에 수록된 작품 중 하나를, 2016년 『마치아와세(まちあわせ)』라는 제목으로 출판한 후, 2021년에 다시 『JR시나가와역 다카나와출구(JR品川駅高輪口)』라는 원제로 되돌려 세상에 내놓은 것이었다. 그 다음 달인 3월에는 2012년에 출판된 『굿바이 마마(グッドバイ・ママ)』의 제목 변경판인 『JR다카타노바바역 도야마출구(JR高田馬場駅戸山口)』가 출판된다. 이 책 또한 2007년 단행본으로 발행된 『야마노테선 순환내선(山手線内回り)』 안에 수록된 3편의 중단편 중에 『JR다카타노바바역 도야마출구』를 가필[23]하여 2012년 세상에 선보인 『굿바이 마

---

23) 2007년 단행본으로 발행된 『야마노테선 순환내선』 안에는, 『야마노테선 순환내선』이

마』를, 원제목인『JR다카타노바바역 도야마출구』로 복원해 재출간한
것이었다. 유미리는『JR시나가와역 다카나와출구』개정판에 담긴 작
가 후기에서, 일찍이 "하나하나의 작품이 독립된 작품으로 읽히는 편이
나을 것 같다는 편집자의 의견을 받아 원래 생각했던 제목을 단념"한
바 있으나, 전미도서상을 수상한 이때야말로 "'야마노테선' 연작으로
이 책들이 독자에게 다가설 호기라고 생각해 출판사와 협의를 거쳐
재출판을 결정했다"라고 원래의 타이틀로 되돌려 출간한 경위를 밝히
고 있다.『도쿄 우에노 스테이션』의 전미도서상 번역부문 수상이 시리
즈 원작을 '있는 그대로' 소비하는 형태의 재출판 붐으로 환원될 만큼
작지 않았음을 방증하는 대목이다.

　여기에서 '야마노테선' 시리즈를 정리하면, 2003년『야마노테선 순
환내선』이라는 단편 소설을 시작으로, 2006년의『JR다카타노바바역
도야마출구』, 2007년의『JR고탄다역 히가시출구』, 그리고 2012년의
『JR시나가와역 다카나와출구』를 거쳐 2014년의『도쿄 우에노 스테이
션』에 이르기까지 모두 다섯 작품이 세상에 소개된 것을 알 수 있다.
여기에 향후 발표될 예정인『JR고탄다역 니시구치 (JR五反田駅西口)』와
『야마노테선 외부순환선(山手線外回り)』, 그리고『도쿄 우에노 스테이
션』의 번외 편에 해당하는『JR조반선 요노모리역(常磐線夜ノ森駅)』까지
를 더하면[24], 이 시리즈는 약 20여 년에 걸쳐 총 여덟 작품이라는, 거대

　　라는 단편 소설을 시작으로,『JR다카타노바바역 도야마출구』와『JR고탄다역 히가시
　　출구』에 이르기까지 총 세 작품이 수록되어 있다. 2012년 출판된『굿바이 마마(グッド
　　バイ・ママ)』는 2011년 발생한 동일본대지진과 원전 사고를 연상시키는 소재를 포함하
　　여, 일부 내용에 가필이 이루어졌다.

24) 유미리는 전미도서상을 기념하여 2020년 말에 열린 일본기자클럽과의 기자 회견에서,
　　향후의 출판 예정 작품을 위의 내용으로 소개한 바 있다. (https://youtu.be/RQrKlxy
　　SXiY).

기획으로 지금도 진행 중임을 알 수 있다. 그야말로 2000년대 이후 작가의 작품 활동에서 거의 대부분의 역량을 이 연작에 쏟고 있는 것으로, 그 집필 동기에 대해 유미리는 전미도서상 수상을 기념하여 열린 일본기자클럽의 회견에서 다음과 같이 소회한다.

> 역 개찰구에서 방사선으로 흩어지는 여러 등장인물들의 인생과, 그 인생에서 뒤처지고 배제된 결과, 원의 중심부로 향하듯 개찰구를 넘어 플랫폼이라는 절벽에 서 버린 등장인물의 절망을 따라가고 싶었습니다. ……야마노테선 시리즈에 영향을 준 주제는 2개가 있습니다. 하나는 매년 2만 명 이상 일본에 사는 사람들의 생명을 빼앗는 자살, 다른 하나는 일본국 헌법 제1조로 일본국가와 일본국민 통합의 상징으로 규정되어 있는 천황, 그리고 천황제가 낳은 여러 겹의 권익입니다. 일본에는 하나의 중심과 여러 겹의 권익이 존재하며, 이로부터 여러 빈부의 문제, 운과 불운, 호와 불호가 만들어지고 있다는 생각에서 야마노테선 시리즈를 쓰기 시작했습니다.[25]

일본사회의 뒤틀림이 2000년대 이후 갈수록 심화되고 있고, 이 같은 현실에 직격탄을 맞고 있는 타인의 삶에 작가가 섬세하게 반응하고자 했음을 위의 발언에서 읽을 수 있다. 사소설 성향의 작품을 주로 써온 작가에게, '여러 등장인물'을 입구로 세계를 응시하는 방식은 익숙한 것이었을 것이다. 실제로 유미리는 2015년 4월 원전에서 25킬로미터가량 떨어진 미나미소마시 하라마치구로 이사한 후, 2017년 7월에는 원전에서 16킬로미터 지점에 있는 구 '경계구역' 미나미소마시 오다카

---

25) 유미리, 위의 인터뷰(https://youtu.be/RQrKlxySXiY). 이 내용은 『JR시나가와역 다카나와출구』 개정판에 담긴 작가 후기에도 거의 그대로 실려 있으며, 인용문은 필자가 번역한 것임.

구로 옮겨 서점을 연다. 2012년부터는 6년 동안 후쿠시마 지역 방송을 맡으면서, 주민들과 교감을 쌓기도 하는데, "아주 육체적인, 몸과 몸이 접촉하는 매우 밀접한 행위"를 통해, 유미리는 '존재를 인정받지 못한 이들의 슬픔'에 깊숙이 공명하는 체험을 쌓게 된다.[26] 다만 그녀는 삶의 의미를 상실한 타인의 '절망'에 감정 이입하는 데에만 결코 머물지 않는다. 그리고 이를 증명하듯 2011년 일본사회가 3.11 동일본대지진을 겪은 후 발표한 『도쿄 우에노 스테이션』에서 "증오와 저주의 표현"은 없으나 "그만큼이나 조용한 슬픔으로 차 있는"[27] 주인공 화자의 시선을 통해, 일그러진 일본 근현대사의 핵심을 향해 곧장 나아간다. 마치 야마노테선이 이중의 원을 그리면서 천황이 머무는 황거를 중심 삼아 끝없이 순환하는 것처럼, 일본의 주변 지역 출신자가 자신도 모르게 수도 도쿄에서 지속적으로 변방의 역할을 강요받는 모습을, '운이 없었다'라는 주인공 화자의 한탄에 담긴 여러 겹의 함의를 하나하나 풀어가며 작품은 폭로해간다.

작품의 줄거리는 다음과 같다. 아이 하나 키우기도 힘든데 동생들이 줄줄이 일곱이나 있는 집안의 맏아들로 후쿠시마에서 태어난 주인공은 "초등학교를 졸업하자마자 이와키에 있는 오나하마항에서 더부살이하며" 가난한 집안 살림을 돕는다. 아버지가 다쳐 일을 못하게 되고 아들

---

26) 위의 인터뷰에서 유미리는 사소설적 작풍의 변화를 묻는 기자의 질문에, "지금은 '나'라는 가족을 쓰는 일과 소설의 한 인물의 인생을 쓰는 것에 그다지 차이가 없습니다. 오히려 사소설적으로 쓸 수 있다고 생각합니다. 역시 사람의 이야기를 계속해서 들어온 것이 컸습니다. 듣는 것은 자동적인 것이 아니라 아주 육체적인, 몸과 몸이 접촉하는 매우 밀접한 행위입니다. 600명이 넘는 이들과 육체적인 교류를 나눈 것이 제게는 컸습니다."라고 대답한다.
27) 川本三郎, 「出稼ぎ労働者から見た経済成長－柳美里『JR上野駅公園口』」, 『調査情報』 518, 東京放送, 2014, p.99.

과 딸까지 태어나자 가족들을 부양하기 위해 주인공은 도쿄로 향한다. 다음 해로 다가온 도쿄올림픽의 건설 현장을 시작으로 주인공이 외지에서 돈을 버는 동안, 동생들은 각자 가정을 꾸리고 자식들도 고등학교를 졸업해 독립하자 집에는 늙은 부모님과 아내만 남는다. 이후에도 아들 "고이치의 엑스레이 기사 전문학교 학비와 생활비, 식구들이 먹고 살 돈을 보내기 위해 타향에서 계속 돈벌이를 해야만 했"던 주인공은 어느 날 밤 자신이 잠들어 있을 때 아들이 죽었다는 연락을 받게 된다. 아들의 장례식을 치르기 위해 고향에 돌아간 주인공을 향해 어머니는 "지지리도 복도 없는 자식"이라며 가여워한다. 삶의 의미를 잃어버렸음에도 외지 생활을 이어온 그는 환갑 무렵에야 고향에 돌아가게 되지만, 마치 아들의 귀향을 기다렸다는 듯이 부모가 연이어 세상을 떠나고, "20대 초반에 결혼했으나 타향살이로 인해 다 합해 한 해도 같이 지내지 못한" 아내 세쓰코도 아들과 마찬가지로 자신이 잠들어 있던 사이 갑작스러운 죽음을 맞게 된다. "고이치도 세쓰코도 잠에 목숨을 빼앗기"고 "온몸을 누르는 그 무게에 저항할 수도, 그 무게를 견뎌낼 수도 없을 것 같"은 감각에 괴로워하던 주인공은, 딸이 아버지가 걱정되어 함께 생활하도록 한 손녀 마리에게 폐를 끼치지 않기 위해, 가출하여 상경한다. 이후 우에노역 공원에서 노숙자 생활을 이어온 주인공은 "천황가 분들이 박물관이나 미술관을 관람"할 때마다 실시되는 "노숙자들 사이에서 '강제 퇴거'라 불리는 '특별 청소'"가 있는 어느 날, 천황과 황후 폐하를 알현하고는 문득 "나 스스로가 돛이 되어 바람이 부는 대로 나아가는 듯한" 감각을 느끼며 우에노 역을 향한다. 역 플랫폼에서 다가오는 전차를 향해 몸을 던진 그의 눈에 고향의 풍경이 잠시 스치고, 쓰나미로 "파도에 휩쓸려 손녀딸과 개 두 마리를 태운 차가 바닷속에 잠기"는 장면이 환영처럼 번진다. 손녀딸의 모습은 이내 어둠으로 사라지고 "색색의 옷을 입은 사람, 남자, 여자의 모습이 어둠 속에서 스며 나오고 승강장이 어른거리"며 작품은 끝을 맺는다.

이 소설은 출발부터 죽은 자의 시점에서 이야기가 전개되는 독특한 구조를 가지고 있다. 후지오카 히로미는 "이 책을 구성하는 축은 크게 세 가지이다. 첫 번째는 주인공인 남자가 노숙자가 되기까지의 시간 축이고, 두 번째는 천황제와의 심리적인 교차 축이며, 세 번째는 노숙자로 사는 우에노 공원의 공간 축이다. 첫 번째 축은 과거의 시간을, 세 번째 축은 현재를, 두 번째 축은 양쪽에 관여한다"[28]라고 지적한 바 있다. '천황과의 심리적인 교차 축'을 별개로 하면, 죽은 주인공 화자의 시간이 크게 과거와 현재의 삶으로 나뉘나, 현재의 삶 또한 노숙자가 된 이후부터 자살 시점인 2006년까지와, 도쿄올림픽 유치 운동이 한창이던 2012년 무렵으로 다시 구획되는 복잡한 구조를 이 작품은 가지고 있다. 여기에 주인공의 자살 직후와 직전의 광경을 각각 소설의 첫머리와 마지막 부분에 쪼개어 삽입함으로써 작품 속 시간 흐름 사이의 단차가 부각되는 효과까지 작품은 의도한다. 가령 작품 말미에서, 주인공은 자살을 시도한 직후 2011년에 동일본대지진 쓰나미에 희생당하는 손녀의 환영을 목격하는데, 주인공의 현재가 망자로서의 시간이라는 사실을 깨닫기 전까지, 독자들은 이 장면이 먼 미래에 발생할 일이라고 착각하기 쉽다. 이는 주인공의 시선을 따라가는 전개 속에서 과거와 현재, 그리고 미래가 순서 없이 뒤얽혀 있는 감각을 작품이 의도적으로 조형하고 있음을 보여주는데, 이렇게 만들어진 시간적 모호함은 순환하는 야마노테선과, 수도의 입구이자 출구인 우에노역의

---

28) 藤岡寬己, 「『JR上野駅公園口』を読む-震災後-社会派小説か政治小説か」, 『進歩と改革』 833, 進歩と改革研究会, 2021, p.61.

이미지와 결합하면서 공간적 모호함으로 확장된다.

시공간적 설정의 불명확함은 주인공의 캐릭터 형성에서도 그대로 이어진다. 이시이 마사히토는 작품의 주인공을 "스스로 이름을 밝히지 않는 개성 없는, 선량하고 근면함에도 짓밟히고 쓰러지고, 그럼에도 그 불행의 원인조차 알 수 없는 상태에 빠진 후쿠시마 출신 남자들의 집합체와 평균치, 그리고 하나의 '전형'"[29]이라고 지적하는데, 몰개성한 이 주인공에게는 헤이세이(平成) 천황과 같은 해에 태어났다는 사실만이 자신의 삶을 특별하게 여길 수 있는 거의 유일한 속성이다. 그리고 관념적 층위에서 형성된 이 관계는 작품에서 주인공의 전 일생에 관여하는 유력한 지표로 작동하게 된다.

> 전쟁에 져서 슬프거나 비참한 느낌보다 먹고살고 먹이고 살리는 일을 생각해야 했다. 아이 하나 키우기도 힘든데 동생들이 줄줄이 일곱이나 있었다. 당시 하마도리에는 도쿄전력의 원자력발전소라든가 도호쿠전력의 화력발전소 같은 건 없었고, 히타치 전자나 델몬트 공장도 없었다. 규모가 큰 농가는 농사만으로도 먹고 살 수 있었지만, 우리 집 논은 아주 작았기에 나는 초등학교를 졸업하자마자 이와키에 있는 오나하마항에서 더부살이하며 일했다.[30]

> 1947년 8월 5일 오후 3시 35분, 황족 특별열차가 하라노마치역에 정차하고 천황 폐하는 역 앞에 하차한 후 7분 동안 그곳에 머물렀다. 오나하마항에서 일하다가 귀향한 직후의 일이었다. ……나는 역 앞에 모인 2만 5천 명 중의 한 명으로서 모자도 쓰지 않고 꼼짝도 하지 않은

---

29) 石井正人, 「死者の幻影 - 柳美里『上野駅公園口』」, 『民主文学』 589, 日本民主主義文学会, 2014, p.115.
30) 유미리, 강방화 옮김, 『도쿄 우에노 스테이션』, pp.26~27.

채 천황 폐하를 기다렸다. 특별열차에서 내린 양복 차림의 천황 폐하가 중절모자 챙에 손등을 대고 가볍게 절을 하신 순간, 누군가가 목청껏 "천황 폐하 만세!"라고 외치며 양손을 번쩍 들자 일대에 만세의 파도가 일었다-.[31]

"전쟁에 져서 슬프거나 비참한 느낌보다 먹고 살고 먹이고 살리는 일"에 급급하여 살아가는 주인공에게, 천황 폐하는 이 비참한 삶을 가져온 주체가 아닌 '만세의 파도'로 찬양받아야 할 대상으로 일찍이 자리 잡는다. 나아가 이 같은 인식 구조는 가난으로 빚을 못 갚아 "빨간딱지가 붙은 가제도구가 남아 있었는지 가져간 뒤였는지도 기억이 안 나는" 날에 태어난 아들을 "히로노미야 나루히토(浩宮德仁) 친왕과 같은 날에 태어나서 '浩'라는 한 글자를 따와 고이치(浩一)라고 이름 짓"는 행위로 대물림된다. 천황제라는 가치 체계와 그 존재에 대한 심리적 동일시를 아무런 거리낌 없이 행하는 주인공의 평범함은 동시대를 살아가는 일본사회 수많은 소시민의 '평균치'적 속성에 다름 아니다.

나아가 전쟁의 참화를 딛고 이룩한 경제 발전을 상징하는 도쿄올림픽, 그리고 이를 계기로 가속화된 동북지방의 도시 개발 붐에 동원되는 설정 또한 이 세대를 대표하는 '전형'으로 주인공을 위치시키기 위한 장치로 읽을 수 있다. 하지만 "인생이란 첫 페이지를 넘기면 다음 페이지가 나오고, 그렇게 차례로 넘기다 보면 어느새 마지막 페이지에 다다르는 한 권의 책 같은 것"으로 여기며 살아온 주인공의 가치 체계는 아들의 죽음을 계기로 급격히 흔들리게 된다. 그리고 이 '전형성'은 개인과 집단적 가치를 연결 짓는 관념의 허위를 드러내는 핵심적인

---

31) 유미리, 위의 책, p.38.

장치로 이내 변모한다. "인생은 책 속의 이야기와는 전혀 달랐다"는
주인공의 독백처럼, 자신이 믿어온 신념이 요동치자, 주인공의 시선이
향하는 곳은 더 이상 '실재'하지 않는 가족에 대한 기억과, 수많은 이유
로 평범한 삶조차 영위하지 못한 채 쫓겨난 사람들의 저편, 그 불투명
함이기 때문이다.

4. '세계'라는 부조리함, 그 절망의 감촉

일본의 진보학자 시라이 사토시는 그의 저서 『영속 패전론』에서 다
음과 같이 언급한다.

> 후쿠시마 원전 사고의 역사적 의미는 '평화와 번영'이라는, '전후'를
> 지탱해온 일본의 첨단 기술에 대한 자부심을 갈기갈기 찢어놓았다는
> 사실과 국토에 돌이킬 수 없는 상처를 준 데에서도 찾을 수 있다. 하지
> 만 원전 건설이 상징하는 성장 제일주의 국토개발 방식을 근본적으로
> 의심해 봐야 할 상황에 직면했다는 사실에서 더 큰 의미를 찾아야 한
> 다. …… 성장 방식을 바꿔야 했지만 대안을 찾지 못했던 40년이라는
> 긴 시간은 중앙과 주변의 차별적 구조를 유지하게 했다. 그리고 이제
> 우리는 그 잘못을 뼈저리게 깨닫고 있다. 그런 점에서 우리는 대부분
> '모욕'의 피해자이며 동시에 가해자이다. 우리는 이런 인식에서 출발해
> 야만 한다.[32]

일본의 '전후'='평화와 번영'이라는 환상은 '중앙과 주변의 차별적

---

32) 시라이 사토시, 정선태 외 옮김, 『영속 패전론』, 이숲, 2017, p.36.

구조'와 전쟁의 가해자와 피해자를 둘러싼 경계의 모호함을 주조함으로써 만들어진 것임을 위의 인용은 말하고 있다. 이정은 또한 "국민과 천황의 '일체감'을 조장한 '인간 천황'의 새로운 모습을 만들어냄으로써, 천황에 대한 전쟁책임을 면해 주는 동시에 역으로 천황을 평화, 민주주의와 연결시켰다"[33]라고 주장한다. 전후 이상적인 도덕적 주체로서 천황제 국가 신화가 붕괴되었음에도, "'국가의 자유'를 실현하고자 하는 계획적·통제적 실천의 정점에 천황제"[34]가 위치했던 전전(戰前)의 권력 구조를 그대로 계승하기 위한 일환으로, 이번에는 '인간 천황'과 이 '신화(이야기)'에 대한 일반 국민의 동일시 감정이 새롭게 만들어져 작동하고 있다는 일련의 지적들이 시사하는 바는 작지 않다.

작품 『도쿄 우에노 스테이션』 또한 '가난하고', '차별받는' 동북지방 출신자인 주인공을 화자로 내세워, 천황을 향한 '열광'적이고 '집단'적인 의식에 무비판적인 모습을 그리면서 일단 이야기를 시작한다. 가령 작품 속에서 동북지방을 방문한 천황을 향해 2만 5천 명의 군중이 '만세'를 부르짖는 소리와 "1964년 도쿄올림픽 개최를 축하하는 천황의 라디오 목소리", 그리고 주인공의 아내 세쓰코가 출산할 때 라디오에서 들려오던 "황태자 탄생을 축하하는 아나운서의 목소리"는 작품 전체를 관통하는 일종의 '계시'처럼 누구나 환호하고 공감할 수밖에 없는 울림으로 등장인물들에게 전달된다. 그러나 "위패 들어줄 아들이 없어졌다. 위패 들어줄 아들이 위패가 되"어 버린 불행을 계기로 주인공 화자인 자신이 그러했고 또한 아들이 그러할 것이라는 이 믿음에 결정적인

33) 이정은, 「인권의 '탄생'과 '구획'되는 인간 : 전후 일본 인권제도의 역사적 전환과 모순」, 『'전후'의 탄생』, 그린비, 2013, p.183.
34) 차승기, 「전후복구와 식민지 경험의 파괴 : 아베 요시시게와 존재/사유의 장소성」, 『'전후'의 탄생』, 그린비, 2013, p.131.

균열이 가게 된다.

> 1981년 3월 31일 왕생
> 법명 샤쿠(釋) 준코(順浩)
> 속명 모리 고이치 이십일 세

"석가모니께서는 출가한 자는 속명과 계급을 버리고 모두 사문석자(沙門釋子)라고만 불렀습니다. 석가모니의 제자, 즉 불자가 되었다는 뜻으로 석가의 '釋' 자를 성으로 하겠습니다. '順' 자는 부처님의 가르침에 따른다는 뜻이며 마지막 '浩' 자는 속명 고이치에서 따온 것입니다."[35]

야마사키 마사즈미는 "제도적인 보증에 의해 확실한 세습이 가능한 황실에 비해 주인공은 '위패 들어줄 아들'의 죽음으로 인해 붕괴되며, 그로 인해 주인공이 그토록 심각한 고충을 겪게 되는 모습이 이 소설이 그리는 세계관임은 부인하기 어렵다"[36]라고 위의 장면을 해석한 바 있다. 그의 의견처럼 세습을 둘러싼 황실과의 상황 차이가 주인공의 심리적 갈등의 결정적인 원인인지는 알 수 없다. 다만 차기 황태자의 이름에서 "'浩'라는 한 글자를 따와 고이치(浩一)"라고 이름 지은 행위가, 아들이 사후에 '샤쿠(釋) 준코(順浩)'라는 법명으로 이어지는 모습은, 천황의 신민으로서 전쟁에서 목숨을 내던진 이들에게 법명을 내리는 행위를 통해, 정토진종이 "전쟁의 생사관"으로 교리를 변질시킨 역사를 떠올리기에는 충분해 보인다.

---

35) 유미리, 강방화 옮김, 『도쿄 우에노 스테이션』, pp.84~85.
36) 山崎正純, 「出稼ぎ労働者から見た経済成長 - 柳美里『JR上野駅公園口』」, p.92.

신란 사후에 진종의 신심(信心)이 점차 세속과의 유착 속에서 파악되고 이해되어온 결과 근세와 근대에 들어 진속이제론이 등장했습니다. …… 전시교학이 만들어지자, 다카마가하라(高天原)와 아마테라스오미가미(天照大神)가 지배하는 천상의 나라와 정토(淨土)가 동일하게 간주됨으로써, 천황으로의 귀일과 아미타불의 신심이 중첩되기에 이르렀습니다.[37]

전시기에 "신란의 가르침에 반하는 진속이제론을 기초로 불교 본연의 본질을 잃어버린 채"[38] 정토진종이 전시교학으로 작동했던 모습은, 전후 일본사회에서 전통 내지는 관습을 따른다는 문화 행위에서 유사하게 재현된다. 앞서 정토진종의 관습대로 아들이 사후에 법명을 부여하는 과정에서 천황이라는 이야기를 결부시키는 일에, 주인공 일가가 어떠한 위화감도 느끼지 않는 것처럼 작품에서 그려진 것이 이를 상징한다. 전후 책임에 대한 논의에서 '천황제'를 제외시켰던 타협과 왜곡의 역사가 일반 대중의 무의식적인 묵인 하에 새로운 '신화' 탄생을 부추기고 있는 것이다. "우리는 대부분 '모욕'의 피해자이며 동시에 가해자"라는 시라이 사토시의 비판이 정조준하고 있는 지점이 정확히 이 대목으로, 대미종속 구조를 받아들이는 대신 천황제 존속이라는 부조리함에 눈감은 선택은 전후 일본사회 전반에 '책임'지지 않는 문화를 만연케 하는 결과를 가져온다.

그 후과는 예컨대 작품에서 영혼 없는 대책을 부르짖는 정치 관료의 발언이 동북지역 출신의 노숙자나 재난 피해자들을 결코 향하지 않는

---

37) 信楽峻麿. 『宗教と現代社会』, 法藏館, 1984, p.223.

38) 기타지마 기신, 「일본 불교의 평화실현 운동 : 조도신슈(淨土眞宗)의 반(反)원전 및 반(反)야스쿠니 운동을 중심으로」, 『통일과 평화』 5(2), 서울대학교 통일평화연구원, 2013, p.214.

모습으로 나타난다. 원전 사고로부터 재건을 알리기 위한 올림픽 개최를 위해, 정작 가장 우선해야 할 후쿠시마 지역의 복구가 후순위로 밀리는 모습은 일본의 일상에서 심심치 않게 목격되는 광경이다. 더욱이 아무런 반성 없이 재탄생한 천황 '신화'는 평화 내지는 민주주의와 같은 전후 일본 체제의 밝은 면을 가리키는 위상마저 갖추게 된다. 현실에서 대다수 일본 국민들이 정치 이슈에 대한 비판을 서슴지 않으면서도 천황제에 대한 비판을 금기시하는 까닭이 바로 이것으로, 이처럼 성찰이 결핍된 문화 구조 아래 '평화 헌법 9조'를 지지하는 천황가의 도덕적 완결무결함이라는 신화는 영속성을 향해 질주한다.

　작가 유미리가 "쓰나미로 집을 잃어 '경계구역'에서 피난 생활을 하고 있는 사람들의 고통과, 돈벌이를 위해 긴 시간 가족과 떨어져 타향에서 일했음에도 돌아갈 집을 잃고 노숙자가 되어 버린 사람들의 고통을 이어줄 수 있는 경첩 같은 이야기"[39]를 쓰기 위해 야마노테선 시리즈를 구상했을 때, "천황제가 낳은 여러 겹의 권익"이라는 핵심 문제를 결코 지나칠 수 없었던 이유가 아마도 여기에 있을 것이다. 같은 해 태어난 주인공과 황태자, 마치 그 관계를 세습하듯 이번에는 같은 날에 태어나 이름까지 공유한 아들과 차기 황태자, 여기에 황거를 안쪽 중심에 두고 수도를 순환하는 야마노테선과 일본의 중심과 주변이 교차하는 장소인 우에노 공원, 이 모든 것들이 천황제라는 '어렴풋한' 그러나 공고한 신화를 향해 주인공이 다가설 수 있도록 하기 위한 설정임이 이제 확실해 진다. 나아가 동일본대지진이라는 미래에 일어날 사건을 주인공의 자살 직후에 삽입하고, 죽어서 망자가 된 이후에도 주인공을 우에노

---

39) 柳美里, 「南相馬市の物語『JR上野駅公園口』と"魂の避難所"「フルハウス」」, 『財界福島』 50, 財界21, 2021, p.84.

공원 주변에 서성이게 함으로써, "내가 이곳에 살던 무렵에는 이렇게까지 구석으로 내몰리지는 않았다"라고 소회하는 장면 역시, 이 '부조리함'이 현재 진행형임을 부각시키기 위한 장치로 읽기에 충분하다.

> 바로 코앞에 천황, 황후 양 폐하가 계신다. 두 분은 온전히 온화함만을 띄운 눈빛으로 이쪽을 보며, 죄와 부끄러움과는 무관한 입술로 미소 짓고 계신다. 그 미소에서 두 분의 마음을 읽어 낼 수는 없다. 하지만 정치가나 연예인처럼 마음을 속마음을 감추는 듯한 미소는 아니었다.
>
> ......
>
> 나와 천황과 황후 양 폐하 사이를 갈라놓은 것은 고작 줄 하나다. 뛰쳐나가면 경찰관들에게 제압당하겠지만 그래도 이 모습을 봐주실 것이며 무언가 말을 한다면 들어주실 것이다.
>
> 무언가-.
>
> 무언가를-.
>
> 목소리는 텅 비어 있었다.
>
> 나는 일직선으로 멀어져가는 차를 향해 손을 흔들고 있었다.
>
> 목소리가 들렸다-.
>
> 1947년 8월 5일 하라노마치역에 정차한 특별열차에서 양복차림의 쇼와 천황이 나타나 중절모 차양에 손을 대고 고개를 숙인 순간, "천황 폐하, 만세!"라 외치던 2만 5천 명의 목소리-.[40]

이처럼 노숙자라는 감시 속에 있으나 역설적으로 제도권이 발신하는 이야기로부터도 가장 자유로운 존재가 된 주인공은 긴 시간을 보내고 나서야 비로소 천황과 대면한다. "죄와 부끄러움과는 무관한 입술로 미소 짓"는 천황가의 사람들에 품게 되는 '이질감'은 주인공이 그토록

---

40) 유미리, 강방화 옮김, 『도쿄 우에노 스테이션』, p.172.

동경했던 천황이라는 존재(이야기)와 만나려고 결심한 순간부터 실은 예정되어 있었다고 할 수 있다. 물론 '공동체적 환상'을 실제로 깨부수는 일은 현실에서 결코 녹록지 않다. 가령 주인공이 우에노 공원에서 생활하며 알게 된 몇몇 지인들을 보면 이를 잘 알 수 있는데, 엘리트 지식인 그리고 잘나가는 부동산 회사의 샐러리맨이었던 등장인물들이 떠안고 있는 절망감과 분노는, 끝내 정기적인 '특별 청소'의 원인 제공자인 천황을 향하지 않는다. 그저 "구덩이였다면 기어 올라올 수도 있겠지만 절벽에서 발이 미끄러지면 두 번 다시 인생이라는 땅에 발을 디딜 수 없다. 추락을 멈출 수 있는 건 죽음뿐"이라는 체념 속에, "누군가를 위해 돈을 벌 필요가 없는" 인생을 살아갈 뿐인 이들에게도, 천황은 주류 사회를 향한 심리적 귀속의 마지막 통로로서, 결코 손에 닿지는 않으나 '어렴풋이' 존재하는 희망으로 뚜렷하게 각인되어 있기 때문이다.

반면 '주인공'에게는 이 신화를 확인해야 할 절박함이 있다. 아들의 죽음과 함께 "내 삶은 과연 무엇이었는지, 어찌나 허무한 삶"을 살아왔는가를 깨닫게 된 주인공에게, 물리적이든 심리적이든 간에 주류 사회로의 회귀는 더 이상 아무런 의미를 지니지 않는다. 남는 것은 아들의 죽음을 계기로 품기 시작한 '수상쩍음'의 정체를 직접 확인하고 싶은 열망뿐으로, 일흔이 넘은 나이에 현실적으로 새로운 이야기를 찾기도 어려운 주인공에게 이 '통과의례'야말로, "죽으면 죽은 사람과 다시 만날 수 있을 거"라는 믿음을 실행할 수 있는 동기로 작동한다. 이는 주인공이 노숙자 생활을 자진해서 선택한 순간부터 정해진 결말이었다고 할 수 있다. 따라서 온화한 모습으로 "죄와 부끄러움과는 무관한 입술로 미소 짓"는 그들을 향한 목소리가 "텅 비어 있었다"는 사실을 죽음을 통해 확증함으로써 주인공의 이야기는 완성되어야 했다. 야마사키 마사즈미는 "주인공이 천황과의 만남 이후 자살로 나아가는 것은, 천황제라는 뿌리에 귀일하는 흐름과는 별개의 죽음을 택하려는 주체성의 발현이며, 이는 인식 지평의 전면적인 갱신을 향해 내딛는 행보로 평가할 수 있다"[41]라고 이 죽음(파탄)을 평가한다. 하지만 주인공이 결국 "어디에도 가 닿지 못하고 아무것도 알지 못하고 무수한 의문들이 서로 부딪히는 나 자신을 그대로 남긴 채 생의 바깥에서, 존재할 가능성을 잃은 자로서, 그래도 끊임없이 생각하고 끊임없이 느끼는"[42] 존재로 남는다는 설정은, 그의 이야기가 결코 '주체성' 확보와 같은 긍정적인 방향에서 완결되지 않았음을 의미한다. "불현듯 눈물이 치밀어 올랐다. 눈물을 참으려고 얼굴의 온 근육에 힘을 주었지만, 들숨과 날숨으로 어깨가 흔들렸고 나는 양손으로 얼굴을 감쌌다"는 깨달음 이후 죽음을 선택했음에도, 주인공 앞에 놓여 있는 것은 '출구 없는 세상'을 부유해야 한다는 운명뿐이기 때문이다.

그리고 이때 이처럼 더 깊은 수렁 속으로 빠져든 것 같은 주인공의 현재 모습에서, '천황'과 같은 맹목적인 신화 역시 삶을 지배해온 무수한 음영들 중 하나에 불과할 수 있다는 메시지가 떠오른다. 아마도 이것이 '실존적 절망'이라는 주제에 지속적으로 마주쳐온 유미리가 현실 세계를 향해 목소리를 내는 방식으로, 그녀에게 세계를 둘러싼 부조리함은 일견 명백하게 극복할 수 있어 보이나, 삶의 여러 국면에서 끝도 없이 들이닥치는 존재라는 점에서 여전히 '절망'에 맞닿아 있다. 그럼에도 중요한 것은 우리의 삶을 언제든지 둘러쌀 수 있는 이 '질식할 것 같은 현실'에서, 작가가 '세계'라는 요소를 비중 있게 다루기 시작했

41) 山崎正純, 「出稼ぎ労働者から見た経済成長 - 柳美里『JR上野駅公園口』」, p.89.
42) 유미리, 강방화 옮김, 『도쿄 우에노 스테이션』, p.115.

다는 사실, 그리고 그로 인해 향후 그녀의 행보를 통해 이 불가해한
실존적 조건의 일단을 다시금 엿볼 수 있을지도 모른다는 가능성일
것이다.

5. 글을 마치며

제71회 전미도서상 번역문학 부문 수상자인 유미리는 영문 시집
『DMZ 콜로니(DMZ COLONY)』로 시 부문의 상을 거머쥔 재미한국인 최
돈미와 함께, 한국계 외국인이 2개 부문을 석권했다는 뉴스로 한국에
서 큰 화제를 모았다. 전년도인 2019년에도 한국계 미국인 작가 수전
최가 『신뢰연습(Trust Exercise)』으로 픽션 부문의 상을 받기도 한 전미
도서상은, 한국에서는 아직까지 수상이 전무한 가운데 '한국계' 작가들
의 약진이라는 조금은 부러움 섞인 이슈로 회자될 뿐이다. 2020년 말
수상을 기념한 일본기자클럽의 인터뷰에서 유미리는, "일본인으로서
2번째 혹은 일본문학으로서 2번째라고 언급하는 매체도 있으나, 저는
대한민국 국적을 가지고 있는 엄밀히 말해서 일본인이 아닙니다"라는
취지로 이야기한 바 있다. 자신의 작품을 바라보는 일본사회의 국민문
학적인 감수성에 대한 뚜렷한 반발로도 보이는 그녀의 발언은, 역설적
이게도 한국의 일각에서 민족 정체성에 대한 '한국계' 작가의 고백이라
는, 바로 유미리가 가장 경계하고자 한 내셔널리즘적인 속성으로 소비
되는 풍경을 낳기도 하였다.

그러나 유미리 작품을 부감하면 민족과 국가, 그리고 이념 같은 주제
보다 훨씬 더 본질적인 인간의 실존이라는 문제에 작가가 일관되게
천착해 왔음을 어렵지 않게 발견할 수 있다. 그녀가 작품 활동을 시작

한 1990년대는 일본사회 문화 전반에 걸쳐 '자의식'의 위기라는 주제가
표출된 시기였다. 작가 유미리는 일본의 일반 대중들이 베스트셀러라
는 작품 소비로 인증한 재일문학의 첫 사례라고도 할 수 있는데, 이러
한 성과는 기존 재일문학이 표현해온 재일조선인의 역사 내지는 재일
사회의 현실과 같은 요소를 작가가 작품 속에서 의도적으로 소거함으
로서 가능한 결과이기도 했다. 요컨대 작품 속 주인공의 직면하는 '불
안'과 '소외'라는 문제를 '국가'와 '민족' 같은 속성이 아닌, 철저하게
개인의 '자의식'이라는 측면에서 조명한 것이, 동시기의 일본 대중들과
공명하면서 작가 유미리의 활동 공간을 열었다고 할 수 있는 것이다.

그런데 2000년대를 지나면서 이 같은 작가의 태도에 서서히 변화가
찾아온다. 1990년대 무렵부터 일본사회의 주요 관심사가 자의식에서
현실 세계에 대한 물음으로 이행하는 가운데, 그녀 또한 '머무를 장소
를 잃어버린 사람들'과 그들의 삶을 뒤흔드는 현실 조건을 본격적으로
살피기 시작한다. 2003년부터 20년이 넘는 기획으로 지금도 진행 중인
야마노테선 연작은 이 같은 작가의 시선 변화가 농밀하게 담겨 있는
작품들로, 그중에서도 동일본대지진 발생 이후 발표된『도쿄 우에노
스테이션』은, 등장인물의 실존적 '절망'을 '천황'과 '종교', 그리고 '국
가'로 표상되는 집단의식과 여기에서 기인한 부조리함과 연동하여 포
착한다는 점에서, 현실 세계에 대한 작가의 문학적 이의제기로 읽히기
에 충분하다. 이처럼 뚜렷한 전환점에 들어선 유미리의 다음 작품이
향후 어디로 나아갈지는 예단하기 어렵다. 다만 그 목적지가 '한국계'
내지는 '일본계'라는 기호에 담긴 내셔널리즘적인 욕망과 동떨어진 장
소일 것이라는 점만은 분명해 보이며, 그런 의미에서 '작가' 유미리가
그려갈 앞으로의 세계상이 더욱 더 기대되는 시점이다.

이 글은 부산대학교 인문학연구소의 『코기토』 제95호에 실린 논문
「유미리의 『도쿄 우에노 스테이션』 고찰
- '자의식'에 대한 물음에서 '현실 세계'를 향한 목소리로」를 수정·보완한 것임.

참고문헌

강기철, 「일본 혐한 현상에 대한 비판적 분석」, 『일본문화학보』 85, 한국일본문화학회, 2020.

김태경, 「분노사회 일본 - 2000년대 이후 일본사회·문화 분석 -」, 『일본학연구』 54, 단국대학교 일본연구소, 2018.

김환기 외, 『해외 한인문학 창작현황 자료집 2』, 한국문학번역원·소명출판, 2020.

변화영, 「記憶의 徐事敎育的 含意 - 유미리의 『8월의 저편』을 중심으로 -」, 『한일민족문제연구』 11, 한일민족문제학회, 2006.

시라이 사토시, 정선태 외 옮김, 『영속 패전론』, 이숲, 2017.

유미리, 강방화, 『도쿄 우에노 스테이션』, 소미미디어, 2021.

윤송아, 『재일조선인 문학의 주체 서사 연구』, 인문사, 2012.

이동관, 「인터뷰 - 日 아쿠타가와문학상 수상 동포 유미리씨」, 『동아일보』, 1997.1.21.

이승진, 「재일문학에 나타난 '집'이라는 장소」, 『재일조선인 자기서서의 문화지리 2』, 역락, 2018.

이정은, 「인권의 '탄생'과 '구획'되는 인간 : 전후 일본 인권제도의 역사적 전환과 모순」, 『'전후'의 탄생』, 그린비, 2013.

차승기, 「전후복구와 식민지 경험의 파괴 : 아베 요시시게와 존재/사유의 장소성」, 『'전후'의 탄생』, 그린비, 2013.

藤岡寛己, 「『JR上野駅公園口』を読む - 震災後 - 社会派小説か政治小説か上·下」, 『進歩と改革』 833·835, 進歩と改革研究会, 2021.

柳美里, 「震災10年あしたを語る」, 『河北新報』, 河北新報, 2021.01.13. https://kahoku.news/articles/20210113khn000033.html.

山崎正純, 「天皇·ホームレス·浄土真宗 : 柳美里『上野駅公園口』試論」, 『昭和文学研究』 78, 昭和文学会, 2019.

石井正人, 「死者の幻影 - 柳美里『上野駅公園口』」, 『民主文学』 589, 日本民主主義文学会, 2014.

中西新太郎, 「特集にあたって」, 『前夜』4, 影書房, 2005.
川本三郎, 「出稼ぎ労働者から見た経済成長－柳美里『JR上野駅公園口』」, 『調査情報』
　　　518, 東京放送, 2014.

『文化通信』 관련 기사, https://www.bunkanews.jp/article/234151/.
전미도서상 홈페이지, https://www.nationalbook.org/books/tokyo-ueno-station/.
전미도서상 수상기념 일본기자클럽 회견 유튜브, https://youtu.be/RQrKlxySXiY.

찢어진 이름

'김희로 사건'을 둘러싼 명명의 정치와 '65년 체제'에서의 재일조선인

조은애

1. '재일조선인 사건'의 아이덴티티

1958년에서 1970년에 이르는 시기를 한일관계 및 북일관계의 맥락
에서 어떻게 설명할 수 있을까. 1956년 이후부터 북한과 일본 사이에
타진되어 오던 재일조선인들의 '귀국' 사업은 1959년 12월부터 본격적
으로 개시되었으며 이에 대해 한국의 이승만 정권은 강한 불만을 드러
냈다. 또한 1951년 시작된 이래 결렬과 재개를 거듭하여 오던 한일회담
은 1965년 한일 양국 시민사회의 강한 반대 속에 한일기본조약 체결로
이어졌다. 1965년을 전후로 한국과 북한, 일본이 동북아 지역냉전에
휩쓸리는 과정에서 형성된 '65년 체제'는 한일관계의 '정상화'와 북일
관계의 '비정상화'를 동반한 것이었다.[1] 한일기본조약 체결 2년 뒤인
1967년 재일조선인의 '귀국' 사업이 중단된 일은 그와 같은 '65년 체제'
의 성격을 잘 보여주는 사례이다. 재일조선인들이 '고국'의 한쪽인 북
한으로 건너가기 위한 항로가 가로막혀 있는 동안, 한국 정부는 민단[2]

---

1) 朴正鎭, 『日朝冷戦構造の誕生 1945~1965 : 封印された外交史』, 平凡社, 2012, pp.495~
497.

을 동원하여 여전히 '조선'적이 다수를 차지하고 있던 재일조선인들이 '대한민국'으로 국적을 변경하고, 일본과의 법적지위협정(대한민국과 일본국간의 일본국에 거주하는 대한민국 국민의 법적지위와 대우에 관한 협정)에 따른 협정영주자격허가를 신청하도록 독려했다. 1966년 1월 17일 한일 법적지위협정의 발효와 함께 시작된 협정영주자격허가 신청은 1971년 1월 16일에 종료될 예정이었다.

이와 같은 한일관계 및 북일관계는 한반도 분단 구조를 경유하여 현실화된 것이며,[3] 위에서 알 수 있듯이 그 관계 속에서 가장 민감하게 논의된 것은 재일조선인의 지위와 처우에 관한 문제였다. 그러면 잠시 1958년과 1970년이라는 시기에 주목해 보자. 이 시기들은 '살인'과 '분신자살'이라는 충격적인 사건을 통해 재일조선인의 존재가 일본사회에 극적으로 가시화된 때였다. '고마쓰가와(小松川) 사건'으로 알려진 이진우(李珍宇), 그리고 아나하치만구(穴八幡宮) 신사에서의 분신자살 사건으로 알려진 양정명(梁政明; 일본명 山村政明)이 그 '사건'들 속의 당사자였다. 두 사건은 그 당사자가 각각 살인죄로 체포된 자와 분신자살한 자였다는 점에서 결을 달리하지만, 재일조선인 2세로 자라난 개별적 존재의 이름이 '목소리'나 '신체'와 같은 구체적 이미지를 통해 일본사회에 각인되었다는 점에서 관계가 있다. '이진우 사건'은 재일조선인들의 '귀국' 사업을 1년 남짓 앞둔 시점에, '양정명 사건'은 재일조선인들의 협정영주자격허가 신청 마감을 1년 가까이 앞둔 시점에 발생한 것이

---

2) 1946년 10월 출범 당시에는 재일본조선인거류민단이었으며, 1949년 주일한국대표부 설치 후 재일본대한민국거류민단으로, 1994년에는 재일본대한민국민단으로 개칭되었다.

3) 박정진, 「북일냉전, 1950~1973 : 전후처리의 분단구조」, 『일본비평』 22, 서울대학교 일본연구소, 2020, p.114.

기도 했다.

그리고 두 사건이 일어난 1958년과 1970년 사이, 역시 '죽음'과 관계 있으며 재일조선인 2세로 살아온 한 개인의 '목소리·신체' 이미지가 일본 전역에 가시화되는 사건이 발생하였다. 1968년 2월 20일 두 명의 일본인을 라이플로 살해하고 이후 산속 여관을 점거하여 88시간 동안 농성 끝에 체포된 김희로(金嬉老)라는 재일조선인 2세가 그 사건의 장본인이다. 말 그대로 '김희로 사건'으로 명명되며 그 장본인인 '김희로'라는 이름을 한일 양국에 각인시켰던 이 사건은 1999년 그의 가석방과 한국 송환을 기점으로 한국에서는 '권희로 사건'으로 명명되기도 했다. 그의 옥중수기를 번역한 재일조선인 활동가 김성호에 따르면, 그는 민단과 총련(재일본조선인총연합회) 같은 민족 조직에 소속되지 않은 채 외국인등록증 상으로는 '조선'을 국적으로 가지고 있었다. 옥중에 있던 1968년 6월, 김희로는 국적을 대한민국으로 변경하고 7월에 협정영주 자격허가를 신청하였다.[4]

1958년에서 1970년 사이 일본에서 각각의 고유한 이름으로 불린 재일조선인과 관련하여 발생한 사건들은, 일본사회에서 '재일조선인 문제'에 대한 격론을 촉발시키는 도화선이 되었다. '전(全) 재일조선인'의 역사와 현실이 물음에 부쳐졌고, 이른바 '민족문제'와 차별을 둘러싼 일본인 책임론이 제기되었으며, 재일조선인 2세의 귀화와 국적을 둘러싼 아이덴티티의 문제가 수면 위로 부상하였다.[5] 그러한 '재일조선인

---

4) 金嬉老, 金聲浩 옮김, 『김희로 옥중수기 : 너는 너·나는 나』, 弘益出版社, 1968, p.243. 김성호는 자신이 김희로에게 국적 변경에 대해 이해할 수 있도록 설명했다고 회고하는데, 이와 달리 임상민의 연구에 따르면, 김희로 사건 관련 외교부 문서에는 김희로의 변호인단 중 민단에 속한 김판암과 권일이 김희로에게 협정영주자격허가를 신청하도록 한 것으로 되어 있다. 임상민, 「김희로 사건과 김달수 : 정기간행물 『김희로공판대책위원회뉴스』를 중심으로」, 『일본어문학』 72, 한국일어일문학회, 2017, p.376.

문제'에 대한 논의는 식민지 책임론, 반전운동, 전공투 등 일본사회
내부의 비판적·반체제적 실천이나 시민사회 운동과 결부되며, '타자
와의 연대'에 대한 의식의 전환을 촉구하는 사상과 공명하기도 했다.[6]
물론 그와 같은 복잡한 논의 이전에 미디어에서 유포된 것은 '괴물'이나
'고릴라'(이진우), '라이플마(魔)'(김희로) 같은 비인간적 존재로서의 표
상이었다.[7]

------

5) 고마쓰가와 사건으로부터 1년이 지난 1960년 8월에는 도쿄도립대의 조선사 연구자인
하타다 다카시(旗田巍)를 중심으로 '이 소년을 구하는 모임(李少年を救う会)'이 결성되
고, 1961년에는 또 다른 모임인 '이군의 구명을 바라는 모임(李君の助命を願う会)'이
결성되면서, '이진우 문제'를 재일조선인의 역사와 생활환경이라는 배경에서 바라보며
일본인의 자성을 요구하는 운동이 일어났다. 김희로 사건 직후에는 일본의 변호사,
학자 등이 포함된 '문화인' 그룹의 대책 회의가 열렸으며 이후 가지무라 히데키(梶村秀
樹), 스즈키 미치히코(鈴木道彦) 등의 학자 및 시민들의 모임인 '김희로공판대책위원회
(이하 '대책위')'가 결성되었다. 이들은 일본사회의 재일조선인에 대한 뿌리 깊은 민족
차별이 이 사건의 근본적인 의미임을 호소하는 운동을 전개했다. 양정명은 9세에 아버
지의 강요로 가족 전원이 일본국적으로 귀화하였으며 와세다대학 진학 후 학원투쟁에
참가하였으나 학생운동 내부의 진영 갈등에 휘말리는 한편, 귀화자라는 이유로 학교
내의 재일 학생 단체 가입을 거부당했다. 학생운동과 종교, 연애, 민족·국적문제 사이
에서 끊임없이 갈등하는 심경을 담은 글을 남기고 자살했다.

6) 예를 들어 '김희로 사건'을 계기로 일본사회에서 확산된 민족적 책임론은, 1960년대에
종래의 혁신정당이 내건 '인민책임' 부정론에 대한 안티테제로 제기된 것이었다. 그것
은 좁은 의미의 정치적 연대를 벗어나 일본인들에게 민족으로서의 자기변혁 및 타자와
의 연대를 추구하는 방식의 책임을 요구하는 사상으로서, 김희로 변호단 및 대책위의
문제의식과 일치하는 것이었다. 山本興正,「金嬉老公判対策委員会における民族的責
任の思想の生成と葛藤 : 梶村秀樹の思想的関与を中心に」, 在日朝鮮人運動史研究会
編,「在日朝鮮人史研究」46, 2016, p.145.

7) '라이플마'라는 별명은 김희로 사건 직후 한국에서도 빈번히 그를 가리키는 표현으로
사용되었다. 1968년 4월 11일~13일에 국립극장에서 상연된 연극「고독한 영웅」은 김
희로 사건을 다룬 후쿠다 쓰네아리(福田恒存)의 원작〈解ってたまるか!〉를 번역·각색
한 것인데, 여기에서도 김희로의 실명은 '촌목(村木)'으로 변경되었지만 '라이플마'라
는 수식어는 변함없이 사용되었다(「극단山河『孤獨한 英雄」」,「경향신문」, 1969.
4.19, p.5;「孤獨한 英雄 : 劇団 山河 11回公演」,「조선일보」, 1969. 4.6, p.5,「劇團
『山河』日本知識人 풍자劇『孤獨한 英雄』공연」,「동아일보」, 1969. 4.11, p.5.). 덧붙
이면「고독한 영웅」은 해방 후 한국에서 번역되어 상연된 첫 일본어 원작의 연극이다

주목할 것은 이들의 존재가 그와 같은 논쟁과 매스미디어의 표상 속에서뿐만 아니라, 그들 스스로의 글쓰기, 특히 일본어로 글을 쓴다는 행위를 통해서 만들어지고 알려졌다는 점이다. 오세종의 선행 연구에 따르면, '조선적인 것'이 내면에 확고하게 성립하고 있지 않았던 김희 로는 자기 자신을 일본어를 통해 있는 그대로 드러냄으로써, 사회 밑바 닥에 가라앉아 있던 타자를 부상시켰을 뿐 아니라 언어 그 자체 안에 잠재해 있는 타자를 출현하도록 했다.[8] 세 사건의 당사자들은 옥중이 나 법정에서, 혹은 죽음 이후 수습된 유고 등을 통해서 그 이전까지 말할 수도, 들려질 수도 없었던 자기의 목소리를 세상에 드러냈다.[9] 이들의 텍스트를 거칠게 요약하자면 그것은 '(조선인인) 나는 왜 (일본에 서) 살인자가 되었는가?', '(조선인인) 나는 왜 (일본에서) 죽으려고 하는 가?'와 같이, 일본 내 타자로서의 '조선인=나'의 행위에 대해 묻고 답하 는 구조로 되어 있었다. 사건 당시 미성년자였음에도 불구하고 신속하 게 사형 판결이 확정된 이진우의 경우, 일본 시민사회의 지지자들로부

(이홍이, 「한국에서 출판된 『현대일본희곡집』의 의의」, 『연극평론』 68, 2013). 이에 관한 정보를 제공해 주신 서재길 선생님께 감사드린다.

8) 吳世宗, 「金嬉老と富村順一の日本語を通じた抵抗」, 琉球大学法文学部 編, 『琉球アジ ア文化論集 : 琉球大学文学部紀要』 4, 2018, p.73.

9) 이진우의 글은 재일 2세 저널리스트 박수남과의 옥중서간집(朴寿南編, 『罪と死と愛 と』, 三一書房, 1963, 李珍宇·朴寿南, 『李珍宇全書簡集』, 新人物往来社, 1979)으로 출판되었다. 김희로의 글은 공판의 특별변호인 중 한 명이었던 저널리스트 오카무라 아키히코(岡村昭彦)가 편집한 옥중수기(『弱虫·泣虫·甘ったれ : ある在日朝鮮人の生 い立ち』, 三省堂, 1968), 재일 활동가 김성호(金聖浩)가 한국어로 번역한 옥중수기(『김 희로 옥중수기 : 너는 너 나는 나』, 弘益出版社, 1968), 당시 베헤이렌(베트남에 평화 를! 시민연합) 주도 반전운동에 참여하고 있던 신학자 노부하라 도키유키(延原時行)와 의 옥중서간집(『今こそ傷口をさらけ出して : 金嬉老との往復書簡』, 敎文館, 1971) 등 으로 출판되었다. 양정명의 글은 그가 생전에 남긴 에세이, 시나 소설, 편지 등에 유서 를 더한 유고집(『いのち燃えつきるとも : 山村政明遺稿集』, 大和書房, 1971)으로 출판 되었으며 여기에는 이회성의 서문(「二つの祖国所有者の叫び」)이 수록되었다.

터 형 집행을 유보할 수 있는 재심이나 일본의 특별사면 제도인 은사(恩赦) 출원을 강력히 권유받았지만, 스스로 이를 거절하면서 위의 두 질문에 모두 답해야 했다. 뿐만 아니라, 여러 사람들의 설득 끝에 어렵게 은사 출원을 한 직후 짓궂게도 사형 집행의 대기를 의미하는 미야기(宮城) 형무소로 이감된 그는, 닥쳐올 죽음을 기다리는 상황에서 '왜 은사 출원을 했는가?', 즉 '왜 이제 와서 다시 살겠다고 하는가?'라는 힐난 섞인 질문을 수없이 받으며 옥중에서 그에 대한 답을 써야 했다.

이러한 사건 당사자들의 텍스트는 이후 김달수, 김시종, 고사명, 김석범, 이회성, 김학영 같은 재일 작가들의 법정 증언이나 창작 텍스트로 확장된다. 이 같은 글쓰기/말하기는 모두 일본어로 이루어졌는데, 따라서 이들의 글쓰기/말하기에 관한 문제는 재일 작가들의 근원적 물음이었던 '왜 (조선인인) 나는 일본어로 쓰는가?'라는 문제와 이어진 것이기도 했다. '왜 쓰는가?'에 관한 자문자답에 있어서 동형적인 이 비전문적·전문적 작가들의 글쓰기/말하기는 단지 개별 텍스트 내부의 일회성에 그치지 않고, 관련 텍스트의 연속적 생산과 확장을 통해 일본 국가의 단일민족주의·단일언어주의를 끊임없이 되묻는 연쇄성의 구조를 낳았다고 할 수 있다.

한편 이와 같은 재일조선인 관련 사건들은 한국사회에서도 적잖은 반향을 불러일으켰다. '고마쓰가와 사건' 이후 한국에서는 시민단체나 종교단체, 지식인 그룹 등이 이진우 구명 운동을 전개하였다. '김희로 사건' 이후에는 더욱더 큰 관심을 보이며 각종 미디어에서 사건을 다루었으며, 김희로가 옥중에서 쓴 육필 원고는 곧바로 재일 활동가의 번역을 거쳐 한국에 출판되었다. 사건 공판을 직접 방청하려는 한국 언론사들의 요청이 법원에서 거절되자 피고인 측이 거세게 항의하기도 했다. 사건 직후 결성된 '김희로구출서명운동추진위원회'는 서명 운동과 출

판 사업을 통해 김희로를 지원하고자 했으며, 실제로 성사되지는 못했
으나 일본을 방문하여 대책위와 접촉하고자 했다.[10] 무기징역이 확정
되어 일본의 형무소에서 수감생활을 하던 김희로는 1980년대 후반 승
려 박삼중의 주도로 결성된 '재일한국인 김희로씨 석방후원회'의 활동
에 힘입어, 일본으로의 재입국을 허용하지 않는다는 조건, 즉 영구퇴거
의 조건으로 가석방된 뒤 대한민국으로 송환된다. 김희로라는 이름과
함께 한국인들에게 익숙한 또 다른 이름 '권희로'는, 한국으로 송환된
뒤 친부의 성을 되찾고자 하는 그의 의지를 반영한 것이다.

이와 같이 재일조선인에 관련된 사건을 둘러싸고 한일 양국의 통치
세력과 재일조선인 사회, 그리고 양국 시민사회와 같은 다양한 집단에
서 사건의 '근본적인 의미'에 대해 해석하고자 했으며, 일부는 그것을
자신들에게 주어진 과제와 결부시키고자 했다. '김희로 사건'의 경우,
그것의 아이덴티티는 변호단과 대책위가 전략적으로 구호화한 '김희로
를 재판할 수 있는가'라는 질문에서 잘 드러난다. 야마모토 고쇼(山本興
正)의 선행 연구에 따르면, 이 질문 속에는 육체를 지닌 개별적·구체적
존재로서의 '김희로'와, 일본국가 및 일본인의 책임을 묻는 보편적인
문제 틀로서의 '재일조선인'이 있었다. 김희로의 법정 투쟁 그 자체를
지원하는 데 집중한 변호단 및 대책위는 '김희로 사건'과 그 재판 투쟁
에 있어서, 육신으로서의 김희로를 지키는 동시에 전 재일조선인에게

10) 김희로구출서명운동추진위원회 대표인 권애라의 일본 방문이 계획되었으나 대책위의
성향을 '공산당' 및 '좌익계열'로 구분한 외교부의 견제에 의해 실제로 성사되지는 못했
다. 임상민, 「김희로 사건과 김달수 : 정기간행물 『김희로공판대책위원회뉴스』를 중심
으로」, pp.375~376. 이후 김희로와 '옥중결혼'을 하겠다는 한국인 여성의 도일을 위원
회에서 지원하자 처음에 여권발급을 거부했던 한국정부는 이후 총련을 의식하며 '개인
자격'이라는 조건 하에 도일을 승락하기도 한다. 임상민, 「金嬉老事件と〈反共〉: 映画
「金の戦争」論」, 『日本文化學報』51, 한국일본문화학회, 2011, p.315.

가해지는 일본의 책임을 명확히 하여 재판을 원리적으로 부정한다는 '이중의 과제'를 설정했다.[11] 고마쓰가와 사건과 김희로 사건을 연관지 으며 "이진우 소년은 우리들 일본인 자신이며, 김희로 역시 우리들 자 신"이라고 말한 오에 겐자부로(大江健三郎)의 발언이 논란이 되기도 했 다.[12] 여기서 알 수 있는 사실은 재일조선인의 이름이 사건 자체의 아이 덴티티, 나아가 그 사건을 해석하는 개인 또는 집단의 아이덴티티와 관련되어 있다는 점이다. 달리 말하면, 김희로라는 존재를 어떻게 부르 느냐 하는 것 자체가 사건을 어떻게 바라보느냐 하는 것과 직결된 문제 였다고 할 수 있다.

사건으로부터 7년이 지난 1975년의 시점에 가지무라 히데키(梶村秀 樹)는 김희로에 대한 재판 상황을 정리한다. 이때 그는 "긴키로(金嬉老, きんきろう)로 살아온 길을 앞으로 극복해 나가고 싶다는 마음으로 한국 호적에 올라 있는 이름을 고른" 김희로 본인의 선택에 따라 자신도 그를 "권희로(クォン・ヒロ)"라고 부르겠다고 하며, 그것이 바로 주체적 인 책임을 수긍할 수 있는 방법임을 역설한다.[13] 나아가 그는 '김희로 사건'이 재일조선인의 실존적인 부조리함을 "상징하는" 사건으로서 '민 족문제'라는 "보편적인 형태"를 나타내고 있다고 강조한다. 하지만 그 가 생각하는 김희로의 '상징성'은 "김희로가 되지 않기 위해 안간힘을 쓰고 있을 사람들과, 보다 눈에 띄지 않게 매몰되어 가는 김희로들의 존재"를 간과하지 않는다는 의미에서 "개별투쟁"과 유리되지 않는 것

---

11) 山本興正, 「金嬉老公判対策委員会における民族的責任の思想の生成と葛藤 : 梶村秀樹 の思想的関与を中心に」, pp.143~145.
12) 大江健三郎, 「政治的想像力と殺人者の想像力 : われわれにとって金嬉老とはなにか?」, 『群像』, 1968. 임상민, 「김희로 사건과 김달수」, p.363에서 재인용.
13) 梶村秀樹, 「金嬉老裁判の現在」, 『朝鮮研究』 148, 日本朝鮮研究所, 1975, p.4.

이기도 하다.[14] 가지무라의 글 안에서 일관되게 등장하는 '권희로'라는 이름은, 그와 같은 '상징성=보편성'과 '개별투쟁'을 동시에 함의하고 있는 셈이었다.

이 글에서는 개인의 이름으로 명명되고 기억되는 재일조선인 사건에 대한 텍스트들을 대상으로 고유명의 의미에 대해 생각해보고자 한다. 특히 이 글에서는 김희로의 글쓰기/말하기와 그 서사적 재현에 주목하고자 하는데, 그 이유는 '김희로 사건'이라는 고정된 사건명과 달리 '육신'을 가지고 있는 김희로란 사실 수많은 이름으로 불려온 존재였기 때문이다. 따라서 사건 속의 인물을 누가 어떤 위치에서 어떤 이름으로 부르고 기억하는가 하는 문제는, 곧 그 사건의 아이덴티티가 시대와 맥락에 따라 어떻게 변화할 수 있는가 하는 문제와 깊은 관련을 맺게 된다. 이 글에서는 김희로의 옥중수기나 법정 진술, 재일 작가들의 증언 기록, 그리고 한국에서의 문학적 재현 등을 통하여, 재일조선인 사건 속의 고유명'들'과 그것의 서사적 전유가 야기하는 문제에 대해 고찰하고자 한다.

2. 단 하나의 이름을 향하여

김희로는 자신과 어느 일본인 사이에 발생한 어음 문제에 개입하여 부당한 채무를 부과하고 상환을 독촉해 오던 폭력단 간부 소가 유키오(曾我幸夫)와 그의 부하를 1968년 2월 20일 시즈오카(静岡)현 시미즈(清水) 시내의 클럽 밍쿠스(ミンクス)에서 소총으로 사살한다. 이후 그는

---

14) 梶村秀樹, 위의 글, p.8.

시즈오카현 하이바라(榛原)군 산속에 있는 스마타쿄(寸又峽) 온천의 후
지미야(ふじみや) 여관 운영자와 투숙객 등 13명을 인질로 삼고 88시간
을 농성한 끝에 2월 24일 보도진으로 위장한 경찰에 의해 체포된다.
농성 당시 그가 경찰에 요구한 것은 두 가지였다. 일전에 자기 눈앞에
서 조선인을 모욕한 시미즈서 경찰 고이즈미 이사무(小泉勇)의 사죄와
소가 유키오의 악행에 대한 있는 그대로의 발표. 그는 요구가 관철될
때까지 경찰과 대치하다가 최후에는 자결하겠다고 말했다. 농성 기간
중 일부를 내보내기도 하고, 억류된 사람들을 비교적 자유로운 분위기
에 두었다는 사실이 향후 공판에서 주요 쟁점이 되기도 했다.

　이 사건은 살인으로 시작한 김희로의 행동이 폭력을 수반한 '테러'
행위로 이어졌다는 점, 그리고 매스미디어의 강력한 영향력을 배경으
로 한 노출, 시민권과 비시민권, 계급적 모순, 민족문제 등 일본사회
전반에 대한 문제제기, 사건에 대한 지속적인 언급과 인용, 의미의 변
용 등 그것의 "다면체적 요소"로 인하여 끊임없는 반향을 불러일으켰
다.[15] 사건 직후 일본의 변호사와 학자 등으로 구성된 소위 '문화인'
그룹이 도쿄에서 긴급 회동을 갖고, 그 중 일부가 2월 22일에 현장을
방문하여 김희로에게 투항 호소문을 전달하였다. 이 중 재일조선인은
옵저버로 참여한 작가 김달수가 유일했다. 이 문화인 그룹을 모태로
하여 결성된 대책위는 김희로 공판을 재정적으로 지원하고 사건의 진
상을 지속적으로 일본사회에 알리고자 했으며, 이 사건의 근원에는
일본국가·일본인의 재일조선인에 대한 뿌리 깊은 차별 의식이 가로놓
여 있다는 점을 강조했다.

---

15) 鄭鎬碩, 「「金嬉老事件」のエコーグラフィー : メディア、暴力、シティズンシップ」, 東
京大学大学院 博士論文, 2014, p.12.

정호석의 선행연구에 따르면, 이처럼 김희로 사건이 '민족문제'로
인식된 데에는 조선 및 재일조선인 문제에 대해 적극적으로 발언하는
지식인의 등장, 반둥회의 이후의 국제적 동향과 결부된 한국/조선 관
련 출판물의 증가, 일본조선연구소 등의 전문연구기관 발족 등이 중요
한 배경으로 작용하고 있었다. 그와 같은 배경 속에서 1968년 2월 22일
일본의 매스미디어에 등장하여 조선인에 대한 일본인들의 편견과 일본
사회의 민족적 책임을 물었던 김희로의 '고발'에 대해, 일본의 지식인
들은 근원적으로 '응답'하고자 한 것이다.[16] 본격적으로 대책위가 출범
하기 전의 '문화인' 그룹이 김희로가 있는 현장으로 달려가 취한 '호소'
는 그와 같은 '응답'의 출발점이었던 셈이다.[17]

시즈오카 형무소에 수감된 직후부터 김희로는 각종 서신에 대한 답
장을 비롯한 글쓰기 작업에 몰두한 것으로 보인다. 1968년 9월 5일이라
는 날짜가 표기된 자서(自序)와 맺음말을 포함한 그의 육필원고는 시즈
오카에 거주하는 김성호를 통해 1968년 11월에 한국어로 번역 출판되
었다. 수기 중간에는 3월 5일부터 4월 10일 사이에 쓴 짧은 문장들이

---

16) 鄭鎬碩, 위의 글, pp.115~117.
17) 『김희로의 법정진술(金嬉老の法廷陳述)』의 후기를 쓴 일본의 불문학자 스즈키 미치히
코는 당시 자신 또한 관여하였던 '호소'를 반성적으로 사유하고 있어 눈길을 끈다.
"김희로가 온몸으로 차별에 저항하고 있을 때, 너는 무엇을 했는가, 저 탄핵을 어떻게
받아들였는가"(강조점-원문)라는 자기 안의 규탄의 목소리에 응답해야만 했던 그는,
그러나 김희로에 대한 호소의 행동이 그 응답의 방식으로서는 옳은 것이 아니었음을
여전히 대책위의 한 사람인 입장에서 성찰하고 있다. 그 이유는 차별자로서의 자기
존재를 묻기 위해 취한 '호소'라는 행동이, 실상 차별자가 발하는 목소리 그 자체였다는
데 있었다. 이를 절실하게 깨달은 계기는 그를 구하는 입장이 아니라 김희로의 인질이
된 입장을 상상하며 가만히 침묵하고 고통을 견디면서 돌파구를 모색할 때 비로소
연대나 민주주의가 싹틀 수 있다는 모리사키 가즈에(森崎和江)의 통렬한 고발이었다.
鈴木道彦, 「[あとがき] 金嬉老裁判の意味」, 金嬉老公判対策委員会 編, 『金嬉老の法廷
陳述』, 三一書房, 1970, pp.260~261.

'단상'이라는 소제목으로 삽입되어 있다. 단상을 포함한 수기 외에도 이 책에는 김소운의 서문을 비롯하여 고이즈미 형사에 대한 호소문 (1968.3.26), 『문예춘추』지에서 일본인 인질들의 협조행위를 비난한 작가 시바다 렌자부로(柴田錬三郎)에 대한 항의문(1968.5.6), 제1회 공판의 모두(冒頭)진술문(1968.8.21), 수기를 끝내며 김희로가 '조국의 동포 여러분께' 남기는 글(1968.9.5), 김희로가 일본어로 쓴 시고(詩稿)가 번역되어 수록되었다. 이 시고는 재일한국인 시인인 이기동을 통해 김소운에게 전해졌으며 이를 김소운이 직접 번역하였다.[18] 그의 수기는 어린 시절에 대한 기억부터 농성 현장인 후지미야 여관에서 체포되던 순간까지를 대체로 시간 순서에 따라 배열하고 있다. 글의 체제는 해방 전 유소년 시절을 기록한 '운명의 서장', 1968년 3월 5일부터 4월 10일 까지의 날짜가 적힌 '단상', 일본 패전 후 경찰과 빚어온 갈등과 여성 편력 및 방랑 생활을 기록한 '오욕의 행로', 사건 전후 행적과 체포되기 까지의 순간을 그린 '목숨을 걸고'의 네 장으로 구성되어 있다. 글이 완결된 시점이 사건 후 수 개월에 불과했을 때이므로, 그의 최초 기억 인 부친의 죽음(1931년)으로부터 시작하여 후지미야에서 체포되는 순간 (1968년 2월 24일)에 끝나는 이 이야기는 김희로 자신이 그때까지 살아온 거의 대부분의 시간에 걸친 일대기라고도 할 수 있다.

---

18) 金嬉老, 金聲浩 옮김, 『김희로 옥중수기 : 너는 너·나는 나』. 한편 1999년 김희로의 가석방 소식이 알려졌을 때 『동아일보』 인터뷰에 응한 번역자 김성호는 그때까지 자택 서재에 보관하고 있던 김희로의 육필 원고와 시, 공판에 대비해 작성한 모두진술문과 메모 등을 기자에게 보여주기도 했다. 덧붙이면 김성호는 70년대에 일본에서 김대중 구명대책위원회 사무국장을 맡고 김지하 전집을 일본어로 번역출간하기도 했는데, 이러한 활동의 계기가 된 것은 "권희로사건"에 관여하는 재일동포들의 운동에 압력을 가한 박정희 정권에 대한 "배신감"이었다고 회고하기도 한다. 「"權嬉老사건 재일동포 울분 촉발시켜" : 재일인권운동가 金聖浩씨」, 『동아일보』, 1999. 9.6.

이와 같은 그의 자기 서사는 크게 아시아·태평양전쟁의 종전 이전과 이후라는 두 개의 시간으로 구분되며, 그 사이에 현재의 시점으로 서술된 '단상' 장이 놓임으로써 유년기(전전의 '나')와 성년기(전후의 '나') 사이에 어떤 단절이 발생한다. 그 단절이란, 일본인 교사나 동급생들로부터 '조센진'이라고 조소당하면서도 그 '조선'이란 것이 "일본 국내에 있는 섬인 줄로만 생각하고"[19] 있을 만큼 조선에 관해서 무지했던 자기와, "전후 민주화되었다는 일본 경찰"[20]과 치열하게 대립·대결해온 자기 사이의 단절로 요약할 수 있을 것이다. 하지만 그것은 궁극적으로 사건 이후의 도약, 즉 법정투쟁이라는 새로운 단계에서 민족적 자아라는 새로운 자아로의 통합을 위해 서사적으로 의도된 단절이기도 하다. 수기를 끝내고 "조국의 동포 여러분께" 전하는 글에서 그는 "나의 투쟁은, 나의 수기를 쓰고 난 이 시각부터 새로운 투쟁으로 시작하였"고 자신은 "새롭게 태어나서 법정에 서게 되었"다며, "'한국인' 김희로의 투쟁하는 모습을" 응시해 달라고 조국의 동포들에게 당부한다.[21]

이 수기에서 김희로가 말하는 '새로운 투쟁'이란 이중의 의미를 지닌다. 하나는 경찰에 대한 개인적인 원한과 분노를 '재일동포 60만'의 체험과 투쟁으로 확장하는 것이다. 소년형무소에서 일본의 패전을 맞이한 김희로는 1945년 9월에 석방된 후 암시장에 쌀을 내다 파는 일을 했는데, 미곡 매입 명목으로 선불금을 받아 가로채는 사기 및 미곡 절도의 죄목으로 1946년에 다시 징역형을 선고받는다. 그런데 형무소에 수감되어 있던 어느 날 경찰로부터 애인을 빼앗긴 일을 계기로,

19) 金嬉老, 金聲浩 옮김, 『김희로 옥중수기 : 너는 너·나는 나』, p.46.

20) 金嬉老, 위의 책, p.104.

21) 金嬉老, 위의 책, p.226.

경찰에 대한 그의 난폭한 행동과 악감정은 노골적으로 나타나기 시작한다. 하지만 그는 전후(戰後) 자신의 행로를 다음과 같이 정리한다. "혼자 겪어온 일이었지마는 이제 곰곰이 생각해 보건대, 나 한 사람의 문제에 그칠 것이 아니고 재일(在日) 동포 60만이 체험한 문제일 것이며, 동시에 일본경찰의 자세와 내막의 문제이며, 사회에 대한 영향과 경찰의 책임 문제일 것이다."[22] 이처럼 그는 경찰과의 사적인 트러블을 더 이상 자기 혼자만의 일이 아닌 '재일동포 60만'의 문제이자 '일본경찰' 전체의 책임이라는 문제로 확장하여 이해하고자 하는데, 이는 옥중에서 '곰곰이 생각하며' 글을 쓰는 과정을 통해 새롭게 획득된 해석이었다.

'새로운 투쟁'의 또 다른 의미는 그가 한국의 독자들을 의식하며 메시지를 덧붙이는 과정에서 명확해진 '한국인 김희로'로서의 투쟁이다. 그가 '조국의 동포'들을 향해 맺음말을 쓴 1968년 9월 5일은 대한민국 국적을 획득한 지 약 3개월이 지난 시점이며, 협정영주자격허가 신청으로부터는 약 2개월이 지난 시점이었다. 말 그대로 그는 '한국인 김희로'로서 새로 태어나고 있는 중이기도 했던 것이다.

한일 법적지위협정에 의한 재일조선인의 협정영주자격허가 신청은 1971년에 종료될 예정이었지만, 1968년 초반만 하더라도 신청자의 수는 전체 재일조선인의 10% 정도에 미칠 뿐이었다. 이런 상황에서 한국 정부는 일본정부와 민단의 소극적인 태도에 불만을 드러냈다. 1965년 이전까지 일본정부는 외국인등록증의 국적란이 실질적 국적이나 국가의 승인을 의미하지 않는다는 입장을 취해 오다가, 한일협정 이후에는 국적란의 '한국' 표시가 대한민국의 국적을 가리키는 반면 '조선'은 편의상의 기재라고 하는 입장을 취했다. 북일관계의 비정상화와 한일관

---

22) 金嬉老, 위의 책, p.105.

계의 정상화라는 냉전체제 하의 서열구조 속에서 '한국'적으로의 변경
문제는 재일조선인의 국적이 지닌 '이중성'과 '비대칭성'을 나타냈다.[23]
옥중에서 진행된 김희로의 국적변경과 협정영주자격허가 신청은, 재
일조선인의 협정영주자격허가 신청이 한국정부의 기대만큼 원활하지
않던 시점에 이루어졌다. 옥중에서 이루어진 만큼 여기에는 민단 측의
회유와 절차적 대행이 개입되었을 것이다. 여기에서, 남북일 관계의
비대칭성을 후경화하고 재일조선인의 법적 지위를 국적의 '변경'과 협
정영주자격의 '신청'이라는 선택의 문제로 전면화함으로써 체제적 우
월성을 강조하고자 한 한국정부의 태도를 엿볼 수 있다.

그의 수기 중에는, 우수한 성적에도 불구하고 일본사회에서 기회를
박탈당한 채 고생하다가 북송선을 탄 이종사촌 형의 선택을 고향에
대한 "배반"으로 묘사하는 부분이 있다.[24] 이종사촌은 절망 끝에 '귀국'
하기 직전, 당시 형무소에 있던 김희로에게 편지를 보내 "후일 너도
꼭 돌아오도록 기다리겠다"는 말을 남기고는 연락이 끊겼다. 그는 차라
리 해방 전에 둘이 함께 조선으로 돌아갔더라면 형이 북한으로 가는
일도, 자신이 범죄자가 되는 일도 없었을 것이라는 회한을 드러낸다.
이것은 대일관계 및 재일조선인의 포섭 정치를 체제 우월성의 표징으로
삼고 있던 한국사회의 맥락에서 볼 때, '귀국'이 아닌 협정영주자격을
신청한 김희로의 '선택'의 정당성을 뒷받침하는 사례로도 충분히 수용
가능한 것이었다.

이와 같은 이중적 의미에서 '새로운 투쟁'을 결의할 때 김희로라는

23) 조경희, 「한일협정 이후 재일 조선인의 국적과 분단정치」, 『역사문제연구』 34, 역사문
제연구소, 2015.
24) 金嬉老, 金聲浩 옮김, 『김희로 옥중수기 : 너는 너·나는 나』, p.42.

이름은 '60만 재일조선인'을 대표하는 기호이자 '한국인'임을 나타내는 기호로 사용된다. 그것은 어린 시절 그를 가리켜 왔던 다른 이름들과의 결별 과정을 동반한다. 모친의 재혼 후 계부의 성을 따라 '김희로'가 된 그는, 집밖에서는 역시 계부의 일본 성을 따라 '가네오카 야스히로(金岡安広)'라는 일본명을 사용하였다. 하지만 태어나자마자 그에게 주어진 이름은 '권희로'였으며, 친부 사후에도 한동안 그의 일본 성을 따라 '곤도 야스히로(近藤安宏)'라는 일본명을 사용하기도 했다. 어린 시절 주로 '권희로'의 일본식 발음인 '곤키로'로 불리던 그는 이 특이한 발음 덕에 '공끼'라는 별명을 얻었다. 일본 아이들은 그를 조롱하기 위해 '공끼'의 표음을 따서 "절간의 종이 고옹고옹 울며는 까치가 끼이끼이 울고 간다네" 하는 노랫말을 지어 부르곤 했다.[25] 일반적인 일본인의 이름과는 확연히 이질적인 이름으로 인해 차별받았던 경험은, 그로 하여금 일본인으로 패싱(passing)하는 삶의 방식을 익히도록 했다. '행세' 라고도 번역되기도 하는 패싱은 소수자 집단에 대한 주류 사회의 부인 (disrecognition)에 굴하지 않고 "자신이 욕망하는 지위를 달성하고 손에 넣으려는 자기표현과 자기표상"을 말한다.[26] 사회학적 의미로는 정상성 과 일탈성 사이의 경계 침범적 행위를 포괄하는 이 패싱은 재일조선인들 이 민족적 은폐와 침묵을 통해 그 자체로 전후 일본의 문화 자본인 '일본인성(Japanese-ness)'을 연기한다는 것을 뜻했다. 그런 점에서 패싱 은 일본 주류 사회의 부인 전략에 대한 비순응인 한편으로, "얄궂게도 단일민족 이데올로기를 재생산"하는 모순적인 삶의 방식이었다.[27]

---

25) 金嬉老, 위의 책, p.49.
26) 존 리, 김혜진 옮김, 『자이니치 : 디아스포라 민족주의와 탈식민 정체성』, 소명출판, 2019, p.47.
27) 존 리, 위의 책, p.55.

일본식 통명을 사용하는 것은 패싱의 대표적인 방법이었다. 이를테면 1942년 부랑아 신세로 나고야(名古屋) 역의 대합실에서 노숙하던 그는 경찰서로 끌려가 취조를 받을 때 '곤도 야스히로'라는 이름을 대었다. 그러나 나중에 조선인이라는 사실이 알려져 배로 수모를 당한 그는, '곤도 야스히로'가 "가명이 아니고 일제가 강요한 이름"[28]이었음에도 그것을 사용했다는 이유로 이중의 차별을 받아야 했던 부당함에 대해 지적하고 있다. 또 다른 사건으로 그는 소년감화원과 소년심판소를 거쳐 가와사키(川崎)의 고아가쿠인(興亜学院)에 수감되었는데, 이곳은 일본인들만 수용되는 소년원이었다. 그러다가 중간에 조선인이라는 사실이 알려져 조선인과 대만인을 별도로 수용하는 소아이가쿠인(相愛学院)으로 이감되고 이곳에 일본 패전시까지 수용되어 있었다. 이처럼 어린 시절 그는 '김희로'가 아닌 다른 이름들로 살도록 강요받아 왔으면서, 바로 그 강요받은 이름으로 인해 다시금 차별과 모욕의 대상이 되었던 경험을 가지고 있었다. 따라서 그의 새로운 투쟁은 그 많은 이름들 중에서 단 하나의 이름을 획득하기 위한 투쟁이었다고도 할 수 있으며, 그것이 바로 '한국인 김희로'가 의미하는 바였다

3. 법정 진술에서 자서전으로

곤키로와 곤도 야스히로, 긴키로와 가네오카 야스히로, 그리고 또 다른 일본명이었던 시미즈 야스히로(清水安宏)에 더하여 '곤키로'와 '긴키로'의 원 조선어 발음인 '권희로'와 '김희로'까지. 그는 일곱 개의 이름

---

28) 金嬉老, 金聲浩 옮김, 『김희로 옥중수기 : 너는 너·나는 나』, p.65. (강조-인용자)

을 지니고 있었다. 1968년 10월 30일과 11월 6일, 두 차례에 걸친 공판 의견진술에서 김희로가 가장 먼저 강조한 것도 바로 그러한 사실이었다. 그는 여러 개의 이름으로 '아무렇게나' 불려왔다는 사실 자체가 조선인 들에게는 모욕적이며 가혹한 일이라는 것을 법정에서 역설했다. '이와 나리 시게요시(岩成重義)'라는 검찰관의 이름을 멋대로 '간세이 주기'라 고 부르면 어떻겠느냐는 반문은, '아무렇게나', 즉 때에 따라 적당히 부르면 되는 이름에 가해지는 차별과 폭력의 구조에 대한 물음이었다.

> 일본인 중에 두 개, 세 개, 네 개, 다섯 개의 이름을 가진 사람이 있습니까. 이것은 우리들에게 너무나 큰 모욕이며 가혹한 일이라고 생각합니다. 과연 일본의 여러분은 자기 이름에 다섯 개, 여섯 개, 일곱 개나 되는 이름이 붙여진다는 기분을 알고 있습니까. **그리고 검찰관은 긴키로라고 불려도 좋다고 했습니다만, 그러면 내가 이와나리 시게요시 검찰관을 '간세이 주기'라 부르면 어떠시겠습니까. 그렇게도 부를 수 있는 것입니다.**
> 나는 우리들의 이름이야 뭐가 됐든 좋다, 개처럼 이름을 **아무렇게나** (いいかげんに) 붙여두면 된다는 그런 취급에 대해 격심한 분노를 느낍 니다.[29]

이틀 간 도합 9시간 반에 걸쳐 진행된 의견진술에서, 그는 준비해온 원고도 없이 말을 쏟아냈다. 준비된 원고를 읽는 방식이 아니었음은 두 차례의 의견진술 전문을 기록한 출판물 속에서도 드러난다. 기록 속에서 그는 중간 중간 기억이 나지 않거나 기억이 뒤섞인 부분에서는 '다시 말하겠다'는 식으로 오류를 바로잡으며, 갑자기 생각나는 기억

은 맥락이 맞지 않더라도 덧붙이곤 한다. 대책위에서 펴낸 『김희로의
법정진술』은 그의 이러한 구두 진술을 활자로 기록한 텍스트이다. 대
책위의 한 사람으로 참가한 스즈키 미치히코(鈴木道彦)는, 『김희로의
법정진술』 후기에서 이것이 9시간 반에 걸친 김희로의 말을 "충실하게
재현한 것"이며, 이 책의 편집을 담당한 대책위에서는 그의 구어를 고
쳐 쓰지도, 중복된 부분을 빼지도 않았다고 강조한다.[30] 이 책에 열거
된 김희로의 이름'들'은 일본어와 조선어 표기의 문제를 넘어서 그것
이 어떻게 발음되는가의 문제까지 포함한다. 따라서 이 '구어' 텍스트
를 통해, 그의 이름이 어떻게 발음되고 그것이 어떻게 문자화되는가,
그때 음성과 표기 사이의 어긋남이 어떻게 드러나는가를 엿볼 수 있을
것이다.

　성인이 된 후 김희로는 가정 외에서는 주로 '가네오카 야스히로'라는
이름을 사용하였다. 1966년경 그는 10년 가까이 동거해온 가즈코라는
일본인 여성과 함께 시미즈에 조선식 술집을 차리고 비교적 안정된
생활을 누리는 가운데 일본인 단골과 친분을 쌓는다. 1967년 4월경
가즈코와 결별한 그는 두 달 뒤쯤 단골이었던 오카무라(岡村)와 어음거
래를 하는데, 어음에 문제가 생기자 여기에 폭력단 간부 소가 유키오가
개입하게 된다. 그는 변제액수를 늘려 강제로 김희로에게 차용증서에
인장을 찍게 한 뒤, 김희로가 요코하마(橫浜), 아오모리(靑森) 등지로
거처를 옮길 때마다 찾아오거나 독촉장을 보내는가 하면 가케가와(掛
川)에 있는 모친에게까지 찾아와 행패를 부리며 김희로를 압박한다.
같은 해 여름에는 길에서 다투고 있던 사촌동생 무리를 향해 "네놈들
조선인은 일본에 와서 한심한 짓좀 하지 말라"고 한 고이즈미 형사의

30) 鈴木道彦, 『金嬉老の法廷陳述』, p.255.

말을 듣고, 전화로 항의했다가 오히려 "조선인은 그런 말을 듣는 게 당연하다"는 모욕적인 말을 듣는다.[31] 설상가상으로 요코하마에서 지내던 11월에는 가케가와 집으로 안부전화를 걸었다가 약 열흘 전에 계부가 손자를 죽이고 자살했다는 충격적인 소식을 듣게 된다. 그러한 상황에서 오카무라 일당을 동원하여 소가가 채무 압박을 해오자, 그는 라이플을 들고 시미즈로 가서 일당 중 한 명인 우다가와(宇田川)와 총격전을 벌인다. 총격전 후 우다가와는 "가네오카! 나도 자네와 총을 겨누며 자칫하면 죽느냐 죽이느냐까지 왔으니까, 그 대가를 오카무라한테 확실히 치르도록 해야만 체면이 서겠네"라고 하며 함께 돈을 받아내자고 제안한다. 김희로가 이를 거부하자 그는 이번엔 "희로상(ヒロさん) 부탁하네. 만 엔이라도 좋으니까"라며 김희로에게 돈을 요구한다.[32]

위에서 우다가와가 김희로를 부르는 방식은 두 가지로 나타나는데, 하나는 평소대로 '가네오카'라고 부르는 것이며, 다른 하나는 상황이 불리해지자 그를 '희로상(ヒロさん)'이라고 부르는 것이다. 그렇다면 우다가와는 평소에 부르던 일본식 이름에서 갑자기 태세를 전환하여 '희로'라는 조선명을 조선식 발음으로 부른 것일까? 여기서 '희로'라는 이름 자체가 조선어/일본어의 경계에 있다는 문제가 부상한다. 앞서 살핀 오세종의 선행 연구에서는, 김희로 공판의 특별변호인 중 한 명인 저널리스트 오카무라 아키히코가 편집한 김희로의 유년시절에 관한 수기 『겁쟁이 · 울보 · 응석받이(弱虫 · 泣虫 · 甘ったれ : ある在日朝鮮人の生い立ち)』에서 어머니의 말을 옮겨 적는 김희로의 일본어에 주목한 바 있다. 그 수기에서 김희로는 "희로야 어데갔노(広や、オデカンノ)"라는 어머니

31) 鈴木道彦, 위의 책, p.56.
32) 鈴木道彦, 위의 책, p.72.

의 말을 옮겨 적을 때, '희로야'를 '広や'라고 표기하며 마치 일본어 발음인 것처럼 적고 있다. '히로(広)'라는 일본어는 그의 일본명인 '곤도 야스히로' 혹은 '가네오카 야스히로'의 마지막 자이기도 하다. 이에 대해 오세종은 '희로야 오데갔노'라는 어머니의 사투리를 '히로(広)'라는 일본어 발음과 '오데간노(オデカンノ)'라는 조선어 발음으로 혼용하여 표기한 그의 글쓰기가 일본어 그 자체를 균열시키고 그것을 타자의 문화와 역사를 향해 개방함으로써 잡거상태로 만드는 것이라고 분석한다.[33]

그렇다면 김희로의 이름을 '広'가 아닌 'ヒロ'라고 표기한다고 해서 그것은 조선어가 될 수 있는 것일까? 김희로의 법정진술을 기록한 텍스트에서 그를 부르는 일본인의 말을 'ヒロさん'이라고 옮겨 적은 것은, 위의 수기 『겁쟁이·울보·응석받이』에서 조선인인 어머니의 말을 '広や'라고 옮겨 적는 방식을 반전시킨 것이다. 다시 말해 일본인 우다가와와의 일본어 담화를 옮겨 적을 때 그의 이름은 일본어 '広'와의 변별성을 암시하는 'ヒロ'라는 가타카나로 표기되었으며, 어머니의 조선어 담화를 옮겨 적을 때 그의 이름은 조선어 '희로'와 변별되는 '広'라는 일본식 한자로 표기되었다. 법정에서 김희로의 육성으로 직접 발음된 '희로상'이라는 음성은 '広さん'으로도 'ヒロさん'으로도 옮겨질 수 있지만, 반대로 그 두 가지 문자 모두 그의 이름을 '있는 그대로' 옮길 수는 없는 것이다. 즉 텍스트 속의 'ヒロさん'이란 어디까지나 임의적인 옮겨쓰기일 뿐이다. 일회성의 대화를 재현하는 과정에서 그의 입을 통해 발음된 '희로/히로'라는 음성언어는, '조선어'와 '일본어'라는 통일된 문자언어의 체계에 포착될 수 없는 단독성(singularity)을 발현한다. 그의 관념 속에서는 이미 '희로/히로'라는 음성으로 불리는 자신의 이름

---

33) 吳世宗, 「金嬉老と富村順一の日本語を通じた抵抗」, pp. 72~73.

이 '조선인의 조선어', '일본인의 일본어'와 같은 단일언어적 체계 속에서 어느 한곳에 귀속될 수 없다는 감각이 형성되어 있었다고 할 수 있다. 이러한 감각은 그 자신이 명확하게 의식한 바는 아니었을 것이다. 일회성과 순간성을 지니는 대화 속의 이름을 옮겨 적을 때 보이는 '희로/히로'라는 이름의 경계적 속성과 달리, 그가 의식적으로 행하는 글쓰기 속에서는 자신의 이름을 '조선어(한국어)' 문자체계 속에 정확히 기입하고자 하는 태도가 명확히 드러나기 때문이다. 이러한 태도가 나타나는 것은 바로 '서명'이라는 행위를 통해서이다.

김희로가 공판에서 행한 법정 진술은 1970년에 대책위의 편집을 거쳐 출판되며, 이 출판물은 다시금 한국의 김희로구출운동추진위원회의 기획에 의해 같은 해 한국어로 번역된다. 흥미롭게도 이 번역서는 김희로의 법정 진술 전문을 "자전(自傳)·김희로의 반생기"라는 제목으로 수록하면서 "이것은 김희로의 법정 의견진술이라기보다는 한 재일교포가 몸서리쳐지는 민족차별과 모멸의 틈바구니에서 일본인들에게 할퀴어야만 했던 그 피나는 반생을 되돌아보는 **자서전이라고** 이름해 두는 것이 옳을 것"이라고 부기하고 있다.[34] 이 책의 앞쪽에는 김희로가 옥중에서 찍은 사진을 비롯하여 그가 추진위원회 대표 권애라 앞으로 보낸 혈서, 김희로가 역자에게 보낸 서신(곳곳에 먹칠이 되어 있음), 그리고 한국의 독자들에게 보내는 인사말의 육필원고 등이 인쇄되어 있다. 그중 권애라에게 보낸 혈서에는 태극기 그림과 '大韓民国 万才'라는 문구, 그리고 '김희로'라는 한글 서명이 적혀 있으며(〈그림1〉), 한국의 독자들에게 건네는 인사말 육필원고에도 마찬가지로 '김희로'라

---

34) 金嬉老公判對策委員會 編, 趙重泰 옮김, 『金嬉老事件眞相 : 분노는 폭포처럼』, 章苑文化社, 1970, p.29.(강조-인용자)

는 한글 서명이 기입되어 있다(〈그림2〉).

〈그림1〉	〈그림2〉
김희로가 권애라에게 보낸 혈서	"경애하는 조국동포 여러분"으로 시작하는 김희로의 편지
(출처: 『金嬉老事件眞相: 분노는 폭포처럼』, 章怨文化社, 1970)	(출처: 『金嬉老事件眞相: 분노는 폭포처럼』, 章怨文化社, 1970)

한국으로 보내는 메시지나 서신뿐만 아니라, 일본인과 주고받은 서신에서도 그는 의식적으로 한글로 된 서명을 남겼다. 이를테면 1969년 8월 베헤이렌(ベ平連) 주최로 열린 반전 행사에서 「김희로의 의견진술'로부터 배운다」라는 글을 발표한 노부하라 도키유키(延原時行)는 김희로와 교환한 서신들을 모아 출판한 바 있는데, 여기에서도 '김희로'라는 한글 서명을 발견할 수 있다. 이 서간집 속에서 김희로는 "나의 행위는 나 개인의 책임이고 나의 호소는 전 조선인의 문제"라고 말하며, "최근 배운 자국 문자에 의한 서명"이라는 언급과 함께 '김희로'라는 한글 서명을 덧붙인다.[35] 이후 매 서신마다 그는 한글로 서명을 하는

---

35) 延原時行 編著, 『今こそ傷口をさらけ出して : 金嬉老との往復書簡』, 教文館, 1971, pp.18~19.

데, 이것은 스스로를 '상처 입은 마음으로 살아온 재일 60만 동포'를 대표하는 위치에 두고, 자신의 문제를 '전 조선인의 문제'로 확장하는 사고회로를 보여준다. 그는 이러한 서명을 통해서 "한국 민중의 반응"을 의식하며, "내 행위와 호소가 지금 어느 시점에 서 있는지" 자각하여 나갔다.[36] 이러한 '자국 문자'의 서명을 통해, 임시적·일회적이고 다의적이었던 '희로'라는 음성 호칭은 한국어 문자 체계 속으로 통합되며 일의성을 부여받는다. 특히 그의 옥중 텍스트나 법정진술은 일본어 독자뿐만 아니라 한국어 독자들을 대상으로 함에 따라, 김희로 개인이 신체기관을 통해 듣고 발화한 음성언어의 이질성을 배제하는 방향으로 기획되고 재편된다. 하지만 한편으로 그의 한글 서명은 어디까지나 의식적이고 사후적인 기입 행위였던 만큼, 텍스트 안에는 여전히 통합되지 못한 채 부유하는 이름(들)이 위치해 있다. 이와 같은 공간적·언어적 이동 과정을 통해, 그의 옥중수기나 법정 진술은 단일언어 체계에 저항하는 이질성과 민족적 귀속을 추동하는 동일성을 함께 지니는 모순적 텍스트가 되었다.

4. 증인이 된 작가들

'김희로 사건'의 공판에는 김희로 본인과 직접 관련된 인물뿐만 아니라 여러 재일조선인 작가들 또한 증인으로 출석했다. 김희로의 특별변호인을 맡은 김달수는 1971년 11월 18일 공판에 증인으로 출석하여 사건에 대한 의견, 본인이 일본으로 건너온 사정, 잊을 수 없는 피차별의

---

36) 延原時行 編著, 위의 책, pp.83~84.

경험, 일본 국가 및 사회에 대한 생각 등의 심문 사항에 답변했다. 거기서 그는 일본에 건너온 지 얼마 안 되었을 때 다니던 야간 소학교에서 자기 이름을 제멋대로 "긴닷스(きんたっす)"라고 부르던 한 교사를 기억하며, "그런 식으로 불리고 있었던 것입니다"[37]라고 덧붙인다. 이때 그가 말한 '그런 식으로'란, 앞서 김희로가 법정진술을 시작하며 자기 이름이 일본에서 불려온 방식을 폭로할 때 덧붙인 '아무렇게나'라는 부사와 같은 의미로 이해할 수 있을 것이다. 야간학교를 그만두고 주간 소학교로 새롭게 등교하던 날 사촌형은 그의 손바닥에 글씨를 써주며 앞으로 가네야마 주타로(金山忠太郎)라는 이름을 사용하라고 시킨다. 그런데 새 담임교사는 그를 보고 "가네야마 주타로가 아니"고 "金達寿라는 본명을 쓰는 게 좋다"고 말해준다. 그는 만약 자기가 가네야마 주타로로 불렸다면, "金達寿 이외에 또 한 사람의 인간이 나에게 달라붙어서, 가네야마 주타로라는 가상의 인간이 생겨나지 않았을까"라고 회고한다.[38] 그가 일본인 교사로부터 권유받은 '金達寿라는 본명'이 일본어로 읽는 일반적 방식인 '긴다쓰주(キンタツジュ)'였는지 아니면 '김달수(キムダルス)'였는지는 문면에 드러나 있지 않지만, 그는 김희로와는 달리 '본명'을 지킨 덕분에 가상의 자아가 자기 내부에서 파생하는 것을 막을 수 있었다는 취지의 진술을 한 것이다.

김달수의 증언으로부터 약 한 달이 지난 12월 17일에는 작가 고사명, 김시종, 이회성이 김희로 사건 공판에 증인으로 출석하였다. 이날의 증언 속기록에 가필을 한 원고가 『별책경제평론』 1972년 6월호에 '심판받는 일본'이라는 제목의 특집으로 수록되었다. 그들의 증언 내용을

---

37) 『金嬉老問題資料集Ⅵ : 証言集2』, 金嬉老公判対策委員会, 1972, p.137.
38) 위의 책, p.138.

간략히 살펴보면, 먼저 고사명은 일본어를 통해 사물을 생각하고 말한다
는 것이 어떤 경험인지를 묻는 변호인 측의 질문에 대해, "조선어를
모르는 조선인은 조선인이라는 것을 결국 자기 자신이 부정해 버릴
수밖에 없는 비극에 빠지고 만다"고 답변한다.[39] 나아가 그는 재일조선
인의 한 사람인 자기 또한 삶을 되돌아보았을 때 그 괴로움이 어떤
것인지 잘 알고 있는 만큼 그것을 타인에게 전가하고 싶지 않다고 말한다.
하지만 이제 겨우 조선인으로서의 자기 자신을 고발하기 시작한 김희로
에게는 끝까지 살아남아 인간으로서의 책임을 다할 것을 요구한다.

이회성은 증인대에 선 소감을 묻는 변호인에게, "증인대에 선 것이
아니라 피고인으로서 이곳에 서도 좋지 않았을까" 하는 생각이 문득
들었다고 고백한다. 왜냐면 그 자신이 걸어온 길을 생각해보아도 실제
로 범죄를 아슬아슬하게 피해 왔을 뿐이며, 이러한 의식을 끊임없이
발생시키는 상황 속에 늘 던져져 왔기 때문이다. 즉 "억압받는 자의
입장"에 서 있다는 점에서 증인은 언제든 피고의 자리로 전위(轉位)할
수 있으며, 이것은 '지배자'나 '방관자'의 입장에서는 도저히 투사할
수 없는 위치라는 것이었다.[40]

이상과 같이 작가들은 모두 '김희로 사건'에 대한 심문의 자리에서
자신이 걸어온 길을 반추하며, 조선인이라는 민족적 자각의 기회를
처음부터 박탈해온 일본의 교육이 조선인 내부에 '가상의 인간'을 형성하
거나 '자기부정'에 빠지도록 했다는 점을 공통적으로 지적한다. 물론
작가들마다 김희로의 행위에 대한 입장 차이가 조금씩 확인되기도 한다.
특별변호인으로 김희로 공판에 직접 개입했던 김달수는 자신은 운좋게

---

39) 高史明, 「悲劇の転生」, 『別冊経済評論』, 日本評論社, 1972, p.189.
40) 李恢成, 「抑圧される側の論理」, 위의 책, p.208.

도 '본명'을 지켜준 일본인 교사 덕분에 자기부정에 함몰되지 않았다고
하며, 그럴 기회를 얻지 못한 김희로를 변호하는 입장에 선다. 고사명은
그의 행위가 타인에게 가해지는 또 다른 폭력이었음을 직시하는 한편으
로, 그럼에도 폭력을 통해서만 조선인으로서의 자기고발을 할 수밖에
없는 구조에 대한 문제제기를 한다. 이회성은 증인과 피고의 입장이
근본적으로는 억압받는 자라는 점에서 동일하며, 자기가 범죄를 피해간
것은 아슬아슬한 우연이었을 뿐이라는 점을 피력한다.

  그들에게 공통적으로 던져진 질문은 '당신은 어떤 점에서 또 하나의
김희로일 수 있었는가?'와, '그럼에도 불구하고 어떻게 해서 김희로가
되지 않았는가?'로 요약할 수 있다. 다시 말해 김희로와 그들은 얼마나
같으며 다른가 하는 점이 질문의 핵심이었으며, 조선인으로서의 민족
의식과 독자적인 언어·문화·생활방식을 보장받지 못하는 일본사회
속에서 아주 사소한 차이로 인해 극단의 자기부정에까지 도달하지 않
았을 뿐이라는 것이 이들의 심문 과정에서 도출된 증언의 논리였다.

  고사명, 이회성과 같은 날 증인으로 출석한 김시종 또한 마찬가지
질문을 받는다. 김희로와 동년배인 그는 "황민화라는 천황의 적자로서
교육받았다는 매우 일그러진" 유소년기를 보냈다며 둘 사이의 공통점
을 언급한다. 둘 다 조선인이면서 조선어를 알지 못하고, 조국을 일본
에 빼앗긴 사실도 알지 못했으며, 그 조국이 되돌아오고 곧이어 양분되
기까지가 자신의 의사와는 전혀 무관하게 이루어졌다. 이처럼 "내가
고른 것은 하나도 없는 세대"를 살았다는 점에서 "김희로도 완전히 같
았을 것"이라고 그는 힘주어 말한다.[41] 차이라고 한다면, 언제나 법에
접촉하며 감금 상태를 반복해온 김희로에게는 일본인처럼 사는 것이

---

41) 金時鐘, 「私の中のテロリスト」, 위의 책, pp.198~199.

자기를 소생시키는 길이었다면, 김시종 자신은 어떻게 하면 자기 몸에 붙은 일본인을 떨쳐내느냐가 자신의 모든 작업을 관통하고 있었다는 것이다. "가까스로 조선인이 되고자 노력하는 태도로 매달림으로써" 극단적인 행동을 하지 않고 살고 있는 것을 그는 "기적에 가까운 행운"이라 표현한다.[42]

주목할 점은 작가 본인의 가필을 거쳐 수록된 이 특집에서 김시종만이 유일하게 'キムヒロ'라는 가타카나로 김희로의 이름을 표기하고 있다는 점이다. 1968년의 법정진술에서 이미 김희로는 자신을 '긴키로(キンキロ一)라고 부르면 된다'고 한 검찰관의 말에 분노하며 항의한 바 있었다. 이는 공판의 모두(冒頭) 수속인 피고인 확인 과정에서 그의 본적을 외국인등록원표 기재에 따라 '조선 경상남도 부산부 수창정(水昌町) 854번지'라는 식민통치 시대의 방식으로 부르고, 피고인의 성명을 '가네오카 야스히로 즉 긴키로(金岡安宏こと金嬉老)'로 부른 데 대한 변호단의 문제제기와도 통하는 것이었다. 변호단은 '긴키로'란 일본사회로부터 부여된 일본명에 지나지 않고, 그의 본적은 여전히 일본의 한 지방으로서 간주될 뿐이라며 반발하였다. 이는 "국가권력인 검찰관이 김희로를 인간으로서 취급하지 않음을 분명히 보여주며, 거기에 조선의 독립을 부정하는 식민주의사상이 농후하게 잔존해 있음"을 보여주는 것이었다.[43] 이러한 검찰관의 피고인 확인 과정, 즉 신원 증명의 과정에서 작동하는 명명학(onomastics) 안에서 김희로의 이름은 상반된 두 가지 방식으로 찢겨졌다. 하나는 조선명이 전경화하는 민족적 아이덴티티와

---

42) 金時鐘, 위의 글, p.199.

43) 山本興正, 「金嬉老公判対策委員会における民族的責任の思想の生成と葛藤 : 梶村秀樹の思想的関与を中心に」, p.144.

'조국'을 박탈하는 방식으로, 다른 하나는 외국인등록원표에 기재된 식민지 시기의 본적표기를 확정함에 따라 그를 피식민적 위치에 영원히 고정하는 방식으로. '가네오카 야스히로 즉 긴키로'란 사실상 그를 명명하지 않기 위해 선택된 이름이자, 일본사회 내에서의 효율적인 통치를 위해 강요된 명명법이기도 한 것이다. 검찰관의 신원 확인 장면에서 알 수 있는 것은, 이 같은 두 가지 상반된—그러나 본질적으로 동일한—고유명의 정치가 동시적으로 드러내는 "폭력적 가시성"이었다.[44]

김시종은 일본어의 체계 속에서 '金嬉老'라는 문자가 '긴키로'라는 일본명을 가리킬 수 있다는 사실을 간과하지 않았다. 그는 김희로의 이름에서 일본명의 가능성을 배제하고자 'キムヒロ'라는 다른 표기 방식을 선택하였으며, 이를 통해 일본사회로부터 부여된 'キンキロー'라는 이름에 대항하고자 했다. 그렇다면 결국 '김희로 사건' 공판에서 '증인'이 된 작가들은 무엇에 대해 '증언'했다고 할 수 있을까. 아니, 보다 더 근본적으로 묻자면, 왜 이 많은 작가들이 한 사람이 일으킨 강력범죄 사건의 증인이 되어야 했으며 그들이 증인으로서 수행한 역할이란 어떤 것이었을까.

그들이 사건 공판에서 행한 증언의 내용을 보면 공통적으로 자신이 실제 겪은 삶의 일부를 사례로 들어 이야기하고 있음을 알 수 있다.

---

44) 데리다와 레비나스를 경유하여 '고유명'을 둘러싼 두 가지 '정치'의 측면, 즉 그것의 폭력적 가시성과 타자에 대한 응답 및 우정의 측면을 검토한 Christian Moraru, "We Embraced Each Other by Our Names : Lévinas, Derrida, and the Ethics of Naming", *Names*, vol.48, no.1, 2000, p.50 참조. Moraru에 따르면 고유명의 정치의 한 쪽에서 나타나는 폭력적 가시성은 다시 두 가지 방식으로 예시된다. 유고슬라비아 국경을 통과하는 코소보-알바니아인들로부터 그들을 '명명하는' 서류 즉 신분증과 운전면허증을 '빼앗았던' 세르비아군의 사례가 그 하나이며, '이름 속에 있는 것'을 보다 효과적으로 통치하기 위해 유대인 수용자들에게 '원래' 이름을 강요한 나치의 사례가 다른 하나이다.

조선명을 잃고 일본명으로 살아올 뻔한 김달수의 체험, 폭력적인 아버지를 피해 도피하듯 도쿄로 떠난 이회성의 체험과 같이, 증언의 내용은 상당수가 작가들 각각의 특수한 경험들로부터 나온 것이다. 하지만 그 증언을 듣고 있던 법정 안의 누구라도, 그리고 그것을 활자화한 출판물의 어떤 독자라도 그들의 경험을 한 사람의 특수하고 일회적인 체험으로 치부해 버리지는 않았을 것이다. 개인의 특수한 체험에서 보편적인 의미를 읽어낸다는 의미에서 재일 작가들이 수행한 증언의 효과는 근대 리얼리즘 소설의 효과와 크게 다르지 않았다.

가라타니 고진(柄谷行人)은 특수한 체험을 쓰면서도 그것이 보편적인 의미를 갖는다고 믿는 작가의 신념과 그것을 읽으며 추체험하는 독자의 신념을 근대문학에서의 '상징적 사고장치'라고 말한다. 특수한 것이 보편적인 것을 상징한다는 신념은 역사적으로 형성된 근대문학의 전제이다.[45] 이와 같은 상징적 사고를 보다 자명하게 만드는 것이 바로 '개별적인 것(the individual)'의 아이덴티티를 나타내는 고유명이다. 이를테면 김희로라는 이름은 이 작가들의 문학적 증언 속에서 자신의 경험과 겹치거나 어긋나는 개별적 존재를 가리키기도 하지만, 결국 '나는 김희로와 얼마나 같으며 다른가'라는 진술 속에서 그 이름은 재일조선인의 보편적인 경험을 상징하게 된다. 이러한 증언의 효과는 '김희로사건'에서 김희로라는 개별적 존재의 법적 구제와 '민족문제'라는 전체성의 문제를 동시에 과제로 삼았던 변호단 및 대책위의 방향과도 부합한다.

하지만 가라타니가 지적하였듯이, 고유명을 통해 나타나는 개별적 존재의 체험을 상징적인 것으로 이해하는 독해 방식은 역사적으로 형

---

45) 가라타니 고진, 조영일 옮김, 『역사와 반복』, 도서출판b, 2008, p.111.

성된 것이다. 이러한 독해 방식에서 고유명은 어떤 전체를 지시하게
되지만 이러한 독해는 전체성에 귀속되지 않는 단독적 존재로서의 고
유명을 억압하는 방식이기도 하다. "세간에서 말하는 김희로(キムヒロ)
사건에 대해 적지 않은 공감이 있었"[46]다고 하며 그를 '내 안의 테러리
스트'에 비유한 김시종의 증언은, 상징으로서의 고유명과 그 안에 억압
된 고유명이 동시에 존재하는 텍스트라고 할 수 있다. 김시종은 김희로
를 상징적인 존재로 파악하면서도, 그 안에 억압되어 있던 개별적 존재
를 드러내고자 했다. 이때 'キムヒロ'라는 고유명은, '내 안의 테러리스
트'로서 누구나 김희로가 될 수 있음을 상징적으로 나타내면서도 그러
한 전체성으로 결코 회수될 수 없는 존재를 가시화한다. 일본사회와
국가권력이 제시한 '金嬉老=キンキロー'라는 '일본명'의 도식에서 벗
어나 있는 'キムヒロ'는 '김희로 사건'을 둘러싼 개별성과 보편성의 관
계를 해석하는 방식 중 하나였던 근대 리얼리즘적 신념, 즉 김희로
개인을 '민족문제'로 상징화하는 장치로부터 비껴난 또 하나의 고유명
이었다.

5. 한국문학에서 포착한 '김희로 사건'

앞에서 김희로의 옥중수기나 법정 진술, 그리고 재일 작가들의 증언
을 살필 때 초점을 맞춘 것은, 그 속에서 김희로가 어떤 고유명으로
불렸는가 하는 점이었다. 그렇다면 김희로의 고유명은 어떤 식으로
박탈되었을까? 재일 작가들은 증언에서뿐만 아니라 그들의 창작물 속

---

46) 김시종, 「私の中のテロリスト」, p.196.

에서도 다양한 방식으로 김희로를 연상시키는 인물을 그려냈지만, 이 절에서는 동시대 한국의 맥락으로 시야를 옮겨보려 한다.

'김희로 사건'이 발생한 지 1년 반쯤이 지난 1969년 9월 한국의『세대』지에는 정을병의 중편소설 「기민기」가 발표된다. 이 소설은 가상의 공간으로 설정된 동시대 일본의 소도시 '시즈이 시'를 배경으로, '기무라'라는 일본식 성으로 불려온 재일조선인 '류씨' 일가의 절망적인 상황을 그리고 있다. 주인공인 '기무라 모요'에게는 세 명의 동생이 있다. 둘째인 모산은 "북송대열에다 빼앗긴"[47) 탓으로 서사공간에 등장하지 않으며, 대기업 입사시험에 합격한 셋째 모요시는 조선인이라는 사실이 알려져 합격 취소 통보를 받고 일본인 애인에게서도 무시당한다. 중학교 입학을 앞둔 막내 모다쓰는 또래 일본인들로부터 '한국인', '조센진'이라고 놀림을 당해온 경험으로 인해 '한국'이라는 말 자체를 기피하며 패싱의 삶의 방식에 집착한다. 모요의 아버지는 가내에 폐비닐 재생공장을 운영해 왔으나 아내의 과로사와 모산의 '북송' 이후 폐허가 된 집안에서 무기력하게 누워 있을 뿐이다.

소설은 모요가 형무소의 한 '죄수'를 면회하러 가는 장면으로부터 시작된다. 그 길에는 목발을 짚으며 자신이 원폭피해자라는 말을 반복하는 한 부랑자가 등장하는데, 들리는 소문에 따르면 그는 "외국인이었고, 국적이 한국으로 되어 있"는 자였다.[48) 형무소에서 만난 죄수는 고문으로 몸이 망가진 듯 균형을 잃고 비틀거리지만 피골이 상접한 얼굴에서 눈알만은 무섭게 빛나고 있는 모습으로 묘사된다. 죄수는 면회 온 모요에게 다음과 같이 말한다.

---

47) 鄭乙炳, 「棄民期」, 『세대』 74, 세대사, 1969, p.387.
48) 鄭乙炳, 위의 글, p.371.

우리는 흥분하지 않고 냉철하게 처리하여야 하거든. 머리와 머리로
써 이놈들을 눌러야 한단 말이야. …설령 당신이 순간적인 기분으로써
왜놈 하나를 쳐서 죽였다고 하잔 말이야. 나처럼 미련하게… 그래서
얻을 게 뭐겠어?

결국 경찰에게 끌려가서 엉터리 재판을 받고 사형대에 오를 뿐이야.
60만이 넘는 교포들이 모조리 그렇게 해 봐도 그것은 아무 가치 없는
일에 지나지 않아. 개죽음이지.

(…중략…) 물론 나도 아직 재판과정이 남았으니까, 그것을 통해서
민족에 대한 차별대우 같은 것, 특히 경찰의 비행 같은 것을 철저히
고발할 생각이야. (…중략…) 사람이 사람을 죽이는 건 나빠. 허나 죽이
지 않으면 안 될 여건에 대한 것도 충분히 짐작이 되어야 하거든.

그런데 이곳의 인도주의라는 것은 그런 것이 아닌 모양이야. 교포들
을 북송할 때나 쓰는 인도주의지.[49)]

위의 인용문에서도 알 수 있듯이 모요 앞에 있는 죄수는 일본인을
죽이고 지금 재판 과정에 있으며, 재판을 통해 일본인들의 민족적 차별
과 일본 경찰의 비행을 철저하게 고발하겠다는 다짐을 드러낸다. 죄수
에게는 이름이 주어져 있지 않지만, 동시대에 실제로 일본에서 재판
과정 중에 있었던 김희로를 연상시키기에 충분하다. 죄수는 자신의
행동이 "국경선 하나"로 영웅적인 것이 될 수 있고 반역자의 것이 될
수도 있다고 하며, 법률의 가치기준이란 무엇인지를 묻는다.

여기까지는 실제 김희로의 행적과 태도를 연상시키지만, 죄수는 자
기와는 다른 방법으로 일본인과 싸워 나가기를 모요에게 당부한다.
"추방정책, 분열정책, 그리고 동화정책"이 강력하게 작용하는 일본사

49) 鄭乙炳, 위의 글, p.372.

회에서 이길 수 있는 방법은 "교포들이 단결하는 길밖에" 없다는 것이다. 그것은 다시 말해 "우리 민단이 굳게 뭉쳐 본국정부와 긴밀한 유대를 갖고 압력단체의 강한 구실을 하는 일"을 말한다. "입관령문제다, 교육문제다, 세금문제다, 영주권문제다 해서 앞으로 우리가 해결해야 할 문제"가 산적한 상황에서 옥중에 갇혀 있는 죄수는 과거 자신이 선택한 방법에 대해 강하게 후회하는 모습을 보인다.[50] 죄수의 언변과 열정에 감동한 모요는 "끝까지 싸울 테야. 이건 결코 나 혼자만의 일이 아니니까"라고 다짐하며 형무소를 나선다.[51]

이름이 주어져 있지 않은 채 형형한 눈빛과 계시적인 목소리만으로 존재감을 드러내는 죄수, 역시 이름 없이 떠돌며 1945년의 원폭 상황을 가리키는 부랑자, 시즈오카 현 시미즈 시를 연상시키지만 '시즈이 시'라는 가상의 지명으로 언급된 배경 공간 등은 이 소설의 시공간을 알레고리적으로 표현한다. 소설의 초반부는 이러한 알레고리적 공간 속에서 '모요', '모요시'처럼 누군가의 고유명이라기보다는 추상적인 이름을 가진 인물들을 통해, 그들의 경험이 지닌 개별성과 단독성을 배제한다. 앞서 살핀 고유명에 대한 논의에서 가라타니는 고유명을 활용하는 상징적 사고의 자명성이 확립한 후에 출현하는 근대의 알레고리적 작가에 주목하며 오에 겐자부로의 『만엔원년의 풋볼』을 분석하고 있다. 가라타니에 따르면 구체적인 지명과 1960이라는 연도명의 배제는 작품을 알레고리적인 것으로 만들며 '골짜기마을'을 하나의 우주로 의미화한다. 하지만 이 같은 '알레고리적 전이' 속에 결코 해소되지 않는 일회적이고 고유한 '역사'가 있다는 점에서 이 작품은 "초역사적인 구

50) 鄭乙炳, 위의 글, p.373.
51) 鄭乙炳, 위의 글, p.375.

조로 환원될 수 없는 고유한 시공간"을 가지며, 굳건하게 '역사'와 연결된다.[52] 이러한 가라타니의 분석을 전유하여 「기민기」의 시공간을 해석하자면, 정적이고 예스러운 정취를 간직한 일본의 '시즈이 시'는 1968년의 김희로 사건과 1945년의 원폭 투하, 1959년의 귀국 사업 등이 뒤섞인 채로 하나의 닫힌 세계를 구성하고 있다. 그런데 소설은 이 공간이 위치한 시간성을 '기민기(棄民期)'라고 이름붙임으로써 재일조선인을 둘러싼 담론공간을 동시대 한국으로 이행시킨다.

앞 절에서 살펴본 '김희로 사건'의 문학적 증언들이 김희로의 고유명에 의존하는 동시에 그것을 억압함으로써 특수한 개체의 경험을 보편적인 것으로 상징화한다면, 이 소설은 구체성이 결여된 알레고리적 공간에서 계시처럼 주어진 죄수의 목소리로부터 시작된다. 이와 같은 알레고리적 공간 속에서 고유성을 결여한 추상적·보편적 인물들이 1969년이라는 현실의 시간 속으로, 그것도 박정희 정부와 민단이 노골적으로 결속하며 재일조선인 사회의 분단을 기정사실화했던 맥락으로 편입되는 과정을 이 소설은 양가적 시선으로 포착한다.

'북송'으로 사라진 모산에 이어 합격취소와 연인과의 결별에 절망한 모요시까지 행방불명된 상황에서, 이제 남은 것은 (텍스트 바깥에 실존하는 김희로와 동세대인) 첫째 모요와 중학교 입학을 앞둔 막내 모다쓰이다. 두 존재가 어떻게 '죄수'나 '원폭거지'처럼 고유명을 잃어버린 채 격리되거나 유령처럼 떠돌지 않고 새로운 역사로 편입될 수 있는가. 소설 속에서 모요는 입관법 개정 반대투쟁의 대열에 참가하는 것에 의해, 모다쓰는 동화교육에 반대하며 조선인의 아이덴티티를 자각하도록 하는 일본인 교육자의 책임의식에 의해 그 가능성을 얻는다. 사실 이

---

52) 가라타니 고진, 조영일 옮김, 『역사와 반복』, p.118.

소설에서 재일조선인 형제 앞에 놓인 구체적인 현실, 즉 모요가 참가한 입관법 개정 반대 투쟁과 모다쓰 앞에 놓인 재일조선인 민족교육 문제는 당시 박정희 정권이 민단을 통솔, 감독하기 위해 직접 개입한 문제들이었다. 이 소설이 발표되기 불과 한 달 전인 1969년 8월 7일 서울에서는 한국정부 주관으로 민단 간부 70여 명을 소집한 '민단강화대책회의'가 열렸다. 관련 연구에 따르면, 당시 대책회의의 명분은 재일조선인 문제에 대한 협의였으나, 그 진의는 민단을 한국정부의 정책에 귀속시키기 위한 것이었다.[53] 대책회의 당시 중앙정보부는 민단 내에서 일어난 입관법 반대 운동과 외국인학교 법안 반대 운동이 '조총련'의 지시에 따르는 것이라는 내용의 슬라이드를 상영했다.[54] 이는 "한국정부가 한반도의 분단과 북한의 위협을 이용해 민단과 민단계 재일조선인 사회를 어떻게 통제하려고 했는지를" 잘 보여주는 사례였다.[55]

소설의 결말에서 모요는 시위대열 속에서 평소 조선인에게 차별적인 언행을 일삼던 '하세꾸라' 형사를 발견하고는 린치를 가한 뒤, 점차 과격해지는 시위대의 선두에 서서 경찰의 방패를 향해 돌진한다. 이 지점에서 소설은 모요 자체를 김희로와 유사한 방식으로 그려낸다. 선행연구의 표현을 빌리면, "김희로의 행동을 모방이라도 하듯이 모요 또한 악질 경찰인 '하세꾸라'의 폭언과 권모술수, 나아가 일본사회의 차별 등에 대항"하며, 이때 모요는 한국에서 김희로가 수용되던 방식과

53) 조기은, 「민단계 재일조선인의 한국민주화운동 : 민단민주화운동세력과 김대중의 '연대'를 중심으로」, 『한국학연구』 75, 고려대학교 한국학연구소, 2020, p.122.

54) 鄭哲, 『民団今昔－在日韓国人の民主化運動』, 啓衆新社, 1982, p.188.(위의 글, p.122에서 재인용).

55) 조기은, 「민단계 재일조선인의 한국민주화운동 : 민단민주화운동세력과 김대중의 '연대'를 중심으로」, p.123.

유사하게 "위태로운 '기민'의 지위에 놓여 있는 동정과 연민의 대상이기도 하지만, 한편으로는 고귀한 '항일(抗日)'의 아이콘으로도 그려지"게 된다.[56] 「기민기」의 이와 같은 서사에서 주목할 점은, 뫼비우스의 띠처럼 결말과 도입부가 연결되는 구조를 이루고 있다는 점이다. 자기와는 다른 방식으로, 즉 '교포' 사회-더욱 구체적으로는 "우리 민단"-의 단결과 한국정부와의 긴밀한 관계를 통해 일본과 대결해 나가야 한다는 죄수의 교시와는 달리, 모요는 폭력으로 일본 경찰에 대항함으로써 죄수가 앞서 행한 방식을 다시금 '모방'한 것이다. 이러한 폭력성은 위의 민단강화대책회의에서 상영되었다는 슬라이드 내용처럼 한국정부의 조총련에 대한 인식을 반영하고 있기도 하다. 그러한 행위의 결과로서 모요에게 닥쳐올 미래를, 이미 도입부의 죄수의 형상으로 제시한 소설은 이 "우울한 한국인들"[57]이 놓인 악순환적인 상황을 암시한다.

이와 같은 악순환을 끊어낼 마지막 가능성으로 제시되는 것이 바로 모다쓰에 대한 일본의 민족교육이다. 모다쓰가 입학하게 될 중학교에 새롭게 부임한 시라이 교장은 일본의 '무차별 교육'이 결국 조선인의 민족정신을 박탈함으로써 인간적 가치관의 수립을 방해한다는 입장에 따라, "일본사람은 일본인답게 한국사람은 떳떳하게 한국인답게 교육하는 것이 교육의 참뜻"이라는 의견을 "일본에 있는" "한국인 학부형"들 앞에서 강조한다.[58] 이러한 교육관을 들은 '한국인' 학부형들은 그것이 결국 차별교육을 본격적으로 양성화하는 길이 아니냐며 반신반의한다. 그러자 시라이 교장은 다음과 같이 말한다.

---

56) 정창훈, 『한일관계의 '65년 체제'와 한국문학 : 한일국교정상화를 둘러싼 국가적 서사의 구성과 균열』, 소명출판, 2021, pp.81~82.

57) 정을병, 「棄民期」, p.419.

58) 정을병, 위의 글, p.411.

한국인에게 필요한 것은 민족적인 긍집니다. 그것 없이 무엇이 되겠
어요? 설령, 일본에 있는 한국인들은 그냥그냥 현상을 유지해 간다고
하십시다. 그러나 본국이 처해있는 형편은 그렇지 않잖아요?

남북이 갈라져 있는데다가, 70년에는 미일안보가 끝나서 결국 미국
이 오끼나와에서 철수해 버린다면…한국은 옛날처럼 또 일본과 중공과
소련의 손바닥 위에 놓이게 됩니다.

이런 위기를 어떻게 모면하겠어요? 제가 생각하기는…하루바삐, 국
민들이 민족적인 긍지를 되살려서 자주력을 길러야 해요. 온 국민이
나라를 사랑할 수 있는 일을 나라에다 해야 하고, 그래서 그 소중한
나라를 누구에게도 흔들림을 받지 않고 지켜나갈 수 있도록 해야 하지
않겠어요?

나라 없는 쓰라린 경험은 여러분이 뼈저리도록 느꼈을 것이 아닙니
까? 그런대도 여러분이 떳떳한 한국인을 길러내는 데 반대한다는 것
은…저로서는 이해가 가지 않습니다.[59)]

인용문에서 시라이 교장은 '일본에 있는 한국인'들에게 교육을 통해
민족적 긍지를 심어주어야 한다고 주장한다. 그런데 이 부분에서 시라
이 교장의 목소리를 통해 전달되는 것은, 일본 교육의 문제점을 성찰하
고자 했던 일본인 교육자의 의견이라기보다는, 민족교육에 소극적인
태도를 보이는 '일본에 있는 한국인'들을 향한 '본국', 즉 한국 정부의
의견에 가까워 보인다. 그는 '그냥 현상을 유지해' 가는 것으로 족하다
고 생각하는 미온적인 '일본에 있는 한국인'들에게 일침을 가하며 '본국
이 처해 있는 형편'에 대해 호소하고 있는 것이다. 앞서 살핀 바와 같이
협정영주자격 신청 비율이 저조한 현상을 두고 민단의 태도에 불만을
가지고 있었던 한국 정부의 입장이 이와 같은 형태로 반영되어 있다고

---

59) 정을병, 위의 글, p.412.

도 할 수 있다. 이때 일본인 교장이 '일본에 있는 한국인'들에게 생각해
달라고 하는 본국의 형편이란, 일본과의 관계를 경유한 남북 체제경쟁
의 심화, 미군의 오키나와 철수로 인한 일본의 공산화 위험과 같이,
동아시아 냉전 체제 하에서 한국이 처해 있는 안보적 위기 상황을 말한
다. 따라서 교장의 말을 통해 강조되는 '민족적인 긍지'란 '일본에 있는
한국인'들에게 심어주어야 할 반공주의적 사상과 동의어라고 할 수 있
으며, 일본에서 양성될 '떳떳한 한국인'이란 결국 '대한민국' 국적을
가지고 일본에 영주할 수 있는 '자격'을 지닌 존재를 말하는 것이라
할 수 있다.

 이처럼 일본인의 '양심적' 태도와 한국정부의 '안보적' 관점이 혼재
하는 캐릭터 시라이 교장은 중학생이 된 '기무라 모다쓰'에게 "류모다
쓰(柳謨達)라는 한국이름을 하나 입학선물로 붙여 주"고, 이 지점에서
이야기는 끝을 맺는다.[60] 시라이 교장이 재일 학생을 '떳떳한 한국인'으
로 만들기 위해 한 일은, 일본명을 버리고 그의 원래 이름을 되찾아
주는 것이었다. 이와 같은 서사적 귀결은, 시간 순서로 따지면 이 소설
의 발표 시점보다 뒤에 놓이기는 하지만 1971년 11월에 열린 '김희로
사건' 공판의 증인 심문에서 어느 일본인 교사 덕분에 자기 본명을 지킬
수 있었다고 말한 김달수의 증언과 놀랍도록 유사한 구조를 보인다.
「기민기」의 형제들 중 막내 모다쓰만이 유일하게 되찾은 '한국이름'은
여전히 '류모달'이 아닌 '류모다쓰'라는 일본식 발음으로 불리며, 게다
가 그것은 일본인으로부터 마치 '선물'과도 같이 '부여된' 이름이다.
이름을 되찾는다는 모다쓰의 과제, 그리고 다시 감옥으로 돌아가 기존
과는 다른 저항 방식을 찾아 나가는 모요-죄수-김희로의 과제는 여전

60) 정을병, 위의 글, p.419.

히 미완 상태임을 두 형제의 결말이 암시한다.

이와 같은 결말은 앞서 살핀 것처럼 '시즈이 시'로 명명된 가상의 공간에 1968년의 김희로를 연상시키는 죄수, 1945년의 원폭 투하를 연상시키는 부랑자를 등장시키며 '사건'의 시간성을 겹쳐놓는 알레고리적 시선을 통해 확보된 것이라 할 수 있다. 또한 일본인 교육자에 투사된 서술자의 목소리는 한국의 반공주의적·안보적 입장에서 재일조선인의 '한국인'으로서의 자격을 일견 엄숙하게 묻고 있지만, 그것은 달리 보면 국민의 자격을 박탈할 수 있는 무한의 권리를 스스로 보증하고 있는 국가권력의 목소리인 셈이다. 그런 점에서, 이 소설의 제목인 '기민기(棄民期)'는 서사 속의 재일조선인들이 겪어온 고통과 좌절이 과거 이승만 정권의 재일조선인 정책과 무관하지 않다고 넌지시 말하는 듯하지만, 텍스트가 (무)의식적으로 드러내는 것은 다름 아닌 '기민'의 이중적 효과이다. '기민기'를 다루는 서술자의 양가적 시선이란 다시 말해 몰락한 1세대 아버지가 위치한 폐허의 시간과 모요·모다쓰 형제가 입관법 개정 반대 투쟁 및 민족교육 담론을 통과하여 도달하게 될 새로운 역사의 시간을 동시에 비판적으로 바라보는 시선이라고 할 수 있다. 알레고리 작가의 시선에 비친 역사적 시간을 반복의 시간으로 도형화한 벤야민의 표현을 빌려 말하자면, "오로지 그 몰락과 함께, 역사적 사건은 왜소하게 축소되어 무대로 들어간다."[61] 여러 면에서 김희로를 연상시키지만 '죄수'라고 불리는 작중 인물은 이 소설의 순환적 서사 구조로 인해 '기민기-과거'의 결과이자 또 다른 '기민기-현재'

---

61) 발터 벤야민, 최성만·김유동 옮김, 『독일 비애극의 원천』, 한길사, 2009, p.267. 파국의 역사와 도약의 역사의 반복으로 독일 비애극의 알레고리를 분석한 벤야민의 역사의식에 대해서는 김진영, 『희망은 과거에서 온다』, 포스트카드, 2019, pp.25~27. 참조.

의 출발점에 놓이게 된다. 저자가 의도했건 아니건, 텍스트의 효과란 바로 재일조선인에 대한 이승만 정권의 기민 정책과 박정희 정권의 재일조선인 분열 정책을 동시에 비판한다는 '기민'의 이중적 측면에 있었다. 이 텍스트가 드러내는 '기민기'는 과거의 정권에 국한된 시간 만이 아니다. 그것은 아직 이름을 되찾지 못한 '우울한 한국인들', 그리고 박정희 정권이 '북송' 저지와 민단계 대학 설치 등에 대한 논의를 통해 재일 사회에 적극적으로 개입할수록 오히려 강력히 배제되었던 '조총련계' 재일조선인이나 민단 개혁파에게는 엄연한 현재의 시간이 기도 했다.

6. 회복 불/가능한 고유명

김희로는 1968년 진행된 법정 진술에서 본인이 일곱 개의 이름을 가지고 있다는 사실을 강조했다. 그 일곱이라는 숫자에는 '權嬉老'와 '金嬉老'를 각각 일본식 발음과 조선식 발음으로 부를 때 발생하는 차이가 포함되어 있다. 하지만, 만약 같은 조선식 발음이라도 그것이 어떻게 표기되느냐에 따라 발생하는 차이, 즉 '김희로'와 'きむひろ/キムヒロ', '권희로'와 'クォン(コン)・ヒロ'가 가지는 차이까지도 고려한다면 김희로의 이름은 훨씬 더 다양하게 분열되어 있었다고 해야 할 것이다. 또한 앞에서 살펴보았듯이, '희로/히로'는 조선어와 일본어의 경계에 있는 이름이기도 했다.

김희로가 옥중에서 반복한 한글 서명 행위를 통해 분열적이거나 경계적인 이름을 하나로 통합함으로써 자신의 아이덴티티를 회복하고자 했다면, 1999년 9월 가석방 후 한국으로 송환되어 주민등록증 발급

절차를 거쳐 획득한 '권희로'라는 이름은 자신의 고유명을 회복하기 위한 그의 기나긴 여정의 종착지였다고 할 수 있다. 권희로의 송환 소식이 크게 보도되며 한국에서는 과거의 '김희로 사건'이 다시금 조명되었고, 한국의 언론은 일본에서 한국으로의 송환/귀국을 '김의 전쟁'이 끝나고 '권의 평화'가 시작되는 서사로 치장하여 보도했다. 31년 전 일본사회를 떠들썩하게 했던 김희로의 존재는 그의 송환을 앞둔 1999년의 일본에서 점차 희미해져 가고 있었다. 더욱이, "권씨가 누구냐. 일본에서는 전혀 모르는 인물"이라고 말한 어느 일본 시민의 반응처럼, 그가 귀국 후 되찾으려 하는 '본명'은 일본사회에서는 완전히 낯선 것이었다. 일본의 감옥에서 김희로가 보여준 마지막 행동은 바로, "자필로 권희로(權嬉老)라고 쓴 큰 글씨 옆에 작은 글씨로 지금까지 불려왔던 김희로(金嬉老)라고 쓴 명함의 제작을 의뢰"하는 것이었다.[62]

그의 한국행은 1999년 제정된 재외동포법(재외동포의 출입국과 법적 지위에 관한 법률)을 둘러싼 논란이 한창인 가운데 이루어졌다. 1999년 8월 국회를 통과하여 12월부터 시행된 재외동포법은 대한민국 국적을 유지한 채 외국 영주권을 가지고 있는 '재외국민(영주권자)'과 한민족 혈통이지만 외국 국적을 취득한 '외국국적 동포(시민권자)'의 입출국 조건을 완화하고 경제활동에서 내국인과 동등한 권리를 갖도록 한다는 내용을 담고 있었다.[63] 하지만 동년 8월 국회 통과 당시 이 법안에서는 대한민국 정부가 수립된 1948년 이전에 해외로 건너간 자들이 '재외동포' 정의에서 빠져 있었다. 이에 따라 중국이나 구소련 지역 거주 동포나

---

62) 「'金의 전쟁'은 끝나고 '權의 평화'가 싹튼다」; 「"權嬉老라 불러주세요」, 『조선일보』, 1999. 9. 7, p.31.
63) 「내달 시행 '재외동포법' 權利 얼마나 보호받나」, 『동아일보』, 1999. 11. 12, p.9.

조선적 재일동포들이 적용대상에서 대거 제외되며 재외동포법은 '동포 차별법'이라는 비난을 받았다.[64] 김희로는 이 법으로 인해 조선적 재일 동포들의 한국 이주 및 거주 가능성이 봉쇄된 상황에서 한국으로 송환된 것이다.

송환된 지 1년 후, '권희로 사건'은 1968년 당시의 사건에 더하여 또 하나의 사건을 가리키는 말이 되었다. 2000년 9월 내연 관계에 있던 여성의 남편에 대한 살인미수 및 방화 혐의로 구속되어 이번에는 한국 의 감옥에 수감된 것이다. 한 미디어는 이 사건을 다루며, "이번 권희로 사건이 우리의 재일한국·조선인 문제와 일본에 대한 접근방식을 다시 한번 재검토할 수 있는 계기가" 될 것이라고 전망하였다.[65] 일본에서 강요된 이름인 '긴키로'로 살아온 길을 극복하기 위해 한국 호적에 올라 있는 이름으로 불리기를 원한다는 1975년의 그의 희망은 '대한민국 국 민 권희로'라는 형태로 실현되었다. 하지만 '권희로'가 되자마자 그의 이름은 과거의 '김희로'를 대체하여 1968년의 사건을 가리키는 새로운 수식어가 되거나, 그가 귀국 후 일으킨 2000년의 또 다른 사건 속에서 회자되었다. 이처럼 그의 고유명은 사건을 통해서만 그의 존재를 가시 화하는 매개체였던 동시에, 언제나 사건 속에 억압되어 있었다.

이 글에서는 1960년대 후반에서 70년대 초반 한일 양국에서 '민족문 제'로서의 '재일조선인 문제'를 둘러싼 관심과 논쟁을 촉발한 '김희로 사건'의 장본인이 남긴 옥중 텍스트를 분석하는 한편, 이를 자기탐색의 매개로 삼은 재일조선인 문학자들의 기록을 살폈다. 이를 통해 각각의

---

64) 「"재외동포 차별법 반대" '지구촌동포연대' 집회」, 『한겨레』, 1999. 8.16, p.13, 「수그 러들지 않는 '재외동포법 갈등'」, 『동아일보』, 1999. 10.1, p.25.
65) 이홍락, 「권희로사건이 우리에게 주는 것」, 『열린전북』 14, 2000, p.71.

텍스트에서 '서명'과 '증언'이 발휘하는 효과를 분석해 보았다. 나아가, '김희로 사건'을 매개로 부상한 '재일조선인 문제'가 한일국교정상화 수립 이후의 한일관계라는 맥락에서 어떻게 번역되며 재일조선인 담론의 형성과 변용에 관여하는지, 당시 '김희로 사건'을 소재로 하여 발표된 한국의 문학 텍스트를 통해 살펴보았다.

일곱 개로 분열(혹은 '발견')되었던 김희로의 다의적인 이름과 '희로/히로'라는 일회적인 음성 기호는 그 자신이 옥중에서 생산한 일본어 텍스트에 반복적으로 등장하는 한글 서명을 통해 일의적이고 고정적인 단일언어·단일민족의 체계로 통합되었다. 더욱이 그의 옥중 텍스트나 법정 진술은 한국에 실시간으로 번역되면서 재일조선인을 대표하여 '한국 민중'에 호소하는 메시지로 재편되었다. 법정 진술 그 자체를 한 편의 '자서전'으로 선전한 한국 미디어의 기획은 '조국 동포'나 지원자 그룹에게 편지를 쓰고 한글 서명을 기입하는 등 김희로 자신 또한 적극적인 기획자로 참여함으로써 이루어진 것이었다.

한편, 이 사건은 당사자인 김희로와 직접적으로 관계가 없는 재일조선인 작가들 다수가 재판의 공식적인 증인 자격으로 '심문'에 응했다는 데서 그 특이성을 찾을 수 있다. 법정 증언으로서의 글쓰기를 통해, 작가들은 수많은 김희로'들'의 '목격자'와 '체험자'의 경계에서 각자의 '재일 서사'를 구축해 나갔다. 이때 김달수, 고사명, 이회성 등의 소설가들이 법정 증언을 토대로 쓴 재일 서사는 김희로라는 개인의 특수한 체험으로부터 재일조선인의 상징적이고 보편적인 삶을 추체험한다는 점에서 근대 리얼리즘 소설의 글쓰기와 읽기 관습을 전유한 것이었다. 이와 달리 시인 김시종의 증언에서는 김희로라는 이름을 '내 안의 테러리스트', 'ㅕㅿㅌㅁ' 등의 기표로 끊임없이 미끄러트리며, '민족문제' 혹은 '재일조선인 문제'와 짝짓는 상징화 장치에 포섭될 수 없는 고유명의 단독성을 부각시키는 모습을 확인할 수 있었다.

앞의 '서명'과 '증언' 텍스트들이 김희로라는 고유명을 어떻게 불렀는가 하는 점과 관련되어 있다면, 한국에서 발표된 정을병의 소설 「기민기」는 김희로라는 고유명이 서사 초반의 알레고리적 장치를 통해 배제되어 있다는 점에서 주목된다. 여러 면에서 김희로를 연상시키나 '죄수'로만 불리는 작중 인물은 이 소설의 순환적 서사 구조로 인해 '기민기-과거'의 결과이자 또 다른 '기민기-현재'의 출발점에 놓이게 된다. 일본의 입관법 개정에 대한 반대 투쟁을 폭력적인 방식으로 수행하고, 일본의 민족교육을 통해 일본식 이름을 부여받는다는 아이러니한 상황에 처하게 되는 주인공 형제들은 박정희 정권의 재일조선인 사회에 대한 분열적 개입 정책에 의해 언제든 기민의 대상이 될 수 있는 존재들이다. 이 소설은 민단을 중심으로 한 통합과 충성을 주인공에게 요구하는 죄수와 그 요청을 되새기면서도 죄수와 같은 방식으로 일본인에게 폭력을 행사하는 조선인 주인공, 일본의 동화교육에 반발하며 조선인의 민족적 긍지를 역설하는 일본인 교육자와 반공주의적 관점에서 국민의 자주력을 강조하는 한국의 통치권력을 모호하게 겹쳐 놓는다. 이러한 모호함으로 인해 발생하는 '기민'의 이중적 효과란 다름 아닌 재일조선인에 대한 이승만 정권의 기민 정책과 박정희 정권의 재일조선인 분열 정책을 동시에 비판하는 효과라 할 수 있다.

1958년의 이진우 사건(고마쓰가와 사건)에서도, 이 글에서 다룬 김희로 사건에서도, 일본이나 한국의 주류 사회에서 '재일조선인 문제'가 가시화되는 맥락은 그것의 사건성을 부각시키는 기술적 관습과 무관하지 않았다. 그러한 사건성에 부착된 개별 존재의 이름은 '재일조선인 문제'를 '문제로서의 재일조선인'과 동일시하는 사회적 낙인과도 같았다. 옥중에 있다는 것은 그러한 낙인의 유효성이 보증되는 시공간 속에

있다는 것을 의미했다. 따라서 일본사회에서 '아무렇게나' 부르는 자신의 이름을 옥중에서 마주하며 이들이 할 수 있는 일은 자신의 이름에 부착된 낙인을 거부하는 것이며, 궁극적으로는 '단 하나의 이름'을 자기 스스로가 쓰는 것이었다. '긴키로'라는 명명에 대항하여 '김희로'라는 '자국 문자'로 서명을 하는 행위가 단순히 민족주의적으로만 해명될 수 없는 이유가 여기에 있다. 이는 이진우에게서도 엿볼 수 있는 점이다. 이진우는 재일 2세 저널리스트 박수남과 교환한 서신 초반에는 한자로 서명을 하다가 나중에는 감옥에서 처음 배운 조선어로 서명을 한다. 사면 신청을 거부하다가 결국 마음을 돌렸을 때 사형 집행이 기정사실화되었다는 극적인 상황에서 얄궂게도 '왜 살려고 하느냐'며 그를 비난하는 목소리들을 의식하면서 그는 갓 배운 한글 필기체로 '진우'라는 이름을 반복적으로 노출한다. 이를 통해 그는 일본 미디어에서 '고릴라'나 '괴물' 이미지로 비춰진 자신을 자조적으로 동일시하던 초반의 입장에서 탈피하게 된다.[66] 그의 조선어 서명은 이렇게 그를 '가네코 시즈오 즉 리치누(金子鎭宇こと李珍宇)'로 신원을 증명해야 하는 존재가 아닌 '이진우'라는 평범한 조선식 이름을 가진 존재로 보이게 한다. 그러나 이 평범한 이름을 찾는/발견하는 행위는, 누구와도 다른 고유성의 주체로서의 자기 확인이라는 의미 또한 갖는다. '재일조선인 문제'를 경유하여 한일관계와 북일관계, 그리고 남북관계가 첨예화되던 시기에 '문제적 조선인'으로 사건화되었던 재일조선인의 고유명은

---

66) 1958년의 고마쓰가와 사건을 다루는 일본의 미디어에서 이진우의 이름은 늘 주변의 일본인 형사보다 훨씬 거대하게 찍힌 그의 전신사진과 함께 노출되었다. 이는 김희로의 이름이 산장 2층에서 소총을 들고 창밖으로 몸을 내밀고 있는 그의 상반신 이미지와 짝지어진 채 노출된 것과 대응하며, 이 이미지들은 각각의 인물에게 '고릴라'·'괴물'과 '라이플마'라는 별명이 부여되는 데에 결정적으로 기여했다.

가장 불온한 이름이자 정치적인 이름이었다.

이 글은 국제한국문학문화학회의 『사이間SAI』 제30집에 실린 논문
「찢어진 이름 – '김희로 사건'을 둘러싼 명명의 정치와 '65년 체제'에서의 재일조선인」을
수정·보완한 것임.

참고문헌

가라타니 고진, 조영일 옮김, 『역사와 반복』, 도서출판b, 2008.

김진영, 『희망은 과거에서 온다』, 포스트카드, 2019.

金嬉老, 金聲浩 옮김, 『김희로 옥중수기 : 너는 너·나는 나』, 弘益出版社, 1968.

金嬉老公判對策委員會 編, 趙重泰 옮김, 『金嬉老事件眞相 : 분노는 폭포처럼』, 章苑文
化社, 1970.

박정진, 「북일냉전, 1950~1973 : 전후처리의 분단구조」, 『일본비평』 22, 서울대학교
일본연구소, 2020.

발터 벤야민, 최성만·김유동 옮김, 『독일 비애극의 원천』, 한길사, 2009.

이홍락, 「권희로사건이 우리에게 주는 것」, 『열린전북』 14, 2000.

임상민, 「김희로 사건과 김달수 : 정기간행물『김희로공판대책위원회뉴스』를 중심으
로」, 『일본어문학』 72, 한국일어일문학회, 2017.

임상민, 「金嬉老事件と〈反共〉: 映画「金の戦争」論」, 『日本文化學報』 51, 한국일본문
화학회, 2011.

鄭乙炳, 「棄民期」, 『세대』 74, 세대사, 1969.

정창훈, 『한일관계의 '65년 체제'와 한국문학 : 한일국교정상화를 둘러싼 '국가적 서사'
의 구성과 균열』, 소명출판, 2021.

조경희, 「한일협정 이후 재일 조선인의 국적과 분단정치」, 『역사문제연구』 34, 역사문
제연구소, 2015.

조기은, 「민단계 재일조선인의 한국민주화운동 : 민단민주화운동세력과 김대중의 '연
대'를 중심으로」, 『한국학연구』 75, 고려대학교 한국학연구소, 2020.

존 리, 김혜진 옮김, 『자이니치 : 디아스포라 민족주의와 탈식민 정체성』, 소명출판,
2019.

『金嬉老問題資料集Ⅵ：証言集2』, 金嬉老公判対策委員会, 1972.

高史明,「悲劇の転生」,『別冊経済評論』, 日本評論社, 1972.

金時鐘,「私の中のテロリスト」,『別冊経済評論』, 日本評論社, 1972.

金嬉老公判対策委員会 編,『金嬉老の法廷陳述』, 三一書房, 1970.

李恢成,「抑圧される側の論理」,『別冊経済評論』, 日本評論社, 1972.

梶村秀樹,「金嬉老裁判の現在」,『朝鮮研究』148, 日本朝鮮研究所, 1975.

朴正鎮,『日朝冷戦構造の誕生 1945~1965：封印された外交史』, 平凡社, 2012.

山本興正,「金嬉老公判対策委員会における民族的責任の思想の生成と葛藤：梶村秀樹
の思想的関与を中心に」, 在日朝鮮人運動史研究会 編,『在日朝鮮人史研究』
46, 2016.

延原時行 編著,『今こそ傷口をさらけ出して：金嬉老との往復書簡』, 教文館, 1971.

呉世宗,「金嬉老と富村順一の日本語を通じた抵抗」, 琉球大学法文学部 編,『琉球アジ
ア文化論集：琉球大学文学部紀要』4, 2018.

鄭鎬碩,「「金嬉老事件」のエコーグラフィー：メディア、暴力、シティズンシップ」, 東
京大学大学院 博士論文, 2014.

Christian Moraru, "We Embraced Each Other by Our Names：Lévinas, Derrida,
and the Ethics of Naming," *Names*, vol.48, no.1, 2000.

『동아일보』.

『조선일보』.

『한겨레』.

제4장

공생과 평화

: 글로컬 시대 재일디아스포라 문학의 가치와 전망

'독자'로서의 편집자와 김석범 문학, 재일조선인문학의 네트워크

1. 들어가며

우선 1987년 8월 18일자 『아사히신문(朝日新聞)』에 실린 김석범의 글을 보자.

> 장편을 쓴다고 하는 것은 터무니없이 긴 산도(産道)를 빠져나가는 것과 같다. 작자(作者)는 산도를 품고 있는 어미이자, 동시에 그곳을 통과하는 자식이다. 기나길고 끝이 보이지 않는, 어두운 산도의 터널. 그러나 나는 늘 진통을 느끼며 분만에 힘쓰고 있기 때문에 이제와서 이러지도 저러지도 못한다. 오로지 산도의 출구로 나가기 위해 애쓸 뿐이다. 그리고 어떻게든 거기를 빠져나오게 되면, 아아, 세월은 화살과 같도다. 여기에 노쇠한 몸이 있을 뿐.
>
> 종종 하는 말이지만, 이 긴 터널의 산파 역할을 하는 것은 편집자이다. 자기 힘만으로 산도를 빠져나왔다고 생각하는 작가가 있다고 한다면, 그는 내 상상의 레벨을 초월하는 존재일 것이다. [1]

---

1) 金石範, 「しごとの周辺 -『火山島』」, 『朝日新聞』東京/夕刊, 1987. 8.18, p.7, 金石範, 『転向と親日派』, 岩波書店, 1993, p.260.

"자기 힘만으로 산도를 빠져나"올 수 있는 작가가 아니라면, 즉 "상상의 레벨을 초월하는 존재"가 아니라면, 작가는 첫 번째 '독자'이기도 한 "편집자"의 조력 없이 지난한 글쓰기를 지탱할 수 없을 것이다. 여기서 주목하고자 하는 것은, "기나길고 끝이 보이지 않는 어두운 산도의 터널"을 통과해야만 하는 "장편"은 물론이거니와, 작품을 창작하여 독자에게 전달하기 위해서는 "편집자"의 읽기와 반응이라는 상호작용을 통해 생성된다는 점이다. 특히 일본의 문학계에 있어 재일조선인[2]이라고 하는 소수자에 의한 일본어문학이라는 특수성을 고려할 때, 일본인 편집자의 '독자'로서의 역할과 위상은 충분히 논의될 필요가 있다고 할 수 있다[3].

'독자'로서의 '편집자'가 재일조선인문학에서 차지하는 위상에 대해 논할 때, 작가와 편집자의 상호작용에 의한 산물을 작품이라고 한다면, 탈고하여 활자화되기 이전의 것은 아직 작품이라 할 수 없을 것이다. 그렇다고 한다면, 사르트르나 바르트가 논하는 작가-독자론이나 효용론에 있어서의 독자와 이 글이 지칭하는 '독자'로서의 편집자는 엄연히

---

2) 한국 사회에서는 일제강점기 이후 일본으로 이주한 조선인과 그들의 후손에 대해, 재일동포, 재일교포, 재일한인, 재일한국인, 재일, 자이니치, 재일디아스포라, 재일코리안 등 실로 다양하게 호명하고 있지만, 이 글에서는 통시적 관점을 중시하여 재일동포를 '재일조선인'이라 지칭하며, 여기에는 조선적(朝鮮籍), 한국 및 일본 국적 취득자들을 모두 포함한다. 그리고 재일조선인에 의한 일본어문학을 일컬어 '재일조선인문학'이라 하겠다. 재일동포의 호칭 문제에 관해서는 정진성, 『재일동포』, 서울대학교출판문화원, 2018을 참조할 것.

3) 다만 이 논의를 함에 있어, "1960년대 후반 이후 일본문학계에서 활약한 재일조선인 작가들은 거의 총련 탈퇴자"로, "정도의 차이는 있지만 조선어로 창작하려는 목표를 가진 민족문학 운동 속에 한때 몸을 던졌던" 인물들이기 때문에 "조선어 작품을 무시한다면 종래 의미에서의 '재일조선인 문학'마저 이해하지 못하게 된다"라는 송혜원이 지적 역시 염두에 둘 필요가 있다. 송혜원 짓고옮김, 『'재일조선인 문학사'를 위하여 : 소리 없는 목소리의 폴리포니』, 소명출판, 2019, pp.17~18.

그 층위가 다르다. 덧붙이자면, 이 글에서는 재일조선인 문학자와 일본인 편집자가 쓰기와 읽기 행위의 반복적 교차를 통해 사물로서의 작품을 낳았다는 측면에서, 일본인 편집자의 능동적 읽기 행위의 수행성과 편집자라는 존재 그 자체를 강조한다. 이를 위해 '독자'라는 표현을 쓰며, 작가-독자론의 이론적인 전개를 위한 장치가 아님을 밝혀둔다.

이 글은 이와 같이 '독자'로서의 편집자라는 존재에 초점을 맞추어 일본인 편집자와 재일조선인문학의 네트워크를 추적함으로써 재일조선인문학 연구의 새로운 시좌를 제시하고자 한다. 이 글에서는 '동시대의 독자'로서 소설의 제1독자라고도 할 수 있는 편집자, 그중에서도 독후의 목소리를 문자화한 인물들을 '독자'로 한정하여, 특히 재일조선인문학을 대표하는 김석범 문학이 어떻게 수용되었고, 어떻게 읽혀 왔는지, 그 양상을 살펴보고자 한다.

우선 2절에서는 일본어 공론장에서 재일조선인 지식인이 왕성히 활약하기 시작하는 1970년대 초 일본 사회의 시대적 배경을 검토하고, 3절에서는 '독자'로서의 편집자이자 장정가인 다무라 요시야(田村義也)와 재일조선인문학의 네트워크를 추적함으로써 재일조선인문학을 둘러싼 인적 지형도를 제시할 것이다. 마지막으로 4절에서는 김석범의 라이프워크인 『화산도』의 편집자가 남긴 목소리가 시사하는 바에 대해 살펴보겠다.

2. 1970년대 일본 사회와 재일조선인문학

먼저, 일본어 공론장에 재일조선인 지식인이 본격적으로 그 존재감을 발휘하기 시작하는 1970년을 전후한 시기의 시대 정황을 살펴보자.

김석범은 「재일조선인 문필가에 대해서」라는 문장에서 다음과 같이
말하고 있다.

> "요즈음 여러분들 재일조선인 문필가가 여러 분야에서 눈부신 활약
> 을 하고 계신데, 이렇게 약속이라도 한 것처럼 일제히 모습을 드러내는
> 것은 뭔가 이유가 있는 건가요? 신기하다는 느낌을 지울 수가 없군요."
> 와 같은 얘기를 요 근래 자주 듣곤 한다. 이제까지 재일조선인 문필가
> 가 존재하지 않았던 것은 아니지만, 이런 얘기를 듣고 보자니, 과연
> 최근 몇 년 사이에 재일조선인 문필가가 집중적으로 등장했다는 인상
> 을 주는 것 또한 사실이다.
>   예를 들어 역사 분야에서는 강재언, 박경식, 그리고 고고학의 이진
> 희, 경제의 고승효, 철학의 허만원과 같은 이들이 있고, 문학 분야에서
> 는 작가 김달수, 이회성, 고사명, 김학영, 정승박, 장두식, 김석범, 시
> 인 김시종, 강순, 평론가 오임준, 안우식, 윤학준 등이 각개 분야에서
> 많은 일을 하고 있다. 그들의 작업이 일본의 저널리즘을 통해 이루어지
> 고 있다는 점에서 보면, 일본어로 쓰는 것은 당연한 일이고, 그것의
> 좋고 나쁨의 문제는 여기서 논할 여유가 없지만, 나름의 귀중한 성과를
> 거두고 있다는 점은 부정할 수 없다. [4)]

김석범이 위와 같은 문장을 발표한 것은 1973년인데, 이 시점에 "재
일조선인 문필가"가 "약속이라도 한 것처럼 일제히 모습을 드러내"고
있는 듯한 "인상을 주는 것"은 왜인지 그 이유를 생각해볼 필요가 있다.
"일본의 저널리즘"이라는 일본어 공론장에서 '재일조선인 문필가'들이
펼친 "눈부신 활약"이 1970년을 전후한 시기에 "집중적으로 등장한"

---

4) 金石範, 「在日朝鮮人文筆家のことについて」, 『展望』 1973. 3, 『口あるものは語れ』, 筑
   摩書房, 1975, p.166.

이유는 무엇이었을까. 이는 왜 이 시기에 '재일조선인 문필가'의 글을 읽는 독자가 "집중적으로 등장"했는지에 관한 물음으로도 환원할 수 있다. 이 물음에 응답하기 위해서는, "이제까지 專혀 돌보지 않던 作家 나 作品이 갑자기 어느 時期에 이르러 읽혀지게 되는 것은 主로 그 時代的 情況의 움직임과 그 情況 속에서 呼吸하는 讀者에 依하여 變化 를 보게 되는 것이다"[5]라는 평론가 윤규섭(1909~미상)의 지적처럼, 우선 1970년을 전후로 한 일본 사회의 '時代的 情況의 움직임'을 살펴볼 필요가 있다.

일본은 제2차 세계대전에서의 패배 후 한국전쟁의 특수로 부흥에 성공하고, 1956년 『경제백서』에 "더 이상 전후(戰後)가 아니다"라고 명기하며 '전후'가 끝났음을 선언하였다. 그리고 일본은 1964년에 도쿄 하계 올림픽을 개최한 이후 1965년 11월부터 1970년 7월 사이에 약 11.5%의 고도경제성장[6] 이른바 '이자나기 경기(いざなぎ景気)'의 호황을 누린다. 하지만 이 같은 고도성장의 이면에는 한국전쟁과 베트남전쟁 그리고 한국을 포함한 아시아 각국에 대한 '전후배상비지니스'라고 하는 어둠이 존재한다. 도쿄 올림픽과 경제 부흥, 일본만국박람회(오사카, 1970.3.15.~9.13)가 일본인의 이목을 집중시켰을 때, 그 배면에는 배제, 소외, 착취되며 불가시화된 마이너리티가 엄연히 존재하였다는 것은

---

5) 尹圭涉, 「現代小說讀者論」, 『文章』 7, 文章社, 1939, p.137.

6) 패전 일본을 점령한 GHQ는 점령 초기에는 일본이 국제사회에 군사적 위협이 되지 않도록 하는 것을 점령의 최대 목표로 설정하였다. 그에 따라 GHQ는 전후 배상, 재벌 해체, 반독점정책 등의 개혁적인 경제정책들을 추진하였지만, 역코스로 전환 이후 일본의 안정과 경제회복을 최우선 목표로 하면서 배상 취소, 재벌 보호, 공직추방의 취소, 닷지 플랜 등이 채택되었는데, 이러한 정책이 전후 일본이 경제를 회복하고 고도성장의 동력으로 삼을 수 있었다는 영향 관계에 대해서는 판단이 유보된다. 최운도, 「전후 일본 경제대국화의 원점-점령의 개혁정치 vs. 역코스 정책-」, 『일본학보』 124, 한국일본학회, 2020, pp.257~282 참조.

두말할 나위가 없다.

일본 사회와 재일조선인 사회에 충격을 안긴 고마쓰가와 사건(小松川事件, 1958년)과 김희로 사건(1968년). 1965년 4월에 발족하여 1974년 1월에 해산할 때까지 많은 지식인들과 무당파 시민들이 결집하여 베트남전쟁 반대 운동 및 재일 미군기지 내에서의 반전운동을 조직하는 등의 활동을 한 '베트남에게 평화를! 시민연합(ベトナムに平和を！市民連合, 베평련)'의 시민운동[7]. 1968년 후반 전학공투회의(全学共闘会議)의 '전공투운동'. 1969년의 닉슨 독트린 발표와 사토-닉슨 공동성명을 통한 오키나와 반환 결정, 미나마타병(水俣病) 1차 소송, 1970년 히타치(日立) 제작소를 상대로 한 재일조선인 청년 박종석(朴鐘碩)의 소송(히타치 취직차별사건) 등등. 이처럼 전후 일본의 빛과 어둠이 교착(交錯)하며 이에 대한 새로운 논의의 장이 요청되었던 것이 바로 1970년이다.

미국의 폭격으로 베트남전쟁이 본격화된 1965년, 한국 정부와 일본 정부는 '한일기본조약'을 체결하였고, 이에 대해 북한은 조약의 불승인과 대일청구권보유를 선언하였다. 그로 인해 재일본조선인총연합회(총련)와 재일본조선거류민단(현재의 재일본대한민국민단) 사이에 반목의 골이 깊어져 갔는데, 정치적으로는 재일조선인 사회가 분단되는 어둠이 드리워졌지만, 한편으로는 재일조선인 문필가가 대거 등장하며 일본어 공론장에서 눈부신 활약을 펼치기 시작하였다. "전후(戰後) 첫 조선 붐이 분출"[8]하며 "재일조선인 작가의 문학작품이 '재일조선인문학'

---

7) 일본의 시민운동에 대해서는 한영혜, 『일본의 지역사회와 시민운동』, 한울, 2004, 무토 이치요, 『일본 시민운동과 지방자치』, 한울, 1996, 강성우, 「『계간 삼천리』로 보는 1970년대 한·일 시민연대운동」, 『인문사회 21』 10(4), 사단법인 아시아문화학술원, 2019, pp.353~366. 등을 참조할 것.

8) 渡邊一民, 『〈他者〉としての朝鮮 文学的考察』, 岩波書店, 2003, p.209.

으로서 전후 일본 사회에서 가시화되고 인정받은"[9] 1970년은 "일본의 독자들에게도 외국인 작가와의 만남이 예전에는 없던 규모로 일어난 역사적인 해"[10]였다.

한편 베평련의 사무국장이었던 요시카와 유이치(吉川勇一, 1931~2015)를 인터뷰한 오구마 에이지(小熊英二)는 "1970년 6월 이후, 미일안 전보장조약을 저지하지 못한 폐색적 상황" 속에서 "재일조선인과 오키나와, 여성해방운동 등 차별문제"가 주목받는 흐름이 생성되었다고 지적한다[11]. 이러한 흐름이 생성된 것은 신좌익의 즉각적인 일본 혁명이라는 안보투쟁 노선의 동력이 힘을 잃었기 때문이었다. 그리고 그 지점에서 나온 것이 "지역사회의 생활 속에서 합법적·평화적 방법으로 도시문명과 사회문제를 극복할 대안을 추구"[12]하는 것이었다.

이 같은 폭력적 혁명노선과의 단절이라는 분위기에 맞춰 등장한 것이 소설가, 평론가, 편집자, 시민운동가가 동인이 되어 직접 편집하고 기고하는 문예지 발행이었다. 특히 이들 문예지에 동인으로 참여했던 작가들은 기성의 상업 저널리즘에서 활발한 활동을 하고 있었음에도 불구하고, 문예지의 구성과 편집에 능동적으로 참여하며 다중의 공론

9) 李孝德, 「ポストコロニアルの政治と「在日」文学」, 『現代思想』, 靑土社, 2001, p.157.
10) 송혜원, 『'재일조선인 문학사'를 위하여 : 소리 없는 목소리의 폴리포니』, 소명출판, 2019, pp.25~26. 이 책의 원문은 "1970년은 일본인 작가들에게도 외국인작가와의 만남이 예전에는 없던 규모로 일어난 역사적인 해였다."라고 되어 있지만, 일본어판에는 「一九七〇年とは、日本の読者にとっても外国人作家との出合いがかつてない規模で起きた、歴史的な節目だった。」(宋惠媛, 『『在日朝鮮人文学史』のために－声なき声のポリフォニー』, 岩波書店, 2014, p.10.)로 되어 있다. 이 글에서는 일본어판을 따랐다.
11) 小熊英二, 岩崎稔·上野千鶴子 ほか 編, 「インタビュー 吉川勇一, 国境をこえた『個人原理』」, 『戦後日本スタディーズ②……60·70年代』, 紀伊国屋書店, 2009, p.271.
12) 조관자, 「1990년대 이후 한국에 소개된 재일조선인 지식인의 민족담론: 서경식의 '식민주의 저항' 담론에 관한 비판적 고찰」, 『일본비평』, 서울대학교 일본연구소, 2016, p.72.

장을 만들어내는 실험적인 움직임을 창출하였다. 특히 『인간으로서(人間として)』[13)](제1호~제12호, 1970.3~1972.12), 『문학적 입장(文学的立場)』[14)](제2차, 제1호~제8호, 1970.6~1973.4), 『변경(辺境)』[15)](제1차, 제1호~제10

---

13) 이 잡지는 오다 마코토(小田実, 1932~2007), 가이코 다케시(開高健, 1930~1989), 시바타 쇼(柴田翔, 1935~), 다카하시 가즈미(高橋和巳, 1931~1971), 마쓰기 노부히코(真継伸彦, 1932~2016)와 같은 사회파 작가들과 지쿠마쇼보(筑摩書房) 편집부의 하라다 나오오(原田奈翁雄, 1927~)와 가시와바라 시게미쓰(柏原成光, 1939~)가 동인으로 참가하여 직접 기획 및 편집을 하며 3개년, 12호까지의 간행을 목표로 창간된 계간문예지로, "잡지 『인간으로서』는 고사명, 김석범, 오임준 등 조선인 작가들의 작품을 게재하여 충격을 주었다"(林浩治, 「在日朝鮮人日本語文学論」, 新幹社, 1991, p.92)라는 평론가 하야시 고지의 술회처럼 동시대 지식인들에게도 획기적인 기획이었다. 공습과 원폭투하로 패전을 맞이한 전후 일본이 폐허에서 부흥을 이루어 나가는 모습을 직접 목격하며 2, 30대를 보낸 동인들은 각자의 표현과 실천의 스타일로 반전운동과 학생운동 등에 동참하며 일본 사회의 모순에 저항하였고, 이익공동체적인 도당의식의 폐해를 드러내던 기성의 문학 집단에 저항하기 위한 수단으로서의 문학운동으로 『인간으로서』를 창간하였다.

14) 『문학적 입장』은 전전(戦前)의 프롤레타리아문학과 전후(戦後)의 민주주의문학을 비롯한 일본근대문학의 역사, 일본의 전쟁 책임과 전향 문제에 천착한 평론가 오다기리 히데오(小田切秀雄, 1916~2000)가 이즈미 아키(和泉あき, 1928~), 오다기리 스스무(小田切進, 1924~1992), 구리하라 유키오(栗原幸夫, 1927~), 니시다 마사루(西田勝, 1928~)와 같은 후배 평론가들과 일본근대문학연구소를 만들어 1965년에 창간하여 1967년까지 총 12호를 발간하였고, 제3차는 1980년부터 1983년까지 총 8호를 세상에 내놓았다. 한편, 제2차 『문학적 입장』에서는 다음과 같은 편집방침을 제시하며 1970년을 시작하였다. (1) 문학적 입장에서 정치, 사회, 예술과 관련된 일체의 문제를 논한다. (2) 전후민주주의의 역류로 드러나고 있는 최근 사상계의 국가주의적, 반동적·낭만주의적 경향에 저항한다. (3) 전후문학의 비판적 계승을 지향하며, 문학에 있어서의 인간의 복권을 요구한다. (4) 이상의 관점에서 일본근대문학의 포괄적 연구를 추진하기 위해 신자료를 발굴하고 재평가한다. 즉, 이 『문학적 입장』은 '전후민주주의' 체제가 지닐 수밖에 없었던 사상적 양가성에 착목하여, '현재'의 정치, 사회, 예술을 문학의 표현사(表現史) 재검토와 더불어 읽어내고자 한 비평 운동이었다고 할 수 있다. 西田勝, 「編集後記」, 「文学的立場」 第2次第1号, 日本近代文学研究所, 1970.6, p.192.

15) 『변경』의 편집자인 이노우에 미쓰하루(井上光晴, 1926~1992)는 일본문학사에서 '제3의 신인'이자 사회파 작가로서 구분된다. 그는 태평양전쟁 전야 규슈의 해저탄광에서 일하는 조선인 탄광부들의 비참한 운명을 그린 『장화도(長靴島)』(1953)를 비롯하여 피차별부락 문제, 재일조선인 문제, 피폭자차별의 문제를 정면에서 다룬 『지상의 군상

호, 1970.6~1973.3)과 같은 계간문예지가 거의 같은 시기에 등장한 점은 특기할 만하다. 이들 계간문예지에는 일본의 문학자들에게 전후 일본의 인간성·상상력 해체를 일깨우는 작품으로서 발견/전유된 재일조선인 문학과 그 작가들, 그리고 전후 일본의 배면에 자리잡은 공해, 차별, 착취, 배제, 혐오와 같은 사회의 황폐에 대항하는 담론이 자리하고 있다.

이처럼 일본 문단에 재일조선인 문필가들이 일단의 군집으로서 대거 등장하게 된 데에는 당시 일본의 시대적·문화사적 배경이 자리하고 있었다는 것을 검토하였다. 하지만 이것으로 말끔히 해명하기 어려운 것이 바로 재일조선인 문필가들 내부의 상황, 즉 그들이 일본어라는 언어수단을 사용하여 일본 문단에서 일본어 가독 독자를 대상으로 작품 활동을 펼칠 수밖에 없었던 계기에 관한 것이다. 송혜원의 연구에 따르면, "그 직접적인 요인은 1967년에 시작된 '공화국'의 유일사상체계로의 이행과 그 과도한 적응으로서 일어난 '총화'라고 불리는 총련 내부의 치열한 비판 사업"16)이었다. "이때부터 주체문예론이 '공화국' 문학의 주 기둥이 되었"고 "이후 국가의 정당성의 근거가 되는 항일 빨치산에 관련된 작품과 김일성을 예찬하는 작품을 집중적으로 창작하게 된다."17) 이러한 총련의 강경화 노선에 반기를 든 작가들은 총련을 이탈하게 되고, 그것을 받아들인 "총련 주류파는 '공화국'을 지향하는

(地の群れ)』(1963) 등의 창작활동을 통해 일본의 저변에 깔린 차별과 착취의 실태를 고발하였고, 전국 각지에 '문학전습소'를 개설하여 후배 문학자를 육성하는 데 힘썼던 소설가이다. 그런 그가 기성 언론에 대항하는 사회 하층부의 목소리를 편집의 핵으로 삼아 만든 것이 바로 잡지 『변경』이다. 1970년부터 시작된 제1차 『변경』은 1973년부터 1976년까지 연 1회 총 4호를 발간한 제2차를 거쳐 10년 후인 1986년부터 1989년까지 총 10호를 발간한 제3차까지 이어진다.

16) 송혜원, 『'재일조선인 문학사'를 위하여 : 소리 없는 목소리의 폴리포니』, p.24.

17) 송혜원, 위의 책, p.256.

원격지 내셔널리즘에 수렴"[18]된다. 한편, 이미 1966년에 김학영(金鶴泳, 1938~1985)이 「얼어붙은 입(凍える口)」으로 가와데쇼보신샤(河出書房新社)가 주최하는 문예상(文藝賞)을 수상하였고, 이회성(李恢成, 1935~)이 「다듬이질하는 여인(砧をうつ女)」으로 1972년 아쿠타가와상(1971년 하반기 제66회) 수상자가 되었다. 일본 국적자가 아닌 작가의 첫 수상이었다. 재일조선인작가 중 특히 "민족 조직과 상대적으로 관계가 약했던 젊은 2세 작가들은 처음부터 이 "자기 찾기"의 조류에 합류"하였고, "일본 독자들도 역시 재일조선인 작가의 그러한 내면 고백형 작품을 기대"했던 것이다[19].

김석범에게 초점을 맞추자면, 그는 1964년 가을, 1959년 6월 도쿄에서 결성된 재일본조선문학예술가동맹(문예동)에 들어가 그 중앙기관지인 『문학예술』[20](조선어잡지)에서 편집을 담당하는 한편, 조선어로 창작활동[21]을 하기도 하지만, 1968년 여름, 재일본조선인총연합회(총련)를 탈퇴하고, 1969년 잡지 『세계(世界)』 8월호에 발표한 「허몽담(虛夢譚)」을 시작으로 일본어 창작을 재개한다[22]. 김석범에게 그 계기를 준 것이 다무라 요시야라는 '독자'이다.

---

18) 송혜원, 위의 책, p.263.

19) 송혜원, 위의 책, p.263.

20) 1960년 1월 창간되어 비정기적으로 간행되어 온 이 잡지는 2009년 6월에 110호(문예동 결성 50돐기념호)까지 발행된 것으로 확인된다. https://munedong.com/100/

21) 김석범이 쓴 조선어작품에 관해서는 宋惠媛, 「金石範の朝鮮語作品について」, 『金石範作品集 I』, 平凡社, 2005, 中村福治, 「金石範と「火山島」」, 同時代社, 2001, 나카무라 후쿠지, 『김석범 『화산도』 읽기』, 삼인, 2001, 김동윤, 「김석범의 한글소설 「화산도」 연구」, 『영주어문』 41, 영주어문학회, 2019, 김동윤, 「김석범의 한글 단편소설 연구」, 『영주어문』 44, 영주어문학회, 2020,를 참고할 것.

22) 平塚毅編, 「詳細年譜」, 金石範, 『金石範作品集 II』, 平凡社, 2005, pp.608~609.

3. 다무라 요시야(田村義也)라는 '독자'

1962년 5월, 『문화평론(文化評論)』[23]에 「관덕정」을 발표한 김석범은 『문학예술』편집부로 이동하여 조선어로 작품을 창작한다[24]. 그러던 중 김석범의 작가인생에 터닝포인트가 되는 일이 생긴다. 그것은 총련의 비준 없이 강행한 『까마귀의 죽음(鴉の死, 1967.9)』출판이었다[25]. 신코쇼보(新興書房)에서 작가로서의 첫 단행본을 세상에 내놓았고, 그것이 이와나미쇼텐(岩波書店)의 편집자 다무라 요시야(田村義也, 1923~2003)에게 발견되어, 『세계』1969년 8월호에 일본어 소설(「허몽담」)을 7년 만에 발표한다. 참고로 김석범은 이 「허몽담」 발표로부터 정확히 반세기가 지난 2019년, 『세계』2016년 10월호부터 시작한 『화산도』속편의 속편에 해당하는 「바다 밑에서(海の底から)」의 연재를 4월호로 완결하였다[26]. 김석범과 잡지 『세계』의 깊은 인연을 느끼게 하는 지점이다.

한편, 『까마귀의 죽음』이 일본의 독자에게 본격적으로 읽히기 시작

---

23) 1961년 12월부터 1993년 3월까지 간행된 일본공산당 중앙위원회 사상문화지이다.

24) 참고로 『문학예술』은 1966년 5월에 별책으로 민족교육특집 일본어판을 발행했는데, 거기에 김석범도 「「同化」と傲慢と('동화'와 오만)」(pp.64~68)이라는 수필을 발표하였다.

25) 문예동과 총련중앙선전부는 총련 이외의 일본(어) 매체에 발표하기 전에 조직에서 심의하여 가부를 정하였는데, 김석범은 문예동 위원장인 허남기(許南麒, 1918~1988)에게 『까마귀의 죽음』 출판에 대해 사전보고를 했고, 그때 허남기는 "그것은 재미가 적은데"라고만 말했다고 한다. 송혜원, 『'재일조선인 문학사'를 위하여 : 소리 없는 목소리의 폴리포니』, p.261 참조.

26) 『火山島』의 속편은 2006년 슈에이샤(集英社)에서 간행된 『땅속의 태양(地底の太陽)』이다. 한편, 24회에 걸쳐 연재된 「바다 밑에서」는 작가의 가필·수정을 거쳐 2020년 2월 이와나미쇼텐에서 단행본으로 출간되었고, 서은혜의 번역으로 2023년 한국의 독자에게 소개되었다(『바다 밑에서』, 도서출판 길).

한 것은 절판된 신코쇼보판이 1971년에 고단샤(講談社)에서 신장판(新裝版)으로 출판된 후라고 할 수 있다. 고단샤판 『까마귀의 죽음』에 대해 김석범은, 신코쇼보판을 읽은 이와나미쇼텐의 '편집장정가' 다무라 요시야의 "열의와 더불어 고단샤에 전해졌고, 고단샤의 문예도서 제1출판부 일동 여러분의 호의와 지지로, 이 다분히 이질적이라 할 수 있는 책이 어중간히 취급되는 일 없이 받아들여졌다"[27]라고 밝힌 바 있다. 고단샤판의 장정(裝幀)을 담당한 다무라는 표제의 "노(の)"라는 문자에 대해 "까마귀(鴉)"와 "죽음(死)"이라는 "센 한자 사이에 낀 "노(の)"라는 문자를 어떻게 해야 할까? 결국에는 작품의 냉엄한 비극과 공포를 새의 부리처럼 표현하고자 판목에 새겨 만들었다"[28]라고 술회한다. 예술성의 진면목을 보여주는 다무라의 장정은 "보는 이의 눈을 붙박게 하는"[29] 김석범 문학의 모뉴먼트적 존재라 해도 과언이 아니다. 『까마귀의 죽음』에 대한 다무라의 "열의"에 더해, 1970년 12월 『인간으로서』에 발표한 「만덕유령기담(万德幽靈奇譚)」이 1971년 상반기 제65회 아쿠타가와상 후보작에 선정됨으로써 김석범은 재일조선인문학을 대표하는 작가로서의 발판을 다지게 되었다고 할 수 있다.

　다무라는, 장정은 "편집자의 일 중 최종 뒷마감이자, 요약이다"라는 지론을 제시하고는 "편집자는 책의 최초의 독자이며, 쓰여진 내용을 아주 잘 이해하고 있다는 자부와 책임을 가지는" 한편, "저자가 의도한

---

27) 金石範, 「あとがき」, 『鴉の死』, 講談社, 1971, p.314.
28) 田村義也, 『のの字ものがたり』, 朝日新聞社, 1996, pp.11~12.
29) 장정가 기쿠치 노부요시(菊池信義, 1943~)는 "장정이라는 것에 궁극적 역할이 있다고 한다면 가장 중요한 것은 보는 이의 눈을 붙박게 하는 것"이며, "아무 생각 없이 녹신녹신 살아가는 사람들이 책 앞에서 일단 정지하는, 그 정지시키는 힘, 멈추게 하는 힘, 그것이야말로 장정이 지닌 의미"라고 말한다. 菊池信義, 『裝幀談義』, 筑摩書房, 1986, p.7.

내용을 반영하는 것이 장정의 첫째 조건이다"라고 말한다[30]. 바꿔 말하자면 '독자'로서 '쓰여진 내용을 아주 잘 이해'해야 한다는 것, 그리고 '저자'가 의도한 바를 '장정'으로 '요약'하는 것이 편집자의 역할이라는 것이다. 그렇다 하더라도 편집자가 직접 장정가로서 작품을 '뒷마감'한다는 것은 매우 드문 일이라 할 수 있다. 또, 그는 '장정'에만 관여한 작품에 대해서도 '최초의 독자'라는 편집자의 시선으로 '최종 뒷마감'에 힘쓴 인물이었다고 할 수 있다.

『까마귀의 죽음』과 『화산도』 등 김석범의 대다수 작품들을 장정한 다무라는 김석범 문학 외에도 수많은 재일조선인 지식인들의 저작을 담당하여 장정을 만들었다. 김사량(『김사량전집』 전4권, 河出書房新社, 1973~1974), 이회성(『임진강을 향할 때(イムジン江をめざすとき)』(角川書店, 1975), 안우식(『천황제와 조선인』, 三一書房, 1977), 김태생(『뼈조각(骨片)』, 創樹社, 1977), 윤학준(『시조(時調)-조선의 시심(詩心)』, 創樹社, 1978), 김달수(『김달수소설전집』 전7권, 筑摩書房, 1980), 강재언(『일조(日朝)관계의 허구와 실상』, 龍渓書舎, 1980), 김시종(『광주시편(光州詩片)』, 福武書店, 1983), 정대성(『조선의 음식(朝鮮の食べ物)』, 築地書館, 1984), 김찬정(『고시엔의 이방인』, 講談社文庫, 1988), 양석일(『족보의 끝(旅譜の果て)』, 立風書房, 1989), 고사명(『살아가는 것의 의미·청춘 편』, 제1부~제3부, ちくま文庫, 1997), 강신자(『기향노트(棄郷ノート)』, 作品社, 2000).[31] 이렇게 나열만 하더라도 다무라 요시야가 얼마만큼 재일조선인을 깊이 이해하며 그들의 버팀목이 되어 왔는가를 엿볼 수 있다.

---

30) 田村義也, 「編集者の装丁」, 『のの字ものがたり』, p.255.
31) 「〈完全版〉田村義也装丁作品一覧(1953-2003)」, 田村義也, 『のの字ものがたり』, pp.330~379.

그는 1948년 3월 이와나미쇼텐에 입사하여, 이와나미문고(岩波文庫)의 제작과 편집을 담당하며, 『조선민요선』, 『조선동요선』의 번역자인 김소운을 만났고, 『춘향전』을 담당하며 그 번역자인 허남기와 교류한다. 그리고 1956년, 이와나미신서(岩波新書) 편집부로 이동하여 1958년 간행된 『조선 - 민족·역사·문화』를 통해 김달수와의 인연을 돈독히 하게 된다. 원고를 펼쳐 도판과 사진의 배치, 설명을 정하고, 필요한 것을 조사하는 등의 작업을 새벽녘까지 하다가 김달수의 집에서 잠을 청해야만 했던 일도 있었다고 한다. 한편, 1965년 6월, 한일기본조약이 여러 문제를 품은 채 조인되었고, 그 후 일본교통공사가 한국관광(서울-부산-경주를 도는 코스)을 기획했다. 다무라는 『조선 - 민족·역사·문화』에 나오는 현지를 직접 답사하기 위해 이전부터 자주 조선에 관한 이야기를 나누었던 도쿄대학의 이즈미 세이치(泉靖一)[32]와 동행하였고 제주도에도 방문한다. 다무라는 이즈미와 제주도를 닷새간 돌아다니면서,

---

32) 이즈미 세이치는 1915년 도쿄 출생으로 1938년 경성대학 법문학부를 졸업하였고, 패전 후 일본에 귀환한 후에 도쿄대학의 교수가 되었다. 그는 1936년, 한라산을 등반하던 중 산악부 친구 한 명을 잃고, 국문학에서 문화인류학으로 전공을 바꾸기로 결심하였다. 그 후 무엇인가에 홀린 사람처럼 제주도의 마을 구석구석을 돌았다고 한다. 그 결과물이 바로 1966년 도쿄대학출판회에서 간행된 명저 『제주도』이다. 이 『제주도』에는 1938년 현재의 제주도 지도와 제주도방언표, 1936년부터 1965년 사이에 찍은 80장의 흑백사진이 실려 있다. 다무라 요시야의 의뢰로 『세카이』 1968년 4월호에 「김석범著『까마귀의 죽음』」이라는 서평을 쓴 이즈미 세이치는 김석범과 대담(「고향 제주도(ふるさと済州島)」, 『세카이』, 1970년 4월호)을 하기도 했다. 한라산에 얽힌 이즈미 세이치의 곡절은 대담 중에도 언급되었고, 그 에피소드는 다음과 같이 『화산도』의 지문에서도 확인할 수 있다. "한라산의 겨울은 눈이 깊었다. 지금까지 일찍이 적설기의 눈에 덮인 정상에 오른 사람이 없다는 것을 안 재조 일본인 학생을 비롯한 몇 명이 등반을 계획해서 실현시킨 것이 십수 년 전의 일이다. 후일에 그중 한 사람이 다시 겨울에 한라산에 올라 스키를 타다가 조난당해 목숨을 잃었을 때도, 섬사람들은 산신의 노여움을 산 것이라 하였다. 그 죽음에 큰 충격을 받은 일본인 친구가, 나중에 제주도의 각 마을을 몇 년에 걸쳐 돌면서, 그때까지의 전공을 바꿔 제주도 연구에 전념하는 길을 선택했다." (김석범, 김환기·김학동 옮김, 『화산도8』, 보고사, 2015, pp.288~289).

제주4.3사건의 비극이 한국전쟁 전인 1948년에 일어났었다는 것을 알고 아연실색하였다. 그 후, 다무라 요시야는 1967년 신코쇼보에서 간행된 『까마귀의 죽음』의 독특하고 응축된 문체로 그려진 네 편의 단편을 탐독했고, 발행처인 신코쇼보를 찾아가 작가의 신상에 대해 물었지만, 확실한 정보를 얻지 못해 김달수를 찾아가 김석범의 정보를 얻었다고 한다.[33]

이러한 갖가지 만남들이 쌓이고 쌓여 김석범 문학은 다무라 요시야라는 '열의'를 지닌 편집자를 만났고, 김석범을 비롯한 재일조선인작가들은 다무라 요시야와 같은 '독자'로서의 편집자와의 상호작용을 통해 일본 문단 안에 일정한 입지점을 마련하는 계기를 마련하였다고 할 수 있다.

4. 『화산도』의 '독자'

이번 절에서는 김석범의 라이프워크인 『화산도』의 편집자가 남긴 문장이 시사하는 바를 고찰하고자 한다.

분게이슌주(文藝春秋)에서 전7권(1983년 6월, 7월, 9월, 1996년 8월, 11월, 1997년 2월, 9월)으로 간행된 『화산도』는 재일조선인문학을 이끌어 온 김석범 문학을 대표하는 대하소설이다. 장기연재를 통해 성립한 『화산도』의 첫 번째 연재는 『문학계(文學界)』(1976년 2월호~1981년 8월호, 1980년 12월호는 휴재)에 「해소(海嘯)」라는 타이틀로 66회(전9장[제1

---

33) 田村義也, 「金達寿さんとの思い出 - 岩波新書『朝鮮』刊行の周辺」, 『のの字ものがたり』, pp.102~117.

장~제9장], 전61절)에 걸쳐 진행되었다. 그 후, 세 장(제10장~제12장) 분량이 가필되어, 『화산도』라는 타이틀을 달고 3권까지 간행되었다. 두 번째 연재 역시 마찬가지로 『문학계』(1986년 6월~1995년 9월호, 1989년 1월호와 3월호는 휴재)의 지면을 통해 「화산도 제2부(火山島 第二部)」라는 타이틀로 110회(전60장[제1장~제15장, 종장], 전110절)에 걸쳐 이어졌다. 그리고 단행본화될 때 두 절(제25장의 7과 8)이 가필되었고 종장(2절분에서 6절분으로 가필)에서는 주인공 이방근이 권총자살로 생을 마감하는 결말로 수정되었다.

김석범은 1983년 간행된 제3권(제1부)까지의 『화산도』로 1984년 제11회 오사라기 지로상(大佛次郎賞)을, 1997년 완결된 전7권 『화산도』로 1998년 제39회(1997년도) 마이니치예술상(每日芸術賞)을 수상하며 그 문학성을 인정받았다. 한국에서는 1988년에 제3권까지가 다섯 권의 형태(실천문학사, 이호철·김석희 공역)로 번역·출판되었고, 2015년 10월, 드디어 전12권(보고사, 김환기·김학동 공역)으로 『화산도』 전권이 번역·출판되었다. 참고로 『화산도』는 일본에서도 같은 해 같은 달, 이와나미쇼텐에서 주문형 출판 형태로 복간되었다.

1988년 한국에서의 『화산도』 번역·출판은 1987년 6월 민주항쟁 속에 싹튼 제주4.3사건에 대한 진상규명 운동이 본격화된 결과의 산물이라 할 수 있다. 그 번역본은 난해한 김석범의 표현을 뛰어나게 번역하고 있지만, 장(章)의 구성을 일기체 형식으로 바꿨으며, 주인공 이방근과 문난설의 만남 등 일부 묘사가 삭제되어 있다. 그럼에도 불구하고, 김석범 자신이 "『화산도』는 몇 년 전부터 냉엄한 상황 속에서 한국의 문학자에 의해 번역이 진행된 것으로, 예를 들어 전5권인 그것을 한 권씩 출판하는 것이 아니라, 전권을 한 번에 출판한 것도 탄압에 대비한 것이었다"[34]라고 회상하듯, 당시로서는 번역·출판 자체가 획기적인

일이었다고 할 수 있다. 1988년에는 『화산도』뿐만 아니라 『까마귀의
죽음』도 『화산도』의 공역자인 김석희의 번역으로 소나무에서 간행되
었고, 2015년 제주도의 도서출판 각에서 원번역자인 김석희의 세부수
정을 거쳐 복간되었다. 그 2015년, 김석범은 그간의 창작활동, 일본에
서의 '4.3운동'의 선구적 역할과 그 공로를 인정받아 제1회 제주평화상
을 수상하였고, 2017년에는 제1회 이호철통일로문학상을 수상하였다.

　『화산도』번역자인 김환기는 "『화산도』가 한국현대문학사에서 격동
기 해방정국을 형상화한 장편서사로서 한국현대문학사의 공백을 채워
주는 텍스트라는 점, 정치·이념적으로 터부의 대상일 수 없고 우리들
의 자화상이자 거울이라는 점, 제주문학의 꽃이며 〈4.3문학〉의 정점에
해당한다"[35]라며 핵심을 명확하게 분석하였다. 또 "『화산도』의 역사적
/ 문학사적 의미는 한두 마디로 축약될 만큼 단순하지가 않"고, "역사학
적 관점에서 이루어진 실증적 비평이나, 남북한 / 좌우익으로 반목했
던 정치이데올로기의 평가, 지역적 특수성을 고려한 생태학적 접근에
이르기까지 텍스트 읽기는 시좌에 따라 다양하게 전개될 수밖에 없다"
라고 매우 시사적인 지적을 한 바 있다[36]. 또한 고명철은, 『화산도』는
"한국문학이 분단체제의 모순과 억압으로 래디컬하게 탐구하기 힘든
해방공간, 특히 제주도에서 일어난 4.3사건의 안팎"을 "정면으로 응시
하고 있"는데, 특히 『화산도』의 "정치역사적 도전을 외면하지 않고 의
연히 담대하게 대응하는 문학의 정치적 실천"을 높이 평가하였다[37].

---

34) 金石範, 「禁書·『火山島』」, 『故国行』, 岩波書店, 1990, p.196.
35) 김환기, 「김석범·『화산도』·〈제주4.3〉-『화산도』의 역사적 / 문학사적 의미-」, 『일
　　본학』41, 동국대학교 일본학연구소, 2015, p.15.
36) 김환기, 위의 글, p.2.
37) 고명철, 「김석범의 '조선적인 것'의 문학적 진실과 정치적 상상력」, 고명철·김동윤

즉, 지금까지의 한국문학이 정치역사적 도전에 정면대응하지 않고 해방공간에 대한 문학적 논의를 거듭하여 축적할 수 없었던 것은 분단체제의 모순과 억압에 기인하며, 그에 대한 본격적인 '문학의 정치적 실천'이 바로 『화산도』라는 지적으로 재해석할 수 있다.

한편, 『아사히신문』은 1984년 10월 8일 진행된 오사라기 지로상 수상식을 다음과 같이 보도했다. 작가 시바 료타로(司馬遼太郎)는 "일본의 소설은 쇠약해져 『화산도』와 같은 선이 굵은 소설이 나오지 못하고 있습니다. 김석범 씨가 정치적으로 불행하고 고독했기에 세상에 나온 작품이라 할 수 있습니다. 작품을 완성하고도 가라앉지 않는 김석범 씨의 그 마음이야말로 '문학의 힘'이 아닐까 생각합니다"라고 말했으며, 다무라 요시야는 "1967년에 김석범 씨의 첫 단행본 『까마귀의 죽음』이 나왔을 무렵에는 거의 일본에 알려지지 않았던 제주도의 4.3봉기사건에, 경제적으로 어려움을 겪으면서도 김석범 씨가 창작에 몰두하여 이러한 대작을 완성시킨 경위를 이야기했다"라고 전하였다. 그리고 김석범은 "폐쇄적인 일본의 문단에서 이제까지 계속 창작하며 생활해 올 수 있었던 것은 발표의 기회를 준 편집자 분들 덕분이고, 좌경적인 면을 지닌 작품에 정치적인 의견은 달라도 공평한 입장에서 선정해 주신 점에 감사를 표"했다고 보도하였다.[38]

이처럼 김석범은 기회가 있을 때마다 '편집자'에 대한 감사를 표명해 왔다. 당연한 일이겠지만, 『화산도』의 「후기」에도 다음과 같은 감사의 말을 남겼다.

· 김동현, 『제주, 화산도를 말하다』, 보고사, 2017, p.134.

[38] 「金·芳賀両氏に大佛賞を贈呈」, 『朝日新聞』東京/朝刊, 1984. 10.9, p.22. 시바 료타로는 『耽羅紀行 画街道をゆく28』, 朝日新聞社, 1990, pp.30~34에서도 김석범과 '오사라기 지로상'에 얽힌 일화를 언급하고 있다.

제1부는 니시나가 다쓰오(西永達夫) 편집장 하에 다자키 아키라(田崎哲) 씨가 담당이 되었고, 그 후 편집장은 도요다 겐지(豊田健次) 씨에서 마쓰무라 젠지로(松村善二郎) 씨로, 담당은 묘엔 이치로(明円一郎) 씨와 다카하시 가즈키요(高橋一淸) 씨로 인계되었다. 단행본을 위한 가필수정 때는 호소이 히데오(細井秀雄) 씨, 단행본 제작 단계에서는 출판부로 이동했던 다카하시 씨가 다시 담당의 중역을 맡아 주었다. [39]

연재와 단행본화 작업을 거치며 가필수정된 원고는 김석범이 거론한 편집자들 외에 수많은 이들의 손을 거쳐 『화산도』라는 책으로 세상에 나온 것이다.

이들 중 다카하시 가즈키요(高橋一淸)[40]는 『화산도』 제1부(제1권~제3권) 간행 후 다음과 같은 문장을 남겼다.

　　발표 당초, 『화산도』가 자주 나가는 지역은 오사카 시와 기타큐슈 시였습니다. 아마 제주도 출신자가 많이 계신 곳이라 여겨집니다. (중략)

---

39) 金石範, 「あとがき」, 『火山島Ⅶ』, 文藝春秋, 1997, p.513.

40) 1944년 시마네(島根) 현 출신인 다카하시는 와세다대학 문학부를 졸업한 후 1967년 분게이슌주(文藝春秋)에 입사하여 2005년까지 38년간 『문학계(文学界)』, 『문예춘추(文藝春秋)』, 『올요미모노(オール読物)』, 『주간문춘(週刊文春)』의 각 편집부, 출판부 등에 소속되어 문예담당을 맡았고, 입사 직후부터 퇴사하기까지 아쿠타가와상과 나오키상의 선고과정과 결정발표, 증정식, 축하파티에 관여하며 많은 작가들과 일한 편집자이다. 그는 "저널리즘에 종사하는 편집자는 지금 이 시대에 일어나고 있는 일을 관찰하여, 그에 따른 사람들의 심적 변화를 살피고 비평"하며, "또, 여러 문장을 읽고, 이제까지 없었던 새로운 사고나 착상을 표현하는 이의 문장을 만나면, 글쓴이를 찾아가거나 혹은 편지를 써서 지지를 표명하며, 그 사람의 확장된 생각을 집필해 달라고 요청하여 지면에 게재"함으로써 "사람들의 감성과 사고를 변화시켜 간다"라고, 편집자의 작업과 정신에 대해 쓴 바 있다(高橋一淸, 『編集者魂』, 集英社文庫, 2012, pp.265~266). 38년간 오롯이 문예 담당 편집자로서 정진한 그의 이러한 태도에서도 '독자'로서의 편집자가 가져야 할, 시대의 흐름을 선취하여 능동적인 읽기를 수행하는 실천의 힘이 얼마나 중요한 것인지 엿볼 수 있다.

그런데 작년 연말부터 이런 특정 지역뿐만 아니라 전국 각지에서 고른 분포로 주문이 들어오기 시작했습니다. (중략) "이렇게 열중해서 읽은 작품은 없었다"라며 흥분된 목소리로 독후의 감상을 전하는 독자의 전화를 몇 통이나 받았습니다.

실제로 이 작품은 김석범이라는 작가가 생애의 사명으로 삼고 있는 문제를 오랜 세월에 걸친 문학 체험의 축적을 통해 만들어낸 소설 작법에 의해 완성한 것, 작품이 지닌 무게감, 작품에 건 창의적 고안은 예사로운 것이 아닙니다. (중략) 『화산도』는 작은 민족의 범위를 넘어 동양인의 어느 공통성 속에서 쓰여진 작품처럼 느껴집니다.

더 많은 분들이 『화산도』를 읽으면 좋겠다고 생각하다가, 언젠가 유럽이나 미국 쪽 사람들이 이 작품을 읽는다면 조선인에 대해서, 아니 동양인에 대해서 큰 발견과 이해를 얻을 수 있지 않을까 생각하게 되었습니다. 그래서 말인데, 좀 느닷없지만 『화산도』를 우선 영어로 번역하실 분 안 계신지요. (중략) 동양을 이해하기 위한 흥미로운 소설로서, 그리고 세계사의 한 줄로 당연히 기술되어야 할 민족의 참극을 전하는 소설로서 『화산도』는 다른 언어로 옮겨져, 더 많이 더 많이 전 세계 사람들에게 읽혀야 할 가치가 있는 작품이라 생각합니다.[41]

위의 인용문에는 『화산도』에 대한 다카하시의 애정이 듬뿍 담겨 있다. 그러나 너무나도 간단히 "동양인"이라는 틀로 "조선인"의 존재를 비가시화하여 일본인과의 차이를 소거하고, 서양 혹은 영어 사대주의로까지 비춰질 수 있다는 점에서 비판적으로 읽을 수 있는 측면도 농후하다. 그럼에도 불구하고 위와 같은 담당 편집자의 목소리는 실제로 『화산도』가 일본 국내에서 어떻게 읽혀져 왔는지, 그 양상을 생생히

---

41) 髙橋一淸, 「『火山島』を英訳なさる方はありませんか」, 『くじゃく亭通信』 41, 1984, p.3, 髙淳日編, 『始作折半 - 合本くじゃく亭通信・青丘通信 -』, 三一書房, 2014, p.391.

전하는 귀중한 자료라 하지 않을 수 없다. 주목해야 할 부분은 다카하시라는 '독자'가 "세계사의 한 줄로 당연히 기술되어야 할 민족의 참극을 전하는 소설"인 『화산도』를 "영어로 번역"해야 한다고 주장한 점이다. 여기에는 『화산도』가 영어로 번역되면 노벨문학상을 받을 것이라고 하는 동시대 '독자'들의 공유된 인식이 깔려 있었으리라 추측된다. 또, 제주4.3사건에 관여한 미군정의 폭력은 '세계사'의 일부로 "유럽이나 미국 쪽 사람들"도 알아야 한다는 의식이 강력하게 작용하고 있다. 하지만 이는 결코 그러한 역사적 사실이 있었다는 것을 구미권에 알려야 한다는 것에 방점을 찍는 것이 아니라, 『화산도』가 갖는 문학의 힘과 가치를 공유하고 싶다는 '독자'의 요청으로 확장된다.

다카하시의 이러한 목소리는 현시점에서도 유효하다. 『화산도』는 김석범이라는 작가에 의해 제주4.3사건을 둘러싼 죽은 자와 산 자의 목소리가 일본어로 활자화/가시화된 작품으로, 그 일본어로 제주4.3사건의 편린이 기억되고 보존되었다. 그것이 2015년 전권 번역됨으로써 드디어 온전한 형태와 내용으로 한국의 독자와 연구자에게 제시되었다. 『화산도』에 담긴 제주4.3사건과 해방공간의 기억을 '세계사의 한 줄'로 남기는 일은 다른 언어로의 번역과 연구의 국제적 공유가 뒷받침되어야 가능할 것이다. 그 전에 우선 한국에서 학제 간 횡단적 연구의 토대를 굳건히 다져나갈 필요가 있다. 『화산도』의 '독자'로서의 편집자인 다카하시가 남긴 목소리는 재일조선인문학을 논하는 한국의 연구자에게 이러한 시사점을 환기한다.

5. 마치며

이 글에서는 김석범 문학을 일본어 저널리즘의 장으로 이끈 편집자의 존재에 주목하여, 그중에서도 소설의 감상을 문자화한 편집자를 '독자'로 규정한 후 그들이 남긴 목소리를 분석함으로써 일본인 편집자와 재일조선인문학의 네트워크를 살펴보았다.

우선, 재일조선인문학이 일본어 공론장에서 존재감을 드러내기 시작한 1970년대 일본 사회의 시대적 배경과 재일조선인문학을 둘러싼 인적 지형도를 범박하게 살펴보았다. 1970년을 전후로 한 일본 사회는 반전과 반핵을 외치는 시민운동과 미일안전보장조약을 둘러싼 정치적 대립/반목이 이어지던 상황이었고, 재일조선인 문제와 그들의 사유가 차별과 혐오, 오염, 오키나와 반환 등의 사회문제와 더불어 일본어 공론장에 등장하여 존재감을 드러냈다는 점을 지적하였다.

이어서, 재일조선인 지식인이 일본어 공론장에서 존재감을 드러낼 수 있었던 데에는 '독자'로서의 일본인 편집자의 역할이 있었고, 특히 김석범 문학에 있어서는 다무라 요시야라고 하는 '편집장정가'가 김석범의 『까마귀의 죽음』을 읽고 김석범에게 일본어 창작을 위한 장과 네트워크를 제공했다는 점을 밝혔다. 물론 김석범 문학이 다무라 요시야와 같은 '독자'를 만나지 못했다고 하더라도 이내 그 가치를 다른 '독자'에게 인정받고, 더 많은 독자의 손에 전해질 수 있었을 것이다. 그럼에도 불구하고 그 누구보다도 먼저 김석범 문학을 발견하고 그 작품세계를 독해하여 김석범을 일본어 공론장으로 이끈 다무라 요시야라는 '독자'의 존재는 특기되어야 마땅하다.

마지막으로, 재일조선인문학을 대표하는 『화산도』의 성립과정과 편집자 다카하시 가즈키요가 남긴 목소리에 주목하였고, 제주4.3사건과 해방공간을 산 이들의 기억을 담은『화산도』가 한국어로 온전히 번역된 지금, 이에 대한 학제 간 연구를 통해 한국어 공론장에서 그 연구의 토대를 구축하고, 다양한 언어로의 번역·연구를 통해 국제적으로 공유해 나가야 한다는 시사점을 얻을 수 있었다.

덧붙이자면, 우카이 사토시는 2015년 10월 16일 동국대학교 일본학연구소가 주최한『화산도』전권 번역·출판을 기념하는 국제학술심포지엄(재일디아스포라 문학의 글로컬리즘과 문화정치학-김석범『화산도』-)에서 "한반도의 분단이 극복되고 남과 북 그리고 일본의 관계가 근본적으로 변화하여, 동아시아에 있어 미국의 주둔(presence)이 군사적 성격을 상실했을 때『화산도』는 어떻게 읽히게 될까?"[42]라는 질문을 던졌다. 그리고 "이 작품은 다른 그 어떤 작품보다 도래해야 할 독자를 더욱 갈구하고 있"으며, 또 "그러한 독자의 도래를 앞당기기 위해 온 힘을 다할 것을 현재의 독자에게 요구하고 있"다는 독자로서의 응답 책임을 강조하였다[43]. 이 같은 우카이 사토시의 지적처럼『화산도』는 작품이 써진 실제 발상지인 일본이라는 시공간과 일본어라는 언어를 초월하여, 작품세계의 발상지인 한반도에 우리말로 완역된 지금 새로운 '현재의 독자' 즉 한국의 독자에게 '도래'하였다. 다카하시 가즈키요와 같은 편집자가 제시했던 번역을 통한 시공간 초월과 문제의식의 세계사적 공유는 '현재의 독자'가 한반도를 둘러싼 다국 간 정치적 자장에 균열을 일으킴으로써 다층화할 수 있을 것이다. 이러한 역할 수행은 특히 '현재의 독자'가 된 한국 연구자가 선취해야 할 몫일 것이다.

---

42) 鵜飼哲, 「夢と自由と-『火山島』韓国語版完成を讃えて」, 『일본학』 42, 동국대학교 일본학연구소, 2016, p.35.
43) 鵜飼哲, 위의 글, p.35.

이 글은 동국대학교 일본학연구소의 『일본학』 53에 실린 논문
「'독자'로서의 편집자와 재일조선인문학의 네트워크
- 김석범 문학을 중심으로」를 수정·보완한 것임.

참고문헌

강성우, 「『계간 삼천리』로 보는 1970년대 한·일 시민연대운동」, 『인문사회 21』 10(4),
　　사단법인 아시아문화학술원, 2019.
고명철·김동윤·김동현, 『제주, 화산도를 말하다』, 보고사, 2017.
김동윤, 「김석범의 한글 단편소설 연구」, 『영주어문』 44, 영주어문학회, 2020.
　　　, 「김석범의 한글소설 「화산도」 연구」, 『영주어문』 41, 영주어문학회, 2019.
金石範, 「『同化』と傲慢と」, 『문학예술』, 재일본조선인문학예술가동맹, 1966.
김석범, 김환기·김학동 옮김, 『화산도8』, 보고사, 2015.
김환기, 「김석범·『화산도』·〈제주4.3〉-『화산도』의 역사적 / 문학사적 의미-」, 『일본
　　학』 41, 동국대학교 일본학연구소, 2015.
나카무라 후쿠지, 『김석범 『화산도』 읽기』, 삼인, 2001.
무토 이치요, 『일본 시민운동과 지방자치』, 한울, 1996.
송혜원, 『'재일조선인 문학사'를 위하여 : 소리 없는 목소리의 폴리포니』, 소명출판,
　　2019.
尹圭涉, 「現代小說讀者論」, 『文章』 7, 文章社, 1939.
정진성, 『재일동포』, 서울대학교출판문화원, 2018.
鵜飼哲, 「夢と自由と-『火山島』韓国語版完成を讃えて」, 『일본학』 42, 동국대학교 일
　　본학연구소, 2016.
조관자, 「1990년대 이후 한국에 소개된 재일조선인 지식인의 민족담론: 서경식의 '식민
　　주의 저항' 담론에 관한 비판적 고찰」, 『일본비평』, 서울대학교 일본연구소,
　　2016.
최운도, 「전후 일본 경제대국화의 원점-점령의 개혁정치 vs. 역코스 정책-」, 『일본학
　　보』 124, 한국일본학회, 2020.
한영혜, 『일본의 지역사회와 시민운동』, 한울, 2004.
髙橋一清, 「『火山島』を英訳なさる方はありませんか」, 『くじゃく亭通信』 第41号, くじゃ
　　く亭, 1984.

高橋一清, 『編集者魂』, 集英社文庫, 2012.

高淳日 編, 『始作折半-合本くじゃく亭通信·青丘通信-』, 三一書房, 2014.

菊池信義, 『裝幀談義』, 筑摩書房, 1986.

金石範, 「しごとの周辺-『火山島』」, 『朝日新聞』, 東京/夕刊, 1987年 8月 18日.

_____, 『故国行』, 岩波書店, 1990.

_____, 『口あるものは語れ』, 筑摩書房, 1975.

_____, 『金石範作品集』(I/II), 平凡社, 2005.

_____, 『鴉の死』, 講談社, 1971.

_____, 『転向と親日派』, 岩波書店, 1993.

_____, 『火山島VII』, 文藝春秋, 1997.

金石範·泉靖一, 「ふるさと済州島」, 『世界』, 岩波書店, 1970.

渡邊一民, 『〈他者〉としての朝鮮 文学的考察』, 岩波書店, 2003.

李孝徳, 「ポストコロニアルの政治と「在日」文学」, 『現代思想』, 青土社, 2001.

林浩治, 『在日朝鮮人日本語文学論』, 新幹社, 1991.

司馬遼太郎, 『耽羅紀行 画街道をゆく28』, 朝日新聞社, 1990.

西田勝, 「編集後記」, 『文学的立場』第2次第1号, 日本近代文学研究所, 1970.

宋恵媛, 『「在日朝鮮人文学史」のために-声なき声のポリフォニー』, 岩波書店, 2014.

岩崎稔·上野千鶴子ほか編, 『戦後日本スタディーズ②······60·70年代』, 紀伊国屋書店, 2009.

田村義也, 『のの字ものがたり』, 朝日新聞社, 1996.

中村福治, 『金石範と「火山島」』, 同時代社, 2001.

재일조선인 문학 속 민족교육과 다문화공생

최실(崔実)의 「지니의 퍼즐(ジニのパズル)」을 중심으로

이영호

1. 시작하며

2020년 일본에는 재일조선인[1] 6세가 등장했을 정도로 해방 이후 오랜 시간이 흘렀으며 약 48만 명의 재일조선인이 일본에 거주하고 있다.[2] 재일조선인 사회는 전후 조국과 재일조선인 조직, 일본사회와의 밀접한 관계 속에서 현재성을 구축했다.

1945년 해방 이후 조련, 조총련 등 재일조선인 민족 조직의 지면에서 활동했던 재일조선인 문학은 1966년 김학영(金鶴泳)의 등장을 시작으로 일본문단으로 활동무대를 옮긴다. 이후 이회성(李恢成), 김석범(金石範), 이양지(李良枝), 유미리(柳美里), 현월(玄月) 등 2세대 재일조선인

---

1) 본 글에서는 1970년대 당시 일본에서 재일교포들의 문학을 지칭했던 동시대 용어인 '재일조선인'이라는 용어를 사용한다. 해당 용어에는 어떠한 정치성도 개입되지 않았음을 밝혀둔다.

2) 통계는 일본 법무성(法務省)이 2018년 12월말에 발표한 자료를 참고. 통계에서 한국국적은 543,948명, 조선국적은 29,559명으로 집계되어 있으나 일본국적을 가진 재일조선인은 통계에 나오지 않기 때문에 실제거주는 이보다 훨씬 많을 것으로 추정된다. (참조사이트 : https://www.e-stat.go.jp/stat-search/files?page=1&layout=datal ist&toukei=00250012&tstat=000001018034&cycle=1&year=20180&month=241012 12&tclass1=000001060399)

작가들의 등장과 활동을 기반으로 〈아쿠타가와상(芥川賞)〉을 수상하는 등 높은 문학적 성취를 거두었다. 2000년대에 접어들며 재일조선인 문학은 가네시로 가즈키(金城一紀) 등 3세대 작가 중심의 세대교체 현상이 나타난다. 그 중에서도 최근 가장 주목받는 작가는 최실(崔実)이라 할 수 있다. 최실은 2016년 「지니의 퍼즐(ジニのパズル)」로 〈군조신인문학상(群像新人文学賞)〉을 수상하며 일본문단에 등장한다. 같은 해 7월, 본상 수상에는 실패했지만 〈아쿠타가와상〉 최종후보에 올랐으며 12월에는 제33회 〈오다사쿠노스케상(織田作之助賞)〉 수상, 2017년 3월 제67회 〈예술선장신인상(芸術選奨新人賞)〉을 수상하며 한 편의 작품으로 세 종류의 문학상을 수상한다. 2018년 8월에는 한국에서 번역본[3]이 출간되는 등 최실은 현재 한일 양국에서 가장 주목받는 재일조선인 작가라 할 수 있다.

최실은 작품에서 북송사업, 민족교육, 혐한 등 재일조선인 사회가 직면했던 그리고 현재 직면하고 있는 문제를 다룬다. 1960년대 중반 이후 북송사업의 실패와 조총련의 영향력 상실, 2세대 중심의 재일조선인 사회 개편과 일본의 동화정책 등 복합적 요인으로 재일조선인 사회는 전환점을 맞이한다. 특히 2000년대에는 일본의 '다문화공생' 시책에 의해 재일조선인 상당수가 일본으로 귀화하는 동화현상이 크게 증가했다. 해방 이후 시작된 민족교육은 사회적 상황과 발맞추어 전개되었다. 최실은 작품에서 조선학교를 배경으로 각종 재일조선인 사회 문제를 다룬다.

이에 따라 본 글에서는 「지니의 퍼즐」 텍스트 분석을 바탕으로 재일조선인 민족교육의 의미와 역할을 고찰하고자 한다. 이를 토대로 교육

---

3) 최실, 정수윤 옮김, 『지니의 퍼즐』, 2018, 은행나무.

을 비롯한 각종 재일조선인 사회문제를 다층적으로 살펴보고 일본의
다문화공생 시대에 재일조선인 문학의 가치와 디아스포라 문학으로의
가능성 등을 총체적으로 규명할 것이다.

2. 전후 재일조선인 사회와 민족교육의 변천

1945년 해방 이후 재일조선인 사회는 교육, 생활, 환경 등 다방면에
서 조국 및 조직과 연동된 형태로 전개됐다. 전후 재일조선인 사회를
주도한 것은 재일본조선인 연맹(在日本朝鮮人聯盟, 이하 조련)이었다. 조
련이 재일본조선인총연합회(在日本朝鮮人総聯合会, 이하 조총련)로 재편
된 이후에도 북한의 금전적 지원을 바탕으로 재일조선인 사회의 각
분야를 주도했다. 재일조선인 상당수는 자신들에게 무심했던 한국보
다 직접적 지원을 해주는 북한을 지지했다. 재일조선인들은 조국귀환
에 뜨거운 열망을 보였다. 그 결과 북송사업이 시작되어 1959년 12월
14일 제1진 975명이 북한으로 출발한다.[4] 그러나 1960년대 중반 이후
조총련의 사상적 경직, 북송사업을 통해 북한으로 귀국한 사람들을
통해 북한의 실상이 알려지며 재일조선인들은 조직에 등을 돌리기 시
작했다. 조총련은 재일조선인 사회에서 영향력을 잃기 시작했다. 동시
기 재일조선인 사회에서는 새로운 가치관을 가진 2세대 중심으로 세대
교체가 이루어지며 사회구조가 재편된다. 이런 상황에서 일본정부는
1960년대 중반 일본사회에서의 마이너리티 문제를 인식했으며 이를

---

4) 북송사업은 1959년 12월 14일 시작된 이후 1984년까지 총 186차례 실시되었고, 총
93,339명의 재일조선인들이 북한으로 향했다.

극복하기 위해 적극적 동화정책을 추진한다. 그 결과 재일조선인 사회
에서는 일본으로 귀화하고도 조선인으로 살아간다는 '제3의 길' 가치
관이 확산되었고 그 결과 귀화자가 크게 증가한다.

재일조선인 민족교육 역시 재일조선인 사회와 함께 발맞추어 변화했
다. 해방 직후 일본을 일시적 거류공간으로 인식했던 재일조선인들은
귀국을 대비해 '우리말'을 배울 수 있는 교육기관이 필요했다. 1945년
설립된 '국어강습소'를 시작으로 이후 각종 민족교육 기관이 설립되었
다. 민족교육은 민가의 일실(一室), 작은 판잣집, 교회, 구(舊)일본군
병사(兵舍), 타고남은 창고 등 장소를 가리지 않고 수행되었다. 1946년
에 약 6~700개의 민족교육 공간이 형성되었던 사실에서 당시 뜨거웠
던 민족교육의 열망을 확인할 수 있다. 재일조선인들에게 민족교육기
관은 단순한 교육일반으로서의 기관이 아니라 그 자체가 민족이자 그
상징이며 계속 학대받아온 이국의 땅, 이민족 사회·일본에서의 변변하
지 못하지만 결정적인 존재감을 주장하는 작은 조선의 공간이었다.[5]
그런 의미에서 조선인학교는 구(舊)식민본국에 존재하는 '해방 민족의
기념비(monument)'였다고 해도 과언이 아니다.[6] 이러한 흐름으로 전개
되었던 해방 직후의 민족교육은 조련과 조총련의 설립 이후 조직 주도
의 교육방식으로 전환된다.[7] 조총련 설립 이후 북한은 1957년 4월부터

---

5) 金德龍, 「朝鮮学校の戦後史」, 『1945-1972』(増補改訂版), 社会評論社, 2004, p.16.
6) 박광현, 「기념비로서의 '조선학교'」, 『일본학』 46, 동국대학교 일본학연구소, 2018,
   p.20.
7) 한국정부의 인가를 얻은 재일한국학교는 총 4개교(도쿄 한국학교, 오사카 건국학교,
   오사카 금강학교, 교토국제학교)가 있다. 한국정부의 인가를 받은 시기는 금강학교
   -1961년, 도쿄한국학교-1962년, 교토한국학교-1961년-중학교) 1965년-고등학교이
   다. 도쿄 한국학교는 '각종학교'로 분류되었으나 그 외 학교는 일본의 정규학교인 '일조
   교' 인정받아 운영되고 있으며 재학생은 주로 한국 국적 및 일본 국적의 재일조선인
   학생이다.

교육원조비, 장학금 지원을 통해 신축교사, 제반시설을 확충했으며 이후 재일조선인 민족교육의 주도권을 잡았다. 그 결과 기존 민족교육 기관이 크게 감소했고 조선학교가 재일조선인 민족교육 대부분을 담당하게 된다. 조선학교의 경우 재일조선인 민족교육 기관이지만 북한의 주체사상을 지도이념으로 하는 조총련 산하 교육기관이기 때문에 북한과 밀접한 관계를 맺고 있다. 하지만 조선학교는 역사적으로 일제의 식민지배와 전후 일본사회의 차별 속에서도 정체성을 지키기 위한 민족교육 기관으로의 역사가 있다. 또한 설립 직후부터 '한신교육투쟁'을 비롯하여 일본 정부의 탄압에 맞서며 일본 노동자계급과 공산당 세력과의 연대가 오늘날의 조선학교로 이어진 것이다.[8] 즉, 조선학교와 북한을 분리할 수는 없지만 재일조선인 민족교육 역사에서의 조선학교가 수행했던 고유의 역할은 부정할 수 없다. 그러나 1960년대 이후 재일조선인 민족교육의 열기가 감소하기 시작한다. 1965년 한일협정 이후에는 재일조선인 법적 지위 책정을 근거로 조선인학교 규제와 동화교육 촉진, 재일조선인의 탈민족경향이 나타났으며 이는 1970년대 보다 가속화된다. 그 결과 재일조선인의 일본학교 진학이 증가하고, 일본 전국에 약 46,000명이었던 조선학교 학생 수는 2000년대 중반 11,500여명까지 감소하며 민족학급이 기존의 1/3 규모로 감소한다.[9]

단일민족신화에 기반했던 일본사회는 자신들의 사회 속 마이너리티를 인식하고 변화의 바람을 맞이한다. 1980년대 후반, 버블경제로 호

8) 정영환, 임경화 옮김, 『해방 공간의 재일조선인사』, 푸른역사, 2019, pp.286~297.
9) 2012년 기준으로 일본 전역에서 조선학교는 99학교(초급학교 55개, 중급학교 33개, 고급학교 10개, 대학 1개)로 66개소에 분포되어 있다. (宋基燦 『語られないもの』として の朝鮮学校—在日民族教育とアイデンティティ・ポリティクス』, 岩波書店, 2012, p.145.)

경기를 맞이한 일본사회에는 노동력 부족현상이 나타났다. 이를 해결하기 위해 많은 외국인 노동자가 일본에 유입되기 시작했고 다문화 일본사회가 구성되기 시작했다. 2000년대 일본에는 외국인 노동자가 크게 증가하며 다문화사회에 대한 인식과 제도적 정비가 필요했다. 외국인 지원 단체 사이에서는 '다문화공생'이라는 용어가 사용되기 시작했고 사회운동으로 확산된다. 이러한 흐름 속에서 일본 총무성은 2005년 〈다문화공생 추진에 관한 연구회〉를 결성하고 이듬해 연구회 보고서를 발표하는 등 2000년대 일본은 외국인과의 공생을 위한 다문화정책을 추진한다.[10] 2006년 3월 일본 총무성은 외국인이 지역사회 구성원으로 함께 살아갈 수 있는 정책과 조건정비를 종합적으로 검토하여 '다문화공생' 표현을 공식적으로 사용했으며 재일조선인 역시 일본의 다문화공생 구성원으로 자리 잡는다.

그러나 다문화공생 정책 속에서 조선학교는 배제된다. 민주당이 집권했던 2010년 4월 일본에서는 공립고에서는 수업료를 징수하지 않고, 사립고의 경우 학생 1인에게 연간 12만~24만엔의 취학지원금을 주는 '고교 무상화 정책'이 시작된다. 하지만 2010년 11월 23일 북한의 연평도포격사건이 발생하고 이후 조선학교에 지원되는 수업료가 조총련과 북한의 활동에 쓰일 수 있다는 문제가 제기되며 2013년 지원이 중단된다. 이와는 별개로 조선학교는 제도적으로 정규학교(일조교(一条校))가 아닌 각종학교로 분류되었기 때문에 대학과 같은 상급학교 진학에 어려움이 있었다. 이러한 사회적, 제도적 상황에서 조선학교 진학자는 점점 감소했으며 재일조선인 민족교육은 어려움과 직면한다.[11]

---

10) 소명선, 「현월(玄月)의 「이물(異物)」론 - 다문화사회 속의 재일조선인의 자화상-」, 『일어일문학』 83, 대한일어일문학회, 2019, pp.123~124.

그렇다면 「지니의 퍼즐」의 배경인 1990년대 재일조선인 사회와 민족교육은 어떠한 양상이었을까? 1990년대 탈냉전, 탈분단, 탈경계의 시대정신 속에서 재일조선인 사회가 일본사회로 다가서는 변화가 나타난다. 조선학교는 1980년대 교육과정 개혁과 1990년대 교육방식 전환으로 일본 사회와 공생을 모색한다. 1992년에는 전국고등학교야구연맹, 1993년 전국고등학교 체육연맹, 1994년 전국중등학교체육연맹에 가입한다. 1994년에는 기존 조선학교 학생에게 적용되지 않았던 JR(일본철도) 통학정기권 학생 할인이 인정되었고, 1999년에는 조선학교 학생에게 대학 입학 자격을 취득할 수 있는 검정 시험의 수험 자격이 부여[12]되는 등 일본사회와 조선학교가 공생하는 모습이 나타났다.

이러한 상황에서 1994년 북한의 핵개발의혹이 드러나고 이후 일본에서는 북한에 대한 반감이 높아지며 조선학교 여학생들의 치마저고리 습격사건이 발생한다. 1998년에는 북한이 대포동 미사일을 발사하고 조선학교는 일본우익의 공격대상이 된다. 이러한 현상은 2000년대에도 계속되어 2009년 재특회(在特会)[13]의 교토 조선학교 습격 사건[14]이

---

11) 조선학교가 일본사회에서 문제가 된 대표적 사례는 1994년 '치마저고리 습격사건', 1998년 북한의 대포동 미사일 이후 재일조선인 습격, 2009년 재특회의 '교토 조선학교 습격 사건'이 있다. 2010년 민주당 정권에서 고교수업료 무상화 정책(학생 1인당 연간 12~24만 엔 지원)이 도입되었으나 2013년 지원이 중단되며 이후 법적 소송이 발생했다. 조선학교를 둘러싼 일본에서의 갈등과 사회적, 제도적 차별은 현재도 계속되고 있다.

12) 이타가키 류타(板垣竜太), 「조선학교 습격사건에서 민족교육의 권리와 레이시즘을 생각하다」, 『재일조선인과 조선학교』, 선인, 2017, p.230.

13) 2007년 1월 20일 발족한 일본의 극우 민족주의 성향의 시민단체이며 정식명칭은 재일특권을 용납하지 않는 시민 모임(在日特権を許さない市民の会)이다. 2009년 10월 22일 기준으로 7천 명이 넘는 회원이 있으며 재일조선인의 특별 영주 자격 철폐, 통명 사용 철폐 등을 주장하고 있다.

14) '교토 조선학교 습격' 2009년 12월 4일 재특회가 교토 조선제1초급학교(京都朝鮮第一初

발생하고, 이후에도 지속적으로 조선학교가 혐한과 헤이트스피치의
대상이 되는 등 일본에서 사회적 차별을 받는다. 이처럼 1990년대 이후
조선학교는 일본사회와 공생하려는 움직임을 보였지만 북한의 행보와
일본우익의 습격 등 복합적 요인으로 어려움과 직면해 있다.

이와 같은 재일조선인 민족교육의 역사적 흐름 속에서 최실은 「지니
의 퍼즐」에서 북한, 북송사업, 이데올로기 등 재일조선인 사회 문제를
다룬다. 특히 조선학교를 배경으로 민족교육 문제와 다문화공생의 메
시지를 전한다는 점에서 주목할 필요가 있다.

3. 혁명의 발걸음 - 「지니의 퍼즐(ジニのパズル)」 작품분석

1) 최실의 등장과 「지니의 퍼즐」 구성

2016년 최실은 자신의 첫 작품 「지니의 퍼즐」을 통해 제 59회 〈군조
신인문학상〉을 수상하며 일본문단에 등장한다. 당시 〈군조신인문학
상〉 심사위원 쓰지하라 노보루(辻原登)는 '굉장한 재능이 드래건처럼
출현했다!(素晴らしい才能がドラゴンのように出現した！)[15]며 최실을 극찬
했다. 「지니의 퍼즐」은 총 31개의 장(章)으로 구성되어 있으며, 각 장을
통해 과거와 현재를 오간다.

級学校)앞 간진바시 아동공원(勸進橋児童公園)에서 등하굣길 학생들을 상대로 혐한
시위를 벌인 사건이다. 재특회는 아이들에게 "조선학교를 일본에서 때려 쫓아내자",
"스파이의 어린이들", "김치 냄새가 난다"라는 등의 폭언을 퍼부었다. 이후 소송이 발생했
으며 2013년 10월 교토지방법원은 재특회에게 1,226만 엔의 배상과 학교주변 200미터
내 가두시위금지를 명령했으며, 2014년 12월 9일 대법원에서 승소 확정판결을 받는다.
15) 辻原登, 「選評」, 『群像』 2016.6, 講談社, 2016, p.84.

첫 장에서는 2003년 현재, 미국 고등학교에서 퇴학당하기 직전에 놓인 지니의 모습을 보여준다. 미국 오리건 주의 한 고등학교에 다니는 재일조선인 3세 지니는 학교생활에 적응하지 못한다. 지니는 학교에서 유일한 친구인 청각장애인 친구 마기에게 조선학교를 다녔던 1998년 중학생 시절을 말한다. 일본 소학교를 졸업한 지니는 학교에서 차별을 경험한 뒤 조선학교 중학교로 진학한다. 지니는 일본학교를 졸업해 조선어[16]를 잘 몰했기 때문에 학교에서는 지니를 위해 일본어로 수업을 진행한다. 이런 상황에서 동급생들은 지니에게 불만을 나타내고 일부는 의도적으로 지니를 괴롭힌다. 조선학교에서도 적응하지 못했던 1998년 여름방학 마지막 날, 북한은 대포동미사일을 발사하고 일본에서는 북한에 대한 불안과 적대감이 고조된다. 다음 날 지니는 조선학교의 교복인 치마저고리를 입고 등교한다. 전철을 타고 등교하던 지니는 누군가의 방해로 원하는 정거장에서 내리지 못한다. 다음 정거장에서 내려서 걷던 지니는 세 명의 일본인 남성들에게 표적이 되어 폭행과 성추행을 당한다. 충격을 받은 지니는 등교를 거부하고 약 삼 주간 집에 틀어박힌다. 집에서 생각을 정리한 지니는 등교를 결심하고 학교로 향한다. 때마침 무용 공연이 있던 날 공연이 끝나자마자 지니는 교실로 돌아와 미리 준비한 성명문을 뿌리고 김일성·김정일 초상화를 운동장으로 집어 던진다. 지니는 선생들에게 끌려가 조선학교를 그만둔 뒤 정신병원에 입원한다. 병원에서 퇴원한 지니는 미국으로 건너가 오리건의 한 고등학교를 다니지만 방황은 계속된다. 하지만 집주인이자 동화작가인 스테파니와 함께 지내며 서서히 치유되고 세상에 마음을 열며 작품은 마무리된다.

---

16) 원문에서 조선어라는 용어를 사용하였기 때문에 한국어가 아닌 조선어로 표기한다.

이처럼 「지니의 퍼즐」은 조선학교를 배경으로 민족교육 문제를 다루고 있으며 동시에 북한, 일본, 혐한, 교육과 같은 재일조선인들이 직면하고 있는 다양한 층위의 문제들을 다룬다.

2) 강요되는 민족성과 민족교육을 통한 고통

소학교 시절 지니에게 학교는 일본인 친구들과 구분 없이 지내는 즐거운 공간이었다. 그러나 학년이 올라갈수록 학생들 사이에서는 지니가 재일조선인이라는 소문이 퍼지기 시작한다. 이후 지니에게 학교는 차별을 경험하는 공간으로 서서히 변해간다. 인용문에서는 일본학교에서 일본인 학생들이 차별을 학습해가는 구체적 과정을 보여준다.

> 초등학교 6학년 역사 수업 시간이었다. 조금 있으면 일본이 한반도를 침략한 이야기로 들어가기에 왠지 긴장됐다. 선생님은 단 몇 줄만에 끝나는 식민지 시대 한반도 역사를 담담하게 읽더니 "그래, 이건 박지니 같은 사람들 이야기네" 하고 덧붙였다. (중략) 하굣길에 역 플랫폼에서 이구치를 발견한 나는 "같이 가자!" 하고 달려갔다. 이구치는 무시했다. 그냥 가려는 이구치의 팔을 잡자 이구치는 엄청난 기세로 돌아보며 "더러운 손으로 만지지 마!"하고 소리쳤다. 내 손이 더러웠나 싶어 손바닥을 뒤집어 확인했다. 눈에 띄는 흔적은 없었다. 그러자 이구치가 어처구니없다는 듯 코웃음 쳤다.
> "바보 아냐? 조센진. 저리 가"[17]

지니는 역사수업시간에 조선과 관련된 내용이 나올 순간이 되자 긴

---

17) 崔実, 「ジニのパズル」, 『群像』 2016.6, 講談社, 2016, pp.37~38.

장한다. 그러나 담임은 식민지의 본질을 가르치지 않고 '박지니 같은 사람들의 이야기'로 가볍게 치부하며 넘어간다. 동급생 이구치는 자신에게 말을 거는 지니에게 더러운 손, 조센진과 같은 차별발언으로 충격을 준다. 일본학교에서 역사교육은 과거사를 가르치기보다 재일조선인과 일본인의 구분을 강화하는 수단으로 활용된다. 이와 같은 교육은 자연스럽게 일본학생들의 의식구조에 영향을 끼쳐 차별의식을 형성한다. 그 결과 일본학교는 일본인들의 차별의식을 양산하는 공간으로 기능한다. 이러한 상황을 재일조선인 민족교육 연구자 오자와 유사쿠(小沢有作)는 다음과 같이 설명한다.

> 일본인학교는 또 하나의 현실적인 기능으로 조선인차별을 알리는 장으로 역할을 하고 그것에 의해 재학 중인 조선인들은 자신이 조선인이라는 것을 가차 없이 깨닫는다. 조선인 학생에게 일본인학교는 인생에서 처음 차별과 만나고 차별을 알아가는 장소에 지나지 않는다.[18]

오자와는 재일조선인 학생들에게 일본학교는 차별을 처음 경험하는 곳이자 자신이 재일조선인이라는 사실을 숨겨야 함을 '학습'하는 공간이라 설명한다. 오자와의 설명처럼 「지니의 퍼즐」은 일본학교의 교육방식을 구현함으로써 재일조선인들이 어째서 그리고 어떤 방식으로 자신을 숨겨야 하는지 학습해가는 과정을 보여준다. 그렇다면 작품 속 조선학교는 어떻게 묘사되어 있을까?

조선학교는 일본학교와 대치되는 공간으로 일본학교의 차별을 피하기 위해 진학하는 민족적 공간이다. 하지만 지니에게 조선학교는 일본

---

18) 小沢有作, 「素顔を奪還する教育(上)」, 『季刊まだん』 5, 創紀房新社, 1975, p.78.

학교와는 다른 형태의 고통을 경험하는 공간으로 기능한다. 조선학교에서 교사들은 지니를 위해 일본어로 수업을 진행한다. 조선학교는 모든 행위가 '조선어'로 이루어지는 특수성을 가진 기관이지만 지니한 명을 위해 조선어가 배제된다. 그 결과 지니는 조선학교 동급생들에게 차가운 눈초리를 받는다.[19]

지니가 조선학교에서 겪은 가장 큰 괴로움은 모국어인 조선어 때문에 발생한다. 조선어를 모르는 지니에게 조선어 대화는 큰 불안으로 작용한다. 다음 인용문에서 이를 확인할 수 있다.

> "누구?" 재환이 말했다. "누구?" 나는 되물었다. 재환은 끄덕였다. 그러더니 또다시, 누구? 라고 했다. (중략) 나는 재환을 밀치며 한달음에 문을 향해 달렸다. "어이!" 재환이 소리쳤다. 나는 멈추지 않았다. (중략) 재환은 따라오지 않는 것 같았다. 아직 안심할 수 없다. 심장이 요동쳤다.[20]

일본어와 조선어 동음인 ぬぐ는 일본어 '誰(だれ)'란 의미의 일상적 단어이다. 그러나 '누구'라는 단어를 듣고 옷을 벗으라고 오해한 지니는 공포를 느끼고 도망친다. 조선어를 아는 사람들에게 지극히 일상적인 단어가 지니에게는 공포가 되는 것이다. 모국어에서 공포를 느낄 수밖에 없는 지니의 모습은 이중언어의 상태에서 개인이 겪는 혼란을 적나라하게 보여준다.[21]

---

19) 何人かが、しらけた目で私を見た。私はわず視線を逸らして、顔を伏せた。(崔実、「ジニのパズル」、『群像』2016.6, 2016, 講談社, pp.28~29.)

20) 崔実、「ジニのパズル」、『群像』2016.6, 講談社, 2016, pp.32~33.

21) 신승모, 「전후 '재일'외국인의 문학상 수상과 '다문화사회'의 향방 - 최실(崔實)의 「지니의 퍼즐(ジニのパズル)」(2016)을 중심으로 - 」, 『일본학』 44, 동국대학교 일본학연구

조선학교에서의 어려움은 인간관계에서도 찾아온다. 같은 반 윤미는 지니를 싫어하고 괴롭힌다. 윤미는 지니가 조선어를 배우려하지 않는다고 선생님에게 말하며 조선어 수업을 요청한다. 동급생들에게는 지니에게 말을 걸면 괴롭힐 것이라 엄포를 놓는다. 윤미는 일본식 통명으로 일본학교를 다닌 지니에게 반감을 갖는다. 평소 일본사회와 일본에 갖고 있던 반감을 지니에게 해소하는 것이다. 일본학교를 떠나 조선학교에 왔지만 차별과 괴롭힘은 계속된다. 최실은 조선학교에서도 차별받는 지니의 모습을 통해 공간과 상관없이 나타나는 인간의 보편성을 보여준다. 지니가 조선학교와 일본학교는 동등한 교육기관이라는 의미에서 말했던 '조선학교는 교복과 학교행사를 빼면 일본학교와 조금도 다르지 않았다.'[22]는 발언이 역설적으로 차별 역시 조선학교와 일본학교가 다르지 않다는 의미가 되는 것이다. 일본학교에서 겪었던 차별을 조선학교에서는 겪지 않을 거라 생각했지만 본질은 변하지 않았다. 오히려 조선학교라는 새로운 환경에서 새로운 문제가 발생했다. 이 부분에서 조선학교가 민족의 공간, 안식처라는 환상이 무너지고 있음을 확인할 수 있다.[23]

이처럼 「지니의 퍼즐」에서 조선학교는 일본학교와 마찬가지로 교육기관 보다 고통의 공간으로 표상되어 있다. 조선학교에 대한 지니의

소, 2017, p.301.

22) 制服と学校行事を除いては、本当に日本の学校と変わらなかった。(崔実, 「ジニのパズル」, 『群像』2016.6, 講談社, 2016, p.47.)

23) 강윤이(康潤伊)는 오히려 조선학교와 다른 학교를 병렬관계로 놓고 일본학교와의 유의성을 강조함으로써 비판의 발판을 획득한다 말한다. 또한 가네시로 가즈키의 「GO」와 같이 조선학교의 특수성을 강조하는 것은 오히려 조선학교와 일본학교와의 경계성을 강조해 배제의 격화를 초래하는 원인이 될 수 있지만 「지니의 퍼즐」은 오히려 유의성을 강조하여 이러한 구분과 경계성을 약화시킨다 설명했다. (康潤伊「断章(ピース)のゲーム : 崔実『ジニのパズル』論」, 『日本文学』67(2), 日本文学協会, 2018, p.37.)

비판은 조선학교 뒤에 자리 잡고 있는 본질적 대상인 북한으로 옮겨간다.

3. 집단과 개인 – '혁명'의 '선택'

「지니의 퍼즐」에서는 민족교육 외에도 북송사업 문제를 함께 다룬다. '북한에서 온 편지(北朝鮮からの手紙)'라는 제목의 3개의 장(章)에서는 북한에서 지니의 어머니에게 보낸 세 통의 편지로 북한 문제를 다룬다. 각 편지에서는 북한에 대한 인식변화를 확인할 수 있다. 첫 편지에서 할아버지는 북한에 올 수 있어 다행이며 평등하게 노동하며 보람찬 삶을 살고 있다 말한다.[24] 하지만 두 번째 편지에서 자신은 아마도 북한에서 살아서 나갈 수 없을 것 같으며 앞으로 자신의 편지는 기다리지 말고 가족만 생각하며 살아갈 것을 당부한다.[25] 세 번째 편지는 어머니의 이복동생에게서 온 편지이다. 할아버지는 귀국 이후 북한에서 결혼을 강요당했으며 이후 자신이 태어났다 설명했다. 이복동생은 할아버지가 병을 앓고 있었으며 두 번째 편지를 보낸 뒤 얼마 지나지 않아 제대로 된 치료조차 받지 못하고 사망한 사실을 알린다.[26] 할아버지는 북송사업을 통해 부푼 꿈을 안고 조국으로 향했다. 그러나 일본에 부인이 있음에도 결혼을 강요당하고 노동만 하다 병에 걸려 치료조차 받지 못하고 사망한다. 이를 통해 북한의 현실과 북송사업을 통해 귀국한 재일조선인, 일본에 남은 가족들의 삶을 보여준다.

---

24) 崔実, 「ジニのパズル」, 『群像』 2016.6, 講談社, 2016, pp.30~31.
25) 崔実, 위의 글, p.41.
26) 崔実, 위의 글, p.55.

이 세 통의 편지는 텍스트 속 지니의 심리상태와 밀접한 연관성을 갖는다. 첫 편지는 지니가 조선학교에 입학한 이후 설레는 상황에서 조선학교 학생들의 배려로 조선학교의 긍정적 측면을 발견한 장의 뒤에 배치된다. 두 번째 편지는 지니가 조선학교에서 조선어 때문에 고통받고 학교에서 적응하지 못해 괴로워하는 장 뒤에 배치되었으며, 세 번째 편지는 북한이 미사일을 발사한 다음 날 지니가 일본인들에게 끌려가 폭행과 성폭력을 당한 장 뒤에 배치된다. 즉, 지니가 조선학교 입학 이후의 심리변화와 북한에서 온 편지의 상황이 병렬되며 조선학교와 북한이 연동되는 것이다.[27]

자국민을 신경 쓰지 않는 북한의 행보의 피해는 재일조선인에게로 이어진다. 특히 그 대상은 여성, 학생이라는 이중의 마이너리티인 조선학교 학생들에게 돌아간다. 개학을 하루 앞둔 1998년 여름, 북한은 대포동미사일을 발사한다. 미사일은 일본열도를 지나 바다에 떨어졌고 일본에서는 북한에 대한 반감이 커진다. 조선학교 학생들은 보통 치마저고리를 입고 등교하지만 미사일 발사 같은 특수한 상황에서는 체육복을 입고 등교한다.[28] 하지만 이 사실을 몰랐던 지니는 평소와 마찬가지로 치마저고리를 입고 등교한다. 지니는 만원전철에서 누군가의 방해로 학교가 있는 주조(十条)역에 내리지 못한다. 다음 정거장인

27) 김계자는 이 세 통의 편지를 '지니가 겪는 갈등을 북한 문제로 직접 연결시키는 작용을 하고 있으며 그로 인해 일본사회에서 벌어지는 재일을 둘러싼 갈등이 곧바로 북한 문제로 치환'된다 설명했다. (김계자, 「재일문학의 북한 표상-최실의 『지니의 퍼즐』」, 『인문과학연구』 41, 성신여자대학교 인문과학연구소, 2020, p.159.)

28) 조선학교 여학생들은 치마저고리 형태의 교복을 입었지만 1994년 5월 일본 우익의 공격으로 치마저고리가 찢기는 등 조선학교 학생들이 공격의 대상이 된다. 이후 1999년 4월부터 통학시 치마저고리 교복 착용은 임의사항으로 변경된다. 통학할 때에는 일반 교복형태의 제2교복을 입고 등교하고 교내에서는 제1교복인 치마저고리로 갈아입는다. 본인이나 가족이 희망할 경우 제1교복을 착용하고 통학하는 것이 가능하다.

이케부쿠로(池袋)역에 내린 지니는 게임센터 앞을 지나다 경찰을 사칭하는 양복차림을 한 세 남자에게 끌려간다. 지니는 건물 구석에서 폭행과 성추행을 당해 등교하지 못한다. 지니가 폭행을 당한 날 조선학교에는 수도에 독을 탔다, 여학생을 납치해 알몸으로 매달겠다는 협박전화가 와 학생들은 공포에 떤다. 북한의 미사일발사로 조선학교 학생들이 공격의 대상이 된 것이다. 이 장면에서 일본사회 속 재일조선인 학생이라는 이중적 마이너리티 존재로써의 조선학교 학생들을 보여준다.

게임센터의 일로 충격을 받은 지니는 등교를 거부하고 집에서 조선학교와 북한, 일본의 관계를 생각한다. 지니는 북한 때문에 재일조선인들이 받는 피해, 특히 학생들이 받는 고통을 생각한다. 지니는 학교로 돌아갈 것을 결심하고 조용히 '혁명'을 준비한다. 사건 이후 삼 주 만에 지니는 등교한다. 그 날은 학교에서 무용공연이 있는 특별한 날이었다. 무용공연이 끝나고 지니는 체육관에서 가장 먼저 뛰어나와 중등부 건물 4층으로 달려간다. 교실에 도착한 지니는 가방에서 미리 준비한 성명문을 가방에서 꺼낸다. 성명문의 내용은 다음과 같다.

> 인권·인명을 유린당하고 있는 북조선에 사는 민족을 위해, 전 세계 납치 피해자를 위해, 목숨을 걸고 탈북한 사람들을 지원·응원하기 위해, 우리가 국제사회에 관심을 기울이는 조직이 돼야 한다. 그렇지 않으면 악독한 김씨 정권과 그들의 초상화를 거는 조선학교를 향한 모든 비난이 우리 같은 학생들에게 쏟아지는 이 엉터리 같은 세상은 변하지 않는다. 우리는 김씨 정권과 함께하지 않겠다고 세상에 공표해야만 한다.[29]

---

29) 崔実, 「ジニのパズル」, 『群像』 2016.6, 講談社, 2016, p.62.

교실에서 나온 지니는 계단과 복도에 성명문을 던진다. 성명문은 하늘에서 비처럼 바닥에 쏟아진다. 성명문을 던진 후 지니는 교실로 돌아와 교실 앞에 걸려있던 김일성, 김정일 부자의 초상화를 떼어 바닥에 내동댕이친다. 액자는 산산조각 나고 지니는 깨진 초상화를 4층 건물 밖으로 던진다. 이를 목격한 학생들은 충격을 받고 지니는 학교 선생님들에게 끌려가고 이후 정신병원에 수감된다.

지니는 북한을 비판하기 위해 초상화를 부수는 혁명을 '선택'한다. 이를 통해 마땅히 보호받아야 하는 학생까지 위험하게 만든 북한과 차별과 폭력을 가하는 일본을 비판한다. 조선학교는 일본학교에서 차별을 피해 온 도피처였다. 그러나 조선학교에서도 차별은 계속되었고 북한은 미사일을 발사해 자국민을 위험에 내몰았다. 북한의 행보 때문에 재특회가 등장하는 것이고 재일조선인 학생들이 고통 받는 것이다. 최실은 이러한 일련의 구조를 통해 민족교육의 진정한 의미와 북한과 일본의 사회문제를 고민하게 한다.

더 나아가 「지니의 퍼즐」에서는 왜 학생들이 부모의 의사로 민족교육을 받아야 하는가라는 질문을 던진다. 조선학교에 다니는 학생들은 교실에 걸려있는 김일성, 김정일 부자의 초상화를 보고 아무런 위화감을 느끼지 못한다. 자신이 태어나기 전부터 걸려있던 초상화는 학생들에게 너무나 당연하고 자연스러운 '풍경'인 것이다. 지니는 조선학교를 비롯해 북한과 관련된 문제들을 외면하는 재일조선인 사회의 모순을 말한다.

> 강연회에 가도 옛날 조선 이야기만 해. 현재 문제로 들어가면 다들 한국 측 시점에서 역사 문제를 들여다봐. 민감하지 않은 남북 이야기를 적절히 섞어가며 얘길 하지. 우리가 조선학교에 있는 한, 끝까지 북조

선 문제를 파고들어야 하는 게 아닐까. 교내에 한국 대통령 초상화가 있나. 없어. 그런 건 어디에도 없어. 조선학교에 다니면서 어째서 지금 이 순간의 북조선 문제를 외면하려 하지. 학교는 정치와 상관없다고들 해. 그렇다면 어째서 정치적인 것이 교내에 있지.[30)]

　인용문에서는 조선학교는 물론 북한과 관련된 각종 재일조선인 문제가 산재해 있음에도 본질적 논의 없이 상황 회피를 위해 북한과 한국의 이야기를 섞어가며 현실을 외면하는 재일조선인 사회의 모순을 비판한다. 북한과 조선학교는 연동되어 있다. 북한은 미사일을 발사해 일본사회의 반감을 조성하며 그 결과 재일조선인들이 피해 받는다. 하지만 재일조선인 사회에서는 현실을 외면하고 상황의 회피를 위해 과거의 조선, 현재의 한국을 이용한다. 북한의 이해할 수 없는 행보의 연속에도 부모들은 자녀를 조선학교로 보낸다. 이런 상황에서 피해를 당하는 것은 지니와 같이 어리고 약한 재일조선인 학생이다. 「지니의 퍼즐」에서는 이러한 상황을 제시함으로써 재일조선인 민족교육의 의미와 조선학교, 북한을 둘러싼 재일조선인 사회의 진지한 논의가 필요하다는 문제의식을 보여준다.

　그렇다면 「지니의 퍼즐」은 일련의 문제를 재일조선인 사회와 북한, 일본의 문제로 한정하는 것일까? 이에 대한 답은 작품의 시작과 끝 배경인 미국을 통해 확인할 수 있다. 「지니의 퍼즐」은 일본, 재일조선인 사회 외에도 미국의 이야기를 함께 다룬다. 일본의 정신병원에서 퇴원한 지니는 미국으로 건너가지만 미국의 고등학교에서도 적응하지 못한다. 미국학교의 풍경 역시 일본, 조선학교와 다르지 않다. 장애를

---

30) 崔実, 「ジニのパズル」, 『群像』 2016.6, 講談社, 2016, p.71.

가진 존은 수업시간에 수시로 울부짖지만 아무도 신경 쓰지 않으며 수업은 정상적으로 진행된다. 학생들은 존을 무시하거나 세균이라도 보듯 불쾌하게 바라본다. 작품의 첫 장에서 '학교란 잔혹한 곳이다.'[31] 라는 지니의 발언에서 미국학교 역시 조선학교, 일본학교와 마찬가지로 부정적 공간으로 표상되고 있음을 알 수 있다. 이 대목에서 국가와 무관하게 학교라는 공간에서 발생하는 보편적 상황과 고통을 확인할 수 있다. 「지니의 퍼즐」은 이와 같은 구성을 통해 개인과 집단, 개인과 공동체의 관계를 다룬다. 재일조선인 사회와 일본을 벗어나 미국으로 대표되는 제3의 공간에서의 상황을 보여주며 개인과 집단의 관계, 더 나아가 공동체 속 개인의 위치를 다룬다. 집단에 소속되지 못하는 지니와 존을 통해 집단 밖에 놓인 개인을 발견할 수 있으며 이 과정에서 집단과 개인의 관계성이 규정된다. 즉, 조선학교로 대표되는 민족교육에서 출발해 재일조선인 사회, 일본사회로 확장되는 집단과 개인의 관계성이 구축되는 것이다. 지니의 혁명에서 집단에서 벗어나 자립한 개인을 확인할 수 있으며 민족교육의 역할과 의미를 생각하게 한다. 「지니의 퍼즐」에서 조선학교는 부정적으로 표상되어 있지만 그것이 민족교육의 부정을 의미하지는 않는다. 최실은 조선학교를 다닌 이후 지니에게 나타난 변화를 다음과 같이 말한다.

> 지니가 일본 학교에 계속 다녔다면 자기감정을 억눌렀을 거예요. 무슨 일이 일어나도 역시 조센징이라 그렇다고 손가락질을 받았을 테니까요. 하지만 조선 학교로 가면서 일본 학교에서와는 다르게 자기 자신을 펼치고 폭발적인 힘을 쏟아내는 게 가능했기 때문에 그런 행동

---

31) 崔実, 위의 글, pp.8~9.

을 할 수 있지 않았을까요. 조선학교에 들어가면서 환경이 바뀌고, 지니는 '조센징 지니'가 아닌 지니가 되었어요. 지니 입장에서라면 자신이 어떻게 태어났는지와 관계없이 자기 자신을 그냥 그대로 받아들여 주는 환경에 들어가는 게 일단 기뻤을 거예요. (중략) 지니가 폭발할수 있었던 건 친구들을 향한 지니의 사랑이 있었기 때문에 가능한 일이었다고 생각해요.[32)]

조선학교에서 지니는 고통을 겪는다. 동시에 조선학교 학생이라는 이유로 일본에서 폭력과 차별을 경험한다. 하지만 고통 속에서 수많은 내적 갈등을 거쳐 성장한다. 그 과정에서 지니는 비로소 한 개인으로 자립해 혁명을 통해 스스로를 구원한다. 지니는 조선학교에 진학하며 조센징이 아닌 '지니'로 자립한다. 조센징이라는 외부의 차별적 시선이 소거되며 지니라는 자아를 찾는 것이다. 이 지점에서 민족교육의 역할과 의미를 생각하게 만든다. 지니를 통해 조선학교가 민족을 학습하는 공간을 넘어 한 주체적 인간으로 성장시키는 공간으로 기능함을 알수 있다. 즉, 민족교육이라는 보호받을 수 있는 제도와 환경에서의 교육으로 한 개인으로 자립하게 되는 것이다. 공동체에서 자립한 개인이 스스로 혁명을 선택해 경계를 무너뜨려 학교 밖 세계로 나아가는 모습을 「지니의 퍼즐」을 통해 확인할 수 있는 것이다.

---

32) 최실, 2019, '최실 외톨이인 나를 위로해 준 이야기'
   https://m.post.naver.com/viewer/postView.nhn?volumeNo=20933669&member
   No=1101&vType=VERTICAL

4. 「지니의 퍼즐」을 통해 본 재일조선인 문학의 위치

그렇다면 「지니의 퍼즐」을 통해 재일조선인 문학의 위치와 역할을 어떻게 설명할 수 있을까? 최실은 2016년 제 155회 〈아쿠타가와상〉 후보에 오르며 1999년 현월(玄月) 이후 17년 만에 〈아쿠타가와상〉 최종 후보에 오른 재일조선인 작가가 된다. 현월 이후 재일조선인 문학이 일종의 공백기를 맞이한 상황에서 최실이 등장하며 재일조선인 문학은 활기를 찾는다. 단순히 〈아쿠타가와상〉 후보에 올랐다는 상징성 외에 도 최실이라는 존재 자체가 마이너리티 문제를 일본에 환기시킨다. 〈군조신인문학상〉의 심사위원이었던 다와다 요코(多和田葉子)는 다음 과 같이 말한다.

> 단일언어, 단일민족 "일본"이 존재한다는 환상에 푹 빠져 안심하고 쓰고 있는 소설이 많은 중에서, 이 소설은 언제 폭력에 노출될지 모르 는 자만 아는 긴장감으로 가득 차 있다. (중략) 동질균일이라는 환상을 폭력적으로 지키려는 일본 사회의 얼굴이 점점 뚜렷이 보인다.[33]

다와다 요코는 일본이 단일언어, 단일민족이라는 착각에 빠진 상황 에서 최실이라는 마이너리티 존재가 일본사회에 보이지 않던 단면을 보여주었다 말한다. 즉 최실의 등장과 그녀의 문학이 일본인 주변에 항상 존재했던 마이너리티 문제를 환기시킨 것이다. 즉, 재일조선인 문학을 통해 일본의 단일민족이라는 통념을 흔들고 다문화공생에 관한 메시지를 던지는 것이다. 다음 평가에서는 재일조선인 문학의 또 다른

---

33) 多和田葉子, 「選評」, 『群像』 2016.6, 講談社, 2016, p.83.

역할을 확인할 수 있다.

> 이는 일본에서도 조선에서도 설 자리를 잃고 월경해야만 했던 재일
> 이 그 앞에 있는 '문학'에 의해 구원되는 이야기로 읽어도 무방할 것이
> 다. 그리고 그것은 마이너한 사람이야말로 보통으로 통한다는 재일문
> 학의 중요한 테마를 그리고 있다고도 할 수 있다.[34]

재일조선인 시인 정장(丁章)은 조국과 일본에서 설 자리를 잃은 마이
너리티가 만든 문학 텍스트가 일본의 보편과 통한다 평가하며 재일조
선인 문학의 역할을 말한다. 즉, 재일조선인이라는 마이너리티가 일본
인과 결코 다르지 않다는 인간에 관한 보편적 메시지를 문학을 통해
구현한다는 것이다. 이러한 정장의 평가는 재일조선인 문학이 일본/일
본인/일본사회의 국가/자기중심적 논리에 비판적 시각을 제공하는 안
티테제(Antithese)로 기능[35]하는 동시에 혼혈/혼혈아, 공생논리, 코리
언재패니즈와 같은 탈국가, 탈이념, 탈중심적 주제가 재일조선인 문학
의 혼종성과 전지구적 세계관인 다문화주의 공동체를 이해하는데 중요
하게 작용한다는 김환기의 평가와 궤를 함께한다[36] 즉, 최실은 지니로
대표되는 마이너리티 존재의 구현을 통해 일본의 다문화공생의 현실을
보여주고 이에 대한 비판과 교훈의 메시지를 주는 것이다.

이처럼 「지니의 퍼즐」은 민족교육을 소재로 재일조선인 사회, 북한
과 일본, 혐한 등 다양한 층위의 문제를 문학적으로 구현하여 다문화공

---

34) 丁章, 「BOOK Review 崔実『ジニのパズル』」, 『抗路』 3, 抗路舎, 2016, p.147.
35) 김환기, 「김석범, 『화산도』, 〈제주4,3〉-『화산도』의 역사적/문학사적 의미-」, 『일본
    학』 41, 동국대학교 일본학연구소, 2015, p.13.
36) 김환기, 「재일 디아스포라 문학의 '혼종성'과 세계문학으로서의 가치」, 『일본학보』
    78, 한국일본학회, 2009, p.124.

생과 공존의 메시지를 던진다. 이러한 일련의 과정을 통해 다문화공생 시대 속 재일조선인 문학의 역할과 가능성을 확인할 수 있다.

5. 마치며

2016년 최실은 「지니의 퍼즐」을 통해 일본문단에 등장했으며 각종 문학상을 수상하며 새로운 재일조선인 작가의 등장을 알렸다. 「지니의 퍼즐」은 조선학교를 배경으로 민족교육, 북송사업, 북한, 혐한 등 재일 조선인 사회가 직면했던 그리고 현재 직면하고 있는 문제들을 다룬다. 특히 민족교육을 소재로 북한과 일본 더 나아가 재일조선인 사회에 의문을 제기한다.

「지니의 퍼즐」은 일본, 재일조선인 사회, 한반도를 배경으로 했던 기존 재일조선인 문학의 구도에서 벗어나 미국이라는 제3의 공간에서 보편적 상황을 구현한다. 그 과정에서 개인과 집단의 관계, 더 나아가 공동체 속 개인의 위치를 다룬다. 이를 통해 집단과 개인의 관계성을 규정하고 공동체 밖에 자립한 한 개인을 보여주며 민족교육의 역할과 의미를 보여준다.

텍스트에서 민족교육을 비판하고 의문을 제기하지만 민족교육의 부정을 목적으로 하지 않는다. 조선학교에서 자아를 발견하고 스스로 혁명을 선택해 세상으로 나아가는 지니를 통해 민족교육의 긍정적 역할을 보여준다. 더 나아가 지니로 대표되는 마이너리티 존재를 통해 북한, 일본, 혐한 등 다양한 층위의 문제를 문학적으로 구현하며 다문화공생 시대에 공존의 메시지를 전한다. 이 지점에서 재일조선인 문학의 역할과 가능성을 확인할 수 있으며 다문화공생 시대에 재일조선인

문학의 역할과 가능성을 확인할 수 있다.

이 글은 단국대학교 일본연구소의 『日本學硏究』 60집에 실린 논문
「재일조선인 문학 속 민족교육과 다문화공생 - 최실(崔実)의
「지니의 퍼즐(ジニのパズル)」을 중심으로」를 수정·보완한 것임.

참고문헌

김계자, 「재일문학의 북한 표상 - 최실의 『지니의 퍼즐』 - 」, 『인문과학연구』 41, 성신여
　　자대학교 인문과학연구소, 2020.

김태경, 「분노사회 일본 - 2000년대 이후 일본 사회·문화 분석 - 」, 『일본학연구』 54,
　　단국대학교 일본연구소, 2018.

김환기, 「김석범, 『화산도』, 〈제주4,3〉 - 『화산도』의 역사적/문학사적 의미 - 」, 『일본
　　학』 41, 동국대학교 일본학연구소, 2015.

_____, 「재일 디아스포라 문학의 '혼종성'과 세계문학으로서의 가치」, 『일본학보』 78,
　　한국일본학회, 2009.

박광현, 「기념비로서의 '조선학교'」, 『일본학』 46, 동국대학교 일본학연구소, 2018.

소명선, 「현월(玄月)의 「이물(異物)」론 - 다문화사회 속의 재일조선인의 자화상 - 」, 『일
　　어일문학』 83, 대한일어일문학회, 2019.

신승모, 「재일문예지 『민도(民涛)』의 기획과 재일문화의 향방 - 서지적 고찰을 중심으
　　로 - 」, 『일본학연구』 43, 단국대학교 일본연구소, 2014.

_____, 「전후 '재일'외국인의 문학상 수상과 '다문화사회'의 향방 - 최실(崔実)의 「지니
　　의 퍼즐(ジニのパズル)」(2016)을 중심으로 - 」, 『일본학』 44, 동국대학교 일본
　　학연구소, 2017.

엄정자, 「인물관계로부터 보여지는 재일코리안 사회의 퍼즐식 - 「지니의 퍼즐」분석 - 」,
　　『문예운동』 141, 문예운동사, 2019.

이한창, 「재일 동포문학의 역사와 그 연구 현황」, 『일본학연구』 17, 단국대학교 일본연
　　구소, 2005.

조영준, 「재일한인문학의 오늘을 읽다, 최실(崔実)의 『지니의 퍼즐』 - 주인공의 양가적
　　감정을 중심으로 - 」, 『인문학연구』 59, 조선대학교 인문학연구원, 2020.

최실, 「사람놀이하기」, 『소통과 평화의 플랫폼』, 한국문학번역원, 2019.

최실·정수윤 옮김, 『지니의 퍼즐』, 은행나무, 2018.

小沢有作, 「素顔を奪還する教育(上)」, 『季刊まだん』 5, 創紀房新社, 1975.

加藤恒彦, 「書評 崔実著『ジニのパズル』」, 『アジア·アフリカ研究』 57(1), アジア·アフ
　　リカ研究所, 2017.

康潤伊, 「断章(ピース)のゲーム : 崔実『ジニのパズル』論」, 『日本文学』 67(2), 日本文学
　　協会, 2018.

金徳龍, 「朝鮮学校の戦後史」, 『1945-1972』(増補改訂版), 社会評論社, 2004, p.16.

宋基燦, 『「語られないもの」としての朝鮮学校—在日民族教育とアイデンティティ·ポリ
　　ティクス』, 岩波書店, 2012.

多和田葉子, 「選評」, 『群像』 2016.6., 講談社, 2016.

丁章, 「BOOK Review 崔実『ジニのパズル』」, 『抗路』 3, 抗路舎, 2016.

崔実, 「ジニのパズル」, 『群像』 2016.6, 講談社, 2016.

辻原登, 「選評」, 『群像』 2016.6, 講談社, 2016.

文京洙, 「在日の解けないパズル : 『ジニのパズル』をめぐって」, 『女性·戦争·人権』 15,
　　「女性·戦争·人権」学会学会誌編集委員会 編, 2017.

永井里佳, 「崔実(チェシル)『ジニのパズル』の〈問題〉と〈文体〉」, 『世界文学』 129, 世界
　　文学会, 2019.

吉田晶子, 「革命家が孵化するとき——崔実『ジニのパズル』·黄英治『前夜』について」,
　　『社会評論』 186, 社会評論社, 2016.

吉村萬壱, 苅部直, 福嶋亮大, 「創作合評(第484回)「鏡」内村薫風「コンビニ人間」村田
　　沙耶香「ジニのパズル」崔実(チェシル)」, 『群像』 71(7), 講談社, 2016.

최실, 〈최실 외톨이인 나를 위로해 준 이야기〉, 2019. https://m.post.naver.com/vie
　　wer/postView.nhn?volumeNo=20933669&memberNo=1101&vType=VERT
　　ICAL

＿＿, 〈목소리 낼 수 있게 해 준 문학, 내겐 치유의 길…그것이 글 쓰는 이유〉, 2019.
　　http://news.khan.co.kr/kh_news/khan_art_view.html?artid=201905302
　　108015&code=960205

경계를 넘나드는 재일서사

이민진 『파친코(PACHINKO)』

이승진

1. 재일문학에 부는 신선한 바람

2022년 3월 세계적인 OTT 서비스 애플TV+에서 한 작품이 소개되어 화제를 모은다[1]. 2017년에 소설로 발표되어 각종 문학상을 수상하고 여러 매체에서 '올해의 책'으로 선정되었으며[2], 2019년에는 버락 오바마 전 대통령이 자신의 페이스북에서 추천한 것을 계기로 미국만이 아니라 한국을 포함한 전 세계로부터 주목받은 재미작가 이민진의 소설 『파친코』를 동명으로 드라마화한 작품이었다. 재일조선인[3]이라는

---

1) 애플 TV 공개 당시(4월 25일 기준) 미국 영화 정보 웹 사이트 로튼 토마토(Rotten Tomato)에서 드라마 『파친코』는 전문가 평가 신선도 지수 98%, 관객 평가 지수 95%를 받고, 유튜브에서 무료 공개된 1화의 누적 조회 수는 1449만 건(2022년 4월 10일 중앙일보 기사 참조)을 기록하는 등 평단과 대중 양쪽에서 커다란 관심을 불러일으킨 바 있다.

2) 원작 『파친코』는 2017년 전미도서상(National Book Award) 최종후보작에 선정된 것을 포함하여, The New York Times 선정 '올해의 책 10'과 전미 편집자와 USA TODAY, 영국 BBC 선정 '올해의 책', 그리고 신인작가를 위한 '내러티브상' 수상 등 다양한 주체로부터 그 작품성을 인정받았다.

3) 이글에서는 한반도 출신자와 그 후손을 가리키는 명칭으로 '재일조선인'을 사용한다. 이하 표기의 편의상 '재일조선인작가', '재일조선인문학', '재일조선인세대', '재일조선인서사'를 각각 '재일작가', '재일문학', '재일세대', '재일서사'로 약칭하며, 인용부호

존재와 그들의 삶을 서구의 대중문화 영역에서 조명한 최초의 사례이
기도 한 이 8부작 드라마는 완성도 높은 작품성과 OTT 서비스의 확장
력을 배경으로 영미권을 넘어 전 세계의 폭넓은 대중에게 재일조선인
이라는 낯선 존재와 이들의 역사를 전하고 있다. 원작 소설의 발표
당시 『파친코』는 "고국과 타국, 개인적 정체성에 관해 스스로가 스스로
에게 묻게 하는 놀라운 소설"이라는 뉴욕타임즈의 '올해의 책' 선정
평에 담긴 찬사를 비롯해서, 워싱톤 포스트와 뉴스위크를 포함한 다수
매체의 호의적인 추천을 동력 삼아 35개국의 언어로 번역될 만큼 이미
커다란 관심을 받은 바 있다. 그러나 새로운 플랫폼 환경을 지렛대
삼아 대중 문화적 재현을 거친 드라마 『파친코』의 파급력은 이 4세대에
걸친 조선인 가족의 수난사가 원작에선 어떻게 다뤄졌는가에 대한 관
심으로 빠르게 환원하고 있다.[4]

이 작품은 "역사가 우리를 망쳐놨지만 그래도 상관없다"[5]는 이제는
널리 알려진 문구와 함께 시작한다. 주지하다시피 기존의 재일조선인
을 소재로 한 문학은 주로 개인이 불행한 역사적 사건 앞에서 조우할
수밖에 없는 절망과 결핍, 소외와 불안과 같은 주제를 밀도 있게 그리
며 전개되어 왔다. 이른바 재일문학자라고 불리는 이들이 재일의 역사
에 대한 응시와 인간 실존을 둘러싼 탐구를 문학적 상상 속에서 거듭해

또한 생략한다.

[4] 예컨대 한국에서는 애플TV+의 드라마 방영을 계기로 2018년에 출판된 번역본의 품귀
현상이 일어나, 중고본이 고가에 거래되는 상황을 낳기도 하였다.

[5] 2022년 8월 출판사 인플루엔셜이 저작권을 확보하여 재출간한 책에서 이 구절은 "역사
는 우리는 저버렸지만, 그래도 상관없다"로 번역되어 있다. 2022년 8월 22일자 한겨레
신문의 기사는, "거의 제 인생 전부를 들여 쓴 소설인 만큼 번역 출간될 때에도 정확하
게 소개되는 것이 중요하다"라는 원작자의 간담회 발언을 인용하여 그 대표적인 수정
의 예시로 이 구절을 소개한 바 있다. 다만 이글은 이 부분을 포함한 원작 소설의
인용에서, 2018년에 출간된 문학사상사의 번역본을 참조했음을 밝혀 둔다.

온 것으로, 보편성과 특수성의 경계를 넘나들며 형성되어온 재일문학의 전통은 2010년대에 들어서도 최실(崔實)과 후카자와 우시오(深沢潮) 같은 신진 작가들에게 이어져 일본문학의 한 축을 견고하게 차지하고 있다. 소설『파친코』는 재미 1.5세대 작가가 쓴 재일조선인의 이야기, 그리고 영어로 표현된 문학이라는 점에서 일견하기에 재일문학의 줄기에 포함되기 어려운 측면을 지니고 있다. 그럼에도 "그래도 상관없다"는 등장인물들의 생명력과 '품격 있는 회복'을 서사의 중심축에 둔 작품의 신선함이, '재일의 집'의 역사라는 연대기적 흐름 속에서 창출되고 있다는 점에서, 기존 재일문학과의 접점에서 이 작품을 해석하려는 시선이 적지 않게 존재해온 것 또한 사실이다.

그동안『파친코』에 대한 학술적인 평가의 대부분은 한국을 중심으로 진행되어 왔다. 이 작품이 미국문학으로 먼저 발신되면서 영문학 내지는 소수문학 관련 한국 연구자들의 관심을 빠르게 끌었고[6], 2018년에 한국어 번역본이 출판된 이후부터는 한국문학 관련 연구자들이 디아스포라문학 혹은 페미니즘문학으로서 작품의 내실을 본격적으로 탐구하기 시작했기 때문이다. 가령 서사 분석을 기반으로 재일조선인

[6] 예컨대 이승연은 그의 글「생존을 위한 도박:『파친코』를 통해 보는 자이니치의 삶」,『아시아여성연구』58(3), 숙명여대 아시아여성연구원, 2019.에서 등장인물의 동화와 이화의 양상을 미국 소수문학의 '패싱'이라는 개념을 대입하여 다루었고, 나보령은「모범 소수자를 넘어-이민진의『파친코』를 통해 본 이주민 소수자 서사의 도전과 과제」,『인문논총』79(1), 서울대학교 인문학연구원, 2022.에서 미국 문학 내 모범소수자적 인물 조형의 특징을 답습하고 있는 이 작품의 문제점에 주목하여 비판하고 있다. 더불어 장영우의 연구「在日, 영원한 이방인-이민진『파친코』론-」,『日本學』56, 동국대학교 일본학연구소, 2022.와 김미영의 연구「민진 리의『파친코』에 나타난 이민자 문학적 특징」,『한국문화』97, 서울대학교 규장각한국학연구원, 2022. 또한 미국 내 소수문학과의 친연성에 주목하여 이민자문학의 범주에서 이 작품의 트랜스내셔널한 성격에 주목한 글들로 정리할 수 있다.

의 '탈경계적' 측면에 주목하거나[7], 작품 속 등장인물이 역사적 사건과
조우하여 선택해야 했던 이동의 의미를 '대안적 장소 담론 구축'의 관점
에서 해석한 연구가 일찍부터 진행된 바 있다.[8] 그리고 근래에는 작품
속 '장소'의 개념을 '사람'과 '환대'라는 키워드와 함께 아우르며 "디아
스포라 및 행동코드의 함의"로 확장해 고찰하거나[9], 주인공 선자의 공
간 이동을 전통적인 젠더 질서를 벗어난 새로운 가치 창출의 입장에서
젠더지리학적으로 접근한 시선까지 나오는 등[10], 그야말로 작품에 대
한 다채로우면서도 심도 있는 접근이 한국 학계에서 봇물처럼 터져
나오는 추세에 있다고 할 수 있다.

　그에 비해 소설 『파친코』에 대한 영미권의 연구는 기사와 서평 수준
의 짧은 글들이 여전히 주를 이루고 있다. 이는 재일조선인이라는 존재
가 서구 문화권에서 아직까지 낯설고, 이들을 둘러싼 정치, 경제, 사회,
교육, 문화 전반에 걸친 자료 및 연구가 부족한 환경이 본격적인 연구
물 생산에서 적지 않은 장애로 작용하고 있기 때문으로 추측된다. 반면
영미권과는 전혀 다른 연구 환경과 기반을 가지고 있는 일본에서 이
작품에 대한 본격적인 연구가 전혀 이루어지지 않은 현실은 특기해둘
만하다. 한국보다 늦었다고는 하나 2020년에 대형 출판사인 문예춘추

---

7) 오태영은 그의 글 「경계위의 존재들-이민진의 『파친코』를 통해 본 재일조선인의 존재
　방식」, 『현대소설연구』 82, 한국현대소설학회, 2021.에서, 이 작품을 '외부자의 시선'
　으로 조형된 것으로 규정한 후, 이러한 창작이 재일조선인을 새롭게 인식할 수 있는
　계기를 마련했음을 주장한다.
8) 임진희, 「민진 리의 『파친코』에 나타난 재일한인의 장소 담론」, 『예술인문사회융합멀
　티미디어논문지』 9(8), 사단법인 인문사회과학기술융합학회, 2019.
9) 전현주, 「『파친코』의 '장소성' 서사 연구」, 『인문과학』 124, 연세대학교 인문학연구원,
　2022.
10) 이경재, 「이민진의 『파친코』에 대한 젠더지리학적 고찰」, 『춘원연구학보』 22, 춘원연
　구학회, 2021.

사(文藝春秋社)가 일본어 번역본[11]을 발간한 바 있고, 그 시기에는 이미 애플TV+의 드라마 제작이 결정된 만큼 작품의 화제성과 파급력에 대해서는 충분한 검토의 시간이 주어졌을 것이기 때문이다. 만약 이러한 연구 현황의 배경에 2000년대 이후 두드러지게 나타난 일본사회의 우경화 흐름이 존재하고, 그런 까닭에 미국에서 발신하는 꺼림칙한 일본역사에 대한 일본학계 및 대중들의 불편하고 거북한 정서가 영향을 미친 것이라면, 오히려 『파친코』라는 이질적인 재일서사의 가능성과 역할을 가리킨다는 점에서 향후 일본의 반응을 면밀히 주목한 연구가 필요해 보인다. 한편 그동안 재일문학 관련 연구를 묵묵히 진행해온 재일 및 일본의 학계 구성원들조차 이 작품에 대해 침묵하고 있는 현실은 다른 의미에서 주목을 끈다. 이는 이 작품이 갖는 특수성, 다시 말해 한국계 미국인이 영어로 발신하는 재일서사에 어떻게 반응해야 하는지에 대한 조심스러움이 초래한 결과로 유추되는데, 앞선 일본 일반의 반응과는 다른 맥락에서 『파친코』를 둘러싼 이들 소비 양상에 대한 정교한 해석 또한 병행되어야 할 것으로 사료된다.

　이글은 소설 『파친코』에 대한 그동안의 연구를 보완, 갱신하는 것을 목적으로 한다. 작품에 내제된 트랜스내셔널 내지는 경계적인 특징은 재일문학이라는 대상을 정치하게 비교하여 고찰할 때 올바르게 파악할 수 있음에도, 기존 연구들이 모호하거나 혹은 거친 방식으로 해당 내용에 접근해왔다는 문제의식에서 이글은 출발한다. 다만 이글은 재일문학이라는 지형 위 어느 지점에 『파친코』라는 작품의 좌표를 찍기 위한 것이 아니다. 거꾸로 재미한인작가가 만들어낸 재일내러티브의 '다름'이 재일문학의 범주에 수렴되지 않고 그 경계를 넘나듦으로써 가능했

---

11) ミン・ジン・リー, 池田真紀子 訳, 『パチンコ』, 文藝春秋, 2020.

다는 사실에 이 글은 보다 천착한다. 내셔널리즘적인 관심과 상상력을 횡단할 수 있는 작품의 특징을 재일문학의 지근거리에서 살펴보는데 이글의 목적이 있다.

2. '재일'문학의 지평, 그리고 소설 『파친코』

최근에 한국어로 번역된 『전후 〈재일〉 문학론-아시아론 비평의 시선』에서 저자인 야마사키 마사즈미(山崎正純)는 재일문학에 대해 다음과 같이 언급한다.

> 재일문학은 일본어로 쓰인 문학입니다. 그러나 그 일본어는 전통적인 이야기 문학(物語)의 스토리와 다른 이질적 울림을 동반하면서 일본어·일본 문학의 정형(定型)을 안쪽에서 흔들고, 비판하고, 부수는 힘을 가집니다.[12]

'재일'을 괄호에 넣어 제목에 사용한 책의 본문에서, 저자가 재일문학의 정의를 둘러싼 불명확함과 가변성에 주의하면서도 대항 문학으로서 재일문학의 역할을 뚜렷이 인식하고, 이를 가능케 하는 수단으로서 일본어에 주목하고 있음을 알 수 있다. 이러한 모습은 대표적인 재일문학 연구자 중 한 명인 가와무라 미나토(川村湊)에게서도 발견된다. 그는 일본의 전후 문학을 총괄한 저서 『전후 문학을 묻는다』에서, '재일(在日)하는 자(者)의 문학'이라는 장을 따로 구성한 바 있는데[13], 재일문학

---

12) 야마사키 마사즈미, 김환기 옮김, 『전후 〈재일〉 문학론-아시아론 비평의 시선』, 민속원, 2022, p.6.

을 규정할 때 따라올 수밖에 없는 모호함을 '재일(在日)한다'라는 일본
식 표현으로 강조하고자 한 의도를 장의 제목에서부터 엿볼 수 있다.
예컨대 해당 장에서 저자는 '재일조선인문학'이라는 용어를 명시하며
"'재일조선인(재일코리안)'이 '일본어로' '〈민족적 아이덴티티의 위기 속
에서 그들의 고뇌와 저항〉을' 표현"한 장르로 정의한 후, '민족적 아이
덴티티의 위기 속에서 그들의 고뇌와 저항'이라는 부분에 대해서는 "각
각의 작가에게 고유한 테마, 모티프가 있으므로 일률적인 정리가 힘들
다"라고 부연한다. 세대교체와 더불어 재일사회 구성원의 관심사가 다
면화되면서 민족 정체성이나 조국 관념과 같은 주제가 호소력을 잃거
나 혹은 전혀 다른 질감으로 그려지는 시대로 접어들었다는 저자의
인식을 읽을 수 있는 대목으로, 바꾸어 말하면 재일조선인이라는 창작
주체와 일본어라는 표현 언어만이 재일문학 전반을 관통하는 뚜렷한
잣대가 될 수 있음을 위의 글은 말해준다.

　돌이켜보면 일본에서 재일문학사에 대한 체계적인 검토가 시작된
무렵부터 '재일조선인'이라는 표현 주체와 '일본어'라는 창작 언어는
줄곧 필수적인 조건으로 간주되어 왔다. 가령 재일문학 연구의 가장
앞줄에 위치한 이소가이 지로(磯貝治良)는 저서『시원의 빛-재일조선
인문학론』[14]에서 '재일조선인의 일본어문학'이라는 표현으로 그 틀을
규정한 바 있고, 이후 출간한 『〈재일〉문학론』[15]과 『〈재일〉 문학의 변
용과 계승』[16]에서도 이 같은 인식을 유지한다. 하야시 고지(林浩治) 또

---

13) 가와무라 미나토, 유숙자 옮김, 『전후 문학을 묻는다-그 체험과 이념-』, 소화, 2005,
　　p.179.

14) 磯貝治良, 『始原の光-在日朝鮮人文学論』, 創樹社, 1979.

15) 磯貝治良, 『〈在日〉文学論』, 新幹社, 2004.

16) 磯貝治良, 『〈在日〉文学の変容と継承』, 新幹社, 1992.

한 『재일조선인 일본어문학론』[17]에서, 세대교체와 함께 재일문학이 일본문학의 지류로 수렴될 수밖에 없다는 소멸론적 인식을 드러내면서도, 결국 '재일조선인 일본어문학'을 제목으로 한 것에서 알 수 있듯이 재일조선인의 특수성에 기반한 기존 정의를 거의 그대로 수용하고 있다. 훗날 가와무라 미나토는 이 저서에 대해 "표제인 '재일조선인 일본어문학'은 너무나 생소한 표현이다"[18]라고 지적하며 하야시 고지의 '재일조선인'이라는 명칭 사용에 담긴 일본 문학 중심주의에 불편한 심경을 드러내기도 했다. 하지만 '재일하는 자'라는 창작 주체와 '일본어'라는 표현 언어를 바탕으로 재일문학을 보는 시선에서 이 두 사람 모두 이소가이 지로가 제시한 범주를 대부분 이어받고 있다는 점은 부인하기 어렵다.

한편 재일조선인 당사자로서 재일문학에 대한 심도 있는 연구의 시작을 알린 인물이 다케다 세이지(竹田靑嗣)이다. 그는 김석범(金石範)과 이회성(李恢成), 김학영(金鶴泳) 문학을 정치하게 해석한 『'재일'이라는 근거』[19]에서, 이들 문학의 폭넓은 스펙트럼을 아우를 수 있는 용어로 '재일(자이니치)'라는 명칭을 사용한다. 1, 2세대를 아우를 수 있는 단어로서 당시 젊은 세대로 퍼져가기 시작한 자기 정체성의 표현을 과감히 택한 것으로, 이 명칭은 김석범의 『'재일'의 사상』[20]이나 이회성의 『가

---

17) 林浩治, 『在日朝鮮人日本語文学論』, 新幹社, 1991.

18) 가와무라 미나토는 『전후 문학을 묻는다-그 체험과 이념-』(p.177)에서 "재일조선인이라는 단어 자체가 재일 한국·조선인, 재일코리안, 또는 한국에서의 단어 그대로 재일교포, 또는 신조어인 재일한조인(在日韓朝人) 등의 호칭 범위 내에서 흔들리고 있음을 감안하면, '재일조선인문학'이라는 단어가 일본의 문학계에서 아직 정착되지 못한 것도 무리가 아니라고 생각한다"라고 기술하고 있다.

19) 竹田靑嗣, 『「在日」という根拠』, 国文社, 1983. 이 책은 2016년에 재일조선인문화연구회에 의해 한국에서 번역된 바 있다. 이하 이 저서의 인용은 한국어 번역본인 『'재일'이라는 근거』를 참조한다.

능성으로서의 '재일'』[21]과 같은 사례에서 볼 수 있듯이 점차 재일조선인의 다양한 정체성을 포괄할 수 있는 용어로 자리 잡는다. 뒤이은 2000년대는 재일문학에 대한 한국 출신 연구자들의 관심이 본격화된 시기였다. 일례로 『재일조선인 여성문학론』을 펴낸 김훈아는 "'재일조선인문학'이라는 용어에 그다지 위화감을 느끼지 않게 된 것이 언제부터일까"라는 질문으로 책의 처음을 여는데, 기존 재일문학을 둘러싼 정의를 거의 그대로 수용하면서도[22] '재일조선인'을 직접 호명하기를 주저하지 않는다는 점에서 변화된 인식과 연구 환경을 그녀의 글에서 감지할 수 있다. 실제 2000년대 이후 한국에서는 '재일한국인', '재일동포', '재일교포', '재일한민족' 등의 다양한 명칭이 자유롭게 만들어져 유통되고, 근래에는 보다 가치중립적인 의미를 담은 '재일한인'과 '재일디아스포라' 등의 용어도 주도적으로 사용되고 있다. 재일문학을 한국문학의 지류로 봐야 한다는 시선부터, "강고한 국민국가의 경계를 허물며 가장 구체적이고 이질적인 방식으로 민족과 인류 보편의 가치를 지향하는 성과를 만들어내는 원천이 되"[23]는 글로컬(Glocal)한 문학으로 규정해야 한다는 입장에 이르기까지 실로 다양한 시선들이 '명칭' 선택의 상징적 행위를 통해 표출되어온 것이다. 하지만 이들 논의 또한 창작 주체로서 '재일조선인'과 표현 언어로서 '일본어', 그리고 특수한 역사적 조건 앞에 선 재일조선인의 삶이라는 문학적 '내실'을 바탕으로

---

20) 金石範, 『新編「在日」の思想』, 講談社, 2001.

21) 李恢成, 『可能性としての「在日」』, 講談社, 2002.

22) 金壎我는 『재일조선인 여성문학론』(p.7)에서, "일본에 거주하고 있는 조선인(또는 한국인)이 일본어를 표현 수단 삼아, 일본 독자(혹은 일본어 독해가 가능한 독자)를 향해 발신한, '재일'을 소재나 주제로 삼은 작품"으로 재일문학을 정의하고 있다.

23) 김환기 외, 『재일디아스포라 문학선집 4』, p.4.

재일문학을 조망해 왔다는 점에서 앞선 연구들과 큰 차이를 갖는다고
는 볼 수 없다.

그런데 재일조선인이라는 창작 주체와 일본어라는 표현 언어를 중심
으로 문학사를 기술해온 방식에 이견을 보인 연구자가 등장한다. 재일
조선인 당사자로서는 처음으로 총체적인 재일문학사 집필을 시도한
송혜원(宋惠媛)이 그 인물로, 그녀는 『'재일조선인 문학사'를 위하여』의
서두에서 "재일조선인문학의 역사는 왜 지금까지 쓰이지 않았던 것일
까?"[24]라는 도발적인 질문과 함께 닻을 올린다. 저자에게 기존에 한국
과 일본에서 기술되어온 재일문학사는 "재일조선인문학을 일본문학의
'특수한 아종'으로 보고, 일본어로 쓰인 작품 군에 한정해서 착안해
온" 것에 지나지 않은, 시작부터 심각한 왜곡과 한계를 배태한 것들이
었다.

> 재일조선문학사의 시점을 1930년대의 김사량이나 1945년 이후의
> 김달수로 할 때 거기에는 전제가 있다. 일본에서 고등교육을 받은 '식민
> 지 엘리트'의 '남성'이 쓴 '일본어 작품'이 기준이 되고 있다는 것이다.
> 이 떼어서 따로 생각하기 어려운 세 가지 조건을 극복하지 않는 한
> '일본(어) 문학'의 주박을 푸는 것은 아마 불가능하다. 근대 일본문화를
> 내면화하고 복제한 조선인 남성 엘리트들의 동향을 쫓는 것만으로는
> 재일조선인문학은 정통적인 '일본문학'을 정점으로 한 문학 서열화에
> 가담하고, 영원히 '일본문학'의 닮은꼴을 그릴 수밖에 없을 것이다.[25]

한편 기존 연구자들이 재일조선인이라는 존재의 다층성과 조선어

---

24) 송혜원, 『'재일조선인 문학사'를 위하여 - 소리 없는 목소리의 폴리포니』, p.16.
25) 송혜원, 위의 책, p.57.

창작 작품의 존재를 의도적으로 무시해왔다고는 단정하기 어렵다. 오히려 이 민감한 사안에 대한 문제의식은 앞선 '재일' 내지는 '재일하는 자'와 같은 조심스러운 표현 속에 상징적으로 함축되어 있다고 보는 편이 낫다. 다만 그동안의 주류 연구자들이 남성이자 엘리트가 창출해 낸 결과물을 중심으로 문학사를 기술해 왔고, 결과적으로 비주류가 기록한 문학적 기록들을 소거하거나 차별하는 태도를 견지해 왔다는 비판이 강한 설득력을 띠는 것 또한 부인하기 어렵다. 특히 문학 창작 층이 두텁지 않았던 해방 직후부터 1950년대 무렵까지 나온 창작물 중에 여성과 아동, 비엘리트 남성들의 기록이 질적 수준을 이유로 대부분 주목받지 못해온 경위는 이 같은 문제 제기에 힘을 실어준다고 할 수 있다.

한편 해방 공간은 재일 매체와 일본 매체 간의 위계질서가 일부 자리 잡은 때이기도 했다. 예컨대 재일 1세대 시인인 김시종(金時鐘)은 1950년대 초 자신이 주도적으로 창간한 시지(詩誌) 『진달래(ヂンダレ)』의 후기에서, 좋은 작품을 일본잡지에 우선적으로 발표하고 있다는 내부 비판에 대해, 반성하고 있다는 입장을 밝힌 바 있는데, 이는 남성이자 엘리트인 주류 문학자 안에서 일본어와 조선어 표현 사이의 우열관계가 상당 부분 내면화해 있었음을 보여주는 사례이다. 조금 결을 달리 하나 1세대 소설가인 김석범 역시 저서 『언어의 주박: '재일조선인문학'과 일본어』에서 일본어로 창작하는 행위를 '주박(呪縛)'이라는 단어로 표현하며, 자신이 무의식적으로 문학 서열화에 가담해온 것은 아닌가에 대한 고민을 토로한다.[26] 결국 작가가 찾아낸 해답은 "문학은 언어 이외의 것이 아니지만 동시에 언어 이상의 것"이기 때문에, "상상력에

---

26) 金石範, 『ことばの呪縛 : 「在日朝鮮人文学」と日本語』, 筑摩書房, 1972.

의한 픽션을 구축함으로써 일본어라는 틀"[27]을 넘어서는 것이었다. 김석범이 찾은 이 단서가 그의 문학을 정말로 해방에 이르게 했는가에 대해서는 따로 논의가 필요해 보이나, 재일 1세대를 대표하는 이 문학자의 진중한 고뇌 속에, '일본어'라는 표현 수단을 재일문학의 절대적인 요소로 상정할 때 부딪쳐야 하는 모순이 선명하게 나타나 있다는 사실만은 분명하다. 아마도 송혜원이 착목한 지점이 바로 여기로, 그녀는 재일문학 앞에 줄곧 놓여온 이 난제를 해결하기 위해, 조선어 작품, 여성 및 아동 창작자의 서사, 수기, 작문, 일기 등 광의의 문예 작품을 포함한 '제대로 된' 재일문학사의 기술을 대안으로 제시한다.

그런데 '재일조선인'이라는 창작 주체, 그리고 '일본어' 또는 '조선어'라는 표현 틀을 벗어난 재일문학은 어떠한가? 일련의 논의를 부감하면서 살펴본 바와 같이 "일본에 거주하고 있는 조선인(또는 한국인)이 일본어를 표현 수단 삼아, 일본 독자(혹은 일본어 독해가 가능한 독자)를 향해 발신"[28]한 텍스트 군이라는 범주를 넘어선 재일문학은 과연 존재할 수 있는가? 그동안 아무도 상정하지 않았던 이 물음을 현실화시킨 작품이 2017년 세상에 공개된다. '재미한인작가'라는 창작 주체가 '영어'라는 표현어를 가지고, 재일조선인의 역사와 삶을 정면에서 응시한 작품 『파친코』가 그것이었다. 이 작품의 등장이 불러올 수밖에 없는 파장이 재일문학에 정통한 한일 양국의 창작자와 소비자, 그리고 특히 연구자들을 가장 당황케 했음은 확실해 보인다. 오바마 대통령의 추천과 애플 TV+의 드라마 제작 결정으로 일반 독자들의 관심이 큰 폭으로 고조되기 이전부터 한국에서 연구물 생산이 이루어지나, 영문학 내지는 소수

---

27) 金石範, 『異鄕の日本語』, 社會評論社, 2009, p.23.
28) 金石範, 위의 책, p.7.

문학 분야의 연구자들이 그 연구를 선도하고, 이후 출현한 연구물 대부분도 재일문학에 대한 연구 경험이 거의 없는 연구자에 의해 수행된 것이라는 점이 이를 방증한다. 일본의 상황은 한국보다 더욱 극명하다. 서론에서 언급한 바와 같이 한국보다 2년 정도 늦었다고는 하나 2020년에 이미 번역본이 출간되었음에도 간단한 기사와 서평만이 소수 존재할 뿐이며, 학술적인 접근은 전무하다고도 볼 수 있는 현상이 지금도 이어지고 있다. 그리고 이 같은 모습이 가리키는 것은 아마도『파친코』라는 새로운 유형의 재일서사에 대한 고민일 것이다.

이 화두에서 비교적 자유로운 이들은 '이민서사', '여성서사', '마이너리티서사', '문화지리학적 서사'와 같은 다양한 관점을 통해, 국민국가를 넘어선 트랜스내셔널한 특징을 긍정적으로 평가하며 작품 연구를 진행해왔다. 4세대에 걸친 재일조선인 '집'의 역사를 '과거'에서 '현재'로 옮겨가는 구조 안에서, 여성 주인공인 선자를 중심으로 '민족'과 '조국'으로 대변되는 관념들과 차별된, 미래 지향적인 방향을 모색하는 서사로 이 작품이 읽히기 쉽기 때문이다. 문제는 이 같은 관점의 상당수가『파친코』라는 새로운 이야기가 갖는 특징과 의미를 부각시키기 위해, 기존의 재일문학을 다소 손쉬운 재료로 사용하고 있다는 점이다. 다시 말해『파친코』라는 재일서사를 평가하는 과정에서, 재일조선인이라는 '특수성'에 기반한 재일문학의 규정력을 편의적 또는 선택적으로 적용하고 있는 것은 아닌가 하는 우려인데, 재일문학을 향해 갖기 쉬운 편견이 이러한 논의에서 조장될 수도 있다는 사실은 매우 주의를 요한다.

한편 이 작품을 재일문학과의 접점에서 분석할 필요가 있는가라는 물음이 여전히 남아 있다. "재일조선인이라는 '특수성'에 기반한 재일문학의 규정력"에 대한 회의감은 재일문학자 내부에서도 꾸준히 제기되어 왔고[29], 더구나 재미작가가 영어로 쓴 재일서사를 굳이 이 방향에서 해석하는 것이 타당한가라는 반론이 당연히 존재할 것이기 때문이다. 하지만 그럼에도 『파친코』를 다룬 많은 선행연구에서 재일문학을 심심치 않게 소환하고 있는 현실은, 이 작품의 해석에서 이들 작품이 유의미한 참조 사례로 이미 기능하고 있음을 말해주기도 한다. 이에 다음 장부터는 이 새로운 재일서사가 확보해낸 위상과 의미를 재일문학의 근거리에서 차례차례 살펴보고자 한다.

3. '외부자'라는 자유로움

이민진은 2022년 8월 10일 세종대학교에 열린 '『파친코』 재출간 기념 북토크'에서 작품을 쓰기 위해 "어떤 사람들을 인터뷰했고 어떤 조사를 했는가?"라는 사회자의 질문에 다음과 같이 대답한다.

> 제가 하는 작업의 일부는 매우 아름다운 거짓말을 하는 것입니다. 소설은 이야기이지 사실이 아닙니다. 그렇지만 독자들을 제 거짓말로 끌어들이려면 감정적으로는 진실을 말해야 합니다. 그리고 사회적으로 사실주의적인 소설이기 때문에 실제 일어났던 일에 대해 정확하게 알아야 했습니다. 이 작품은 역사책이 아니라 역사를 기반으로 한 소설입니다.[30]

---

29) 실제로 유미리(柳美里)와 가네시로 가즈키(金城一紀)는 재일문학 전체를 아우르기 위한 기획으로 2006년에 발간된 『〈재일〉문학전집(〈在日〉文学全集)』에 자신들의 작품 제공을 거부한 바 있다.

30) https://www.youtube.com/watch?v=5vccSGl2CkI&t=727s (검색일: 2022.9.30.)

소설이라는 서사를 바라보는 작가의 태도를 엿볼 수 있는 위의 인용은, '역사적 사실'보다 그 사건들에 조우한 인간 양상과 그들의 선택에 대한 독자의 공감에 그녀가 방점을 찍고 있음을 보여준다. 2018년 문학사상사가 발간한 『파친코』의 책날개에는 "구상부터 탈고까지 장장 30년의 세월이 걸린"이라는 문구를 강조한 소개 글이 실려 있다. '역사의 전달'이라는 목적에 충실했던 『모국』이라는 초고를 완전히 버린 후 처음부터 다시 집필한 이유에, 오로지 진실 추구만을 지향한 이야기에는 아무도 공감할 수 없을 것이라는 깨달음이 있었다는 사실을 작가는 여러 인터뷰에서 밝힌 바 있다. 오태영은 "『파친코』서사가 갖는 '외부자의 시선'이 경계 위의 존재들로서 재일조선인을 새롭게 재인식할 수 있는 계기"[31]가 되었다고 지적한다. 이는 바꾸어 말하면 '역사적 사실'로부터 거리를 둘 수 있었기에 작가가 획득 가능했던 '외부자의 시선' 속에 이 작품을 '다르게' 만든 핵심 단서가 존재함을 가리킨다. 그리고 재미한인이라는 태생이 재일서사를 '이야기이지 사실이 아닌' 것으로 표현할 수 있는 문학 환경에 작가가 속하는데 결정적으로 기여했을 것임은 쉽게 유추할 수 있다. 그렇다면 재일문학의 내부자들은 어떠했는가. 이민진 작품에 대한 논의를 이어가기 위해 이들이 영위해온 문학을 범박하게 살펴보면, 해방 이후 김달수(金達壽)와 김석범 같은 1세대 문학자들의 출현과 함께 그 시작을 알렸음을 알 수 있다.

임시적인 삶의 공간인 일본보다 돌아가야 할 조국을 향했던 이들의 관심사는, 예컨대 김달수의 『현해탄(玄海灘)』(1954)과 『박달의 재판

---

31) 오태영, 「경계위의 존재들-이민진의 『파친코』를 통해 본 재일조선인의 존재 방식」, p.382.

(朴達の裁判)』(1959), 김석범의 『간수 박서방(看守朴書房)』(1957)과
『까마귀의 죽음(鴉の死)』(1957) 등의 작품에서, 한반도의 이상적인 정
치 환경과 실제 현실의 간극에서 고뇌하고 분투하는 민중의 모습을
그린 데에서 쉽게 확인된다.[32]

다케다 세이지는 그의 저서에서 "악의적인 역사로 가득 찬 이러한
광경이야말로 세계가 그 의미를 분명하게 드러내는 원초적 구도 속에
서"[33] 김석범의 '이데아(idea)'적 존재인 조국이 나타나며, 따라서 제주
4.3사건과 같은 한민족을 둘러싼 그늘진 역사의 진실을 밝히는 것이
작가의 문학적 소명이었다고 고찰한다. 이 같은 자세는 해방 공간의
이념 대립 속에 왜곡되고 뒤틀린 주인공의 모습을 『현해탄』 등의 작품
에서 그린 김달수나, 시집 『지평선(地平線)』을 비롯한 다양한 창작 활동
에서 "서정이란 곧 비평이다"[34]라는 태도로, 동시대 일본사회의 프롤레
타리아 시 유행과는 또 다른 문학 세계를 구축한 김시종에게서도 공통
적으로 발견되는 특징으로, 이들 1세대 문학자에게 창작이란 '역사적
사실'을 무엇보다 우선하여 표현해야 하는 사명이었음이 분명해 보인
다. 이처럼 재일 1세대가 혼란스러운 전후 일본사회에서 역사적 '뒤틀
림'을 시정하기 위한 노력을 문학적 상상력을 통해 기울였다면, 일본에
서 태어나 일본사회의 구성원이자 외부자로서 이중적인 자기 인식이라
는 난문에 부딪쳐야 했던 2세대 이후의 문학자들은 눈에 보이는 현실의
'뒤틀림'에서 벗어나기 위해 글쓰기를 선택한다. 그리고 많은 경우 이

32) 이승진, 「혐한 현상 앞에 놓인 재일문학」, 『일본학』 51, 동국대학교 일본학연구소, 2020, p.156.
33) 다케다 세이지, 재일조선인문화연구회 옮김, 『'재일'이라는 근거』, 소명, 2016, p.103.
34) 유숙자, 「오사카를 배경으로 한 한인시인들의 활동」, 『해외 한인문학 창작 현황 자료집 2』, 한국문학번역원, 2020, p.94.

들 작가들에게 이 '부조리함'이 기인하는 장소는 다름 아닌 '재일의 집'
이었다. 일본이라는 외부 세계에서 자신이 이질적인 존재임을 끊임없
이 각인시키는 장소가 바로 '재일의 집'이며, 그 본질에 혈통이라는
운명이 존재하다는 점에서, 이 문제는 삶의 어떤 지점에서 아무리 노력
해도 극복할 수 없을 것 같은 '저주'처럼 떠오를 수밖에 없기 때문이다.

이 해명 불가능해 보이는 '감촉'이 2세대 이후의 재일문학을 관류하
는 원초성이라고 할 때, 부상하는 키워드가 '사소설(私小說)'이라는 일
본 특유의 소설 형식이다. 19세기 중후반 서구에서는 자연주의라는
문학 사조가 태동한다. 에밀 졸라(Emile Zola)의 『실험소설(Le roman
expérimental)』(1880)로 대표되는 이 사조는 인간도 자연의 법칙에 의해
좌우되는 존재라는 17세기 이후 자연과학을 지배해온 가설을 문학적으
로 입증하려는 움직임이었다. 여기서 자연의 법칙이란 '유전'과 '환경'
을 의미하는데, 이 요소들을 창작에 적용한 실험서사는 20세기 초반
일본에서 가장 최첨단의 문예이론으로 각광받으며 소개된다. 하지만
일본에 이입된 자연주의는 왜곡된다. 서구 소설이 '개인'과 '사회' 간의
대립을 전제로 '가공'의 이야기를 풀어낸 것이라면, '나'라는 개념이
언제나 '우리'로 치환 가능했던 일본의 문화 환경에서는 그러한 대립이
존재하기 어렵고, 더욱이 근대 소설의 '허구성'에 대한 이해 또한 매우
부족했기 때문이다. 그로 인해 개인의 에고(EGO)를 사회와의 관계 속
에서 풀어낸 서구의 자연주의 소설과 달리, 사회라는 대상으로부터
완전히 등을 돌려 개인의 일상에 천착한 이야기들이 러일전쟁을 전후
하여 일본에서 범람한다. 일본 사소설의 시작이었다.

일상을 '있는 그대로' 폭로하면서 출발한 사소설의 전통은 시대의
변화와 맞물려 개인의 심경 내지는 감회를 토로하거나, 새로운 모던
풍속의 표면을 그리는 것으로 점차 이행한다. 나카무라 미쓰오(中村光

夫)는 『풍속소설론(風俗小說論)』(1958)에서 이 같은 근대 사소설의 변천
을 짚은 후, 전후 일본문학에서 '나'가 아닌 타인의 생활을 흥미위주로
쓰는 소설이 등장함으로써 일본의 리얼리즘이 붕괴하였고, 이로써 사
소설의 전통은 끝이 났다고 주장한다. 하지만 사소설을 이데올로기적
언설로 포착하여 "일본 문화의 특수성, 일본 사회의 독자성을 나타내는
민족적 문학 형식"[35]으로 규정한 윤상인의 지적처럼, 이 형식은 지금도
일본문학 안에서 그 명맥을 유지하고 있을 뿐 아니라, 여전히 강한
영향력을 끼치고 있다는 견해 또한 여전히 유력하다.

주목할 점은 2세대 이후의 많은 재일문학 작품이 이 소설 형식과
유사한 모습을 띠고 있다는 사실이다. 2세대 이후의 재일세대에게 등
장인물들이 속한 '집', 그리고 부모로 상징되는 '뿌리'는 현실에서 직면
하는 문제와 해결의 단서를 아우르는 존재로서 인식되기 쉬움은 앞에
서 언급했다. 따라서 자연스럽게 이들 문학 세대의 작품은 '집'에 얽혀
발생하는 정체성의 혼란과 좌절, 그리고 극복의 과정을 빈번하게 그리
는데, 2세대를 대표하는 고사명(高史明), 김학영, 이회성을 시작으로,
이양지(李良枝), 이기승(李起昇), 유미리, 가네시로 가즈키 등 1980년대
부터 2000년대 무렵까지 등장한 작가를 거쳐, 2010년대 이후 혜성처럼
나타난 최실과 후카자와 우시오 같은 신진 작가의 작품에 이르기까지,
다소 간의 차이는 있을지언정 일본 사소설의 영향은 지금 진중하게
논의해야 할 만큼 유의미하게 존재해왔다고 할 수 있다.

가령 일본어로 표현하는 행위에서 발생할 수 있는 문화적 '우열관계'
를 평생 동안 경계해온 김석범이 "상상력에 의한 픽션의 구축"에서 그
해답을 찾았다는 사실은 앞장에서 다루었으나, 이러한 그의 입장은

---

35) 윤상인, 『문학과 근대와 일본』, 문학과 지성사, 2009, p.182.

필연적으로 사소설 성향의 작가와 그들의 작품에 대한 비판으로 귀결될 수밖에 없다. 이른바 "식민지시대부터 이어져 온 조선인문학에 대한 일본문학의 '우위성'을 상징하는 장르"[36)의 작법을 따르는 순간, 그 자체로 일본문학과 재일문학의 우열관계를 내면화할 것이라는 비판 내지는 우려라고 할 수 있다. 반면 이와는 정반대 방향에서 사소설의 미래를 재일문학에서 찾을 수 있다는 주장 또한 손을 든다. 일례로 강우원용은 "'재일문학'과 같은 마이너리티문학이 사회성을 충족"[37)시킴으로써 사소설의 새로운 가능성을 열 수 있음을 피력한다. '재일의 집'을 둘러싼 현실 조건을 문학적으로 형상화하는 과정에서, 어떠한 방식으로든 역사성을 작품 안에 담을 수밖에 없고, 이는 긴 시간 사소설의 단점으로 지적받아온 '사회성'의 결핍을 보완할 수 있는 절호의 방안이 될 수 있다는 관점이었다.

그런데 이상의 논의에서 재일문학을 조망할 때, 이 장르가 태생부터 현재에 이르기까지 내셔널리즘이라는 틀 안에서 영위되어왔고, 앞으로도 그럴 수밖에 없는 것인가라는 질문이 부상한다. 앞장에서 '조선인'이라는 창작 주체와 '일본어'라는 표현 언어, 그리고 '재일의 삶'이라는 작품의 내실이 지금까지 재일문학을 정의해온 주요 요소임은 살펴보았으나, 재일조선인의 삶을 역사적 상황과 결부시켜온 1세대 문학이든, 일상생활의 미시적 국면을 사소설적 감성으로 풀어온 2세대 이후의 문학이든 간에, 창작 주체가 '재일조선인'이라는 조건 아래에서는 결국 역사성 내지는 사회성을 띤 작품으로 독해될 수밖에 없는가라는

---

36) 이승진, 「재일 한국인 문학과 일본 근대문학과의 영향관계 고찰」, 『아시아문화연구』 33, 가천대학교 아시아문화연구소, 2014, p.195.
37) 강우원용, 「일본 마이너리티문학의 양상과 가능성」, 『日本研究』 14집, 고려대학교 글로벌일본연구원, 2010, p.220.

물음인 것이다. 그리고 그런 의미에서 유미리가 재일문학자로서 자신이 인식되는 것을 경계하며 현대 가족을 소재로 한 초기 작품군에서 '재일'과 관련된 내용을 의도적으로 후경에 배치하고, 가네시로 가즈키가 출세작인 『GO』에서 성장기 재일소년의 고뇌를 '집'과 연관해 그린 이후에 재일과 관련한 주제와 완전히 거리를 두며 작가 활동을 지속하고 있는 모습은 시사적이다. 재일문학이 '일본어'라는 표현 언어를 선택하고, 일본어문학의 자장 아래에서 일본어를 해독 가능한, 더 구체적으로는 재일조선인에 대한 편견을 내면화한 독자를 주요한 문학 소비자로 상정하는 한, 질식할 것 같이 '협소'한 해석의 틀로부터 벗어나기 쉽지 않음을 이 두 작가가 재일문학과의 거리 두기를 통해 증명하고 있는 것처럼 보이기 때문이다. 그리고 이는 수많은 재일작가들이 이 '창작 언어'를 둘러싼 고뇌와 그 극복 방안을 반복해서 탐색해온 경위에서도 엿볼 수 있는 모습이다.[38]

그렇다면 이민진이 앞서 언급했던 '아름다운 거짓말'이 독자들에게 불러일으킬 수 있는 공감은, 동아시아의 역사와 무관한 '독자', 그리고 일본어와 조선어가 아닌 '영어'라는 창작 언어가 존재하기에 가능한 결과일 수 있다는 가정이 성립된다. 더불어 『파친코』를 '트랜스 내셔널' 내지는 '탈경계'적인 작품으로 해석한 움직임 대부분이 한국에서 나오고 있으며, 이 같은 특징을 강조하기 위해 재일문학이 소환되고 있다는 사실은, 한국 연구자 다수 역시 재일문학을 옭아매는 내셔널리즘적 사고의 틀에서 자유롭지 않고, 따라서 이민진의 의도와 그의 작품

---

38) 김석범의 사례는 앞서 다뤘으나, 예컨대 이회성 또한 『可能性としての「在日」』(p.158)에서, "나는 일본어에 의해 반대로 자기 동일성을 확인하고, 나아가 일본어 그 자체를 창출하는 것이 아마 가능하다고 생각한다"라고 언급한 바 있다. 이 대표적인 두 재일작가가 일본어라는 창작 언어에 대한 고민을 끊임없이 이어왔음을 엿볼 수 있는 대목이다.

을 향한 편견 없는 독자 반응의 의미를 제대로 해석하지 못하고 있을
가능성을 가리키기도 한다. 비록 작품의 칼끝이 일본이 구축해온 그릇
된 역사와 현실의 모순을 직접 겨냥하고 있더라도 말이다. 하지만 이
같은 논리의 공전에도 불구하고 문학은 언제나 '현실 권력' 이상의 아득
한 감정들과 공명한다. 그리고 무엇보다 『파친코』가 조형해낸 재일서
사가 그 내실에서 분명한 '차이'를 만들었기 때문에 '새로움'으로 읽히
고 있다는 주장 또한 여전히 유력하다. 과연 그러한지, 마지막 장에서
는 이민진의 재일서사가 창출해낸 '새로움'의 정체에 대해 재일문학이
라는 참조 사례를 염두에 두며 독해해 보고자 한다.

4. 전형적이나 전형적이지 않은 재일서사

　나보령은 작품 『파친코』를 연구한 최근의 글에서 다음과 같이 언급
한다.

> 　이민진은 한국계 미국인이라는 미국사회의 이주민 소수자의 관점에
> 서 재일조선인이라는 일본사회의 이주민 소수자에 대해 이야기한다.
> 그럼으로써 이 소설은 재일조선인 당사자들에 의한 자기 재현의 틀을
> 크게 넘어서지 않았던 기존의 재일조선인에 관한 소설들을 벗어나는
> 시각을 선보일 수 있게 되었다.[39]

이 글에서 논자는 재일문학의 특징을 '자기 재현의 틀'이라는 한계로

---

39) 나보령, 「모범 소수자를 넘어 - 이민진의 『파친코』를 통해 본 이주민 소수자 서사의
　　도전과 과제 -」, p.434.

규정하고, 그 예로 송창섭의 『문맹』(1976)과 양석일의 『피와 뼈(血と
骨)』(1998)를 들며 『파친코』와 대비(對比)시킨다. 그러나 송창섭은 해방
이후 주로 한국에서 작가적 활동을 전개하였고 『문맹』 또한 한국일보
에 연재한 작품이라는 점에서 '당사자'의 문학으로서 자격이 모호하다.
나아가 『피와 뼈』는 양석일의 문학 이력 전체를 부감할 때 이례적이라
고 할 수 있는 사소설 성향의 작품이라는 점에서 그의 작품 세계 일면만
을 보여줄 뿐이라는 반론에 위의 글은 직면하기 쉽다. 이 같은 시선은
『파친코』에 등장하는 재일조선인이 "전형적인 자이니치라고 보기 어
렵게 형상화되어 있다"[40]라는 주장이나, "기존의 디아스포라 소설에서
익숙하게 보았던 권위적이고 폭력적인 가장"[41]이라는 표현을 주저 없
이 사용하고 있는 여타 연구에서도 발견되는 특징이다. 재일문학이
내포하고 있는 다양한 스펙트럼을 의도적으로 배제한다는 인상마저
주는 이들 시각은, 아마도 작품 『파친코』가 만들어낸 '새로움'에 대한
호의에서 비롯되었을 것이다. 이미 서구의 문학 소비자들로부터 충분
히 인정받은 데에다가, 다른 소재도 아닌 근대 한반도와 일본의 아픈
역사를 정조준하면서 획득한 고평가에 가능한 일조하고 싶다는 욕망
이, 특히 한국에서 이 작품을 독자적인 재일서사로서 위치시키려는
움직임으로 연결되었을 가능성은 농후하다. 이 작품의 '다름'을 치열하
게 강조하기 위해 재일문학을 소환하면서도 그에 대한 고찰은 외면하
거나 적어도 소홀히 하고 있는 것으로, 재일문학의 '전형성'을 거칠게
규정하고 일부 작품에서 보이는 단선적인 이미지를 재일문학 전반을
관통하는 특징으로 전제해 버린다는 물음에, 이들 연구는 좀 더 정교하

---

40) 김미영, 「민진 리의 『파친코』에 나타난 이민자 문학적 특징」, p.304.
41) 장영우, 「在日, 영원한 이방인-이민진 『파친코』론-」, p.46.

게 대답할 필요가 있어 보인다.

한편 나보령은 이 작품을 관류하는 선자의 이동을 교차성 페미니즘의 관점에서, 젠더적 요소만이 아니라 장애, 계급, 지역 등이 교차하는 복합적인 억압 기제로부터의 적극적인 탈출로 포착한다. 그리고 이 양질의 논의를 기존의 국민국가적인 의미망을 넘어설 수 있는 지점까지 순차적으로 확장하는데, 이때 뚜렷하게 떠오르는 것이 연대기 소설이라는 작품의 형식이다. 원작『파친코』는 3부 구성의 연대기로, 각각 '고향', '모국', '파친코'라는 제목으로 구성되어 있다.[42] 저자는 찰스 디킨스, 박완서, 베네딕트 앤더슨 작품의 구절을 각 권의 에피그래프 (epigraph)로 삽입하여, 고국에서의 선자의 삶이 일본이라는 타국으로 옮겨가고, 또 자식 세대로 이어지는 모습을 면밀하게 조망한다. 특히 작품은 이 이동과 세습의 경위를 1910년부터 1989년까지의 4대에 걸친 대서사시로 직조하는데, 연대기라는 틀 안에서 다양한 등장인물의 초점이 뒤얽히는 모습은 이 작품을 기존의 재일문학과 차별 짓는 결정적인 특징으로 간주되어 왔다.[43]

물론 가족의 연대기를 다룬 작품은 재일문학에도 산재해 있다. 예컨대 양석일의『피와 뼈』는 1930년대부터 1980년대에 이르기까지 3대의 걸친 재일조선인의 삶을 다양한 가족 군상과 함께 그린 작품이며, 이회성 또한『다시 두 번째 길(またふたたびの道)』(1969)과『백년 동안의 나그네(百年の旅人たち)』(1994) 같은 작품에서 "자신의 '현재'를 구성하는 '기

---

42) 이 글에서 인용한 번역본은 이 책을 '고향'과 '조국'으로 편성하여 2권으로 출간하였다. 이 구성은 출판사 및 번역자의 판단에 의한 것으로 보이며, 이에 대한 설명은 따로 명기되어 있지 않다.

43) 주혜정, 「한인 이주와 트랜스 내셔널리즘」, 『동북아시아문화학회 국제학술대회 발표 자료집』, 동북아시아문화학회, 2020, p.105.

억'으로서의 사할린에 주목하여, 그것이 초래한 '사산'(四散)의 뼈아픈
가족사"[44]를 치밀하게 추적한 바 있다. 여기에 실제 외할아버지의 이야
기를 모태로, "4대에 걸친 가족사를 허구와 실제의 교직, 다양한 실험
적 형식의 도입을 통해 형상화해 낸"[45] 유미리의 『8월의 저편(8月の果
て)』(2004)의 사례까지를 감안하면, 재일이라는 '근거'를 가족사의 긴
맥락에서 좇아가는 모습은, 재일문학에서 결코 낯설지 않은 광경이라
고도 볼 수 있다.

그런데 당사자가 그리는 재일문학은 등장인물과의 거리 두기라는
과제에 항상 직면한다. 가령 해방 공간 제주도에서 벌어진 '4.3사건'이
라는 참상을 거의 유일하게 그린 대하소설 『화산도(火山島)』(1967~1997)
는 역사적 사실에 대한 백과사전식 기술을 작품 곳곳에 배치함으로써
화자를 그 맥락의 중심부에 위치시킬 뿐 아니라, 그 사건을 대하는
주요 인물들의 내면을 거의 균질한 '분노'의 감도로 조명한다. 그로
인해 작품 속 역사적 사실에 주의를 기울이든 등장인물의 내적 고민에
주목하든 간에, 독자의 시선은 작가 김석범이 의도한 대로 '이념의 폭
력'이 역사를 난도질하는 작품 속 현장으로 일관되게 향할 수밖에 없
다. 부조리한 현실을 일직선으로 가리키는 작품의 시선 앞에서, '재미'
와 동떨어진 역사적 각성이라는 '교훈'만이 독자에게 주어지는 이유가
여기에 있다. 흥미로운 사실은 작가 이민진이 역사에 '기반한'이라는
수식어에도 불구하고, '아름다운 거짓말'에 방점을 찍겠다고 결심한
순간부터, 필연적으로 이 방향과는 정반대로 나아가게 된다는 사실이

---

44) 박광현, 「'재일'의 심상지리와 사할린」, 『한국문학연구』 47, 동국대학교 한국문학연구
  소, 2014, p.232.
45) 윤송아, 『재일조선인문학의 주체 서사 연구』, 인문사, 2012, p.464.

다. 저자는 대학교 3학년 때 참여한 특강에서, 혈통을 이유로 학교에서 집단 괴롭힘을 당한 끝에 자살을 선택한 재일조선인 소년의 일화를 접하면서 품게 된 분노가 『파친코』라는 작품 구상의 발단이었음을 여러 인터뷰에서 소회한 바 있다. 그리하여 써낸 초고 『모국』은 1980년대에도 여전히 횡행하는 일본사회의 인종주의에 대한 분노가 여과 없이 투영된 글이었고, 진실 폭로에 치중했다는 점에서 김석범이 그린 역사소설과 정확히 궤를 같이하는 작품이었다. 따라서 이민진이 초고를 완전히 폐기한 행위는, 달리 말해 『파친코』의 등장인물을 역사적 사건들로부터 가능한 멀리 떨어뜨릴 것임을 선언한 의식이기도 했다.[46]

그렇게 다시 써내려간 글에서 저자는 식민지배 하의 부산 영도를 그 출발점으로 삼고 있음에도 굵직한 역사적 사건을 의도적으로 후경에 배치한다. 이 같은 태도는 주인공 선자가 일본으로 건너간 다음에도 일관되게 유지되는데, 불행한 역사적 자장 속에서 불평등과 부조리를 감내해야 하는 인간 군상을 다양한 각도에서 전경화하면서도, 중요한 역사적 사건을 작품은 가급적 세밀하게 조명하지 않는다. 이는 유미리가 『8월의 저편』이라는 가족 서사에서 '위안부 문제'를 농밀하게 가시화하고, 재일이라는 주제를 직접 겨냥한 작품은 아니나 『도쿄 우에노 스테이션(JR上野駅公園口)』(2014)에서 '천황제'의 위선을 적나라하게 폭로한 것과도 비교되는 모습으로, 상징적 사건이나 이슈보다 그때그때의 무거운 현실에 대처하는 인간의 '처연'하나 그럼에도 '품격'있는 등장인물의 자세에 초점화함으로써, 이민진은 '아름다운 거짓말'의 실마

---

46) 장영우는 「在日, 영원한 이방인-이민진 『파친코』론-」, p.61.에서, "『파친코』에는 굵직한 역사적 사건이나 영웅적 인물이 거의 등장하지 않고 세대 간 갈등과 대립으로 시대상을 암시하는 서사도 보이지 않는다"라고 서술하고 있다.

리를 찾고자 했음을 엿볼 수 있다.

물론 작가의 이 같은 태도는 자칫 심각한 오류에 빠질 수 있다. 1차적으로는 작품이 식민지배 하의 한반도에서 출발한다는 점에서 역사적 사건이 등장인물을 직격하지 않는 것이 오히려 '거짓말'처럼 느껴질 수 있다는 문제이며, 심층에서는 한반도와 일본, 미국까지를 아우르는 4세대에 걸친 가족연대기를 거의 1세기에 가까운 시간 축으로 묘사하는 과정에서, 등장인물과 역사적 진실과의 거리를 균일한 질감으로 '흥미롭게' 유지할 수 있는가에 대한 고민이라고 할 수 있다. 이 난제를 해결하기 위해 작품은 선자라는 여성 주인공을 일단 서사의 중심에 두는 전략을 취한다. 그와 동시에 선자의 배우자인 이삭과 그의 형제들을 역사의 부침과 고난에 직면하는 인물로 형상화한다. 3.1운동으로 순국한 큰형 사무엘, 원자폭탄에 피폭되어 삶을 마감한 작은 형 요셉, 사회주의자로 낙인찍혀 감옥살이를 한 후유증으로 죽음을 맞는 이삭의 운명 모두가 식민 지배의 비참함에서 직접 비롯된 것으로, 명확하게 역사의 폭력에 바로 노출된 희생자로 이들 인물을 위치시킨다. 그러면서 동시에 작품은 서사의 축을 좌지우지할 만큼의 비중을 이들 인물에게 부여하지는 않음으로써, 남자들을 뒤흔드는 '이야기(역사)'가 선자가 바라보는 '세계'의 전부로 전이되는 것을 일부러 가로막는다. 담대한 역사적 사건과 주인공 선자가 일상적으로 대면하는 부조리한 현실 사이에 일종의 완충 공간을 마련한 것으로, 이로써 뒤틀린 역사적 진실을 조명하면서도 한 소녀에서 아내, 어머니로 이어지는 선자의 삶의 태도로 독자들의 시선이 모일 수 있는 구조가 완성된다.

더불어 작가는 부산 영도를 따뜻하고 애틋한 부모의 사랑이 깃든 장소나 '언청이'인 아버지와 그 혈통을 이어받은 자식을 향한 차별이 동시에 숨죽이고 있는 공간으로, 선자가 고향을 떠나 도착한 오사카의 이카이노를 조선인 정착촌이라는 피식민자를 향한 차별이 가혹하게 이루어지는 장소이나 실권을 상실한 남성들을 대신한 여성들이 삶의 주체성을 확보할 수 있는 공간으로 그려낸다. 누군가는 죽어도 누군가는 살아가야 한다는 명제 앞에서, '어떻게' 살아남아야 할 것인가에 대한 선자의 선택을 역사성과 현실성의 양면에서 바라보기 위해 작품 곳곳에 양가적 성격을 부여한 것으로, 이 같은 설정에 부수하는 것이 선자의 '주체성'이다. 기존의 연구 다수가 '망향 서사' 또는 '탈출 서사'와 같은 측면에 주목하여 작품 속 선자의 '이동'을 여러 억압 기제들에 대한 저항으로 평가한 까닭 역시 여기에서 기인하는데, 그러나 이는 역설적으로 작품 속에서 선자가 '역사'의 전장에서 한걸음 물러나 있기에 가능한 것이었다. 그리고 그런 의미에서 작품 속 '남성'들의 역할 부재를 선자의 주체성의 근거로 보는 시선에는 주의가 필요해 보인다.

그런데 이삭 형제들의 존재를 통해 선자가 얻게 된 자유로움은 해방 이전의 공간에서만 가능하다. 전후 재일조선인을 둘러싼 삶의 조건이 다변화할 때 역사적 비참함은 일상 영역에서 농도를 바꿔가며 나타나게 되고, 선자 또한 오롯이 그러한 상황에 노출될 수밖에 없기 때문이다. 게다가 자식 세대에게 다면적으로 엄습할 역사의 진실을 선자의 시선만으로 그려내기도 쉽지 않다. 자식인 노아와 모자수, 그리고 손자 솔로몬으로 작품의 서사 축이 서서히 이동한 원인으로, 이들의 삶을 중심으로 2세대 이후의 재일사회를 둘러싼 엄중한 현실을 그리려 했을 때, 이번에는 역사가 배태한 현실의 최전선에 선 당사자의 이야기로 글의 감촉이 변화한다. 그리하여 작품은 노아와 모자수의 상반된 삶을 먼저 대비시켜 이 겹겹의 엄혹한 현실을 비추는 방식을 택하는데, 그런 맥락에서 노아의 죽음은 이미 예정된 결말이었다고 할 수 있다.

　　노아는 조선이 평화로운 땅이 되어 자신이 평범한 사람으로 살아갈
모습을 상상해보았다. 아버지는 자신이 자랐던 평양은 아름다운 도시
였고, 엄마의 고향인 영도는 청록빛깔 바다에 물고기가 풍부한 평화로
운 섬이었다고 말하곤 했다.[47)]

　유부남인 한수의 씨앗이나 이삭의 아들로 자란 노아는 조국이라는
'관념'을 상징하는 인물로 그려진다. 고매한 정신과 희생을 실천으로
민중을 위해 살다 간 이삭이 이상적인 원형으로서 '조국'을 상징한다
면, 노아는 그의 적자로서의 역할을 작품에서 부여받는다. 이삭의 생물
학적 자식인 모자수가 한수를 닮고, 한수의 생물학적 자식인 노아는
이삭을 닮았다는 유년 시절의 묘사가 이를 암시하는데, 성년이 된 노아
는 '대학'이라는 일본의 주류사회를 향해 주저 없이 나아간다. 하지만
재일조선인이라는 비주류가 와세다 대학과 같은 일본의 주류사회를
상징하는 세계에 발을 들여놓을 때, 곧바로 직면하는 것이 '낙인'과
'배제'의 시선이다. 노아가 대학 시절 초창기를 거의 외톨이로 지내며,
영어 교사라는 소박한 꿈을 꾸는 모습은 이 같은 현실을 우회적으로
보여준다. 그럼에도 그때까지의 노아에게는 혼란도, 불안감도 거의 존
재하지 않는다. 비록 생을 마감했지만 자신에게는 조선인이라는 불우
함을 유화시켜 줄 존경스러운 아버지 이삭이 존재하고, 살아생전의
고매했던 아버지의 삶에 대한 기억은 현실에서 직면하거나 또는 직면
할 수많은 이율배반적인 차별과 멸시를 무시할 수 있는 근거로 충분히
작용할 것임을 노아는 자신하고 있었기 때문이다.

　하지만 위기는 선의와 함께 찾아온다. 대학 시절 그가 재일조선인이

---

47) 이민진, 이미정 옮김, 『파친코1』, 문학사상, 2018, p.327.

라는 사실을 알면서도 연인이 되기를 주저하지 않은 아키코의 등장은, 사회적 원리로서가 아닌 일상 감각으로서의 차별과 배제의 감촉에 노아를 노출시키는 결정적인 계기가 된다. 많은 재일문학에서 조선인 남성과 일본인 여성의 연애가 주인공의 위기 상황을 심화시키는 장치로 기능하는 것처럼, 아키코는 "자신이 몸소 습득한 불공평한 일을 겪게 하고 싶지 않"[48]은 존재로 노아에게 인식되면서 그의 불우의식을 차차 일깨운다. 게다가 작품은 여기서 더 나아가 노아가 자신의 혈통을 둘러싼 비밀을 알게 되는 과정에서 아키코에게 결정적인 역할을 부여한다. 평소 자신의 열등감을 자극해온 아키코가 한수를 만나는 자리에 약속 없이 나온 것에 폭발해 노아가 이별을 통보하자, 아키코는 한수가 아버지임을 폭로함으로써 그를 나락으로 빠트린다. 노아를 향한 일본 사회의 차별적 감촉을 증폭시킬 뿐 아니라, 그런 시선을 유화시켜 줄 '이상'으로서의 아버지마저 빼앗는 인물로 이렇게 아키코는 작품에서 자리 잡는다.

이 연애의 파탄은 노아의 배후에 있는 역사성과 깊이 관련될 수밖에 없다. 1세대에게 역사적 진실이 옳고 그름의 가치 판단의 영역에서 관념적으로 관여해온다면, 2세대에게 역사적 진실은 이처럼 일상적 국면에서 훨씬 더 치명적인 위협으로 다가온다. 청년이 이 위기를 해결하기 위해서는 1세대만큼이나 굳건한 정체성의 확립이 필요하나, 노아의 사례에서 볼 수 있듯이 관념은 때때로 속절없이 허상으로 변해 버린다. 그리고 그런 의미에서 긴 시간 이후 재회한 어머니 선자의 "니가 조선인이라는 게 그리 끔찍하나"라는 물음에 대해, "제 자신이 끔찍하게 느껴져요"[49]라고 대답한 이후 행한 노아의 자살은, 자신의 열등함을

48) 이민진, 이미정 옮김, 『파친코2』, 문학사상, 2018, p.118.

유화시켜 줄 '이삭'이라는 존재, 즉 "조선이 평화로운 땅이 되어 자신이 평범한 사람으로 살아갈 모습"의 원형을 상실했을 때부터 예기(豫期)된 것이었다고 할 수 있다.

선자의 또 다른 자식인 모자수 또한 번민을 떠안은 채 살아간다. 다만 그의 고뇌는 자신보다 더한 불우의식을 가진 인물과의 관계를 통해 유화된다. 불우한 가족환경과 재일조선인이라는 현실이 싫어 끊임없이 미국을 동경하다 사고로 죽은 아내 유미, 일본사회의 비주류로 학교에서 따돌림 당하고 성인이 된 다음에는 게이로서의 불안에 직면해 있는 친구 도토야마 하루키, 여기에 불륜을 저지른 후 일본의 주류사회로부터 영원히 밀려난 여자 친구 나가토미 에쓰코에 이르기까지, 재일 내외부를 가리지 않는 마이너리티를 모자수 주변에 배치하고, 이들 모두를 감싸는 역할을 그가 떠안게 함으로써 모자수는 불우의식의 절벽 앞에서 멈춰 선다. 삶에 대한 모자수의 태도는 아들인 솔로몬에게 그대로 이어진다. 미국에서 공부한 후 외국계 투자회사의 일원으로 돌아온 솔로몬은 1980년대에도 여전한 일본사회의 인종차별에 점차 좌절하며 방황을 시작한다. 때마침 미국에서 같이 온 여자 친구 피비는 "왜 일본은 아직도 조선인 거주자들의 국적을 구분하려고 드는 거야? 자기 나라에서 4대째 살고 있는 조선인들을 말이야?"라고 분노하며 함께 미국으로 돌아가자고 끊임없이 종용한다. 하지만 그녀의 배려 섞인 편듦은 아이러니하게도 일본사회의 차별 구조와 무연한 이들이 이야기할 수 있는, 다시 말해 일찍이 노아가 엘리트이자 순수 혈통의 여자 친구 아키코에게서 듣곤 했던 피상적인 이상주의와 별반 다르지 않은 감촉으로 솔로몬에게 전달된다. 구체적인 삶의 공간, 현실적인 삶의 조건으로 '재일'

---

49) 이민진, 위의 책, p.231.

을 상정하고 있지 않기에 던질 수 있는 이 '아무렇지 않음'이 주인공의
불우의식을 훨씬 더 자극하는 기제일 수 있음을 작품은 2대에 걸친
'연애'를 통해 보여주고 있는 것이다. 다만 솔로몬에게는 다행히도 아버
지 모자수가 존재한다. 수많은 시행착오와 상처가 기다릴 것이 분명하
나, 그럼에도 재일조선인으로서 굳건히 살아갈 수 있음을 몸소 실천하
고 있는 '범형'이 그의 눈앞에 반듯하게 서 있는 것이다. 솔로몬이 미국
이 아닌 일본에서, 사회적으로 인정받는 직업이 아니라 아버지의 파친
코 업을 물려받고자 한 이유가 여기에 있다. 그렇다고 해서 그가 이
폐쇄적인 '현실'과 '부조리함', 그리고 '불안'을 떠안으며 살아가야 한다
는 사실이 변하지는 않는다. 현실의 전망은 밝지 않아 보인다. 하지만
적어도 솔로몬에게 주어진 '파친코'라는 선택지는 노아와 모자수의 그
것과는 다른 무언가를 담고 있을 가능성은 충분해 보인다. 그것이 '희망'
일지는 독자가 해석할 몫이지만 말이다.

이처럼 작가 이민진은 노아와 모자수라는 서로 다른 삶의 양상, 그리
고 이들이 대면했던 것과 그다지 다르지 않은 삶의 질감을 솔로몬이
오롯이 이어받고 또 직시해 가는 모습을 통해, 선자의 이야기만큼이나
묵직한 재일의 역사성을 입체적으로 서사화한다. 다층적인 이야기와
인물의 겹을 변주해 조형한 『파친코』의 세계관은 전형적이나 전형적이
지 않은, 경계를 넘나드는 재일서사의 출현을 우리에게 알렸으며, 바로
여기에 이 작품의 가치, 그리고 새로움이 존재한다고 할 수 있을 것이다.

5. 글을 마무리하며

2017년 세상에 나온 『파친코』는 이민사회의 셀 수 없는 갈등과 시행

착오를 겪으면서도 끊임없는 대안 찾기에 골몰해 있었던 미국사회에서 커다란 반향을 일으킨다. 그동안 한국에서의 관심 또한 작품이 함의하고 있는 트랜스 내셔널성과 탈경계성의 측면에 치우쳐 왔고, 특히 학계에서는 기존 재일서사와의 '차이'를 전제로 한 논의를 활발히 전개해 왔다.

주지하다시피 재일문학의 정의를 둘러싼 논의는 시대에 따라 조금씩 그 범위와 내실을 달리해 왔다. 그것이 세계문학으로서 재일문학의 가능성을 모색한 흐름이든 민족문학으로서 재일문학의 가치에 치중한 흐름이든 재일문학의 뚜렷한 발자취는 한일 양국에서 꾸준히 주목받아 왔다고 할 수 있다. 한편 2000년대는 일본사회에서 재일사회를 향한 인종차별적 시선이 '혐한' 현상의 대두와 함께 농후해진 시기였다. 황영치(黃英治)와 최실 같은 신진 작가들이 등장하여 '혐한' 현상 앞에 선 재일조선인의 현실을 조명하고, 유미리가 2020년 전미도서상 번역부문을 수상한 『도쿄 우에노 스테이션』에서 '천황제'의 허위를 일본사회 계층 불평등의 한복판에서 폭로한 모습은, 재일문학이 근현대 일본사회의 보편성과 특수성을 아우르는 첨예한 문제의식을 지금도 발신하고 있음을 보여준다.

재미 1.5세대 작가 이민진이 구상에서 탈고까지 30년에 가까운 시간을 들여 세상에 내놓은 『파친코』는 재일문학의 전형적인 소재와 주제를 답습하면서도, 연대기라는 틀 안에 불평등한 세계의 섭리를 마주한 인간의 태도를 겹겹으로 조명함으로써 '차이'를 만들어낸다. 재미한인이라는 작가의 태생과 영어라는 창작 언어, 그리고 편견 없는 문학 소비자가 조응하여 만들어낸 『파친코』의 화제성은, 진실 전달을 강요하지 않는 '아름다운 거짓말'이라는 내실을 기반으로 현재 서구를 넘어 전 세계로 파급되고 있다. 이 작품을 둘러싼 평가는 향후에도 다양하고

다층적으로 이루어질 것이나, 재일문학만이 아니라 세계문학의 현황
을 비추는 거울로도 이 작품이 기능할 수 있다는 점에서, 재일서사
『파친코』에 대한 보다 정치한 접근이 이어질 것으로 기대한다.

이 글은 한국일본문화학회의 『일본문화학보』 제95집에 실린 논문
「경계를 넘나드는 재일서사 이민진의 『파친코(PACHINKO)』론」을 수정·보완한 것임.

참고문헌

가와무라 미나토, 유숙자 옮김, 『전후 문학을 묻는다-그 체험과 이념-』, 소화, 2005.
강우원용, 「일본 마이너리티문학의 양상과 가능성」, 『日本研究』 14집, 고려대학교 글
　　로벌일본연구원, 2010.
김미영, 「민진 리의 『파친코』에 나타난 이민자 문학적 특징」, 『한국문화』 97, 서울대학
　　교 규장각한국학연구원, 2022.
김환기 외, 『재일디아스포라 문학선집 4』, 소명, 2017.
나보령, 「모범 소수자를 넘어-이민진의 『파친코』를 통해 본 이주민 소수자 서사의
　　도전과 과제-」, 『인문논총』 79(1), 서울대학교 인문학연구연, 2022.
다케다 세이지, 재일조선인문화연구회 옮김, 『'재일'이라는 근거』, 소명, 2016.
박광현, 「'재일'의 심상지리와 사할린」, 『한국문학연구』 47, 동국대학교 한국문학연구
　　소, 2014.
이경재, 「이민진의 『파친코』에 대한 젠더지리학적 고찰」, 『춘원연구학보』 22, 춘원연
　　구학회, 2021.
이민진, 이미정 옮김, 『파친코』, 문학사상, 2018.
이승진, 「재일 한국인 문학과 일본 근대문학과의 영향관계 고찰」, 『아시아문화연구』
　　33, 가천대학교 아시아문화연구소, 2014.
오태영, 「경계위의 존재들-이민진의 『파친코』를 통해 본 재일조선인의 존재 방식-」,
　　『현대소설연구』 82, 한국현대소설학회, 2021.
송혜원, 『'재일조선인 문학사'를 위하여-소리 없는 목소리의 폴리포니-』, 소명, 2019.
주혜정, 「한인 이주와 트랜스 내셔널리즘」, 『동북아시아문화학회 국제학술대회 발표

자료집」, 동북아시아문화학회, 2020.

장영우, 「在日, 영원한 이방인 - 이민진 『파친코』론 - 」, 『日本學』 56, 동국대학교 일본
학연구소, 2022.

야마사키 마사즈미, 김환기 옮김, 『전후 〈재일〉 문학론 - 아시아론 비평의 시선 - 』, 민속
원, 2022.

유숙자, 「오사카를 배경으로 한 한인시인들의 활동」, 『해외 한인문학 창작 현황 자료집
2』, 한국문학번역원, 2020.

윤상인, 『문학과 근대와 일본』, 문학과 지성사, 2009.

윤송아, 『재일조선인문학의 주체 서사 연구』, 인문사, 2012.

磯貝治良, 『始原の光 - 在日朝鮮人文學論』, 創樹社, 1979.

李恢成, 『可能性としての「在日」』, 講談社, 2002.

金石範, 『ことばの呪縛 : 「在日朝鮮人文學」と日本語』, 筑摩書房, 1972.

_____, 『異郷の日本語』, 社会評論社, 2009.

金壎我, 『在日朝鮮人女性文学論』, 作品社, 2004.

https://www.youtube.com/watch?v=5vccSGl2CkI&t=727s (검색일: 2022.9.30.)

재일조선인 2세 작가 고사명의 문학표현과 정신사

생명에 대한 관점의 전환을 중심으로

신승모

1. 위기의 시대와 인문학적 치유의 가능성

지금 우리가 위기의 시대를 살고 있다는 것을 부정할 사람은 없을 것이다. 금수저·흙수저로 회자되는 극단적 양극화, (청년) 고용의 불안정성 증가, 저성장 체제로의 전환, 고령화와 결합한 실업의 증대, 사회보장의 부재 또는 와해, 정치적 중심성 상실 등 한국사회의 경제적 위기 상황과 거기서 벗어나기 어려운 사회적 메커니즘들은 직간접적으로 사람들의 정신 상황에 영향을 주고 있다.[1] 게다가 코로나19(COVID-19)의 발발과 장기화되는 팬데믹 상황까지 겹쳐 오늘날 현대인은 매일의 생활이 불안하고 공허하다는 실존적 공허(Existential vacuum)[2]를 느끼고 있는 것으로 보인다. 이 같은 실존적 공허감은 팬데믹 상황이 아니더

---

1) 백승욱, 「자본주의 위기 이후, 무엇이 오는가」, 『창작과 비평』 167, ㈜창비, 2015, p.35. 참조.

2) '실존적 공허(Existential vacuum)'라는 표현은 오스트리아의 정신의학자이자 심리학자인 빅터 프랭클(Viktor Emil Frankl, 1905~1997)이 현대인의 집단적 신경증과 무의미감을 나타내는 용어로서 제시했다. ヴィクトール・E・フランクル, 山田邦男監訳, 『人間とは何か 実存的精神療法』, 春秋社, 2011, pp.12~13.

라도 인생관이나 가치관이 현대와 같이 혼란스러운 시대에 있어서는 특수한 개인의 문제가 아니라, 누구라도 빠질 가능성이 있는 보편적인 문제이고, 실로 현대라는 시대 그 자체의 정신병리라고도 볼 수 있을 것이다. 세계 최고의 자살률이나 세계 최저의 출산율이라는 지표를 통해서도 단적으로 알 수 있듯이, 삶의 시작과 종말에 자리 잡은 이 지표는 한국사회의 불행을 간명하고도 상징적으로 드러내준다. '취업절벽'에 직면한 청년층은 스스로를 '3포 세대'(연애·결혼·출산을 포기한 세대)를 넘어 '5포 세대'(3포+인간관계·내 집 마련)라 말하는 형편이며, 장년층 사이에서는 '견디면 암, 못 견디면 자살' 같은 말이 횡행하는 사회가 되었다.[3] 이 같은 위기적 상황 속에서 현대의 한국인들은 인생의 의미를 찾지 못하고 무엇을 해도 소용없다는 일종의 니힐리즘에 빠져있는 것으로 보인다.

'단군 이래 최고의 스펙'을 가졌다는 지금 대학생들이 '취업절벽'에 직면한 현재의 상황에서 무엇을 위해 배우고, 무엇을 위해 일하고, 무엇을 위해 살아가는 것인가. 이 '무엇을 위해'라는 목적이나 의미가 모든 세대와 생활영역에 걸쳐서 불분명해지고 있는 것이다. 이처럼 인생의 목적이나 의미가 불분명해지는 상황에서 개인이 겪는 심리적 스트레스나 내면적인 자아 아이덴티티의 혼란은 경우에 따라서는 극단적인 선택으로 개인을 내모는 위기상황을 초래하고 있다.

이 글은 이 같은 위기 상황 속에서 인문학은 궁극적으로 인간에게 어떠한 역할을 할 수 있을 것인가, 어떤 효용성을 제시할 수 있을 것인가, 라는 문제의식에서 구상되었다. 그리고 이를 위한 하나의 케이스

---

3) 김종엽, 「바꾸거나, 천천히 죽거나-87년체제의 정치적 전환을 위해」, 『창작과 비평』 169, ㈜창비, 2015, p.15.

스터디로서 본고는 재일조선인 2세 작가인 고사명(高史明, 1932~)의 문학표현을 비롯한 저술과 강연활동 등을 살피면서 인문학적 치유의 가능성을 찾아보고자 한다.

일본 제국주의와 한국 근대의 오랜 역사적 관계 속에서 탄생한 경계인으로서 재일조선인은 역사적 수난과 간고한 질곡의 삶을 살아내면서 자신의 표현을 통해서 내·외부의 위기상황을 정신적으로 극복하고 통합적으로 치유해온 사례를 다수 보여주고 있다. 그 중에서도 고사명은 가족(아들)의 죽음(자살)이라는 고통과 상실을 극복하기 위하여 인생의 의미와 가치를 찾고, 생명의 소중함을 호소하는 메시지를 담은 저작과 강연활동을 꾸준히 해온 표현자로서 우선적으로 주목해야 할 인물이다. 고사명의 저작과 활동에 관한 국내 선행연구로는 추석민의 논문이 있는데[4], 그 내용은 주로 고사명의 자전적 소설 『산다는 것의 의미 어느 재일 조선인 소년의 성장 이야기』[5]를 중심으로 작가적 행보와 작품에 나타난 학교라는 공간을 간략하게 논의하고 있다. 일본에서 발표된 연구들은[6] 주로 고사명이 일본공산당 당원으로 활동했던 1950

4) 秋錫敏, 「在日朝鮮人文学 研究－第1·2世代 文学的 特徴과 高史明文学－」, 『일본어문학』 35, 일본어문학회, 2006, pp.363~389. 추석민, 「재일조선인문학속의 학교－김사량·김달수·정승박·고사명을 중심으로－」, 『일본문화연구』 43, 동아시아일본학회, 2012, pp.549~571.

5) 高史明, 『生きることの意味 ある少年のおいたち』, 筑摩書房, 1974, pp.7~249. 한국어 번역본은 고사명, 김욱 옮김, 『산다는 것의 의미 어느 재일조선인 소년의 성장 이야기』, 양철북, 2007, pp.1~240.

6) 廣瀬陽一, 「共産党の武装闘争と在日朝鮮人二世高史明『夜がときの歩みを暗くするとき』」, 『抗路』 7, 抗路舎, 2020, pp.121~129.; 鄭栄鎭, 「書評 高史明著『レイシズムを解剖する : 在日コリアンへの偏見とインターネット』」, 『コリアン·スタディーズ』 5, 国際高麗学会日本支部, 2017, pp.62~64.; きどのりこ, 「児童文学の中の子どもと大人(25)人の優しさを発見していく : 高史明, 『生きることの意味』を中心に」, 『子どものしあわせ : 父母と教師を結ぶ雑誌』 770, 福音館書店, 2015, pp.42~45.; 森崎和江, 「「今」を照らす

년대의 체험을 소재로 묘사한 작품 『밤이 세월의 걸음을 어둡게 할 때』[7]를 논의하거나, 그 외 주요 작품에 대한 서평 형식의 글이 많다.

이에 대해 이 글은 고사명이 가족의 상실 이후 극한적 고뇌를 극복하는 과정에서 가마쿠라(鎌倉)시대 일본 정토진종(淨土眞宗)의 개조로 알려진 신란(親鸞)의 언행록 『단니쇼(歎異抄)』와 같은 불교철학을 깊이 연구했다는 사실, 그리고 이를 바탕으로 생명과 삶의 궁극적인 의미를 철학적, 사상적으로 해명했다는 사실에 주목하여 그의 정신사(精神史)를 구명하고자 한다. 인간의 존재론적 차원에서 삶의 보편성과 생명의 소중함을 짚고 있는 고사명의 정신사를 검토하는 작업은 혼란과 불안이 가중된 위기의 시대를 살고 있는 현대인들의 정신적 절망감을 타개하고 스스로 인생의 의미를 찾을 수 있는 실마리와 모범사례를 제공해 줄 수 있을 것으로 기대한다.

2. '상냥함'을 기반으로 하는 인간 이해

고사명(본명 김천삼, 金天三)은 1932년에 야마구치현(山口県) 시모노세키(下関市)의 조선인 취락에서 태어나 석탄 하치장의 인부로 일하던 아

「闇」-「生きることの意味·青春篇」(3部作)を読む(高史明著)」, 『ちくま』 315, 筑摩書房, 1997, pp.18~21.; 太田正夫, 「教材, 高史明「失われた朝鮮を求めて」の検定削除についての実態とその政治性」, 『日本文学』 31(10), 日本文学協会, 1982, pp.51~54.; 川本義昭, 「戦後真宗と天皇制-「高史明現象」の周辺から」, 『現代の眼』 22(8), 現代評論社, 1981, pp.160~165.; 塩見鮮一郎, 「高史明著「夜がときの歩みを暗くするとき」-暗く輝くロマンチシズム」, 『新日本文学』 26(12), 新日本文学会, 1971, pp.92~96.; 檜山久雄, 「「半日本人」の可能性-金鶴泳·李恢成·高史明の作品に触れて」, 『新日本文学』 26(11), 新日本文学会, 1971, pp.27~33 외.

7) 高史明, 『夜がときの歩みを暗くするとき』, 筑摩書房, 1971, pp.1~274.

버지의 손에서 자란 재일조선인 2세이다. 3세 때 어머니를 여의었고,
조선어밖에 할 수 없었던 아버지는 일본어밖에 할 수 없었던 고사명과
좀처럼 대화를 하지 않아 고사명은 어린 시절 '조선'과 마주 대할 기회
를 거의 지니지 못했다. 어머니의 부재, 극심한 빈곤과 차별 속에서
깊은 고독감에 휩싸인 고사명은 폭력적인 소년으로 성장하여 16세 때
의 폭행사건으로 1년 간 소년형무소를 체험했다. 출소 후, 문제아였던
자신을 갱생하기 위하여 1949년 도쿄로 상경해서 일용직 노동자로 여
러 직업을 경험하면서 독학을 계속했다. 18세에 일본공산당원이 되어
활동하게 되는데, 그의 문단 데뷔작인 장편소설『밤이 세월의 걸음을
어둡게 할 때』(1971)는 이 시절 자신의 체험을 소재로 삼아 묘사한 작품
이다. 이 작품에서 고사명은 전후 혁명운동을 무대로 연애를 가미하여
당 활동과 인간의 모순을 그렸는데, 중후한 작품세계가 문단에서 높이
평가되어 제2문학세대의 대형작가가 등장했다고 주목받았다.[8] 고사명
은 이 작품을 시작으로 본격적인 작가로서의 활동을 시작하게 되는데,
그는 혁명운동과 결별하고 문필생활을 시작한 자신의 내적 변화에 대
해 다음과 같이 말한다.

> "나는 조직의 논리로 인간붕괴에 이르렀다. 붕괴한 인간이 살아갈
> 자리는 사회사상 속에는 없었다. 오히려 문학과 같은 어디에도 구애되
> 지 않고 자유로운 세계에밖에 갈 곳이 없었다. (중략) 정치논리의 세계
> 는 진행에 따라 사이를 메운다. 메우지 않으면 붕괴한다. 하지만 문학

---

8) 고사명의 내력은 정희선·김인덕·신유원 옮김, 『재일코리안사전』, 선인, 2012, p.39.;
高史明, 「「国民国家」の捨て子」, 『ルポ 思想としての朝鮮籍』, 岩波書店, 2017, pp.2~32.;
廣瀬陽一, 「共産党の武装闘争と在日朝鮮人二世 高史明『夜がときの歩みを暗くすると
き」」, 『抗路』 7, 抗路舍, 2020, pp.122~123의 해당 내용을 정리하였다.

은 사이를 다 메우면 성립하지 않는다. 문학으로 자신을 다시 한 번 파악하고 싶다, 찢겨진 자신의 통일을 회복하고 싶다고 생각했다."[9]

당 내부의 혼란과 치열한 권력투쟁, 폭력적인 수단으로 변해가는 혁명운동에 회의를 느낀 고사명은 당과 결별하고 본격적인 작가활동을 시작한 것인데, 1974년에 발표한 작품 『산다는 것의 의미 어느 재일 조선인 소년의 성장 이야기』로 일본 아동문학자협회상, 산케이 아동출판문화상을 수상하면서 작가로서 일본사회에 알려지게 된다.[10] 이 작품은 시모노세키에서 나고 자란 작가 자신의 성장과정을, 전시기와 일본의 패전 직후의 상황까지를 기록한 자전적 작품이다. 작품 내용은 소년 화자의 시점을 통해서 재일조선인 가족의 생활과 자신의 학교생활, 일본인과의 교류 등이 담백한 문체로 기술되고 있고, 재일조선인 자녀로서 겪는 갖가지 고난을 이야기하면서도 필자가 일관되게 강조하고 있는 것은 조선인과 일본인이라는 정치적·역사적 굴레를 넘어 사람과 사람 사이에 실천할 수 있는 '상냥함(優しさ)'의 가능성이다. 특히 소학교 5학년 때 만나게 된 담임교사 사카이(阪井) 선생님은 일본인임에도 소년 고사명에게 인간으로서의 상냥함과 용기, 긍지를 진심을 담아 가르쳤고, 이때의 경험은 이후 고사명의 인간관에 큰 영향을 끼치게 된다.

선생님이 보여 준 이런 마음을 통해 제아무리 어두운 시대라고 할지라도, 비록 조선인과 일본인 사이라 할지라도 사람과 사람의 마음은 언제든지 통할 수 있다는 것을 알게 되었습니다. 다시 말해 선생님의

---

9) 高史明, 「「国民国家」の捨て子」, pp.33~34.
10) 이 작품은 41쇄의 재판을 거듭할 정도로 일본사회에서 베스트셀러가 되었다.

진심어린 행동으로 나는 인간의 상냥함에 눈을 뜨게 된 것입니다.[11]

사카이 선생님의 말처럼 상냥함은 인간이 지닌 가장 큰 힘입니다. 어떤 역경에 처하더라도 사라지지 않는 단 하나의 힘입니다. 이 상냥함 이야말로 인간이 역사 속에서 오랜 세월에 걸쳐 지켜 온 정신의 힘입니다. 나는 이 나이가 되어서야 그 사실에 감사하게 됩니다. 자유를 사랑하고 평등을 존중하는 마음이야말로 선생님이 가르쳐 준 상냥함의 뿌리였다는 것을 이제야 시인하게 됩니다.[12]

필자 자신의 실제 경험과 심리가 세세하게 녹아들어있는 만큼 그 기술은 한 재일소년의 성장과정을 생동감 넘치게 전하고 있을 뿐만 아니라, 아버지 김선진(金善辰)의 재일조선인 1세로서의 삶과 자식들에 대한 애정, '조선'을 둘러싼 재일세대 간의 언어, 문화와 사고의 차이, 태평양전쟁 중의 시국과 시대상, 패전 직후의 사회상 등이 개인사와 어우러지면서 생생하게 묘사되고 있다. 이 작품은 작가의 자화상인 동시에 그의 아버지에게 바치는 찬가이며, 인간 보편의 차원에서 '상냥함'이라는 마음과 태도가 민족과 인종의 문제를 넘어 인간관계에서 중요하게 작용할 수 있는 가능성, 그 '강함'을 주제적으로 형상화하고 있다고 할 수 있다. 그리고 이 같은 인간의 '상냥함'에 대한 고사명의 신뢰는 후술하는 아들의 죽음 이후 생명의 소중함을 호소하는 메시지를 담은 작품의 출판과 강연활동을 해나가는 과정에서도 이어진다.

---

11) 이 글에서의 인용은 고사명, 김욱 옮김, 『산다는 것의 의미 어느 재일 조선인 소년의 성장 이야기』, p.178.

12) 고사명, 위의 책, p.197.

엄마와 아기의 대화가 시작됩니다. 아기는 젖 향기가 나는 옹알이로 엄마에게 말을 겁니다. 그럼 엄마 쪽도 상냥한 옹알이로 대답하는 것이었습니다. 그 말은 깊은 상냥함과 온기로 넘치고 있습니다. 마치 '생명'을 서로 통하게 하듯이 대화합니다.[13]

매우 상냥한 마음이야말로
자연으로부터 인류가 부여받은 것
자연이 인류에게 눈물을 보낸 것이 그 증거[14]

당연한 이야기지만 인간은 누구나 태어날 때 어떤 부모와 환경 하에서 태어날지 스스로 선택할 수는 없다. 즉, 개개의 인간은 우선 세상에 내보내진 후에 사후적으로 자신이 자신임을 존재론적으로 인지하고, 자신의 내부와 외부를 의식적으로 분별하게 된다. 이 인식의 첫 과정에서 인간은 보통 어머니와의 정서적, 신체적 교감을 통해 내부의 안정을 찾고, 외부와의 긴밀한 유대관계를 맺어나가게 된다. 고사명은 이 아기와 엄마의 대화(옹알이)와 교감이 상냥한 표정이나 태도, 몸짓을 통해 이루어지는 모습을 묘사하면서 삶의 시작을 아로새긴다. 그리고 이 상냥함은 본래 자연이 인류에게 부여해준 것으로서, 고사명은 민족주의와 인종주의, 이데올로기와 내셔널리즘과 같은 인간이 만들어내는 인위를 넘어 작용할 수 있는 본원적인 가치로서 인간의 상냥함에 대한 이해를 확장시켜나간 것이다.

---

13) 高史明, 『高史明の言葉 いのちは自分のものではない』, 求龍堂, 2010, p.33.
14) 高史明, 『死に学ぶ生の真実』, 法藏館, 1994, p.29.

3. 가족의 상실과 생명에 대한 관점의 전환

고사명은 앞서 『산다는 것의 의미』에서 자신의 유소년기의 체험과 삶, 재일1세인 아버지의 삶과 생활의 기록들을 남기면서, 일본인 아내 오카 유리코(岡百合子)와의 사이에서 태어난 사랑하는 아들에게 "일본과 조선의 가교가 되어주길 바라"[15]는 메시지를 담았지만, 이 작품을 발표한 다음 해인 1975년 7월에 외동아들인 오카 마사후미(岡真史)가 중학교 1학년 12살의 나이로 자살하는 아픔을 겪게 된다. 아들의 갑작스러운 죽음에 충격을 받은 고사명은, 초등학교 때까지 밝고 애교가 있으며 장난을 좋아했던 아들이 "왜 죽었는지. 그리고 죽은 후 자신들은 죽은 아들과 어떠한 대화를 계속해왔는지"[16]를 아들이 남긴 시[17]와 일기, 기록을 면밀히 읽으면서 그 죽음의 원인을 해명하고 시대적인 문제를 고민한다. 그리고 이때 일본 정토진종의 시조 신란(親鸞)의 언행록인 『단니쇼(歎異抄)』[18]와의 만남을 계기로 인간의 생명, 인생에 대한 관점이 극적으로 변화하게 된다.

고사명은 갑작스런 외동아들의 자살을 마주했을 때 "나의 자기중심적 지혜의 자리는 이 순간 단숨에 부서졌다"[19]고 당시의 심경을 토로한

---

15) 高史明, 「『生きることの意味』とその後」, 『コリアン・マイノリティ研究』1, 新幹社, 1998, p.8.

16) 高史明, 위의 글, p.9.

17) 아들의 사후, 고사명은 아내와 함께 아들의 유고 시집 『나는 12살(ぼくは12歳)』(筑摩書房, 1976)을 편찬해서 간행했는데, 이 유고시집은 1979년에 NHK에서 TV드라마화 되기도 하였다.

18) 가마쿠라 시대 후기에 쓰여진 일본의 불교경전으로, 작자는 신란의 제자인 유이엔(唯円)으로 여겨진다.

19) 高史明, 『現代によみがえる歎異抄』, NHK出版, 2010, p.39.

다. 고사명은 자신을 포함한 인간중심의 지혜, 근대문명과 합리적 이성
에 토대를 둔 지혜의 심연이 개인과 세계를 끝이 없는 황폐와 공동화(空
洞化)로 이끄는 깊은 어둠이었음을 통찰하면서, 신란이 『단니쇼』에서
참된 믿음(眞信)을 등지도록 하는 현실을 표현하는 말로써 제시한 '자견
의 각오(自見の覚悟/語)'를 다음과 같이 해설한다.

> 여기에 비추어내고 있는 '자견의 각오'란 환언하자면 실로 인간의
> 각 시대에 통저(通底)하고 있는 인간중심적 지혜의 어둠에 다름 아니지
> 않겠습니까.
> 인간이란 우선은 말의 지혜로 살아가는 생물이었습니다. 이 한 가지
> 는 때와 장소를 초월해, 그 말의 차이까지도 초월해서 인간인 이상
> 만인에게 공통된다고 할 수 있습니다. 어느 시대 어느 장소에 사는
> 인간도 모두 말의 지혜인 세계에 태어나 말에 의해서 인간이 되고,
> 그 지혜로 보다 잘 살아가려고 합니다. 그리고 인간은 긴 역사를 거쳐,
> 마침내 그 인간중심의 지혜로 지구의 왕이 되는 시대를 맞이했습니다.
> 현대세계는 이른바 인간중심의 시대라고 할 수 있습니다. 환언하자면
> 현대란 인간의 '자견의 각오'의 전성시대라고 할 수 있겠지요. 전 세계
> 가 자기중심의 지혜에 쫓기고 있습니다. 하지만 그 이면이야말로 또한
> 말법(末法)의 나락이 심화되고 있지 않은가.
> 실제 인간의 자기중심적 지혜에는 생각지도 못한 어둠이 숨어 있었
> 던 것입니다. (중략)
> 예전에는 아득히 먼 밤하늘의 달을 올려다보던 인간이 지동설의 수학
> 적 증명을 실현한 이래, 바야흐로 그 달에 왕복조차 실현하고 있으니까,
> 실로 오늘날은 신통력을 손에 쥐고 있는 것과 같다고 할 수 있습니다.
> 말하자면 인간은 지금 온 세상을 자유롭게 날아다닐 수 있게 되었습니다.
> 하지만 이야말로 인간의 '자력(自力)'이라는 것이 아닐까요. 그 인간의
> 지(知)에는 깊은 어둠이 숨어 있었던 것입니다. 현대의 번영은 실로
> 그대로 지구의 황폐나 끔찍한 세계전쟁과 한 묶음이지 않았습니까.[20]

근대의 합리적 이성은 작위적으로 인간 존재를 문명·반개(半開)·야만으로 구분하면서 인간세계에 넘기 힘든 장애를 초래했다. 그리고 20세기의 근현대사가 보여주듯이, 수리적 이성에 기반한 근대문명은 현대의 번영과 함께 자연파괴와 두 번에 걸친 세계전쟁, 원자폭탄의 작렬, 대량 학살을 자행했다. 이성적인 인간이 자력(自力)의 지혜를 다한 결과는 전쟁과 함께 근원적인 삶의 상실을 초래했다고 설파하는 고사명은 이 같은 상황이 계속되는 한 현대인의 종점은 사물화(私物化)에 당도할 것이라고 우려한다.

> 그 지혜는 우선 생명을 사물화(私物化)해서 생명을 자신의 생명으로 여기게끔 합니다. 그것은 또한 자식이나 재산에 대해서도 마찬가지로 사물화하는 것입니다. 무엇이든 사물화해가는 겁니다. 그것이야말로 무거운 죄악의 어둠입니다. 그리고 그 전도된 지혜는 또한 모든 것을 사물화하는 한편으로, 인간을 신체의 병과 괴로운 마음의 소굴로 삼아 버립니다.[21]

근대 이후 인간은 자아를 확립할 수 있게 되었지만 그로 인해 자신의 생명은 당연히 자신의 것이라고 여기게 되었고, 국가나 문명을 통해 자연을 포함한 세계 전체를 '나'의 것으로 삼으려는 데까지 비대화했다. 근대문명이란 그러한 형태로 세계를 내 것으로 삼으려는 흐름, 운동이었다고 해도 과언이 아니라고 고사명은 말한다. 인간중심의 지혜는 자신의 생명과 타인의 생명, 그리고 자연까지도 모든 것을 사물(事物/私物)로서 간주하고 경우에 따라서는 자기(인간) 마음대로 할 수 있다

---

20) 高史明, 위의 책, pp.21~23.
21) 高史明, 위의 책, p.49.

는 어둠의 나락으로 침잠해버리는 것이다. 그리고 이 같은 맥락에서 고사명은 죽은 아들의 고뇌에 고사명 자신을 포함한 어른들의 무이해, 수리적 합리성에 기반한 근대문명의 폭력성, 인간의 근대적 지성 속에 깃든 맹점에까지 이어지는 시대적인 문제가 개재해 있음을 밝힌다.

> 요컨대 근대문명을 지탱해온, 어떤 의미에서는 실로 훌륭한 것인 사이언스, 그것은 절대시될 때 어둠이 되는 것이었습니다. 원폭의 출현은 그 어둠의 상징이겠지요. 좀 더 그걸 세속에서의 일로 말하자면 이지메 문제가 있습니다. 중학생인 오코우치 군이 죽었을 때, 큰 소동이 일어났습니다. 하지만 이 비극에 대한 어른들의 대응은 전부 대처요법이지 않았습니까. 이지메가 일어났다. 누군가가 괴롭힘을 당하고, 누가 괴롭혔는가, 그것에 어떻게 대응하는가, 그런 것밖에 얘기하지 않았습니다. 무엇이 진정한 원인이고, 그 극복에는 무엇이 필요한가라는 문제는 전혀 제기되지 않았습니다. 즉 대상화의 어둠에까지 내려가려고 하지 않습니다.[22]

고사명은 인간이 인간을 근대문명의 시선으로 대상화해서 바라볼 때 거기에는 필연적으로 차별의 문제가 개재할 수밖에 없고, 합리적 근대이성에 토대를 둔 자아는 보편적 존재의 평등성이나 인간의 상냥함을 상실하면서 생명까지도 사물화하는 오류를 범하게 되는 맹점의 구조를 신란의 불교철학을 참조하면서 근원적으로 해명해간다. 그리고 이 같은 영위는 고사명에게 있어 생명에 관한 관점을 근본적으로 전환시키기에 이른다. 고사명은 자기중심적인 자신의 생명이라는 사물화를 넘어서 '커다란 생명'이라는 관점을 제시한다.

---

22) 高史明, 「『生きることの意味』とその後」, p.25.

자신의 것이 될 수 있을 리가 없는 '생명'을 자신의 것으로 삼을 수
있다고 착각해, 그렇게 착각함으로써 새로운 죽음의 불안이라는 어둠
에 얽매이고 있습니다. 게다가 그 어둠이야말로 사회적인 자기소외의
어둠에 통저하고 있다고 할 수 있겠지요.[23]

고사명은 신란의 불교사상을 참조하고 있는 만큼 불교에서 말하는
존재와 용어로 생명에 대한 관점 전환을 설명하고 있는데, 그것은 부처
나 아미타여래와 같은 존재에 자기 자신을 '맡기고' 자신의 인생을 "부
처로부터 응시되고 있는" 것으로 이해하는 관점이다. 즉, 나 자신이
주체로서 인생을 바라보고 이해하는 자기중심성에서 벗어나 '커다란
생명'=영원한 존재의 관점에서 자신이 바라보여지고 삶을 영위하는
것으로 이해하는 '회심(回心)'의 태도인 것이다.

아미타여래의 '염불'이란 우리 쪽에서 말하자면 맡긴다는 것입니다.
아미타여래에게 모든 것을 맡긴다. (중략) 염불로 결실한 아미타여래
의 지혜와 생명의 인도대로 모든 것을 맡겨간다는 것입니다.[24]

'회심'이란 실로 생명까지도 사물화해가는 이성의 근본적 방향전환
에 다름 아니라고 할 수 있습니다. 되풀이됩니다만 인간은 인간으로
되어 가는 이성에 의해서 스스로의 근본을 잃고, 나아가 진실의 자연을
잃어버리고 있었습니다. 그렇다면 인간의 근본과제는 진실한 생명의
회복에 있다고 할 수 있겠지요. 아미타여래에게 재촉된 회심이 확실히
응시되어야겠습니다. (『단니쇼』의-인용자) 제16장은 인간 이성의 한
계를 끝까지 지켜보면서 진실한 회심에서 어떠한 세계가 열리는가를

---

23) 高史明, 『現代によみがえる歎異抄』, p.143.
24) 高史明, 위의 책, p.150.

명시하고 있다고 할 수 있습니다.[25]

고사명은 자기중심적인 인간의 확집이 삶과 죽음을 비롯한 인생관, 세계관, 인간관에 근본적인 모순을 일으키고 있다고 이해하면서, 생명에 대한 근원적인 관점 전환을 통해 "생명은 자신의 것이 아니"[26]라는 사실과 커다란 생명의 상냥함[27]을 존재론적인 차원에서 해명했다. 그런데 생명과 인생에 관한 이런 관점과 이해는 오스트리아의 정신의학자이자 심리학자인 빅터 프랭클(Viktor Emil Frankl, 1905~1997)의 로고테라피(Logotherapy, 의미치료) 이론과 원리적으로 상통하고 있어 본고에서 주목해보고자 한다.

4. 인생에 대한 고사명의 관점과 로고테라피(Logotherapy) 이론의 접점

로고테라피 이론의 창시자인 빅터 프랭클은 유대인으로서 제2차 세계대전 중 독일 나치스에 의해 아우슈비츠를 비롯한 네 곳의 강제수용소에 수용되었다. 그는 이 강제수용소에서의 체험을 기록한 『Trotzdem Ja zum Leben sagen : Ein Psychologe erlebt das Konzentrationslager』 (Kösel-Verlag, München, 1977)[28] 등의 저술을 통해서 어떠한 극한적 상황

---

25) 高史明, 위의 책, p.171.

26) 高史明, 『高史明の言葉 いのちは自分のものではない』, p.105.

27) 高史明, 『いのちの優しさ』, 筑摩書房, 1981, p.64.

28) 한국어 번역서는 빅터 프랭클, 마정현 옮김, 『그럼에도 삶에 '예'라고 답할 때 모든 운명에 고통받는 이들을 위로하는 대답』, 청아출판사, 2020, pp.1~136. 일본어 번역서는 V·E·フランクル, 山田邦男, 松田美佳訳, 『それでも人生にイエスと言う』, 春秋

하에서도 인간은 삶의 의미를 찾는 존재임을 실증하였다.[29] 빅터 프랭클이 제2차 세계대전 중 겪은 강제수용소에서의 경험은 그의 삶의 의미론에 더 많은 확신과 영감을 주었는데, 그는 극한의 한계상황에서도 기품을 잃지 않는 사람들과 반대로 무절제와 무질서한 삶을 사는 사람들이 있음을 발견하면서, 삶에 대한 태도와 의미 추구가 중요함을 확신하게 된다. 그는 삶의 의미론에서 인간을 신체적·심리적 차원뿐만 아니라 정신적(noological) 차원의 통일체로 이해한다. 정신적 차원은 동물과 구별되는 인간 고유의 차원이며, 인간의 양심과 책임의 관련 속에서 나타나는 인간 존재의 실존적 특성이다. 빅터 프랭클은 인간은 고차원의 정신적 존재이면서 어떠한 상황 속에서도 스스로 삶의 의미를 발견할 수 있는 자유의지와 책임을 지닌 존재로서 끊임없이 자신의 삶에 의미를 주는 가치를 선택해야 한다고 하였다. 이처럼 빅터 프랭클은 자유, 책임 그리고 삶에 의미를 부여할 수 있는 인간 고유의 능력을 설명하기 위해 차원적 존재론을 제시하고 있으며, 인간 존재에게 주어진 세 가지 비극을 '고뇌(병), 죽음, 죄'로 규정하고[30], 이를 실존적으로 극복하기 위한 궁극

社, 1993, pp.1~218.

29) 빅터 프랭클의 독일어와 영어 저작물과 강연기록 등은 일본에서는 빠른 시기부터 번역과 소개가 시작되어 심리학, 정신의학, 교육학, 인문학 각 분야에서 비교적 활발한 연구가 진행되어 왔다. 이에 비해 한국에서는 2000년대 들어서 번역·소개되기 시작했고, 논문은 2010년대에 들어서 심리학 분야에서 나오기 시작했다. 한국에서의 연구는 주로 나치스 독일 하 강제수용소에서 살아남은 빅터 프랭클의 경험과 삶을 국내에 소개하면서, 그가 창안한 로고테라피 이론과 사상을 심리상담 및 심리요법에 활용하고자 하였다. 빅터 프랭클의 저작물과 로고테라피 이론에 관한 한국에서의 번역, 연구는 심리학과 정신의학, 교육학, 종교학, 인문학의 각 영역에서 이제 본격적으로 전개되기 시작하는 단계라고 할 수 있겠다.

30) Viktor E. Frankl, *THE WILL TO MEANING-Foundations and Applications of Logotherapy*, Expanded Edition A Meridian Book Published by the Penguin Group, 1988, pp.1~152. 본고에서의 인용은 ヴィクトール・E・フランクル, 大沢博訳,

적인 인생의 의미를 로고테라피 이론을 통해 제시했다.

로고테라피 이론은 기본적으로 ①의지의 자유(Freedom of Will), ②의미를 찾으려는 의지(Will to Meaning), ③인생의 의미(Meaning in Life)라는 세 가지 개념에 기초를 두고 서로가 연계된 형태로 제시되고 있는데, 우선 ①에서 말하는 '자유'란 주어진 상황에서 자신의 태도를 선택, 취할 수 있는 자유이다. 이는 어떤 조건을 피할 수 있는 자유가 아닌 주어진 상황과 조건 속에서도 선택할 수 있는 자유를 말한다. 인간은 생물학적, 심리학적, 사회학적으로 규정되는 것과 외부환경으로부터 많은 제약을 받지만, 그럼에도 불구하고 그 속에서 개인이 어떤 방향으로 나아가느냐 하는 것은 전적으로 당사자의 선택과 자유의지에 달려 있는 것으로 빅터 프랭클은 설명한다. 그는 강제수용소에서의 경험을 통해 인간은 최악의 조건 하에서도 그것에 저항하고 용감하게 대처할 수 있는 존재임을 확인하였다. 즉, 가혹한 정신적, 육체적 스트레스를 받는 그런 환경에서도 인간은 그가 가진 마지막 자유, 즉 '주어진 환경에서 자신의 태도를 결정하고 선택할 수 있는 자유'만은 간직할 수 있음을 실체험을 통해 확인한 것이다. 빅터 프랭클에게 있어 인간은 단순히 생존하는 것이 아닌, 자신의 존재가 무엇이 될 것인가를 결정하고 결단할 수 있는 존재로 이해된다. 다음으로 ② '의미를 찾으려는 의지'는 인간은 의미 추구를 지향하는 존재라는 인식에 기초한다. 빅터 프랭클은 쾌락이나 권력, 행복, 성공 등이 삶이 지향하는 최종적인 목표가 아니며, 이러한 것들은 의미 있는 어떤 일에 몰두함으로써 자연스럽게 얻어지는 결과물로 보았다. 그는 인간의 행동을 설명하는 일차적인 동기는 프로이트(Sigmund Freud)가 말하는 쾌락에의 의지(will to

---

『意味への意志 ロゴセラピイの基礎と適用』, ブレーン出版, 1979, p.3.

pleasure)나 아들러(Alfred Adler)의 권력에의 의지(will to power)가 아니라 올바른 의미를 찾으려는 의지라고 정의한다. 그리고 ③ '인생의 의미'는 인간은 인생으로부터 무엇을 기대하는가가 아니라 인생이 우리로부터 무엇을 기대하는가 하는 것을 바르게 파악하여 올바른 행동과 태도로 이에 더없이 성실하게 응답해가는 영위를 의미한다.[31]

빅터 프랭클은 인간의 삶 속에 존재하는 의미를 발견할 수 있는 방법을 설명하면서 세 가지 가치를 제시하는데, 그것은 '창조가치', '체험가치', '태도가치'로 정리된다. 우선 '창조가치'는 창조활동을 통해, 즉 인간이 세상에 무엇인가를 창조하거나 어떤 일을 함으로써 현실화되는 것을 말한다. 다음으로 '체험가치'는 무엇인가를 경험하거나 누군가를 만남으로써 실현되는 가치로 선(善)이나 진리, 아름다움을 체험하거나, 자연과 문화 그리고 무엇보다 다른 사람을 유일한 존재로 체험하는 사랑을 통해 실현된다. 마지막으로 '태도가치'는 피할 수 없는 시련에 대해 어떤 태도를 취하기로 결단함으로써 실현되는 가치로서, 빅터 프랭클은 이 태도가치를 통하여 앞선 창조적 가치와 경험적 가치를 박탈당한 사람-피할 수 없는 고통, 질병, 죽음, 죄와 같은-도 여전히 성취해야 할 고유한 인생의 의미를 발견할 수 있다고 역설한다. 태도가치는 인간이 자신의 삶을 자유롭게 선택하고 책임질 수 있는 인간학적 조건이며, 이를 통해 자기초월(self-transcendence)의 상태에 도달할 수 있는 것이다.[32]

이와 같은 로고테라피 이론에서 중요한 개념 중 하나는 인생을 바라보

---

31) Viktor E. Frankl, 위의 책, pp.2~97 참조.
32) V·E·フランクル, 山田邦男, 松田美佳 訳, 『それでも人生にイエスと言う』, pp.187~199 참조.

고 이해하는 관점의 '코페르니쿠스적 전환(Kopernikanische Wendung)'이
다. 이 표현은 본래 칸트가 자신의 인식 이론을 코페르니쿠스의 지동설에
비유하여 한 말인데, 이 뜻에서 사고방식이나 견해가 종래와는 달리
크게 변하는 일을 비유적으로 이르는 표현으로 정착하였다. 빅터 프랭클
은 이 표현을 가져와서 인생과 의미에 대한 획기적인 관점 전환을 다음과
같이 설명한다.

> 우리들이 '살아갈 의미가 있는가'라고 묻는 것은 처음부터 잘못되어
> 있습니다. 즉, 우리들은 살아갈 의미를 물어서는 안 됩니다. 인생이야
> 말로 물음을 내어 우리들에게 물음을 제기하고 있기 때문입니다. 우리
> 들은 질문을 받고 있는 존재입니다. 우리는 인생이 끊임없이 그때그때
> 제기하는 질문, '인생의 물음'에 답하고 답을 내어야만 존재입니다.[33]

이 때 '인생'은 궁극적으로 절대적인 존재, 빅터 프랭클에 있어서는
그것은 유대 기독교적 배경의 '신'을 의미하겠지만, 개개의 인간을 초
월한 '커다란 생명'으로 대치될 수 있다. 요컨대 인간은 자신의 생명과
인생을 주체적으로 자신의 것으로, 자신이 자기 인생의 주인이라고
주관적으로 간주하기 쉬우나, 빅터 프랭클과 고사명은 인간의 생명과
삶은 당사자 자신의 것이 아니라 초월적인 존재-그것은 표현하는 사람
과 방식에 따라 신일수도, 커다란 생명일수도, 아미타여래일수도, 부
처일수도 있다-로부터 부여되고 인생의 제 국면에서 질문과 요청을
받는 실존(existence)으로 이해한다. 인간은 이를 이성으로 이해하는
것이 아니라 전 존재로 받아들이면서 자신을 맡기고, 인생이 제기하는

---

33) V·E·フランクル, 위의 책, p.27.

질문과 과제에 실존적으로 응답해나가는 것이다.

> 생명이라든가 인생의 의미란 무엇인가라는 것을 문제로 삼을 경우,
> 우리들은 통상 그것을 자기 쪽에서, 즉 자기를 중심으로 해서 '우리들
> 은 인생에서 무엇을 기대할 수 있는가'라는 관점에서 묻는다. 이 관점
> 은 이른바 자신을 세계의 중심에 앉히고 자신으로부터 세계를 보는
> 관점, 즉 자신의 이익이라는 시점에서 세계를 보는 관점이다. (중략)
> 　그렇기에 이 인생관은 '인생은 무엇을 우리에게 기대하고 있는가'라
> 는 관점으로 변경되어야 한다. 그것은 자신이 인생을 묻는 것이 아니라
> 인생이 자신에게 묻는다는, 인생관을 180도 코페르니쿠스적으로 전회
> (轉回)하는 일이다.[34]

'우리는 인생으로부터 무엇을 기대할 수 있는가'라는 자기중심적인
인생관으로는 가족의 죽음이나 강제수용소 체험과 같은 한계상황을
견디기 힘들다. 자기중심적인 인생관이나 지혜는 인간 존재 그 자체의
의미에 있어서 원리적인 한계를 지니고 있는 것이다. 이 생명과 삶에
대한 실존적인 관점의 전환, 그리고 이에 따른 태도 전환이 고사명의
경우에는 가족의 죽음으로, 빅터 프랭클의 경우에는 강제수용소에서
의 체험을 거쳐 일어난 것으로 이해되며, 이 지점에서 우리는 생명과
삶에 대한 동서양의 정신사가 만나고 상통하는 하나의 궁극적인 접점
과 귀결을 확인할 수 있다.

---

34) V·E·フランクル, 위의 책, pp.184~185.

5. 고사명의 정신사가 지닌 현재적 의의

고사명은 2012년 도쿄대학 교수 다카하시 데쓰야(高橋哲哉)와의 대담집인 『생명과 책임』을 상재했다.[35] 다카하시 데쓰야 교수는 데리다(Jacques Derrida) 연구를 비롯하여 서양철학 연구자이자 일본의 전후책임론, 야스쿠니문제 등 역사와 시대문제에 대해 활발히 발언·활동해온 기예의 지성인으로서 국내에도 알려져 있다. 두 사람의 대담은 2010년 12월부터 2011년 8월까지 총 네 번에 걸쳐 이루어졌으며, 불교철학을 연구해온 고사명과 서양철학 연구자 간의 이른바 동서양 철학과 종교사상의 만남이라 해도 과언이 아니다. 전반부의 두 대담은 2011년 3월 11일 동일본 대지진이 일어나기 전에 이루어진 것으로, 그 내용은 종교와 신앙, 인간의 죄, 국가의 응답책임과 개인의 대응 등 다채롭다. 여기에서 주목하고자 하는 것은 동일본 대지진과 이어진 후쿠시마 원전 폭발 사고 직후에 이루어진 두 차례의 대담에서 두 사람이 이번 사태를 어떻게 받아들이고 생각하는가라는 부분이다.

> 〈다카하시〉 우선 인재(人災)인가 천재(天災)인가라는 구분 방식의 문제입니다. 해일 피해는 확실히 극심했지만, 재해지의 대부분은 복구하고, 살아남은 사람들은 그곳에 돌아가서 생활을 다시 세워 가야겠지요. 원전 사고 쪽은 살고 있던 토지에서 쫓겨나 몇 십 년이나 못 돌아올지도 모를 재해입니다. 맨 처음에는 이질적인 면을 느꼈습니다만, 실은 저도 미나미소마시(南相馬市)나 소마시의 해일 재해지에 갔을 때, 전후의 불타 버린 들판의 이미지를 강하게 의식했습니다.

---

35) 李孝德 編, 『いのちと責任－対談 高史明·高橋哲哉』, 大月書店, 2012, pp.3~204.

히로시마를 연상한 것은 후쿠시마 제1원전의 폭발이었습니다. 1호기의 수소 폭발에 이어서 3호기도 폭발했습니다. (중략) 영상을 보니 확실히 검은 연기가 확 피어올라서 버섯구름 같은 모양이 됩니다. 그걸 반복해 유튜브로 보고 있자니, 아무래도 히로시마가 상기됩니다. 「히로시마, 나가사키, 후쿠시마」라고 지금 해외에서도 불리어지기 시작하듯이, 일본열도에서 세 번째 핵에 관련된 폭발을 일으키고 말았습니다. 이걸 어떻게 생각할 것인가. 결국 한쪽이 천재, 다른 쪽이 인재라고 단순하게는 나눌 수 없음을 몇 가지 사항이 시사하고 있다고 생각합니다.

〈고사명〉　제가 이번 일을 인재, 자연재해로 나눌 수 없다고 생각하기 시작한 원점에는 전시 중 체험이 있습니다. 야마구치현(山口県) 시모노세키(下関)에 살고 있었습니다만, 거기서 본 것은 '배의 묘지'로 변한 바다의 모습이었습니다. 침몰선의 돛대만이 간몽(関門)해협에 쑥쑥 튀어나와 있었습니다. 그리고 육지는 시모노세키도 고쿠라(小倉)도 불타버린 들판. 그러한 전중·전후 이미지를 상징적으로 히로시마를 생각한 것입니다만, 조금 척도를 길게 해서 보면 전전의 일본인과 조선인의 관계가 있고, 그 위에 전후의 출발점으로서 불타 버린 들판이 있고, 게다가 이번 광경이 겹칩니다. 전쟁을 해온 일본의 모습이 전후 66년이 지나서 다시 한 번 통째로 되물어지고 있습니다. 전후 일본이 본래 해결해두었어야 했던 일본 자체의 문제, 혹은 아시아나 세계로 문제 제기해가야 했던 문제 전체가 도호쿠(東北)의 땅에서 되물어지고 있다는 감각도 가졌습니다.[36]

연합군의 대대적인 공습과 원폭 투하로 불타 버린 들판=일본 전역과 후쿠시마 원전 폭발 후의 광경을 시간을 넘어 겹쳐 연상하는 두 사람의 뇌리에는 전전과 전중, 전후를 거쳐 근대의 수리적 이성과 과학기술의

---

36) 李孝德 編, 위의 책, pp.104~106.

어둠이 도달한 하나의 귀결이 각인된다. 그리고 천재지변으로 빙자하여 정치적 욕망을 표명하는 정치적 움직임에 대해서는 인간의 책임으로서 깊은 우려를 표명하면서, 이번 진재와 원전 사고도 인간이 살아가는 방법의 원점을 확실히 다시 파악하는 기회로 삼아야 한다는데 인식을 같이한다. 이어서 고사명은 국가 차원에서 일본이 앞으로 나아가기를 바라는 방향성에 대해 다음과 같이 말한다.

> 아시아와의 관계에서 또 한 가지 말하자면 메이지 때에도 아시아와의 관계가 일본에게는 잘 보이지 않았습니다만, 제2차 세계대전에 패배한 후에도 아시아와의 관계를 직시하려고 하지 않았습니다. 그러니까 이번에 만약 일본에 희망이 있다고 한다면, 이번에는 제대로 아시아와의 관계를 회복하는 일을 일본은 지상과제로 삼았으면 합니다. 아시아와의 관계가 정상화되면 그것은 또한 동남아시아와의 관계도 열리게 될 거라고 생각합니다. 그것을 메이지부터 한 번도 한 적이 없으니까, 한 번 정도 해보면 좋을 것입니다. 그렇게 하면 의외로 행복이 눈앞에 있었다……라고 여겨질지 모릅니다.[37]

고사명은 동일본 대지진과 후쿠시마 원전 폭발사고로 다시 한 번 검은 들판으로 변해버린 일본을 응시하면서, 이번에야말로 일본이 "어떻게 하면 진정한 의미의 아시아, 또 국가라든지 마을, 집이라 할 때에 진정한 의미의 인간의 행복이라는 것은 어떠한 데에 있는가라는 것까지 깊게 궁구해서 세계에 발신해주기를 바란다."[38]며 대담을 마무리하고 있다. 그는 일본은 세계사적으로 보더라도 귀중한 역사적 경험을 해왔

---

37) 李孝德 編, 위의 책, p.187.
38) 李孝德 編, 위의 책, p.184.

고, 세계에, 인간의 미래에 공헌할 수 있는 소중한 것을 지니고 있다고 여기면서, 이 같은 교훈을 다음 세대에게 전해갈 수 있기를 바라고 있는 것이다. 인간과 자연에 대한 상냥함을 견지하면서 자신의 소유물이 아닌 생명은 커다란 생명에 맡기고, 인생의 요청에 더없이 성실하게 응답해나가는 영위. 현재까지 이어지고 있는 고사명의 문학표현과 정신사는 인간의 존재론적인 차원에서 가치의 보편성과 생명의 소중함을 호소해왔고, 이는 민족, 국가, 이념 등을 넘어서 읽힐 수 있는 소중한 인간의 육성이라고 생각한다. 또한 오늘날과 같은 내외부적으로 위기의 시대를 살고 있는 현대인들에게 생명에 대한 바른 이해와 인생의 지침을 제시하는 인문학적 치유물로 활용할 수 있다고 생각한다.

이상으로 이 글은 재일조선인 2세 작가인 고사명의 저술과 활동, 그리고 정신사를 살피면서 현재 위기의 시대를 살고 있는 현대인들에게 제시할 수 있는 인문학적 치유의 가능성을 찾고자 하였다. 고사명은 외동아들의 자살이라는 고통과 상실을 극복하기 위하여 인생의 의미와 가치를 찾고, 생명의 소중함을 호소하는 메시지를 담은 저작과 강연활동을 꾸준히 해왔다. 특히 고사명은 극한적 고뇌를 극복하는 과정에서 가마쿠라시대 일본 정토진종의 개조로 알려진 신란의 언행록『단니쇼』와 같은 불교철학을 깊이 연구했고, 이를 바탕으로 생명과 인생의 궁극적인 의미를 철학적, 사상적으로 해명하였는데 본고에서는 그 내역을 파악하면서 그의 정신사를 구명하였다. 고사명은 '상냥함'을 기반으로 하는 인간 이해와 생명에 대한 근원적인 관점 변화를 통하여 한 개인사를 넘어 시대와 국가, 사회문제에 대한 자신의 견해를 피력해왔고, 인간의 존재론적 차원에서 삶의 보편성과 생명의 소중함을 짚고 있는 그의 정신사는 현재 혼란과 불안이 가중된 위기의 시대를 살고 있는 현대인들에게 정신적 절망감을 타개하고 스스로 인생의 의미를 찾을 수 있는 실마리와 모범사례를 보여주고 있다고 생각한다.

이 글은 대한일어일문학회의 『日語日文學』 제90집에 실린 논문
「재일조선인 2세 작가 고사명의 문학표현과 정신사
－생명에 대한 관점의 전환을 중심으로」를 수정·보완한 것임.

참고문헌

고사명, 김욱 옮김, 『산다는 것의 의미 어느 재일조선인 소년의 성장 이야기』, 양철북, 2007.

김종엽, 「바꾸거나, 천천히 죽거나－87년체제의 정치적 전환을 위해－」, 『창작과 비평』 169, ㈜창비, 2015.

백승욱, 「자본주의 위기 이후, 무엇이 오는가」, 『창작과 비평』 167, ㈜창비, 2015.

빅터 프랭클, 마정현 옮김, 『그림에도 삶에 '예'라고 답할 때 모든 운명에 고통받는 이들을 위로하는 대답』, 청아출판사, 2020.

정희선·김인덕·신유원 옮김, 『재일코리안사전』, 선인, 2012.

추석민, 「在日朝鮮人文學 硏究－第1·2世代 文學的 特徵과 高史明文學－」, 『일본어문학』 35, 일본어문학회, 2006.

_____, 「재일조선인문학속의 학교－김사량·김달수·정승박·고사명을 중심으로－」, 『일본문화연구』 43, 동아시아일본학회, 2012.

ヴィクトール·E·フランクル, 大澤博 訳, 『意味への意志 ロゴセラピイの基礎と適用』, ブレーン出版, 1979.

ヴィクトール·E·フランクル, 山田邦男, 松田美佳 訳, 『それでも人生にイエスと言う』, 春秋社, 1993.

ヴィクトール·E·フランクル, 山田邦男監 訳, 『人間とは何か 実存的精神療法』, 春秋社, 2011.

きどのりこ, 「児童文学の中の子どもと大人(25)人の優しさを発見していく：高史明『生きることの意味』を忠心に」, 『子どものしあわせ：父母と教師を結ぶ雑誌』 770, 福音館書店, 2015.

岡真史, 『ぼくは12歳』, 筑摩書房, 1976.

高史明, 「「国民国家」の捨て子」, 『ルポ 思想としての朝鮮籍』, 岩波書店, 2017.

_____, 「『生きることの意味』とその後」, 『コリアン・マイノリティ研究』 1, 新幹社, 1998.

_____, 『いのちの優しさ』, 筑摩書房, 1981.

_____, 『高史明の言葉 いのちは自分のものではない』, 求竜堂, 2010.

_____, 『死に学ぶ生の真実』, 法蔵館, 1994.

_____, 『生きることの意味 ある少年のおいたち』, 筑摩書房, 1974.

_____, 『夜がときの歩みを暗くするとき』, 筑摩書房, 1971.

_____, 『現代によみがえる歎異抄』, NHK出版, 2010.

広瀬陽一, 「共産党の武装闘争と在日朝鮮人二世 高史明『夜がときの歩みを暗くするとき』」, 『抗路』 7, 抗路舎, 2020.

李孝徳編, 『いのちと責任 - 対談 高史明・高橋哲哉』, 大月書店, 2012.

森崎和江, 「「今」を照らす「闇」 - 『生きることの意味・青春篇』(3部作)を読む(高史明著)」, 『ちくま』 315, 筑摩書房, 1997.

塩見鮮一郎, 「高史明著「夜がときの歩みを暗くするとき」 - 暗く輝くロマンチシズム」, 『新日本文学』 26(12), 1971.

鄭栄鎮, 「書評 高史明著『レイシズムを解剖する : 在日コリアンへの偏見とインターネット』」, 『コリアン・スタディーズ』 5, 国際高麗学会日本支部, 2017.

川本義昭, 『戦後真宗と天皇制 - 「高史明現象」の周辺から」, 『現代の眼』 22(8), 現代評論社, 1981.

太田正夫, 「教材、高史明「失われた朝鮮を求めて」の検定削除についての実態とその政治性」, 『日本文学』 31(10), 日本文学協会, 1982.

檜山久雄, 「「半日本人」の可能性 - 金鶴泳・李恢成・高史明の作品に触れて」, 『新日本文学』 26(11), 新日本文学会, 1971.

일본전통시가 단카(短歌) 속 재일조선인의 삶

박정화의 가집『신세타령(身世打鈴)』(1998)을 중심으로

김보현

1. 들어가며 - 단카와 재일조선인의 만남

재일조선인 문학의 한 영역이라고 할 수 있는 '재일조선인의 단카(短歌)'는 2000년대에 들어 그 존재가 드러나고 연구되기 시작하였다. 이는 국내 재일조선인 문학 연구가 90년대 중반부터 발흥하기 시작한 것으로 볼 때, 그 출발이 늦었다는 것은 자명하다. 비단 단카뿐만 아니라 운문 장르 전체가 재일조선인 문학 연구에서 뒤처지게 된 것은 "앞으로 소설 뿐 아니라 시, 단카, 아동문학, 연극, 영화 등을 포함한 재일한국인들의 다양한 문화예술 활동으로 관심의 폭을 넓혀갈 필요"[1]가 있다는 지적에서 볼 수 있듯이, 산문 장르 위주의 연구 풍토를 그 원인의 하나로 생각해 볼 수 있다.

최근에는 재일조선인 문학 연구가 다양한 장르로 확대되어, 운문 장르 연구의 필요성이 대두되고 실제 연구로 이행되고 있다. 그럼에도 불구하고 "재일 시 또한 구어 자유시가 대세이며, 단카와 하이쿠를 짓는 자도 있으나 사회적으로 현대 시인들이 알려져"[2] 있는 등 일본전통

---

1) 유숙자,『在日한국인 문학연구』, 月印, 2000, p.3.

시가는 여전히 연구 영역에서 소외되고 있는 것이 현실이다. 그러나 "재일조선인의 시가의 경우 하이쿠와 단카에도 수작"[3]이 많으며, 앞으로 재일조선인 문학 연구의 장르적 균형을 위해서도 일본전통시가 연구의 필요성이 요구되는 바이다.

해방 전, 재일조선인이 단카를 짓는 문학적 행위는 "조선옷 백의 대신에 강제된 일본 옷을 입는 것이었고, 그러한 단카는 문학적인 내선일체"[4]를 의미하였다. 그러나 해방 후, 식민지 역학에서 벗어난 단카를 자기표현의 수단으로 삼는 재일조선인들이 등장하였으며, 가집(歌集)을 발간하며 가단(歌壇)에서 활동하는 전문 가인(歌人)들도 10인 이상이 존재하고 있다.[5] 이들에 관한 연구는 2000년대에 들어 본격적으로 이루어져, 그동안 재일조선인 문학 연구에서 소외되어 있었던 단카를 연구의 영역으로 부상시켰다.[6] 그러나 가인 개인에 집중된 연구, 재일

2) 佐川亞紀, 「재일 시인의 시세계(1)」, 『재일동포문학과 디아스포라 2』, 제이앤씨, 2008, p.21.

3) 磯貝治良, 黒古一夫 編, 『〈在日〉文学全集 17巻 : 詩歌集』, 勉誠出版, 2006, p.382.

4) 川村湊, 『生まれたらそこがふるさと : 在日朝鮮人文学論』, 平凡社, 1999, p.230.

5) 재일조선인 가인과 가집 발간 현황은 김보현, 「재일조선인 가인(歌人)의 정체성과 '조국' 인식: 리카 기요시(リカ・キヨシ)를 중심으로」, 『日本學報』 130, 한국일본학회, 2022, pp.153~176 참고.

6) 재일조선인의 단카 관련 연구로는 一条徹, 「在日朝鮮人と倭歌 - 尹政泰の『書かれざる意志』に寄せて」, 『一条徹作品集』, 藤原春雄(一条徹)遺稿集刊行委員会, 1984, pp.414~419.; キム・フナ, 「在日女性歌人 李正子論」, 『専修国文』 102, 専修大学日本語日本文学文化学会, 2004, pp.101~132.; 高柳俊男, 「在日文学と短歌 : 韓武夫を手がかりとして」, 日本社会文化会, 『社会文学』 26, 2007, pp.148~160.; 서경식, 「짧은 시에 회환과 슬픔을 담아 노래해온 재일조선인 2세, 이정자씨」, 『역사의 증인 재일 조선인』, 반비, 2012, pp.157~181.; 마경옥, 「재일여성작가 이정자의 단카 세계」, 『일어일문학』 60, 대한일어일문학회, 2013, pp.181~194.; 김귀분, 「재일한국인 한센병환자·회복자의 인생과 역사 : 가인 김하일의 단카 작품을 중심으로」, 『횡단인문학』 2(1), 숙명여자대학교 숙명인문학연구소, 2019, pp.27~50.; 김보현, 위의 글.

조선인 담론과 연계된 연구의 부재와 같은 현재의 연구 풍토는 재일조선인의 단카가 재일조선인 문학으로 포착되기 어려운 구조를 취하고 있다.

이에 본 글에서는 재일조선인 사회의 문화로 자리매김한 '신세타령(身世打鈴)'이 단카에서는 어떻게 표출, 수용되었는지에 대해 주목해 보았다. '신세타령'은 재일조선인 문학을 통해 점차 재일조선인 사회의 문화 담론으로 자리 잡아갔으며, 다양한 장르로 파생되었는데 일본전통시가장르도 예외는 아니었다. 대표적으로 재일조선인 하이진 강기동의 구집(句集)『신세타령(身世打領)』(1997), 박정화의 가집『신세타령(身世打領)』(1998), 그리고 미견이기는 하나 박옥지의 가집『신세타령(身世打領)』(2000)과 같이 '신세타령'을 타이틀로 한 텍스트들이 그러하다.

이제까지 '신세타령'은 주로 '재일조선인 여성의 자기 서사'라는 관점에서 연구, 분석되어 왔다.[7] 그러나 이러한 연구는 '신세타령'을 여성이라는 성별, 그리고 그 분석을 개인적인 서사로만 한정하고 있다. '신세타령'은 "다른 사람에게 이야기를 하는 것이지만, 이야기를 한다는 것은 자아를 새롭게 찾아 자기 주변의 상황을 변화시키는 전략"[8]이기도 하다. 따라서 재일조선인 사회로 유입, 수용된 '신세타령'의 경우 다양한 집단과 그 스펙트럼이 고려되어야 한다. 따라서 본 연구에서는 여성 가인 박정화의 가집『신세타령』을 재일조선인 여성의 관점, 또는 가집이라는 텍스트로 한정하지 않고 '신세타령'이라는 그 문화적 현상에 초점을 두고 분석하고자 한다.

---

7) 대표적인 연구로는 이한정, 「재일조선인 여성의 자기서사」, 『한국학연구』 40, 인하대학교 한국학연구소, 2016, pp.245~274가 있다.
8) 유철인, 『여성 구술생애사와 신세타령』, 민속원, 2022, p.27.

이상의 연구 배경을 바탕으로, 본 글에서는 먼저 '신세타령'이 일본에 유입되는 과정과 그 수용 양상을 검토한 뒤, 이를 단카에 대입해 보는 과정을 거치고자 한다. 이를 통해 다른 문학 장르와 달리 5구 31음절이라는 형식상의 제약을 가진 단카에서 '신세타령'이 어떻게 읊어지고 있는지, 그리고 실제 작품 분석을 통해 재일조선인에게 '신세타령'이 어떻게 수용되고 있는지를 밝혀내고자 한다. 이러한 연구는 재일조선인 문학 연구의 장르적 확대뿐만 아니라, 기존의 '신세타령'에 대한 새로운 연구 시좌를 제공함으로써 다양한 분야로의 발신이 가능할 것으로 기대한다.

2. 재일조선인 사회 '신세타령'의 수용과 변용

1) 이회성의 『다듬이질하는 여인』과 '신세타령'

우리가 일상의 언어 속에서 사용하고 있는 '신세타령'은 '신세'와 '타령'의 합성어로, 각각 다음과 같이 정의되어 있다.

신세(身世, 身勢) : 일신상(一身上)에 관련된 처지나 형편.

타령(打領, 打令) : ①그 말이나 노래를 자꾸 되풀이함. 또는 그런 말. ② '흥얼거리는 민요조의 되풀이되는 노래'를 통틀어 이르는 말. 이 말은 판소리나 불교 음악, 궁중 음악 등에 편입되어 다양한 형식으로 발전하였고, 입말에서는 자꾸 말이나 일정한 율조를 가지는 말을 폭넓게 나타내다가 그러한 타령을 반복하면서 살아가는 일상적인 생활을 비유적으로 나타내는 의미까지 확장되어 사용되고 있다. [9]

위와 같이, 본디 '흥얼거리는 민요조의 되풀이되는 노래'에서 기원한 '타령'은 점차 민중의 생활에 침투하여 '입말'과 같이 일상성을 가진 용어로 정착되었다는 것을 확인할 수 있다. 특히 입말에서의 '타령'은 반복해서 말하는 것으로, '신세타령'이라 하면 "자신의 불우한 처지를 한탄하여 늘어놓음. 또는 그런 말"[10]을 가리킨다. 이처럼 한국에서 '신세타령'은 "신세를 한탄하면서 부르는 민요"라는 음악의 장르적 정의뿐만 아니라 민중의 생활양식이라는 보편화된 사회·문화적 정의도 함의하고 있다.

그렇다면 일본에서 '신세타령'은 어떻게 번역되어 있는지 일한사전을 통해 살펴보고자 한다. 사전에서 '신세'는 '身の上', '一身の境涯'로, '타령'은 '「판소리, 잡가」 などの総称', '口癖、決まり文句'로 한국어 사전의 뜻과 동일하다.[11] '신세타령'은 이들의 하위 항목으로 '身の上話'와 '身世打令(しんせたりょん)' 두 가지로 소개되어 있다. 그런데 '身の上話'는 단순한 '일신상의 이야기'로 '신세타령'이 가지고 있는 넋두리, 한(恨)과 같은 특유의 속성까지는 살리고 있지 못하다. 한편, '身世打令'은 "자신의 신세를 푸념과 같이 한탄하는 것(自分の身の上を愚痴がましく嘆くこと)"[12]과 같이 풀이되어 있는데, 이를 통해 일본에서 '신세타령'은 사회·문화적인 의미로 수용되고 있음을 확인해 볼 수 있다.

이처럼 '신세타령'의 정의에 대해 살펴보았을 때 주목해야 할 점은 사회·문화적 의미로서의 '신세타령'의 일본 수용 과정이다. 아래의 인

---

9) 고려대학교 민족문화연구원 국어사전편찬실 편, 『고려대 한국어 대사전』, 고려대학교 민족문화연구원, 2009, p.560.

10) 고려대학교 민족문화연구원 국어사전편찬실 편, 위의 책, p.560.

11) 일어사전편찬연구회, 『비즈니스 일한·한일사전』, 교학사, 2001, p.435, p.713.

12) 일어사전편찬연구회, 위의 책, p.435.

용은 신의주 출생 일본 작가 후루야마 고마오(古山高麗雄)가 그의 장편
소설 『신세타령(身世打令)』에서 '신세타령'에 대해 언급한 부분이다.

> 신세타령은 조선어이다. 자신의 불우한 신세를 이야기하는 푸념인
> 것 같다. 나는 이 말을 이회성의 『다듬이질하는 여인』에서 알았다. 『다
> 듬이질하는 여인』은 1971년 아쿠타가와상을 수상한 소설이다. 당시
> 어떤 비평가가 신세타령이라는 말을 언급하며 아름다운 말이라고 어딘
> 가에 쓴 것을 본 기억이 있다. 그다음 해에 무궁화회 편 『신세타령』이
> 라는 책이 도우토 서방에서 출판되었다. 이 책의 이름의 기원도 『다듬
> 이질하는 여인』에서 일지도 모른다. [13)]

이에 따르면 '신세타령'은 재일조선인 작가 이회성의 소설 『다듬이
질하는 여인(砧をうつ女)』을 통해 일본에 유입, 이후 확산이 되었다는
것을 확인해 볼 수 있다. 또한 이와 같은 맥락으로 "이회성이 이 소설에
서 번역해 의미를 재해석한 '신세타령', 즉 진혼가로서의 '신세타령'은
후에 'シンセタリョン'이라는 용어가 일본에 정착하는 기원이 되어 간
다"[14)]라는 분석을 추가해 볼 때, 『다듬이질하는 여인』을 통해 '신세타
령'이 일본에 유입되는 매개가 되었다는 것은 분명하다. 다만, 일본에
서의 '신세타령'이 이회성의 소설을 통해 한국의 그것과 달라진 지점에
도 주목해야 한다.

『다듬이질하는 여인』은 소설 속 '나'가 죽은 어머니의 삶을 회고하는
내용으로, 어머니와 관련한 여러 에피소드가 나열되어 있다. 그 가운데

---

13) 古山高麗雄 『身世打鈴』, 中央公論社, 1980, p.3.
14) 金貞愛, 「日本における在日コリアン文学受容の一側面 : 李恢成「砧をうつ女」の高校国
　　語教科書採用とそれ以後の軌跡」, 『文学研究論集』 32号, 筑波大学比較·理論文学会,
　　2014, p.10.

자식을 앞세운 '나'의 할머니의 '신세타령'은 이 소설의 중요한 대목으로 차지하고 있다. 소설에는 다음과 같이 '신세타령'과 관련한 대목을 찾아볼 수 있다.

할머니는 곡을 하는 여자처럼 딸의 추억에 잠긴다. 누구를 설득이라도 하듯이 자기 딸의 자란 내력을 이야기하기 시작한다. 귀여운 자기 딸의 일생을, 울음과 눈물로 몸을 떨고 무릎을 쳐 가면서… 그것이 세속적으로 말하는 신세타령이라는 것을 후에야 알았다. 나는 이제라도 그 운율을 입에 담을 수 있다. 어딘지 구슬픈 진혼가이다.

풀피리 소리가 흘러 퍼지는 것 같은 쓸쓸함이다. 그러나 그러면서도 운율에는 대하의 흐름과 같은 격조, 고리버들 가지가 휘청거리는 것 같은 부드러움이 몰아치는 분노와 원망과 섞여, 어떠한 명수의 악보에도 없는 가락을 뽑아내는 것이었다. 귀를 기울이면 신세타령이 되살아나는 것 같았다.[15]

할머니는 그 미칠 것 같은 신세타령으로 어느새 나를 어머니를 에워싼 전설의 계승자로 키워 나간 것 같다. 벌써 사자(死者)에 속하는 할머니는 구술로 나직이 나에게 어머니의 이야기를 전하고 찬가를 부르라고 명령하고 있는 것 같았다. 실제로 나는 드러내 놓고 우리 어머니를

---

15) 이회성 저, 이호철 옮김, 『다듬이질하는 女人』, 정음사, 1972, pp.27~28.; 원문은 "祖母は哭き女のように娘の追憶に耽り出す。誰にくどくともなくわが娘の生い立ちを語りはじめる。いとしいわが娘の一生を泣きの涙で、身を震わせて顫わせて膝をうちつけながら…。それが俗にいう、身世打鈴であるとは後で知ったことである。僕は今でもその韻律を口ずさむこができる。なんとも哀しい鎮魂歌だ。草笛が流れていくような淋しさだ。しかし、それでいて韻律には大河の流れのような格調、黄楊がなびくような優しさが、叩きつけてくる怒りや怨念と混っていて、どんな名手の楽譜にもない調べを紡ぎ出しているのだった。耳を澄せば、身世打鈴が甦ってくるようだ。"、『芥川賞全集　第九巻』、文藝春秋, 1997, p.17.

찬송한 일이 있었던 것이다. 물론 나의 〈신세타령〉은 할머니의 그것처럼 운율을 품고 있는 것이 아니라, 아주 흔해 빠진 말투에 의한 것이기는 했지만.[16)

첫 번째 인용은 할머니가 '신세타령'을 하는 모습을 묘사한 대목으로 '신세타령'이 가진 리듬을 역동적인 몸짓과 어조를 통해 전달하고 있다. 한편, 할머니의 '신세타령'의 구체적인 내용은 뒤이어지는 "팔자가 뭐야. 이렇게 된 것도 나라가 망했기 때문이야, 아이고, 귀신에게 홀린 거야. 왜 도둑놈 나라에 갈 생각을 했을까. 나라는 뺏긴 데다 딸애까지 뺏기고… 이왕지사 화전민이라도 되는 것이 나을 것을! 아이고, 내 팔자야. 숱이야…"[17)이다. 이와 같이 할머니의 '신세타령'은 딸을 앞세운 자신의 기구한 팔자와 나라를 빼앗긴 피식민자로서의 피해 의식이 이중으로 이루어져 있다. 따라서 '나'는 이러한 할머니의 '신세타령'을 단순히 개인의 신세를 한탄하는 것으로 끝내지 않고, 민족의 한을 달래고 위로하는 '진혼가'로 승화시키게 된다.

두 번째 인용은 할머니의 '신세타령'을 '나'가 계승하는 대목이다. 할머니는 "나에게 어머니의 이야기를 전하고 찬가를 부르라"라고 하는데, 이는 바로 '신세타령'에 다름 아니다. 그러나 여기에서의 '신세타령'은 '나'의 '신세타령'으로, 할머니의 그것과는 다른 '흔해 빠진 말투'에

---

16) 이회성 저, 위의 책, p.29. 원문은 "祖母はその狂おしいばかりの身世打鈴によって、いつの間にか僕を母にまつわる伝説の継承者に育てあげていたようである。もはや死者に属した祖母は口移しでもってなおこの僕に母の物語を伝えよ讚歌をうたえと命じているかのようなのだ。じっさい、僕はあけっぴろげにわが母を讚えることがあったのである。もちろん僕の〈身世打鈴〉は祖母のそれのような韻を踏んでいるわけでなく、ごくありふれた語り口によるものであったが。", 『芥川賞全集 第九巻』, 文藝春秋, 1997, p.22.
17) 이회성 저, 위의 책, p.38.

의한 '찬가'를 가리킨다. 즉, 할머니의 '신세타령'은 '나'에게 전승되면
서 단순한 '신세 한탄'에 그치는 것이 아니라, '한'을 내뱉는 속에 자신
과 타인을 달래고 찬송하는 '진혼가', '찬송가'의 성격을 가지게 된 것이
다. 이렇게 『다듬이질하는 여인』에는 기성의 '신세타령'이 변용되는
과정이 나타나 있는데, 이는 일본 사회의 '신세타령'의 수용에도 영향
을 미쳤다.

2) '신세타령'의 재일조선인 사회로의 유입

앞의 인용에서 후루야마 고마오는 『신세타령』이라는 서적이 『다듬
이질하는 여인』 속 '신세타령'을 모티브로 하고 있다고 하였다. 그가
언급한 서적은 『신세타령: 재일조선 여성의 반생(身世打鈴: 在日朝鮮女性
の半生)』으로, 후술하겠으나 『다듬이질하는 여인』 이후 일본에서는 다
양한 분야에서 '신세타령'을 타이틀로 한 작품들이 생겨났다. 『신세타
령: 재일조선 여성의 반생』은 그 처음을 장식한 것으로, '신세타령'에
대해 다음과 같이 정의하고 있다.

> "신세타령이라는 조선어는 자신의 불행한 신세를 노래하듯이 말하는
> 것이다. 과거의 '신세타령'은 불행한 내 신세를 한탄, 푸념을 늘어놓는
> 한탄조(嘆き節)였을지도 모른다. 하지만 우리가 들은 '신세타령'은 다양
> 한 음색 속에서 모두 강하고 청렬한 울림을 가진 조선의 방울 소리였다."[18]

여기에서 '신세타령'의 사전적 정의, 즉 "불행한 신세를 노래하듯이
말하는 것"이 과거의 '신세타령'으로 언급되고 있다는 점은 중요하다.

---

18) むくげの会, 『身世打鈴: 在日朝鮮女性の半生』, 東都書房, 1972, p.215.

『신세타령: 재일조선 여성의 반생』은 재일조선인 여성들의 생활을 구술 채록한 것으로, 그녀들의 육성에 의한 일본에서의 '고생담'을 예상토록 한다. 그러나 재일조선인이라는 집단으로 묶인 그녀들은 "'역사' 속에 놓여 있는 '존재'"이고 "한편으로는 역사의 안으로 용해되지 않고 여성 자신의 이야기"[19]로 '고생담'을 늘어놓고 있다. 바로 이 지점에서 그녀들의 '고생담'은 "불행한 신세를 노래하듯이 말하는" '신세타령'과 동일시되지 않는다. 즉, 그녀들의 '고생담' 속 '신세타령'은 일회성의 '한탄조'가 아닌 연속적인 서사성을 가진 민족의 '신세타령'인 것이다. 이는 『다듬이질하는 여인』속 '신세타령'의 변용과도 맞닿아 있으며, 이후 '신세타령'의 일본 수용 과정에서 중요한 지점을 차지하고 있다.

이처럼 『다듬이질하는 여인』에서 『신세타령: 재일조선 여성의 반생』을 거쳐 '신세타령'은 민족성과 서사성을 가지고 재일조선인 문화 담론의 하나로 확산되어 갔다. 아래의 표는 일본의 문학, 예술 분야에서 '신세타령'을 타이틀로 한 작품들을 시대순으로 정리한 것이다.

〈표1〉 일본 내 '신세타령'을 타이틀로 한 작품 목록

	타이틀	편·저자	장르	년도
1	身世打鈴 :在日朝鮮女性の半生	むくげの会	구술 채록	1972
2	身世打鈴	新屋英子	연극	1973
3	身世打鈴	古山高麗雄	소설	1980
4	一人芝居 :身世打鈴	新屋英子	에세이	1991
5	身世打鈴	姜琪東	하이쿠집	1994
6	柳 :もう一つの身世打令	花房孝典	소설	1994
7	身世打鈴	朴貞花	단카집	1998
8	百万人の身世打鈴:朝鮮人強制連行·強制労働の「恨」	百万人の身世打鈴委員会	구술 채록	1999

19) 이한정, 「재일조선인 여성의 자기서사」, p.263.

9	百万人の身世打鈴	前田憲二	다큐멘터리	2000
10	身世打鈴	朴玉枝	단카집	2000
11	北朝鮮·総連盛衰記 : わたしの身世打鈴	きむやんそん	에세이	2020

　위 표에서와 같이 '신세타령'은 소설, 시, 에세이, 구술 채록, 연극 등 다양한 장르에서 차용되었는데, 이들은 공통적으로 재일조선인과의 연결고리를 가지고 있다. 먼저 70년대 연극 「신세타령(身世打鈴)」은 일본 1인극의 선구자 신야 에이코(新屋英子)가 재일조선인 1세 할머니 신영숙의 고난사를 연기한 작품이다. 1973년 4월 29일을 시작으로 2000회 이상(2007년 11월 기준 2073회 공연)의 누적 공연 기록을 가지고 있으며, 신야 에이코의 대표작이기도 하다. 「신세타령」은 재일조선인이 아닌 일본인이 '신세타령'을 연기했다는 점에서 주목을 받았는데, 그 모티브가『신세타령: 재일조선 여성의 반생』이었다는 점은 잘 알려져 있지 않다.

　이 연극은 신야 에이코가『신세타령: 재일조선 여성의 반생』을 통해 재일조선인 여성들의 고난과 차별의 역사를 접하고 "몸에 날벼락을 맞은 것 같은"[20] 충격을 받은 후 직접 대본을 만들어 제작한 창작극이다. 이러한 사실은 '신세타령'이 이회성의 소설『다듬이질하는 여인』을 통해 일본으로 유입, 그리고『신세타령: 재일조선 여성의 반생』을 통해 재일조선인의 '신세타령'으로 정립, 이어 연극 「신세타령」을 통해 대중에게 확산되는 유기성을 증명하고 있다.

　80~90년대에는 '신세타령'을 타이틀로 하는 소설, 에세이 등 문학

---

20) 新屋英子,「たくましく生きるハルもモニを演じて35年」, http://www.jinken-osaka.jp/pdf/souzou/23/06.pdf.(검색일: 2022.11.15.)

작품들이 집중적으로 발간되었다. 이 중 1999년에 발간된『백만인의 신세타령(百万人の身世打鈴)』은 조선인 강제 연행·강제 노동의 희생자 126명의 목소리를 7년에 걸쳐 인터뷰하여 채록한 서적이다. 이 서적은 같은 제목으로 2000년에 마에다 겐지(前田憲二) 감독의 다큐멘터리 영화로도 제작되었다. 이렇게『백만인의 신세타령』,『신세타령: 재일조선 여성의 반생』과 같은 구술 채록집은 '신세타령'이 집단성을 가지고 일본 사회에 파급되는 양상을 보여주고 있다.

한편, 재일조선인 문학에서는 마이너한 영역인 일본 전통시가장르에서도 '신세타령'을 제목으로 한 구집(1편)과 가집(2편)을 찾아볼 수 있다. 이들 재일조선인 하이진, 가인들이 서사성을 가진 '신세타령'을 단시형(短詩型)인 하이쿠와 단카에 어떻게 응축시켜 놓았는지, 그리고 다른 문학 장르와는 어떠한 차별성을 가지고 있는지에 대해서는 다음 장을 통해 살펴보고자 한다.

3. 단카 속 '신세타령'의 전승과 승화
– 가집『신세타령』(1998)을 중심으로

해방 후, 가집 발간 이력을 가지고 있는 재일조선인 가인은 12명이며, 이들은 총 29편의 가집을 발간한 것으로 확인된다. 이 중 현재 여성 가인은 정상달, 박정화, 박옥지, 이정자, 김영자 5명으로 이들의 가집 발간 수는 16편이다. 이처럼 재일조선인 여성 가인의 활약이 두드러지는 가운데, 1세 가인 박정화는 올해 7월 두 번째 가집을 내며 약 50년 동안 가단에서 활동하고 있는 대표적인 재일조선인 가인이다.

1938년 충청북도에서 태어난 박정화는 강제징용으로 일본의 조반(常

磐) 탄광에 끌려간 아버지의 인질로 2세 때 어머니, 여동생과 함께 도일하였다. 강제징용 생활을 견디지 못한 박정화 일가는 탄광을 탈출하여 후쿠시마현 아이즈(会津)의 산속에서 오랜 도피 생활을 하였다. 고등학교 졸업 후에는 조은(朝銀) 후쿠시마 신용조합에 근무하였고, 1960년에 결혼하여 슬하에 자녀 두 명을 두었다. 1971년 아이들을 조선학교에 보내기 위해 남편과의 별거를 택하며 도쿄로 이주하였고, 마작 가게를 경영하며 자녀들을 교육 시켰다. 재일조선인으로 순탄치 않은 삶을 살아온 박정화가 단카를 짓게 된 계기는 남편의 사망이었다. 별거 중이었던 남편의 갑작스러운 사망 소식에 충격을 받은 그녀는 그 슬픔을 달래기 위해 1973년 「아사히 가단(朝日歌壇)」에 단카를 투고하였고, 여기서부터 그녀의 단카 역사(歌歷)가 시작되게 된다.

처음으로 투고한 단카가 입선한 것을 계기로 박정화는 「아사히 가단」의 선자(選者)였던 곤도 요시미(近藤芳美)를 스승으로 하여 본격적으로 단카를 짓기 시작하였다. 1996년에는 '아사히 가단상(朝日歌壇賞)'을 수상하며 가인으로 인정을 받았고, 이후 활발한 활동을 이어갔다. 1998년 첫 가집 『신세타령』을 발간하고 이후 1999년 〈미래(未來)〉 그리고 2010년에는 〈신일본가인(新日本歌人)〉과 같은 단카회에 입회하여 꾸준히 가인의 경력을 쌓았다. 2022년에는 두 번째 가집 『무궁화의 정원(無窮花の園)』을 발간하는 등 고령의 나이에도 현재 가작 활동을 이어가고 있다.

첫 가집 『신세타령』은 박정화가 환갑을 맞아 이제까지의 단카를 정리한 것을 스승 곤노 요시미의 권유로 발간한 것이다. 단카는 연도순이 아닌 81개의 가제(歌題)로 구성되어 있어 다양한 주제의 작품을 일목요연하게 감상할 수 있다. 한편, '아사히 가단상' 수상작 '다 불러 모은 오늘 밤 어머니의 신세타령은 부산에서 조반의 탄광촌 오기까지(呼びよ

せし今宵のオモニの身世打鈴釜山より常磐炭鉱に来し日まで)'를 모티브로 한 가집의 제목 '신세타령'과 함께, 한복 차림을 한 여성의 일러스트로 이루어진 표지는 재일조선인 여성 텍스트로서의 『신세타령』의 정체성을 잘 드러내고 있다.

가집의 「서문」에서 곤노 요시미가 박정화의 단카에 대해 "반드시 훌륭하다고는 할 수 없지만, 소박하고 한결같으며 항상 '재일'이라는 쇠사슬을 짊어지고 민족 생각으로 가득 차 있다[21]"라고 평가한 바와 같이 그녀의 단카는 한 개인에 그치지 않고 재일조선인이라는 집단의 삶과 의식, 문제 등으로 수렴되는 지점을 가지고 있다. 따라서 재일조선인의 문화 담론으로 자리 잡은 '신세타령'은 그녀의 단카에서 "자신의 불우한 처지를 한탄하여 늘어놓음. 또는 그런 말"과 같은 정적인 것이 아닌 '전승'되고 '승화'되는 역동성을 가진 것으로 나타나고 있다. 『신세타령』에는 어머니, 아버지, 나(박정화) 3인의 삶을 다음과 같이 '신세타령'과 연결하여 분석해 볼 수 있다.

1) '신세타령'의 전승 (어머니)

먼저 어머니의 '신세타령'은 아래와 같은 단카에서 찾아볼 수 있다.

다 불러 모은 오늘 밤 어머니의 신세타령은 부산에서 조반의 탄광촌 오기까지 (呼びよせし今宵のオモニの身世打鈴釜山より常磐炭鉱に来し日まで)

이 단카는 위에서 언급한 '아사히 가단상' 수상작으로, 자식들을 불

---

21) 朴貞花, 『身世打鈴』, 砂子屋書房, 1998, pp.4~5.

러 놓고 '신세타령'을 하는 어머니의 모습을 읊은 것이다. 다른 장르와 달리 글자 수에 제약이 있는 단카의 형식상 '신세타령'의 내용은 구구절절하게 서술되어 있지 않다. 그러나 '부산에서 조반의 탄광촌'에서 알 수 있듯이 어린 두 딸을 데리고 일본으로 건너오기까지의 험난했던 여정이 그 내용으로 예상된다. 주목할 점은 이러한 어머니의 '신세타령'이 독백이 아닌 자식들 앞에서 행해지고 있다는 것이며, 이는 아래 세대에게 '신세타령'이 구술로 전승되는 모습을 보여주고 있다. 한편, 어머니의 신세에 관해서는 다음과 같은 단카들을 통해 구체적으로 알 수 있다.

> 첫사랑 따위 알 겨를 없이 가계 꾸려 오셨던 어머니와 일했던 십대 시절의 날들(初恋など知らず家計を支えたるオモニと働きし十代の日々)

> 몰래 만든 술, 암거래 쌀과 양돈, 담배 마는 일 어머니 하시는 일 나도 따라서 하네(密造酒、闇米、養豚、煙草巻きオモニのせしこと吾も従いて)

> 일곱 명 딸들 돌보며 길러오신 우리 어머니 차별에 견디면서 고상하게 늙었네(七人の女児て上げしウリオモニ差別に耐えて艶やかに老ゆ)

> 우리 어머니 살아오신 노정에 비교해 보면 새 발의 피 같아도 힘에 부치는 날들(吾が母の生き来し道に較ぶれば軽きと思えど身に重き日々)

『신세타령』에 포함되어 있는 수필집에서 박정화는 어린 시절 부모님에 대해 "아버지는 언제나 창백한 얼굴을 하고 있었다. 아버지가 일하는 모습은 내 기억에 없다. 어머니는 소주를 만들고 암거래되는 쌀을

사러 간다. 돼지 사료를 위해 잔반을 받으러 돌아다닌다. 장녀인 언니
는 집안일을 하며 동생들을 챙기고, 차녀인 나는 엄마와 함께 행동을
같이 했다"[22]와 같이 서술하고 있다. 수필과 같이 위의 단카들은 무능
력한 남편을 대신해 10명의 대가족을 책임지는 가장 역할을 해온 어머
니의 고된 삶을 읊은 것으로, 이렇게 어머니의 신세는 박정화의 단카를
통해 재현, 전승되었다.

한편, 어머니의 신세에는 아내, 어머니로서의 개인적인 삶의 고초뿐
만 아니라 고향(조국)을 떠나 일본으로 와야 했던 재일조선인의 민족적
아픔도 포함되어 있다.

갑작스럽게 여든 살의 어머니 표정 변하네 나 낳은 조선에서 날들을
얘기하며(たちまちに八十路の母の面変る吾を生みし朝鮮の日々を語
るに)

그치지 않는 눈에 고향도 역시 파묻혀 있겠구나 침대의 어머니와
부르는 '고향의 눈'(降り止まぬ雪にふるさとも埋もれいもとベットのオ
モニと歌う「故郷雪」)

박정화의 어머니는 아버지의 도망을 방지하기 위한 인질로 고향을
뒤로하고 일본으로 건너왔다. 이렇게 타의로 고향을 떠나온 어머니는
항상 고향을 그리워하고 생각해야 하는 신세를 짊어지고 한평생을 살
아온 존재이다. 위의 단카들은 아내, 어머니로서의 고초와 마찬가지로
망향이라는 민족적 심정이 어머니의 신세를 통해 공유, 공감되고 있다
는 점에서 '신세타령'이 전승되는 양상을 보여주고 있다.

---

22) 朴貞花, 위의 책, p.22.

2) 아버지의 '신세타령'의 전승과 승화

한편 박정화의 아버지는 일제강점기 조반 탄광에서 노동 착취를 당했을 뿐만 아니라, 가족까지도 인질로 잡힌 강제징용 피해자이다. 고된 탄광 생활을 견디지 못한 아버지는 박정화가 5살 때 탄광에서 도망쳤고, 그 후 박정화 일가는 해방 전까지 아이즈의 산속에서 도피 생활을 하였다. 아래의 단카는 이렇게 해방 전, 강제징용 피해자 그리고 도망자로 살아왔던 아버지의 신세를 압축해서 보여주고 있다.

탄광서부터 도망을 쳐서 온 땅 골짜기 산의 아이즈에 살아온 아버지의 반세기 (炭鉱より逃亡せし地の山間の会津に住みて父は半世紀)

박정화가 아버지에 대해 "일도 하지 않고 어머니에게 무심한 아버지가 나는 너무 싫었다"[23]고 언급한 것처럼, 해방 후 늙고 병든 신세가 된 아버지는 가장 역할을 어머니에게 맡기고 가정을 돌보지 않았다. 그런 아버지의 '신세타령'이 어떠한 것이었는지는 다음과 같은 단카들을 통해 확인해 볼 수 있다.

늙어버렸다 어느 날 중얼대던 그날 밤부터 조국 그리워하며 노망이 난 아버지 (老いたりとある日つぶやきその夜より祖国を恋いて呆けたる父)

죽어서라도 좋으니 내 나라의 흙 되리라는 그리운 고향 생각에 정신 놓은 아버지 (死にてもよし祖国の土になりしと望郷の想いに父は狂いぬ)

---

23) 朴貞花, 위의 책, p.22.

'화장 따위를 당하고 있겠는가'라며 토장을 하는 모국으로 돌아간 여든 살의 아버지 (「火葬になどされてたまるか」と土葬なす母国に帰ると八十路のアボジ)

발 절뚝이며 아버지 반복해서 하시는 말씀 '한국의 흙이 되리라, 내 나라의 땅에서 (足萎えのアボジ繰り言「韓国の土になりたりし祖国の土に」)

단카 속 아버지의 '신세타령'은 과거 강제징용 피해자나 도망자의 신세가 아닌, 조국 땅을 떠나와야 했던 민족의 비극적인 신세에 초점이 맞추어져 있다. 그리고 앞선 어머니의 '신세타령'과 달리 아버지의 '신세타령'은 "죽어서라도 좋으니 내 나라의 흙 되리라", "화장 따위를 당하고 있겠는가", "한국의 흙이 되리라. 내 나라의 땅에서"과 같이 단순히 신세를 전승하는 것에 그치지 않고, 그 신세를 극복하려는 의지를 스스로의 목소리를 통해 보여주고 있다. 이렇게 조국 땅에 묻히겠다는 아버지의 '신세타령' 속 바람은 실제 한국으로 귀국함으로써 실현되었다.

일본의 땅을 다시는 안 밟겠다 결정하고서 토장이 기다리는 조국으로 간 아버지 (日本の土を再び踏まぬこと決めて土葬の待つ祖国に帰るアボジ)

아내와 자식 손자 증손자 50명 놔두고서는 아버지 조국으로 모국, 고향으로 (妻と子と孫と曾孫と五十人置きてアボジは祖国、母国、故郷へ)

박정화의 아버지는 85세의 고령에 한국으로 귀국하였다. 죽어서라도 조국의 땅에 묻히고 싶다는 아버지의 염원은 가족의 이산(離散)도

불사한 것이었다는 것을 위의 두 번째 단카를 통해 알 수 있다. 이러한 아버지의 한국행은 재일조선인의 삶에 내재한 강한 한(恨)으로 민족적 공감을 일으키고 있다. 그리고 그 염원을 실현함으로써 어머니의 경우와 달리 '신세타령'의 전승에 그치지 않고, 승화되는 역동성을 보여주고 있다.

3) '박정화(나)'의 '신세타령'과 해방

이렇게 부모님의 '신세타령'을 전승받고 단카로 옮긴 '박정화(나)'는 자신의 신세 또한 단카로 표출하였다. 그녀의 '신세타령'의 시작은 부모님과 남편을 떠나 도쿄로 상경하게 된 시점부터 시작되었다.

> 두 아이 데리고 자립하겠노라고 집에서 나온 저녁은 눈 흩날리는 1월의 20일 (二人の子連れて自立すると家出でし夕べは雪の舞い散る 一月二十日)

결혼하여 아이 둘을 낳고 평범한 생활을 하고 있었던 박정화는 171년 1월, 도쿄행을 택하였는데, 위의 단카는 이때의 심정을 읊은 단카이다. 도쿄행을 결심하게 된 이유는 자식들을 조선 대학에 진학시키고자 하기 위함이었다. 박정화는 어린 시절부터 일본에서 자라 조국에 대한 기억이 없지만, 재일조선인으로 차별을 받으며 조선인으로서의 정체성과 민족의식을 강하게 확립하였다. 따라서 자신의 아이들도 "이름뿐으로 내면이 없는 조선인으로는 절대 키우지 않겠다"[24]라는 신념을 가

---

24) 朴貞花, 위의 책, p.5.

지고 일본 학교가 아닌 조선학교의 교육을 받게 하였다. 이를 위해
박정화는 남편과 별거하게 되고, 두 아이를 위해 스스로 가장이 되는
길을 선택하였다. 박정화는 아이들을 양육하기 위해 마작장을 운영하
였는데, 아래의 단카에서는 그때의 고충이 그대로 느껴진다.

　　4시간 잠을 잘 시간조차도 갖지 못하고 마작하는 가게를 홀로 지켜
야 하네 (四時間の睡眠時間も取り得ずに麻雀莊を一人守れ)

　　생계유지의 수단이라 여기고 견디어내던 손님 욕설 소리를 받아치
는 오늘 밤 (生計をたつる術と思いてこらえきしを客の罵声にあらがい
し今宵)

　　풀 곳이 없는 내 분노 아이에게 화풀이하고 울다 잠들어버린 어깨를
끌어 품네 (やり場なき吾の怒りを子にあたり泣き寝入りたる肩を抱き
寄す)

　도박장의 손님들에게 천대를 받으면서도 아이들을 위해 참을 수밖에
없던 신세, 그리고 그 신세에 대한 분노를 아이에게 풀어야 했던 세월
은 이렇게 단카에서 '신세타령'으로 나타나고 있다. 그러나 박정화의
단카에는 자신의 신세를 한탄하는 것에 그치지 않고, 이 '신세타령'으
로부터 해방을 추구하는 모습이 공존하고 있다.

　　통일이 되는 날까지 지키어 낼 조선적 한국서 투병하는 아버지 돌봐
드리지 못하고 (統一の日まで守る朝鮮籍韓国に病む父を見舞えず)

　　여든여덟 살 아버지 귀국하셔 조선적 가진 나하고는 영원히 헤어지
게 되었네 (六十八歳の父帰国して朝鮮籍の吾には永遠の別れとなれり)

민족의 자랑 그리고 정서인 치마 저고리 휘감고 있으면은 금새 차분해
지네 (民族の誇りと意思よチマ、チョゴリまとえばばすでに心定まる)

모국의 언어, 모국의 역사를 배울 수 있는 조선학교 지키기 서명운동
나서네 (母国語と母語の歷史学ばする朝鮮学校を守らむ署名運動に歩く)

박정화는 아버지가 '조선적'을 버리고 귀국한 것과 달리 '조선적'에
대한 애착과 이를 고수하는 태도를 단카의 곳곳에서 표출하고 있다.
특히 위의 두 번째 단카에서와 같이 아버지의 귀국을 가족 간의 이별이
아닌 이념의 대립으로 나타낸 것은 '조선적'에 대한 박정화의 인식을
볼 수 있는 대목이기도 하다. 본래 "'조선적'은 국가에의 귀속을 나타내
는 표기가 아니라 '조선반도' 출신임을 나타내는 에스닉의 기호"[25]였으
나, '한국적'에 대항하여 임의로 '북한'이라는 프레임이 씌워지게 되었
다. 즉, '조선적' 재일조선인들은 사실상 남한, 북한, 일본 어디에도
속하지 않은 무국적 상태임에도 불구하고 북한과 연계성을 가지게 된
것이다. 이러한 '조선적'='북한'이라는 공식은 사실상 '조선'이 국가를
가리키고 있지 않다는 점에서 실체가 없는 허상에 지나지 않는다.
　그럼에도 불구하고, '조선적'은 재일조선인을 남한과 북한으로 이분
화시키는 하나의 기호로 작동하였다. 박정화의 '조선적'에 대한 수용도
이와 마찬가지이다. 박정화는 1992년 3월, 자신이 "꿈에도 잊을 수 없
는 조국"이라 부른 북한을 '재일조선인예술단'의 일원으로 한 달 동안
방문하였는데, 이때 김일성과 단체 기념사진을 찍은 소감에 대해 "80
살이라고는 도저히 생각할 수 없는 젊음과 숭고한 표정을 보고 인민의

---

25) 권준희, 「'分斷내셔널리즘'과 朝鮮籍 在日朝鮮人: 재일조선인 3세의 '조선적' 개념에
　　대한 해석을 중심으로」, 『한일민족문제연구』 3, 한일민족문제학회, 2002, p.194.

존경과 세계인의 신뢰를 받으시는 이유가 납득이 갔다"[26)]라고 하였다.

이와같이 박정화는 김일성을 찬양하고 북한의 사상에 경도된 모습을 가감 없이 드러내고 있는데, 이는 자신의 신세에 대한 해방으로 이어진다. 즉, 박정화는 재일조선인이라는 이유로 빚어진 불행한 삶을 어머니처럼 체념하거나 또는 아버지처럼 도피하고 있지 않다. 오히려 '조선적' 재일조선인으로서의 입지를 굳건히 함으로써 불행한 신세에서 자유로워지고 있는 것이다. 특히 자신을 희생하면서까지 자식들을 조선학교에 보내고, 또 민족의 문화와 전통을 중시하는 태도는 '신세타령'이 되풀이되는 것을 차단하고 있다는 점에서 해방 이상의 의미를 가지고 있다.

이렇게 가집『신세타령』은 어머니, 아버지, 나 3인의 '신세타령'이 공존하고 있는 것을 단카를 통해 알 수 있었다. 단카의 특성상 이들의 신세에 대한 한탄이 넋두리와 같이 늘어지고는 있지 않다. 그러나 형식의 제약 속에서도 단카에는 그들 각자의 '신세타령'이 분명히 존재하고 있다. 그리고 그것은 어머니의 '신세타령'의 전승, 그리고 아버지의 '신세타령'의 전승과 승화, 나의 '신세타령'과 같이 다양한 양상으로 전개되며, '신세타령'에 대한 새로운 해석을 제시하고 있다.

4. 마치며 - 조선의 방울 소리로서의 '신세타령'

한국과 일본에서 '신세타령'의 한자 표기는 각각 '身世打令'과 '身世打鈴'으로 상이하다. 이러한 표기의 차이만 보아도 한국의 '신세타령'

---

26) 朴貞花,『身世打鈴(別冊)』, p.18.

이 일본에 그대로 유입되지 않고, 변용을 거쳤을 것이라고 짐작할 수 있다. '신세타령'에서 타령이 입말이나 곡조가 아닌 방울 소리라는 은유적인 표현으로 일본에서 탈바꿈한 것에 대해 신야 에이코는 다음과 같이 해석하고 있다.

> '신세타령', 이 네 글자와 단어의 울림에 먼저 영혼이 끌리고 청렬한 방울 소리가 어딘가 암흑의 높은 곳에서 하나씩 울리며 내려온다. 거기에 천, 만개의 무수한 음색이, 또 뛰어난 방울 한 개의 늠름한 소리가 크게 울려 퍼져 온다. 그러한 이미지에 사로잡혀 "일신상의 처지(身の上話)"라는 일본어에 비교해 이 얼마나 운치가 있는 다채로운 표현이 아닌가 생각했다.[27]

비단 신야 에이코뿐만 아니라 '무궁화의 회'에서도 '신세타령'을 "조선의 방울 소리"[28]에 빗댄 예가 존재하는 바와 같이, 재일조선인 사회로 유입된 '신세타령'은 '타령(打令)' 이상의 문화적 의미를 함유하며 다양한 문화 장르로 확산되었다. 특히 박정화의『신세타령』은 재일조선인에게 '신세타령'이 자기서사에만 그치지 않고, 그 안에서 전승, 승화, 해방 등으로 변주하는 역동성을 보여주고 있었다.

이 글은 동국대학교 일본학연구소의『일본학』제58집에 실린 논문
「단카(短歌) 속 '신세타령'의 전승과 승화 – 박정화의 가집
『신세타령(身世打鈴)』(1998)을 중심으로 – 」를 수정·보완한 것임.

27) 新屋英子,『身世打鈴 : ひとり芝居』, 手鞠文庫, 1984, p.101.
28) むくげの会,『身世打鈴 : 在日朝鮮女性の半生』, p.215.

참고문헌

고려대학교 민족문화연구원 국어사전편찬실 편, 『고려대 한국어 대사전』, 고려대학교
　　　민족문화연구원, 2009.
권준희, 「'分斷내셔널리즘'과 朝鮮籍 在日朝鮮人: 재일조선인 3세의 '조선적' 개념에
　　　대한 해석을 중심으로」, 『한일민족문제연구』 3, 한일민족문제학회, 2002.
김귀분, 「재일한국인 한센병환자·회복자의 인생과 역사 : 가인 김하일의 단카 작품을
　　　중심으로」, 『횡단인문학』 2(1), 숙명여자대학교 숙명인문학연구소, 2019.
김보현, 「재일조선인 가인(歌人)의 정체성과 '조국' 인식 : 리카 기요시(リカ·キヨシ)를
　　　중심으로」, 『日本學報』 130, 한국일본학회, 2022.
마경옥, 「재일여성작가 이정자의 단카 세계」, 『일어일문학』 60, 대한일어일문학회,
　　　2013.
서경식, 「짧은 시에 회환과 슬픔을 담아 노래해온 재일조선인 2세, 이정자씨」, 『역사의
　　　증인 재일 조선인』, 반비, 2012.
유숙자, 『在日한국인 문학연구』, 月印, 2000.
유철인, 『여성 구술생애사와 신세타령』, 민속원. 2022.
이한정, 「재일조선인 여성의 자기서사」, 『한국학연구』 40, 인하대학교 한국학연구소,
　　　2016.
이회성 저, 이호철 옮김, 『다듬이질하는 女人』, 정음사, 1972.
일어사전편찬연구회, 『비즈니스 일한·한일사전』, 교학사, 2001.
佐川亞紀, 「재일 시인의 시세계(1)」, 『재일동포문학과 디아스포라 2』, 제이앤씨, 2008.
キム·フナ, 「在日女性歌人 李正子論」, 『専修国文』 102, 専修大学日本語日本文学文化
　　　学会, 2004.
むくげの会, 『身世打鈴 :在日朝鮮女性の半生』, 東都, 書房, 1972.
高柳俊男, 「在日文学と短歌 : 韓武夫を手がかりとして」, 『社会文学』 26, 日本社会文
　　　化会, 2007.
古山高麗雄, 『身世打鈴』, 中央公論社, 1980.
磯貝治良, 黒古一夫 編, 『〈在日〉文学全集 17巻 : 詩歌集』, 勉誠出版, 2006.
金貞愛, 「日本における在日コリアン文学受容の一側面 : 李恢成「砧をうつ女」の高校国
　　　語教科書採用とそれ以後の軌跡」, 『文学研究論集』 32号, 筑波大学比較·理論
　　　文学会, 2014.
朴貞花, 『身世打鈴』, 砂子屋書房, 1998.
新屋英子, 『身世打鈴 : ひとり芝居』, 手鞠文庫, 1984.
一条徹, 「在日朝鮮人と倭歌-尹政泰の『書かれざる意志』に寄せて」, 『一条徹作品集』,

藤原春雄(一条徹)遺稿集刊行委員会, 1984.

川村湊, 『生まれたらそこがふるさと : 在日朝鮮人文学論』, 平凡社, 1999.

和田宏, 『芥川賞全集 第九巻』, 文藝春秋, 1997.

편자 _ 재일디아스포라의 생태학적 문화지형과 글로컬리티 연구팀

김환기(金煥基) 동국대학교 일본학연구소 소장

신승모(辛承模) 경성대학교 인문문화학부 조교수

유임하(柳壬夏) 한국체육대학교 교양과정부 교수

이승진(李承鎭) 건국대학교 모빌리티인문학연구원 조교수

이승희(李升熙) 부산대학교 사학과 조교수

이영호(李榮鎬) 동국대학교 일본학연구소 전임연구원

이진원(李眞遠) 서울시립대학교 국제관계학과 교수

이한정(李漢正) 상명대학교 일본어권지역학전공 교수

정성희(鄭聖希) 동국대학교 일본학연구소 전문연구원

정수완(鄭秀婉) 동국대학교 영화영상학과 교수

필자 _

곽형덕(郭炯德) 명지대학교 일어일문과 부교수

김보현(金寶賢) 충남대학교 인문과학연구소 연구원

김환기(金煥基) 동국대학교 일본학연구소 소장

다카야나기 도시오(高柳俊男) 호세이대학 국제문화학부 교수

박광현(朴光賢) 동국대학교 국어국문·문예창작학부 교수

신승모(辛承模) 경성대학교 인문문화학부 조교수

신재민(申宰旼) 고려대학교 BK21 중일교육연구단 연구교수

이승진(李承鎭) 건국대학교 모빌리티인문학연구원 조교수

이영호(李榮鎬) 동국대학교 일본학연구소 전임연구원

조수일(趙秀一) 한림대학교 일본학연구소 HK교수

조은애(曺恩愛) 동국대학교 국어국문·문예창작학부 강사

재일디아스포라와 글로컬리즘 4 - 문학

2023년 12월 31일 초판 1쇄 펴냄

엮은이 동국대학교 일본학연구소
펴낸이 김흥국
펴낸곳 도서출판 보고사

책임편집 이경민
표지디자인 김규범

등록 1990년 12월 13일 제6-0429호
주소 경기도 파주시 회동길 337-15 보고사
전화 031-955-9797
팩스 02-922-6990
메일 bogosabooks@naver.com
http://www.bogosabooks.co.kr

ISBN 979-11-6587-664-7 94830
       979-11-6587-660-9 (세트)
ⓒ 동국대학교 일본학연구소, 2023

정가 33,000원

이 저서는 2020년 대한민국 교육부와 한국연구재단의 지원을 받아 수행된 연구임.
(NRF2020S1A5B8104182)